JULIA KRÖHN

Das Modehaus

Töchter der Freiheit

Buch

Die Goldenen Zwanziger, spektakuläre Modekollektionen und … Coco Chanel. Fanny hat genug von der altbackenen Mode im familieneigenen Imperium und will in Paris als Modeschöpferin durchstarten. Am Ende hat sie nur als Mannequin Erfolg, und auch dieser glitzernde Traum zerplatzt. 1946 kämpft Tochter Lisbeth im zerbombten Frankfurt ums nackte Überleben – und um das Modehaus ihrer Vorfahren. Erfindungsreich führt sie es in eine neue Zeit, zahlt dafür jedoch einen hohen Preis. 1971 ist Rieke die Liebe wichtiger als das Geschäft. Doch dann steht das Familienunternehmen vor dem Bankrott – und sie vor einer folgenschweren Entscheidung …

Autorin

Die große Leidenschaft von Julia Kröhn ist nicht nur das Erzählen von Geschichten, sondern auch die Beschäftigung mit der Geschichte: Die studierte Historikerin veröffentlichte – zum Teil auch unter Pseudonym – bislang über dreißig größtenteils historische Romane. Mit »Das Modehaus« wagt sie den Sprung vom Mittelalter ins 20. Jahrhundert – und hat dabei einen Heimvorteil: Seit 2001 lebt die gebürtige Österreicherin in Frankfurt am Main, dem Schauplatz des Romans.

Weitere Informationen unter: www.juliakroehn.at

Julia Kröhn

DAS MODEHAUS

Töchter der Freiheit

Roman

blanvalet

Sollte diese Publikation Links auf Webseiten Dritter enthalten, so übernehmen wir für deren Inhalte keine Haftung, da wir uns diese nicht zu eigen machen, sondern lediglich auf deren Stand zum Zeitpunkt der Erstveröffentlichung verweisen.

MIX
Papier aus verantwortungsvollen Quellen
FSC® C014496

Verlagsgruppe Random House FSC® N001967

1. Auflage

Dieses Werk wurde vermittelt durch die Literarische Agentur Thomas Schlück GmbH, 30827 Garbsen

Redaktion: Margit von Cossart
Umschlaggestaltung und -motiv: Johannes Wiebel | punchdesign, unter Verwendung von Motiven von Shutterstock.com und Richard Jenkins Photography
KW · Herstellung: sam
Satz: Vornehm Mediengestaltung GmbH, München
Druck und Bindung: GGP Media GmbH, Pößneck
Printed in Germany
ISBN 978-3-7341-0571-5

www.blanvalet.de

September 2000

Liebe Judy,
ich weiß nicht, ob es einen Begriff für das gibt, was wir füreinander sind. Freundinnen, Schwägerinnen oder Cousinen trifft es schon mal nicht. Vielleicht Schicksalsgenossinnen, aber das klingt pathetisch und zugleich so, als hätte das Schicksal uns besonders herausgefordert. In Wahrheit hat dieses Schicksal vor allem unsere Eltern geprüft, und deren Leben hat einen Schatten auf uns geworfen. Bis heute weiß ich nicht, wie dunkel dieser Schatten ist – ich bin mir nur sicher, dass auch in ihm etwas blühen kann.
Wie auch immer. Sie haben mich gebeten, Ihnen mehr von der großen Liebe meiner Mutter zu erzählen. Das will ich tun, aber wenn ich von ihrer Liebe berichten soll, muss ich von ihrem Leben sprechen, und wenn es um das Leben meiner Mutter geht, kann ich das meiner Großmutter ebenso wenig aussparen wie mein eigenes. Lassen Sie uns das Schicksal nicht mit einem Schatten werfenden Ungeheuer vergleichen, sondern lieber mit einem Kleid, dessen Fäden schon lange vor der Geburt meiner Mutter gesponnen wur-

den. Wobei man bei einem Kleid nie sicher sein kann, welche Naht als Erste angefertigt wurde, während es mir leichtfällt, den Augenblick zu bestimmen, in dem die Geschichte meiner Großmutter begann.

Meine Großmutter hieß Fanny, und als das Jahr 1900 anbrach, war sie bereits sechs Jahre alt. Dennoch behauptete sie später, dass der Anbruch des neuen Jahrhunderts in gewisser Weise ihre zweite Geburtsstunde gewesen sei. »Um ein Haar hätte mich das neue Jahrhundert nämlich getötet«, sagte sie oft.

Ich fand das merkwürdig. Ein Jahrhundert – ob nun ein neues und unschuldig reines oder eines, das aufgrund vieler Kriege frühzeitig ergraut ist – hat schließlich keine Hände, um jemanden zu erdrosseln, ihm ein Messer in die Brust zu rammen oder Gift einzuflößen. Doch wenn ich widersprach, zuckte Fanny nur mit den Schultern und blieb bei ihrer Wortwahl.

Jedenfalls war es am Silvesterabend 1899 das erste Mal, dass Fanny bis Mitternacht aufbleiben und bei den Frauen ihrer Familie sitzen durfte, die in Erwartung des Jahreswechsels immer das Gleiche taten: trinken und nähen. Das heißt, Fannys Großmutter Elise trank nur, sie nähte nicht. Sie behauptete, nicht mehr gut genug sehen zu können, um gleichmäßige Stiche zu machen. Allerdings war sie nicht zu blind, um aus Früchten und Kräutern Schnaps zu brennen. Zwölf Zutaten bedurfte es für ihr Spezialgebräu, Tausendgüldenkraut und Kirsche, Schafgarbe und ungeschwefelte Backpflaumen, Johanniskraut und Johannisbeeren – an die restlichen sechs konnte sich nach Elises Tod niemand mehr erinnern. Der Schnaps konnte auf jeden Fall Tote nicht nur wecken, er bewirkte, dass diese vor Schreck, wieder am Leben zu sein, sogar schluchzten und heulten. Von Toten wusste Fanny damals noch nichts, aber als sie sich einmal über ihr

Glas beugte, schienen allein vom Geruch ihre Nasenhärchen zu versengen.
Fannys Mutter Hilde wiederum nähte eifrig – meist an einem Unterrock, denn sie trug stets mindesten sechs Unterröcke übereinander –, trank seit dem Tod von Fannys Vater jedoch keinen Schluck mehr. Hilde sagte, er sei ein guter Mann gewesen, Elise hingegen nannte ihn die »dumme Saufkrenke«, wobei sie durchaus Verständnis dafür zeigte, dass er manches Mal einen über den Durst getrunken hatte, dagegen nicht, dass er einmal im Vollrausch einen Becher Kali, eigentlich zum Färben von Kautschukmasse bestimmt, zu sich genommen hatte und ihm davon Kehle und Gesicht verätzt worden waren. »Was war es schwierig, ihn für die Beerdigung anständig herzurichten«, murmelte Hilde mehr als einmal. Es war das einzige Zugeständnis an seinen unrühmlichen Tod, ansonsten erwähnte sie die genauen Hintergründe nie.
Die Dritte im Bunde war Fannys Tante Alma, die in besagter Silvesternacht, statt zu nähen und zu trinken, ihrem neuesten Lieblingszeitvertreib nachging – der sogenannten Brandmalerei. Wie diese genau funktioniert, kann ich Ihnen, liebe Judy, nicht sagen. Jedenfalls war dafür ein Apparat mit Spiritusflamme, Gebläse und Gummischlauch erforderlich, mit dem man einen Stift bis zur Rotglut erhitzte. Mit diesem Stift wiederum wurden Arabesken, Landschaften und Figuren in Truhen, Schränke und Lederstühle eingebrannt – oder, wie an jenem Abend, das Wappen des Frauenvereins in den Deckel einer Holzkiste. Das Wappen bestand aus einem Kreuz, einem Lorbeerkranz und den Dornen einer Rose, doch nachdem Elise einen großen Schluck aus ihrem Schnapsglas genommen hatte, bemerkte sie trocken: »Deine Rose sieht wie ein Gänseblümchen aus. Und wenn Christus an diesem

Kreuz gehangen hätte, wäre es zusammengekracht, ehe er seinen Geist hätte aushauchen können. Man stelle sich vor, wie der Holzbalken Maria Magdalena und die Gottesmutter erschlagen hätte.«

Hilde sog empört Luft ein, woraufhin sie prompt husten musste. Elise wiederum lachte, und dann hustete sie ebenfalls, sodass Hilde ihr auf den Rücken schlug.

»Lass mich nur husten, vielleicht habe ich Glück und ersticke.«

»Red keinen Unsinn!«

»Oder hau ein wenig fester zu, dann bersten womöglich meine Knochen.«

»Man muss für das Leben dankbar sein, ganz gleich, wie alt man ist«, sagte Hilde in demselben Tonfall, in dem sie Fanny immer befahl, ihren Grünkohl aufzuessen. »Bis zur Neige gilt es, den Krug zu leeren. So hat Gott es gewollt.«

»Na, einen Krug leeren, das kann ich«, erklärte Elise, hob ihr Glas und kippte dessen Inhalt in sich hinein.

Jetzt kam kein Husten mehr aus ihrem Mund, nur mehr ein Lallen. Hilde vermied es, noch einmal tief Luft zu holen, sondern rümpfte die Nase, woraufhin nun Alma schallend lachte.

»Ich verstehe nicht, warum ihr an einem Tag wie heute lachen könnt.« Hilde machte schnelle, zornige Stiche, mehrmals stieß die Nadel gegen ihren Fingerhut.

»Ein neues Jahrhundert beginnt«, rief Alma, »da kann man doch frohgemut sein.«

Hilde hielt kurz inne. »Hast du etwa vergessen, dass wir erst kürzlich unsere gute Cousine verloren haben?«

Fanny zuckte zusammen. Sie war vor dem Gestank der Spiritusflamme unter den Tisch geflohen und spielte dort mit dem Inhalt des Nähkastens ihrer Mutter. Die Fingerhüte benutzte sie als kleine Tassen für ihre Puppe, das Nadelkissen als Polster und das Nähgarn als Kette. Die Puppe war eigentlich nach der Kaiserin Auguste Victoria benannt worden, wurde aber von Elise als Schreckgespenst bezeichnet, seitdem sie eines ihrer Glasaugen verloren hatte. Aus unerfindlichem Grund war das merkwürdige Leinengebilde, das Hilde nachts um den Kopf trug, damit sie kein Doppelkinn bekam, ebenfalls in den Nähkasten geraten, und weil es zu groß für eine Augenbinde war, die aus dem Schreckgespenst eine Piratin gemacht hätte, beschloss Fanny, es als Puppenhängematte zu benutzen.

Jetzt war ihr Spiel jäh gestört worden, denn die tragische Geschichte ihrer Großcousine Martha machte ihr Angst und steckte außerdem voller Worte, die Fanny nicht verstand – zum Beispiel »Bordell« und »Verführer«. Zumindest bezeichnete Hilde den Mann, der Martha auf dem Gewissen hatte, stets als solchen. Alma sah das etwas anders. Sie und Hilde erzählten die Geschichte von Martha grundsätzlich in zwei Varianten, auch an jenem Abend.

»Sie war eine junge, abenteuerlustige Frau«, behauptete Alma.

»Sie war nicht mit dem ihr von Gott zugewiesenen Platz im Leben zufrieden«, tadelte Hilde.

»Sie hat von einem neuen Leben in Amerika geträumt«, konterte Alma.

»Wie kann man nur so dumm sein, in einem Land ohne Kaiser leben zu wollen«, schimpfte Hilde.

»Sie hat sich in einen Mann verliebt, der sie überredete, mit ihm auszuwandern«, fuhr Alma fort.

»Unsinn!«, rief Hilde. »Sie ist einem Mann auf den Leim gegangen, der aus ihren Träumen ihr Totentuch webte.«

Alma ließ den Spiritusbrenner sinken. »Seit wann bist du so poetisch?«

»Die Poesie ist nicht schuld daran, dass er sie nach Genua lockte und dort nicht auf ein Schiff brachte, nein, in eine finstere Hafenspelunke, die sich als Bordell herausstellte. Um dem schrecklichem Schicksal zu entgehen, das ihr drohte, ist sie aus dem Fenster gesprungen und hat sich beide Beine gebrochen.«

»Und daran ist sie gestorben?«, fragte Elise. Sie kannte die Geschichte zwar, hatte die Details aber wohl wieder vergessen.

Fanny lauschte zunächst wie erstarrt, dann kroch sie unter dem Tisch hervor und huschte zur Tür. Das Gerede von Amerika setzte ihr zwar nicht zu, umso mehr dagegen das von finsteren Spelunken. Als sie zum ersten Mal von den gebrochenen Beinen gehört hatte, hatte sie zwei Nächte lang schlecht geträumt. Und keinesfalls wollte sie ein weiteres Mal das Ende von Marthas Geschichte hören, die mit den gebrochenen Beinen in ein Krankenhaus eingeliefert worden und dort an Typhus gestorben war. Fanny wusste zwar nicht, ob man bei Typhus erst ein blaues und danach ein schwarzes Gesicht bekam, wie eine Freundin behauptet hatte, ob einem die Hände und Beine abstarben, was ein Dienstmädchen glaubte, oder ob man sich die Seele aus dem Leibe schiss, wie Großmutter Elise sich ausdrückte – eine schlimme Krankheit war es auf jeden Fall. Sie wollte weder sich selbst noch dem Schreckgespenst Einzelheiten zumuten.

Erst als sie schon aus dem Raum gehuscht war, fiel ihr ein, dass sie die Kinnbinde ihrer Mutter – oder vielmehr die Hängematte für die Puppe – unter dem Tisch vergessen hatte, und beschloss, das Schreckgespenst in einem selbst gebauten Bett schlafen zu lassen. Als Matratze wollte sie die Kokosfasern verwenden, mit denen die Schneiderpuppen im Geschäft ihrer Mutter Hilde ausgestopft waren. Eine dieser Schneider-

puppen befand sich gerade in deren Schlafzimmer, weil sie an der Seite aufgerissen war und ihre Mutter noch keine Zeit gefunden hatte, sie zu reparieren.
Fanny presste das Schreckgespenst an sich, betrat den unbeheizten Raum und blickte sich fröstelnd um. Da war das breite Himmelbett – auf jener Betthälfte, wo früher ihr Vater geschlafen hatte, lag jetzt ein Rosenkranz –, und da war eine Kommode, auf der ein Waschbecken aus Emaille und ein Zinnkrug standen. Erst am Morgen hatte sich Hilde wie immer am letzten Tag des Jahres darin ihre Haare gewaschen, indem sie diese mit zehn Eidottern und einem halben Glas Cognac eingeschäumt und danach ausgespült hatte.
Die Schneiderpuppe entdeckte Fanny jedenfalls nirgendwo. Sie wollte den Raum schon verlassen, als etwas anderes ihre Aufmerksamkeit auf sich zog: die Truhe aus dunklem, schwerem Eichenholz, deren mit Schnitzereien versehener Deckel überraschenderweise weit offen stand. Mutters heilige Stofftruhe. In der sich vielleicht etwas befand, aus dem sie dem Schreckgespenst zwar kein Bett bauen, aber ein Kleid nähen konnte.
Fanny trat näher, beugte sich über die Truhe und sah, dass sie leer war. Oder nicht ganz leer, auf dem Boden lag ein roter Seidenschal. Zumindest hätte sie schwören können, dass er rot war, obwohl das schummrige Licht vom Gang alles in Grautöne tauchte. Doch selbst wenn der Schal nicht rot gewesen wäre, weich war er auf jeden Fall und außerdem so breit, dass es für ein Ballkleid für das Schreckgespenst reichen würde.
Fanny beugte sich noch tiefer über die Truhe. Nicht dass sie sicher war, ob sie den Schal überhaupt nehmen und ein Puppenkleid daraus machen durfte. Allerdings bestärkte Elise sie

gern darin, so gierig in den Apfel zu beißen, dass die Zähne gleich bis zum Kerngehäuse vordrangen. »Wenn du alles willst und das sofort, wirst du am Ende auch alles bekommen«, sagte sie stets.

Mit der einen Hand hielt sie die Puppe, die andere streckte sie nach dem Schal aus. Doch sie ertastete ihn nicht, denn sie war viel zu klein und die Truhe viel zu groß. Sie legte das Schreckgespenst aufs Bett – sicherheitshalber weit genug vom Rosenkranz entfernt – und beugte sich wieder vor, um den Schal mit nunmehr beiden Händen ergreifen zu können. Wieder kein Erfolg. Fanny atmete tief durch, stellte sich auf die Zehenspitzen, probierte es ein weiteres Mal – und dann ging alles ganz schnell: Kopfüber stürzte sie in die Truhe, konnte den Kopf zwar gerade noch zur Seite drehen, sodass sie nur mit der Schulter aufprallte, vernahm aber ein lautes Rums, als der Deckel zufiel. Und sogleich waren da keine Grautöne mehr zu sehen, nur ein Schwarz.

Kein gewöhnliches Schwarz, das von Sternen oder Gaslichtern durchlöchert wurde, ein tiefes, unendliches, erstickendes Schwarz. Ein Schwarz, in dem es kein Oben oder Unten mehr gab, keinen Anfang und kein Ende. Ein Schwarz, das sie ebenso verschluckte wie all ihre Wünsche und Sehnsüchte. Nur die Angst ließ es zurück, und diese Angst wuchs zur Panik. Fanny schrie, das Schwarz blieb. Sie tastete nach dem Truhendeckel, um ihn aufzustoßen, doch der war zu schwer. Sie legte sich auf den Rücken, trat mit beiden Füßen dagegen – auch so gelang es ihr nicht.

Sie holte wieder Luft, begann zu schreien, so laut dieses Mal, dass man sie im Wohnzimmer gewiss gehört hätte – vorausgesetzt, dass in diesem Augenblick nicht die Glocken von sämtlichen Kirchen Frankfurts begonnen hätten, das neue Jahrhundert einzuläuten.

»Hilfe! So helft mir doch!«, schrie sie, bekam aber keine Antwort.
Schon nach dem sechsten Glockenschlag schien die Luft knapp zu werden, beim achten wurde ihr schwindlig, beim zehnten sah sie Sternchen. Keine leuchtenden und hellen, nein, nur trostlose Löcher, die sich im Nichts ausbreiteten. Mit dem zwölften Schlag war Mitternacht erreicht, doch die Glocken verstummten nicht, sie begrüßten lautstark das neue Jahrhundert, während Fanny von ihrem Leben ganz leise Abschied nahm.
Das ist gar keine Stofftruhe, es ist ein Sarg, ging ihr durch den Kopf. Das Pochen ihres Herzens schmerzte, das Atmen schmerzte. Was, wenn die Luft nicht mehr reichte, wenn sie erstickte, ihr Kopf erst blau und sodann schwarz werden würde? Es war ja alles schwarz, selbst der Schal!
Der Schal!
Sie ließ die Hände sinken, ertastete den Stoff unter sich, so wunderbar weich und glatt. Eigentlich wollte sie gar kein Ballkleid für das Schreckgespenst daraus machen – Fanny wollte sich den Schal selbst um die Schultern legen und damit tanzen und Äpfel mitsamt ihren Kernen essen.
Der Gedanke daran gab ihr die unverhoffte Kraft, wieder mit beiden Füßen gegen den Deckel zu drücken, und dieses Mal gab er um ein Spaltbreit nach. Hastig steckte sie die Hand, die den roten Seidenschal fest umklammert hielt, hinein, presste das Gesicht an den Spalt, schrie wieder in der Hoffnung, gehört zu werden, steckte die zweite Hand in den Spalt und presste nun mit all der ihr verbliebenen Kraft den Kopf gegen den Deckel, und endlich gab er nach. Fanny glitt mit dem Oberkörper aus der Truhe, atmete begierig die kalte, frische Luft ein. Das einäugige Schreckgespenst starrte sie vom Bett aus an.

Als sie ins Wohnzimmer zurückkehrte, war ihr Gesicht bleich und mit roten Flecken übersät, aber die Frauen bemerkten es nicht. Sie bemerkten auch nicht, dass sie sich einen roten Schal um die Schultern geschlungen hatte. Nachdem das Neujahrsgeläut verklungen war, stritten sie schon wieder oder immer noch über Martha.

»Das eigene Leben ist ein zu hoher Preis für die Ehre«, sagte Alma eben nüchtern.

»Unsere Cousine sehnte sich nun mal nach der Liebe und war bitter enttäuscht, dass sie betrogen wurde«, erklärte Hilde und verdrückte ein Tränchen. Ob über die Cousine oder im Gedenken an die dumme Saufkrenke, das wusste Fanny nicht. Fasziniert beobachtete sie, wie ihre Mutter sich das Tränchen mit dem Fingerhut von der Wange wischte.

»Von wegen«, sagte Alma. »Martha sehnte sich nach Freiheit.«

»Nun ja«, mischte sich Großmutter Elise ein und schenkte sich nach, »eins von beiden kann man haben, ohne dass man sich Magen und Seele verrenkt. Doch sowohl Liebe als auch Freiheit zu erlangen – das ist eine unmögliche Kunst.«

Fanny verkroch sich erneut unter dem Tisch und hustete leise. Mit dem Wort Liebe konnte sie wenig anfangen, Freiheit zu erlangen fühlte sich dagegen wohl genauso an, wie einer finsteren Truhe entkommen zu sein.

»Schenk mir was ein«, forderte Alma ihre Mutter auf, und nachdem sie einen Schluck Schnaps genommen hatte, erklärte sie: »Selbst wenn die Sehnsucht nach Liebe und Freiheit einen ins Unglück stürzt, sollte man dabei wenigstens ein schönes Kleid tragen.«

Oder einen schönen Schal, fügte Fanny in Gedanken hinzu.

So also, liebe Judy, beginnt die Geschichte, die Fannys Geschichte ist, und weil sie sich so entscheidend auf uns auswirkte, auch die meiner Mutter und meine.
Ich denke, für Fanny war die Freiheit stets wichtiger als die Liebe. Meine Mutter wiederum hat nicht immer die Freiheit gehabt, ihre Liebe zu leben. Und ich versuchte mich in jener unmöglichen Kunst, beides zu erlangen. Nur in einer Hinsicht glichen wir drei Frauen uns: Ob wir bekamen, was wir wollten, oder etwa verloren, was wir uns gar nicht gewünscht hatten, ob unser Herz gebrochen oder wieder heil wurde, oder ob wir uns den Kopf an sichtbaren oder unsichtbaren Truhendeckeln anstießen – wir wollten dabei immer gut gekleidet sein …

FANNY

1914

Am 28. Juni 1914 wurde Franz Ferdinand, der Kronprinz von Österreich-Ungarn, erschossen, und der Dackel vom deutschen Reichskanzler Theobald Theodor von Bethmann Hollweg litt an Blähungen.

Nun gut, die Blähungen des Dackels hatte Fanny später erfunden, sie wusste nicht einmal, ob Theobald Theodor von Bethmann Hollweg überhaupt einen Dackel hatte. Allerdings fand sie, dass man schreckliche Ereignisse der Weltgeschichte mit amüsanten Anekdoten würzen müsste, so wie sie die Strenge des kleinen Schwarzen gern mit einer Perlenkette auflockerte. Und allein dass jemand in direkter Folge Theobald und Theodor hieß, erschien ihr wie ein Witz.

Außerdem verliebte sich Fanny, die mittlerweile zwanzig Jahre alt war, an diesem Tag und das sogar gleich zweimal – zuerst in ein blassrotes Kleid, das in ihren Augen hervorragend zu ihrem roten Schal passte, das sie jedoch niemals trug, und später in einen jungen Mann, den sie heiratete.

»Besser es wäre umgekehrt gewesen«, sagte Fanny später. »Besser ich hätte das Kleid getragen, bis es mir in Fetzen vom Leib hing, mir jedoch nie einen Ehering an den Finger stecken lassen.«

Das Kleid hatte sie in jener Werkstatt genäht, die zum Miedersalon ihrer Mutter gehörte, in dem nicht nur Mieder, sondern auch Korsetts angefertigt wurden. Die Kalilösung, mit der sich die Saufkrenke vergiftet hatte, sollte jenen Kautschuk blau färben, der ein Bestandteil von diesen war. Es gab sehr viele Arten von Korsetts – für Sängerinnen und übergewichtige Damen, für Frauen mit Rückenleiden und solchen mit Verdauungsproblemen und natürlich für Schwangere – wobei Hilde über Schwangerschaften ebenso wenig sprach wie über die Todesursache ihres guten Mannes.

Eines hatten die Korsetts jedenfalls gemein: Sie schnürten den Leib ab und machten das Atmen schwer, was Fanny allerdings erst als junge Frau herausfand. Als Kind ließ die Berufsbezeichnung ihrer Mutter – Corsetière – sie an jenen goldenen Ballsaal denken, in dem Aschenputtel mit ihrem Prinzen tanzte. Großmutter Elise hatte ihr diese Geschichte manchmal aus dem Märchenbuch vorgelesen, und weil ihre Augen schon so schlecht und ihre Sinne häufig vom Schnaps umnebelt gewesen waren, hatte sie nicht alles richtig wiedergegeben. Am Ende opferten angeblich nicht Aschenputtels Stiefschwestern Zehen und Fersen, der Prinz tat es, weil er so dämlich gewesen war, Aschenputtel erst gar nicht und dann nur anhand des dummen Schuhs wiederzuerkennen.

Wie auch immer: Corsetière klang nach Licht, nach Duft, nach Musik, doch weder verhieß ein Korsett das alles, noch war dergleichen in Hilde Seidels Miedersalon in der Nähe der Frankfurter Hauptwache zu finden. Die Verkaufsräume befanden sich im Erdgeschoss, die Schneiderwerkstatt unter dem Dach. Richtig hell wurde es dort trotzdem nicht, weil die Fensterluken viel zu klein waren. Außerdem war es ein niedriger Raum, in dem groß gewachsene Frauen nicht aufrecht stehen, geschweige denn wie Aschenputtel und der Prinz tanzen konnten, und es duftete nicht, es roch ständig nach heißem Bügeleisen, Wasserdampf und Stärke.

Aus diesen Gründen hatte Fanny besagtes Kleid in einer Kammer hinter dem Verkaufsraum, der zur Anprobe diente, genäht, und zudem nicht aus Wahlknochen und Stahlblech und schwerem Stoff, sondern aus luftigem Leinen. Noch trug Fanny das Kleid nicht selbst, nur die Schneiderpuppe ohne Unterleib. Selbigen sollte nach Hildes Auffassung auch eine Frau aus Fleisch und Blut am besten nicht haben – und erst recht keine kreativen Gelüste.

»Was … soll … das … sein?«, herrschte sie Fanny an, als sie das Kleid entdeckte. Nun ja, richtig laut wurde sie nicht. Wenn nicht gerade Silvesternacht war, hatte sie immer Stecknadeln zwischen den Lippen. »Was … soll … das … sein?«, wiederholte sie.

»Ein Kleid.«

»Das ist kein Kleid, das ist unser *Ruin.* Herrgott, Kind! Seit dein guter Vater starb, habe ich es schwer genug. Aufgrund der vielen Korsettfabriken steht uns das Wasser bis zum Hals.« Fanny stellte sich vor, wie nur der Kopf ihrer Mutter mit all den Stecknadeln zwischen den Lippen aus einem dunklen Tümpel ragte, und musste lachen. »Was ist daran lustig?«, schimpfte, nein, nuschelte Hilde. »Vielleicht können wir uns noch eine Weile gegen die Konkurrenz behaupten. Aber falls solche Kleider in Mode kommen, müssen wir unser Geschäft schließen und werden des Hungertodes sterben. Dein guter Vater würde sich im Grabe umdrehen.«

Hilde musterte finster das Kleid, das keines sein durfte. Es fiel glatt am Körper herab, ohne Brust oder Taille oder Hüfte zu betonen. An den Schultern war es etwas gerafft, wodurch so schöne Falten erzeugt wurden wie bei der Toga antiker Statuen.

»Ich habe gehört, dass sich Leinen vorzüglich für Sportbekleidung eignet«, erklärte Fanny schnell.

»Sport?«

Hilde schien nicht zu wissen, was damit gemeint war. Fanny wusste es ja selbst nicht so genau. Jedenfalls hatte sie gehört, dass reiche Menschen gern Tennis spielten, und dabei ging es offenbar darum, mit einem Ding, das einer Bratpfanne glich, einen Ball so groß wie ein Hühnerei zu treffen. Sie hatte keine Ahnung, welchen Sinn das hatte, wusste jedoch, dass man gehörig dabei schwitzte.

Da es in Hildes Welt allerdings nicht vorgesehen war, dass Frauen schwitzten, ließ Fanny das lieber unerwähnt und sagte stattdessen: »Ich habe ein Kleid wie dieses in der *Modewelt* gesehen. Noch lieber würde ich ja französische Modezeitungen lesen, aber die sind hier in Frankfurt so schwer zu bekommen. Jedenfalls nennt man ein Kleid wie dieses Reformkleid, und damit kann man doch auch Geld verdienen.«

»Willst du behaupten, mehr als mit einem Korsett? Oh, deine arme Mutter opfert sich für dich auf, um dich vergessen zu lassen, dass dir dein armer Vater fehlt, und du lohnst es ihr so!« Fanny konnte nicht deuten, was schlimmer war – von Hilde als gut oder arm bezeichnet zu werden. Sie selbst war in ihren Augen jedenfalls weder das eine noch das andere. »Du bist immer schon aufrührerisch gewesen!«, schimpfte ihre Mutter weiter. »Wende ich dir den Rücken zu, vergeudest du Zeit und verschwendest Stoff. Wenigstens ein Nachthemd hättest du daraus nähen können oder eine neue Kinnbinde.«

Dieses Kinn zitterte, und die Lippen bebten nicht minder, als Hilde begann, das Kleid von der Schneiderpuppe zu zerren, nein, zu reißen. Wie der Anblick des zerrissenen Kleides schmerzte!

»Ich habe es angefertigt, und ich will es auch tragen!«,

rief Fanny mit jenem Feuer, von dem ihre Großmutter Elise behauptete, es würde zwar so heiß brennen wie Flammen, die sich am Fichtenholz nährten, aber nicht lange genug, um so zu wärmen wie ein Feuer, das sich durch Buchenholz brannte.

Fanny hatte keine Ahnung von Holz, sie hatte indes eine genau Vorstellung davon, was Frauen stand … und was ihr selbst stehen würde – erst recht, wenn sie ihren roten Seidenschal nicht einfach um ihre Schultern schlang wie jetzt, sondern kunstvoll um den Kopf drapierte, wie sie es in einer Modezeitschrift gesehen hatte. Sie versuchte, ihrer Mutter das Kleid aus der Hand zu reißen, ehe es völlig ruiniert war, doch die hielt es so gnadenlos fest, dass es einen weiteren tiefen Riss bekam. Eine Nadel fiel ihr aus dem Mund – das Einzige, was bewies, dass ihre Kräfte nachließen.

Fanny konnte es trotzdem nicht mit ihr aufnehmen. Ob das Feuer in ihr heiß oder nur warm war, kurz oder lang brannte – die Mutter schaffte es immer, einen Kübel Wasser darüber auszuleeren.

Fanny ließ das Kleid los, drehte sich um und stürmte mit dem roten Seidenschal um ihren Schultern hinaus – unterwegs zu dem einen Ort, an dem sie wenigstens ein kleines bisschen frei sein konnte.

»Im Übrigen ist die durch Natur und Evangelium gebotene Arbeitsteilung zwischen den Geschlechtern die, dass der Mann für Kampf und Arbeit bestimmt ist, die Frau aber in der Pflege reiner, warmer und inniger Gefühle aufgeht. Dem Mann gebühren der Kampf und die Arbeit, das Weib wische den Schweiß von seiner Stirn.«

Als Fanny die Wohnung ihrer Tante Alma betrat, las diese die Worte gerade laut vor. Sie hatte nie Stecknadeln zwischen den Lippen, in diesem Augenblick klang es dennoch, als bohrte sich mindestens eine in ihre Zunge. Denn was Alma las, gab alles andere als ihre Meinung wieder.

Ihren Zeitvertreib, Wappen in Leder oder Holz zu brennen, hatte Alma aufgegeben, nachdem sie sich einmal den Daumen verbrannt hatte. Zwei andere Sachen hatten sich hingegen nicht verändert: Alma kämpfte entschlossen für die Rechte der Frau, sie trug dabei immer einen schönen Hut und war der Meinung, dass beides kein Widerspruch war, im Gegenteil. Schließlich war sie überzeugt, Frauen müssten immer ihre Stärken betonen, und was bei der einen ihr ausladendes Hinterteil und bei der anderen ihre Wespentaille war, war bei Alma nun mal der Kopf. Vorzugsweise setzte sie ihn mithilfe von Ungetümen aus Chiffon, Musselin-Rosen, Glasperlen und englischer Spitze in Szene.

Seit ein Frankfurter Anatomieprofessor kürzlich behauptet hatte, dass Schädel und Gehirn bei Frauen grundsätzlich kleiner als bei Männern seien, weswegen der Mann mehr Festigkeit besäße, mutig, kühn und entschlossen sei, die Frau hingegen von wechselnden Launen geplagt, geschwätzig, furchtsam und nachgiebig, trug Alma ihren Hut aus Protest sogar in ihrer Wohnung. Und als derselbe Professor überdies erklärt hatte, dass man Frauen nicht nur aufgrund ihres kleineren Gehirns, sondern wegen ihrer größeren Schamhaftigkeit nicht zum Medizinstudium zulassen dürfe – unmöglich sei ihnen eine Ausführung über die Geschlechtsorgane zuzumuten –, hatte Alma sogar ernsthaft überlegt, mit ihrem Hut eine dieser Vorlesungen zu besuchen, und zwar *nur* mit dem Hut. »Dem bringe ich Dinge über Geschlechtsorgane bei, von denen er selbst keine Ahnung hat!«, hatte sie kampfbereit gerufen.

Fanny wusste nicht, was Geschlechtsorgane genau waren. Dank der Ausführungen ihrer Tante Alma wusste sie immerhin, dass selbst Frauen wie ihre Mutter unterhalb der Taille

Körperteile aus Fleisch und Blut und nicht aus Holz besaßen. »Frag alles, was du willst, Kind«, hatte Alma sie schon frühzeitig aufgefordert und Erklärungen auch dann gegeben, wenn Fanny überhaupt nichts wissen wollte.

An diesem Tag bemerkte Alma ihre Nichte gar nicht, was nicht nur daran lag, dass sie in ihre Lektüre vertieft war. Ein halbes Dutzend Frauen hielt sich in ihrem Salon auf und versperrte Fanny die Sicht. Sie sah von ihrer Tante nur den Hut.

»Die Forderung nach aktivem Wahlrecht steht im Widerspruch zu den tausendjährigen Einrichtungen aller Staaten und Völker«, fuhr Alma zu lesen fort, *»so auch zu der Natur und Bestimmung des Weibes und den ewigen Gesetzen der göttlichen Weltordnung.«*

Almas Stimme zitterte wie die Stoffrosen an ihrem Hut.

Als Fanny sich an den anderen Frauen vorbeidrängte, sah sie mehr von Alma als nur den Hut. Ihre Tante saß, nein, thronte an ihrem Schreibtisch, der sich dort befand, wo früher – als der Raum noch nicht als Salon, sondern als Esszimmer gedient hatte – eine lange Tafel gestanden hatte. Vor fünf Jahren hatte Alma verkündet, der Geist einer Frau habe hungriger zu sein als ihr Bauch, und die Tische austauschen lassen. Dies war die erste Tat gewesen, die sie nach dem Tod ihres Mannes beschlossen hatte.

Wie ihre Schwester Hilde bezeichnete sie ihren Verflossenen als guten Mann. In Almas Fall hatte das allerdings weniger mit Verklärung, vielmehr mit Dankbarkeit zu tun, weil er, der in ihrer Ehe so viel falsch gemacht hatte, zumindest eine Sache gut hinbekommen hatte – nämlich früh zu sterben. Er hatte ihr nicht nur diese Wohnung mit drei großen Räumen gegenüber der Katharinenkirche hinterlassen, sondern auch ein beträchtliches Barvermögen und sein Schreibwarengeschäft in der Hasengasse. Alma hatte alle Waren ausgeräumt und eine Druckerpresse aufgestellt, mit der sie fortan Streitschriften für den Zehnstundentag, Volksschulen und Mädchenbildung sowie den Zugang der Frauen zu Universitäten drucken ließ.

Fanny hatte mittlerweile den Schreibtisch erreicht und trat vor ihre Tante, die immer noch in ihre Lektüre vertieft war. »Tante Alma, ich brauche deine Hilfe.«

Alma hob den Kopf, sah jedoch statt Fanny die anderen Frauen an. Die einen trugen die breite blaue Leinenschürze der Arbeiterinnen, die anderen Kleider, die aus gleichem feinem Stoff gemacht waren wie die Rosen an Tante Almas Hut. So wie Alma laut forderte, dass Frauen selbst für ihr Leben aufkommen sollten, während sie selbst mit großer Selbstverständlichkeit vom Erbe ihres Manne lebte, hatte sie es auch geschafft, einen weiteren Gegensatz zu vereinen und sowohl Vertreterinnen der bürgerlichen als auch der proletarischen Frauenbewegung in ihrem Salon zu versammeln. Das allein war schon Kunst. Noch größer war die Herausforderung, dass ihre Gäste nicht zu streiten begannen. Einmal war aus einem Wortgefecht eine wüste Prügelei entstanden, bei der eine der Frauen der anderen in den Seidenhandschuh gebissen und diese ihr wiederum ein Büschel Haare ausgerissen hatte. »Auch deshalb trage ich immer meinen Hut«, hatte Alma damals lapidar gesagt und hinzugefügt, dass wo kein Streit, kein Feuer sei, und wo kein Feuer sei, niemand den Herrschaften, die Frauenhirne als zu klein erachteten, selbiges unter dem Arsch mache.

Nun fiel Almas Blick endlich auf ihre Nichte, aber bevor Fanny erneut ihr Anliegen hervorbringen konnte, kam jemand in die Wohnung gestürmt, deren Tür immer nur angelehnt war, wenn sich die Frauen trafen.

»Stellt euch vor«, rief ein junges Mädchen, »sie haben Klara Hartmann verhaftet …«

Es wurde gerade mal so lange still, dass das Mädchen fortfahren konnte. Klara Hartmann, so entnahm Fanny den aufgeregten Worten, war Anhängerin der Friedensbewegung und hatte sich als Zeichen des Protestes gegen den Militarismus im Allgemeinen und den drohenden Krieg im Besonderen an das schmiedeeiserne Tor der Polizeipräfektur gekettet.

»Und dann?«, fragte Alma.

»Man hat sie aufgefordert, sich wieder loszuschließen.«

»Und dann?«, fragten nun alle Frauen wie aus einem Mund.

»Dann hat sie offenbar den Schlüssel verschluckt, mit dem sich das Kettenschloss hätte öffnen lassen.«

»Tüchtig«, sagte Alma. »Und wie ging es weiter?«

»Man hat einen Schmied geholt, und der hat die Ketten zum Schmelzen gebracht.«

»Ich hoffe, er hat sich den Daumen so verbrannt wie ich einst mit dem Spiritusbrenner«, warf Alma spöttisch ein.

»Jedenfalls haben sie Klara Hartmann, sobald sie aus den Ketten befreit war, als Unruhestifterin verhaftet«, schloss das Mädchen.

Während die Frauen mit Blauschürzen und Seidenhandschuhen heftig diskutierten, ob Klara Hartmanns Verhalten eine ungeheuerliche Provokation oder ein berechtigter Protest gewesen war, fragte Fanny sich, wie groß der Schlüssel wohl war, den Klara Hartmann geschluckt hatte, und dass er sicher schlimme Bauchschmerzen verursachte.

Sie verschwendete aber nicht viele Gedanken daran, sondern nutzte die Gelegenheit, sich über Alma zu beugen und ihr zuzuraunen: »Mutter erlaubt nicht, dass ich ein Kleid ohne Mieder trage. Was … was soll ich bloß tun?«

Weiterhin diskutierten die anwesenden Damen lautstark

darüber, wie man Klara Hartmann nun helfen könne, Alma hingegen stand auf und forderte Fanny mit einem Nicken auf, mit ihr zu kommen. Fanny folgte ihr aus dem Zimmer, allerdings nicht in den Raum nebenan, wo der alte Esstisch sich nun befand – mit der Platte auf dem Boden, um Platz zu sparen und um die Tischbeine als Hutständer zu nutzen –, sondern aus der Wohnung hinaus.

Ihre Tante hatte das Haus bereits schnellen Schritts verlassen, als Fanny sie einholte. »Wirst du mit Mutter reden?«, fragte sie keuchend.

»Ich werde mit einem Anwalt reden, damit er Klara Hartmann aus dem Gefängnis holt, und du kannst mich gern begleiten und was dabei lernen.«

»Was denn?«

»Nun ja …« Alma hielt inne und musterte ihre Nichte streng. »Egal, ob du ein bestimmtes Kleid tragen, Medizin studieren oder verkünden willst, dass Friede der Menschheit besser bekommt als Krieg: Wenn jemand einer Frau ein ›Geht nicht!‹ entgegenbellt, erklärt sie selbstbewusst: ›Geht *doch!*‹« Alma war gerade noch lange genug stehen geblieben, um diesen Satz zu Ende zu bringen, gleich danach hastete sie weiter. Mit ihrem festen Schuhwerk war das ein Leichtes, Fanny kam ihr kaum nach. »Meine Güte!«, rief ihre Tante spöttisch. »Was trippelst du wie ein Prinzesschen?«

»Mutter verlangt, dass ich Gummibänder um die Knie trage, damit ich nicht zu weit ausschreite. Eine Frau hat eben nur winzige Schritte zu machen.«

Alma kicherte. »Hi-Ha-Ho-Hu-Humpelrock«, witzelte sie. »Na, wenn du den gern trägst, bitte. Aber ist es nicht ein wenig kurios, dass du das Korsett ablegen willst und diese Gummibänder behältst?« Sie lachte und marschierte weiter.

»Tante Alma, so warte doch!«

»Leg diese dummen Dinger ab!«

Seufzend beschloss Fanny, den Befehl zu befolgen, was jedoch nicht gerade einfach werden würde. Der Drehorgelspieler mit dem keckernden Rhesusäffchen auf den Schultern sollte schließlich nicht ihre nackten Beine sehen. Kaum hatte sie diesen hinter sich gelassen, verlangte eine Frau, die einen breiten Kinderwagen schob, dass sie Platz machte. Und dann kam noch der Milchmann seines Weges und pries laut seine Milch, worauf prompt jemand brüllte: »Hast sie bestimmt wieder mit Kalkwasser gemischt!« Der Rhesusaffe keckerte noch lauter.

Endlich fand Fanny eine dunkle Ecke, zog sich die Gummibänder von den Beinen, stand nun aber vor einem neuen Problem: Unmöglich konnte sie mit Gummibändern in der Hand vor einem Anwalt erscheinen. Allerdings war ohnehin fraglich, ob sie diesen überhaupt jemals zu Gesicht bekommen würde. Alma war nämlich verschwunden.

»Tante Alma!«

Noch lauter als sie schrie der Milchmann, um die schiefen Klänge der Drehorgel zu übertönen, und so blieb Fanny nichts anderes übrig, als loszulaufen.

Sie war sich nicht sicher, wo sich die Kanzlei des Anwalts befand, vermutete indes, dass Almas Ziel der Römer, das Rathaus in Frankfurts Altstadt, war. Nicht dass es leicht war, in jenem Labyrinth aus Gässchen, in die kaum je die Sonne fiel, jemanden zu finden. Die Fachwerkhäuser standen so dicht nebeneinander, neigten sich oft sogar nach vorne, und spätestens an den Verkaufsständen, Schirn genannt, an denen überall Kräuter für die Grüne Soße und frisches Ochsenfleisch angepriesen wurden, musste man sich regelrecht vorbeizwängen.

»Tante Alma! Tante Alma!«

Kurz nachdem Fanny Kräuter samt Ochsenfleisch hinter

sich gelassen hatte, sog sie den Duft von Bienenwachskerzen ein, von einer Frau gezogen, die gerüchteweise nicht sprach, sondern nur wie Bienen summte. Fanny wollte sie trotzdem fragen, ob sie Alma gesehen hätte – ihr Hut war schließlich sehr auffällig –, da passierte es. Den Blick beharrlich auf die Bienenwachskerzen gerichtet, prallte sie erst mit dem Kopf gegen einen Mann und dann, ob der Wucht des Zusammenstoßes stolpernd, mit den Knien auf die Pflastersteine. Ersteres tat nicht so weh, denn ihre Stirn hatte einen weichen Bart getroffen, eines der Knie aber war blutig geschrammt.

Hättest du bloß die Gummibänder getragen, hörte sie ihre Mutter schimpfen.

Fanny hob den Kopf und vernahm erst einmal gar nichts mehr, versank nur in dem Anblick, der sich ihr bot. Ein blonder gestutzter Schnurrbart, ein liebes Lächeln, das die strenge Wirkung des Bartes minderte, Haar, das in weichen Wellen in die hohe Stirn fiel, ohne dass der junge Mann zu weiblich wirkte, sondern vielmehr elegant. Der dunkle Anzug ließ Fanny an den Anwalt denken, zu dem Alma unterwegs war, die feinen Hände an einen Musiker.

Und in den eigenen Händen hielt sie immer noch die dummen Gummibänder, verdammt!

Allerdings schien der junge Mann diese gar nicht wahrzunehmen, war sein Blick doch ebenso starr auf Fannys Gesicht gerichtet wie ihrer auf seines, nahm wohl rosige Wangen wahr und blaue Augen, vor allem rotbraune Locken, die man mit dem heißesten Brenneisen nicht glätten konnte und die Fannys Mutter, wenn sie sie wieder einmal mit der Bürste bearbeitete, gern als Heiligenschein, der nicht von Gott, sondern vom Teufel kommt, bezeichnete.

»O nein, das wollte ich nicht!«

Der Blick des Fremden ging tiefer, ruhte nun auf ihrem

blutigen Knie … dem nackten Knie. Eigentlich sollte ein Mann diesen Teil ihres Körpers nicht sehen dürfen, erst recht nicht berühren, und doch fuhr seine Hand unwillkürlich zu ihrer Wunde.

Eine Schulfreundin hatte Fanny gegenüber einmal behauptet, eine Frau würde ein Kind bekommen, wenn ein Mann ihre nackte Haut berührte.

»Unsinn«, hatte Fanny erwidert, »sie muss nach ihm auf demselben Stuhl sitzen, und zwar solange er noch warm ist.«

Mit der Zeit war sie sich dessen nicht mehr so sicher. Vermutlich musste man nicht nur auf dem Stuhl sitzen, sondern dabei obendrein nackt sein. Wer aber setzte sich schon ohne Kleider auf einen Stuhl? Und warum gab es trotzdem so viele Kinder auf der Welt?

Als die Fingerkuppen des Mannes über ihr nacktes Knie fuhren, kitzelte es jedenfalls, und dieses Kitzeln ließ den brennenden Schmerz vergessen, nicht allerdings die Verwirrung. Es kitzelte nun auch in Fannys Magen – ein wenig so, als hätte sie etwas Leichtes, Weiches verschluckt.

»Soll ich einen Arzt holen?«, fragte der junge Mann.

»Das … das ist nicht notwendig.«

Er zog die Hand zurück, das Kitzeln blieb. Fanny ließ die Gummibänder unauffällig in ihrer Kleidertasche verschwinden und zog sich den roten Seidenschal von den Schultern, um diesen um die Wunde zu wickeln. Obwohl ihre Hände kaum merklich zitterten, gelang es ihr, einen Knoten zu schlingen.

»Können Sie auftreten?«, fragte der junge Mann. Ehe sie bejahte, reichte er ihr schon den Arm, und sie stützte sich darauf. »Sie erlauben mir doch, Sie nach Hause zu geleiten?«

Fanny zögerte. »Eigentlich muss ich hier auf meine Tante warten. Wir haben uns vorhin aus den Augen verloren …«

»Dann würde ich gern mit Ihnen warten, aber das können wir auch in einem Café, nicht? Darf ich Sie auf eine heiße Schokolade einladen?«

Als er ihn aussprach, erschien der Vorschlag dem jungen Mann wohl selbst etwas verwegen, denn Röte schoss ihm ins Gesicht. Fanny lief ebenso glühend rot an. Es lag ihr schon auf der Zunge zu sagen: »Das geht auf keinen Fall!« Dann musste sie an Alma denken und an deren Lektion, dass eine Frau niemals Gummibänder tragen, aber dem Leben immer ein selbstbewusstes »Geht *doch!*« entgegenrufen sollte.

»Wenn … wenn Sie meinen«, stammelte sie.

Sie ließ seinen Arm nicht los, als er sie am Ochsenfleisch und den Kräutern für die Grüne Soße vorbei zu einem Café auf dem Liebfrauenberg führte.

Der Besitzer des Cafés am Liebfrauenberg behauptete, er sei Wiener, der Ober, der sie bediente, gab vor, Franzose zu sein. Ob es stimmte – sie wussten es nicht. Es war schon schwierig genug zu rätseln, was sich hinter den Namen all jener Kaffeespezialitäten verbarg, die auf der Karte aufgelistet waren. Fanny war erleichtert, darin versinken zu können, denn ihr Gespräch war bislang recht einsilbig verlaufen.

»Georg König«, hatte sich der junge Mann soeben vorgestellt.

»Und ich heiße Franziska Prinz«, hatte Fanny erwidert und gekichert. »Das war natürlich nur ein Spaß«, fügte sie ob seiner verdutzten Miene hinzu. »Franziska heiße ich wirklich, aber alle rufen mich Fanny, mein Nachname ist allerdings Seidel.«

»Fanny«, sagte er und sonst nichts.

Sie kicherte wieder, es klang noch alberner als zuvor in ihren Ohren – wahrscheinlich auch in seinen. Gott, wenn er längst bereute, sie eingeladen zu haben?

»Was … was ist eigentlich ein Biedermeier?«, fragte sie schnell.

»Wenn ich es recht im Kopf habe, wird dem Kaffee ein Schuss Marillenlikör zugefügt.«

»Und was ist eine Marille?«

Georg zuckte mit den Schultern. Fannys Großmutter Elise hätte es wahrscheinlich gewusst, nur war die einige Jahre zuvor gestorben. Außerdem hätte sie wohl nicht Kaffee mit etwas Likör, sondern lieber viel Likör ohne Kaffee getrunken.

»Eine Schale Braun wird jedenfalls aus einer Hälfte Kaffee und einer Hälfte Milch zubereitet«, sagte Georg schnell.

»Und er wird wirklich in einer Schale serviert?«

Er zuckte erneut mit den Schultern und lächelte. »In einem Suppenteller jedenfalls nicht.«

Ihr Kichern klang jetzt befreit. »Und der Fiaker heißt so, weil er während einer Kutschfahrt getrunken wird?«

»Jedenfalls ist das ein großer Mokka im Glas mit viel Zucker und einem Gläschen Sliwowitz.«

»Sliwowitz!« Sie lachte nun aus vollem Hals. »Was ist das denn?«

»Keine Ahnung. Schildkrötensuppe? Krokodilsgulasch? Schlangenauflauf?«

»Vorhin habe ich einen Leierspieler mit Rhesusäffchen gesehen. Ich hoffe, der Koch hat es nicht auf das Tierchen abgesehen.«

Er stimmte in ihr Lachen ein, woraufhin der französische Ober ihnen einen bösen Blick zuwarf.

»Er sieht so aus, als würde er Ihnen am liebsten Katerkaffee kredenzen wollen«, sagte Georg. »Das ist starker Mokka mit Zitronenschale.«

»Gott behüte!«, entfuhr es Fanny.

»Monsieur, Mademoiselle!«, der Ober kam näher, doch an-

statt die Bestellung aufzugeben, beugte sich Georg vertraulich zu ihr rüber, sodass sie seinen warmen Atem fühlen konnte. »Er ist sicher kein Franzose, sondern Frankfurter oder Eschborner.«

»Wenn der Herr die Freundlichkeit hätte, auch mich seine Bestellung wissen zu lassen?«, näselte der Mann.

Georg blickte hoch, sein Gesichtsausdruck wurde geschäftsmännisch. *»Si Monsieur avait l'amabilité de nous servir deux chocolats chauds.«* Wenn der Herr die Freundlichkeit hätte, uns zweimal heiße Schokolade zu bringen.

Der Ober wurde eine Spur bleicher – ob vor Verlegenheit, Stolz oder Zorn wusste Fanny nicht. Die eigene Gemütslage konnte sie erst recht nicht beschreiben. Französisch! Georg sprach Französisch! Die Sprache der Mode. Die Sprache ihrer Träume.

Irgendetwas zwischen Rippen und Hüfte machte einen schmerzhaften Satz. Sie war nicht sicher, was es war – wahrscheinlich der Grund, aus dem Frauen wie ihre Mutter den Töchtern gern enge Korsetts anlegten –, sie wusste nur, dass er in diesem Augenblick restlos ihr Herz gewann.

»Sie beherrschen wirklich Französisch?«, rief sie, als der Ober sich von ihrem Tisch entfernt hatte.

»Mais oui!«

»Oh, Sie müssen es mir unbedingt beibringen. Ich habe versucht, es zu lernen, mit einem alten Wörterbuch meiner Tante. Aber es ist so schwer, sich die Vokabeln zu merken. Für ein Wort wie Seidenunterwäsche muss man sich ganze vier französische Wörter merken: *sous-vêtements en soie.«*

Zu spät biss sie sich auf die Lippen, war es doch gewiss nicht damenhaft, mit einem Mann über Unterwäsche zu reden, egal ob aus Seide oder nicht.

»Warum wollen Sie denn wissen, was Seidenunterwäsche

heißt?«, fragte er dagegen ernsthaft und ohne erneut zu erröten.

»Nun, ich will mich über Mode unterhalten können. Eines Tages werde ich nämlich eine berühmte Modeschöpferin sein. Ich werde Kleider entwerfen und …« Als er sie mit einem Nicken aufforderte weiterzusprechen, konnte sie sich nicht mehr halten. Sie erzählte ihm von dem blassroten Kleid und von Hildes Reaktion, immer schneller nun, als gälte es, vor der eigenen Unbeholfenheit fortzulaufen, vor der hartnäckigen Stimme ihrer Mutter, die sie immer noch im Ohr hatte, vor all den Ängsten und Zweifeln, dass sie gar nicht so viele französische Wörter würde lernen können, um nicht eines Tages als *Corsetière* zu enden und den Lungen wie den Träumen von Frauen die Luft zum Atmen zu nehmen. »Ich finde, es ist wichtig, dass sich eine Frau frei bewegen kann«, endete sie schnell, »ganz gleich bei welcher Tätigkeit, auch bei diesem Sport zum Beispiel, den man Tennis nennt. Sie wissen vielleicht … Man schlägt mit zwei Bratpfannendingern auf einen Ball ein.«

Georg lachte. »Bratpfanne heißt auf Französisch übrigens *poêle à frire.*«

»Wie immer es heißt. Jedenfalls schwitzt man, weswegen man Kleidung aus leichtem Stoff tragen sollte, die nicht am Körper klebt und …«

Sie kam ins Stocken – nicht, weil über weiblichen Schweiß zu reden womöglich noch vertraulicher und deshalb verbotener war als über Seidenunterwäsche, sondern weil sie auf dem Liebfrauenberg ihre Mutter und Tante Alma erblickte. Vor ihrer Mutter hätte sie sich versteckt – notfalls hinter dem Ober, der nun die Tassen mit der heißen Schokolade brachte. Ihrer Tante Alma wollte sie allerdings keine Sorgen bereiten.

»Tut mir leid, ich muss …«, setzte sie an, sprang hoch, prallte fast mit dem Ober zusammen.

»Mademoiselle!«, rief der empört.

»Jetzt laufen Sie doch nicht davon!«, rief Georg und erhob sich. »Wenn es jemand mit der Bratpfanne auf Ihren Kopf abgesehen hätte, würde ich mich heldenhaft dazwischenwerfen.«

Fanny blieb stehen, aber da hatte ihre Mutter sie schon entdeckt, und als Hilde in das Café stürmte, beschränkte sich Georgs heldenhaftes Dazwischenwerfen darauf, vorzutreten und einen schüchternen Diener zu machen.

Hilde hatte ausnahmsweise mal keine Stecknadel zwischen den Lippen, was bedeutete, dass ihre Stimme noch schneidender war, als sie sie schalt, wo sie gewesen sei, wie sie fortlaufen könne, für ein Mädchen schicke sich das nicht. Dann glitt ihr Blick auf Georg, blieb an ihm hängen. Die Augen weiteten sich, die Lippen formten ein lautloses O.

Er verbeugte sich erneut. »Gestatten Sie mir, mich vorzustellen, Georg König ist mein Name, und es ist wahrhaft unverzeihlich, dass ich Ihre Tochter entführt habe. Allerdings hat sie einen kleinen Unfall erlitten und das durch meine Schuld, fürchte ich. Er hatte keine schlimmen Folgen, ich hielt es dennoch für meine Pflicht, mein Versehen mit einer Tasse Schokolade wiedergutzumachen. Kann ich Sie vielleicht dazu überreden, uns Gesellschaft zu leisten, gnädige Frau? Bei einem Tässchen Kaffee mit Sliwowitz?«

Fanny war überzeugt, dass ihre Mutter nun erklären würde, niemals Alkohol zu trinken, doch als sie endlich die Sprache wiederfand, brachte sie nur ein »Georg König?« hervor.

Er nickte unschlüssig, und Hilde riss die Augen noch weiter auf. Tante Alma hingegen drängte sich an ihr vorbei. »Ich nehme den Kaffee mit Sliwowitz gern, obwohl ich nicht weiß, was das ist. Es klingt auf jeden Fall interessant. Gerechterweise hat man Klara Hartmann übrigens wieder aus dem Gefängnis entlassen, obgleich mit der Auflage, ein Bußgeld zu zahlen.«

Fanny sah Georg an, dass er tausend Fragen hatte. Ihr lag auch eine auf der Zunge, nämlich die, was »Geht doch« auf Französisch hieß. Nun, notfalls würde sie es ihrer Mutter eben auf Deutsch sagen, wenn diese ihr verbieten würde, den fremden jungen Mann, dessen Verhalten mit ihrem blassroten Kleid etwas gemein hatte, nämlich gegen alle guten Sitten zu verstoßen, jemals wiederzusehen.

Hilde tat nichts desgleichen. Sie bedankte sich bei Georg, dass er auf ihre geliebte Fanny aufgepasst hatte, und das mit einem so süßen Ton, als hätte sie keine Stecknadel, sondern ein schokoladenüberzogenes Praliné verschluckt.

»Leider sind wir in Eile, aber allzu gern würde ich Sie am kommenden Sonntag in unser bescheidenes Heim zu unserer nachmittäglichen Teestunde einladen.«

Fanny wusste, dass die reichen Bürger Frankfurts sich gern ein Vorbild an den Engländern nahmen und regelmäßig Tee tranken, aber sie konnte sich nicht erinnern, dass bei ihnen zu Hause jemals vom Frühstück abgesehen Tee getrunken wurde. Bevor sie etwas dazu sagen konnte, zog Hilde sie wie erwartet am Arm, und um nicht zu stolpern und ein zweites Mal auf das blutende Knie zu fallen, folgte sie ihr widerwillig ins Freie.

Geht doch, geht doch, geht doch!, hämmerte es unaufhörlich in ihrem Kopf, doch auch auf der Straße lächelte ihre Mutter immer noch, und ihr Lächeln war zuckersüß.

»Was für ein Glück, dass du ausgerechnet diesem Mann vor die Füße gefallen bist«, sagte sie schwärmerisch.

Fanny war verwirrt. »Ich bin ihm nicht vor die Füße gefallen, ich bin mit ihm zusammengestoßen.«

»Was für ein Glück, dass du ihn regelrecht verzaubert hast«, fuhr Hilde fort.

Fanny musterte ihre Mutter ratlos, doch während diese sie losließ, erklärte Alma, die auf den Kaffee mit Sliwowitz verzichtet hatte und ihnen gefolgt war: »Georg König ist der Besitzer eines der großen Modehäuser Frankfurts. Sein Vater muss unermesslich reich gewesen sein – er hat sich seinerzeit mit fünfzehntausend Goldmark in das Unternehmen eingekauft. Vor zwei Jahren ist Georg König senior gestorben, ich glaube, nicht lange nach seiner Frau. Georg König junior ist sein Alleinerbe.«

»Es ist das modernste Geschäftshaus, das man sich denken kann!«, schwärmte Hilde. »Denk dir, nicht nur die Ladenräume werden elektrisch beleuchtet, auch die Schaufenster.«

Fanny konnte sich vage erinnern, sich an diesen Schaufenstern die Nase platt gepresst zu haben, um die französischen Kleider darin zu mustern. Zumindest war sie überzeugt gewesen, dass es französische waren, waren sie doch elegant und schick und außergewöhnlich. *Extraordinaire.*

O Gott, Georg konnte Französisch!

»Lässt du mich das blassrote Kleid tragen?«, fragte Fanny.

»Viel lieber wäre mir, du würdest bald ein weißes Kleid tragen«, sagte ihre Mutter und zwinkerte ihr vielsagend zu.

Fanny verstand kein Wort.

»Mittlerweile ist es ja modern geworden, in Weiß zu heiraten«, mischte sich Alma ein, »selbst für gewöhnliche Sterbende. Ich halte davon nicht viel. Unsere Mutter hat seinerzeit bei ihrer Hochzeit Rot getragen, weil sie immer schon exzentrisch war – ich glaube, der rote Schal, den du da trägst, war ihr Brautschleier. Und ich habe mich für Schwarz entschieden, weil ich mich mit den Bauersfrauen solidarisieren wollte.«

»Du hast wie eine Witwe ausgesehen«, sagte Hilde unerbittlich.

»Ein gutes Omen, wenn du mich fragst«, meinte Alma trocken.

Hilde blitzte sie wütend an, aber entschied anscheinend, sich nicht auf einen Zweikampf einzulassen, bei dem sie ja doch meist unterlag. Sie winkte Fanny, endlich mit ihr zurück in die Schneiderwerkstatt zu kommen, und Fanny folgte widerwillig, wenn auch nicht ohne sich noch einmal umzudrehen und nach Georg Ausschau zu halten. Durch die Caféhausfenster konnte sie erkennen, dass er eine Tasse Schokolade austrank, dann nahm er die zweite – vielleicht, weil er nichts verschwenden wollte, vielleicht, weil der strenge Ober ihn dazu zwang.

»Magst du ihn?«, fragte Alma mit rätselhafter Miene, während Hilde schon ungeduldig voranging.

»Er … er spricht Französisch«, gab Fanny zurück.

»Und seit wann ist das ein Grund, jemanden zu mögen oder nicht?« Fanny zuckte mit den Schultern. »Keine Angst«, sagte Alma da verschwörerisch grinsend. »Ich schreibe dir weder vor, was du tun noch was du fühlen sollst. Über dein Leben entscheidest du. Deine Mutter und ich, wir mischen uns da nicht ein. Und Französisch ist ja auch wirklich eine klanghafte Sprache. Ich finde trotzdem, eine Frau muss keinen Herrn König heiraten, um eine Königin zu sein.«

Fanny zuckte wieder mit den Schultern. »Wer denkt denn schon ans Heiraten?«

»Der Krieg beschleunigt die Dinge, die Liebe ebenso.«

Fanny hatte wenig Ahnung vom Krieg, aber genug, um ihrer Tante zu widersprechen: »Liebe und Krieg haben nichts miteinander gemein.«

»Freiheit und Liebe oft auch nicht«, sagte Alma und wurde

ganz kurz ernst, ehe sie schelmisch hinzufügte: »Und jetzt sag, wie du diese grässlichen Gummibänder losgeworden bist.«

Erst jetzt fiel Fanny wieder ein, dass sie den roten Schal um das blutende Knie gewickelt hatte. Und da sie nun wusste, welche Bedeutung er einst für ihre Großmutter Elise gehabt hatte, tat ihr diese Gedankenlosigkeit leid.

Hoffentlich lassen sich die Blutflecke wieder auswaschen, dachte sie und erzählte Alma lieber nichts davon.

LISBETH

1944 – 1945

Als Fannys Liebesgeschichte begann, hatte diese keine Ahnung, was der Krieg, vor dem die Welt stand, bedeuten würde. Als die Liebesgeschichte meiner Mutter Lisbeth begann, wusste diese alles vom Krieg, der ihre Welt zerfetzt hatte, vor allem, dass er, selbst wenn er endete, doch nicht aufhörte, vor allem nicht in den Träumen. Nachts begann er von Neuem oder dauerte immer noch an, als wäre das Leben ein Grammofon und der Mensch eine Schellackplatte, die zerkratzt wurde, weil die Nadel stets an der gleichen Stelle hängen blieb. Bei Lisbeth war diese Stelle der 22. März 1944, ein Tag, der ihr Leben in zwei Teile hackte, in ein Davor und Danach.

An jenem Tag – manch einer nannte es Schicksal, dass es der 112. Todestag von Johann Wolfgang von Goethe, einem großen Sohn der Stadt, war – starb Frankfurts Altstadt. Bevor Lisbeth Zeugin dieses Todes wurde, hörte sie einen Clown lachen. Sie hatte sich überreden lassen, ins Kino zu gehen und sich den Zirkusfilm *Akrobat, schö-ö-ö-n* anzuschauen, in dem es nicht nur um besagten Clown ging, sondern auch um eine Tänzerin auf dem Weg zum Erfolg. Irgendwann hatte sie ihre Mutter Fanny einmal sagen hören, dass Clowns böse seien, aber kurz darauf war Fanny aus ihrem Leben verschwunden, und das bedeutete, dass *sie* böse war, dass nicht die Clowns es waren.

Lisbeth amüsierte sich jedenfalls prächtig und wollte ihren Kindern von dem Clown erzählen, doch als sie nach Hause kam, schliefen die beiden schon, und ihre Haushälterin Frieda, die sie gehütet hatte, hielt den Kopf so dicht übers Radio gebeugt, als wollte sie hineinkriechen.

»Kassel«, sagte sie nur, als Lisbeth eintrat, und ihre Stimme klang erleichtert.

»Kassel«, wiederholte Lisbeth, und ihre Stimme verriet Schuldgefühle. Weil sie im Kino gelacht hatte. Weil es eine andere Stadt, andere Menschen treffen würde.

»Froangfort werrn se schone, in Froangfort wolle se wohne«, fügte Frieda in ihrem südhessischen Singsang hinzu. Diese Worte fielen nicht zum ersten Mal, und mittlerweile zuckte Lisbeth nicht mehr zusammen, obwohl es Hochverrat war zu glauben, dass der Krieg verloren war. Frieda beugte sich wieder über das Radio. »Wärschd säje, alles wärd gud.« Lisbeth lugte ins Schlafzimmer, wo Martin und Rieke schliefen, ihre Händchen fest aneinandergeklammert. Womöglich würden sie nicht über den Clown lachen, wenn sie ihnen davon erzählte, sondern sich vor ihm fürchten.

Sie selbst packte auch die Angst, als Frieda plötzlich aufschrie.

»Kommen sie doch nach Frankfurt?«, fragte Lisbeth.

»Fraa Käthe is wegg!«

Frau Käthe war Friedas grau gefleckte Katze, die irgendwann mal so geheißen hatte wie alle von Friedas ehemaligen Katzen, nämlich Schnurrli. Aber sie hatte, indem sie selbstgefällig auf dem größten Stuhl am Esstisch thronte oder von Friedas Teller stibitzte, unmissverständlich klargemacht, dass sie als Mensch betrachtet, so behandelt und so genannt werden wollte.

Auf besagtem Stuhl hafteten nun weiße Haare, ansonsten war er leer. Es war einer der ersten lauen Abende des Jahres, Frieda hatte das Fenster einen Spaltbreit geöffnet, und Frau Käthe hatte die Gelegenheit hindurchzuschlüpfen nicht verstreichen lassen.

»Woann se werrer en Suppeknoche stiehlt wie leddschdes Mol, wärd mer se erschlage!«, rief Frieda verzweifelt.

»Ich gehe sie suchen«, sagte Lisbeth.

Das viele Wasser in den Beinen machte Frieda zu schaffen, und mehr noch die Angst vor der Dunkelheit, die sich eben über die Stadt senkte – nicht ohne dass die Sonne den nahen Main rötlich glühen ließ. Obwohl sich die Katze kaum hier herumtreiben würde, hatte es Lisbeth von der nahen Altstadt zuerst ans Ufer des Flusses gezogen. Dort verharrte sie eine Weile, genoss Licht und Wärme, hatte noch keine Ahnung, dass man den blutroten Fluss später als schreckliches Omen für das große Feuer deuten würde. Damals hatte sie das Lachen eines Clowns ja auch noch für ein Zeichen seiner Fröhlichkeit gehalten, nicht für seine tiefe Trauer.

»Frau Käthe!«, begann Lisbeth schließlich zu rufen. »Frau Käthe!«

Nirgendwo war eine grau gefleckte Katze zu sehen. Genau genommen war nach Einbruch der Nacht überhaupt nichts zu sehen, herrschte doch striktes Verdunkelungsgebot. Nur die Bordsteine, Treppen und Hausecken waren mit Leuchtfarbe bestrichen worden.

Sie gab trotzdem nicht auf, und eine halbe Stunde später – sie war wieder in die Nähe ihres Hauses auf dem Römerberg zurückgekehrt – vernahm sie ein Miauen. Und Sirenen.

Es ist nicht Kassel, es ist Frankfurt, schoss es ihr durch den Kopf, während die Katze auf sie zugerannt kam. Gewöhnlich war es schon eine große Gnade, sie überhaupt streicheln zu dürfen, jetzt ließ sich Frau Käthe sogar von ihr auf den Arm nehmen. Sie war fast so schwer wie Martin, in jedem Fall schwerer als Rieke, und sie hörte sie schnurren. Oder nein, sie konnte es nicht hören, die Sirenen waren zu laut, sie konnte es nur spüren. Vielleicht schnurrte Frau Käthe auch gar nicht, vielleicht zitterte sie nur. Sie selbst zitterte ja ebenso, konnte kaum einen Schritt geradeaus machen.

»Alles wird gut«, flüsterte sie dem Tier ins Ohr, weil sonst niemand da war, dem sie das einreden konnte, vor allem nicht die Kinder.

Himmel, die Kinder! Sie musste heim zu ihnen! Frieda würde mit dem Wasser in ihren Beinen ewig brauchen, sie in den Luftschutzkeller zu bringen. Trotz des Zitterns begann Lisbeth zu laufen, kam aber nur ein paar Schritte weit, ehe sie jemand am Arm packte.

»Runter!«, schrie ein Soldat, drängte sie und eine weitere Frau, die er mit der anderen Hand gepackt hielt, in ein Haus, um zu verhindern, dass die Bewohner der Altstadt einmal mehr Richtung Zeil, der großen Einkaufsstraße, deren Kaufhäuser bessere Luftschutzräume hatten, flohen. Lisbeth kämpfte gegen den Griff des Soldaten an, Frau Käthe nun gegen ihren. Sie spürte die Krallen, der Soldat schien nichts zu spüren. »Hierbleiben!«, bellte er.

Sein Griff lockerte sich, jedoch nur, weil er sie eine schiefe Treppe hinunterstieß. Lisbeth fand sich in einem der kalten, feuchten Löcher unter den Häusern der Altstadt wieder, die nicht einmal taugten, Keller genannt zu werden, geschweige denn Luftschutzraum. Eine Tür fiel zu, irgendwo schrie ein Säugling.

An alles, was danach geschah, konnte Lisbeth sich nicht mehr in der richtigen Reihenfolge erinnern. Dunkle Löcher klafften in ihrem Gedächtnis, als hätten die Bomben nicht nur ganze Häuser, sondern auch ihre Erinnerungen zerfetzt, nur zwischendrin leuchteten einzelne grelle Bilder auf. Wie sie Frau Käthe am Schwanz zu sich zog, als diese zu fliehen versuchte, die Katze sie wieder kratzte, sie sie aber trotzdem nicht losließ. Wie ihr gegenüber eine Frau saß und strickte und ständig murmelte: »Eine glatt, eine verkehrt.« Wie eine andere Frau sich verzweifelt an ein Gurkenglas klammerte und dass die Gurken mit einer dicken Schicht Schimmel bedeckt waren. Wie ein Mann mit Kopfverband stöhnte und die Frau mit dem Säugling einen Daumen in den Mund steckte und den anderen dem Mann. Lisbeth fühlte kein Schnurren, kein Zittern mehr. Da waren nur Druckwellen von den Einschlägen, die das Trommelfell zu zerreißen schienen. Rieke, Martin, sie musste zu ihnen … sie konnte nicht zu ihnen … der Soldat ließ niemanden aus dem Keller. Zumindest nicht als es anfing, erst als es vorbei war. Nein, es war nicht vorbei, aber die Luft war plötzlich nicht mehr feucht und kalt, sie war heiß.

»Raus!«, brüllte irgendjemand. »Raus! Sonst ersticken wir alle!«

Sie wusste nicht, wie sie die Treppe hochkam, nur dass der Soldat verschwunden war und sie Frau Käthe immer noch hielt. Nicht länger waren Einschläge zu hören, dafür ein Knistern und Brausen, das Geräusch von knackendem Holz und berstenden Balken. Lisbeth rührte sich nicht, Frau Käthe rührte sich nicht, irgendjemand versetzte ihr einen Stoß, und sie stolperte ins Freie, nein, nicht ins Freie, in ein Flammenmeer. Der Himmel war blutrot wie am Abend der Fluss, Funken tanzten greller als die Sterne, von den Dächern der Fachwerkbauten züngelten die Flammen hoch, verdichteten sich zu einer ins Riesenhafte anwachsenden Lohe. Selbst der Boden, obwohl gepflastert, schien zu brennen. Das Brausen schwoll an, als nahte ein Gewitter.

»Der Feuersturm!«, brüllte irgendwer. »Zum Main.«

Aber es gab in dieser Welt doch keinen Main, keine Abendsonne, deren Strahlen sich auf ihm brachen, keinen Mond. Wieder wurde sie von jemandem gepackt – dieses Mal war es die Frau, die das Gurkenglas hielt. Wieder wurde sie in einen Keller gestoßen, nur dass der kein Loch war, sondern seine Wände durchbrochen worden waren, um Teil von jenem unterirdischen Tunnelsystem zu werden, das beim Gerechtigkeitsbrunnen endete. Gleich neben diesem befanden sich riesige Löschwasserbecken, und manche sprangen hinein. Lisbeth nicht, Frau Käthe hasste Wasser. Ersparen konnte sie es ihr trotzdem nicht. Sie wurde weitergezogen in Richtung Main, es gab ja doch noch den Fluss, es gab auch noch die Feuerwehr, die dort wartete, die Menschen nass spritzte.

Als das kalte Wasser sie traf, begann Frau Käthe, sich zu winden. Ich darf sie nicht loslassen, dachte Lisbeth. Bloß nicht loslassen. Solange ich die Katze beschütze, beschützt Frieda Martin und Rieke.

Dies war der einzige Gedanke, der ihr durch den Kopf ging, lauter als das Knistern, lauter als das Geschrei, lauter als die letzten rasselnden Atemzüge einer sterbenden Stadt.

Ich darf sie nicht loslassen, ich darf sie nicht loslassen, ich darf sie nicht …

Sie ließ sie nicht los, nur irgendwann genügte es nicht, bloß die Katze zu retten. Mit nur mehr einer Hand hielt Lisbeth das Tier fest, mit der andern entriss sie der Frau das Gurkenglas, schüttete den verschimmelten Inhalt aus.

»Was tust du denn da?«, schrie die Frau und begann zu weinen.

Vielleicht war das Gurkenglas das, was Frau Käthe für Lisbeth war – ein unwürdiger Ersatz für das Liebste auf der Welt. Doch Lisbeth konnte keine Rücksicht darauf nehmen.

»Die Gurken sind schlecht, man kann sie nicht mehr essen«, sagte sie, »aber das Glas kann man noch verwenden.«

Mit dem Glas schöpfte sie Wasser aus den Pfützen, die sich gebildet hatten, spritzte das Wasser auf weitere Menschen, die aus der brennenden Altstadt flüchteten. Es waren so viele Menschen, es war so viel Entsetzen in ihren Gesichtern, es war so wenig Wasser. Auf das Feuer zu spucken, hieß, gegen die Flut einen Deich aus nur einem Sandkorn zu errichten. Lisbeth hörte dennoch nicht auf. Sie wollte etwas tun, sie musste etwas tun, sie durfte weder Frau Käthe loslassen noch das Gurkenglas.

Erst im Morgengrauen ließ sie es fallen, und es zerbarst nicht in viele Scherben, nur in derer zwei. Vielleicht kann man es wieder zusammenkleben, dachte sie, als sie darauf starrte. Vielleicht kann man auch Frankfurt wieder zusammenkleben, vielleicht mein Leben. Man muss nur aufpassen, dass man sich an den Scherben nicht blutig schneidet.

Sie wollte sich bücken, um die beiden Hälften des Glases aufzuheben, und in diesem Augenblick sah sie Frieda mit den Kindern auf sich zulaufen. Auch sie hatten die halbe Nacht im Bombenkeller verbracht, waren von dort geflohen, als es unerträglich heiß geworden war, hatten sich ans Mainufer gerettet.

Lisbeth vergaß das Glas, vergaß ebenso, Frau Käthe festzuhalten, sie stürzte auf Rieke und Martin zu, zog sie an sich, wollte sie nie wieder loslassen. Die Haut der Kinder, sonst so weich, klebte vor kaltem Schweiß, die Haare rochen nach Rauch.

Frau Käthe verschwand in den brennenden Trümmermassen, Frieda weinte.

»Sie wird sich schon durchbringen«, sagte Lisbeth und ließ die Kinder immer noch nicht los, obwohl Martin sich zu winden begann und ihre Hände wie taub waren.

Frieda weinte weiter. »Koan Haus is heil gebliwwe. Froangfort is doud«, stammelte sie. »Frankfurt is doud.«

Lisbeth blickte hoch. Die ganze Nacht über hatte sie nur ein bisschen Wasser auf die Menschen gespritzt, die sich aus der Altstadt hatten retten können, nun wurde sie von einer riesigen Welle der Verzweiflung überrollt.

Wasser kann immerhin Feuer löschen, dachte sie, Verzweiflung aber kann gar nichts. Sie ist so nutzlos wie verschimmelte Gurken, man muss sie wegwerfen, damit ihr Gefäß, die Seele, mit etwas Brauchbarem gefüllt werden kann. Dem Willen weiterzumachen. Und sei es nur aus Trotz.

»Frankfurt ist nicht tot«, sagte Lisbeth, ließ die Kinder los und sah sich um, wo sie anpacken könnte – beim Löschen des Feuers, beim Graben nach Überlebenden, beim Verbinden von Wunden. »Frankfurt ist nur kaputt, und aus etwas Kaputtem kann man etwas Neues machen.«

Noch anderthalb Jahre später, als der Krieg vorbei und doch nicht vorbei war, träumte Lisbeth regelmäßig von jener Nacht, erwachte stets mit verkrampften Händen, weil sie die Bettdecke, die sie im Schlaf mit Frau Käthe und dem Gurkenglas verwechselte, so fest umklammerte. Ihr Nachthemd war nass geschwitzt, wenn sie hochfuhr, ihre Kehle so trocken, als hätte eben noch der Rauch sie verätzt, und sie konnte die Decke immer erst loslassen, wenn ihr Blick auf den Eimer voller Wasser neben ihrem Bett fiel – ein Übrigbleibsel aus jener Zeit, da sich das Phosphor noch Wochen nach dem Einschlag der Bomben entzündete und es die Brandherde einzudämmen galt.

Ich kann etwas tun, war die Botschaft, für die der Eimer stand. Ich kann ein Feuer löschen, ich kann den Krieg überleben. Erst in einer Nacht im November 1945 schien sie den Eimer wirklich zu brauchen, hatte sie doch ein gefährliches Knistern aus dem Schlaf hochschrecken lassen. Kalter Schweiß rann ihr den Rücken hinunter, bis sie erkannte, dass es kein Knistern war, nur ein Klirren. Vielleicht hatte Frau Käthe eine der letzten heilen Teetassen zerbrochen. Sie hatte sich damals wirklich durchgebracht, war allerdings mit verkohltem Schwanz heimgekehrt, von dem, als er abfiel, nur ein Stummel blieb. Von dem Haus wiederum, in dem sie nun lebten, war nur das Erdgeschoss geblieben, und von diesem standen nur mehr drei Wände. Die fehlende hatten sie mit Wellblech und Holzbalken ersetzt, wobei das Klirren nicht von dort, sondern vom Herd und der Kuckucksuhr, die über diesem hing, kam. Frau Käthe hatte den Kuckuck, der früher zur vollen Stunde hinter einem kleinen grünen Fenster hervorgekommen war, eines Tages mit einer Maus verwechselt und gefressen, einen Krach machte das Ungetüm dennoch – wenn auch nicht jetzt. Martin hatte das Klirren verursacht. Martin, der auf einem Stuhl stand und etwas an die Wand zu hängen versuchte.

»Was tust du denn da?«, fragte Lisbeth.

»Das Bild ist runtergefallen.«

Lisbeth trat näher, sah das Bild des Führers, das Frieda einst neben der Kuckucksuhr aufgehängt hatte. Der Rahmen war zu Bruch gegangen, das Bild war noch heil.

Martin versuchte, es wieder am Nagel festzumachen, war aber zu klein, um diesen zu erreichen, und brach in Tränen aus.

»Schscht«, machte Lisbeth. »Das ist doch nicht so schlimm.«

»Das Bild ist kaputt.«

»Man kann aus allem etwas machen, selbst aus Ruinen. Schau dir unser Sieb an, das war früher ein Stahlhelm. Oder unsere Teekanne, die war früher eine Granatenkartusche.«

»Was sollen wir denn aus dem Rahmen machen?«, fragte Martin und weinte noch bitterlicher.

»Vielleicht ein Flugzeug«, sagte Lisbeth schnell. »Du hast dir doch immer ein Flugzeug gewünscht.«

Weitere Tränen perlten aus seinen Augen. »Und woraus sollen wir die Flügel machen?«

»Hm, vielleicht aus Riekes Haarschleife?«

Martin schluchzte in einem fort, bis Lisbeth ihm energisch die Tränen abwischte. »Ja, wir machen aus dem kaputten Holzrahmen und Riekes Schleife ein Flugzeug«, sagte sie entschlossen. »Und das Bild nutzen wir zum Heizen. Mit deinen Tränen können wir aber gar nichts anfangen, also hör zu weinen auf.«

Martin hörte tatsächlich zu schluchzen auf, wenn auch nur aus Verblüffung. »Du willst das Bild verbrennen? Das Bild vom Führer?«, fragte er.

Lisbeths Mann Richard hatte es damals gar nicht erst aufhängen wollen. »Ich zieh in den Krieg«, hatte er gesagt, »das muss genügen. Ich muss nicht noch an ihn glauben wie an den Herrgott.« Lisbeth hatte nie an den Herrgott geglaubt, und an den Führer glaubte sie längst nicht mehr. Es fiel schon schwer genug zu glauben, dass Richard heimkommen würde.

»Jetzt gehst du wieder ins Bett, sonst wird dir noch kälter«, befahl sie.

Um vom Stuhl zu kommen, stieg Martin auf den Koffer, der gleich daneben stand. Immer noch war der bepackt mit Schutzraumgepäck – Decken, Kissen, Taschenlampe, einer Thermosflasche und Papier. Auch Riekes Puppe befand sich darin, ein Erbstück von ihrer Großmutter, mit der Lisbeth einst gespielt und die nur noch ein Auge hatte. »Die Puppe muss schlafen«, hatte Lisbeth erklärt, als sie sie in den Koffer gepackt hatte – genauso wie sie den Kindern erklärt hatte, ihr Vater müsse noch eine Weile fern von Frankfurt schlafen.

Sie brachte Martin in sein Bett zurück und deckte ihn zu.

»Ich hab Hunger«, jammerte Martin.

Am Tag zuvor hatte sie die letzten Getreidekörner durch die Kaffeemühle gedreht und daraus eine Schrotsuppe gemacht. »Ich hole uns etwas zu essen, aber jetzt musst du schlafen. Wenn du aufwachst, bin ich bestimmt zurück, wenn nicht, soll Alma eine Geschichte erzählen.«

Alma, die in der Bombennacht ihre Wohnung in der Nähe der Katharinenkirche verloren hatte und zu ihnen gezogen war, erzählte viele merkwürdige Geschichten. Sie war nicht mehr ganz richtig im Kopf, hatte jüngst gar behauptet, dass nun, da Frieden herrsche, bald eine Frau Kanzlerin werde. »Die Männer haben es schließlich verbockt«, hatte sie erklärt.

»Will keine Kanzlerin!«, hatte Rieke gerufen. »Will eine Königin.«

»Du bist doch eine Königin, Rieke König«, hatte Alma gesagt, obwohl die Kinder Richards Nachnamen trugen.

Jetzt schlief Alma noch – sie teilte sich mit Frieda eine Matratze –, und auch Martin fielen bald wieder die Augen zu. Nur Frau Käthe war wach, als Lisbeth den Kohlenherd befeuerte, um die Reste des Zichorienkaffees vom Vortag aufzuwärmen. Sie strich um ihre Beine, ihr verkohlter Stummelschwanz kitzelte sie.

An diesem Tag sah Lisbeth Conrad zum ersten Mal. Das heißt, eigentlich sah sie ihn nicht, sie spürte ihn nur, als sie nämlich aus dem Fenster kletterte – die Tür ihrer Behausung klemmte – und über ein Brett, das sie an der Fensterbank festgenagelt hatte, nach unten steigen wollte. In der Nacht hatte es geregnet, und der Morgenfrost hatte das Wasser zu einer dünnen Eisschicht erstarren lassen, schon von feinen Rissen überzogen gleich einem Spinnennetz, aber glatt genug, um sie zu Fall zu bringen.

Ich darf nicht ausrutschen, dachte Lisbeth noch und rutschte schon. Ich darf nicht fallen und mir etwas brechen, dachte sie und fiel schon, allerdings nicht auf den gepflasterten Boden, auf etwas Weiches. Das Weiche war ein Mensch, das, was sie festhielt, waren kräftige Hände.

Nichts gebrochen, Gott sei Dank.

Die Erleichterung brauchte sich mit diesem Gedanken auf, für ein Dankeschön reichte es schon nicht mehr.

Hunger, Hunger, die Kinder haben Hunger.

»Sie sollten Salz streuen, bald kommt der Winter«, sagte der Fremde.

Rüde riss sie sich los, sah von dem Mann nichts weiter als seine graue Hose, ungewöhnlich elegant, ungewöhnlich sauber und flickenlos, brachte weiterhin kein Dankeschön hervor.

Winter, Winter, die Kinder werden frieren.

»Ich habe kein Salz«, erwiderte Lisbeth, und da sie auch nichts zum Essen, nichts zum Heizen hatte, ließ sie den Fremden stehen, verlor keinen Gedanken mehr an saubere, elegante Hosen und an kräftige Hände, sondern hastete durchs zerstörte Frankfurt.

Die Stadt war ein Gerippe, die Menschen, die in ihr überlebten, waren Leichenfledderer. Wie ein Hund, der selbst dann nicht vom Knochen ablässt, wenn er das letzte Stück Fleisch abgenagt hat, konnten sie nicht aufhören zu kämpfen. Um das letzte Stück Holz, die letzte Kohle, das letzte Brot, das letzte Stück heilen Stoff. Nur um seine Träume kämpfte niemand mehr, nicht um die Hoffnung, dass auf all die Opfer am Ende doch noch der triumphale Sieg folgen würde, dass der Krieg nicht verloren war.

Wie immer schmerzte das Atmen, hing doch eine Staubwolke, noch zäher als der Novembernebel, über der Stadt. Und wie immer schmerzte es, dass sich die Augen an nichts Vertrautem festhalten konnten. Sie sahen nichts, was sie sehen sollten, nämlich eine heile Welt, sie sahen nur, was sie eigentlich von hier nicht sehen konnten, weil früher Wände dazwischengestanden hatten – den Main. Erinnerungen stiegen hoch, als Lisbeth vor dem Trümmerhaufen stand, der einst das Goethe-Haus gewesen war, Erinnerungen an die *Faust*-Aufführung bei den Römerberg-Festspielen im Jahr 1939. Sie war mit Richard dort gewesen, hatte mit ihm gestritten, ob Mephisto eine gute Besetzung war. »Er sieht nicht aus wie ein Dämon, sondern wie deine alte Puppe«, hatte er gespöttelt.

»Aber meine alte Puppe hat nur ein Auge, Mephisto hingegen besitzt noch beide«, hatte sie dagegengehalten.

Sie selbst hatten auch beide Augen gehabt und waren doch blind gewesen. Man müsse das Böse fürchten, man dürfe nicht über das Böse lachen, hatte Richard gesagt, als hätte er schon gewusst, was das Böse war, als hätte er schon gewusst, wie es sich anfühlte, wenn alles zugrunde ging.

Sie senkte den Kopf, um Mund und Nase unter ihrem Kragen zu verbergen, sah deshalb erst verspätet, dass einer der Menschen, die eigentlich nur für sich kämpften, auf sie zukam … oder nein, auf sie zuhumpelte. Anstelle des rechten Beins war da nur mehr ein schwärender Stumpf.

»Beeil dich«, flüsterte er Lisbeth zu, »bei der Hauptwache steht ein Milchwagen.«

Lisbeth kannte den Mann nicht, aber das hatte nichts zu bedeuten. Sie kannte ja auch dieses Frankfurt nicht, obwohl sie seit Ewigkeiten hier lebte.

»Milch?«, fragte sie verständnislos, das Wort war viel zu weiß für diese graue Welt.

»Beeil dich«, wiederholte der Mann, »vielleicht kriegst du noch was ab.«

Er humpelte weiter, nicht ohne ihr ein aufmunterndes Lächeln zu schenken. Dieses Lächeln erinnerte sie daran, wie Milch schmeckte, süße Milch. Sie könnte sie auf der Brennhexe warm machen, für Rieke, für Martin, sogar Frau Käthe würde etwas davon bekommen. Sie ging schneller, lief ihren Erinnerungen davon, lief der Sehnsucht nach – nicht, um selbst satt zu werden, sondern nur um ihre Kinder satt zu machen. Als sie ankam, keuchte sie. Zu schnell gelaufen für zu wenig Kraft. Zu verzweifelt gebangt für zu wenig Hoffnung.

Sie hätte es wissen sollen. Die Sehnsucht war wie der Staub, der vor der Nase tanzte und die Augen tränen ließ, aber nur weil man hustete.

»Mi … Milch«, stammelte sie, sah sich nach einem Milchwagen um, sah nur eine Frau. »Es soll hier Milch geben.«

Das Gesicht der Frau glich einer Ruine. »Es gibt keine Milch.«

»Doch. Da war ein Mann … Er hat es versprochen …«

»Na und? Die Stadtverwaltung hat auch eine funktionierende Gasversorgung versprochen und Volksküchen. Siehst du irgendwas davon? Das Einzige, was wir in Fülle bekommen, sind Steinstaub und Gestank aus dem Abfluss.«

Lisbeth hustete nicht mehr nur, sie würgte. War überzeugt, dass wenn sie sich übergab, sie keinen Schleim, dafür einen harten, kalten Klumpen ausspucken würde. Erschöpft lehnte sie sich an ein Haus oder das, was von diesem übrig geblieben war. In die zahlreichen Ritzen waren Tücher gestopft worden, sie zog eines heraus und hielt es sich vor die Nase, gerüstet nun, um weiterzugehen, wenn sie auch nicht wusste, wohin. Bevor sie einen Schritt machen konnte, stellte sich ihr die Frau, die erklärt hatte, es gebe keine Milch, in den Weg.

»Den hier kannst du haben.«

Der Staub schien nicht nur schwer auf ihre Lunge, sondern ebenso auf ihren Gedanken zu lasten.

Was … was … Bin ich verrückt? Träume ich? Da steht wirklich eine Frau vor mir … und sie stellt einen Sack Mehl vor mir ab …

Die Frau verweilte nicht lange, sie verschwand alsbald im grauen Dunst, aber den Mehlsack ließ sie tatsächlich zurück. Lisbeths Lippen formten jenes Danke, das sie zuvor ihrem Retter schuldig geblieben war, sie sank auf die Knie, öffnete den Sack.

Aus dem Dank wurde ein Fluch. Sie war verrückt … verrückt, von Milch zu träumen … verrückt, Fremden zu vertrauen … Es war ein Mehlsack, nur war kein Mehl drin, sondern Sand, bedeckt von einer dünnen Schicht Kalk. Dumme Menschen tauschten ihren letzten Schmuck für dergleichen ein. Dumme Menschen tauschten ihr Wissen, dass es in dieser Stadt keine guten Menschen mehr gab, gegen eine falsche Hoffnung.

Nun, sie konnte weder die Hoffnung loslassen noch den Sack, grub immer tiefer im Sand. Vielleicht befanden sich tief unten doch noch ein paar Getreideähren. Und selbst wenn nicht, für irgendetwas musste man den Sand verwenden können! Es war nicht möglich, dass er so nutzlos war wie die Verzweiflung, die sie überkam, wie die Tränen, die ihr in die Augen schossen. Keine einzige perlte über die Wangen.

Sand, Sand, irgendetwas würde sie mit dem Sand anfangen!

Obwohl ihr nicht einfiel, was, erhob sie sich, schleppte den Sack mit sich durchs zerstörte Frankfurt. Nach zehn Schritten kam sie kaum noch weiter, ging dennoch zwanzig Schritte und atmete danach tief durch. Nach dreißig Schritten ließ sie den Sandsack auf den Boden fallen und sich auf die Knie.

Ich schaffe es nicht.

Nie hatten sich ihre Gedanken so weit vorgewagt. Den Glauben an den Sieg hatte sie aufgegeben, den Glauben an den Führer, nicht den Glauben, dass sie stark und erfindungsreich genug war, sich und die Kinder und ihre Tante Alma und Frieda und Frau Käthe durchzubringen.

Ich schaffe es nicht, aus dem Sand etwas Nützliches zu machen.

Und doch ließ sie den Sack nicht los, klammerte sich vielmehr an ihn, zwang sich erst nach einer Weile, den Blick zu heben, festzustellen, wohin sie der Zufall oder eine vage Sehnsucht getrieben hatten, zur Neuen Kräme nämlich, wo sich jenes Gebäude befand, das einst ihr Stolz gewesen war – oder vielmehr der ihres Vaters. Das Modehaus König.

Vor dem Krieg war es eine der ersten Adressen der Stadt gewesen, wenn es um elegante Kleidung ging. Sie selbst hatte nicht nur regelmäßig hinter dem Verkaufstresen gestanden, um Kundinnen zu beraten – sie hatte selbst die Kleider ausgewählt, die sie bei den Zulieferern bestellten, hatte beim einen oder anderen Änderungen vorgenommen, hatte entschieden, wie das Schaufenster dekoriert wurde.

Von diesem Schaufenster war bloß ein Scherbenmeer geblieben, von Schutt bedeckt. Immerhin war nur eine der Wände des Verkaufsraumes zerstört, die anderen waren unversehrt geblieben, ebenso die Tür, wenngleich die halb in den Angeln hing. Darüber befand sich das Namensschild – oder das was davon übrig war: lediglich das D und S von MODEHAUS, und nur das Ö von KÖNIG.

Mit dem Sandsack in der Hand kroch sie über den Schutt, ohne dass ihre Knie zu bluten begannen, drückte gegen die Tür, die prompt nachgab. Gleich dahinter lag ein Bein … das Bein einer Schaufensterpuppe.

Zumindest daraus könnte man etwas machen, dachte Lisbeth … eine Krücke … einen Kleiderständer. Aber es waren ja keine Kleider mehr im Verkaufsraum, den sie nun erreichte, auch keine Stoffe. Nackt war der Raum. Nackt waren ihre Erinnerungen.

»Was … was soll ich bloß tun?«, hatte ihr Vater gefragt, nachdem ihre Mutter …

Nein, so nannte sie Fanny nicht mehr, nachdem diese ihn zum zweiten Mal im Stich gelassen hatte.

»Es ist ganz einfach«, hatte Lisbeth geantwortet. »Wir machen aus dem Modehaus König das größte Bekleidungshaus Frankfurts.«

Ein ehrgeiziges Unterfangen. Ein tollkühnes. Aber sie hatte ihren Vater mit ihrem Ehrgeiz angesteckt – oder zumindest hatte er sich nicht gegen den ihren gewehrt –, und damals, zu Beginn der Dreißigerjahre, schien ja alles möglich, wenn auch nicht für alle. Der jüdischen Konkurrenz wurde vorgeworfen, Ramsch- und Schundware zu verkaufen, so verschwand Geschäft um Geschäft. Das Modehaus König hingegen expandierte. Lisbeth überzeugte ihren Vater, zusätzliche Lagerräume in der Hasengasse anzumieten, sodass noch mehr Fläche zum Verkauf zur Verfügung stand. Ihre Kleider hatten für Qualität gestanden, für den neuesten Chic. Nirgendwo sonst hatte es schon so früh Keilhosen zu kaufen gegeben, Kleider mit V-förmigen Rückendekolletés, Jacken mit schmaler Taille und breiten Schultern. Alles hatte die Form eines Dreiecks, in diesen Jahren konnte man nichts Weiches gebrauchen. Wir sind kantig, wir sind zackig, wir marschieren, wir sind zum Kampf bereit, unsere Kleidung erinnert an Uniformen.

»Und wenn es wieder Krieg gibt?«, hatte ihr Vater sorgenvoll gefragt.

»Die Menschen brauchen immer etwas zum Anziehen«, hatte Lisbeth lapidar erwidert.

Sie war so jung gewesen, so blind, sie hatte noch nicht gesehen, wie Menschen Kleider von Leichnamen zerrten, anstatt sie in einem Modehaus zu kaufen. Ihr Vater, der Jugend und Blindheit in den Schützengräben des Ersten Weltkriegs verloren hatte, hatte es besser gewusst, aber nicht ausgesprochen. Er hatte ja auch nicht laut über den fünfzigprozentigen Zuschlag zur Einkommenssteuer geklagt, darüber, dass jüngere Mitarbeiter an die Front mussten, die Verkäuferinnen als Straßenbahnschaffnerin und Rotekreuzschwestern gebraucht wurden, dass sie irgendwann keine dreieckige Mode mehr verkaufen konnten, sondern Arbeitermonturen, Unterwäsche für Soldaten, Drillichanzüge.

Wie hässlich, hatte Lisbeth gedacht, aber auch sie hatte gelernt zu schweigen. Sie hatte nichts dazu gesagt, dass ihr Vater nicht mehr seinen feinen schwarzen Anzug von früher getragen hatte, sondern nur einen grauen, dass er verkündet hatte, er werde erst wieder elegante Kleidung tragen, wenn der Krieg vorbei sei.

Als der Krieg vorbei war, war ihr Vater längst tot gewesen. Er war nicht im Bombenhagel gestorben, sondern eines Nachts eingeschlafen und nicht mehr aufgewacht. Lisbeth selbst hatte ihm den Schlafanzug aus- und den feinen schwarzen Anzug angezogen.

Sie kroch weiter. Auch wenn im Verkaufsraum alles zerstört oder geplündert worden war, vielleicht fand sie im hinteren Bereich, den Umkleide- und Zuschneideräumen, etwas, das nützlich war, und sei es nur einen der Vorhänge von den Umkleidekabinen. Dass der Stoff altrosa war, wusste sie noch. Nicht, ob er dick oder dünn war. Warum hatte sie nie darauf geachtet, warum nicht geahnt, dass die Vorhänge einmal als Decke würden dienen können?

Sie fand keine Vorhänge. Da baumelten nur die leeren

Stangen über einem Berg von Schutt. Die Wand, die den Verkaufsraum vom Umkleidebereich getrennt hatte, war vollends zerstört – jene zum Schneideratelier, in dem Änderungen vorgenommen worden waren, gab es hingegen noch. Lisbeth zerrte den Sandsack über den Trümmerhaufen, erkannte, dass die Wand ein Loch hatte, jemand aber Bretter davorgenagelt hatte.

Das Erste, worauf ihr Blick fiel, war die Handnähmaschine von Dürkopp, die unter einer dicken Staubschicht verborgen war und noch heil zu sein schien.

»Eine Nähmaschine«, stieß sie ehrfürchtig aus, ehe sie den ächzenden Atem hörte.

Zunächst war sie sich nicht sicher, ob die Frau, die nicht weit von der Nähmaschine entfernt auf dem Boden kauerte, wirklich ein Mensch aus Fleisch und Blut war, nicht bloß das Bild, das der mannshohe Drehspiegel reflektierte. Sie war genauso dünn wie sie selbst, genauso blass, hatte rote Hände. Allerdings war der Drehspiegel wie das Schaufenster zerborsten, und das Haar der Frau war nicht blond wie ihres, es war kastanienbraun, es fiel auch nicht in dünnen Strähnen über ihre Schultern, es war gekräuselt.

»Wer sind Sie?«

Die Frage ertönte gleichzeitig aus ihrer beider Münder, Lisbeth war nicht sicher, wer das größere Recht darauf hatte: Sie, die das Modehaus geerbt hatte, oder die Frau, die sich ihn erobert hatte, die nicht nur das Loch in der Wand mit Brettern zugenagelt, sondern einen der altrosafarbenen Vorhänge von den Umkleidekabinen genommen und zwei Decken daraus gemacht hatte. Auf der einen lag sie, mit der anderen deckte sie sich zu. Außerdem hatte sie mit noch heilen Krawatten die Ritzen im Holz gestopft, und an einigen Haken Habseligkeiten aufgehängt – einen Blechnapf und eine leere

Dose Corned Beef. Kleidung zum Wechseln hing keine da, neben einer Krawatte war lediglich ein roter Seidenschal in eine Ritze gestopft worden, eine Farbe, fast zu grell für diese öde Welt. Lisbeth streifte eine vage Ahnung, diesen Schal schon einmal gesehen zu haben, obwohl sie ihn – darauf hätte sie ebenfalls schwören können – nicht im Sortiment gehabt hatten. Aber mit einem roten Seidenschal war nichts anzufangen, mit der Frage, woher er stammte, erst recht nicht, und nicht minder nutzlos war die Frage, wer diese Frau war. Sie kannte die Antwort ja schon. Sie war eine, die alles verloren hatte, die trotzdem weiterlebte.

Lisbeth trat wortlos auf die Nähmaschine zu, blies einmal heftig darauf, sodass eine Staubwolke hochstieg, hustete, sah, dass noch ein Faden eingespannt war. Übermächtig wurden die Erinnerungen, wie sie einst hier gesessen und ein Kleid enger oder kürzer gemacht, Ärmel angenäht oder abgeschnitten hatte. Aber sie verscheuchte sie, richtete alle Gedanken auf die Zukunft. Mit diesem Faden könnte sie ein Leibchen für Rieke nähen, vorausgesetzt, sie hätte Stoff … anderen Stoff als den altrosafarbenen Vorhang und den roten Seidenschal. Beides hätte sie der Fremden wegnehmen müssen.

Wieder blies sie auf die Staubschicht, wieder wurde sie von einer grauen Wolke eingehüllt. Sie trat schnell zurück, um nicht zu niesen, und wäre dabei fast über den Sandsack gestolpert, den sie nun doch endlich losgelassen hatte. Der Sack! Die Vorhänge und der Seidenschal waren nicht der einzige Stoff in diesem Raum. Wie dumm, die ganze Zeit zu überlegen, was sie mit dem Sand anfangen könnte. Viel wichtiger war die Hülle, in dem er sich befand, der grobe Jutestoff … Dieser war zu gebrauchen, sie hatte nicht sinnlos ihre Kräfte vergeudet, als sie den Sack mit sich herumgeschleppt hatte. Und es war nicht sinnlos, weiterhin ums Überleben zu kämpfen. Sie würde es tun. Mit allen Mitteln. Um jeden Preis.

»Wo haben Sie die Krawatten gefunden?«, fragte Lisbeth ungeduldig, anstatt sich vorzustellen.

Die Fremde sah sie verwirrt an, sagte dann aber schulterzuckend: »Irgendwo da hinten.«

»Da befand sich früher das Büro. Gibt es dort noch heile Vorhänge?«

Wieder zuckte die andere mit den Schultern. »Nur Fetzen, damit konnte ich mich nicht zudecken.«

Lisbeth ließ nicht zu, dass sie wieder Verzagtheit überkam. »Fetzen kann man zusammennähen«, sagte sie energisch. »Aus allem kann man irgendetwas nähen. Aus dem Jutesack, aus alten Gardinen, aus Armeemänteln, aus Pferdedecken, ach, ich werde schon genügend finden … Ich muss mich und meine Kinder irgendwie durchbringen, und das Einzige, was ich kann, ist nähen und Kleider verkaufen. Das habe ich hier schon früher gemacht.«

Die Fremde duckte sich unbehaglich. »Sind Sie etwa Lisbeth König?«, fragte sie.

Sie nickte. »Das ist mein Modehaus. Und ich werde es wieder eröffnen. Zum Anziehen brauchen die Leute immer etwas.«

»Ich … ich darf doch hierbleiben?«, stammelte die Frau. »Ich heiße Eva, ich weiß nicht, wohin und …«

Lisbeth überlegte kurz und kam zu dem Schluss, dass sie ohnehin nicht alle Räume brauchte. »Wenn Sie mir später beim Aufräumen und beim Nähen helfen, können Sie meinetwegen hier wohnen bleiben. Aber erst mal mache ich ein Leibchen für Rieke und dann …«

Sie brach ab. Bevor sie den Satz zu Ende brachte, ging ihr auf, dass sie, wenn sie den Jutestoff nutzen wollte, den Sack ausleeren musste. Und plötzlich fiel ihr ein, wo sie das tun konnte, sodass der Sand nicht gänzlich nutzlos war.

Sie achtete nicht länger auf Eva, lief mit dem Sandsack aus dem Modesalon, hastete nach Hause. Wieder war es anstrengend, wieder drohten ihre Beine nachzugeben, wurden ihre Hände taub. Sie stellte den Sack erst ab, als sie das Holzbrett, das zum Fenster führte, hochgestiegen war, kippte ihn um, ließ den Sand herausrieseln.

»Sand statt Salz geht natürlich auch«, hörte sie eine Stimme.

Sie zuckte zusammen, hob den Blick, weiter nun als am Morgen. Er blieb nicht nur bei grauen Hosen hängen, nicht bei der grauen Jacke darüber, nein, bei einem Gesicht, das ganz und gar nicht grau war. Es war jung, so jung wie sie nie mehr sein würde, vielleicht nie gewesen war, jung, wie man nur in den Tagen ist, da einem die ganze Welt zu gehören scheint. Zwar hatte man ihr gesagt, dass ihr und ihrem Volk die Welt gehörte, aber das war kein Versprechen, keine Verheißung gewesen, nur der Befehl, um die Welt zu kämpfen, sie zu erobern, andere zu verjagen. Dieser Mann sah hingegen nicht nach Krieg aus mit seinem schiefen Lächeln, von dem all ihr Misstrauen abglitt, der vorwitzigen rotblonden Locke, die ihm ins Gesicht fiel, den markanten Wangenknochen.

Etwas Heißes durchzuckte Lisbeth, obwohl es in ihrem erfrorenen Körper doch gar nichts mehr zu geben schien, was Funken springen lassen konnte. Etwas Gieriges, das sich nicht mit Brot und Kohle begnügte, sondern nach narbenloser Schönheit lechzte. Etwas Freudiges, das sich daran labte, einem Menschen zu begegnen, der lebte, nicht überlebte.

Allerdings ließ sich mit keinem dieser aberwitzigen Gefühle etwas Sinnvolles anstellen. Auch nicht mit der Frage, warum er wieder oder immer noch hier war und ob es mit ihr zu tun hatte.

Rasch senkte sie den Blick, der Sack war mittlerweile leer, das ganze Brett von einer dünnen Schicht Sand bedeckt. Sie brachte den leeren Sack hinein, und als sie aus dem Fenster blickte, war der junge Mann bereits verschwunden.

RIEKE

1971

Die kleine Rieke, die im Winter 45/46 ein Leibchen aus einem Jutesack getragen hat, bin ich. Dass es kratzte, ist eine der frühesten Erinnerungen, die ich habe, vom Krieg und den Hungerjahren danach ist kaum etwas hängen geblieben. Meine Schwester, die mehr als zehn Jahre jünger ist als ich, hat beides nicht einmal erlebt – was sie dennoch nicht davon überzeugte, in Friedenszeiten aufgewachsen zu sein.

»Der Krieg ist nicht vorbei«, erklärte sie, als ich sie in Paris besuchte, »wir befinden uns auch jetzt im Krieg.«

Ich sah mich um, betrachtete die kleine Wohnung in der Rue Guisarde nahe der Kirche Saint-Sulpice, in der Vera seit einigen Monaten lebte. Die Adresse klang vornehmer, als sie war, aber auf Französisch klingt ja selbst das Wort für Mülleimer – *poubelle* – wie eine seltene Schmetterlingsart. Von Wohnung konnte eigentlich nicht die Rede sein. Veras Pariser Unterkunft war eine umgebaute Garage, deren Tor tagsüber nur angelehnt war, damit wenigstens ein bisschen Tageslicht hineinschien, denn Fenster gab es keine. Wenn man das Tor schloss, quietschte und schepperte es so laut, dass man damit rechnen musste, dass es jeden Augenblick aus den Angeln brach und man erschlagen wurde. Immerhin machten die vielen Teppiche, die teilweise übereinander lagen, einen gemütlichen Eindruck, auch das breite Sofa, das zugleich als Bett diente. Und dann war da noch ein weißer Schreibtisch, auf dem Veras grüne Reiseschreibmaschine stand.

»Ja«, sagte ich, »genau so lebt ein Kriegsopfer.«

»Sei nicht zynisch. Ich weiß, dass ich kein Kriegsopfer bin, aber denk an die Menschen in Vietnam.«

»Ich sage ja nicht, dass *nirgendwo* Krieg herrscht, nur eben nicht bei uns – hier in Frankreich oder in Deutschland.«

»Natürlich herrscht auch bei uns Krieg. Wie sonst willst du das bezeichnen, was im Kaufhaus Schneider passiert ist?«

Seit den Fünfzigerjahren, als es neu eröffnet wurde, konnte man im Kaufhaus Schneider auf der Zeil Damenbekleidung kaufen, seine Bettfedern reinigen lassen und im Restaurant im Dachgeschoss ein halbes Hähnchen essen. Für mich am allerwichtigsten war aber immer der Laufmaschendienst der Strumpfabteilung gewesen. Mindestens zweimal war ich seinerzeit vor Beginn der Tanzschule dorthingelaufen, um ein kleines Malheur zu beheben, und nicht zuletzt deshalb musste ich unweigerlich an Nylonstrümpfe denken, wann immer der Anschlag, den Andreas Baader, Gudrun Ensslin und Co. vor drei Jahren auf das Kaufhaus verübt hatten, erwähnt wurde.

»Was diese Idioten gemacht haben, war kein Krieg. Sie haben drei Brände gelegt – was ein Dummejungenstreich wäre, wenn es nicht hätte tödlich enden können.«

»Mein Gott, Rieke, du bist so *bourgeois!*«

»Lernt man an der Sorbonne, so zu reden?« Vera senkte den Blick, während meiner wieder unwillkürlich zur Reiseschreibmaschine huschte. In Frankfurt hatte Vera regelmäßig Artikel für die Schülerzeitschrift geschrieben, und sie war mit dem festen Willen, Journalistin zu werden, nach Paris aufgebrochen. Bis auf die grüne Schreibmaschine, deren E-Taste ähnlich quietschte wie das Garagentor, war der Tisch leer. Keine Mappen, keine Hefte, keine Bücher, wie man es von einer Publizistikstudentin erwarten würde. »Wie geht's dir denn mit dem Studium? Verstehst du mittlerweile Französisch?«, fragte ich deshalb.

»Mein Gott!« Sie stöhnte melodramatisch. »Ich verstehe was vom Leben, darauf kommt es an. Wie es aussieht, muss ich dir aber erst wieder beibringen, wie man es genießt. Also los!«

Ich drehte mich in Richtung Garagentor, erwartete ich doch die Stadtführung, die von Vera noch großspurig angekündigt worden war, als sie mich vom Gare du Nord abgeholt hatte. Sie beugte sich allerdings nur über meinen geöffneten Koffer, der eigentlich viel zu groß für einen dreitägigen Aufenthalt in Paris war.

»Nach der Ankunft auszupacken, ehe man Paris genießt, das ist also nicht bourgeois«, spottete ich.

»Ich will nicht, dass du auspackst, ich schaue nur nach, ob du was Ordentliches für die Party dabei hast.«

»Welche Party?«, fragte ich und wurde mit einem Mal sehr müde. Um fünf Uhr morgens hatte ich mir den Wecker gestellt. Schon um drei war Marlene wach geworden und hatte über Halsschmerzen geklagt. »Alles in Ordnung«, hatte Joachim, mein Mann, gesagt und mir das Fieberthermometer aus der Hand genommen, das ich von allen Seiten beäugt hatte. »Es sind wirklich nur 36,6 Grad. Du kannst ruhig fahren.«

Als Vera begann, den Koffer zu leeren, bereute ich prompt, aufgebrochen zu sein.

»Was 'n das?«, fragte sie und betrachtete meinen rot gepunkteten Petticoat. »Ein Wipprock?« Es war das Kleid, das ich damals in der Tanzschule zu den Nylonstrümpfen getragen hatte und das mir – worauf ich sehr stolz war – auch nach der

Geburt von Marlene noch passte. »Willst du damit etwa zu Elvis Presleys Mucke Rock 'n' Roll tanzen?«, fügte Vera hinzu.

»Du klingst so, als hätte ich dir vorgeschlagen, nach Versailles zu fahren und dort die Gavotte zu tanzen.«

»Was ist denn eine Gavotte? Klingt ja fast so wie Guillotine.« Vera ließ den Petticoat auf den Boden fallen und zog ein schwarzes Kleid mit Spaghettiträgern hervor. »Nennt man etwa dieses Teil so?«

»Die Gavotte war ein Rokokotanz, und das ist ein Cocktailkleid und sehr modern.«

»Nein, es ist schrecklich spießig.«

Das Spaghettiträgerkleid landete ebenfalls auf dem Boden. Ich war erleichtert, dass dort Teppiche lagen und ich den Drang unterdrücken konnte, es sofort aufzuhängen. Genervt ließ ich mich aufs Sofa fallen. Die Federn quietschten, wie auch nicht.

»Sonst hab ich nichts Feines dabei.«

»Dann leihst du dir eben etwas von mir aus.«

Mein Blick schweifte über Vera. Sie war deutlich größer und deutlich dünner als ich. »Glaub nicht, dass ich eines dieser weißen Dinger trage, die kaum den Po bedecken.«

»Musst du ja nicht«, sagte Vera und stöberte in ihrem Kleiderschrank. Wenn man das Ding überhaupt so nennen konnte. Es war ein Wandschrank – das heißt, ein schiefes Ding, vor dem ein alter Duschvorhang hing. »Aber das sollte gehen.« Sie hielt mir eine Schlaghosenjeans und eine geblümte Tunika vor die Nase. Ich seufzte. »Dazu gehört natürlich ein pinkfarbenes Stirnband.«

»Vergiss es!«

Sie bezog die Worte leider nur auf das Stirnband, nicht auf den Rest. »Na gut. Kein Stirnband. Deine Frisur lässt sich ohnehin kaum retten. Sie ist eine Katastrophe.«

Meine Hand fuhr unwillkürlich zu meinem Haar. Eben noch war ich erleichtert gewesen, dass die Föhnfrisur, die ich mir am Tag zuvor im Salon Füllbert in der Kaiserstraße hatte machen lassen – was ich mir nur zu besonderen Anlässen leistete –, die Zugfahrt überlebt hatte.

»Was hast du gegen meine Frisur?«

»Merkst du nicht selbst, wie imperialistisch dieser Blumentopf ist?«

Ich ließ meine Hand sinken. Die Haare waren in der Mitte gescheitelt, hoch toupiert und nach hinten frisiert worden.

»Imperialistisch? Kannst du mir sagen, was Haare mit Politik zu tun haben?«

Vera schnaubte. »Kannst du mir sagen, was Farah Diba – immerhin die Erste, die ihre Haare so trug – mit der Ausbeutung des persischen Volks durch das Schah-Regime zu tun hat? Doch sehr viel, oder?«

Ich war mir nicht sicher, wie viel sie von Schah Reza Pahlavi wusste – ich hatte auf jeden Fall zu wenig Ahnung, um die richtigen Argumente zu finden. Und selbst wenn – am Ende würde es ja doch so laufen wie früher, als wir Kinder waren. Sie hatte es immer geschafft, als kleine, freche Schwester durchzugehen, während ich als verbohrte, freudlose Gouvernante dastand.

Dieses Mal nicht, dachte ich und schwieg trotzig.

Vera kramte nicht länger in dem Wandschrank, sondern zog jenen Koffer, mit dem sie nach Paris aufgebrochen war, unter dem Sofa hervor. Er war immer noch halb voll, was wohl daran lag, dass im Schrank nicht sonderlich viel Platz war. Wenig später zeigte sie mir einen violetten Lidschatten und falsche Wimpern.

»Ich werde dich wenigstens ordentlich schminken«, sagte sie, und ich ergab mich meinem Schicksal.

Mit »ordentlich schminken« meinte Vera einen Lidstrich, der selbst Kleopatra als übertrieben erschienen wäre. Die künstlichen Wimpern fielen immer wieder ab, weswegen Vera sie am Ende mit einer undefinierbaren weißen Flüssigkeit festklebte. Ein Glück, dass ich hinterher meine Augen noch öffnen konnte. Sie zu weit aufzureißen war übrigens nicht ratsam, denn dann wären die Wimpern an den Augenbrauen hängen geblieben.

»Warum hast du deine Brauen nicht ordentlich gezupft?«, fragte Vera unerbittlich.

»Und warum hast du diese weiße Pampe überall hingeschmiert, sodass ich meine Augen kaum noch öffnen kann?«, gab ich zurück.

»Du brauchst sie ja nicht so weit zu öffnen. Der Schlafzimmerblick à la Marilyn Monroe ist immer noch in.«

Ich verzichtete darauf hinzuweisen, dass ich kaum etwas sah. Bei dem, was mir bevorstand, war das aber wahrscheinlich sogar das Beste.

Gegen acht Uhr abends begann sich die Garage zu füllen, gegen neun Uhr fand dort eigentlich niemand mehr Platz, erst um zehn Uhr waren wirklich alle Gäste gekommen. Meine Augen brannten höllisch und waren wahrscheinlich rot geädert – immerhin lenkte das davon ab, dass mir die Jeans viel zu eng waren und die Blumentunika ständig verrutschte.

»Genieß Paris«, hatte Joachim zum Abschied am Bahnhof gesagt und mich auf die sensible Stelle hinter dem Ohr geküsst, was zugleich kitzelte und prickelte – woran ich allerdings nicht die Öffentlichkeit teilnehmen lassen wollte.

»Ich fahre nicht, um Paris zu genießen, ich sehe nach meiner Schwester«, hatte ich erwidert und war zurückgewichen.

Das hatte nur zur Hälfte gestimmt. Natürlich wollte ich die Stadt genießen, zur Sacré-Cœur hochsteigen, die Seine entlangspazieren, den Louvre besuchen, in einem schicken Bistro essen gehen, es musste ja nicht gleich das La Coupole sein. Stattdessen war ich nun dazu verdammt, mit brennenden Augen in dieser Garage zu hocken. Ich war mir nicht sicher, ob ich befürchten oder hoffen sollte, dass die Wimpern bald nicht mehr an meinen Lidern, sondern an den Wangen kleben würden. Wobei die Tränen nicht nur mit ihnen zu tun hatten, sondern auch mit dem Rauch, der von einer dicken Zigarre in Veras rechtem Mundwinkel hochstieg. Sie hielt sich damit wohl für das Gegenteil von bourgeois, imperialistisch und spießig. Ich fand, dass sie einfach nur lächerlich damit aussah.

Gleich wird sie husten, dachte ich zufrieden, aber natürlich hustete sie nicht. Sie hatte ja auch wider Erwarten nicht geweint, als sie damals zu Friedas Kuckucksuhr hochgeklettert war, um nachzusehen, ob der Kuckuck sich nicht doch irgendwo versteckte, dabei vom Stuhl gefallen war und sich das Knie aufgeschlagen hatte.

Nein, Vera hustete nicht, sie lachte, die anderen lachten ebenso und nannten sie Vero, was meine Schwester offenbar für originell hielt, ich dagegen fand es noch lächerlicher als die Zigarre.

Sie war übrigens die Einzige, die eine solche rauchte – die meisten der anderen bevorzugten dünne, lange Zigaretten. Was der Typ wiederum geraucht hatte, der kurz vor Mitternacht auf mich zugetapst war, wusste ich nicht, nur dass seine Augen so rot unterlaufen wie meine waren und überdies glasig. Ich wich ihm aus, um dann allerdings zu erkennen, dass er nicht mich, sondern Veras Schreibmaschine umarmen wollte. Da sie grün lackiert war, hielt er sie offenbar für einen Frosch.

»Werde ich ein Prinz, wenn du mich küsst?«, fragte er.

Nur weil er Deutsch sprach, nicht Französisch wie die anderen, erkannte ich ihn. Er war Uwe Peters, jener weit entfernte Cousin von uns, der schon lange vor Vera ein Studium in Paris begonnen hatte und der sich – so die Hoffnung unserer Mutter – dann und wann um sie kümmern würde.

Das klappt ja prima, dachte ich, als er begann, die Reiseschreibmaschine abzuknutschen. Ich konnte es mir nicht verkneifen, mich vorzubeugen und auf die Taste mit dem E zu drücken, die prompt unangenehm quietschte.

»Musik!«, rief Uwe glückselig. »Da ist ja herrliche Musik.«

»Tanz doch eine Gavotte dazu«, schlug ich vor und entfernte mich rasch.

Ich blickte mich um, nahm zwar keine Männer im Hasch- oder LSD-Rausch wahr, aber etliche mit langen, ungepflegten Haaren. Da sie wahrscheinlich so rochen, wie sie aussahen, schlug ich einen weiten Bogen um sie herum – was in der kleinen Garage nicht gerade ein leichtes Unterfangen war. Prompt bekam ich den Stoß eines Ellbogens ab und landete auf dem Sofa, wo ein paar Frauen saßen, die ernste Gesichter machten und eine ebenso ernste Diskussion führten.

Obwohl mein Französisch früher immer besser als das von Vera gewesen war, verstand ich nur bruchstückhaft die Ausführung über das Patriarchat und das Kapital und das Recht auf den eigenen Körper. Irgendwann verkündete eine der Frauen empört: *»L'orgasme vaginal est un mythe.«* Der vaginale Orgasmus ist ein Mythos.

Kurz wurde es ganz still in der Garage, nur Uwe faselte weiter etwas von Fröschen und Prinzen und Küssen.

»Na?«, vernahm ich Veras Stimme dicht an meinem Ohr. »Wirst du nicht rot, Schwesterchen?« Mit dem Kinn wies sie auf die strengen Frauen. »Sie treffen sich jeden zweiten Mittwochabend in der Mensa der École des Beaux-Arts und diskutieren über Simone de Beauvoir, die Pille – und natürlich über Sex.«

Vielsagend hob sie eine Braue, was ich ihr gern nachgemacht hätte, aufgrund der falschen Wimpern wagte ich es jedoch nicht.

»Das heißt, sie sind Studentinnen«, sagte ich. »Besuchst du viele Vorlesungen gemeinsam mit ihnen?«

Die Augenbraue senkte sich. »Komm mit, ich stelle dir Antoine vor, der gefällt dir sicher. Er ist ein echter Intellektueller, spricht zwar kein Wort Deutsch, kann aber Nietzsche im Original zitieren.«

»Gott ist tot«, äffte ich mit französischem Akzent nach.

»Natürlich hat er viel mehr als solche banalen Phrasen drauf, komm schon.«

Der Mann hatte in jedem Fall kürzere Haare als seine Geschlechtsgenossen, runde blaue Brillengläser, in denen sich mein Gesicht spiegelte, und er sprach nicht nur Französisch und Nietzscheanisch, sondern auch Englisch, was die Unterhaltung erheblich erleichterte.

»Woher sprichst du so gut Englisch?«, fragte er mich.

Ich zuckte mit den Schultern. »Nach dem Krieg war Frankfurt ja von den Amis besetzt.«

Das erklärte noch nicht, warum ich die Sprache so gut beherrschte, aber Antoine, den ich insgeheim Zarathustra nannte, bohrte nicht nach, wollte nur wissen, ob wir von den Amis damals Carepakete bekommen hätten.

»Ja«, sagte ich, »mit Cornflakes und Kaugummi.«

Manchmal hatte ich beides gleichzeitig in den Mund gesteckt, und wenn ich den Kaugummi ausspuckte, steckten so viele Krumen drin, dass er wie ein Igel aussah. Ganz deutlich konnte ich mich an den Geschmack erinnern. Ganz deutlich konnte ich mich plötzlich auch wieder an Conrad erinnern, der uns die Carepakete gebracht und mit mir Englisch gesprochen hatte.

»Komm, lass uns tanzen«, sagte Zarathustra, und die Erinnerungen wurden erneut, was sie all die Jahre gewesen waren: nebulös, unwichtig.

»Zu dieser Musik?«, fragte ich.

Aus dem maroden Plattenspieler meiner Schwester kam vor allem ein Rauschen und gedämpft dahinter eine undeutliche Stimme. Weder war klar, ob ein Mann oder eine Frau sang, noch in welcher Sprache.

»Man braucht keine gute Musik, um zu tanzen«, verkündete er und riss mich an sich. Ich wehrte mich gegen seinen Griff, und so schmächtig wie er war, war ich sogar erfolgreich. »Warum bist du denn so widerspenstig?«, fragte er grinsend.

»Ich bin verheiratet.«

Das Grinsen wurde breiter. »Die Liebe ist frei, sonst ist sie keine Liebe, nur Konvention. Man sperrt sie nicht ein wie ein buntes Vögelchen. Sie würde verhungern und verdursten.«

»Ich habe nicht nur einen Ehemann, auch ein Kind«, erklärte ich schroff. »Also bin ich einer jener Vögel, die lieber Regenwürmer herbeischaffen, als sich um ihr buntes Gefieder zu kümmern.«

»Touché.« Er fuhr mir durchs Haar und zerstörte die Reste der Farah-Diba-Frisur, die diesen Tag überlebt hatten.

»Lass das«, sagte ich.

»Du hast doch ein Nestchen gebaut, also habe ich dich nur von dem Zweiglein befreit, das sich in deinem Haar verfangen hat.« Er tat so, als würde er dieses Zweiglein nun tatsächlich zwischen den Fingern halten.

»Wenn du mich wirklich von etwas befreien willst, wären die falschen Wimpern ein guter Anfang«, sagte ich.

Zarathustra sah mich verständnislos an, da ich diese Worte nicht auf Englisch, sondern auf Deutsch gesagt hatte. Conrad hatte mit mir nie über falsche Wimpern gesprochen, und Nietzsche hatte in seinem Werk wohl auch kein Wort darüber verloren. Ehe Zarathustra antworten konnte, wandte ich mich ab und flüchtete zum Garagentor. Wie erwartet quietschte es grässlich, als ich es öffnete

»Oh, ja«, rief Uwe. »Sing uns *Sympathy for the Devil,* Mick!«

Bevor ich ins Freie trat, stellte Vera sich mir in den Weg. »Magst du Antoine nicht?«

»Ich hätte ihn gemocht, wenn er statt Nietzsche Marx zitiert hätte.«

Ihr Blick wurde vorwurfsvoll – vielleicht war ihr Gesichtsausdruck aber auch nur ihre Variante vom Schlafzimmerblick. Die Zigarre hing immer noch in ihrem Wundwinkel. Sie ist viel zu groß, dachte ich, das Leben ist dir zu groß. Nur dein Kleid ist zu kurz.

Mir war die Jeans zu eng und die Garage erst recht.

Ich hastete nach draußen, atmete tief ein, zog an meinen Wimpern, obwohl es sich anfühlte, als würde ich mir die Augenlider ausreißen. Es strömte keine frische Luft in meine Kehle, nur faulige nach altem Fisch. Gleich neben der Garage standen Mülltonnen, eine stand weit offen.

Genieß Paris, na toll.

Immerhin hieß Mülleimer auf Französisch *poubelle.*

Die Wimpern war ich irgendwie losgeworden, den Lidschatten nicht. Ein Blick in den Spiegel am nächsten Morgen sagte mir, dass meine Wangen blaugrün verschmiert waren. Mit etwas gutem Willen konnte man mich für eine Meerjungfrau halten, mit schlechtem für ein verschimmeltes Stück Brot. Ich drehte am Wasserhahn, erst an dem im provisorischen Bad, dann an dem in der eingebauten Küchenzeile, doch aus beiden kam kein Wasser, nur ein Quietschen oder eher ein Seufzen war zu hören. Wahrscheinlich saß hinter der Wand noch eine Meerjungfrau – würde zumindest Uwe glauben.

Vage konnte ich mich erinnern, dass er hier hatte schlafen wollen, Vera ihn aber weggeschickt hatte und ihm das Garagentor gegen den Kopf geknallt war, als er endlich ins Freie getappt war. Zarathustra war früher gegangen und hatte sich von mir nicht wie die anderen mit einem *»Salut!«* verabschiedet, sondern laut gezwitschert.

Das also und nicht etwa ein Edith-Piaf-Song war mein ganz persönlicher *Sound of Paris …*

Ein Tropfen kam nun aus der Leitung, zu wenig, um meinen Durst zu löschen, zu wenig auch, um mein Gesicht zu waschen. Ich entschied, wenigstens die Garage aufzuräumen, während Vera immer noch totengleich schlief – in ihrem weißen Kleid, das ihr über den Hintern gerutscht war. Kurz dachte ich, sie trüge keine Unterhose, stellte dann aber fest, dass sich zwischen den Pobacken doch ein dünner Streifen Stoff befand. Ich zog die Decke darüber, sah mich um, atmete tief durch und versuchte, im funzeligen Licht der Deckenlampe den süßlichen Geruch von Hasch zu ignorieren, als ich die Zigarettenstummel zusammenfegte, die halb vollen Weingläser in die Spüle stellte, die Aschenbecher leerte, um wenigstens irgendetwas zu tun, wenn ich das schmutzige Geschirr schon nicht abwaschen konnte.

Zuletzt hob ich einen Mantel auf, der auf dem Boden lag und von dem ich nicht wusste, ob er Vera gehörte, oder ob ein Gast ihn vergessen hatte. Ich wollte ihn aufhängen, und erst als ich den Duschvorhang vor dem Wandschrank zur Seite zog, fiel mir wieder ein, dass ich schon am Tag zuvor vergebens nach einem Kleiderhaken Ausschau gehalten hatte. Ich faltete den Mantel zusammen, wollte ihn auf den Boden des Schranks legen, sah dann aber, dass dort kein Platz war. Da waren Schuhe, jede Menge Schuhe – Sandalen, silbern glitzernde Riemchenpumps mit Plateausohlen, ein Paar Stiefel aus weißem Knautschlackleder. Und darüber, darunter und daneben lag ein Berg zusammengeknüllter Strumpfhosen in allen Farben, einige gemustert. Außerdem fünf Sonnenbrillen, deren Gläser in allen Regenbogenfarben schillerten. Nun ja, eine war silbern verspiegelt. Wenn ich sie tragen würde, würde ich nicht wie eine Meerjungfrau, sondern wie ein Außerirdischer aussehen.

»André Courrèges will die Frauen von ihrem Panzer befreien«, ertönte Veras schlaftrunkene Stimme, »deswegen hat er uns bei seiner Modenschau quasi ins All geschickt – in einen Raum jenseits des Patriarchats.«

»André Courrèges?«, fragte ich verständnislos.

»Ein bedeutender Modeschöpfer. War ja klar, dass du noch nie etwas von ihm gehört hast.«

Vera rappelte sich auf, zog ihr weißes Kleid über ihren Hintern. Sie verschwand ins Bad, drehte am Wasserhahn. Wieder war ein Seufzen aus der Leitung zu vernehmen – gefolgt von einem Fluch aus ihrem Mund.

»Woher hast du all diese Schuhe, Strümpfe und Brillen?«, rief ich ihr nach.

Es dauerte eine Weile, bis sie zurückkam. Sie hatte beschlossen, sich auch ohne Wasser die Zähne zu putzen, und schrubbte mit der Bürste hektisch in ihrem Mund herum, bis die Zahnpasta schäumte.

»Geklaut«, nuschelte sie.

»Das meinst du doch nicht ernst?«

Sie spuckte Zahnpasta in die Spüle, wo immer noch die Weingläser standen.

»Natürlich nicht«, sagte sie. »Sie waren ein Geschenk.«

»Von wem?«

»Na, von wem schon, natürlich von Courrèges. Er gehört zu denen, die Mannequins nichts bezahlen, aber man kriegt immer ein paar Sachen, das ist auch nicht schlecht.«

»Mannequins?« Vera nahm ein halb leeres Weinglas, gurgelte mit seinem Inhalt, spuckte noch mehr, nunmehr rot gefärbte Zahnpasta ins Küchenbecken. Angewidert wandte ich mich ab, und mein Blick fiel auf noch mehr Klamotten, noch mehr Accessoires. Nur Bücher suchte ich vergebens, Manuskripte, journalistische Texte. »Du bist hier, um zu studieren!«, rief ich vorwurfsvoll.

»Wer sagt, dass ich das nicht irgendwann tun werde? Aber das Modeln ist meine Chance. Dorian Leigh hat gesagt, ich sähe Twiggy ähnlich. Kein Busen, Storchenbeine, hohe Stirn, große Augen.«

Vage erinnerte ich mich, dass Joachim einmal über Twiggy gespottet hatte. *Twig* – dünner Zweig, ja, das trifft's, hatte Joachim gesagt.

»Komm schon«, in Veras Mundwinkeln klebte immer noch Zahnpasta, doch anstatt sie abzuwischen, nahm sie mir die silberne Brille ab und setzte sie sich auf. »Ich kann richtig viel Geld verdienen.«

»Ich dachte, die Modeschöpfer bezahlen nichts.«

»Die nicht, und auch das Honorar für Zeitungsfotos ist mickrig. Aber ein Werbejob für Haarspray, der bringt eine Menge. Jemand wie Veruschka kriegt zweihundertvierzig Mark Stundenlohn, stell dir das mal vor. Vielleicht gehe ich nach New York!«

»New York! Das ist ja noch weiter weg als Paris. Da kennst du doch niemanden.«

»Natürlich kenne ich da jemanden – Fanny. Hab ich dir schon erzählt, dass ich ihr regelmäßig schreibe? Sie hat mir sogar Geld geschickt, damit ich mir neue Klamotten kaufen kann.«

»Fanny.«

Mein Mund war zu trocken, um den Namen laut auszusprechen, ich flüsterte ihn nur. So oder so beschwor er keine Bilder. Er war noch tiefer in meinen Erinnerungen verschüttet als die Bombennacht. Die einäugige Puppe, die Kuckucksuhr ohne Kuckuck, das Leibchen aus einem Jutesack, all das konnte ich mühelos heraufbeschwören. Aber keine Fanny. Lisbeths Mutter – unsere Großmutter – hatte weder in ihrem noch in unserem Leben eine Rolle gespielt.

Woher wusste Vera von Fanny? Wer hatte ihr erzählt, was sie nun behauptete: Dass nämlich Fannys Herz für Mode – und für Frankreich – geschlagen habe und dass sie seit vielen Jahren in New York lebte?

»Du ... du hast mit unserer Großmutter Kontakt aufgenommen, und sie ... sie schickt dir Geld?«, stammelte ich, während ich versuchte auszurechnen, wie alt Fanny König wohl mittlerweile war. Weit über siebzig, vermutete ich, also eine alte Frau. Vera hingegen war wieder das Kind von einst, die kleine Schwester, die ich beschützen wollte und zugleich erziehen. Sie hatte mir beides immer schwer gemacht. Manchmal, wenn sich die Ohnmacht in Wut gewandelt hatte, hatte ich an den Zöpfen, die sie damals noch trug, gezogen. Manchmal gestand ich mir auch ein, dass die Wut in Wahrheit Neid war.

Jetzt wollte ich sie nicht an den Zöpfen ziehen, ihr lediglich die Brille aus dem Gesicht schlagen, damit sie mir wenigstens in die Augen schauen musste, aber sie wandte sich ab, stöberte eine Weile in ihren Klamotten und zog einen roten Seidenschal hervor, um ihn sich mit dramatischer Geste um den Hals zu drapieren.

»Sie hat mir nicht nur Geld geschickt, auch den Schal hier. Sie sei zu alt, um ihn zu tragen, hat sie geschrieben. Er steht mir, oder?« Ich starrte sie nur schweigend an. »Fanny hat er auch gut gestanden. Du kennst doch die alten Fotos von ihr, oder?«

Vera trat auf mich zu, wedelte mit dem Ende des roten Schals vor meinen Augen.

»Welche alten Fotos?«, fragte ich verständnislos.

»Na die, die Mutti aufgehoben hat«, erklärte Vera. »Von früher. Ich verstehe nicht, warum sie sie uns nie gezeigt hat. Jedenfalls hab ich ein paar gefunden, bevor ich nach Paris ging. Wusstest du eigentlich, dass wir eine Urgroßtante haben, die Frauenrechtlerin war? Sie trug zwar merkwürdige Hüte, hatte aber klasse Ideen.«

Natürlich konnte ich mich an Tante Alma erinnern, nur die war jetzt nicht das Thema. »Du schreibst unserer Großmutter und lässt dir von ihr ’nen roten Schal schenken, ohne mit Mutti darüber zu reden?«

»Jetzt hab dich nicht so, es ist doch nicht meine Schuld, dass du dich nie für die Vergangenheit interessiert hast. Du hast alles brav geschluckt, was dir die Generation vor uns vorgesetzt hat – knielange Röcke, den Respekt vor Autoritäten, ein Leben in der Tretmühle, in dem nur das gepflegte Eigenheim zählt. Geld ist alles, nicht? Es reicht nicht nur, dass die Frau Sklavin des Mannes ist, wir alle, Männlein wie Weiblein, sollen Sklaven des Kapitalismus sein.«

»Fanny hat *dir* Geld geschickt, nicht mir.«

Vera kicherte. »Und deswegen bist du jetzt richtig sauer, oder?«

»Unsinn! Ich brauche kein Geld, Joachim verdient gut.«

»Klar braucht Frauchen kein Geld, wenn Männlein sie aushält.«

»Aber Martin bräuchte Geld. Das Geschäft kriselt, ich hab keine Ahnung, wie lange er das Modehaus König noch über die Runden bringt.«

»Kein Wunder, wenn er Pleite macht, bei den ollen Klamotten, die dort verkauft werden.«

»Ja, glaubst du, du verstehst etwas vom Geschäft, nur weil man unter dem kurzen Kleid deinen Arsch sehen kann?«

Aus Veras Kichern wurde ein lautes Lachen. »Nette Wortwahl, Schwesterchen. Fanny hat mir jedenfalls angeboten, bei ihr zu wohnen, wenn ich einmal nach New York komme.«

Man sagt nicht Fanny zur eigenen Großmutter, ging es mir durch Kopf. Allerdings hatte auch meine Mutter sie nie anders genannt.

»Sie war eine Egoistin«, murmelte ich. »Sie hat unseren Großvater im Stich gelassen – gleich zweimal.«

»Recht hat sie gehabt, an sich zu denken! Und stell dir vor, was sie in New York erreicht hat! Aber klar, dass du dem nichts abgewinnen kannst, du eiferst ja in allem Mutti nach. Es zählt nur, was irgendwie nützlich ist, nicht das, was Spaß macht.«

»Du hast keine Ahnung, wie es damals nach dem Krieg war!«

»Du doch auch nicht.«

»Ich weiß sehr wohl, dass Mutti nicht nur ums Überleben gekämpft, unermüdlich geschuftet und aus kaputten Dingen etwas Brauchbares gemacht hat! Sie hat sich sehr wohl nach Schönheit gesehnt, nach Leichtigkeit, nach Liebe, nach …«

»Was?«

Ich presste meine Lippen zusammen, konnte nicht fortfahren, weil alle Worte so klein waren gemessen am großen Geheimnis meiner Mutter. Und weil diese mich damals gebeten hatte, das Geheimnis zu wahren.

Versprich mir, dass du mit niemandem darüber redest.

»Ist jetzt egal«, sagte ich vermeintlich barsch.

Rasch wandte ich mich ab, zog das Kleid mit Spaghettiträgern unter dem Sofa hervor, das ich erst jetzt dort entdeckte, und stopfte es in meinen Koffer.

»Du haust jetzt aber nicht ab, oder?«, fragte Vera verdutzt. Ich gab keine Antwort. »Du bist nach Paris gekommen, um endlich mal was zu erleben, den Duft der großen weiten Welt zu schnuppern.«

In Paris duftete gar nichts, es stank nach Müll.

»Frankfurt ist nicht gerade ein Dorf«, sagte ich knapp.

»Aber an Joachims Seite kommst du nicht zu den aufregenden Ecken.«

»Ich liebe Joachim, seit ich sechzehn bin.«

»Sag ich doch! Wie langweilig!«

Ich war froh, das Kleid umklammern zu können. So hatte ich keine freie Hand, um ihr jene Ohrfeige zu geben, die sie seit Jahren provozierte. Du hast ja keine Ahnung vom Leben, vom Krieg, und wie es ist, Verantwortung zu übernehmen. Keine Ahnung von Lisbeth und Conrad. Keine Ahnung, wie stark eine Liebe sein kann, die auf Trümmern wächst. Als du geboren worden bist, hatte man die Trümmer schon weggeräumt, und wenn eine Liebe zertrümmert wird – aus fremder Schuld, aus eigener Schuld, vielleicht auch niemandes Schuld –, sieht man den Staub nicht, den sie hinterlässt.

»Ich habe die alten Fotos nach Paris mitgenommen«, sagte Vera versöhnlich. »Es sind welche von Tante Alma dabei, dieser Frauenrechtlerin. Willst du sie sehen?«

Hinter uns begann es plötzlich aus beiden Wasserleitungen zu tropfen. Vielleicht war es nur eine Einbildung, aber es schien noch fauliger zu riechen.

»Ich will nur, dass du mich zum Bahnhof bringst!«

FANNY

1914–1920

Am 1. August 1914 erklärte Kaiser Wilhelm II. Russland den Krieg, und die Katze des Generalstabschefs Helmuth von Moltke litt an Durchfall.

Ersteres stimmte, das mit der Katze hatte Fanny sich natürlich nur ausgedacht, wie sie sehr viel später erzählte. Der Beginn eines Krieges erschien ihr schlimm genug, da wollte sie ein lustiges Detail hinzuerfinden.

»Was ist daran lustig, dass eine Katze Durchfall hat?«, hatte ich damals gefragt. Der Katze, mit der ich aufgewachsen bin – Frau Käthe – hätte ich ein Leiden wie dieses zumindest gern erspart.

Fanny zuckte mit den Schultern. »Vielleicht hatte Helmuth von Moltke keine Katze, sondern einen Kanarienvogel«, schlug sie vor.

Nicht geschwindelt war, dass sie an diesem Tag von Frankreich träumte und sich überdies mit Georg König, der sich Knall auf Fall in sie verliebt hatte und keinen Tag mehr ohne sie leben wollte, verlobte. Ihre Mutter bezahlte zu diesem Anlass eine Anzeige in der *Frankfurter Zeitung. Die Verlobung meiner Tochter Franziska Maria Seidel mit Herrn Georg König beehre ich mich ergebenst anzuzeigen,* stand da, darunter ganz groß der Name des Vaters, obwohl der lange tot war, und winzig klein der von Hilde.

In einer bürgerlichen Familie währte die Verlobungszeit für gewöhnlich ein Jahr, in diesem Fall blieb sie auf einen Monat begrenzt. Alma hatte recht gehabt, der Krieg beschleunigt alles – weshalb sich die, die ihn überlebten, danach vielleicht auch als Greise fühlen. Noch trat Georg allerdings als junger Mann mit roten Wangen und blonden Locken vor den Traualtar und Fanny mit einem üppigen Brautschleier. Unter dem Schleier sah sie alles nur in Schemen – wahrscheinlich fühlte sie sich so ähnlich wie ich mit den falschen Wimpern damals in Paris. Doch sie hörte laut und deutlich, wie Hilde und Alma während des Hochzeitsmahles stritten, sobald das Gespräch auf den Krieg kam. Die eine träumte vom großen Sieg, die andere vom Frieden, was Hilde in Almas Augen zur Närrin machte und Alma in Hildes zur Verräterin.

Fanny hatte dazu keine Meinung, hoffte nur, Georg wäre kein Narr, jemals ihre Liebe zu verraten. Als sie am nächsten Morgen in zerwühlten Laken erwachten, überraschte er sie dann nicht nur mit der Morgengabe – einer Bernsteinbrosche, die in seinen Augen zur Farbe ihrer Haare passte –, überdies erklärte er, er wolle sich freiwillig melden. Die Arbeit, die er im Modehaus verrichte, sei schließlich anders als die eines Lokomotivführers nicht kriegswichtig. Und bis Weihnachten hätten sie den Feind ohnehin besiegt, er sei also bald wieder zu Hause.

Fanny war nicht sicher, ob das, was in der vergangenen Nacht geschehen war, das Peinlichste oder das Aufregendste war, das sie je erlebt hatte. Jedenfalls wusste sie jetzt, dass man nicht schwanger wurde, wenn man auf einem noch warmen Stuhl saß oder ein Mann das nackte Knie einer Frau berührte. Und dass sie auf die Nähe, die man spürte, wenn man sein

Bett mit jemandem teilte, eigentlich nie wieder verzichten wollte. Warum bist du bloß kein Lokomotivführer?, war der erste Gedanke, der ihr durch den Kopf schoss. Doch ehe sie der Furcht, die Georg in ihr bewirkte, nachgab, kam ihr ein zweiter Gedanke, und den sprach sie laut aus: »Wenn du Französinnen siehst, dann sag mir, wie sie gekleidet sind.«

»Ich fürchte, ich werde nur Soldaten begegnen, und die tragen alle die gleichen grauen Uniformen.«

Bis jetzt war der Krieg nur ein leeres Wort gewesen. Als Fanny sich nun Horden von grauen Männern vorstellte, wurde es zu einem hässlichen. Sie weinte in seinen Armen, sie liebten sich wieder, es war nicht mehr peinlich, aber auch nicht aufregend, weil er mit den Gedanken schon an der Front war und sie mit den Gedanken immer noch bei der Kleidung der Französinnen.

Das Modehaus König wurde nun vom langjährigen Prokuristen Gustav Heinemann geleitet, dem Hilde selbstbewusst erklärte, sie habe als Georgs Schwiegermutter durchaus Rechte, Geschäftsentscheidungen zu treffen. Gustav Heinemann war noch von Georgs Vater höchstpersönlich eingestellt worden und hatte schon Schwierigkeiten damit, Anordnungen von dessen Sohn Folge zu leisten. Prompt holte er tief Luft und lief vor Empörung rot an, doch bis er auch nur ein Wort hervorbrachte, hatte sich zu seiner Erleichterung herausgestellt, dass Hildes Geschäftsentscheidungen sich darauf reduzierten, die Schaufenster mit schwarz-weiß-roten Fahnen und einem von Eichenlaub umrahmten Porträt des Kaisers zu dekorieren.

Hilde ließ es nicht dabei bewenden. An Georgs Platz am Esszimmertisch stellte sie eine Fotografie von ihm auf, am Platz gegenüber, wo früher sein verstorbener Vater gesessen hatte, das Bild eines Soldaten, der von seiner weinenden Frau

Abschied nahm. *Still die Tränen, lass mich scheiden, muss nun für die Ehre streiten, streiten für das Vaterland,* stand in schnörkeliger Schrift darunter.

Außerdem aß Hilde, die ungefragt zu Fanny in Georgs Wohnung am Kornmarkt einzog, ihre Suppe von einem Teller, auf dessen Boden ein eisernes Kreuz und ein Soldat mit Gewehr im Anschlag prangten. In den ersten Kriegsmonaten war die Suppe noch so dick gewesen, dass sie eine Weile löffeln mussten, bis all das zum Vorschein gekommen war, mit der Zeit war sie so dünn geworden, dass man die Schemen sofort erkannte. Fanny schob ihre Karotten und Suppennudeln so lange auf dem Teller hin und her, bis das eiserne Kreuz wie ein Stern aussah und das Gewehr in des Soldaten Hand wie ein Hirtenstab. Zumindest redete sie sich das ein.

Wenn Hilde nicht gerade ihre Suppe löffelte, breitete sie auf dem Esstisch eine Landkarte von Europa aus. Mit farbigen Fähnchen markierte sie erst, wo die Deutschen auf dem Vormarsch waren, später, wo große Schlachten ausgefochten wurden – an der Marne, an der Aisne, in Reims. Fanny fand, dass die Ortsnamen wie Musik klangen. Es konnte doch nicht sein, dass Georg dort nur grauen Soldaten begegnete und nicht auch eleganten Französinnen.

Nun, Weihnachten konnte sie ihn fragen, zu Weihnachten, das sagten sie ja alle, seien die Soldaten wieder zu Hause.

Der Krieg endete nicht so früh, wie man erwartete, Georg kehrte erst viel später nach Frankfurt zurück, als sie gehofft hatte, und das auch nur für drei Tage Heimaturlaub. Fanny lief ihm entgegen, umarmte ihn, erschrak, als sie erkannte, wie dünn er geworden war.

Die Locken, die leuchtenden Augen, das schüchterne Lächeln – alles war verschwunden. Der Mann, in den sie sich verliebt hatte, der Mann, der über strenge Kellner gespöttelt und Witze über Sliwowitz gemacht hatte, war weg. Er sagte nichts Lustiges, noch nicht mal etwas Trauriges. Hilde wiederum sprach von den Helden, die fürs Vaterland kämpften, und dass er einer von ihnen sei. »Die ganze Welt steht gegen uns, und doch geben wir nicht auf!«, rief sie und umarmte Georg ebenfalls. Fanny fragte sich insgeheim, was schlimmer war: dass sie Georg kaum wiedererkannte oder dass sie ihn, wie ihr jetzt aufging, nie richtig gekannt hatte.

Hilde servierte ihm einen Teller Suppe. Er war randvoll, sodass ein paar Tropfen auf den Esstisch schwappten, und Georg führte den Löffel so langsam an den Mund, dass es ewig dauerte, bis der Teller geleert war. Fanny fiel es schwer, ihm zuzuschauen. Es fiel ihr auch schwer zuzuhören, als er endlich sein Schweigen brach und erzählte, dass es in den Schützengräben keine Suppe gab, nur Dosenfleisch, Zwieback, Kartoffeln. Und zwei Zigaretten täglich.

Fanny war neu, dass Georg rauchte, doch Hilde erhob sich diensteifrig, um ihm eine Zigarette zu holen. Woher wusste sie, dass er rauchen wollte? Und wenn er es wollte, warum hustete er dann so schrecklich? Danach fragte er mit heiserer Stimme, ob er auch eine Tasse Bohnenkaffee bekommen könne. Der Kaffee im Schützengraben schmeckte wässrig, und vor allem war er immer kalt. Hilde verschwand, um frischen Kaffee aufzubrühen, Fanny hatte keine Ahnung, was sie sagen sollte, Georg rauchte gleichfalls stumm.

Als er später den Kaffee trank, saß Hilde nicht mehr am Tisch, sondern auf dem Sofa und nähte wie so oft an einem Unterrock. Zwar war den Frauen befohlen worden, Stoff zu sparen, und Hilde hatte bereitwillig die Tischdecke aus Damast fürs Lazarett gespendet, auf ihre Unterröcke konnte sie dennoch nicht verzichten. Für sie war es schlimm genug, dass die Kleider in den letzten Monaten immer kürzer geworden waren, weil immer mehr Frauen an der Heimatfront arbeiteten, dafür sollte wenigstens der Stoff nicht eng am Körper anliegen.

»Wie sollen sich denn die Männer bei uns neue Kraft holen, wenn wir keine Frauen bleiben?«, hatte sie klagend gerufen.

Fanny hatte keine Ahnung, ob sie Georg Kraft geben konnte – ob mit oder ohne Kriegskrinoline, wie die zwar nur mehr wadenlangen, aber weit ausgestellten Kleider hießen. Sie hatte auch keine Ahnung, wie es in einem Schützengraben aussah und fragte deshalb nach.

»Erspar ihm doch, darüber zu reden!«, mischte Hilde sich ein.

Georg trank Kaffee, hustete wieder, presste Wortbrocken statt ganzer Sätze hervor, von Kälte und Überraschungsangriffen, von Schlamm und Dunkelheit. Fanny versuchte, sich vorzustellen wovon er gepeinigt sprach, aber das Einzige, was ihr in den Sinn kam, war eine von Maulwurfhügeln übersäte Wiese im Taunus. Sie hatte mit Tante Alma und ihrer Großmutter Elise einmal ein Picknick dort gemacht, und ein verschwitzter Bauer war mit einer Axt von Hügel zu Hügel gelaufen, in der Hoffnung, das verfluchte Tier zu erwischen.

»Der kriegt den Maulwurf nie«, hatte Elise gespottet. »Maulwürfe leben tief unter der Erde.« Außerdem, so hatte sie fortgefahren, lebe unter dieser Wiese kein Maulwurf, sondern ein Maulwurfkönig, und er grabe sich nicht nur viele Tunnel, auch riesige Säle zum Tanzen und Hofhalten und Teetrinken. Fanny hatte sich die winzigen Betten ausgemalt, in denen der Maulwurfkönig schlief, die kleinen Schränke, in denen seine Kleidung hing, und die Teekanne aus Porzellan, noch winziger als ihr Puppengeschirr.

»Gibt es in seinem unterirdischen Palast auch einen Kronleuchter?«, hatte sie gefragt.

»Natürlich nicht«, hatte Elise mit ihrem keckernden Lachen erwidert. »Maulwürfe sehen auch in der Finsternis.«

Nun, in der Finsternis, die Georg umgab, konnte sie nichts sehen, vor allem nicht den sorglosen, lieben Mann von einst. Nicht einmal verstehen konnte sie ihn, weil seine Worte wirrer wurden und sein Husten noch krächzender. Hilde erhob sich, schlug ihm auf den Rücken.

Fanny schlug ihn nicht, sagte nur: »Ich werde dir einen Kannenwärmer nähen. Dann kannst du künftig wenigstens warmen Kaffee trinken.«

Als Georgs Urlaub zu Ende war, machte sie sich sofort ans Werk. Sie wollte keinen grauen Stoff nehmen, es gab zu viel Grau in seiner Welt. Stattdessen zog sie den roten Plüschbezug von einem Daunenkissen. Das Rot hatte nicht den feurigen Ton ihres Schals, bei dessen Anblick man unweigerlich ans Tanzen dachte, es war ein behäbiges Weinrot, das zum Kissen einer Chaiselongue passte, auf der man an Keksen knabberte. Sie nahm mithilfe der eigenen Kaffeekanne Maß, nähte den Kannenwärmer und schmückte ihn mit jenen Rüschen und Volants und Spitzen und Borten aus, von denen sie ihre Kleider befreien wollte. Dennoch war sie zufrieden mit dem Ergebnis, wusste nur nicht, wie sie Georg den Kannenwärmer schicken sollte. Am Ende suchte sie Rat bei Lina von Schauroth, einer Witwe und Künstlerin aus Frankfurt, die entweder Kriegsplakate malte oder mit ihrer Kutsche durch die Straßen fuhr – nicht mit einer Kriegskrinoline bekleidet, sondern einem eng geschnittenen Kostüm. Außerdem trug sie ihre Haare gotteslästerlich kurz, worüber Hilde sich allerdings nur ganz leise beschwerte. Schließlich hatte Lina von Schauroth den festen Willen, die Moral der Truppe zu heben, und das tat sie, indem sie Liebesgaben für die Soldaten einsammelte und ihnen diese später an die Front brachte – ein Deckchen mit einem Kreuzstichherz zum Beispiel, einmal auch ein Medaillon, in dem sich die Locken der Liebsten befanden.

»Eigentlich«, erklärte sie der verdutzten Fanny, als diese sie in ihrer Wohnung aufsuchte und davon erfuhr, »ist diese Locke die Strähne von einem Pferdeschweif, denn die Liebste hat einen anderen geheiratet. Aber das muss der arme Mann ja nicht wissen, solange er fürs Vaterland kämpft.«

Fanny überlegte eine Weile, ohne eine endgültige Entscheidung zu treffen, ob diese Lüge gnädig oder gemein war.

»Und was möchtest du deinem Liebsten schicken? Auch eine Locke?«, fragte Lina.

Fanny kramte in ihrer Tasche. »Nein, diesen Kannenwärmer ...«, murmelte sie verlegen.

Lina von Schauroth lachte begeistert auf. »Na, das ist ja mal etwas anderes als eine getrocknete Blume und ein mit Parfüm eingestäubtes Halstuch«, lobte sie. »Ich verspreche dir hiermit hoch und heilig, dass der Kannenwärmer irgendwann und irgendwie in Georg Königs Hände gelangen wird.«

Nachdem Fanny den Kannenwärmer abgegeben hatte, fühlten sich ihre Hände leer an, und sie beschloss, so schnell wie möglich etwas anderes zu nähen. Sie hatte nicht mehr genäht, seit ihre Mutter ihr blassrotes Kleid zerrissen hatte – in diesen Zeiten durften Stoffe ja nicht verschwendet werden. Als sie von Lina von Schauroth nach Hause kam, herrschte kein Mangel an Stoffen. Auf dem Wohnzimmersofa lag jede Menge Kleidung – Abendkleider und Morgenmäntel, Jacken und Mäntel, Handschuhe und breite Schärpen. Und ganz obendrauf lag ihr roter Seidenschal.

Fanny stürzte darauf zu, nahm ihn rasch an sich. Seit Krieg war, trug sie ihn in der Öffentlichkeit nur selten, sie bewahrte ihn in ihrem Schrank auf.

»Du brauchst diesen Schal doch nicht mehr«, erklärte Hilde streng. »Wir müssen alle Opfer bringen.«

»Willst du den Schal und all die Kleider etwa in Stücke schneiden, um Verbandsmaterial daraus zu machen?«, fragte Fanny entsetzt.

»Nein, wir werden die Sachen für die Armen spenden«, erklärte die Mutter und fügte schmallippig hinzu, dass der Prokurist Heinemann beschlossen habe, das Modehaus König gründlich auszumisten, dass dies doch ein Anlass sei, ebenso die eigenen Schränke zu durchforsten. Auch bei ihnen hingen etliche Kleider, die nach Pariser Modellen geschneidert worden seien, und dicke Mäntel aus englischen Wollstoffen. Der rote Schal wiederum sei aus Lyoner Seide. »Die deutsche Mode muss aber wieder deutsch werden«, schloss Hilde. »Wir werden unsere Feinde weder kopieren noch ihre Stoffe und Kleider tragen.«

Und dann begann sie, alles in Kisten zu stopfen, nur nicht den roten Schal, weil Fanny ihn rasch hinter ihrem Rücken versteckte und Hilde ihn, bis sie mit dem Einpacken fertig war, vergessen hatte.

Damit er ihr nicht wieder einfiel, fragte Fanny: »Hast du mir nicht erzählt, dass das Modehaus König im Jahr 1910 etwa zwei Millionen Mark Umsatz machte? Und dass das Modehaus diesen hohen Umsatz nur der Tatsache, dass Frauen französische Mode lieben, verdankt?«

»Jetzt ist Frankreich unser Feind, und du bist eine Verräterin, wenn du es anders siehst.«

Mode und Politik haben doch nichts miteinander zu tun, wollte Fanny sagen, aber sie ahnte, dass ihre Mutter das anders sah, dass es besser war, den Mund zu halten und darauf zu hoffen, dass der Krieg bald vorbei war. Dann würde Georg zurückkommen, die Leitung des Modehauses wieder übernehmen, und sie würde ihm etwas anderes als einen Kannenwärmer nähen. Ein Taschentuch oder eine Krawatte zum Beispiel, Hauptsache, es wärmte sein Herz – und ihres auch.

Als der Krieg nicht einfach nur endete, sondern verloren war, war nicht nur Georgs Herz kalt. Er trug eine zerrissene Uniform und stützte sich auf eine Krücke – zumindest hielt Fanny das Ding auf den ersten Blick dafür. Als sie es genauer betrachtete, stellte sie fest, dass es zwei Füße eines alten Feldbetts waren, die jemand mit einem Strick zusammengebunden hatte. Ein Wunder, dass sie sein Gewicht hielten, obwohl er noch magerer geworden war. Und ihr noch fremder. Sie wagte dieses Mal nicht, ihm um den Hals zu fallen, sie hatte Angst, dass die Krücke brechen würde … oder all seine Knochen.

»Hast du meinen Kannenwärmer bekommen?«, fragte sie nur.

»Ja«, sagte er.

Und plötzlich sah sie ganz deutlich die Schützengräben vor sich. Keine unterirdischen Paläste eines Maulwurfskönigs, sondern Friedhöfe von Soldatenseelen.

»Hast du also immer warmen Kaffee gehabt?«, fragte sie.

»Ja«, sagte er wieder nur.

Der Krieg war aus, es gab keinen Kaiser mehr, aber die Schaufenster des Modehauses König waren geputzt, es wurden dort wieder Kleider und Mäntel verkauft, und Prokurist Heinemann schwärmte von einer großen Glasrotunde, die er in einem Berliner Modehaus bewundert hatte. Zwar stellte es sich als zu kostspielig heraus, eine solche einzubauen, er sorgte dennoch dafür, dass künftig mehr Lampen brannten, vor allem in den Umkleidekabinen. Damit war allerdings seine Bereitschaft zur Veränderung erschöpft.

Der Krieg war aus, es gab keinen Kaiser mehr, aber die Frauen sollten sich gefälligst wieder kleiden wie früher, mit Schnürpanzer und Firlefanz, jetzt mussten sie schließlich keine Verwundeten in Lazaretten mehr pflegen, in Großküchen Suppe ausschenken und in überfüllten Straßenbahnen Schaffnerdienste versehen.

Hilde pflichtete Prokurist Heinemann bei, Fanny nahm ihn nicht ernst. Der Krieg war aus, es gab keinen Kaiser mehr, Georg würde die Geschäftsführung endlich wieder an sich nehmen und alle widersinnigen Entscheidungen rückgängig machen. Er musste nur zu neuen Kräften kommen, und damit das geschah, befolgte sie ausnahmsweise einen Ratschlag von Hilde und rührte ihm jeden Morgen ein rohes Ei mit Rotwein und Honig an. Sie wachte darüber, dass Georg den Becher bis zum letzten Schluck leerte, freute sich, wenn er sie danach scheu anlächelte, und hoffte auf den Tag, da er ihre Frage, wann er sich wieder ums Geschäft zu kümmern gedenke, nicht mit »Morgen!« beantwortete, sondern mit »Heute!«.

Eines Tages versuchte er zumindest, sich selbst anzukleiden. Sein Bein zitterte, als er in die lange Unterhose schlüpfte, und als er sie zuknöpfen wollte, bebten auch seine Hände.

»Ich helfe dir!«, bot Fanny ihm wie immer an, doch er schlug ungewohnt heftig ihre Hand zurück. »Ich schaffe das allein«, fauchte er.

Unruhig ging sie auf und ab, ertrug es kaum, ihm beim Zuknöpfen zuzusehen. Als es endlich geschafft war, reichte die Kraft nicht mehr, in seinen dunklen Anzug zu schlüpfen, stattdessen machte er sich an die Bartpflege. Vor dem Krieg hatte er lange blonde Locken und einen getrimmten Schnurrbart getragen. Jetzt waren die Locken geschoren, und der Bart wuchs wild und ungezähmt. Er schäumte ihn ein, versuchte, sich zu rasieren, schnitt sich mit immer noch bebenden Händen ins Kinn.

»Ich helfe dir!«, bot Fanny wieder an.

»Lass mich in Ruhe.«

Tief unter ihrem Mitleid begannen Ungeduld und Ohnmacht zu grummeln. Sie verließ das Badezimmer, ging wieder unruhig auf und ab. Als er herauskam, war sein Bart immer noch ungepflegt, und die langen Unterhosen schlackerten an ihm.

»Hol bitte einen Barbier«, verlangte er, ohne ihr in die Augen zu sehen.

Bis dieser kam, war es Mittag. Der Mann rasierte Georgs Bart größtenteils ab, band eine Binde um den verbliebenen Schnurrbart, sodass der im rechten Winkel abstand, und drehte die Enden mit reichlich Pomade zu Spitzen.

Als wollte man jemanden aufspießen, ging es Fanny durch den Kopf.

Der Barbier half Georg auch in seinen schwarzen Anzug, und mit dem ließ er sich wieder aufs Bett sinken und blieb dort liegen. Fanny setzte sich neben ihn, wollte seine Hand nehmen, er entzog sie ihr. Nur in den Nächten umklammerte er sie manchmal.

»Schau«, sagte sie und zog aus der Schublade ihren geheimen Schatz – eine französische Modezeitung.

Sie zu beschaffen war ähnlich mühevoll gewesen wie die Monarchie abzuschaffen. Zumindest behauptete Alma das, die ihr dank der Verbindungen ins französisch besetzte Rheinland dabei geholfen hatte. »Lebensmittel und Kohle zu bekommen wäre einfacher gewesen«, hatte sie erklärt, allerdings sofort hinzugefügt: »Aber du hast schon recht, wenn du vom Leben mehr erwartest als einen warmen Buckel und einen vollen Magen.«

»Schau«, sagte Fanny jetzt wieder. »So kleiden sich die Französinnen. Der berühmte Modeschöpfer Paul Poiret hat die Frauen endgültig vom Korsett befreit. Ihre Körper seien so schön, sagte er, dass sie dergleichen nicht bräuchten, Büstenhalter und Stützgürtel genügten vollends. Er hat sich vom Orient inspirieren lassen, Pluderhosen und Tuniken entworfen, die weich und fließend am Körper herabfallen, allesamt in den prächtigsten Farben.« Die Zeitung war zerfleddert, weil sie sie so oft durchgeblättert hatte, überdies von Butterflecken und Kohleflecken übersät, die sie auf dem mühevollen Weg nach Frankfurt davongetragen hatte, aber dass Poiret an nichts sparte – nicht an Stoff, nicht an Fantasie, nicht am Schwelgen im Farbenrausch –, war noch deutlich zu erkennen. Georg sah nicht einmal hoch. »Gewiss«, fuhr Fanny fort, »Paul Poirets Zeiten scheinen vorbei zu sein. Die Französinnen verlangen Kleider, die nicht nur prächtig, sondern auch praktisch sind, und weil beides am besten verbinden kann, wer sie selbst trägt, gibt es immer mehr Modeschöpferinnen. Die Callot Sœurs oder Jeanne Paquin. Sieh dir nur dieses knöchellange Kostüm aus schicker blauer Serge an! So etwas wollen Frauen. Nicht das, was dein Prokurist in eure Schaufenster hängt. Auch wenn man die putzt, bis sie glänzen, der alte Mief und Staub wuchert an anderer Stelle, nämlich im Kopf deines Prokuristen.«

Georg neigte den Kopf zur Seite, sah sie schräg von unten an, mit einem jungenhaften Ausdruck, der sie an den Mann erinnerte, der ihr blutiges Knie berührt und ihre Schmerzen hatte linden wollen. Damals hatte er es mit heißer Schokolade versucht – jetzt hatte er nur kalte Worte zu bieten.

»Ich werde nie wieder französische Mode verkaufen«, sagte er leise.

Fanny sprang so abrupt auf, dass die Zeitung auf den Boden fiel. Sie stampfte auf, sah nicht ein, dass, nur weil er ein Recht hatte, dies zu sagen, sie im Unrecht war.

»Der Krieg ist aus!«, schrie sie.

»Der Krieg ist nicht aus, Deutschland wird weiter geknechtet, man hat uns alles genommen, unsere Würde, unseren Stolz.«

»Was fängt man denn mit Würde und Stolz an? Gleicht beides nicht den Unterröcken meiner Mutter, die nichts anderes vermögen, als den Körper zu verbergen und zu rascheln, wenn man schnelle Schritte macht? Oder einem Korsett, das keinen tiefen Atemzug erlaubt und in die Eingeweide sticht? Nun, beides kann man ablegen und fühlt sich hinterher freier.«

Georg seufzte lang und tief, und plötzlich überkam sie das lächerliche Verlangen, an seinem Schnurrbart zu ziehen, bis sie ihn ausgerissen hatte oder die Enden zumindest nicht mehr spitz waren.

»Ich werde auch nie wieder Französisch sprechen«, sagte er bekümmert.

Seine Worte waren eine spitze Nadel, die schmerzlich tief in ihre Erinnerungen drang – Erinnerungen an ihre erste Begegnung, an dieses köstliche Kribbeln im Magen. Sie hatte es nicht so recht deuten können, zumindest nicht, als sie mit blutendem Knie vor ihm gehockt war. Erst im Café am Liebfrauenberg war ihr aufgegangen, dass sie sich soeben in ihn verliebt hatte – denn dort hatte er zum ersten Mal Französisch gesprochen. Schon vorher war sie überzeugt gewesen, dass es keine schönere Sprache gab, weil es die Sprache der Mode war. Doch in jenem Augenblick war Französisch zur Sprache der Liebe, *ihrer* Liebe geworden. Sie nicht mehr aus seinem Mund zu hören, schien nichts Geringeres zu heißen, als ewig auf sein »Ich liebe dich!« verzichten zu müssen. Und – was wohl noch schlimmer war – zu erkennen, dass vielleicht auch sie ihn nicht mehr liebte oder noch nie geliebt hatte.

Verzweifelt rieb sie ihre Hände aneinander. »Du musst ja gar nicht selbst französische Mode verkaufen«, sagte sie flehentlich. »Und so bald musst du auch nicht wieder Französisch sprechen. Bleib vorerst im Bett liegen, lass mich das Modehaus führen, Schnittmuster aus Paris beschaffen, die Sprache erlernen und …«

Er streckte die Hand nach ihr aus, erreichte sie nicht. »Es tut mir leid«, murmelte er. »Der Kaffee war warm, aber ich konnte ihn trotzdem nicht trinken.«

»Wie bitte?«

»Du hast mir doch einen Kannenwärmer genäht.«

Erst jetzt, als sie Georg ins ausdruckslose Gesicht sah, auf den klapprigen Körper, das zitternde Bein, verstand sie, dass ein Kannenwärmer aus rotem Plüsch in den Schützengräben nicht die Gemütsverfassung verbesserte, sondern als höhnischer Gruß aus der unerreichbaren Heimat die Einsamkeit verstärkte.

»Wo ist er überhaupt?«, fragte sie betroffen.

Er zuckte mit den Schultern. »Er taugte nicht. Er war zu klein. Wenn ich ihn über die Blechkanne stülpte, konnte man sie zwar warm halten, doch nicht daraus einschenken.«

Wieder streckte er die Hand nach ihr aus, bekam sie nun zu fassen, zog sie an sich. Sie gewährte ihm die Umarmung, dachte aber plötzlich verzagt, dass sie beide der zu großen Kanne und dem zu kleinen Kannenwärmer glichen. Wie lange sie sich auch hielten, er würde trotzdem Mangel leiden und sie im Übermaß ertrinken.

»Es tut mir leid, dass du keinen warmen Kaffee bekommen hast«, sagte sie und meinte es ehrlich.

»Es tut mir leid, dass du keine französische Mode bekommen wirst«, sagte er, und sein Mitleid war ebenso ehrlich.

Almas Wohnung war ungewohnt leer und ungewohnt voll zugleich. Leer war sie, weil kaum noch Frauenrechtlerinnen – weder bürgerliche noch proletarische – bei ihr ein und aus gingen. Voll war sie, weil Alma aufgrund der Inflation ihr ererbtes Vermögen verloren hatte und nicht nur die Druckerpresse aus dem kleinen Laden ihres Mannes hatte räumen müssen, um diesen zu vermieten, sie musste auch einige Zimmer ihrer Wohnung, darunter den Salon, mit anderen teilen.

Fannys Tante lebte mittlerweile in jenem Raum, in dem der umgedrehte Esstisch stand. An seine Füße hängte sie immer noch ihre Hüte, nur dass dazwischen keine Bücher mehr gestapelt waren, sondern dass ihre Matratze dort lag. Die Bücher bedeckten indes jedes freie Fleckchen rundum und ließen keinen Platz für einen Stuhl, nur für einen Kohlensack.

Fanny ließ sich aufseufzend darauf sinken, als sie Alma wieder einmal besuchte. Anderthalb Jahre waren mittlerweile seit dem Kriegsende vergangen, und so lange hatte sie gewartet, dass Georg sich den spitzen Schnurrbart abrasieren, dass ihm der Anzug wieder passen, er wieder bei Kräften sein würde und nicht länger täglich der rohen Eier mit Rotwein und Honig bedurfte. Noch schlürfte er sie Morgen für Morgen, Fanny ekelte sich Morgen für Morgen, und Hilde belehrte sie zwar nicht am Morgen, aber im Laufe des Tages, dass sie dankbar sein müsse, überhaupt noch einen Mann zu haben und allen Heiligen die Füße küssen solle, weil sie von den Sorgen des Berufslebens verschont blieb, anders als sie selbst, die sie immer noch ihren Miedersalon führen musste.

Fanny wäre den Heiligen lieber auf die Füße gestiegen, als selbige zu küssen, widersprach der Mutter aber nicht. Als sie eingesehen hatte, dass Georg tatsächlich nie wieder Französisch sprechen würde, hatte sie das alte Wörterbuch hervorgekramt, Vokabeln gelernt und gehofft, ihr Leben so lange aussitzen zu können, bis sie beim Z angekommen war.

»Ich bin erst beim F«, erklärte sie nun ihrer Tante, »doch ich ertrage weder meinen Ehemann noch meine Mutter auch nur eine Sekunde länger.«

F wie Fanny.

F wie Freiheit.

Alma deutete auf den Korb, den Fanny mitgebracht hatte.

»Darin befindet sich aber kein Französisch-Wörterbuch, oder?«, fragte sie.

Fanny schüttelte den Kopf. »Ich bin heute Morgen zur Schirn gegangen, um Eier zu kaufen«, erklärte sie Alma und schob den roten Seidenschal, der im Korb lag, etwas zur Seite, sodass die Eier darunter zu sehen waren. »Doch ich schaffe es nicht mehr, auch nur ein Ei zu verquirlen. Ich schaffe es noch nicht einmal, wieder heimzugehen.«

»Hm«, machte Alma nur.

Seit dem Kriegsende trug sie keine Hüte mit Stoffblumen mehr, sondern schlichte aus Stroh, und seit die Frauen im Januar 1919 zum ersten Mal an den Wahlen teilnahmen, kämpfte sie für ein neues Ziel, dass nämlich Frauen auch gewählt werden durften, am besten irgendwann zur Reichskanzlerin.

»Was soll ich tun?«, fragte Fanny.

»Hm«, machte Alma wieder.

Fanny starrte auf den Kohlensack, auf den sie sich gesetzt hatte. Wahrscheinlich würde ihr Kleid schwarz sein, wenn sie sich erhob. »Georgs spitzer Schnurrbart erinnert mich an Mutters Nadeln. Ich halte den Anblick nicht mehr aus. Denkst du, dass ich sehr selbstsüchtig bin?«

Ehe Alma ein drittes Mal »Hm« machen konnte, ertönte von draußen Gekreisch, und Fannys Tante verdrehte die Augen. Sie hatte die übrigen Räume an drei Mütter vermietet, deren Kinder unehelich geboren worden waren, war sie doch der Meinung, dass diese gleiche Rechte wie die ehelichen haben sollten. Leider hatte sie nicht bedacht, wie viel Lärm Kinder machten – egal ob ehelich oder unehelich geboren.

»Warte mal«, sagte sie, erhob sich und verließ den Raum. Als sie wenig später wiederkam, war das Gekreisch verstummt.

»Ich habe den Kleinen ein paar Himbeeren gegeben«, sagte sie. »Und zwar solche, die ich zuvor in Elises Schnaps eingelegt habe.«

»Du gibst Kindern Alkohol?«, fragte Fanny entsetzt.

Alma seufzte. »Leider war es die letzte Schnapsflasche, bald muss ich mir etwas anderes einfallen lassen. Du solltest dir übrigens auch bald etwas einfallen lassen, nämlich wie du deinem Mann und deiner Mutter entkommst.«

»Was rätst du mir?«

»Hm«, machte Alma wieder und schwieg lange. »Ich habe eigentlich kein Recht, dir etwas zu raten. Seinerzeit habe ich auch nicht gehandelt, sondern bloß gewartet, bis mein Mann starb. Leider war ich nicht so stark wie deine Mutter.«

Schon oft hatte Fanny andere sagen hören, dass es in Almas Hinterstübchen nicht ganz richtig zuging, aber da die gleichen Leute sie zudem als altes Mädchen, steriles Weib oder Jüdin beschimpften, hatte sie das nie ernst genommen. Jetzt war sie zum ersten Mal selbst davon überzeugt, dass ihre Tante den Verstand verloren hatte.

»Du nennst meine Mutter stark? Sie rät mir fortwährend, ich solle Georg jeden Wunsch von den Augen ablesen, nicht mehr ans Nähen denken, lieber den Platt- oder Kreuzstich erlernen und zum Zeitvertreib Blumen auf Fächer pinseln.«

Almas Lächeln zersplitterte, und hinter den Scherben ließ sich Traurigkeit erahnen. »Was deine Mutter sagt und was sie tut, ist zweierlei – und ich fürchte, für mich gilt das auch. Sie mimt gern das Weibchen, das sich an einen Beschützer schmiegt, doch nachdem sie damals die Saufkrenke geheiratet und bald darauf festgestellt hat, dass der Gute lieber trinkt als schuftet, hat sie dafür gesorgt, dass er seinen Miedersalon vergrößert und weitere Näherinnen anstellt. Sie war die Tatkräftige, die Ehrgeizige, sie hat nach seinem Tod ganz selbstverständlich das Geschäft übernommen. Ich hingegen habe in Dutzenden Artikeln gefordert, Frauen müssten ihr eigenes Geld verdienen und zwar so viel wie die Männer, müssten zu jedem Studium zugelassen werden und jeden Beruf erlernen dürfen, aber richtig geschuftet habe ich nie. Ja, Hilde ist die Stärkere von uns beiden. Die Frage ist, wie stark du bist.« Fanny hatte zunehmend verwirrt gelauscht, doch ehe sie etwas sagen konnte, fuhr Alma nüchtern fort: »Im Grunde bleiben dir nur drei Möglichkeiten. Du kannst dem Rat deiner Mutter folgen, sticken lernen und … Was war noch mal das andere? Fächer bemalen? Nun, Hauptsache, du hütest dich vor der Brandmalerei, sie hätte mich fast den Finger gekostet.« Sie hob diesen Finger, obwohl keine Spur einer Verletzung zu sehen war, nicht mal eine Narbe, die die einstige Blase hinterlassen hatte. »Als zweites bliebe dir die Nachttopfvariante.«

»Ich soll einen Nachttopf mit Blumen bepinseln?«

»Nein, Mahlzeiten darin kochen.« Fanny runzelte die Stirn. »Wenn mein Mann mich getriezt hat, habe ich aus Strafe in jenem Nachttopf, in den er jeden Morgen sein Geschäft erledigte, Grüne Soße angerührt. Und wenn er sie dann mit Eiern und Kartoffeln aß und nörgelte, die Eier wären zu weich und die Kartoffeln zu hart, habe ich ihm schweigend ein herzliches Lächeln geschenkt.«

»Hast du ihm hinterher gesagt, dass du die Grüne Soße im Nachttopf zubereitet hast?«

Alma schüttelte den Kopf. »Dazu war ich zu feige … und deswegen war alles gänzlich nutzlos. Besser, ich hätte ihm eines Tages Kali unter die Grüne Soße gerührt.«

»Tante Alma!«

»Was denn, was denn? Ich habe es ja nicht gemacht, am Ende ist er von allein gestorben. Aber die meisten Dinge geschehen nun mal nicht von allein.«

»Was ist die dritte Möglichkeit?«

Alma machte eine lange Pause, stand auf und trat zu jenem Schrank, in dem sie nicht nur die letzte Flasche vom Schnaps ihrer Mutter Elise aufbewahrte, sondern auch den Familienschmuck, den sie von ihr geerbt hatte. Schweigend nahm sie ihn aus der Schatulle, ging zu Fanny und legte den Schmuck in jenen Korb, in dem sich unter dem roten Schal schon die frisch gekauften Eier befanden.

»Du kannst den Schmuck zu Geld machen und davon in Paris fürs Erste leben.«

»P … P … Paris?«, stammelte Fanny.

»Du hast mir eben gesagt, dass du im Wörterbuch bis zu den Wörtern, die mit F anfangen, gekommen bist. Aber eine Sprache erlernt man nicht, indem man Wörterbücher auswendig lernt, sondern indem man mit Menschen spricht. Und Mode macht man, wenn man für große Modeschöpfer arbeitet und nicht nur davon träumt.«

»Wie … wie komme ich denn nach Paris?«, fragte Fanny und schämte sich, weil die Umsetzung des Plans ihr mehr Kopfzerbrechen bereitete als die Tatsache, dass er durch und durch schändlich wäre und sie ihn sofort von sich weisen müsste.

»Nun, ich habe dir doch die französische Modezeitschrift

beschafft. Und das ging nur mithilfe von Klara Hartmann – du kannst dich bestimmt noch an die Geschichte mit dem verschluckten Schlüssel erinnern. Während des Krieges hat sie wiederum aus purem Protest gegen den deutschen Kaiser einen Franzosen geheiratet. Wenn du mich fragst, war das die falsche Entscheidung. Man heiratet nicht aus Protest, man heiratet nicht aus Bequemlichkeit, man heiratet auch nicht, weil der Mann Französisch spricht. Aus Liebe heiratet man, wobei eine solche Liebe natürlich unter Umständen in der im Nachttopf gekochten Grünen Soße enden kann. Ach, hör besser nicht auf deine Tante Alma, zumindest nicht, wenn es um die Liebe geht, denn davon verstehe ich nichts. Nimm den Schmuck und geh damit zu Klaras Franzosen. Habe ich erwähnt, dass sie in Höchst leben? Nun, manchmal ist es ganz praktisch, dass die Franzosen das Rheinland besetzt haben und ein paar Vororte von Frankfurt gleich mit dazu. Frankreich beginnt nunmehr fast vor unsere Haustür, und wenn du erst mal in Höchst bist, schaffst du es sicher auch nach Paris.«

Fanny griff nach ihrem Korb. »Was … was soll ich denn nun mit den rohen Eiern machen?«, fragte sie und schämte sich, weil sie wieder von praktischen Dingen sprach, nicht von der Schuld, die sie auf sich laden würde, wenn sie ihren Mann verließ.

Von draußen ertönte neues Gekreisch. »Oh, du kannst sie gern hierlassen, dann mache ich für die Kinder Eierpunsch. Aber wahrscheinlich ist es besser, du nimmst sie mit nach Paris. Dort steigst du auf den Eiffelturm und schlürfst ein Ei aus, um den Beginn deines neuen Lebens zu feiern. So sparst du dir den Champagner.«

Irgendwann, so schwor Fanny sich damals, würde sie Champagner nicht nur trinken, sie würde darin baden. Doch vorerst berauschte sie sich am eigenen Mut, blind in ein neues Leben zu laufen, an der tiefen Erleichterung, nie wieder Rotwein mit Ei und Honig verrühren zu müssen.

Als sie einige Tage später in Paris ankam, war es finster und kalt, und es roch abscheulich. Irgendwo kläffte ein Hund, aber sie konnte ihn, obwohl in Paris ständig die Gaslichter brannten, ebenso wenig sehen wie den Eiffelturm. Sie bibberte und starrte auf die heruntergekommene Fassade eines Hauses nahe des Gare du Nord, dann schlang sie sich entschlossen den roten Schal um den Kopf. Sie schlug ein Ei auf, um es zu schlürfen – nicht nur, weil sie hungrig war, sondern weil die Schale bereits einen dünnen Riss aufwies, es also ohnehin bald zerbrochen wäre und sie es nicht verschwenden wollte.

LISBETH

1946

Lisbeth blickte sich argwöhnisch um. Wie immer herrschte auf der Rückseite des Hauptbahnhofs geschäftiges Treiben. Jeder schien in Eile zu sein, als kämen die einen gerade nach einer Reise an, und als brächen die anderen zu einer solchen auf. Doch das einzige Ziel der Menschen hier war, keinen Hunger mehr zu haben.

Ein Mann mit einem ungewöhnlich dicken Bauch und altmodischen Koteletten – er sah aus, als hätte er noch Kaiser Wilhelm persönlich gedient – wollte wohl nicht nur satt werden, sondern vor allem reich. In gewisser Weise war er das schon, denn niemand besaß so viele Chesterfield-Zigaretten, die Währung dieser Tage, wie er. Sein dicker Bauch war in Wahrheit ein großer Leinensack, den er mit diesen Zigaretten und, damit es nicht auffiel, mit Daunenfedern gefüllt hatte, und Lisbeth konnte sich der Vorstellung nicht erwehren, dass die Amis ihn eines Tages filzen und die Daunen wie Schnee auf ihn herabrieseln lassen würden. Nicht dass sie es ihm wünschte, er würde auffliegen – trotz allem waren sie Schicksalsgenossen. Wegen der Zigaretten nannte man ihn Chesty, doch sein ursprünglicher Spitzname war »Zahnarzt« gewesen. Er hatte nämlich früher den Menschen die Goldfüllungen aus den Zähnen geknackt, um sie gegen Essen zu tauschen, und wann immer Lisbeth ihn sah, pochte einer ihrer Backenzähne schmerzhaft. Geschäfte machte sie deshalb nicht mit ihm.

Lieber schlich sie zu der Frau, die nicht nur wegen ihres spitzen schwarzen Huts und des schwarzen Flickenkleids an eine Vogelscheuche erinnerte, auch wegen ihrer dürren Gestalt. Wobei sie genau betrachtet mehr mit einer Krähe gemein hatte, die eine solche umschwirrte.

»Na«, rief sie eben einem Passanten zu, »willst du dich ein wenig mit einem hübschen Mädchen amüsieren?«

Sie schlang dem Mann die Hände um den Nacken und wollte ihn an sich ziehen, worauf er angewidert zurückschreckte. »Wo ist hier ein hübsches Mädchen?«, fragte er.

»Nun ja, hübsch ist im zerbombten Frankfurt niemand. Du kannst ja die Augen schließen. Und ein Mädchen bin ich auch nicht mehr, sondern weit über vierzig. Aber meine Brüste sind knackig wie kleine Äpfelchen. Willst du sie sehen? Und vielleicht sogar mein Pfläumchen?«

Sie zog das schwarze Kleid mit einer Hand hoch, mit der anderen machte sie sich an der Jacke des Mannes zu schaffen und klaute ihm das Portemonnaie. Der Mann war zu irritiert, um es zu bemerken. Er riss sich von ihr los, lief davon, und als die Frau spöttisch lachte, wurden ihre vielen Zahnlücken sichtbar, die sie jedoch schon lange, bevor Menschen ihre Goldfüllung gegen Essen tauschten, gehabt hatte.

Die Frau war Klara Hartmann, Lisbeth nannte sie insgeheim Krähen-Klara. Sie war eine alte Freundin von Alma, die sich früher als Frauenrechtlerin, heute als Überlebenskünstlerin bezeichnete, und die irgendwann einmal – so Almas krude Behauptung – einen Schlüssel verschluckt hatte. Lisbeth verschluckte bei Krähen-Klaras Anblick stets ihren Ärger. Sie fühlte ihn, seit sie wusste, dass sie seinerzeit Fanny geholfen hatte, ihren Vater zum ersten Mal zu verlassen, aber Ärger war in Zeiten wie diesen nutzlos, man konnte ihn gegen nichts tauschen so wie die Ware, die Lisbeth an diesem Tag bei sich hatte und mit der sie nun auf Krähen-Klara zutrat.

»Bestiehlst du neuerdings die Menschen, anstatt Schwarzhandel zu treiben?«, fragte sie.

Krähen-Klara grinste breit. »Der da hat's verdient. Er war so ein richtiges Nazischwein, eigentlich hätten die Amis ihn sofort entlassen müssen. Aber wenn sie die Elektrizitätswerke wieder zum Laufen kriegen wollen, brauchen die Amis die Hilfe der Deutschen, ganz gleich, was sie im Krieg angestellt haben. In der Not frisst der Teufel Spinnen.«

»Fliegen«, berichtigte Lisbeth sie.

»Was?«

»Der Teufel frisst in der Not *Fliegen.*«

»Na und? Ich hab kürzlich eine Spinne gegessen, ein richtig fettes Tier mit langen Beinen. Übers Feuer hab ich sie mir geröstet, was für ein leckeres Mahl.« Sie legte den Kopf in den Nacken und schüttete sich vor Lachen aus. »Glaubst du das?«, fügte sie hinzu, sobald sie wieder ernst geworden war.

Lisbeth unterdrückte nicht nur ihren Ärger, auch den Ekel, kam zugleich aber nicht umhin, der anderen insgeheim Respekt zu zollen. Sie war nicht wesentlich jünger als Alma und hatte doch die Tatkraft eines jungen Mädchens. Dass man sie nicht zur Trümmerbeseitigung einsetzte, ihr stattdessen die Lebensmittelkarte der Kategorie V für die nicht arbeitende Bevölkerung zugewiesen hatte, die der Volksmund Hungerkarte nannte – von 1130 Kalorien wurde schließlich niemand satt –, hatte sie nicht verzagt gestimmt, nur den Ehrgeiz geweckt, selbst für ihr Überleben zu sorgen.

»Irgendwann werden uns die Amis vielleicht sogar sechs

Spinnen pro Tag zuteilen, 100 Gramm Mäusekot, 50 Gramm Schlangenhaut, 500 Gramm …«

»Nun ist aber genug.«

»Genug?« Krähen-Klara lachte wieder, denn schwarz wie ihre verbliebenen Zähne war ihr Humor. »Das ist ein Wort, das es in unserer Sprache nicht mehr gibt. Wir haben von nichts genug, nur von allem zu wenig.«

»Nun«, sagte Lisbeth und beugte sich widerwillig zu ihr, um ihr zuzuraunen: »Ich hätte genug Stoff, um dir einen ordentlichen Mantel schneidern.«

Krähen-Klara hob anerkennend eine ihrer Brauen. »Hast du den Stoff gestohlen?«, rief sie begeistert.

Lisbeth runzelte die Stirn. »Nein, es ist der Vorhang von Friedas Wohnzimmer.«

»Und wo ist er?«

Lisbeth stellte ihren Rucksack ab, dessen Inhalt von einer Schicht Kohle verdeckt wurde. »Der Stoff ist zu groß und zu schwer, um ihn durch halb Frankfurt zu schleppen. Dafür habe ich das hier«, sagte sie und zog an dem dunkelblauen Zipfel, der zwischen den Kohlen hervorlugte.

»Ist das auch ein ehemaliger Vorhang?«

»Nein, ich habe aus einer Offiziersjacke einen Rock genäht und ihn blau gefärbt. Und ich habe zwei Blusen aus karierter Lazarettwäsche gemacht. Ein Kleid habe ich ebenfalls zu bieten – aus dem Stoff eines alten Fallschirms mit einem Tüllrock aus einem ehemaligen Moskitonetz.«

Krähen-Klara schnalzte anerkennend mit der Zunge. »Und dieses Kleid ist auch da drin?«

»Nein, ich hab's an.«

Bevor Lisbeth ihn selbst öffnen konnte, nestelte die andere schon an ihrem Mantel, sodass das Kleid zum Vorschein kam. Als Gürtel dienten die schwarzen Samtkordeln, mit denen Frieda ihre Vorhänge zusammengehalten hatte.

»*Oh, là là! Quelle beauté!*«, rief sie.

Lisbeth konnte sich vage erinnern, dass Krähen-Klara irgendwann einen Franzosen geheiratet hatte, allerdings nicht aus Liebe, nur aus Protest gegen jenen Krieg, den die Menschen damals groß genannt hatten, obwohl er gemessen am eben erst durchgestandenen nur ein kleiner gewesen war. Wenn sie es recht im Kopf hatte, hatte die Ehe das Deutsche Kaiserreich nicht sonderlich lange überdauert.

»Wie hast du den Stoff des Kleides eigentlich so rot gefärbt?«, fragte Krähen-Klara.

Lisbeth unterdrückte ein Seufzen, als sie an die Schufterei der letzten Monate dachte. Den Plan, das Modehaus König wiederzueröffnen, hatte sie noch nicht umsetzen können. Ohne eine Genehmigung der Amis durfte kein Deutscher ein Unternehmen führen, und statt sich an endlosen Warteschlangen anzustellen, blieb sie lieber zu Hause oder in dem, was vom Modehaus stehen geblieben war, um Kleider zu nähen und sie auf dem Schwarzmarkt zu verkaufen. Eva, die junge Frau mit dem leuchtend roten Seidenschal, deren Habseligkeiten in einer Konservendose Platz fanden, hatte sich als geschickte Helferin herausgestellt, die unermüdlich alte Pullover auftrennte, um aus der Wolle etwas Neues zu fertigen. Die kleine Rieke war oft mit im Laden, wickelte die Wolle zu Knäueln und stellte Eva all jene Fragen, die Lisbeth vermied.

»Wo hast du früher gewohnt?«, fragte die Kleine eines Tages.

»In einem wunderschönen Palast, dessen Wände und Decke aus Stroh waren«, antwortete Eva.

»Ein Palast hat doch keine Wände und Decken aus Stroh!«

»Rumpelstilzchen kann aus Stroh Gold machen.«

»Rumpelstilzchen ist böse!«

Evas Blick wurde nachdenklich. »Bist du dir sicher? Du solltest nicht alles glauben, was man dir erzählt.«

»Aber Rumpelstilzchen hat eine Hakennase und guckt ganz seltsam.«

»Zu mir war Rumpelstilzchen immer freundlich, und es hat eine wunderschöne Nase. Rumpelstilzchens Schwester hat mir den roten Seidenschal geschenkt.«

»Rumpelstilzchen hatte eine Schwester?«, fragte Rieke aufgeregt.

»Schluss jetzt«, mischte sich Lisbeth ein.

Rieke träumte schlecht, und das Gerede über Rumpelstilzchen würde es nicht besser machen. Außerdem zählte die Vergangenheit nicht, weder ihre noch die von Eva, es zählte nur die Zukunft, und um eine Zukunft zu haben, musste sie so viele Kleider wie möglich anfertigen.

Selbst die alte Frieda half dabei. In der Frauenzeitschrift *Der Regenbogen* hatte sie gelesen, wie sich Stoff karminrot färben ließ.

»Tauchscht ihn in Rote-Riewe-Sud«, hatte sie Lisbeth erklärt.

»Und woher kriegen wir rote Rüben?«, hatte Lisbeth gefragt.

Frieda hatte mit den Schultern gezuckt. »Mer häwwe noch Spinat, des gibt en scheenes Grie.«

Alma blickte später skeptisch auf die Brühe. »Das ist kein schönes Grün, das sieht aus, als hätte Tante Käthe Durchfall gehabt.«

»Wann de do drin koan Stoff koche willschd, doann trink de Sud äwe selbscht«, erwiderte Frieda beleidigt. »Doann wolle mer schunn säje, wer de Dorschmarsch hot.«

Am schwierigsten war es im Übrigen nicht, Farben herzustellen, sondern dafür zu sorgen, dass sie nicht gleich wieder ausliefen beim Waschen. Zu diesem Zweck musste der gefärbte Stoff mindestens eine Stunde in Beize aus Alaun liegen, und es war keine geringe Herausforderung, dafür zu sorgen, dass Rieke und Martin während dieser Zeit nicht in die Beize fielen oder auf die Idee kamen, die einäugige Puppe darin zu waschen. Alma sollte eigentlich darauf achten, aber Alma philosophierte lieber über das Matriarchat als Voraussetzung für den Weltfrieden.

»Sou, unn jetz saach isch der emol woas«, erklärte Frieda ihr eines Tages streng. »Als isch aufwuchs, hieß's, mer müsste treu zum Kaiser stäje. Doann war des Kaiserreisch dohie, unn uffemol hieß's, mer müsste stolze Republikaner soi. Doann war die Republik dohie, unn's hieß, mer müsste de Führer ehre. Unn jetz bin isch e oalde Fraa unn ännnere moi Maanung nedd zum vierte Mol, Matriarschdingsbums hie orrer her.«

Alma musterte sie empört und wandte sich an Lisbeth: »Jetzt sag doch auch mal was.«

»Erst wenn du versprichst, dass du auf die Kinder aufpasst, während ich Kleider verkaufe.«

Das war im Übrigen nicht so leicht wie gedacht. Zum Anziehen brauchen die Menschen immer was, hatte sie geglaubt, dann aber feststellen müssen, dass die Frankfurter im Zweifel lieber froren als hungerten. Erst als die ersten Notküchen regelmäßig Suppe ausschenkten, stieg der Bedarf an warmen Wintermänteln. Die ersten hatte Lisbeth viel zu billig hergegeben, sodass sie fortan das Verkaufen der Kleidung Krähen-Klara überließ.

Diese starrte immer noch auf das Kleid, und Lisbeth schloss hastig ihren Mantel, weil sie es ihr nicht leichtfertig überlassen wollte.

»Was hast du als Bezahlung für mich?«, fragte sie ungeduldig.

»Wissen«, erklärte Krähen-Klara verschmitzt. »Im alten Laden von Schuhmacher Proll im Holzgraben findet man jede Menge Leder.«

»Was ich nicht sehe, kaufe ich nicht.«

Das Lächeln wurde noch verschmitzter. »In der Nähe der Konstablerwache gibt's einen alten Schneidersalon, aber keinen Schneider mehr. Es stehen mindestens zwei Tretnähmaschinen rum, die man wieder flottkriegen könnte.«

»Was ich nicht sehe, kaufe ich nicht«, wiederholte Lisbeth.

Krähen-Klara schlug ihr begeistert auf die Schultern. »Gut, dass du endlich gelernt hast, mir nicht alles zu glauben.«

Am Anfang war Lisbeth oft auf sie hereingefallen, mittlerweile wusste sie, dass Informationen allein kaum Wert hatten und Frauensolidarität erst recht nicht.

»Na gut«, sagte Krähen-Klara jetzt und zog etwas hervor, das Lisbeths Augen leuchten ließ: zwei Gummibänder und etliche Druckknöpfe. Doch sie bemühte sich um ein gleichgültiges Gesicht, schloss ihren Rucksack wieder und drehte sich wortlos um. »Warte!«, rief Krähen-Klara ihr nach.

»Bei der Ami-Tauschzentrale in der Kaiserstraße krieg ich für meine Kleider Fett und Speck.«

»Warte!«, rief die andere wieder. »Die Armeestiefel, die ich dir letztes Mal beschafft hab, trägst du gern, oder?«

Die Armeestiefel waren so groß, dass Lisbeth sie nur mit Filzpantoffeln tragen konnte. »Ich habe keinen Bedarf an einem weiteren Paar«, erklärte sie kühl.

»Und wie wär's damit?«, fragte Krähen-Klara und hielt ihr zwei Zigarettenstangen unter die Nase.

»Seit wann handelst du mit Chesterfields?«, fragte Lisbeth verblüfft.

»Das sind keine Chesterfields, sie sehen nur so aus. Ich hab im Rothschildpark Tabak angebaut.«

»Und woher hast du das Papier, um Zigaretten zu drehen?«

»Och, ich hab aus der Liebfrauenkirche ein Gesangbuch geklaut. Was bedeutet, dass du eine rauchen und gleichzeitig *Großer Gott wir loben dich* singen kannst.«

Lisbeth rauchte nicht, und zur Kirche war sie nur gegangen, wenn Richard es sich gewünscht hatte. Aber für die Zigaretten würde sie gleich mehrere Laibe Brot bekommen. Noch zögerte sie, eine der Stangen zu nehmen, und roch misstrauisch daran.

»Ist das wirklich echter Tabak, nicht etwa Pferdemist?«

»Glaubst du etwa, ich würde dich betrügen?«

»Ja«, sagte Lisbeth unmissverständlich.

»Na gut …«

Krähen-Klara zog eine der Zigaretten aus der Packung und brach sie entzwei. Was zwischen dem Papier aus dem Gesangbuch hervorquoll, sah zwar aus wie … Nein, nicht wie Pferdemist, aber wie Mäuseköttel. Es roch jedoch nach Tabak.

»Wie viele solcher Zigaretten hast du?«

»Kommt drauf an, ob du noch mehr zu bieten hast als Kleider und Mäntel.«

»Wie wär's mit Handschuhen? Nächste Woche sind sie fertig.«

Krähen-Klara stieß ein bewunderndes Pfeifen aus. Handschuhe waren in einer Stadt, in der es nur von Trümmern zu viel gab, hingegen viel zu wenige Pferde, um die mit Schutt beladenen Wagen zu ziehen, fast so kostbar wie Zigaretten. Die Frauen, die diese Wagen zu den Mulden und Bombentrichtern brachten, prügelten sich schon mal darum, weil ein blaues Auge immer noch leichter zu ertragen war als ständig wunde Hände.

»Für fünf Paar Handschuhe kriegst du sechzig Zigaretten.«

»Für vier Paar.«

»Wenn sie schon übermorgen fertig sind.«

Lisbeth nickte, blickte sich um, zog ihre Ware aus dem Rucksack und erklärte Krähen-Klara, dass sie das Kleid, das sie trug, gemeinsam mit den Handschuhen bekäme. Sie überlegte, die Zigaretten unter den Kohlen verschwinden zu lassen, entschied sich dann aber doch anders und bückte sich, um sie zwischen Filzpantoffeln und Militärstiefel zu stecken. Das dauerte eine Weile, und auch als es erledigt war, blieb sie hocken und starrte auf das klobige Schuhwerk.

Erinnerungen schossen auf sie zu wie Aasvögel, schienen ihre gebückte Haltung auszunutzen, um auf sie einzuhacken. Und schon war der Augenblick verpasst, sich gegen sie zu wehren.

Mit den Militärstiefeln zu gehen war fast so schwer, wie mit Rollschuhen zu laufen. Jenen Rollschuhen, die sie bei ihrem ersten Treffen mit Richard getragen hatte. Der Sohn eines Stofflieferanten war er, groß, dunkel, belesen. Zurückhaltend, aber nicht schüchtern. Selbstbewusst, aber nicht arrogant. Attraktiv, aber nicht geleckt schön. Er war öfter ins Modehaus König gekommen, als es Gründe dafür gegeben hatte, und die Verkäuferinnen hatten gekichert und Lisbeth angestoßen. Lisbeth hatte gefunden, dass es nichts zum Kichern gab, zum heimlichen Tuscheln, zum Erröten. Es hatte sich so selbstverständlich angefühlt, Richard anzulächeln, mit ihm zu plaudern, sich von ihm schließlich auf die Rollschuhbahn Mosler einladen zu lassen. Sie lag zwischen Untermain und Friedensbrücke inmitten eines Gartens, in dem es wie nirgendwo sonst in Frankfurt duftete – nach Zedern und Lorbeer, nach Zitronen- und Feigenbäumen.

Lisbeth hatte keine eigenen Rollschuhe gehabt und sich

welche gegen ein Pfand ausleihen müssen. »Ich … ich habe gar nichts Wertvolles dabei«, hatte sie gesagt. Sie hatte noch nie gern Schmuck getragen, trug nicht einmal den Schmetterlingskamm in den Haaren, den ihr Frieda, die damals noch nicht ihre, sondern Georg Königs Haushälterin gewesen war, vor langer Zeit geschenkt hatte.

»Nehmen Sie eben irgendetwas, das Sie am Leibe tragen«, wurde ihr erklärt.

Richards buschige Augenbrauen waren auf der Stirn zusammengewachsen. »Ja, soll sich die Dame nackt ausziehen?«, hatte er gefragt.

Lisbeth hatte laut gelacht, nicht wegen des Nacktausziehens, sondern weil er sie Dame genannt hatte. »Das hier würde gehen, oder?«, hatte sie schnell gesagt. »Zum Rollschuhlaufen brauche ich es nicht.«

Und dann hatte sie das schwarze Halstuch mit dem braunen Lederknoten abgenommen, das sie in den Jahren, die sie mittlerweile beim BDM gewesen war, jeden Tag getragen hatte. Richard hatte nachdenklich darauf geblickt und leise gesagt: »Es steht dir ohnehin nicht.«

Es war das erste Mal, dass sie über Politik geredet hatten. Wobei sie ja nicht geredet hatten nach seiner Bemerkung, vielmehr geschwiegen, und sie allein war mit dem Gedanken, dass er womöglich kein überzeugter Nazi war, und mit dem noch verstörenderen, dass ihr der BDM nicht so wichtig war wie gedacht.

Als es dann ans Rollschuhlaufen ging, hatte sie nicht länger gegrübelt und sich auf jeden Schritt konzentriert. Eigentlich war es nur bei Richard Rollschuhlaufen, bei ihr war es ein hilfloses Gestolpere gewesen. Er hatte sie festgehalten, damit sie nicht unsanft auf ihrem Hintern landete, eine Strähne seines dunklen Haars war ihm in die Stirn gefallen. »Komm, ich bring's dir bei, irgendwann wirst du sogar den Flieger schaffen.«

»Nie und nimmer!«

»Ich halt dich fest.«

»Aber ich habe Angst.«

»Vorsicht, Frösche!«

Lisbeth zuckte zusammen. Die Stimme, die vor den Fröschen warnte, entstammte nicht den Erinnerungen. Sie erhob sich, die Bilder von früher zerstoben. Stattdessen sah sie, wie ein Mann an ihr vorbeilief – es war Chesty oder der Zahnarzt. Wer schon lange verschwunden war, war Krähen-Klara, und auch die restlichen Schwarzmarkthändler zerstreuten sich, als in der Ferne eine Truppe Amis in ihren Uniformen auftauchte.

Warum nennt man sie bloß Frösche?, durchfuhr es Lisbeth. Die Uniformen sind gar nicht grün, eher bräunlich. Dass sie jetzt in der Dämmerung sogar grau waren, erinnerte sie daran, dass es bald Abend wurde und über der Stadt wieder mal eine Ausgangssperre verhängt worden war. Doch selbst wenn es erlaubt gewesen wäre, sich auch noch bei Dunkelheit in den Straßen herumzutreiben – Schwarzhandel wurde in jedem Fall bestraft.

Lisbeth machte einen Schritt, fühlte, nachdem sie so lange in der Hocke gesessen hatte, Schwindel hochsteigen. Dieser verdammte Hunger. Ein zweiter Schritt, die Welt schien sich zu drehen so wie damals auf Moslers Rollschuhbahn, als sie die ersten Pirouetten gewagt hatte. Trotz Richards festem Griff war sie mehr als einmal zu Boden gegangen, und auch jetzt fiel sie auf die Knie, kämpfte sich wieder hoch, ignorierte den stechenden Schmerz.

»Is it yours, Frollein?«

Die Stimme konnte sie nicht ignorieren. Ebenso nicht den

Ami, der eine der Zigaretten dicht vor ihr Gesicht hielt. War es eine, die Krähen-Klara mit einer Seite aus dem kirchlichen Gesangbuch gedreht hatte? Lisbeth hatte jedenfalls nicht übel Lust, *Hilf uns, Herr, aus aller Not* anzustimmen.

»*N … n … no*«, stammelte sie stattdessen. »*Not mine.*«

Die Worte kannte sie aus jenem kleinen Büchlein, das nach Kriegsende in Frankfurt verteilt worden war. Es enthielt hundert englische Vokabeln. Aus dem Papier könnte man auch Zigaretten drehen, dachte sie, wobei sie im Moment nur am eigenen Strick drehte.

»*Sure?*«, fragte der Mann.

Sie nickte.

»*Your name?*«

»Lisbeth Werder, geborene König.«

Sie wollte sich am Ami vorbeidrängen, blickte dabei zu Boden und sah, was er wohl schon die ganze Zeit gesehen hatte. Sie trug an einem Fuß nur mehr den Filzpantoffel. Der Militärstiefel, aus dem sie gerutscht war, war umgekippt, und die Zigaretten lagen verstreut auf der Straße.

Es sind keine echten, wollte sie sagen, nur welche aus Pferdemist. Aber in dem Büchlein hatte nicht die Vokabel für Pferdemist gestanden, und sie wusste, dass sie ihre Lage mit Lügen nicht besser machte. Mit Davonlaufen natürlich ebenso nicht, dennoch konnte sie nicht anders, sie rannte los.

Leider stellte sie sich ähnlich ungeschickt an wie beim Rollschuhlaufen. Worüber sie genau stolperte, sah sie nicht mehr, nur dass es ihr die Beine beim Fallen in die Luft riss.

Auch eine Variante vom Flieger, dachte sie noch.

Das I. G.-Farben-Haus, das die amerikanische Militärverwaltung bezogen hatte, war zehn Jahre vor Kriegsbeginn erbaut worden und schien doch vorwegzunehmen, dass die Welt eines Tages zum Trümmerhaufen werden würde. Die Wände waren zwar noch unversehrt, aber die Fassade von jenem dumpfen Grau wie die Staubwolke, die über Frankfurt hing.

Auch wenn es so aussieht, es ist kein Gefängnis, versuchte Lisbeth sich einzureden. Der Schilderwald mit den vielen militärischen Abkürzungen, an denen sie vorbeikam, verstärkte indes die Panik, dass sie für immer in einem unterirdischen Verlies verschwinden würde.

Unsinn. Die Amis ließen Menschen nicht einfach verschwinden. Schon gar nicht eine junge Frau wegen ein paar Zigaretten. Die Gestapo hatte seinerzeit nicht einmal Alma verschwinden lassen, obwohl die eine verhasste Sozialistin und Frauenrechtlerin gewesen war. Nur ein paar Tage hatten sie sie in Gewahrsam gehalten, wobei diese wenigen Tage ausgereicht hatten, sie zu brechen.

»Immerhin nur in zwei Teile, nicht in unendlich viele Stückchen«, pflegte sie lapidar zu sagen, und in den Augen stand dann, was der Mund nicht zugab. »Nur ein Teil träumt noch von einer besseren Welt, der andere hat Albträume von einer noch schlechteren.«

Was in diesen Tagen genau geschehen war, hatte Lisbeth nie zu fragen gewagt. Oder, wie sie sich eingestand, als sie das graue Gebäude musterte, das mit dem grauen Himmel verschmolz, nie fragen wollen. Denn diese paar Tage damals hatten nicht nur Almas Leben verändert, auch Fannys … das ihres Vaters … ihres.

Sie verdrängte die Erinnerungen, und es gelang ihr. Die dumpfe Angst pochte hingegen weiterhin in ihr.

»Was hast du gemacht?«, hörte sie eine leise Frauenstimme.

Ihre Kehle war zu eng, um mehr als ein Wort herauszupressen. »Zigaretten«, sagte sie schwach.

Bevor die andere etwas dazu sagen konnte, blieb der offene

LKW, in dem sie zur Militärverwaltung geschafft worden waren, stehen. Jemand bellte den Befehl, dass sie einzeln heruntersteigen sollten, während Lisbeth der bissige Gestank von Abgasen in die Nase drang. Sie blickte sich noch nach der Frau um, die ihr die Frage gestellt hatte, als schon eine andere schnodderig erklärte: »Tu alles, was sie sagen. Zieh den Kopf ein, gib dich schuldbewusst, beantworte brav ihre Fragen, dann wird es schon nicht so schlimm.«

»Von wegen«, ließ sich die sanfte Stimme wieder vernehmen. Sie gehörte einer alten Frau, deren Gesicht fast gänzlich hinter einem grauen Haarschleier verschwand. »Eine Frau, die sie in Hamburg mit vierzig Zigaretten erwischt haben, kam für ganze drei Wochen in Haft.«

Drei Wochen! Für Martin und Rieke wäre das eine Ewigkeit …

»Ich … ich habe kleine Kinder …«

Niemand achtete auf sie. »Hamburg untersteht den Briten«, erklärte die andere Frau, deren Stimme zwar schriller klang, deren Botschaft aber mehr Hoffnung schürte, »die Briten sind strenger.«

»Von wegen«, sagte die Alte wieder. »Die Amis wollen ein Exempel statuieren. Mich haben sie nur wegen 'nem Sack Kartoffeln hopsgehen lassen.«

»Mich wegen eines Fahrrads. Aber sie können mich gern einsperren, solange sie ihre Gefangenen nicht verhungern lassen – und ich das Fahrrad hinterher wiederbekomme.«

»Träum weiter. Ohne Erlaubnisschein der Militärverwaltung darfst du keins besitzen, noch nicht mal die Wohnung wechseln.«

Lisbeth fand ihre Stimme nicht wieder, um etwas zum Gespräch beizutragen, doch als eine Hand nach ihr tastete, drückte sie sie fest, wenngleich sie nicht wusste, ob sie zur schrillen oder zur sanften Frau gehörte. Hauptsache, sie musste nicht allein den Gang entlangstolpern, ein paar Stufen nach unten nehmen, irgendwann in einem schmucklosen Raum mit kahlen Wänden landen. Erst hier hob sie den Kopf, senkte ihn aber gleich wieder, als sie den GI erblickte, der sie hier erwartete. Ein Neger, dachte sie. Nicht der Erste, den sie sah, hingegen der Erste, den sie aus unmittelbarer Nähe betrachten konnte.

»Mär hot des Verlange, sie ordentlisch zu schrubbe, damit sie werrer rosisch werrn«, hatte Frieda einmal gemeint.

»So ein Unsinn«, hatte Alma widersprochen. »Du kämst ja auch nicht auf die Idee, Frau Käthes schwarzen Stummelschwanz zu schrubben, damit er rosig wird.«

Rieke hatte kürzlich versucht, für diesen Stummelschwanz ein Hütchen zu nähen, und bei dem Gedanken daran wuchs der saure Knoten in Lisbeths Kehle. Obwohl ihre Beine erneut zu versagen drohten, stolperte sie auf den schwarzen GI zu.

»Ich muss heim zu meinen Kindern … sie haben nur mich. Ihr Vater … ihr Vater ist …«

Er ist fort, wollte sie sagen, aber das traf es nicht. Richard war nicht fort, er war verschollen. Noch nicht einmal eine auf fünfundzwanzig Wörter begrenzte Postkarte, wie sie sein Freund Michael mithilfe des Roten Kreuzes aus einem russischen Lager hatte schicken können, hatte sie bekommen. Lisbeth beneidete Michaels Frau um jedes dieser fünfundzwanzig Wörter.

Der GI bleckte die Zähne, vielleicht war es ein Lächeln. »Schönes Frollein.«

Lisbeth hatte Geschichten von Frauen gehört, die sich den GIs an die Brust warfen, mit ihnen in jenen Musikkellern tanzten, in denen laut Alma Jazz gespielt wurde. Frieda sah das anders. »Worschd wie mär die Mussig nennt?«, fragte sie. »Affemussig. Die Fraue sinn uff jede Fall Hure.«

Lisbeth hatte nichts dazu gesagt. Sie wusste nicht einmal, ob sie etwas gedacht hatte. Jetzt öffnete sie unwillkürlich den Mantel, sodass das Kleid zu sehen war – das Kleid aus Fallschirmseide mit einem Tüllrock aus Moskitonetz.

»Schönes Frollein«, sagte der Mann wieder.

»Was er eigentlich meint, ist, dass du dich setzen sollst«, sagte einer der beiden Frauen, mit denen sie gekommen war. »Er kann aber nur diese zwei Worte Deutsch.«

Zu den wenigen englischen Wörtern, die sie beherrschte – man hatte sie ihnen in den letzten Kriegstagen eingebläut –, gehörten: *Ei sörrender.*

Sie flüsterte sie, als sie sich setzte, fühlte wenig später wieder eine Hand, dieses Mal nicht die einer der Frauen, sondern die des GIs. Er nannte sie kein drittes Mal »schönes Fräulein«, stattdessen zog er sie hoch, dann in den Gang, schließlich in einen dunklen Raum, in dem sie seinen Gesichtsausdruck auch nicht hätte deuten können, wäre seine Haut rosig gewesen.

»W … was …«, stammelte sie.

Und plötzlich brannte sich ein grelles Licht in ihre Augen und machte sie erst recht blind. Sie blinzelte, der Lichtschein wanderte von ihrem Gesicht zur Brust. Eine Weile konnte sie trotzdem nur Schemen erkennen, nicht nur die des schwarzen GIs, auch die von einem weiteren Mann, der hinter einem schmalen Tisch saß, sie mit einer Handbewegung aufforderte, sich zu setzen. Als sie es tat, wurde sie wieder geblendet, und wieder bewegte der Mann die Lampe. Ihr Schein fiel nun auf seine Hände – keine geröteten rissigen Hände, sondern glatte, wohlgeformte, gepflegte. Hände, die nicht nach Krieg aussahen. Hände, die sie kannte.

Lisbeth hob den Blick, sah in ein Gesicht, das trotz markanter Wangenknochen nicht knöchrig wie das der ausgemergelten Frankfurter wirkte. Auch das Gesicht sah nicht nach Krieg aus. Auch das Gesicht kannte sie.

Der Mann trug keine Uniform, er trug einen grauen Anzug. Den gleichen oder zumindest einen ähnlichen, wie er ihn getragen hatte, als sie ihn das erste Mal gesehen, er sie festgehalten hatte. Aus Zufall? Gewollt? Und war es Zufall oder gewollt, dass er ihr nun gegenübersaß? Nun, es musste ein Zufall sein, sonst wäre zwischen den beiden Begegnungen kein halbes Jahr vergangen.

Sie rieb unruhig ihre Fingerknöchel aneinander, schluckte schwer.

»Sie müssen keine Angst haben.«

Seine Stimme klang samtig, und obwohl er auch damals zu ihr gesprochen hatte – dass sie Salz streuen solle und später, dass Sand statt Salz ebenso hilfreich sei –, erkannte sie sie nicht wieder. Sie wusste nur, dass diese Stimme tief sitzenden Ärger hochspülte.

Sie müssen keine Angst haben … Das war so dumm wie zu sagen: *Sie müssen nicht frieren!* oder *Sie müssen nicht hungern!* Sie fror immerzu, sie hungerte immerzu, und sie hatte immerzu Angst, auch jetzt, da sie wacker seinem Blick standhielt.

Er beugte sich vor, eine Strähne, die im Neonlicht farblos wirkte, von der Sonne beschienen wohl rotblond glänzte, fiel ihm in die Stirn. Er strich sie zurück, und ihr Ärger wuchs. Wie blanker Hohn erschien ihr diese Geste – nicht minder wie der schmale Tisch zwischen ihnen, erweckte er doch den Anschein, als ob nur eine schmale Grenze zwischen ihnen verliefe, nicht eine abgrundtiefe Kluft, die jene, die noch leben konnten, von denen trennte, die kaum überleben konnten.

»Sie müssen keine Angst haben«, wiederholte der Mann

mit einer Stimme, die nie gebrüllt hatte, nie geächzt, die keine falschen Treueschwüre geleistet und später nie richtig geflucht hatte. Mit einer Stimme, die noch singen konnte, die sich darüber hinwegsetzte, dass Gesangbücher nur noch als Zigarettenpapier taugten.

»Natürlich muss ich Angst haben!«, blaffte Lisbeth. »Ich habe Schwarzhandel betrieben, und das ist verboten.« Ihr Ärger war nicht nur sinnlos, er war dumm. Das Verhör hatte noch nicht einmal richtig begonnen, und schon hatte sie ihre Untat bekannt! »Aber die Zigaretten waren keine Chesterfields«, fügte sie beklommen hinzu, obwohl sie nicht sicher war, ob das die Sache besser oder schlimmer machte.

»Doch, das hier sind Chesterfields«, sagte der Mann, nahm eine Zigarette aus der Packung, die auf dem Tisch lag, und schob ihr diese zu. »Na los, Sie können gern eine rauchen.«

Sein Mund verzog sich zu jenem schiefen Lächeln, das sie von ihrer ersten Begegnung kannte. Es ließ ihn noch unbekümmerter, jungenhafter wirken – nur dass es heute keine Sehnsucht hervorrief. Sehnsucht war so nutzlos wie Ärger, lediglich mit Spott ließen sich vielleicht Sprünge in diese Miene schlagen.

»Ihr habt mir vierzig Zigaretten weggenommen und gebt mir nun eine. Und dann wundert ihr euch, dass wir Schwarzhandel betreiben?«

Wieder biss sie sich zu spät auf die Lippen. Warum hatte sie von vierzig Zigaretten gesprochen, nicht von dreißig oder zwanzig?

»Was haben Sie gegen die vierzig Zigaretten getauscht?«, fragte er, zündete sich selbst eine Zigarette an und zog daran, ohne zu husten, ohne jene Gier, mit der sich die Frankfurter Bevölkerung über Zigaretten hermachte, als wollten sie sie aufessen.

Anstatt gleich zu antworten, löste Lisbeth den Gürtel ihres Mantels, beugte sich vor, bemerkte, dass sein Blick etwas tiefer wanderte, fühlte das nächste nutzlose, ja lächerliche Gefühl: Schadenfreude, weil sie zu mager war, um noch Brüste vorweisen zu können, er auf solche also nicht anzüglich starren konnte.

Man kann eben nicht alles haben, Bübchen.

»Ich habe genäht«, sagte sie knapp.

»Sie sind Schneiderin?«

»Meiner Familie gehört ein Modehaus, das heißt, eigentlich gehört es jetzt mir. Mein Vater ist tot, mein Mann verschollen, ich habe nur noch nicht …«

Dieses Mal brach sie ab, anstatt vorschnell hinzuzufügen, dass sie keine offizielle Erlaubnis hatte, ein Unternehmen zu führen, dass sie sich weder an endlosen Schlangen anstellen noch der Schikanen der Amis aussetzen wollte, dass man allerorts von Lehrern, Polizisten, Bankangestellten tuschelte, die ihre Stelle verloren, weil sie Nazis gewesen waren, während man in den Elektrizitätswerken selbst Kriegsverbrecher als Mitarbeiter duldete. Man brauchte ja Strom. Dringender als Modehäuser. Obwohl die Menschen ja nicht nackt herumlaufen konnten und sie kein Nazi gewesen war, nicht so richtig jedenfalls. Das schwarzbraune Halstuch hatte sie damals auf Moslers Rollschuhbahn abgelegt, und was sie einige Jahre davor im Eifer des Gefechts zu Fanny gesagt hatte, zählte doch nicht wirklich. Und was sie danach aus Wut auf ihre Mutter getan hatte, zählte erst recht nicht. Sie hatte es ja nicht gemacht, um dem Führer zu dienen, nur um Fanny zu treffen. Der dunkle Schatten, der seitdem auf ihrer Seele lastete, war immer noch kleiner als die Enttäuschung über die treulose, selbstsüchtige Mutter, die …

Himmel, es ging um ihre Freiheit, und sie dachte an Fanny!

»Wann kann ich wieder gehen?«, fragte sie kurz angebunden.

Rauchkringel stiegen von seinem Mund hoch, wohlgeformt wie alles an ihm.

»Es kommt darauf an, wann ich mit der Befragung fertig bin.«

»Warum sprechen Sie eigentlich so gut Deutsch?«

»Sie haben mich falsch verstanden. Ich stelle die Fragen, nicht Sie.« Der Tonfall war eher keck als maßregelnd und somit ein weiterer Beweis dafür, dass er ein Spiel spielte, von dem er bereits wusste, dass er es gewinnen würde, während sie nicht einmal die Regeln kannte. Sie löste ihren Blick von den Rauchkringeln, starrte auf seine Hände. Eine hielt die Zigarette, die andere öffnete ein Notizbüchlein, dessen Ledereinband nahezu obszön glatt und unbefleckt war. Erst jetzt ging ihr auf, dass sie in den letzten Monaten nicht nur keine heilen Menschen, erst recht keine heilen Bücher gesehen hatte, wie Richard sie liebte. Sie versuchte, eines der Wörter, die dort standen, zu entziffern, und auch wenn keines einen Sinn ergab – sie hätte schwören können, dass er nichts von zwanzig, dreißig oder vierzig Zigaretten aufgeschrieben hatte, dass es ihm also um etwas anderes ging, als sie für den verbotenen Schwarzhandel zur Rechenschaft zu ziehen. »Nun«, fuhr er fort, »selbst wenn ich die Fragen stelle, heißt das nicht, dass ich nicht um Ihr Vertrauen werben möchte. Ich sollte mich vorstellen. Mein Name ist Conrad Wilkes, ich bin Journalist und arbeite für die *New York Times.* Ich spreche so gut Deutsch, weil mein Großvater aus dem Schwarzwald stammte, und das wiederum ist der Grund dafür, dass ich von der Zeitung als Korrespondent ausgewählt wurde.«

»Ich verstehe«, sagte Lisbeth und verstand eigentlich nichts.

Plötzlich bereute sie, die Zigarette ausgeschlagen zu haben.

Der heiße Qualm hätte sich vielleicht durch jenen Nebel gebrannt, in dem plötzlich ihr Kopf festzustecken schien.

»Eigentlich hat man mich nach Nürnberg geschickt«, fuhr er fort. »Aber nach Nürnberg wollen ja alle, seit dort der Prozess begonnen hat. Ich habe mir gedacht: Warum soll ich nur über Deutsche schreiben, die auf der Anklagebank sitzen und auf die alle Welt mit ihrem Zeigefinger weist? Warum nicht über den einfachen Mann? Was er im Krieg getan, was er geglaubt hat, was er jetzt darüber denkt. Das liefert doch genug spannende Geschichten.«

Genug.

Der amerikanische Journalist war also der Meinung, dass es noch von etwas anderem genug gab als nur von Trümmern – obwohl man aus Trümmern immerhin eine neue Stadt aufbauen konnte, aus der Schuld, die keine Hände, lediglich die Seele wund machte, hingegen nichts.

Und *spannend.*

Das klang, als wäre das, was geschehen war, einer der Filme, wie sie in jenen Kinos liefen, die sie seit *Akrobat, schö-ö-ön* vor der Bombennacht nicht mehr betreten hatte.

»Über den einfachen Mann wollen Sie also schreiben?«, fragte sie mit krächzender, aber immerhin nicht ersterbender Stimme. »Ich bin nur eine einfache Frau.«

»Das ist genauso gut«, sagte er mit gleichem eifrigem Tonfall, mit dem Martin Rieke vorgeschlagen hatte, das Schreckgespenst in der Beize zu waschen. Martin wusste ja nicht, wie gefährlich Beize war, dass sie brannte, verätzte, so wie dieser Mann nicht zu wissen schien, wie bedrohlich das Leben nach dem Krieg war, dass es quälte, einem zusetzte. »Gleich nach meiner Ankunft in Frankfurt habe ich das Zimmermädchen befragt, das in dem Hotel, in dem ich untergebracht bin, meinen Koffer auspacken sollte«, fuhr Conrad Wilkes munter fort. »Es hat sich geweigert – zumindest den Koffer auszupacken, nicht, mit mir zu sprechen. Dass sie mich für einen Feind hält und dass sie mein Zimmer kein einziges Mal aufräumt, hat sie ganz unverblümt zugegeben. Ich hätte mich natürlich beschweren können, aber ich fürchte, dann hätte sie mir ins Zahnputzglas gespuckt, und es gibt nicht viele heile Gläser mehr. Wenn ich mit meinen Kollegen nachts Partys feiere, schenken die sich ihren Whiskey oft in leere Konservendosen oder in eine Blumenvase.«

Er klang noch unbekümmerter, als wäre die Fähigkeit, in der sie es selbst zur Meisterschaft gebracht hatte – alten Dingen einen neuen Zweck zu geben –, nur ein Wettlauf, nicht Teil des Überlebenskampfes.

»Ich dachte, Ihre Kollegen wären allesamt in Nürnberg«, sagte sie eisig. »Wie können Sie dann hier mit ihnen Whiskey trinken?«

»Nun ja«, gab er zu, »es gibt Ausnahmen. Einer meiner Kollegen kam kürzlich aus Weimar. Er hat darüber berichtet, wie man die Bevölkerung in Konzentrationslager gebracht und sie gezwungen hat, die Leichenberge dort anzusehen. Hinterher waren die Menschen empört. Nicht über die KZs, aber über die Rohheit der Amerikaner.«

Er klang nicht länger belustigt, eher ungläubig, als wäre die Mitleidlosigkeit der Menschen ein fremdartiges Tier, das man verblüfft im Zoo bestaunte, nachdem man jahrelang der Meinung gewesen war, dass es nur im Reich der Legenden existierte.

Lisbeth wollte kein Tier im Zoo sein.

»Davon weiß ich nichts«, sagte sie nur.

»Von den KZs oder wozu die Menschen von Weimar gezwungen wurden?« Lisbeth zuckte mit den Schultern, trotzte seinem Blick, zufrieden, die unverhohlene Neugierde bisher nicht gestillt zu haben. »Letztens habe ich mit einem Mann geredet, dem der rechte Arm fehlte und das rechte Bein«, fuhr Conrad Wilkes fort, wieder ein wenig sensationslüstern, als gälte es, ein Zebra mit Rüssel oder eine Giraffe mit Horn auf der Stirn zu beschreiben. »Er erklärte mir dennoch, dass die Deutschen nie so ein glückliches Volk gewesen seien wie unter Hitler. Er habe die Schande des Versailler Vertrages getilgt, und hätte man ihn gewähren lassen, hätte er die Bolschewisten besiegt, die jüdische Pest ausgerottet und für ewigen Frieden gesorgt. Was sagen Sie dazu?« Nichts, was du mit deinen wohlgeformten Buchstaben in dein Büchlein schreiben könntest, dachte Lisbeth und schwieg hartnäckig. »Es wird schon wieder die Zeit kommen, in der Deutschland gefürchtet wird, hat der Mann gesagt. Im Übrigen hat er Frauen beaufsichtigt, die Trümmer beseitigten. Da ihm Bein und Arm fehlten, konnte er nicht anpacken, aber den Frauen hat er umso herrischere Befehle gegeben und sie beschimpft, wann immer die Händeketten abrissen. Finden Sie das nicht ungerecht? Dass einer wie er noch immer das Kommando führen darf?«

Dieses Mal schwieg sie nicht. »Was genau könnte ich denn aus Gerechtigkeit, so es sie gäbe, kochen, damit meine Kinder satt werden? Was ihnen nähen, damit sie es warm haben? Wenn ich die Wahl hätte zwischen einem Sack Kohlen und der Gerechtigkeit, ich würde die Kohlen nehmen.« Sie wusste nicht, was sie zu ihrem Ausbruch bewog. Nur dass es sich gut anfühlte, im Angesicht des hellgrauen Anzugs, des glatten Büchleins und der rotblonden Locken von Kohlen zu sprechen. »Kohlen kann man nicht nur verheizen«, sprach sie weiter. »Meine Tante Alma hat früher einen Sack Kohlen als Stuhl benutzt, weil sie keinen heilen mehr hatte, und ihren Besuch eingeladen, sich darauf zu setzen.«

Wieder wusste sie nicht, warum die Worte so eifrig über

ihre Lippen perlten, nur dass es sich gut anfühlte, von Frauen wie Alma zu sprechen, von Frauen wie Klara Hartmann und auch von solchen, wie sie selbst eine war: mager und zerschunden und beschämt und vor dem Nichts stehend. Und dennoch fähig, so lange am Nichts zu kratzen, bis ihnen ein paar Krumen in den Schoß fielen.

»Ich verstehe«, sagte Conrad Wilkes. Die Zigarette war erloschen, weil er so lange nicht daran gezogen hatte. »Das heißt, ich möchte es gern verstehen«, fügte er leise hinzu. Und plötzlich klang er nicht mehr neugierig, sensationsheischend, anmaßend, klang vielmehr aufrichtig, und vielleicht war das die größte Zumutung von allen – dass er zuhören wollte, dass er keine Angst hatte, in den Abgrund zu lugen, in dem weit mehr verweste als ein Zebra mit Rüssel und eine Giraffe mit Horn. »Ich möchte verstehen, warum starke, stolze Frauen bereit waren, all ihre Träume auf den Wunsch schrumpfen zu lassen, dem Führer Kanonenfutter zu gebären«, fügte er hinzu.

Lisbeth fühlte sich plötzlich unendlich müde. »Ich habe immer mehr von Mode als von Politik verstanden. Ihnen einen neuen Anzug nähen, das könnte ich. Ich kann Ihnen dagegen nicht erklären, was geschehen ist und warum.«

»Einen neuen Anzug?«, fragte er. »Nun, auf dieses Angebot komme ich vielleicht zurück.«

So müde konnte sie gar nicht sein, um sich nicht auf das zu besinnen, was sie von Krähen-Klara gelernt hatte – zu handeln, zu feilschen, zu betrügen.

»Was würde ich von Ihnen denn für einen Anzug bekommen?«, fragte sie erwartungsvoll.

»Vielleicht Cornflakes und Kaugummis für Ihre beiden Kinder?«

Lisbeth erstarrte. Warum wusste er, dass sie zwei hatte?

Vorhin hatte sie doch nur erwähnt, Kinder zu haben, nicht wie viele. War es kein Zufall gewesen, dass er einst um ihr Heim herumgeschlichen war und sie sich heute wieder hier begegneten?

Misstrauen kroch in ihr hoch, aber sie gab ihm nicht nach. »Was sind denn Cornflakes und Kaugummi?«, wollte sie wissen.

»Cornflakes sind Maisflocken, die man mit Milch vermischt zum Frühstück isst. Und Kaugummi, nun, wie soll ich das erklären? Es ist eine Masse, die süß schmeckt, die man jedoch nur kaut, nicht schluckt.«

Also ähnlich wie unser Leben, nur dass es bitter schmeckt und man sich an ihm abplagt, nicht froh daran wird.

»Was soll ich mit etwas anfangen, mit dem man nicht satt wird?«

»Oh, Ihre Kinder werden Kaugummis lieben. Und vielleicht kann ich Ihnen zudem die Genehmigung beschaffen, das Modehaus wiederzueröffnen? Vorausgesetzt, Sie sind bereit, sich noch öfter mit mir zu treffen und diverse Fragen zu beantworten.«

Bei dem Gedanken, ihre Kleider nicht länger am Bahnhof verkaufen zu müssen, wurde ihr doch froh ums Herz, aber das ließ sie sich nicht anmerken.

An Kaugummis kannst du gern kauen, dachte sie, an mir dagegen wirst du dir die Zähne ausbeißen. Bevor du erfährst, was ich damals zu Fanny gesagt und später getan habe, um sie zu strafen, werde ich wissen, was genau du von mir willst.

RIEKE

1971

Meine Schwägerin Silke blies mir den Zigarettenrauch direkt ins Gesicht. Sie tat es augenscheinlich mit Absicht, während ich das Küchenfenster unauffällig kippte.

»Hier zieht's«, sagte sie und lächelte. Zumindest sah es wie ein Lächeln aus, wenn sie die Lippen spitzte. Die restliche Miene änderte sich dabei nicht, sodass man sich nie sicher sein konnte, ob etwas sie amüsierte oder verärgerte. Sie war klein und dünn, rothaarig und sommersprossig. Mein Mann Joachim meinte, sie würde ihn an eine Elfe erinnern. Ich widersprach ihm nie, verglich sie aber insgeheim mit einem lautlosen Reptil, das sich zwar häufig häutete, dem indes nichts richtig unter die Haut zu gehen schien. »Hier zieht's«, wiederholte sie. Ich machte keine Anstalten, das Fenster zu schließen, sie auch nicht. Allerdings aschte sie provokant in eine jener Kaffeetassen, die für den kommenden Morgen bereitstanden. Joachim deckte stets den Frühstückstisch, während ich mich um Marlene kümmerte, aber ich war diejenige, die am Vorabend das Geschirr rausstellte, damit er nicht das teure Auersperg-Service, das wir zur Hochzeit geschenkt bekommen hatten, benutzte, sondern das preiswerte von Melitta. Ich unterdrückte den Drang, die Tasse so schnell wie möglich abzuwaschen. »Aber natürlich siehst du das wieder anders«, sagte Silke leicht verächtlich.

»Dass es zieht?«, fragte ich unschuldig.

»Nein, ich meine das, was ich eben sagte. Dass wir Frauen zusammenhalten müssen.«

»Warum soll ich das anders sehen? Ich habe sogar Vera gedeckt. Weder Mutti noch Joachim oder Martin wissen, dass sie ihr Studium abgebrochen hat und stattdessen Mannequin werden will.«

Obwohl meine missglückte Paris-Reise mittlerweile einige Monate zurücklag, klang ich immer noch verbittert.

»Das hast du nicht getan, weil sie eine Frau, sondern weil sie deine Schwester ist. Martin wiederum ist dein ach so heldenhafter großer Bruder, der dich immer beschützt hat und auf den du nie etwas kommen lässt.«

Ich begann langsam zu ahnen, in welche Richtung das Gespräch führte und dass ich dabei am Ende unweigerlich auf dem Glatteis landen würde – einem so dünnen, dass man nicht nur darauf ausrutschte, sondern vielmehr einbrach. Silke war mittlerweile seit vier Jahren mit meinem Bruder verheiratet, und immer noch hatte ich bei jedem Gespräch das Gefühl, einen Fragebogen ausfüllen zu müssen. Sobald dessen Ergebnisse ausgewertet waren, war ich die miese Schwägerin mit deutlichem Nachbesserungsbedarf, weil ich nie vollumfänglich Partei für Silke ergriff.

»Eigentlich hat nicht er mich, ich habe ihn beschützt«, stellte ich richtig. »Nach dem Krieg hat Mutti ständig irgendwelche Stoffe gefärbt. Tante Alma sollte aufpassen, dass wir nicht in die Beize fallen, aber wer Martin davon abgehalten hat, war ich.«

Ich hatte allerdings nicht verhindern können, dass er einmal vom Rote-Rüben-Sud gekostet hatte. Hinterher hatte er einen roten Clownsmund gehabt und ich vor Angst geschrien, denn Clowns waren mir immer unheimlich, keine Ahnung, warum.

Silke interessierte sich nicht für die Nachkriegszeit im Allgemeinen und Rote-Rüben-Sud im Besonderen.

»Und jetzt musst du ihn vor mir beschützen, seiner böser Ehefrau?«

Ein dünner Rauchfaden stieg von ihrer Zigarette hoch, und ich fragte mich, wie es mir gelingen könnte, mich wie dieser zu verflüchtigen.

Silke und Martin besuchten uns einmal im Monat, immer am ersten Dienstag, was man sich eigentlich merken konnte, Joachim trug es trotzdem in den Familienkalender ein. Dieser hing über dem Telefon und dem Zettelkasten, der für wichtige Notizen vorgesehen war. Wobei Joachim nie Notizen aufschrieb, er malte auf den Zetteln Hunde für Marlene – oder das, was einen Hund darstellen sollte, was in Wahrheit jedoch einem verendeten Kamel glich.

Jedenfalls bewirtete ich meinen Bruder und meine Schwägerin regelmäßig, und an diesem Abend hatte ich ein kaltes Büfett vorbereitet. Russische Eier, weil Martin die so gern aß, Röllchen aus Dosenspargel mit Schinken, weil Silke die so gern aß, einen Salat aus Schleifchennudeln, Mais und Thunfisch, weil Joachim den so gern aß. Marlene wollte Würstchen im Schlafrock haben, doch ich hatte keinen Blätterteig mehr, weswegen ich für sie einen Mettigel zubereitet hatte – aus frischem Hackfleisch, Oliven als Augen und Zwiebeln als Stacheln. Marlene fand, dass der Igel toll aussah, aber sicherlich eklig schmeckte.

Irgendwann war ihr langweilig geworden. Sie war nach draußen verschwunden, wo sie noch spielte, und ich lugte durch das gekippte Fenster, um einen Blick auf sie zu erhaschen. Wir wohnten im Nordend, in der Nähe vom Günthersburgpark. Der Altbau, in dem sich unsere Dreizimmerwohnung befand, war frisch renoviert worden, was man vom Haus nebenan nicht sagen konnte. Es verkam mehr und mehr zu einer Baracke. Marode Bretter waren vor die Fenster genagelt worden, der Zaun, der ein von Disteln und Brennnesseln überwuchertes Grundstück umschloss, sah aus wie ein Gerippe.

»Man denkt, die Russen wären gerade erst da gewesen«, sagte Joachim, der anders als ich in einem vom Krieg unberührten Taunusdörfchen aufgewachsen war, oft.

»Nach Frankfurt kamen nicht die Russen, sondern die Amis«, belehrte ich ihn dann immer.

»Weiß ich doch, mein Kriegskind«, sagte er jedes Mal und küsste mich auf die empfindliche Stelle hinter den Ohren.

Für Marlene und die Zwillinge aus der Nachbarschaft, die schon in die Grundschule gingen und häufig auf sie aufpassten, war das Grundstück jedenfalls ein perfekter Abenteuerspielplatz. Da Marlene zu klein war, um beim Gummitwist mitzumachen, spielten die Mädchen mit Glasmurmeln. Ich war erleichtert, dass ich mich auf die Zwillinge verlassen konnte. Wenn Joachim auf Marlene aufpasste, geschah es schon mal, dass sie so viel Puffreis aus den Pappschachteln ihres Krämerladens aß, dass sie sich davon den Magen verdarb.

Während ich mit der Essenszubereitung beschäftigt gewesen war, hatte Joachim eine Schallplatte aufgelegt – etwas so Grässliches wie *Das Leben ist ein Karussell* von Paola, oder *Und die Sonne ist heiß* von Costa Cordalis. Nicht dass er das freiwillig hören wollte, aber es war seine Antwort darauf, dass Martin sich einmal über seinen konservativen Musikgeschmack lustig gemacht hatte.

»Das hat er jetzt davon«, hatte Joachim mir mit schadenfrohem Glitzern in den Augen erklärt, obwohl wir selbst die Schlager auch ertragen mussten.

Eigentlich hatte Joachim keinen konservativen, sondern gar keinen Musikgeschmack – und vor allem kein Rhythmusgefühl. In der Tanzschule an der Hauptwache, wo wir uns kennengelernt hatten, war er mir häufig auf die Zehen gestiegen, und deswegen war es mir ganz recht gewesen, als er mich später statt zum Tanzcafé für Fortgeschrittene auf Gammelpartys einlud, wie sie die katholische Pfarrei Liebfrauen veranstaltete, wo wir auf Sofas lungerten und stundenlang redeten. Langweilig, hätte Vera dazu gesagt, weil sie wie so viele Menschen langweilig mit leise verwechselte.

Aber Joachim war nun mal kein Mann gewesen, dem ein »Hallo hier bin ich!« auf der Stirn gestanden und der auf den ersten Blick Eindruck gemacht hatte. Er war der schüchterne Jüngling gewesen, der mich mit schweißnassen Händen zum ersten Tanz aufforderte und mir dabei kaum in die Augen schauen konnte. Mitten im Cha-Cha-Cha zur Musik von Hazy Osterwald hatte er sich vorgebeugt und geflüstert: »Weißt du eigentlich, dass unsere Tanzlehrerin gar keine Französin ist, die den Namen Girard trägt, sondern aus Hessen stammt und Gerlinde Schoißwohl heißt?« Ich hatte so laut lachen müssen, dass Frau Schoißwohl uns einen strengen Blick zuwarf, und dann hatten wir beide lachen müssen …

Als Martin und Silke eingetrudelt waren, war Martin gereizt und Silke schwer genervt gewesen.

»Es ist unmöglich, hier einen Parkplatz zu finden!«, hatte Martin sich bei Joachim beschwert.

»Er tut die ganze Zeit so, als wäre das meine Schuld!«, hatte Silke geschimpft. »Hätte ich etwa die Heckenschere mitnehmen sollen, um damit den Brennnesseln von eurem Nachbargrundstück zu Leibe zu rücken?«

»Wenn wir früher losgefahren wären, hätte ich einen Parkplatz gekriegt«, hatte Martin gemault.

»Wer ist denn so spät von der Arbeit heimgekommen?«, hatte Silke zurückgegeben. Anders als er wurde sie immer ganz leise, wenn sie sich ärgerte.

»Ihr könnt euch ja gar nicht vorstellen, was gerade im Modehaus los ist!«

Erst dann war ihm aufgefallen, dass ich auch noch da war. Er hatte sich ein Lächeln abgerungen und mir einen verschwitzten Kuss auf die Wangen gehaucht. Aus meinem schmalen Bruder, war ein stattlicher Mann geworden. Die dunklen Haare, die er von unserem Vater hatte, waren mittlerweile schütter geworden, der Blick fahrig, die Wangen immer rot, weil er ständig durchs Leben hetzte … nein, von Katastrophen gejagt wurde … Und all diese Katastrophen hatten immer irgendetwas mit dem Modehaus König zu tun.

»Falls du im Halteverbot parkst, kann ich noch mal mit dir raus, vielleicht finden wir was Besseres«, hatte sich Joachim eingeschaltet, um Martin zumindest davor zu bewahren, dass sein geliebter Audi abgeschleppt wurde.

Während die beiden Männer nach draußen verschwunden waren und Costa Cordalis unerhört heiser sang, war mir Silke in die Küche gefolgt. Ich hatte nur mehr eine Bowle aus buntem Obstsalat aus der Dose und einer Flasche Lambrusco zubereiten müssen.

»Du weißt aber schon, dass es im Untergeschoss vom Kaufhof frische Ananas zu kaufen gibt«, hatte sie erklärt und sich die Zigarette angezündet.

»Und du weißt schon, wie teuer sie sind?«

»Auf jeden Fall sind sie gesünder.«

»Ananas *mit* Zigarette und Dosenfrüchte *ohne* Zigarette kommen in etwa aufs Gleiche raus.«

»Na, na, jetzt sei mal nicht so schnippisch«, hatte sie gemurmelt, »wir Frauen müssen doch zusammenhalten.«

Und gleich darauf war der Vorwurf gekommen, dass es ziehen würde und dass ich sowieso zu Martin hielt.

»Hilfst du mir, die Sachen ins Wohnzimmer zu tragen?«, fragte ich, um Streit zu vermeiden und das Gespräch abzukürzen.

Silke starrte misstrauisch auf den Mettigel und machte keine Anstalten, den Teller zu nehmen. »Was ist denn das für ein Vieh?«

»Ein Mettigel.«

»Er sieht aus, als wäre er mindestens einmal überfahren worden.«

Von Martins Audi?, lag es mir auf der Zunge, aber ich sagte nichts, trug nur die russischen Eier und die Spargelröllchen ins Wohnzimmer. Als ich zurück in die Küche kam, starrte Silke immer noch auf den Mettigel.

»Du und Joachim … ihr streitet euch ja nie«, sagte sie.

Hätte sie nur neidisch geklungen, ich hätte weiter geschwiegen, aber da war auch ein trauriger, ratloser Unterton, ein hoffnungsvoller Unterton, als wüsste ich, wie man aus dem Gatten, der sich manchmal über fehlende Parkplätze, häufiger über die falsche Konsistenz des Dotters vom Spiegelei und nahezu immer über das Modehaus König beklagte, wieder den leidenschaftlichen jungen Mann von einst machte, der einmal verkündet hatte: »Irgendwann reisen wir um die ganze Welt, und zwar in achthundert Tagen.«

»Doch, wir streiten schon«, gab ich zögernd zu.

»Kann ich mir nicht vorstellen. Ihr seid so ein …«, sie

suchte eine Weile nach dem richtigen Wort, »… so ein harmonisches Paar.«

Ob Silke den Unterschied zwischen langweilig und leise kannte?

Ich zuckte mit den Schultern. »Wir sind uns nicht einig, ob wir ein zweites Kind bekommen sollen. Deswegen gibt's schon mal Knatsch.«

»Ich verstehe. Joachim will eines, du nicht.« Es klang wie eine Feststellung, nicht wie eine Frage, und obwohl sie richtig lag, ärgerte ich mich. Es könnte ja genauso gut umgekehrt sein. »Warum eigentlich nicht? Ihr habt doch diese schöne Wohnung.«

Wieder zuckte ich mit den Schultern, nahm jetzt aber die Kaffeetasse, leerte die Asche aus, spülte sie mechanisch. Erst als ich sie mit dem Geschirrtuch abtrocknete, sagte ich: »Marlene ist noch nicht mal vier.«

»Ich bitte dich, das wäre der perfekte Abstand!«

»Seit wann bist du die Expertin in solchen Dingen?«

Ich klang schriller als gewollt – ähnlich schrill wie damals, als Silke fragte, wann ich wieder arbeiten gehen würde. Doch ihre Worte waren kein Angriff gewesen, und erst recht folgte kein neuer.

»Ich weiß nicht, ob ich Kinder will«, sagte sie leise. »Und deswegen hatte ich unlängst eine Abtreibung.«

Ich stellte die Kaffeetasse ins Regal. Merkte erst dann, dass das Blödsinn war, ich hatte sie ja schon für den kommenden Morgen rausgestellt. Also nahm ich sie wieder aus dem Regal. Silke starrte auf den Mettigel.

»Das … das ist eigentlich verboten, nicht?«, bemerkte ich.

Ihre Mundwinkel zuckten, ohne dass ein Lächeln daraus wurde. »Wusstest du, dass diesbezüglich immer noch die Gesetze der Weimarer Republik gelten? Dass eine Zuchthausstrafe bis zu fünf Jahren droht?« Nein, das wusste ich nicht. Ich wusste auch nicht, warum Silke, obwohl sie seit Jahren verheiratet war und Martin trotz all seiner Klagen genügend Geld verdiente, damit sie in aller Ruhe Seidentücher bemalen und im Freundeskreis zum Spottpreis verkaufen konnte, kein Kind wollte. »Na ja«, fuhr sie fort. »Eigentlich ist der Paragraf 218 ein Damoklesschwert mit stumpfer Klinge. Die Sozis wollen ihn längst reformieren. Aber es war ja klar, dass die Politik mal wieder unter dem Druck der Kirchen einknickt. Hauptsache, die Pfaffen sind zufrieden. Was zählen schon die Weiber?«

Die sanfte Stimme passte nicht zur Wortwahl. »Vielleicht kommt jetzt endlich Schwung in die Sache«, fuhr sie fort. »Hast du den Stern-Artikel gelesen?« Ich schüttelte den Kopf. »Fast vierhundert prominente Frauen haben bekannt, dass sie abgetrieben haben.«

»Als ob das etwas wäre, worauf man stolz sein kann«, rutschte es mir heraus.

»War ja klar, dass du in deiner kleinen heilen Welt eine Abtreibung auch für Mord hältst.«

»*Auch?* Weiß Martin davon?«

»Warum glaubst du, streiten wir in letzter Zeit ständig?«

Jetzt klang sie nicht länger aggressiv, sie klang tief bekümmert. Einmal mehr musste ich an eine Schlange denken, nicht weil sie Giftzähne besaß, sondern weil man sie so schwer zu fassen bekam, nicht sicher sein konnte, ob die Haut, über die man streichelt, nicht die längst abgelegte war.

Ich legte ihr trotzdem die Hand auf die Schulter. »Das wird schon wieder«, sagte ich, weil mir nichts Besseres einfiel, obwohl eine so hohle Phrase bestimmt keine leere Hülle füllen konnte.

Wenig später trug ich den Mettigel ins Wohnzimmer, und

die Männer kamen zurück. Joachim lobte Martin über alle Maßen, weil er es in eine winzige Parklücke geschafft hatte, und wie immer nahm Martin seinen spöttischen Unterton nicht wahr. Ausnahmsweise hatte er keine roten Wangen, weil er sich gestresst, sondern weil er sich geschmeichelt fühlte.

Eine Weile unterhielten sich die Männer über Autos, danach über die Einrichtung. Wir hatten unser Wohnzimmer erst kürzlich neu möbliert und unter anderem den Perserteppich gegen einen flauschigen Flokati ausgetauscht. »Ein Elfenbeinton, der fabelhaft zur Tapete in Orange-Braun-Tönen passt«, hatte der Verkäufer gelobt. Ich fand, dass das Elfenbein ein schlichtes Beige war, aber am wichtigsten war, dass ich Joachim die Fototapete hatte ausreden können. Ich machte mit Blick auf den echten Gardasee gern Urlaub, ich aß jedoch nicht so gern mit Blick auf den unechten. Wobei ich mir nicht sicher war, ob die Fototapete vom Gardasee – zwischenzeitig war auch eine Eisscholle aus der Antarktis samt Pinguin im Gespräch – nicht einer von Joachims Scherzen gewesen war.

Martin nahm ihn natürlich ernst, als nun die Sprache darauf kam. »Fototapeten sind einfach nicht meins«, erklärte er, und so wie er auf den roten Sitzsack in der Ecke starrte, hielt er von diesem genauso wenig. Marlene, die ich mittlerweile hineingeholt hatte, kauerte auf dem Sitzsack und spielte ein Kätzchen, indem sie sich selbst ständig ein Wollknäuel vor der Nase wegzog. »Nicht meins«, wiederholte Martin mit Blick auf das Fadenwirrwarr, das den Gordischen Knoten zur simplen Laufmasche degradierte.

Auch die Bowle sei nicht seins, hatte er verkündet, aber das hielt ihn nicht davon ab, sich mittlerweile schon zum dritten Mal nachzunehmen. Er hatte das Glas fast ausgetrunken, ehe er endlich zu den russischen Eiern griff. Nach Autos und Einrichtung war Politik das neue Thema, und pro Ei erörterte er ein neues Ärgernis.

Als Erstes waren die Wohnungsbesetzungen im Westend und die Straßenschlachten dran, die sich die Studenten – Martin nannte sie Verbrecher – mit der Polizei geliefert hatten, als es zur Räumung kam.

»Alles das gleiche Pack«, sagte Martin, dem mittlerweile Dotterkrümelchen in den Mundwinkeln klebten, »lauter Terroristen.« Er rechnete mit Widerspruch, aber Joachim hatte mittlerweile gelernt, dass man bei Martin über Fototapeten scherzen durfte, nicht über Politik. Beim nächsten Ei erregte er sich darüber, dass neuerdings Hochhäuser wie Pilze aus der Erde schossen. »Habt ihr euch schon mal überlegt, was das für den Verkehr bedeutet?«

»Und für die Parkplatzsituation«, sagte Joachim mit unschuldigem Lächeln. »Gut, dass du es in die kleinste Lücke schaffst.«

Dieses Mal merkte selbst Martin, dass das nicht als Kompliment gemeint war. »Lies mal die Statistiken«, sagte er finster. »Gewaltverbrechen, Rauschgiftkonsum – das nimmt alles zu. Ich für meinen Teil will nicht inmitten von Dealern und Junkies leben.«

Was Dealer mit Hochhäusern zu tun hatten, erschloss sich mir nicht, aber ich verzichtete darauf nachzufragen.

Bevor er sich das dritte Ei nahm, griff Silke, die bisher nichts gegessen hatte, nach der Gabel und pickte die Oliven aus dem Mettigel, sodass dieser erblindete.

Beim vierten Ei beschwerte sich Martin über die Pariser EG-Konferenz und deren Plan, eine gemeinsame europäische Währung einzuführen. »Was wird die Folge sein? 'ne Inflation! Und ich als Unternehmer bin der Leidtragende.«

Ich sah Joachim an, dass er stumm die Eier zählte und mir ebenso stumm zum Vorwurf machte, so viele gefüllt zu haben. Laut sagte er nur: »Die Konferenz hat doch schon letztes Jahr stattgefunden.«

»Na und?«, schaltete sich Silke ein, während sie dem Igel an die Stacheln ging. »Als ob Martin das stören würde. Notfalls regt er sich darüber auf, dass wir den Krieg verloren haben.«

Sie aß die Zwiebel noch nicht mal, sondern legte sie auf ihren Teller.

»Jetzt tu nicht so, als wäre ich ein Nazi!«, begehrte Martin auf.

»Nazi« klang aus seinem Mund nach den drei Gläsern Bowle wie »Natschi«, Joachim schenkte rasch Wasser nach.

»Wer hat sich denn erst unlängst darüber aufgeregt, dass eheliche und nichteheliche Kinder gleichgestellt werden sollen?«, fragte Silke spitz.

»Das macht mich noch nicht zu einem Nazi. Ich bin ein aufrechter Konservativer, das ist alles.«

Joachim starrte auf die Tapete und sehnte sich wahrscheinlich nicht nach dem Gardasee, sondern sogar nach der Antarktis. Ich überlegte hingegen verzweifelt, wie ich die Brücke zu unserem neuen Farbfernseher schlagen könnte und eventuell zur Tatort-Folge vom letzten Sonntag. Aber Silke lag nichts daran, das Thema zu wechseln.

»Tja«, sagte sie. »Du kannst ja auch gern konservativ sein. Nur wenn du ausschließlich konservative Mode anbietest, darfst du dich nicht wundern, wenn die Leute nichts mehr kaufen.«

Marlenes Wollknäuel war unters Sofa gerollt, und ich nutzte die Gelegenheit aufzustehen, es hervorzuholen und zu versuchen, es wieder aufzurollen.

Noch bevor der erste Knoten entwirrt war, ging Martin in

die Luft. »Nur weil du Seidentücher bepinselst, hast du noch lange keine Ahnung vom Geschäft.«

»Stimmt. Im Unterschied zu dir habe ich allerdings eine Ahnung von Frauen. Und die tragen heutzutage keine Kleider aus Mohair mit kleinem Saphirnerzkragen mehr. Oder graue Mäntel mit Ozelotpelz.«

»Wisst ihr eigentlich, dass ich gar keine Ahnung habe, wie ein Ozelot aussieht?«, mischte sich Joachim schnell ein, ehe Martin erneut explodieren konnte. »Eher wie ein Tiger oder wie ein Gepard?«

»Oder wie ein Eisbär?«, fragte Marlene und lachte.

Weder Silke noch Martin achteten auf sie. »Ich habe vielleicht nicht Betriebswirtschaft studiert wie du, Martin«, sagte Silke, »ich weiß dagegen, was modern ist, während an dir jeder Trend der letzten Jahre vorbeigegangen ist. Schiwagolook, Safarilook, Mexikomode, Indientrend. Nichts davon war im Modehaus König zu finden. Und ich will gar nicht erst von Bluejeans, T-Shirts, kurzen Lederjacken anfangen.«

Ich studierte nicht länger die Tapete, sondern Silkes Seidentüchlein, das auch nicht gerade modern wirkte. Da war ja der rote Schal noch schicker, den Vera von unserer Großmutter Fanny bekommen hatte.

»Das Modehaus König steht für Tradition und Qualität«, erklärte Martin eisig.

»Nein, das Modehaus steht kurz vor dem Bankrott«, gab Silke giftig zurück. »Diese wadenlangen Kostüme mit Taschentüchlein, die zum Bleu des Karomusters passen, kann man schon in kleinen Boutiquen kaufen. Ihr müsst billiger werden, die Massen ansprechen, vor allem die jungen Leute. Jetzt sag doch auch einmal was, Rieke. Das Modehaus gehört dir doch genauso, obwohl du so tust, als ginge dich das Ganze nichts an.«

Ich klammerte mich verzweifelt an das Wollknäuel, aber Marlene nahm es mir weg und spielte nun ein Ozelot-Baby, das nach diesem tapste.

»Es war für mich in Ordnung, dass Martin damals die Geschäftsführung übernahm«, sagte ich leise und verfluchte mich, dass ich kein Dessert zubereitet hatte.

Tiramisu oder dergleichen. Bis ich es geholt und Glasschälchen gedeckt hätte, hätte Joachim endlich unseren neuen Farbfernseher ins Spiel bringen können. Doch keine Chance zur Flucht. Hilflos musste ich zuhören, wie Silke nachlegte.

»Dabei wurde das Modehaus früher von Frauen geführt!«

»Unsinn!«, rief Martin und schlug so heftig mit der Faust auf den Tisch, dass er in der Bowleschüssel ein mittleres Seebeben auslöste.

»Hast du mir nicht mal erzählt, dass eure Großmutter Fanny eine Designerin war?«, fragte Silke.

»Sie hat das Modehaus aber nie geführt, sie ist irgendwann nach dem Krieg abgehauen«, widersprach Martin.

»Dann hat eure Mutter doch …«

»Mutti hat ganz gut nähen können, das ist alles«, fuhr Martin ihr barsch über den Mund. »Davon, wie man ein Geschäft führt, hatte sie überhaupt keine Ahnung.«

Ich war nicht sicher, aus welchem Winkel meiner Seele die Empörung hochkroch, nur dass sie ein lautes Gefühl war, viel lauter als ich es gewöhnt war.

»Mutti war die erfindungsreichste Person überhaupt«, mischte ich mich ein. »Sie konnte aus den unsinnigsten Dingen etwas Nützliches machen. Kannst du dich nicht an das Holzflugzeug erinnern, das sie kurz nach dem Krieg aus einem kaputten Bilderrahmen mit dir gebastelt hat? Meine Haarschleife hat sie als Flügel verwendet. Ich war damals ziemlich gekränkt, dass ihr sie einfach genommen habt, obwohl ich nie was gesagt habe.«

Silkes Lächeln wirkte wie ein hauchdünner Sprung in einer Vase. »Anscheinend hast du dir ja schon als Kind alles gefallen lassen.«

Die Empörung wurde noch lauter … hitziger. »Was soll das heißen?«, rief ich.

»Na eben hast du doch selbst zugegeben, dass es dir nichts ausmacht, dass Martin die alleinige Geschäftsführung an sich gerissen hat. Dabei gehört das Modehaus König dir, Martin und Vera zu gleichen Teilen – zumindest auf dem Papier.«

Ich fühlte, wie sich rote Flecken auf meinem Gesicht ausbreiteten. Das von Martin war knallrot. Trotzdem zog er die Bowleschüssel zu sich heran, um sich noch einmal nachzuschenken, und knurrte Unverständliches, anstatt zu beteuern, dass er das Unternehmen selbstverständlich nicht nur in seinem, auch in meinem und in Veras Namen führte.

»Ich glaube, du hattest genug von der Bowle«, sagte ich schrill.

»Aha«, erwiderte Martin zynisch. »Du bist also nicht nur Modeexpertin, du weißt zudem genau, wie viel Alkohol ich vertrage.«

»Ich habe nicht behauptet, dass ich eine Modeexpertin bin.«

Er stand auf, schwankte, hielt sich an der Tischkante fest. »Wie könntest du auch? Du hast ja die Modeschule abgebrochen, um zu heiraten und ein Heimchen am Herd zu werden.«

Das Gift, das aus seinem Mund kam, erreichte nicht seinen Blick. Die Augen waren so feucht wie in Kinderzeiten, wenn er wieder einmal bitterlich geweint hatte – nur vor mir, selten vor unserer Mutter. Tränen seien nutzlos, hatte diese oft gesagt. Wobei auch sie eines Tages lange und verzweifelt geweint hatte, sich dabei aber nur von mir, nicht von Martin hatte ertappen lassen.

»Meine Schneiderlehre habe ich bis zum Ende durchgezogen«, sagte ich bestimmt. »Und in der Modeschule fehlte mir nur das letzte Jahr und …«

Mir fiel nichts ein, um mich weiter zu rechtfertigen. Mir fiel vor allem nicht ein, warum ich mich überhaupt rechtfertigen musste.

»Wenn du so konservativ bist, wie du behauptest, müsste dir so ein Lebensplan doch zusagen«, schaltete Joachim sich ein, mein Mann, der kein Ritter war, schon gar keiner, der die Lanze erhob, auf dessen Schild ich mich jedoch immer verlassen konnte.

Zumindest fast immer. Als Martin die Geschäftsführung übernommen hatte, ohne groß mit mir darüber zu diskutieren, war Joachim der Erste gewesen, der gemeint hatte, ich sei auf meinen Anteil gar nicht angewiesen, er verdiene gut als Festangestellter bei einer großen Versicherung.

»Es geht hier doch nicht um mich«, sagte ich schnell und kühlte die heißen Wangen mit den Händen. »Mutti hat jedenfalls ein Riesentalent gehabt. Aus welchen Materialien sie Kleider genäht hat! Aus Fallschirmseide und einem Moskitonetz und …«

»Vor allem war sie schon damals eine Eisprinzessin, die Gefühle für überflüssig hielt«, sagte Martin brüsk. »Nicht gerade der optimale Nährboden für Kreativität.«

Wieder stieg blitzartig die Erinnerung an den einstigen Gefühlsausbruch unserer Mutter hoch. Nach außen hin war Lisbeth Werder, geborene König, eine kühle Frau, auch Martin gegenüber. Aber ihre Seele glich einer Zwiebel, in die man nur tief genug schneiden musste, bis die Tränen kamen. Bis die Liebe kam, so tief, so echt … so unmöglich. Eine Liebe, die ein Geheimnis bleiben musste, über die ich mit niemandem reden durfte.

Natürlich hatte ich mich daran gehalten, ich sprach ja auch mit niemandem über Martins Tränen. Noch nicht einmal Joachim hatte ich je von Lisbeths Liebe erzählt, er strebte ja die gleiche Art von Liebe an wie ich. Keine unmögliche, eine selbstverständliche, ruhige, leise. Eine Liebe, flauschig wie ein Flokati, malerisch wie eine Fototapete vom Gardasee. Die Sonne darauf, die auf die Villa Bettoni in Gargnano fällt, blendet nicht und lässt einen nicht schwitzen. Joachim trat mir zwar beim Tanzen auf die Zehen, aber man machte an seiner Seite keinen falschen Schritt in Richtung Abgrund.

Jetzt steuerte ich trotzdem darauf zu, auf jenen schwarzen Fleck in Lisbeths Vergangenheit, auf jenen Zaun, den ich ihr darum herum zu errichten geholfen hatte.

»Du weißt nicht alles über Mutti«, brach es aus mir hervor.

Silke hob neugierig die Augenbrauen, ehe sie allerdings mit jenem sicheren Gespür für jene Orte, an denen die Schatten am längsten fielen, nachbohren konnte, fuhr Martin auf.

»Du natürlich schon! Du warst ja ihr Lieblingskind! Kommt es dir nicht gerade deswegen lächerlich vor, dass du immer noch deiner dummen Schleife nachjammerst?«

»Ich jammere nicht. Ich finde nur, dass ihr sie damals nicht einfach hättet nehmen sollen, um ein Flugzeug zu basteln.«

Martin atmete tief durch, ließ zumindest mit einer Hand die Tischkante los. »Ich habe keine Lust, über alte Haarschleifen zu sprechen. Komm, wir gehen.«

Silke kreuzte die Hände über der Brust. »Ich gehe, wann ich will.«

»Wir gehen!« Er schrie nun.

»Hm«, machte Silke nur.

Der Laut genügte, Martins Hand blitzschnell vorschießen zu lassen. Er packte sie am Handgelenk, riss sie hoch, drehte ihr, als sie sich wehrte, den Arm um.

»Martin!«, rief ich.

»Na, na«, sagte Joachim.

Silke stieß einen Laut aus, von dem ich nicht sicher war, ob es ein Ächzen oder ein Kichern war. Als Martin sie losließ, prustete sie jedenfalls los, obwohl ihre Augen feucht wie seine glänzten.

Das Schweigen, das folgte, war so klebrig, als hätte man eine Flasche Lambrusco über uns ausgegossen. Dann stürmte Martin hinaus und knallte die Tür zu. Silke ließ sich noch einmal kurz in den Stuhl fallen. Sie schien im Inneren bis zehn zu zählen, ehe sie sich hoheitsvoll erhob und grußlos ihrem Mann folgte. Als die Tür hinter ihr zufiel, quietschte es nur.

»Meine Güte«, stieß Joachim kopfschüttelnd aus. Es dauerte eine Weile, bis er die Fassung wiederfand, sich vorbeugte, mir die Hand auf die Schultern legte. »Die beiden raufen sich schon wieder zusammen, das haben sie doch immer getan. Martin muss ordentlich unter Druck stehen. Wahrscheinlich steht es wirklich schlecht um das Geschäft. Gott sei Dank bist du nicht darauf angewiesen.«

Wie gut sich seine Hand auf meinen Schultern anfühlte. Wie überflüssig seine Worte waren.

Die, die auf meinen Lippen lagen (Ja, soll es mir egal sein, wenn das Modehaus König, das sich sie Generationen im Besitz meiner Familie befindet, vor die Hunde geht?), waren das wohl auch, deswegen verkniff ich sie mir.

Eine Weile blieben wir stumm sitzen, und dieses Schweigen war nicht mehr klebrig, es war beruhigend … warm. Wer brauchte schon eine Fototapete vom Gardasee mit einer falschen Sonne?

Irgendwann zog Joachim die Hand weg, erhob sich, nahm die Bowleschüssel. »Ich glaube, ich schütte das jetzt weg.«

»Warte«, sagte ich leise, »aus dem Obst kann ich noch ein Mus machen.«

Ich erhob mich ebenfalls, stellte erleichtert fest, dass Marlene unserem Streit nicht weiter Beachtung geschenkt hatte, sondern weiter selbstvergessen mit dem Wollknäuel spielte.

»Mein kleiner Ozelot«, sagte Joachim lächelnd.

Ich hatte auch keine Ahnung, wie ein Ozelot aussah. Aber ich wusste, dass wir wie eine glückliche Familie aussahen, dass wir wohl eine waren, dass jene verräterischen Gedanken, die mir plötzlich durch den Kopf huschten – Warum habe ich Martin das Modehaus so leichtfertig überlassen? Warum bekommt Vera rote Schals von unserer unbekannten Großmutter geschenkt und nicht ich? Warum will ich kein zweites Kind, obwohl nichts dagegenspricht? – kein Gewicht hatten.

FANNY

1920

Fanny hatte sich nach Freiheit gesehnt, und sie bekam die Freiheit, doch die Freiheit erwies sich als launischer Liebhaber. Mal küsste er sie, mal ließ er sie im Regen stehen, winkte ihr später aus der Ferne zu, sodass sie ihm über knöcheltiefe Pfützen nachhasten musste, aber kaum streifte sie eine Ahnung vom Glück, wies er ihr eiskalt die Schulter.

Zumindest am Anfang fror sie nicht immer. In ihrem ersten Sommer in Paris klagten die Menschen über die *canicule,* die Hundehitze. Die Sonne tanzte jeden Tag auf den grauen Schieferdächern der Stadt, und wenn sie aus allen Poren schwitzte, dachte Fanny: Du hast es gut, Sonne, eher bringst du die Dächer zum Schmelzen, als dass du dir verbrannte Fußsohlen holst.

Ihr winziges Zimmer im Hotel Napoléon Bonaparte, nicht weit entfernt vom Palais du Luxembourg, wurde zum Schmelztiegel, aber immerhin konnte sie es bezahlen, hatte der Verkauf von Almas Schmuck doch einiges Geld eingebracht. Das Bett war so kurz, dass ein größerer Mensch nur zusammengekringelt darin Platz fand, und so war sie froh, dass sie klein war. Und der Schrank war so schief, dass er wohl zusammengekracht wäre, hätte man ihn zu oft geöffnet, deshalb tat sie das nicht. Sie hatte nur den roten Seidenschal hineingelegt, und den brauchte sie während der Hitzeperiode nicht. Für ein Waschbecken gab es in dem Zimmer keinen Platz – die Gäste teilten sich das Bad neben Zimmer Nummer 20.

Einen Dollar kostete die Unterkunft pro Nacht. Dass meist die amerikanische Währung genannt wurde, wenn man nach den Preisen fragte, war ein Vorteil. Es bewies, wie viele Amerikaner in der Stadt lebten. Und dass sich die Franzosen an deren Französisch, das noch schrecklicher klang als das Quietschen der Reifen ihrer sündhaft teuren Autos, gewöhnt hatten, ermöglichte Fanny, ebenso als Amerikanerin durchzugehen, nicht als verhasste *Allemande.*

Anders als bei den waschechten Amerikanern war bei ihr der Ehrgeiz, die Sprachkenntnisse zu verbessern, deutlich größer. Ihr Wörterbuch hatte sie zwar in Frankreich zurückgelassen, aber gottlob gab es Fleure, das Zimmermädchen im Hotel Napoléon Bonaparte, das ihr ewige Liebe und Treue schwor, als sie ihr schon am ersten Tag erklärt hatte, sie möge doch statt ihr Zimmer zu putzen, lieber regelmäßig ein Schwätzchen mit ihr halten. Fleure hieß zwar wie eine Blume, aber roch nicht wie eine solche, sondern nach Pastis, denn unter ihrer voluminösen Schürze schleppte sie stets eine Flasche davon mit sich herum. Woran genau sie diese festmachte, würde ewig ihr Geheimnis bleiben, jedenfalls gab sie immer nur wenige Tropfen des Gesöffs in ein Zahnputzglas und füllte den Rest mit eiskaltem Wasser auf.

»So schmeckt Pastis am besten«, erklärte sie und schwor gleich noch einmal ewige Liebe und Treue, weil Fanny so tat, als würde sie das glauben, anstatt die Wahrheit auszusprechen – dass Fleure nämlich mit dem Pastis geizte.

Während sie Pastis mit Wasser tranken, klagte Fleure über

all das Liebesleid, das sie in ihrem Leben erlitten hatte, und das war viel, denn Fleure war weit über vierzig. Zumindest sah sie so aus, wenngleich sie behauptete, gerade erst die dreißig überschritten zu haben. Auch in dieser Hinsicht verschwieg Fanny die Wahrheit, fragte lediglich neugierig nach Fleures Verflossenen und erfuhr, dass sie grundsätzlich ihr Herz an Männer verlor, die halb so alt und halb so dick waren wie sie.

»Bis heute bin ich mir nicht sicher, was von beidem das größere Problem ist«, rief sie aufstöhnend.

Jedenfalls erwiesen sich die dürren Knäblein allesamt als recht undankbar, lohnten ihre Freundlichkeit nur mit Spott und trampelten auf ihrem Herzen herum. Um das zu veranschaulichen, stellte Fleure das Glas beiseite und trat mehrmals lautstark auf den Boden, bis die Wände wackelten und der Schrank zusammenzubrechen drohte. Bevor das geschah, schnaufte sie zum Glück erschöpft, legte sich auf das zu kurze Bett und brachte Fanny all die Schimpfwörter bei, mit denen sie die untreuen Jünglinge bedacht hatte. Noch wichtiger, als Französisch zu sprechen, war es ihrer Meinung nach, auf Französisch zu fluchen.

Nach vier Monaten wusste Fanny also, was *trou du cul, cochon impuissant, malotru* oder *goujat* bedeutete, jedoch nicht, wie sie ihr Zimmer zahlen sollte, wenn das Geld endgültig zur Neige ging. Als sie eine von Fleures Erzählungen vom Anfang bis zum Ende verstand, ohne ihre Gesten deuten zu müssen, beschloss sie deshalb, dass ihre Karriere als Couturière nicht länger warten durfte.

Fleure lauschte den Plänen beeindruckt und gab ausnahmsweise ein paar mehr Tropfen Pastis ins Zahnputzglas, um auf ihre Zukunft anzustoßen.

»Die Kleider der großen Pariser Modeschöpfer kosten bis zu dreitausend Franc!«

»Und für fast jeden Couturier nähen an die sechzig Näherinnen«, fügte Fanny hinzu. »Eine von diesen will ich werden.«

Von nun an ging sie fast jeden Tag zu Fuß vom Hotel in die Rue de la Paix, wo sich die großen Modehäuser befanden. Aus der halben Stunde, die es bedurfte, den Weg zurückzulegen, wurde oft eine ganze, weil sie an der Pont des Arts verharrte, die im Krieg von einer Fliegerbombe zerstört worden war. Mittlerweile war der ärgste Schaden behoben, dort, wo der Stein noch auseinanderklaffte, lag ein schmales Holzbrett. Obwohl Fanny sich an das Geländer anklammerte, vermeinte sie jedes Mal, der Boden würde nachgeben und sie in die Seine stürzen. Gleichwohl weigerte sie sich, deswegen auch nur ein einziges Mal eine andere Brücke zu nehmen. Wenn sie lange genug die Angst bezwang und nicht im kalten Wasser landete, sagte sie sich, würde sie auf den Pfaden ihrer Träume und Wünsche festen Tritt finden, warm und trocken bleiben – und irgendwann auf jemanden stoßen, der in ihr eine begabte Modeschöpferin erkannte.

Im Modehaus Lewis gab es diesen Jemand schon mal nicht. Sie wurde von einer Verkäuferin am Eingang aufgehalten, und diese machte ein Gesicht, als wäre Fannys bloßer Anblick eine ähnliche Zumutung wie ein Nachttopf, der über jemandes Kopf ausgeleert wurde.

Dabei rühren die Frauen unserer Familie in Nachttöpfen bloß Grüne Soße an, dachte Fanny trotzig. Nachdem sie ihr Anliegen zweimal wiederholt hatte, hieß die Verkäuferin sie zu warten und kehrte wenig später mit einem Mann im roten Samtanzug zurück – ob es der Geschäftsführer oder nur ein Lakai war, erfuhr sie nie. Jedenfalls sprach sie ein drittes Mal die zurechtgelegten Worte aus, woraufhin er die Hand zur Faust ballte und drohend hob. Rasch ergriff sie die Flucht.

Als sie später mit Fleure darüber sprach, stellte sich heraus, dass sie im Eifer des Gefechts die falschen Worte benutzt hatte: Aus einem ›*je veux coudre*‹, mit dem sie ihre Nähkünste hatte anpreisen wollen, war ein *va te faire foutre* geworden, was laut Fleure eine der größten Beleidigungen überhaupt wäre, noch schlimmer wäre es nur, einem Mann zu unterstellen, homosexuell zu sein.

»Selbst in ärgster Rage habe ich diese Worte nie einem meiner schmächtigen Jünglinge an den Kopf geworfen«, fügte sie hinzu, »obwohl mein homosexueller Freund Gustave der einzige Mann ist, der mich nie enttäuscht hat.«

Fleure verdrückte ein paar Tränchen, und wenngleich Fanny keine Ahnung hatte, was ein Homosexueller war, weinte sie nun auch. Fleure drückte sie an sich, und aus der großen Einsamkeit in ihrer beider Herzen wurde eine etwas kleinere.

Auf die nächste Zitterpartie über die Pont des Arts folgte die Begegnung mit einem Pferd – keinem aus Fleisch und Blut wie jene es waren, die Fuhrwerke durch die Gassen und Straßen zogen, jedoch ein lebensgroßes aus Holz. Es befand sich im sogenannten Bühnenraum eines Modesalons und diente dem Zweck, bei der Anprobe von Reitkleidung den Damensitz einzunehmen. Der Schweif und die Mähne waren aus echtem Rosshaar gemacht – zumindest vermutete Fanny das, als sie darüberstrich. Sie verbrachte viel Zeit mit dem Pferd, hatte die Dame, die sie dieses Mal empfangen hatte, doch erklärt, sie möge hier auf die *directrice* warten, und irgendwann wurde Fanny darüber so langweilig, dass sie überlegte, aus dem Schweif einen Zopf zu flechten. Als schließlich zwar nicht die *directrice* erschien, sondern ein blasierter Herr, hatte sie das noch nicht getan, sich indes auf das Pferd gesetzt. Und als der Herr, der dieses Betragen für nichts Geringeres als eine

Blasphemie hielt, eine Reihe Schimpfwörter über sie ergoss, wäre sie vor Schreck fast hinuntergefallen.

»Zumindest glaube ich, dass es Schimpfwörter waren«, berichtete sie Fleure am Abend. »Ich habe kein einziges verstanden.«

»Und du hast dir auch keines gemerkt?«, fragte Fleure. »Wie schade!«

In den Wochen, die folgten, war der Pastis kaum noch aus dem Wasser herauszuschmecken, und Fanny fand weiterhin keine Anstellung.

»Vielleicht solltest du nicht Schneiderin, sondern Verkäuferin in einem der *grands magasins des nouveautés* werden«, schlug Fleure vor.

Jene großen Kaufhäuser, zu denen sich viele kleine Läden zusammengeschlossen hatten, ließen Fanny an Versailles denken. Nicht dass sie das Schloss außerhalb von Paris schon einmal besucht hätte, aber genau so stellte sie es sich vor – mit riesigen, ineinander übergehenden Räumen, Spiegelwänden und großen Deckenlampen, die alles in ein mildes Licht tauchten. Nun ja, elektrische Aufzüge gab es in Versailles wohl nicht und erst recht keine Sportmodeabteilung.

Fanny zog es als Erstes genau dorthin, und sie konnte sich nicht verkneifen, einen der Tennisschläger, die zum Verkauf angeboten wurden, in die Hand zu nehmen.

Er ist ja viel leichter als eine Bratpfanne, dachte sie, und plötzlich musste sie an Georg denken und wie er sie damals im Café zum Lachen gebracht hatte.

Als sie Fleure am Abend von ihrem Tag erzählte, hatte sie nichts zu lachen.

»Und?«, fragte Fleure. »Hast du jemanden mit dem Tennisschläger erschlagen?«

»Nein, ich habe nur gefragt, wie man Verkäuferin wird.«

»Nämlich wie?«

»Dafür muss man alt und grau werden.«

»Die Verkäuferinnen in den *grands magasins* haben graue Haare?«, rief Fleure verdutzt.

Sie selbst färbte sich ihre Haare mit einem roten Farbstoff, von dem sie behauptete, er stamme aus Arabien.

»Nein, die Dame, mit der ich sprach, hatte schwarze Haare«, gab Fanny zu, »aber um zu werden, was sie ist, muss man jahrelang schuften. Erst als Lehrmädchen, das einen dunklen Kittel tragen und entweder Kleider bügeln oder den Boden kehren muss. Dann als *aide-seconde,* die ständig mit dem Nadeldöschen von Kabine zu Kabine huscht, um die Kleider der hochnäsigen Kundinnen abzustecken. Und wieder ein paar Jahre später wird man schließlich eine *petite-première,* der erlaubt wird, schweigend der Zeremonie der Anprobe beizuwohnen. Ob ihr auch gestattet wird, die Meinung zum Kleid zu sagen, weiß ich nicht. Wahrscheinlich vergehen bis dahin mindestens fünf weitere Jahre.«

Fleure seufzte, bot Fanny allerdings kein weiteres Glas Pastis an. Sie stellte ihr lediglich eine junge Frau vor, die im gleichen Stock ein Zimmer bezogen hatte, morgens ständig das Bad blockierte und das warme Wasser verschwendete und abends bei privaten Soireen Kleider vorführte.

»Könnte ich das nicht auch machen?«, fragte Fanny.

»Du bist doch eine *Allemande*«, erklärte die junge Frau pikiert, als würde das eine das andere ausschließen. »Aber gut. Während der Rennsaison bekommen die Damenkonfektionsgeschäfte viele Aufträge, da ist jede helfende Hand gefragt.«

»Und wann genau ist die Rennsaison?«

»In einem halben Jahr.«

Das Geld, das Fanny noch hatte, würde nicht für ein halbes

Jahr reichen, erst recht nicht, wenn sie in diesem halben Jahr regelmäßig etwas essen wollte. Nicht dass sie großen Appetit hatte. Ihre Kehle war wie zugeschnürt, als sie eines Tages den schiefen Wandschrank öffnete, das Einzige, was sich darin befand – ihren roten Seidenschal –, herausnahm und ihn sich um die Schultern legte. Noch hätte sie es sich leisten können zu bleiben, aber sie sagte sich, dass sie nicht restlos gescheitert war, wenn sie das Hotel Napoléon Bonaparte mit etwas Geld in der Börse verließ. Das tat sie wiederum, ohne von Fleure Abschied zu nehmen, denn lieber nahm sie in Kauf, von dieser mit allen Schimpfwörtern der Welt bedacht zu werden, sobald sie mit einem vollen Wasserglas ins leere Zimmer kommen würde, als ein weiteres Mal gemeinsam mit ihr zu weinen.

Mit dem kleinen Korb, der bei ihrer Ankunft noch randvoll mit rohen Eiern gewesen, nun jedoch leer war, ging Fanny durch Paris. Es war einer der letzten lauen Tage des Jahres. Die Angler, die am Ufer der Seine standen, sangen Lieder, die Buchhändler hinter den Ständen rezitierten Gedichte, und die Kinder ließen in den Springbrunnen hölzerne Segelschiffchen kreisen. Sie alle verhießen mehr Fröhlichkeit, als Fanny ertragen konnte. Lieber folgte sie dem Lärm einer Prügelei in eine dunkle Gasse nahe dem Brunnen von Saint-Michel, fand zwar keine raufenden Männer, aber ein paar taubenverschissene Stufen im Schatten heruntergekommener Wände. Als sie sich trotz der Gefahr, dass der rote Seidenschal Flecken bekommen würde, setzen wollte, hörte sie eine Stimme.

»Hier kannst du nicht bleiben, *petit moineau,* das ist mein Zuhause.«

Wer sie da einen »kleinen Spatz« nannte und vertreiben wollte, war ein Mann mit langen grauen Haaren und langem grauem Bart, beides schmutzig, aber kunstvoll geflochten, und einem Wagen, auf dem ein paar Lumpen lagen. Er wurde nicht von einem Esel, sondern von einem grauen Pudel gezogen. Während der Mann sie misstrauisch musterte, stürzte der Pudel auf sie zu und leckte ihr das Gesicht ab.

»Die Treppen hier sind dein Zuhause?«, fragte Fanny.

Er nickte. »Ich hab alles verloren, nur dieses Fleckchen hier gehört mir.« Der Pudel ließ von ihr ab, der Alte begann, die Lumpen auszubreiten.

»Ich könnte deine Kleidung flicken«, bot Fanny hastig an.

»Davon hast du nichts. Besser du bettelst Menschen an, die noch etwas besitzen.«

»So wie du es tust?«

»Ich bin kein Bettler, mein Pudel ist einer. Und da dein Haar kraus wie seins ist, bist du vielleicht erfolgreich wie er.«

Fanny hatte sich von den Stufen erhoben, ließ sich nun aber wieder auf eine sinken und schluchzte auf.

Der Pudel leckte ihr die Tränen ab, der Mann seufzte, anstatt sie zu vertreiben. »Herrje«, sagte er, »Paris ist ein Biest, nicht wahr? Es lockt dich in seine Arme wie ein kokettes Mädchen mit Kirschmund und blauen Augen, doch kaum ergibst du dich seiner Umarmung, hebt es den Rock und zeigt dir den ungewaschenen Hintern einer alten Vettel. Nirgendwo stinkt die Schönheit so wie hier.«

»Ich weiß einfach nicht, was ich tun soll.«

»Du bist eine *Allemande,* nicht wahr? Oh, keine Angst, ich hasse alle Menschen, nicht bloß die Deutschen. Mich ärgert nur, wenn jemand sagt, der Pudel sei eine deutsche Rasse, wo man doch weiß, er ist eine französische. Was du tun sollst, weiß ich jedenfalls nicht. Hier gibt es viel zu viele Menschen, die nach dem Glück greifen. Leider gleicht das Glück den nackten Beinen einer Can-Can-Tänzerin. Sie bewegen sich viel zu schnell, als dass du sie festhalten könntest.«

Fannys Tränen versiegten. Mit einem Mal wurde sie sehr müde, vernahm kaum noch, dass der Alte irgendwann nicht länger von Can-Can-Tänzerinnen sprach, stattdessen von Fischweibern. »Ja, ja, das Leben schlitzt dir den Bauch auf und holt sämtliche Gräten heraus, und hinterher kannst du nur mehr im dunklen Winkel kauern und nicht mehr aufrecht gehen. Wobei du noch jung bist. Also hau ab! Husch, husch! Dies ist mein Zuhause, hab ich gesagt, und ich meine es auch so. Diesen Stufen ergibt man sich, man kämpft nicht um sie, und du … du bist noch zu jung und frisch und saftig, um das Kämpfen zu lassen.«

Obwohl Fanny müde war, erhob sie sich. Ihr roter Seidenschal hatte entgegen ihrer Erwartung keine Flecken bekommen, und die Worte des Mannes entfachten jenes Feuer, von dem ihre Großmutter Elise gesagt hatte, es sei Fluch wie Segen. Zumindest eine Nacht lang würde sie sich an ihm wärmen können.

Die Nächte wurden kälter, die Hoffnung wurde lau, Fanny mietete sich ein billigeres Zimmer, das sie mit drei anderen Frauen teilte und jagte tagsüber der Sonne nach. Wo immer ein magerer Strahl hinfiel, dort ließ sie sich nieder, zog das Notizbüchlein heraus, das sie sich gekauft hatte, und zeichnete Kleider. Sie klammerte sich regelrecht an den Stift, als wäre er ein Zweiglein, das aus zwei Felsspalten wuchs, und sie diejenige, die daran über dem Abhang baumelte. Beharrlich sagte sie sich, dass das Baumeln sich wie Fliegen anfühlte, und sie entschied, erst aufzugeben, wenn das Notizbüchlein bis zur letzten Seite mit Skizzen gefüllt wäre.

Eine Taube mit hellgrauem, fast weißem Gefieder und verkrüppeltem Fuß leistete ihr Gesellschaft. Am ersten Tag hatte Fanny noch Angst, dass sie ihr aufs Papier schiss, am zweiten gab sie ihr einen Namen – *petit moineau* –, am dritten teilte sie das zähe Baguette, das sie in einer *boulangerie* gekauft hatte, mit ihr. Die Taube hatte noch kaum ein Krümchen erwischt, als eine andere kam, um es ihr streitig zu machen.

Fanny sprang auf, um sie zu vertreiben, und als bloßes Aufstampfen nicht genügte, schrie sie erbost: »*Trou du cul, cochon impuissant, malotru, goujat!*«

Die Taube konnte sie vertreiben, nicht die zwei Männer … oder vielmehr die zwei abgerissenen Jungen, die plötzlich auftauchten, ihr Notizbüchlein nahmen, es feixend hochhielten.

»He!«, brüllte Fanny und stürzte auf sie zu. »*Trou du cul, cochon impuissant, malotru, goujat!*«

Anstatt ihr Notizbüchlein zurückzugeben, schwenkten die Männer es eine Weile in der Luft, lachten laut, als sie vergeblich versuchte, es zu erhaschen, und verschwanden schließlich im Labyrinth dunkler Gassen. Mehr als einmal befürchtete sie, sie hätte sie verloren, am Ende bekam sie doch einen am Kragen zu fassen. Leider nicht den, der das Notizbüchlein hielt. Und leider ließ er sich nicht lange gefallen, dass sie ihn ordentlich durchschüttelte. Etwas Schweres sauste auf sie nieder, traf sie an der Stirn. Vielleicht war es ein Stein, vielleicht nur eine Faust – sie selbst jedenfalls wurde zum Stein, sank nieder, fühlte schon gar nicht mehr, wie sie auf dem Pflaster aufprallte.

Als sie zu sich kam, war es finster, und sie schmeckte Blut. Und dann war da noch etwas anderes – ein Geruch, der viel zu süß war, um in die dunkle Gasse zu gehören. Sie wollte sich davon nicht täuschen lassen, dachte an die Worte des Bettlers, wonach auch ein Mädchen mit Kirschmund einen ungewaschenen Hintern haben konnte. Sonderlich lang konnte sie ohnehin nicht rätseln, wer oder was diesen Geruch verströmte, denn erneut wurde es schwarz um sie.

Als sie das zweite Mal erwachte, war das Blut, das von ihrer Nase zum Mund floss, verkrustet, der Himmel aschgrau und der Geruch immer noch da. Und sie merkte, dass sie nicht auf dem harten Pflaster lag, sondern in einem weichen Schoß. Hatte Fleure sie gefunden und ins Hotel geschafft? Aber Fleure hatte nach Pastis gerochen und auch ein wenig nach Mottenpulver, nicht so süßlich, und sie hatte zwar rot gefärbte Haare gehabt, indes bei Weitem nicht so dichte Strähnen, wie sie nun ihr Gesicht kitzelten.

Fanny wollte die Hand heben, schaffte es jedoch nicht. Der Schmerz in ihrem Kopf war so groß, die Hand so schwach.

»Ich habe eine gute Nachricht, *ma chérie.* Deine Nase blutet zwar, aber sie ist nicht gebrochen Und du hast noch beide Augen.« Die Fremde sprach mit dunkler Stimme und rollendem R.

»Mein … mein Notizbuch …«

»Habe ich auch gerettet.«

Die Frau hob es hoch, und Fanny sah, dass sie an jedem Finger mindestens zwei Ringe trug und jeweils einen am Daumen.

Fanny schloss kurz die Augen, zumindest dachte sie, dass es nur kurz wäre. Als sie sie erneut aufschlug, war der Himmel immer noch aschgrau, aber von rostigen Streifen übersät.

Im Gesicht der Frau war nichts grau. Sie hatte dunkle Augen, mit Kohlestift umrandet, dichte Brauen und zwei kleine dunkle *mouches.* Fanny konnte nicht sagen, ob die Schönheitsflecke die Form eines Sternchens oder eines Herzchens hatten.

Die Lippen waren auf jeden Fall mit Puder und karmesinfarbenem Lippenstift so geschminkt worden, dass der Mund wie ein Herz aussah.

»Du musst jetzt aufstehen, *ma chérie*«, sagte die Fremde.

Wenn die Frau gefragt hätte, ob sie es könnte – Fanny hätte den Kopf geschüttelt und wäre wieder ohnmächtig geworden. Doch als sie sie einfach hochzog, wehrte sie sich nicht, und wenig später stand sie zitternd an die Wand gelehnt und kämpfte gegen den Drang, sich zu übergeben. Wahrscheinlich tat sie es nur nicht, weil die Fremde sie so verblüfft musterte. Sie war groß, enorm groß für eine Frau, überragte Fanny um fast zwei Köpfe. Und trotzdem schleifte ihr dunkelgrünes Kleid – an den Glockenarmen ebenso mit Pelz verbrämt wie am Saum und am Kragen – über den Boden.

»Das Kleid ist doch viel zu lang …«, murmelte Fanny.

»Das Anheben des Rocks macht die Männer verrückt.« Das R klang noch dunkler. »Und jetzt komm mit, *ma chérie.*«

Die Fremde schaffte es zu gehen, ohne über den Saum zu stolpern, Fanny wiederum stolperte sehr wohl, konnte sich trotzdem irgendwie aufrecht halten. Wenig später hatten sie den Brunnen erreicht, an dem sie am Tag zuvor die Taube verjagt hatte. Die Tauben schliefen noch.

»Wer … wer sind Sie?«

»Theodora«, sagte die andere, »ich bin eine russische Großfürstin.« Sie zog aus dem riesigen Glockenärmel ein Taschentuch und wischte sich damit die Träne ab, die ihr über die Wange lief. Der Schönheitsfleck sah nun aus wie eine Spinne. »Ich bin eine Verwandte der Romanows, die man fast sämtlich ausgerottet hat, und musste vor den Bolschewiken fliehen. Oh, die schönen Zarentöchter, man hat sie alle erschossen, Maria und Olga und Anastasia und …«

Sie schnäuzte sich geräuschvoll, während Fanny verwirrt lauschte. Von den toten Zarentöchtern hatte sie noch nie gehört, sie konnte sich nur vage erinnern, dass Alma die Romanows als Ausbeuter bezeichnet hatte.

»Warum … warum haben Sie mir geholfen?«

»Bevor ich dich da liegen sah, *ma chérie,* habe ich dein Skizzenbuch entdeckt. Du hast wunderschöne Kleider gezeichnet, und ich dachte, du könntest mir vielleicht mit meiner Garderobe helfen. Begleitest du mich?«

Wieder raffte sie das Kleid und ging hoheitsvoll weiter, und als Fanny ihr folgte, wähnte sie sich in eines der Märchen versetzt, die Elise ihr erzählt hatte – voller verwunschener Königinnen und goldener Paläste. In Elises Märchen hatte allerdings immer irgendetwas nicht gestimmt, weil Prinz und Prinzessin am Ende nie glücklich bis zum Tode lebten, sondern sich die Fersen abhackten, in Brunnenschächte fielen oder sich in Raben verwandelten – oder gar in Esel. Und auch jetzt, das fühlte sie, stimmte irgendetwas ganz und gar nicht. Sie rechnete zwar nicht damit, dass Theodora zum Esel wurde, jedoch dass sie nur ein Trugbild war und sich in ein Nichts auflösen würde.

Theodora war hingegen weiterhin deutlich zu erkennen, und leider auch, dass das Haus, auf das sie zusteuerte, kein goldener Palast, sondern nur ein mehrstöckiges Mietshaus war. Um die wurmstichige Holztür zu öffnen, musste sich Theodora dreimal dagegenstemmen, und als Fanny ihr half, tanzten Sternchen vor ihren Augen. Trotz der Sternchen sah sie wenig später ganz deutlich das heruntergekommene Treppenhaus mit vor Schmutz strotzenden Stufen und einem klebrigen, wackelnden Geländer.

»Halt dich nicht daran fest, *ma chérie,* sonst stürzt du in die Tiefe«, warnte Theodora.

Erst im sechsten Stock waren sie am Ziel. Theodora sperrte die letzte Tür in einem dunklen Gang auf, die so winzig war, dass sie den Kopf einziehen musste, um hindurchzugehen. Und erst recht winzig war das Zimmer, nein, das Loch, das dahinter wartete. Es fand kaum mehr darin Platz als ein Eisenbett und ein Tisch, auf dem ein Spirituskocher stand. Die Wände waren schwarz von Ruß, obwohl es keinen Ofen gab.

»Hier leben Sie?«, fragte Fanny entsetzt.

Theodora deutete mit ausladender Geste zum Fenster. »Immerhin habe ich das Fenster mit undurchsichtiger Seide bespannt«, sagte sie stolz.

Fanny befühlte die Seide, vermutete aber, dass es in Wahrheit nur Schweinedarm war, aus dem die hiesigen Metzger Hammelwürste machten. Als sie sich wieder umdrehte, hatte Theodora das Zimmer verlassen – das dachte Fanny zumindest, ehe sie erkannte, dass das, was sie für die Wand gehalten hatte, nur ein hölzerner Paravent war. Er war mit grotesken Vögeln bemalt, deren Schnäbel länger als die Flügel waren.

»Meine Garderobe«, erklärte Theodora.

Fanny lugte hinter den Paravent und erstarrte. Ein halbes Dutzend Kleider lagen dort auf einem Haufen, und eben fiel das pelzverbrämte grüne Kleid mit den Glockenärmeln darauf. Und unter diesem Kleid kam nicht der wohlgeformte Körper einer russischen Großfürstin zum Vorschein, sondern der eines schlaksigen Mannes, dessen Rippen und Beckenknochen ebenso deutlich zu sehen waren wie die Wölbung seines Geschlechts unter den fleischfarbenen Unterhosen.

»Gütiger Himmel!«, stieß Fanny aus. Schon landete eine Perücke auf dem Kleid, schon wischte sich Theodora … oder wie immer dieser Mensch hieß, mit einem Tuch die Schminke vom Gesicht. Als Letztes zog sie die derben Lederstiefel aus, die eindeutig Männerstiefel waren. »Gütiger Himmel!«, wiederholte Fanny. »Sie sind ja gar keine russische Großfürstin!«

»Wer sagt das?«

»Aber …«

»Ich könnte jedenfalls ein russischer Großfürst sein.« Die Stimme klang um einen Ton heller.

»Sie sind Franzose«, stellte Fanny vorwurfsvoll fest.

»Wer sagt das?«, fragte der Mann wieder. »Ich könne genauso gut aus Andorra stammen. Oder aus Arabien. Oder aus Uruguay. Man kann alles sein, was man will – man braucht nur die richtige Kleidung und die entsprechende Schminke.«

Fanny lehnte sich schwer an die Wand, um den Schwindel zu unterdrücken. »Ich habe keine Ahnung, wie die Uruguayerinnen sich schminken und kleiden.«

Theodora … oder wohl eher Théodore verzog den Mund zu einem ebenso feinen wie traurigen Lächeln. »Ich gebe zu, ich auch nicht.«

Er bückte sich nach dem Kleid, deutete auf den Riss am Rücken.

»Kannst du das vielleicht für mich nähen, *ma chérie?*«, fragte er.

»Und dafür lässt du mich hier leben?«

Théodore blickte sich zweifelnd um, als nähme er seine armselige Unterkunft zum ersten Mal in Augenschein. »Dafür darfst du in meinem Bett schlafen oder zumindest die Hälfte von dir. Deinen Oberkörper bringen wir am Fußende unter, deine Beine legst du am besten auf den Stuhl.«

Beherzt zog er etwas unter dem Tisch hervor. Es war kein Stuhl, nur ein Hocker, und ein Bein war kürzer als die anderen drei.

Fanny unterdrückte ein Seufzen. Ein halbes Bett ist immerhin besser als gar keines, dachte sie. Ihr Blick huschte vom Stuhl zum Spirituskocher, der wie der Tisch von einer dicken Staubschicht überzogen war.

»Und was essen wir?«

»Hm«, machte Théodore, während er in einen seidenen Morgenmantel schlüpfte, ebenfalls mit Vögeln geschmückt, vielleicht waren es aber nur exotische Blumen.

»Ich fürchte, es ist nichts da. Ich esse so gut wie nie.«

»Du hungerst?«

»Das nun auch wieder nicht.«

Théodore ließ sich auf den Hocker fallen, öffnete die Lade unter dem Tisch und holte ein Ledersäckchen heraus. Mit der bloßen Hand wischte er den Staub weg und leerte den Inhalt des Säckchens aus, ein weißes Pulver, das Fanny für Zucker oder Mehl hielt. Doch anstatt es mit den Fingerspitzen aufzutupfen, wie sie erwartete, schob er es zu einer dünnen weißen Spur zusammen, rollte ein Stück Papier ein, presste ein Ende davon an die Nase und beugte sich über das Pulver, um es einzuatmen.

»Was …«, setzte sie an, um dann zu bemerken, woher das Stück Papier stammte. »Du hast eine Seite aus meinem Notizbüchlein gerissen!«, rief sie empört.

Dieses Mal verzog das Lächeln nur eine Mundhälfte und wirkte nicht nur traurig, sondern zudem spitzbübisch. »Ein geringer Lohn dafür, dass ich dich gerettet habe. Magst du?«

Auf dem Tisch befand sich noch immer eine dünne weiße Pulverspur.

»Was … was ist das?«

»Zerstampfe Kokosnüsse aus Uruguay«, sagte er, und als sie misstrauisch die Stirn runzelte, fügte er lachend hinzu: »Eigentlich hab ich keine Ahnung, ob in Uruguay Kokosnüsse wachsen. Ich weiß jedoch, dass ein Apotheker im letzten Jahrhundert aus der Coca-Pflanze ein Getränk kreiert hat. Und dass ein anderer Apotheker nunmehr in diesem Jahrhundert es irgendwie geschafft hat, aus dem Getränk ein Pulver zu machen.«

Er sog einen weiteren Teil des Pulvers in die Nase. Die dunklen Augen – das Einzige, was von der russischen Großfürstin Theodora geblieben war – waren feucht und groß.

»Davon wird man satt?«, fragte Fanny.

»Nein, aber man vergisst, dass man Hunger hat. Und man vergisst, wer man ist.«

»Ich dachte, dafür reichen Kleider und Schminke!«

Théodore zuckte mit den Schultern. »Ich fürchte, nicht ganz.«

»Nun, ich will nicht vergessen, wer ich bin und was ich werden will. Eine … eine Couturière!«

»Wenn du etwas zu essen haben willst und zwar nicht erst in einem Jahr, solltest du vielleicht einen anderen Beruf wählen. Ich arbeite als Tellerwäscher in einem Restaurant – das könntest du auch.«

Er legte sich aufs Eisenbett, das schon für ihn viel zu klein war. Unmöglich würde sie am Fußende noch ihren Oberkörper unterbringen können. Das einzig Mögliche war, sich halb auf ihn zu legen und ihren schmerzenden Kopf auf seine nackte Brust zu betten, was sie nun tat.

»Du bist also Tellerwäscher«, stellte sie fest.

»Nur bis zum Abend. Die Nächte gehören mir.« Fanny war so erschöpft, dass sie nur noch ans Schlafen denken konnte. Doch plötzlich juchzte Théodore laut. »Schau nur, ein Regenbogen!«, rief er begeistert.

Fanny konnte hinter der Seide … der Schweinehaut keinen Regenbogen erkennen, und anders als Théodore war sie nicht gewillt, sich einen einzubilden. Selbst wenn sich der Himmel mit sämtlichen Farben gürtete – es nutzte nichts, solange ihre Träume blass und grau waren. Als sie einschlief, wurde das Grau immerhin zu einem traumlosen Schwarz.

LISBETH

1947

»Die Menschen müssen wieder träumen lernen«, erklärte Eva, während sie den Saum des letzten Kleides, das noch nicht fertig war, absteckte. Früher hatte sie vor allem Pullover aufgetrennt und Stoffe zugeschnitten, seit einem halben Jahr nähte sie allerdings lieber mit der Hand. Die Nähmaschine machte ihr zu viel Angst. Noch mehr Angst machte es ihr, das Modehaus zu verlassen und die Stadt nach Dingen zu durchforsten, die sie gebrauchen könnten. Allein die Lebensmittelkarte einzulösen, zögerte sie stets so lange hinaus, dass sie jedes Mal mindestens einen Tag hungerte. Lisbeth fragte nie nach dem Grund dafür. Sie fragte auch jetzt nicht, wovon Eva träumte.

»Die jungen Mädchen, die heute bei unserer ersten Modenschau laufen werden, müssen nicht träumen können«, sagte sie. »Mir würde schon reichen, wenn sie anständig gehen können. Bei der letzten Probe sind zwei gestolpert, und sag jetzt nicht, es liegt am Hunger. Den leiden wir alle. Es liegt daran, dass sie lieber zum Himmel schauen, als auf den nächsten Schritt zu achten.«

»Wohin sollen sie denn sonst schauen, wenn sie etwas Schönes erhaschen wollen?«, erwiderte Eva.

Lisbeth schwieg, musste ihr aber insgeheim recht geben. Frankfurt glich immer noch einem Gerippe, wenngleich man nicht mehr das Gefühl hatte, dieses würde beim ersten tiefen Atemzug zu Staub zerfallen. Und es lag auch nicht mehr so viel von Letzterem in der Luft, seit der neue Oberbürgermeister Walter Kolb – erstaunlicherweise kein Gerippe, sondern so beleibt wie beliebt – zur Trümmerbeseitigung aufgerufen und selbst zu Presslufthammer und Schaufel gegriffen hatte, um den Menschen mit gutem Beispiel voranzugehen. Zwar gab es immer noch Bombentrichter, die nicht mit Schutt aufgefüllt waren, aber Lisbeth hatte auf dem Weg ins Modehaus an den Rändern von einem Margeriten wachsen sehen. In einem anderen hatte sich Wasser gesammelt, und ausnahmsweise wuschen die Frauen darin kein Blechgeschirr, ein Kind übte schwimmen. Zumindest behauptete das Kind das, obwohl Lisbeth der Meinung war, dass die Bewegungen eher dem Flügelschlag eines Schmetterlings glichen, der seine Tage als Raupe noch nicht sehr lange hinter sich gelassen hatte.

Doch auch wenn das Wasser zu seicht war, um richtig zu schwimmen, und auch wenn die Zerstörung zu allgegenwärtig war, um richtig zu leben, so strampelte und spritzte und lachte das Kind und schien sich weder an der Krätze an seinem Kopf noch den rachitischen Knochen zu stören.

»Nun ja«, sagte Eva und hielt das Kleid, an dem sie gerade arbeitete, vor sich, »zumindest ist dieses Kleid schön.«

Lisbeth hob den Blick und musterte es. Das Oberteil hatten sie aus zerschlissenen Regenschirmen genäht, den Rock aus einem alten Bademantel, was bedeutete, dass es an den noch kalten Aprilabenden halbwegs warm wäre, aber als schön konnte man es nicht bezeichnen.

Ehe sie widersprechen konnte, mischte sich die kleine Rieke ein, die vor Evas Stuhl auf dem Boden spielte.

»Ist das ein Prinzessinnenkleid?«, fragte sie begeistert.

Eva lachte. »Wo denkst du hin? Es ist das Kleid einer Riesin.«

»Stimmt nicht«, widersprach Rieke. »Dafür ist es viel zu klein.«

»Dann ist es eben das Kleid eines Riesenkindes.«

»Auch dem würde es nicht passen.«

»Da hast du recht«, gab Eva zu, »ich habe eine Weile im Palast einer Riesin gelebt, und diese Riesin war noch größer als die gewöhnlichen Riesinnen. Sie hat sich den Kopf immer am Kronleuchter angeschlagen.«

Rieke kicherte, aber Eva machte ein ernstes Gesicht. »Da gibt es nichts zu lachen. Die Riesin durfte nicht wissen, dass ich dort war, und ich musste mich in einer Truhe vor ihr verstecken.«

»Warum das denn?«

»Weil Riesinnen gern kleine Mädchen fressen. Sie ging von Raum zu Raum und murmelte: ›Ich rieche, rieche Menschenfleisch.‹« Rieke kicherte noch mehr. »Du kannst dir gar nicht vorstellen, welche Angst ich ausgestanden habe, während ich in der Truhe ausharren musste.«

»In einer Truhe erstickt man doch.«

Eine flüchtige Erinnerung stieg in Lisbeth hoch, von einer Geschichte, die Fanny einmal erzählt hatte. Als Kind wäre sie fast in einer Truhe erstickt. Später hatte sie manchmal noch davon geträumt.

Versprich mir, niemals in Truhen zu klettern, Elisabetta …

Lisbeth meinte, die Stimme ihrer Mutter zu hören.

Stimmt, damals hatte sie noch nicht Lisbeth, sondern Elisabetta geheißen, und sie hatte noch nicht in Frankfurt gelebt und eine Mutter gehabt, die sie geliebt und die für sie gesorgt hatte. Gleiche Wärme streifte sie wie am Morgen beim

Anblick der Margeriten am Bombentrichter. Aber Margeriten stanken, und Erinnerungen waren gefährlich. Während das Wasser im Bombentrichter zu seicht war, um darin zu schwimmen, waren sie so tief, dass sie unweigerlich untergehen würde, gäbe sie ihnen nach.

»Die Truhe einer Riesin ist so groß wie ein Menschenhaus«, erklärte Eva eben. »Ich konnte aufrecht darin gehen, ohne mir den Kopf am Kronleuchter anzuschlagen.«

»In der Truhe gab es keinen Kronleuchter!«

»So oder so habe ich nie Licht gemacht. Wenn die Riesin vorbeiging und Menschenfleisch zu erschnüffeln glaubte, habe ich sogar den Atem angehalten. Schau, so.« Sie sog Luft ein und hielt sie mindestens für eine halbe Minute an.

»Schluss jetzt mit diesem Unsinn«, schimpfte Lisbeth, die sich schon denken konnte, wohin das führte.

Rieke würde mit Martin wetten, wer länger die Luft anhalten konnte, und Martin würde davon entweder einen roten Kopf bekommen, weil er unbedingt gewinnen wollte, oder weil er zwangsläufig verlieren würde. Der Junge war entweder zu jähzornig oder zu weinselig, und wenn sie irgendwann wieder etwas mehr Zeit haben würde, würde sie versuchen, ihm beides abzugewöhnen. Aber mit der Zeit war es dasselbe wie mit brauchbaren Stoffen – es gab immer zu wenig davon, auch nicht genug, um Eva zu fragen, warum sie solch absonderliche Geschichten erzählte. Also begnügte sie sich damit, sie zu maßregeln, und Eva lenkte ein.

»Schon gut, schon gut. Hier gibt's ja keine Riesin, die uns nicht hören darf.«

Wortlos nahm Lisbeth ihr das Kleid ab und brachte es zu den anderen bereits fertigen in den Verkaufsraum, dessen Schaufenster immer noch zerborsten waren, dessen Wände sie aber mittlerweile mit Wellblech und Pappe abgedichtet hatten. Nicht alle Ritzen waren verschlossen, doch an diesem Tag war es warm, und Lisbeth war dankbar für das Licht, das auf das Werk der letzten Monate fiel. Kleider, die sie nicht nur aus Regenschirmen und Bademänteln genährt hatten, sondern – nach Skizzen aus alten zerfledderten Modeheften – aus Pferdedecken und Bettbezügen, Segeltuch und Tischdecken. Auch Gürtel aus Fischhäuten hatten sie gemacht, und alte Schuhe entweder mit Zeitungspapier ausgelegt, falls diese Löcher in den Sohlen hatten, oder ihnen gleich neue aus Kork angefertigt.

Die Tische, auf denen die Kleider ausgebreitet lagen, waren ebenso mühsam zu beschaffen gewesen wie die Stoffe. Nicht nur, dass sie unterschiedlich hoch waren – etliche Tischbeine hatten durch einen Besenstiel ersetzt werden müssen, natürlich erst, nachdem sie mit dem Besen die Schaufensterscherben zusammengekehrt hatten. Was immer an Nützlichem sie in die Hände bekamen, hatte schließlich mehr als nur einem Zweck zu dienen – eine Lektion, die Lisbeth unter anderem von jener Frau gelernt hatte, die eben den Verkaufsraum betrat.

»Eigentlich erwarte ich die jungen Mädchen, die heute meine Mode vorführen«, entfuhr es Lisbeth verdrossen.

Klara Hartmann lachte. In den letzten anderthalb Jahren hatte sie viele Kleider von Lisbeth gegen Essen und Kohlen getauscht, sie selbst aber trug immer noch ihre Vogelscheuchen- oder vielmehr Krähenkluft.

»Weiß ich doch«, sagte sie. »Und da junge Mädchen Wert auf rosige Haut und glatte Hände legen, habe ich etwas mitgebracht, das auch die *Frau von heute* empfiehlt: einen kleinen Salbentopf mit pulverisiertem Bimsstein, mit dem man schwarze Fingernägel ratzfatz wieder sauber bekommt. Man muss nur das Pulver mit Wasser anfeuchten, den Nagel hineinbohren, ihn später mit einem Stäbchen reinigen – und fertig.«

Krähen-Klaras Fingernägel hatten eine solche Behandlung ganz offensichtlich noch nicht hinter sich. Die von Lisbeth auch nicht. »Die Mädchen arbeiten heute für mich«, sagte sie streng. »Untersteh dich, sie übers Ohr zu hauen.«

»Das traust du mir zu?«

»Ich traue dir sogar zur, dass du dir dein Ohr abschneiden und es verkaufen würdest, falls es dir was einbrächte.«

»Mein Ohr will niemand haben, eines deiner Mädchen will aber vielleicht diesen Taschenspiegel hier.« Triumphierend holte sie ihren neuesten Schatz aus dem Flickenkleid.

Mit heilen Spiegeln verhielt es sich in jenen Tagen wie mit heilen Wänden – es gab viel zu wenige davon. »Woher hast du den Spiegel?«, fragte Lisbeth.

»Na, aus einem alten Frisiersalon. Eine verbeulte Trockenhaube gibt's dort auch noch, falls du dir mal wieder Wasserwellen legen lassen willst.«

Lisbeth Haare waren zu einem strengen Zopf gebunden. Es fiel ihr schon schwer, Wasser zu verschwenden, um dann und wann das gefühlte halbe Pfund Dreck herauszuwaschen, erst recht wollte sie keine Zeit verschwenden, ihre Haare in Locken zu legen.

»Deine Trockenhaube ist für mich genauso nutzlos wie dein Ohr.«

»Deine Mannequins sehen das vielleicht anders.«

»Wie gesagt, ich werde nicht zulassen, dass du sie über dein Ohr oder deine Nase oder dein krummes Schienbein haust. Das Modehaus König wird heute endlich wieder eröffnet, und das Einzige, was es hier zu kaufen gibt, sind Kleider.«

Krähen-Klara grinste breit. »Na gut, aber ich will in der ersten Reihe sitzen.«

»Da hast du Pech gehabt«, gab Lisbeth schroff zurück. »Es gibt keine erste Reihe, weil es nämlich keine Stühle gibt. Wo du wiederum stehst, ist mir egal.«

»Ich stehe nicht«, sagte Krähen-Klara, nahm sich den spitzen Hut vom Kopf und setzte sich darauf.

Eine halbe Stunde später hockte sie immer noch seelenruhig da, während Lisbeth mittlerweile aufgeregt hin und her schoss.

Die Mädchen – Töchter von Nachbarn oder Bekannten oder Schülerinnen, die sie im Schulhof eines nahen, erst kürzlich wieder eröffneten Gymnasiums angeworben hatten – waren fast alle eingetrudelt, und nun galt es nicht nur, ihnen die richtigen Kleider zuzuweisen, nein, auch etliche enger zu nähen, waren doch nicht wenige seit der letzten Anprobe noch dünner geworden. Als wäre das nicht schon genug Ärgernis, musste Lisbeth feststellen, dass eines der Mädchen fehlte – Helga Reinhardt, Richards Patentochter, mit der er über so viele Ecken verwandt war, dass man von gemeinsamem Blut schon nicht mehr sprechen konnte. Trotzdem kamen die Reinhardts neben ihrer Tante Alma einer Familie am nächsten, nicht zuletzt, weil Richard seinerzeit gemeinsam mit Michael Reinhardt an die russische Front aufgebrochen war, und Michaels Tochter Helga war von all den jungen Fräuleins diejenige, die am vornehmsten über die Tische schritt und auf Kommando entweder eine gleichgültige Miene oder ein strahlendes Lächeln aufsetzen konnte. Gerade Letzteres schaffte ansonsten fast niemand.

»Verdammt, wo bleibt sie denn?«, schimpfte Lisbeth leise, überlegte kurz, zur Baracke zu eilen, in der die Reinhardts lebten, entschied dann aber, dass es zu spät dafür war. Etliche der einstigen Kundinnen des Modehauses, die sie für drei Uhr eingeladen hatte, betraten eben den Verkaufsraum.

»Soll ich an Helgas statt laufen?«, fragte Krähen-Klara,

bleckte ihr löchriges Gebiss und hob herausfordernd ihre schwarzen Fingernägel.

»Nein, ich selbst mache das«, erklärte Lisbeth entschlossen.

Während Eva sich darum kümmerte, dass die Mädchen sich in der richtigen Reihenfolge aufstellten, hastete Lisbeth ins Nähzimmer, um sich anzukleiden. Das Kleid, das sie für Helga vorgesehen hatte, war aus jenem roten Samt, von dem Krähen-Klara behauptete, sie habe ihn einem Bestattungsunternehmen gestohlen. Zu einer Zeit, als Menschen sich Särge noch hatten leisten können, waren selbige nämlich mit diesem Stoff ausgelegt gewesen. Lisbeth traute Krähen-Klara nicht. Der Samt ließ sie eher an einen räudigen Hund denken als an eine würdige Bestattungszeremonie, doch Rieke, die ihr beim Ankleiden zusah, war begeistert und klatschte in die Hände. Leider war sie keine Hilfe dabei, das Kleid anzubekommen. An Reißverschlüssen, Klebeband und Knöpfen herrschte nach wie vor Mangel, weswegen man es erst bis zu den Hüften ziehen und den Gürtel schließen musste, um dann ins Oberteil zu schlüpfen. Der Gürtel stammte von einer alten Uniform und war so weit, dass sie zusätzliche Löcher hatte stanzen müssen, doch selbst beim engsten saß er noch so locker, dass er ihr immer wieder von den Hüften rutschte. Lisbeth sah sich nach einem spitzen Gegenstand um, um ein weiteres Loch in das brüchige Leder zu bohren.

Da rief Rieke auf einmal begeistert: »Conrad!«

Erschrocken fuhr Lisbeth herum, sah Conrad Wilkes im Türrahmen stehen und merkte zu spät, dass ihr Oberkörper komplett nackt war.

Richtig, sie hatte auch ihn zur Modenschau eingeladen, war bis zuletzt aber nicht sicher gewesen, ob er kommen würde. Erst recht war sie sich nicht im Klaren darüber, was genau er von ihr wollte. Regelmäßig war er im vergangenen Jahr bei ihr aufgetaucht, mit seinem eleganten grauen Anzug und der neckischen Stirnlocke, mit seinem freundlichen Lächeln und dem neugierigen Blick. Er hatte ihr Fragen zu ihrer Vergangenheit gestellt, Notizen gemacht – und ihr geholfen, erst von der Behörde für Befreiung von Nationalsozialismus und Militarismus entlastet zu werden, dann die Vollmacht über das Modehaus, das sie von ihrem Vater geerbt hatte, zurückzubekommen.

Für beides war sie ihm dankbar, zeigte es ihm aber nicht, denn immerhin, so sagte sie sich, bezahlte sie ihn mit ihrer Offenheit: Ja, ihr Mann war im Krieg verschollen, nein, er war kein überzeugter Nationalsozialist gewesen, sondern ein gläubiger Katholik. Sie wiederum war nie gläubig gewesen, jedoch, als sie ihn kennenlernte, ein dummes Mädel, das sich begeistert dem BDM angeschlossen hatte. Wer hatte das nicht getan? Als sie mit Richard erst zum Rollschuhlaufen gegangen war und später in die Oper oder ins Theater, hatte sie jedenfalls keine Zeit mehr dafür gehabt, sich für Führer, Volk und Vaterland aufzureiben.

Ob Conrad das genügte, um daraus für die *New York Times* einen Artikel zu schreiben, bezweifelte sie. Jedenfalls bohrte er nie an den unangenehmen Stellen nach, und irgendwann fühlte sie sich in seiner Gegenwart nicht mehr so angespannt und auf der Hut. Nur jetzt konnte sie gar nicht anders, als sich innerlich zu verkrampfen.

Er sah sie ja gleich doppelt nackt – sie trug keinen Stoff über der Haut und hatte kaum Fleisch auf den Knochen –, und ihre erste Regung war, die Brüste mit den Händen zu verbergen. Allerdings hatte sie sich den Ärger ihm gegenüber, weil er so unbekümmert war, ebenso abgewöhnt wie den Neid, weil er das noch sein konnte, sein durfte. Warum sollte sie jetzt der Scham nachgeben?

Über deutsche Frauen willst du berichten und wie sie den Krieg überlebten? Dann schau sie dir an, die deutschen Frauen oder das, was von ihnen geblieben ist! Sie reckte ihr Kinn, stemmte die Hände in die Hüften, streckte den Rücken durch. Die Brüste mochten geschrumpft sein, aber sie waren immer noch fest.

Conrad stieg sachte Röte ins Gesicht. Und kurz fühlte sie sich, der auch die Röte ins Gesicht stieg, wieder als Frau, nicht nur als Skelett. Ein Schauder jagte ihr über den Rücken, wie sie ihn seit Ewigkeiten nicht gefühlt hatte … Ein wenig so, als würden Margeriten sie kitzeln. Wenn sie an den Rändern der Bombentrichter wachsen konnten, obwohl sie dort keinen fruchtbaren Boden fanden, warum sollte dann nicht auch etwas in ihr sein, das nicht abgestumpft, berechnend war, etwas, das sich jung und begehrenswert fühlen konnte und das unter seinem Blick aufblühte?

»Conrad!«, rief Rieke wieder und brach den Bann.

Conrad senkte den Kopf und zog rasch ein Päckchen Erdnüsse aus der Brusttasche, während Lisbeth hastig den Stoff des Kleides ergriff und sich in das Oberteil zwängte.

»Erdnüsse heißen *peanuts*«, erklärte Conrad und ließ Rieke das Wort wiederholen, ehe er ihr die Nüsse gab.

Sie hatte schon viele Vokabeln von ihm gelernt, vor allem im letzten bitterkalten Winter, als Conrad den Kindern nicht nur Erdnüsse, Cornflakes und Kaugummi und manchmal Schokolade und Fruchtsaft gebracht, sondern sie zur Weihnachtsfeier eingeladen hatte, die von den Amis im Palmengarten für deutsche Kinder ausgerichtet worden war. Sowohl Martin als auch Rieke waren mit einem jener Carepakete heimgekommen, die seit letztem Sommer immer wieder verteilt wurden – randvoll mit Büchsenfleisch, Fett in Dosen, Keksen und Marmelade.

Rieke kannte auch das Wort für Kohle – *coal.* Denn als Lisbeth im letzten Januar jeden Tag zum Bahnhof gegangen war, um in den Gleiskurven auf die Kohlenzüge zu springen und ihre Manteltaschen mit dem knappen Heizmaterial zu füllen, hatte Conrad eines Tages mit einem Sack Kohlen vor ihrer Tür gestanden.

Sie hatte beschlossen, ihm dafür eine besonders lange Geschichte aus ihrem Leben zu erzählen, aber am Ende hatte sie nur einen Satz hervorgebracht, der ihn allerdings tief wie nie in ihre Seele hatte blicken lassen: »Manchmal habe ich das Gefühl, der Winter endet nie.«

Lisbeth schloss den Haken im Nacken des Kleides, trat auf Rieke zu und nahm ihr das Päckchen Erdnüsse weg. »Du darfst nicht alle auf einmal essen, lass welche für deinen Bruder übrig. Er kommt gleich mit Tante Alma.«

Wie erwartet nickte Rieke brav, anstatt aufzubegehren. Auf die kleine Tochter konnte sie sich verlassen – was man nicht unbedingt von Alma sagen konnte. Lisbeth war nicht sicher, ob diese sich auf dem kurzen Weg von ihrer Wohnung in der Altstadt zum Modehaus in der Neuen Kräme nicht verlaufen hatte, und haderte einmal mehr damit, dass Frieda zwar ein besseres Orientierungsvermögen, jedoch schlechtere Beine hatte als sie selbst und zu Hause geblieben war. Allerdings nutzte es niemandem, wenn sie sich sorgte – genauso wenig, wie es irgendjemandem nutzte, dass sie und Conrad gerade rot angelaufen waren.

Mit gleichgültiger Miene wandte sie sich an ihn und presste ein knappes »Danke« hervor.

»Heute ist es also so weit«, sagte er mit jenem Lächeln, das sie sich verkniff, und jenem Stolz, dem sie nicht nachgab. »Das Modehaus König feiert mit einer Modenschau seine Neueröffnung!«

Vielleicht wollte er sich für seinen Beitrag, den er zu dieser Neueröffnung geleistet hatte, feiern lassen, aber Lisbeth tat ihm diesen Gefallen nicht.

»Manche Menschen halten es für den reinsten Hohn, dass es wieder Modemagazine und Modenschauen gibt«, sagte sie kühl.

»Nun ja, dann hätte auch das Orchester der Oper nicht im Circus Holzmüller spielen dürfen, nicht wieder die Kinos eröffnen, im Börsensaal keine klassischen Konzerte stattfinden können. Warum sollten die Menschen nicht träumen, sich nicht an Schönem erfreuen?«

Merkwürdig, dass er wie Eva vom Träumen sprach.

»Die Kleider, die heute hier vorgeführt werden, sind nicht schön, sie verhindern nur, dass wir nackt herumlaufen«, erwiderte sie emotionslos.

»Aber die Kette hier ist schön.«

Er meinte die Kette, die zu dem Kleid getragen werden sollte, damit die besonders verschlissenen Stellen im roten Samt abgedeckt würden.

»Die habe ich nicht aus echten Steinen, sondern aus den Scherben des Schaufensters gemacht«, sagte Lisbeth schnell.

»Mag sein«, erwiderte er, »das ändert jedoch nichts daran, dass sie schön ist.«

Seine Stimme hatte wieder einmal jenen samtigen Klang, der verriet, dass er Scherben nicht fürchtete, weil er nie die Welt hatte zerbrechen sehen und nie Scherben geschluckt hatte, weil er nie auf der Seite der Verlierer gestanden hatte und nie dem falschen Traum zu siegen nachgejagt hatte. Aber ausnahmsweise fühlte sie sich davon nicht provoziert. Was er wohl eigentlich sagen wollte, war, dass er auch sie, Lisbeth, trotz Hunger, trotz Überlebenskampf für schön hielt, und so fremd, ungewohnt und zugleich betörend wie der Schauder, der ihr über den Rücken gelaufen war, war dieses Kompliment.

Alma erreichte mit Martin wider Erwarten rechtzeitig vor der Schau das Modehaus. Als Lisbeth erkannte, was diesen Ehrgeiz bedingte, musste sie sie aber leider enttäuschen.

»Nein, Hüte haben wir nicht, Tante Alma, wir haben nur Kleider genäht und ein paar Schuhe repariert.«

»Du könntest mir aus den Zeitungen da hinten doch einen machen. Wenn wir noch ein paar Bortenstücke und Tüllreste dranheften, wird das eine elegante Kreation.«

Lisbeth seufzte. »Die Zeitungen sind Modezeitschriften, die brauche ich noch.«

Alma griff unvermittelt nach einer – es war die *Welt der Frau* –, schlug sie auf und las vor: »*Eva ist Eva geblieben, aber das Paradies liefert nicht mehr.*« Sie kicherte. »Sag ich's doch, Frauen müssen die Äpfel selbst pflücken. Sie sollten nicht warten, bis Adam sie vom Baum holt.«

»In der Bibel steht doch, dass Eva den Apfel gepflückt hat, nicht Adam«, wandte Lisbeth ein.

»Hat dir das dein frommer Mann beigebracht?«

»Da ihr schon von Äpfeln redet«, mischte sich Krähen-Klara ein, die immer noch auf ihrem seltsamen Hut saß – mittlerweile wohl auch, weil sie Angst hatte, dass Alma ihn ihr wegnehmen könnte. »Nach der Modenschau gibt es sicher etwas zu essen und zu trinken, oder? Heute Morgen habe ich nur Knäckebrot gegessen, das aus Kartoffelschalen gemacht worden ist.«

Lisbeth runzelte die Stirn und konnte sich beim besten Willen nicht vorstellen, dass Krähen-Klara die Kartoffelschalen selbst klein gerieben hatte, um damit – wie so viele tüchtige Hausfrauen es taten – Brot zu backen. Wahrscheinlicher war, dass sie es jemandem gestohlen hatte.

»Hier gibt's nichts zu verschenken«, beschied sie die Alte knapp.

»Ach was«, Alma setzte sich schwerfällig neben Krähen-

Klara. »Die Flasche Apfelwein hier soll ich dir von Frieda geben, Lisbeth, weil sie ja selbst nicht kommen kann. Ich habe keine Ahnung, wie es ihr gelungen ist, sie bislang vor mir zu verstecken. Wenn ich gewusst hätte, dass wir noch Alkohol im Haus haben, hätte ich längst den Kindern davon gegeben, wenn sie wieder mal schreien.«

Lisbeth blickte entsetzt auf die Flasche, die Alma schwenkte. »Du wärst bereit, den Kindern Apfelwein zu geben?«

»Welch eine Verschwendung wäre das!«, rief Krähen-Klara, riss Alma die Flasche aus der Hand und nahm einen großen Schluck – nur, um ihn gleich wieder auszuspucken. »Igitt! Wenn das im Fichtekränzi oder im Lorsbacher Thal am Sachsenhäuser Ufer ausgeschenkt würde, würde man den Wirt verprügeln. Das ist kein Apfelwein, das ist Essig.«

»Geschieht dir ganz recht«, sagte Lisbeth streng.

Alma nahm Krähen-Klara die Flasche ab und setzte sie an die eigenen Lippen. »Man muss sich eben nur stark genug einreden, dass es Apfelwein ist, dann schmeckt er auch so.«

Sie runzelte die Stirn, nachdem sie einen Schluck genommen hatte, spuckte ihn aber nicht aus.

Lisbeth wandte sich kopfschüttelnd ab und sah, dass Martin und Rieke neben Eva standen, die sich – wohl zur Feier des Tages – ihren roten Schal umgelegt hatte. Conrad hatte sich in jene Ecke zurückgezogen, in die kaum Licht fiel, vielleicht, weil er von dort in Ruhe die Frankfurter beobachten konnte, vielleicht, weil er nicht wollte, dass diese ihn sahen und sich von der Anwesenheit eines Amis gestört fühlten. Wenn sie nur einmal durchschauen könnte, was er dachte und ob er sie wirklich nur so oft besuchte, um hinterher Artikel für seine Zeitung darüber zu schreiben.

Bald war sie allerdings vollends damit beschäftigt, sich um die Mädchen zu kümmern, die mittlerweile immerhin alle in den richtigen Kleidern steckten, und ihnen noch einmal zu erklären, wie sie sich später möglichst schnell umziehen konnten, um die zweite Garnitur vorzuführen. Zwischendurch begrüßte sie die Gäste – Nachbarinnen, Bekannte, entfernte Verwandte, die ihrerseits weitere Frauen mitgebracht hatten. Rasch füllte sich der Verkaufsraum.

Lisbeth stellte erleichtert fest, dass viele einen alten Korb oder eine Tasche mitgebracht hatten, ein Zeichen dafür, dass sie hinterher Kleider gegen den Inhalt von diesen eintauschen wollten. Sie konnte nur hoffen, dass sich eine Schwarte Speck dabei fand, nicht nur Knäckebrot aus Kartoffelschalen oder dergleichen.

Conrads Anwesenheit fiel ihr erst wieder auf, als sie versuchte, das alte Grammofon zum Spielen zu bringen, sollten die Mädchen doch zu den Klängen von *Lili Marleen* über die Tischreihe laufen. In Almas Augen war das Lied die falsche Wahl – an der Laterne sollte ein Mädchen nicht auf den Liebsten warten, selbigen im Zweifelsfall lieber aufhängen, weil die Liebsten nun mal selten lieb blieben –, aber es war keine andere Schallplatte heil geblieben. Auch bei dieser rutschte die Nadel immer wieder ab und machte eine Geräusch, als würde zwar nicht Lili Marleen ihren Liebsten, doch Lale Andersen sich selbst an der Laterne aufhängen.

Conrad kam zu ihr. »Ich helfe Ihnen gern«, sagte er, und während er sich am Grammofon zu schaffen machte, erklärte er, dass er ihr bei Gelegenheit gern ein paar Schallplatten des American Forces Network beschaffen könnte.

Lisbeth konnte sich vage erinnern, dass die Amerikaner in Oberursel bei Frankfurt eine Radiostation gegründet hatten und auf dem Sender flotte Musik gespielt wurde, Jazz und Swing, all das eben, was Frieda als »Affe- orrer Neschermussig« bezeichnete.

Sie zuckte unschlüssig mit den Schultern. Jetzt begann Lale Andersen zu singen, und das erste Mädchen kletterte auf die Tischreihe, um hoheitsvoll darüberzuschreiten. Das war zumindest der Plan. Schon nach dem dritten Schritt hielt es allerdings zögernd inne. Himmel, dieses dumme Ding würde doch nicht wieder vor Angst darüber, dass einer der Tische zusammenbrechen könnte, vor Angst vergehen – wie es das während der Probe stets behauptet hatte?

Als nicht etwa ein Krachen, sondern ein Tuscheln Lale Andersen übertönte und sich die Blicke nicht auf das Mädchen, sondern vielmehr auf die Tür richteten, fuhr Lisbeth herum. Helga Reinhardt stand dort, Richards Patentochter, deren Kleid Lisbeth trug, weil Helga nicht rechtzeitig erschienen war. Nun war sie also doch gekommen, allerdings mit Schweißperlen auf der Stirn und aufgelösten Zöpfen und zu stark keuchend, um ein Wort hervorzubringen.

Lisbeth nickte Eva zu, die prompt das Kommando übernahm und dafür sorgte, dass das Mädchen auf der Tischreihe weiterlief, sie selbst griff nach Helgas Arm und zog sie ins Freie.

»Du bist zu spät, jetzt kann ich dich hier nicht mehr gebrauchen.«

Helga keuchte immer noch, rang vergeblich um Worte. Erst jetzt ging Lisbeth auf, dass Helgas Mutter Mechthild sich nicht unter den Gästen befand, obwohl sie ihr Kommen fest zugesagt hatte. Und da stand etwas im Blick des Mädchens, das sie nicht einfach nur als schlechtes Gewissen für ihre Verspätung deuten konnte.

»Vater …«, setzte Helga an. Helgas Vater Michael war gemeinsam mit Richard eingezogen worden, gemeinsam mit ihm an die russische Front aufgebrochen, gemeinsam mit ihm verschollen. »Vater …«, wiederholte Helga, und Lisbeth wurde der Mund trocken.

Unsre beiden Schatten sahen wie einer aus. Dass wir so lieb uns hatten, das sah man gleich daraus, erschallte es im Modehaus.

»V … V … V … Vater ist heimgekommen«, stammelte Helga, »und er hat Nachricht von Onkel Richard.«

»Richard …«, echote Lisbeth.

Ihrer beider Schatten waren schon seit Ewigkeiten nicht mehr zu einem geworden. Sie konnte längst nicht mehr daran glauben, dass dieselbe Sonne auf sie fiel, derselbe Mond, und selbst wenn: Zwischen ihr und dem Himmel stand doch für gewöhnlich eine viel zu dicke Staubwolke, die es gar nicht möglich machte, dass ein Schatten geworfen werden konnte. Nur an diesem Tag nicht. Dies war ein warmer, schöner Tag.

Lisbeth schaffte es, einen Schritt zu machen, konnte sogar rennen.

»Warte!«, rief Helga ihr nach, weil sie in Richtung Konstabler Wache, wo die Reinhardts lebten, hastete. »Vater ist noch am Bahnhof. Er ist zu schwach, um zu gehen. Mutter hat Fritz geschickt, eine Schubkarre zu holen, damit wir ihn damit heimbringen können.«

Die Vorstellung, dass man einen Mann in einer Schubkarre durch Frankfurt schaffte, entlockte Lisbeth ein hysterisches Lachen. Als der grässliche Ton verklungen war, rief sie genauso hysterisch: »Lebt Richard noch?«

»Ich weiß es nicht, Vater will dir das selbst sagen. Nun komm.«

Lisbeth hatte kurz innegehalten. Erst als sie wieder weiterlief, bemerkte sie, dass Conrad Wilkes ihr ins Freie gefolgt war und nicht von ihrer Seite wich. Weder konnte sie ihm noch der Angst, welche Nachricht sie am Bahnhof erwartete, davonlaufen.

Früher war sie oft zum Bahnhof gegangen, sobald neue Heimkehrerzüge angekündigt worden waren nämlich. Die Hoffnung, Richard würde aus einem aussteigen, hatte durch nichts erschüttert werden können. Eines Tages aber hatte sie erlebt, wie eine junge Frau, auf die ein Mann aus jener dürren, verlausten grauen Schar zugekrochen kam, verzweifelt schrie: »Ich kenne Sie nicht! Lassen Sie mich in Ruhe!«

Seit damals zweifelte sie, ob wirklich Richard, so er denn überhaupt noch lebte, zu ihr zurückkehren würde, nicht bloß sein Schatten, und ob ihrer breit genug war, dass er sich hineinflüchten könnte. Wenn sie von ihm träumte, hatte er manchmal keine Arme, um sie festzuhalten, oder anstelle seines Gesichts nur ein dunkles Loch. Das Einzige, was sie nie geträumt hatte, war, dass er keine Beine hätte – so wie Michael. Wobei dieser durchaus Beine hatte, nur nicht darauf stehen konnte, er hockte am Gleis.

Michaels Frau Mechthild, die Lisbeth um jene mit fünfundzwanzig Wörtern beschriebene Postkarte, die Michael ihr 1945 aus einem russischen Lager geschickt hatte, glühend beneidet hatte, stand hilflos vor ihm. Sie war eine kleine, zarte Frau mit tiefen Furchen an den Mundwinkeln und einem riesigen Dutt auf dem Hinterkopf, aus dem sich nun wie immer einzelne Strähnen lösten, erst recht, als sie wieder und wieder den Kopf schüttelte und rief: »Wo bleibt denn Fritz? Es kann doch nicht so lange dauern, eine Schubkarre herzuschaffen!«

Lisbeth starrte sie an. Fritz kann froh sein, wenn ihm die Schubkarre nicht gestohlen oder beschlagnahmt wird, dachte sie, Schubkarren sind immer noch ein rares Gut.

Der Gedanke schien in ihrem Kopf zu haften wie die Schmutzschicht, die Michaels Gesicht bedeckte. Bei ihm verbarg sie rosige Haut oder graue, das ließ sich nicht sagen. Bei ihr verbarg sie frische Hoffnung oder schon vermoderte, das ließ sich auch nicht sagen.

»Warum … warum bist du so schwarz im Gesicht?«, stammelte Lisbeth, weil es leichter war, diese Frage stellen, als die, auf die es wirklich ankam.

»Sie haben die ölige Putzwolle aus den Kupplungen der Eisenbahnwaggons gestohlen und sich damit eingeschmiert … gegen die Kälte und das Ungeziefer«, murmelte Mechthild. »Himmel, wo bleibt denn Fritz?«

Mechthild hielt beharrlich Abstand zu ihrem Mann, Conrad hingegen nicht zu Lisbeth. Ganz dicht trat er an sie heran, sodass sie seinen Atem spüren konnte. Er war warm, viel zu warm.

Lisbeths Knie begannen zu beben, als sie Michael nicht länger nur ins Gesicht starrte, sondern ihr Blick zu den Händen glitt – oder zu dem, was von ihnen geblieben war. An der rechten Hand hatte er nur mehr zwei Finger, an der linken einen.

»Warum hat er keine Finger mehr?«, fragte sie, weil es auch leichter war, diese Frage zu stellen, als selbst ins Nichts zu greifen.

»Die einen sind ihm erfroren und wurden ihm mit einer Laubsäge abgenommen«, sagte Mechthild und zog immer weitere Kreise um ihren Mann. »Die anderen hat er sich selbst abgehackt, weil man als Invalide früher heimdarf. Wo bleibt nur Fritz mit der Schubkarre?«

Wie will sie ihn denn in die Schubkarre schaffen, wenn sie sich nicht an ihn heranwagt?, dachte Lisbeth ganz nüchtern, beugte sich selbst über Michael, starrte weiter auf die verstümmelten Hände, zog daraus den Mut, sich einzugestehen, dass ihre Hoffnung auch längst verstümmelt war. Ein letzter Schnitt nur, dann wäre sie endgültig tot.

»Sag es mir!«, verlangte sie.

Noch lange bevor Michael den Blick heben konnte, las sie in seinen Augen die Wahrheit.

»W … W … Wir sind damals in Breslau-Hundsfeld in den … in den Zug gestiegen«, flüsterte er heiser. »Von dort ging's nach Aserbaidschan. Wir … Wir waren fünf Wochen unterwegs.«

Keinen der Orte kannte sie, aber sie hatte ja immer geahnt, dass Richard eine andere Sonne, einen anderen Mond sehen würde. In den fünf Wochen im Zug hatten die Gefangenen allerdings nie einen Blick zum Himmel erhascht. Über hundert Männer waren in einen Waggon gestopft worden. Einmal am Tag wurde er geöffnet, verschimmeltes Brot hineingeworfen, und die Toten wurden herausgeholt. Zu trinken gab es nichts, sie leckten den Regen von den Nietköpfen an den Bretterwänden.

»Tote herausgeholt«, echote Lisbeth, verkrampfte ihre Hände, bis sie sie kaum mehr spürte. Vielleicht würden ihre Finger auch absterben, vielleicht würde man sie ihr auch mit der Laubsäge abschneiden müssen. »Wann?«, fragte sie nur.

Lass ihn früh gestorben sein, dachte sie, gleich am ersten Tag, am zweiten oder am dritten. Lass es ihn bald hinter sich gebracht haben.

»Richard starb kurz bevor wir im Lager ankamen«, sagte Michael. »Sie … haben die Toten gleich neben den Gleisen verscharrt. Oder einfach dort liegen lassen.«

Ein Quietschen ertönte hinter ihr. Endlich kam Fritz mit der Schubkarre, und in der Schubkarre stand ein Topf.

»Ich hab etwas zu essen mitgebracht«, erklärte er und blieb mit etwas Abstand stehen. »Kartoffelsuppe.«

»Jetzt schau doch nur, wie viel du ausgeschüttet hast«, schimpfte Mechthild. »Wir dürfen nichts verschwenden. Wie soll das, was wir haben für vier Menschen reichen, wenn es nicht einmal drei satt gemacht hat?«

Der vierte ist doch gar kein Mensch mehr, dachte Lisbeth.

Als sie aufstand, wurde ihr schwindlig. Conrad stützte sie, fragte Fritz später, ob er einen Löffel mitgebracht habe. Wie sonst sollten sie Michael die Kartoffelsuppe einflößen? Fritz begann zu weinen und schüttelte den Kopf, Helga weinte nicht, aber erklärte, sie werde einen Löffel holen. Mechthild nahm den Topf an sich und meinte, Michael könne daheim davon essen, sie werde ihn heimtragen.

Es dauerte eine Weile, bis Lisbeth verstand, dass sie den Topf meinte, nicht den Mann. Conrad ließ sie los und hob Michael mit Fritz' Hilfe in die Schubkarre. Er ringelte sich zusammen und wirkte winziger als Frau Käthe.

Aus Trümmern können wir neue Mauern bauen, ging es Lisbeth durch den Kopf, aber wie wird aus diesem Wesen ein neuer Mensch?

»Ich … ich bringe ihn heim«, sagte Conrad.

»Nein«, rief Mechthild schrill. Sie maß Conrad wie Lisbeth ihn oft gemessen hatte, mit leiser Verachtung und lautem Neid auf den grauen Anzug, das freundliche Lächeln, vor allem auf die gepflegten Hände. Er hatte noch alle zehn Finger, alle zehn Fingernägel, er hatte ein sauberes Gesicht. »Nein, Fritz macht das.«

Conrad kann doch nichts dafür, dass er nicht kaputt ist, dachte Lisbeth wie betäubt. Und selbst aus etwas Kaputtem kann man noch etwas machen.

Allerdings: Was konnte man aus einer Hand machen, der fast alle Finger fehlten? Was mit diesem schwarzen Loch, das in ihr selbst klaffte und in das alles hineinrutschte – Unglaube, Hader und Verzweiflung: Das kann doch nicht sein. Warum hat Richard die lange Fahrt überlebt, wenn er am Ende doch sterben musste? Wie soll ich denn nun weitermachen, ganz allein?

Nun, sie war nicht allein, Conrad war da, hielt sie wieder fest, ehe sie überhaupt merkte, dass sie fast gefallen wäre.

»Das Modehaus König. Die Modenschau … ich muss zurück …«

»Sie müssen sich nicht darum kümmern. Sie dürfen weinen.«

In dem Loch versanken auch alle Tränen.

»Das bringt doch nichts«, sagte sie fast gleichgültig. »Ich … ich muss Kleider verkaufen.«

RIEKE

1972

»Du musst dich vor mir nicht zusammenreißen«, sagte ich, »du kannst ruhig weinen.«

Ich hatte meine Schwägerin Silke noch nie weinen hören, schon ihr Lachen war immer eher ein Kichern gewesen. Jetzt gab sie keinen Ton von sich, saß nur zusammengesunken auf unserem Wohnzimmersofa. Ich hatte frische Bettwäsche gebracht, doch anstatt ein Kissen zu beziehen, setzte ich mich zu ihr. Ich achtete darauf, mindestens eine Handbreit Abstand zu halten, denn als ich vorhin meinen Arm um ihre Schultern gelegt hatte, war sie zusammengezuckt. Im Türrahmen stand Joachim, und in seinem Blick las ich die Frage, die er mir schon vor ein paar Minuten zugeraunt hatte: »Sollen wir uns wirklich einmischen?«

»Wir können sie ja schlecht vor unserer Tür stehen lassen, nachdem Martin sie verprügelt hat«, hatte ich geantwortet.

»Verprügelt … Ist das nicht etwas übertrieben? Es war nur eine Ohrfeige.«

Silkes Wange war noch rot gewesen. »Und das ist nicht so schlimm, oder wie?«, hatte ich gerufen.

Ich wusste, dass Joachim es nicht verdient hatte, angeblafft zu werden. Er war hilflos wie ich, das war alles. Und immerhin löste er sich nun aus der Starre, fragte, ob er beim Überziehen der Bettwäsche helfen sollte. Wenn er das machte, waren die Innennähte immer außen, aber Silke würde das wohl kaum bemerken. Noch nicht einmal uns beide schien sie zu bemerken, wie sie da vor sich hinstarrte.

»Vielleicht sollten wir sie einen Augenblick allein lassen«, schlug Joachim vor, und obwohl ich eigentlich anderer Meinung war, stand ich hastig auf.

»Denkst du, wir sollen ihr was anbieten?«, fragte ich leise.

»Ich kann mir nicht vorstellen, dass sie Appetit auf einen Mettigel hat«, sagte Joachim mit jenem Lächeln, das – obwohl es so schief war – meine ins Wanken geratende Welt wieder etwas gerader rückte.

Als Silke ein knappes Jahr zuvor den Mettigel zerstückelt hatte, anstatt davon zu essen, hatte ich gedacht, dass die Spannungen zwischen ihr und Martin ihren Höhepunkt erreicht hätten. Heute hatte sich allerdings herausgestellt, dass es noch eine Steigerungsstufe gab.

»Ich werde ihr ein Glas Wasser bringen«, sagte ich.

»Ich hoffe nur, dass sie in unserem Wohnzimmer nicht raucht.«

Ich warf einen Blick auf Silke, deren Gesicht – von der geröteten Wange abgesehen – kalkweiß war. Das rötliche Haar fiel ihr in die Stirn.

»Ich glaube nicht, dass sie Zigaretten dabeihat«, murmelte ich.

Eigentlich hatte sie gar nichts dabei, noch nicht einmal eine warme Jacke, obwohl es jetzt im März noch ziemlich kalt war. Ich hoffte, irgendwo noch eine unbenutzte Zahnbürste zu haben, außerdem musste ich ihr ein Nachthemd oder einen Pyjama heraussuchen.

Erst als Joachim meinte, dass er das ja tun könne, ging mir auf, dass ich die Worte laut gesagt hatte.

»Wir können ihr ja schlecht eine Grillschürze anbieten«, fügte er mit weiterhin schiefem Lächeln hinzu, und mit dem Prusten, das mir die Kehle hochstieg, entlud sich meine Anspannung.

Die Grillschürze, richtig, damit hätte dieser ganz normale Donnerstagabend eigentlich zu Ende gehen sollen. Oder genauer gesagt, mit einem Reh. Wobei ich damit nicht sagen will, dass es um ein gegrilltes Reh ging.

Nein, das Reh hatte mich einige Stunden zuvor aus einer französischen Zeitschrift, die Vera mir geschickt hatte, angeschaut, und eigentlich war es kein echtes Reh. Vielmehr erinnerte mich Vera in den braungrünen Klamotten (samt weißer Punkte) und den schreckgeweiteten Augen, die auf einen Mann in ähnlicher Kluft (minus weißer Punkte) gerichtet waren, an ein solches. Vielleicht deutete ich die Szenerie auch falsch, und die beiden sollten nicht Reh und Jäger darstellen, sondern Rotkäppchen und böser Wolf. Jedenfalls war irgendjemand überzeugt gewesen, dass man damit ein Parfüm bewerben könnte oder – vielleicht hatte ich den Slogan falsch übersetzt – ein Shampoo.

Schon die weit aufgerissenen Augen ließen Vera fremd erscheinen, erst recht tat das die dunkle Perücke, die sie trug. Ganz typisch für sie war hingegen, dass sie mir nebst Zeitschrift keinen Brief geschickt, mir stattdessen nur auf einem aus einem Notizbuch gerissenen Zettel mitgeteilt hatte, dass sie für eine große Kampagne gebucht worden war. Und obwohl es nicht schwarz auf weiß dastand, das triumphierende »Na siehst du!«, das mich, obwohl sie das Reh oder Rotkäppchen spielte, zur Hinterwäldlerin abstempelte, schrie es mir laut und deutlich entgegen.

»Was hast du da?«, fragte Joachim, als er zu mir ins Bett stieg.

Ich war mir nicht sicher, warum, aber ich versteckte die Zeitschrift rasch unter einem Quelle-Katalog. »Schau mal«, sagte ich schnell, »jetzt bieten sie im Katalog schon Mofas und Miniroller an.«

Joachim studierte die Seite. »Und Grillschürzen für Männer«, sagte er und deutete auf ein grünes Teil mit einer überdimensionalen Tomate.

»Die würde dir ausgezeichnet stehen«, sagte ich und musste lachen, und dabei verrutschte die Zeitung etwas. Rotkäppchen wurde sichtbar.

»Ist das Vera?«

Sie sieht bescheuert aus, nicht?, lag mir auf der Zunge. Doch ich nickte nur. »Sie arbeitet nebenbei als Mannequin.«

»Nebenbei? Hat sie mittlerweile irgendeine Prüfung an der Sorbonne abgelegt?«

»Das geht uns gar nichts an. Sie will von dir ja auch nicht wissen, wie viele Hausratversicherungen du im letzten halben Jahr abgeschlossen hast.«

»Weil sie sich nur für sich selbst interessiert. Aber darum geht es nicht. Ich übernehme Verantwortung für mein Leben, ich kann eine Familie ernähren, und ich …«

»Sie kann sich auch ernähren«, erwiderte ich beharrlich. Es klang trotziger als beabsichtigt.

»Als Waldfee?«, fragte Joachim zweifelnd.

»Warum nicht?«

Waldfee war natürlich eine Variante. Die Frage war, wen dann der Mann darstellte. Vielleicht Rumpelstilzchen? Eigentlich war er zu groß dafür, aber Eva hatte damals immer behauptet, Rumpelstilzchen sei eine Riese. Oder brachte ich etwas durcheinander, und der Riese kam in einem ganz anderen Märchen, das sie mir einst erzählt hatte, vor? »Ich rieche,

rieche Menschenfleisch«, hatte der Riese jedenfalls immer gesagt und sich den Kopf am Kronleuchter angestoßen. Ich sollte Eva wieder einmal schreiben. Ich bedauerte es, dass sie so komplett aus meinem Leben verschwunden war …

Joachim nahm mir die französische Zeitschrift und den Quelle-Katalog aus der Hand. »Lass uns nicht wegen Vera streiten«, murmelte er. »Dass sie keine Werbung für Grillschürzen macht, ist doch schon mal was.« Ich lachte wieder, aber mein Lachen erstarb, als er sich über mich beugte, mich zu küssen versuchte. Ich versteifte mich. »Willst du nicht?«

Seine Hand glitt tiefer, schob sich zwischen meine Oberschenkel. »Das ist es nicht«, nuschelte ich zwischen zwei Küssen, »aber ich muss erst ausrechnen, wann meine fruchtbaren Tage sind und …«

»Lass es doch drauf ankommen.«

Plötzlich bereute ich, dass wir nicht weiter über Vera stritten, sondern ein Thema streiften, das viel gefährlicher war als das Mannequin-Leben meiner Schwester – seinen Wunsch, noch ein Kind zu bekommen, den ich nicht teilte, obwohl ich nicht einmal sagen konnte, warum.

Seine Hand näherte sich meinem Bauchnabel, meine Hand tastete nach dem Kalender, der auf dem Nachtkästchen lag. Ehe wir beide unser Ziel erreicht hatten, läutete die Türglocke Sturm.

»Himmel, Marlene wird noch wach«, sagte ich, klang aber nicht ärgerlich, eher erleichtert. Joachim zog seufzend seine Hand zurück und schlüpfte in seinen Bademantel. Bis er fertig war, war ich längst im Nachthemd in den Flur gelaufen und hatte die Tür geöffnet. Silke stand da mit einer roten Wange, verweinten Augen und zitternden Mundwinkeln.

»Lieber Himmel! Was ist passiert?«

»Martin …«, stammelte sie, »… Martin ist passiert.«

Silke sagte nicht, was die Ursache des Streits gewesen war, und eigentlich wollte ich das auch nicht wissen. Erst recht wollte ich nicht wissen, dass Martin ihr nicht nur eine Ohrfeige gegeben, sondern sie zudem vergewaltigt hatte, wie sie behauptete.

»Wie kann er sie denn vergewaltigen, wenn sie verheiratet sind?«, fragte Joachim, nachdem er Silke ein Nachthemd rausgesucht hatte. Er war damit nicht ins Wohnzimmer gegangen, sondern in die Küche gekommen. Dort stand ich mit dem Glas Wasser in der Hand steif da, anstatt es Silke endlich zu bringen. »Auch wenn man verheiratet ist, kann man mal keine Lust haben«, sagte ich, »das gibt ihm nicht das Recht, über sie herzufallen.«

»Na ja«, sagte Joachim.

»Na ja, was? Na ja, sie übertreibt? Na ja, wahrscheinlich hat sie ihn wieder provoziert?«

»Na ja, Martin ist nicht gerade ein Typ, der vor körperlicher Kraft nur so strotzt.«

»Und wenn sie sich nicht rühren konnte, weil sie eingeschüchtert war, weil sie Angst hatte?«

»Vor dem eigenen Ehemann?«, fragte Joachim skeptisch.

Wir drehten uns im Kreis, aber es war immer noch besser, an den Rändern des Kreises entlangzubalancieren, anstatt in jene Mitte vorzustoßen, in der es nicht um Martin und Silkes Beziehung, sondern um unsere eigene ging.

»Ich schau mal nach Marlene«, sagte Joachim.

Ich wiederum sollte nach Silke schauen, doch mit dem Glas Wasser in der Hand blieb ich in der Küche stehen, starrte auf die Mohrenkopftorte oder zumindest einen Teil von dieser – den Kuchenboden, den ich am Abend zubereitet hatte und den ich am kommenden Morgen mit Sahne, Quark und Mohrenköpfen verzieren würde. Joachims Mutter hatte ihren

Besuch angekündigt, und ich fragte mich, wie ich ihr Silkes Anwesenheit erklären sollte. Vorausgesetzt, dass sie dann noch hier war.

Seufzend ging ich endlich zurück ins Wohnzimmer, wo Silke wie erstarrt auf dem Sofa hockte.

»Wie … wie soll es denn jetzt weitergehen?«, fragte ich.

Ich dachte schon, sie hätte mich nicht gehört, aber plötzlich hob sie den Blick. Ihre Wange war nicht mehr so rot. »Du erzählst Martin doch nicht, dass ich hier bin, oder?«

Unbehaglich stieg ich von einem Fuß auf den anderen. Ich konnte mich nicht erinnern, je Geheimnisse vor meinem Bruder gehabt zu haben. Einmal hatte ich sogar ein Geheimnis ausgeplaudert – damals, nach dem Krieg, als die erste Modenschau im Modehaus König stattgefunden und unsere Mutter erfahren hatte, dass unser Vater in der Kriegsgefangenschaft gestorben war. Die Modenschau war nicht unterbrochen worden, und hinterher waren wir mit Tante Alma heimgegangen, ohne die schreckliche Neuigkeit zu erfahren. Wenn ich es recht im Kopf hatte, war Klara Hartmann auch dabei gewesen, weil Alma den Weg meist nicht fand. Jedenfalls erfuhr ich erst von Vaters Tod, als ich spätabends aufwachte und Mutti mit Alma und Frieda darüber reden hörte. »Dass ausgereschnet die beschde Männer druffdabbe misse«, hatte Frieda in ihrem typischen südhessischen Singsang geklagt.

Mutter hatte nicht geweint. Ich habe sie nur ein einziges Mal weinen sehen – und das um einen anderen Mann.

Ich weinte auch nicht. Ich hatte so viele Geschichten von Kriegsheimkehrern gehört, die keine Arme mehr hatten oder keine Beine, die um sich schlugen, weil sie sich vom Ungeziefer zerfressen wähnten, die schrien oder schluchzten oder zitternd im Bett lagen, und deshalb hatte ich mich schrecklich vor der Heimkehr meines Vaters gefürchtet.

Ich schüttelte Martin, bis er wach war, um begeistert zu verkünden: »Stell dir vor, Vati ist tot, jetzt müssen wir keine Angst mehr haben.«

Martin starrte mich an, und dann begann er zu schreien, hoch und spitz, so wie er immer schrie, wenn er eigentlich weinen wollte. Er durfte ja nicht weinen, ein Junge tat so etwas nicht, hatte Mutti immer gesagt, Tränen seien nutzlos.

Geschrei war zwar auch nutzlos, aber das sagte sie ausnahmsweise nicht, als sie zu uns ans Bett kam und herausfand, was geschehen war. »Beruhige dich doch, so beruhige dich doch«, sagte sie, und ihre Stimme klang dünn und hilflos wie nie, und dann kam noch Frieda – bei ihr dauerte es immer eine Weile bis sie sich erhoben hatte, wegen des Wassers in ihren Beinen –, und die erklärte: »Wenigschdens hämmer noch oan Moann im Haus.«

Schon damals hatte ich mich gefragt, wie man diesen schreienden Jungen als Mann bezeichnen konnte. »Kannst du mir mal sagen«, ließ sich prompt Almas Stimme vernehmen, »wozu wir einen Mann brauchen, außer zum Krieg führen und Städte in Trümmer legen und Menschen totschlagen?«

So etwas würde Martin doch nie tun, ging es mir damals durch den Kopf.

An jenem Tag hingegen, dem Tag, an dem Silke zu uns gekommen war, traute ich es ihm durchaus zu, dass er seine Frau geschlagen und sie vergewaltigt hatte. Ich beschloss, dass es besser war, den Mund zu halten und das Geheimnis zu wahren.

»Ich sage ihm nichts, aber er wird dich hier als Erstes suchen kommen«, murmelte ich. »Und ich werde ihn nicht einfach so abwimmeln können.«

»Ich bleib bis morgen, dann fahre ich zu einer Freundin.«

Ich atmete erleichtert aus und fühlte mich zugleich schäbig, weil ich daran dachte, dass der Nachmittag mit Schwiegermutter und Mohrenkopftorte gerettet war.

Nachdem ich später die Bettwäsche bezogen und ihr das Nachthemd gereicht hatte, brachte ich ihr noch einen Stapel Zeitungen, war ich mir doch sicher, dass sie so bald nicht würde schlafen können. Auch der Quelle-Katalog mit der Grillschürze war dabei. Ihn beachtete sie nicht, umso mehr interessierte sie die französische Zeitschrift.

»Ist das Vera?«, fragte sie. »Warum ist sie denn als Försterin verkleidet?«

»Sie arbeitet als Mannequin«, sagte ich leise.

»Und warum nennt sie sich Vero Reine?«

»Reine heißt auf Französisch Königin – und König ist doch der Mädchenname unserer Mutter.«

Wieder stiegen Erinnerungen an Tante Alma hoch.

Du bist eine kleine Königin, Rieke …

Silke blätterte weiter. Auf der nächsten Seite war kein Wald zu sehen, sondern eine Wüste, in der Frauen mit langen Häkelkleidern und rosa glitzernden Plateauschuhen so gelangweilt herumstanden, als würden sie auf den Bus warten.

»Wir hätten keine Probleme, wenn Martin nicht so stur auf die konservative Mode setzen würde. Und auch nicht, wenn du dich nicht einfach aus dem Geschäft hättest drängen lassen. Du hast ein Gespür für Mode! Hast davon geträumt, Designerin wie deine Großmutter zu werden!«

Ich konnte mich nicht mehr erinnern, wann ich mit ihr über meine Großmutter und meine Träume gesprochen hatte.

»Ich kenne Fanny König doch überhaupt nicht.«

»Aber du bist auf die Modeschule gegangen, dir fehlt nur das letzte Jahr und …«

Der Ton wurde immer anklagender, und rasch nahm ich

ihr die Zeitschrift weg. »Du solltest jetzt schlafen. Morgen … morgen sehen wir weiter.«

Die Phrase glich einem Mohrenkopf. Wenn man einen aß, war der Mund von der Schokolade verschmiert, ohne dass man diese richtig geschmeckt hatte, und der Magen von der süßen, klebrigen Masse voll, ohne dass man richtig satt war.

Silke nahm ein Kissen, drückte es an sich. »Martin war ganz anders, als wir uns kennengelernt haben. Er hat sich nach Freiheit gesehnt, wollte eine Reise machen.«

»Ich weiß. Einmal um die Welt in achthundert Tagen.«

»Warum lebt ihr Geschwister eure Träume bloß nicht?«

»Vera tut's doch!«, rief ich und biss mir im nächsten Moment auf die Zunge.

Vera lebte gar keinen Traum, sie folgte einer Illusion, an der man nur festhielt, wenn man jung und unvernünftig und dreist war. Demnächst würde sie ordentlich auf die Nase fallen. Ich hingegen führte das Leben, das ich mir immer gewünscht hatte.

Ehe ich Silke das sagen konnte, stieß sie aus: »Ich werde mich scheiden lassen. Begleitest du mich, wenn ich zum Anwalt gehe?«

Sie hob den Blick, sah mich aus großen, feucht schimmernden Augen an. Himmel, warum spielten alle ein Reh oder Rotkäppchen oder die Waldfee und verlangten von mir, dass ich sie aus dem Dickicht führte? So wie unsere Mutter einst von mir verlangt hatte, dass ich immer auf Martin achtgeben soll. »Du bist jünger als er … aber stärker«, hatte sie gesagt.

Ich wies Silkes Anliegen nicht gleich zurück. »Willst du noch etwas essen?«, fragte ich, statt zu antworten. »Ich habe noch Mohrenkopftorte, das heißt, eigentlich habe ich nur den Kuchenteig, noch ohne Quark, Sahne und Mohrenkopf. Aber der schmeckt doch auch, oder?«

Zwei Wochen später saß ich beim Scheidungsanwalt. Ganz richtig: Ich, nicht wir. Silke verspätete sich nämlich, was bedeutete, dass ich eine Weile vor der Kanzlei Dr. Rechenberger in der Guiollettstraße im Regen stand. Schließlich kam zwar nicht Silke, aber ein Mann auf mich zu, der so aussah, wie man sich einen Dr. Rechenberger vorstellte – mit gediegenem schwarzen Anzug, altmodischem Schnauzer und pomadisiertem Haar, das so akkurat saß, als hätte er mit dem Lineal Maß genommen.

»Sie wollen sicher nicht hier im Regen stehen«, meinte er und winkte mich in den Altbau mit knarrenden Stiegen und Stuckwänden.

Zumindest war das Treppenhaus damit ausgestattet. In der Kanzlei hatte man es geschafft, alles, was ein wenig Farbe und Ästhetik versprach, gründlich auszumerzen. Selbst das Telefon mit der Wählscheibe war grau, und hinter diesem saß eine Sekretärin, die mich streng musterte. Auch die Freundlichkeit des Herrn Doktor erschöpfte sich darin, mit dem Kinn auf einen winzigen Stuhl zu deuten, der unter einem voluminöseren Menschen wohl zusammengebrochen wäre. Vielleicht sollte man sich so klein wie möglich fühlen, wenn man es wagte, die Scheidung zu begehren.

Die nächste Viertelstunde starrte ich abwechselnd auf die Uhr und auf die Tür, doch Silke erschien nicht. Erst am Abend zuvor hatten wir noch telefoniert – sie vom Haus ihrer Freundin im Hunsrück aus, in das sie geflohen war. Warum sie weiterhin darauf bestand, dass ich sie zum Termin beim Scheidungsanwalt begleitete, blieb mir ein Rätsel – und Joachim erst recht. Vielleicht sagte ich am Ende nur zu, weil er so vehement darauf pochte, dass ich mich heraushalten sollte.

»Es ist meine Familie«, erklärte ich. »Und ich tue das alles auch für Martin. Wenn ich bei diesem ersten Gespräch dabei bin, bekomme ich zumindest eine Ahnung davon, was ihm bevorsteht. Vielleicht kann ich es Silke doch noch ausreden – oder zumindest dafür sorgen, dass alles einen zivilisierten Verlauf nimmt.«

Eigentlich hatte ich keine Ahnung, was eine zivilisierte Scheidung war. Ich hatte ebenso keine Ahnung, warum Silke nicht endlich auftauchte. Und fast noch mehr verstörte mich, dass Martin sich wider Erwarten in den vergangenen zwei Wochen nicht gemeldet hatte.

»Wahrscheinlich schämt er sich«, war Joachims Erklärung. »Wenn er mit uns spricht, müsste er zugeben, was passiert ist. Da verschwindet er lieber in der Versenkung.«

Wieder sah ich auf die Uhr, der Termin war vor zehn Minuten angesetzt gewesen. Die Sekretärin musterte mich einmal mehr, indem sie über ihre Brillengläser lugte, und irgendwie schaffte sie es, den Blick auch dann nicht von mir zu lassen, als sie nach ihrer Kaffeetasse griff, sie an die Lippen führte und einen Schluck nahm. Die Kaffeetasse war natürlich grau und der Inhalt womöglich nicht Kaffee, sondern Steinsuppe. (Wenn ich Marlene das Märchen vorlas, in dem es um Steinsuppe ging, wusste ich nie, ob für eine solche die Steine nur ausgekocht wurden oder man sie tatsächlich schlucken musste.)

Ich wich ihrem Blick aus, sah ein Stück neben der Uhr ein Porträt von Konrad Adenauer hängen. Auch wenn ich nicht wusste, seit wie vielen Jahren genau dieser nicht mehr Bundeskanzler war, war ich sicher, dass man von Jahrzehnten, nicht einfach nur von Jahren reden musste. Doch eine Sekretärin, die es schaffte, gleichzeitig Kaffee zu trinken und mich anzustarren, setzte sich über die politischen Gesetzmäßigkeiten wahrscheinlich genauso gekonnt hinweg wie über die physikalischen.

»Gut, dass ich mir gespart habe, Willy Brandt aufzuhängen«, sagte die Sekretärin, die meinem Blick gefolgt war.

Ich konnte ob ihrer Worte nicht anders, als mir Willy Brandt am Galgen baumelnd vorzustellen, und sie tat das vielleicht auch, verzog sich ihr Mund doch zu einem Lächeln, das genauso warm war wie der Kaffee oder die Steinsuppe in der Tasse, also gar nicht. Vage kam es mir in den Sinn, dass neben unseren innerfamiliären Kämpfen gerade ein politischer tobte, war für diesen Tag doch das Misstrauensvotum gegen Willy Brandt, das Rainer Barzel zum neuen Kanzler machen sollte, angesetzt.

Endlich wandte die Sekretärin ihren Blick ab, und nun war es nur mehr Konrad Adenauer, der mich argwöhnisch zu beobachten schien. Silke war mittlerweile schon zwanzig Minuten zu spät. Wobei sie nicht wirklich zu spät kam, da Dr. Rechenberger uns schließlich noch nicht aufgerufen hatte. Und wenn ich den Termin falsch im Kopf hatte?

Ich räusperte mich.

»Herr Dr. Rechenberger braucht noch einen Augenblick«, erklärte die Sekretärin, und ihre Stimme war so unverhohlen feindselig wie zuvor ihr Blick. Jemand, der sich Konrad Adenauer als Bundeskanzler zurückwünschte, hatte wohl keine hohe Meinung von einer Frau, die die Scheidung wollte.

»Keine Eile, ich warte ohnehin noch auf meine Schwägerin, eigentlich ist sie es …«

Ich brach ab, weil der Satz – wie immer er auch geendet hätte – wie die verzweifelte Rechtfertigung »Nicht ich bin die Böse!« klang.

Die Sekretärin lehnte sich zurück, machte eine kurze Pause. »Sind Sie sich wirklich sicher?«, fragte sie gedehnt. Erneut lag es mir auf der Zunge zu erklären, dass es hier und heute nicht um mich ging, aber am Ende nickte ich nur. »Ich erlebe hier viele Sachen«, sagte sie. »Eine Scheidung ist mitunter das tragischste Zerwürfnis in einem Menschenleben.«

Ob Dr. Rechenberger ahnte, dass sie ihm derart in die Parade fuhr?

»Ich denke, es gibt Schlimmeres …«, hörte ich mich unwillkürlich sagen.

»Hm«, machte sie verächtlich. »Ich bin ja der Meinung, dass die Ehe als heiligste und oberste Einrichtung der menschlichen Gesellschaft wieder den Rang der Unverletzbarkeit und Gültigkeit einnehmen sollte.«

Himmel, wo lernte man solche Sätze auswendig?

Der ohnehin schon kleine Sessel schien unter mir noch zu schrumpfen und ich mit ihm. Doch dann erhob ich mich … um mich nicht noch unsicherer zu fühlen … um nicht am Grau der Wände zu ersticken, am Grau des Schweigens.

Es war einfach zu viel. Ich verschwieg Martin, dass Silke nach dem Streit bei uns Zuflucht gesucht hatte. Und noch viel länger verschwieg ich ihm, dass ich gern auch Verantwortung für das Modehaus übernommen hätte. Joachim hatte ich das ebenso verschwiegen, genau wie die Tatsache, dass ich so schnell kein zweites Kind wollte, dass es mir nicht genügte, Mohrenkopftorte und Mettigel zu machen. Wenn ich ehrlich war, hatte ich es mir sogar selbst verschwiegen, nicht nur wochenlang, monatelang, sondern jahrelang. Und trotzdem war dieses Schweigen nur ein Abklatsch, ein dünner Schatten gemessen an einem viel größeren Schweigen: dem Schweigen meiner Mutter. Nur mit mir hatte sie ihr großes Geheimnis geteilt, und ich hatte es brav gehütet, vielleicht, weil es mir peinlich war, vielleicht aus schlechtem Gewissen, weil ich den Mund nicht hatte halten können, als ich vom Tod unseres Vaters erfuhren hatte. Martin sollte nicht noch einmal so verzweifelt schreien wie damals!

Würde er allerdings nicht jetzt erst recht schreien, wenn er mich hier sitzen sähe? Wobei ich ja nicht mehr saß, sondern vor der Sekretärin stand.

»Jetzt tun Sie doch nicht so, als wäre die Ehe das größte Glück auf Erden«, entfuhr es mir. »Natürlich kann es das sein, aber selbst dann muss man jeden Tag darum ringen. Genauso gut kann eine Ehe zu einem Gefängnis werden, in dem alle Träume verwelken.«

Ich wusste nicht, von wessen Träumen ich genau sprach.

Der Blick der Sekretärin war jedenfalls plötzlich nicht mehr stechend, eher mitleidig.

»Sie müssen sich allerdings schon im Klaren darüber sein, dass sich Ihr Lebensstandard entscheidend ändern wird, vor allem dann, wenn die Schuld des Ehemanns an der Zerrüttung nicht zweifelsfrei erwiesen ist.«

Genau das hatte ich Silke auch vorgehalten. Er hat dich nicht betrogen. Von was willst du denn leben? Von deinen Seidentüchern?

Trotzdem sagte ich jetzt: »Das ist meine Entscheidung.«

Die Sekretärin zuckte mit den Schultern. »Wissen Sie«, sagte sie, »manche Frauen überlegen es sich nach dem ersten Gespräch beim Anwalt doch noch anders.«

Vielleicht war sie gar nicht so geschäftsschädigend wie gedacht. Vielleicht wollte sich Dr. Rechenberger sicher sein, dass es seine Klientinnen ernst meinten, und sein Vorzimmerdrache hatte die Aufgabe, die Spreu vom Weizen zu trennen. Und vielleicht hatte Silke es sich nicht erst nach, sondern schon vor dem Gespräch mit dem Anwalt anders überlegt, war, statt hierherzufahren, heim in ihre Wohnung, um sich mit Martin auszusprechen.

Mein Blick glitt wieder zur Uhr. Sie war nun eine halbe Stunde zu spät, und plötzlich kam ich mir einfach nur lächerlich vor, wie ich da mit roten Flecken im Gesicht und erhobenen Händen auf eine Scheidung bestand, die nicht die meine war.

»Es geht hier ja gar nicht um mich, es geht um meine Schwägerin«, presste ich noch hervor, ehe ich ohne ein weiteres Wort kehrtmachte und aus der Kanzlei floh.

Wieder knarrte die Treppe, immerhin hatte es zu regnen aufgehört. In der Luft lag der Geruch von nassem Asphalt, als die Haustür hinter mir zufiel. Ich atmete tief ein.

Was für eine Dummheit, mich in diese Sache hineinziehen zu lassen. Was für eine Dummheit, Silkes und Martins Ehe und meine und Joachims mit Lisbeths Schicksal in einen Topf zu werfen. Und wenn ich noch so lange in diesem Topf rührte, es würde daraus ja doch nur etwas Ungenießbares werden, auch wenn es nicht gleich Steinsuppe war. Jedenfalls durfte ich nicht mein Glück mit dem Unglück von Silke oder meiner Mutter verwechseln, nur weil die Sekretärin mich für eine scheidungswillige Frau gehalten hatte.

Mit Straßenbahn und Bus fuhr ich nach Hause, konnte gar nicht erwarten, endlich heimzukommen, mit Joachim über die Schreckschraube und ihr Adenauerporträt zu lästern.

Joachim war leider nicht zum Scherzen zumute. Weil er Überstunden abbaute, war er ausnahmsweise am Nachmittag zu Hause, doch nicht er, sondern die Mutter von den Nachbarzwillingen beaufsichtigte Marlene. Er selbst saß vor dem Fernseher, wo gerade eine Sonderausgabe der Tagesschau lief. Das Misstrauensvotum gegen Brandt war gescheitert, vielleicht würde jetzt auch in der Kanzlei Rechenberger Adenauer gegen Brandt ausgetauscht werden.

Mein Blick fiel auf Joachim, der aufgesprungen war und äußerst verstört wirkte. »Endlich bist du da!«

So erschüttert würde er doch nicht sein, weil Rainer Barzel

nicht Bundeskanzler geworden war! »Hat Willy Brandt …«, setzte ich an.

Er fiel mir ins Wort: »Martin! Es gibt Neuigkeiten von Martin!«

Ich zuckte zusammen, meine Gedanken vergaloppierten sich erstmals in jene Richtung, in die zu lugen ich mir bis jetzt nicht gestattet hatte. Was, wenn er völlig durchdrehen, wenn er Silke etwas antun würde, sich selbst. Was, wenn sie eine Aussprache gesucht hatte, und er …

»Was … was hat er getan?«, stieß ich mühsam hervor. Meine Zunge schien am Gaumen festzukleben.

»Etwas komplett Verrücktes«, sagte Joachim.

Nein, dachte ich, nein. »Martin hat doch nicht …«

Joachim nickte düster. »Er hat sich einen VW-Bus gekauft.«

»Wie bitte?«, entfuhr es mir.

»So ein altes Schrottteil, das er günstig von irgend so einem Hippie bekommen hat. Damit schafft er es noch nicht mal dreihundert Kilometer, geschweige denn dreitausend. Diese Karre wird unter seinem Sitz auseinanderfallen. Aber er hat mir gar nicht zugehört. Sie wollen noch heute aufbrechen.«

»Wie bitte?«, entfuhr es mir wieder, denn nichts ergab einen Sinn.

Joachim rang hilflos seine Hände. »Er hätte die Schnauze voll von allem, hat er gesagt, will endlich seine Reise um die Welt machen. Pah, der schafft's hier in keine Parklücke, durch die Wüste und das Gebirge von Afghanistan will er dennoch fahren!«

»Na, dort gibt es wahrscheinlich viele Parkplätze«, murmelte ich und ließ mich auf den roten Sitzsack fallen, weil meine Knie bebten.

»Und Silke kommt mit. Sie haben sich gestern Abend versöhnt. Sie meint, sie hätte jetzt endlich den alten Martin zurück, der noch träumen kann. Dass sie dir rechtzeitig Bescheid gibt, ist dieser Egoistin natürlich nicht eingefallen. Ich verstehe nicht, wie die beiden dir das antun können.«

Mein Bruder in Afghanistan. Und Silke mit ihrer blassen Haut und der Neigung zu Sonnenbränden. »Das ist immer noch besser als eine Scheidung«, murmelte ich.

Joachim schaltete den Fernseher aus. »Dass Silke dich versetzt hat, das ist einfach nur unhöflich. Aber dass Martin dir das zumutet, das ist … das ist …«

»Was mutet er mir denn zu?«, fragte ich verständnislos. »Er zwingt mich doch nicht dazu, in der Schrottkarre mitzufahren.«

»Das nicht«, sagte Joachim düster. »Allerdings hat er die Tageskasse vom Modehaus König geplündert. Außerdem hat er seinen Mitarbeitern keinen Ton gesagt. Jetzt musst du ihnen erklären, dass das Modehaus für immer geschlossen wird. Er hätte wenigstens den Mumm haben können, sich bei dir dafür zu entschuldigen.«

Eine Weile blieb es still. Ich starrte auf den roten Sitzsack, nahm die Farbe nicht wahr. Wieder war alles grau, dieses Mal das Schweigen.

Martins Schweigen, das Schweigen unserer Mutter und schließlich mein Schweigen – ich hatte ja immer mitgemacht. Ich hatte Mutter, ich hatte Silke – und in gewisser Weise auch Vera beim Schweigen geholfen.

Ein Geheimnis konnte ich allerdings nicht hüten. Eines, das ich kaum zu denken gewagt hatte. Jetzt sprach ich es laut aus. »Ich kann nicht zulassen, dass das Modehaus König geschlossen wird«, hörte ich mich sagen. »Ich werde die Geschäftsführung übernehmen.«

FANNY

1921

Viele Monate arbeitete Fanny als Tellerwäscherin im Coq d'or, einem kleinen Restaurant im Quartier Latin, das nach dem goldenen Hahn auf dem Türschild benannt worden war. Allerdings hatte der Hahn statt eines Kammes langes Schwanzgefieder, sodass Fanny bei seinem Anblick stets an einen Pfau denken musste. Beim Anblick der Berge von schmutzigem Geschirr, die sich unter ihrer Hände Arbeit in Stapel blank polierter weißer Keramikteller mit Goldrand verwandelten, musste sie wiederum an ihre Träume denken, allesamt genauso verdreckt und verklebt, wenigstens aber noch nicht zerbrochen.

Solange ihr keiner der weißen Keramikteller aus den Fingern rutschte und auf dem Boden zerschellte, wie es Théodore so oft passierte, skizzierte Fanny spätabends beharrlich in einem neuen Notizbüchlein Kleider. Leider verlor sie darüber oft den Kampf gegen die Müdigkeit. Nicht selten schlief sie über dem Büchlein ein und träumte nur von Kleidern, anstatt sie zu malen, und diese wurden nicht von hübschen Damen mit feinem Goldhaar, leuchtenden Augen und Aprikosenbacken getragen, nein, von dünnen Gestalten, weniger Menschen als jenen Rauchsäulen gleichend, wie sie vom Herd des Coq d'or hochstiegen, wenn der Koch Gérard beim Flambieren wieder einmal zu viel Weinbrand verwendet hatte.

Wann immer sie mit schmerzendem Nacken erwachte, fluchte sie – meist ungehört von Théo, der irgendwo verrückte Feste feierte, mit Frauen, die in Wahrheit Männer waren, mit Männern, die in Wahrheit Frauen waren. Die Musik, die diese Feste begleitete, klang nicht wie Musik, denn der zweite Ton passte nie zum ersten, gleich einem Kleid, dessen einer Ärmel aus rotem Samt, der andere aus grüner Seide bestand.

Solche Kleider wollte Fanny nicht entwerfen, und deswegen verschwendete sie bei diesen nächtlichen Feiern nie die Kraft, die sie zum Zeichnen brauchte. Leider wurden aus den Entwürfen niemals wirkliche Kleider, denn obwohl Théo sie eigentlich aufgenommen hatte, um seine Garderobe zu erweitern, gab er sein weniges Geld lieber für das weiße Pulver als für neuen Stoff aus, und die Gefälligkeiten, mit denen sie ein Dach über dem Kopf erkaufte, blieben darauf begrenzt, Löcher zu flicken, einen abgerissenen Saum wieder anzunähen oder ein Kleid um die Taille enger zu nähen, weil er wieder abgenommen hatte. Wenn sie mal nicht über ihren Entwürfen einschlief, so häufig mit der Nadel in der Hand, und nicht selten pikste sie sich, wenn sie nach wenigen Stunden wieder aufschreckte.

Auf die Nächte, die immer zu kurz waren, folgten Tage im heißen Wasserdampf, und um die zu überstehen, malte Fanny sich aus, wie die Gäste, die von den Tellern gegessen hatten, gekleidet waren.

Wer von den *œufs en gelée* nur die Eier, nicht das Gelee verspeist hatte, war wohl einer jener steifen Männer, die sich auf einem Spazierstock mit Löwen- oder Wolfskopf stützten und sich dann und wann von einer Kurtisane mit eben jenem Spazierstock verprügeln ließen. Vielleicht begnügten sich die Kurtisanen aber auch damit, ihnen den Dotter aus dem Schnurrbart zu wischen und auf dem Spazierstock wie auf einem Hexenbesen zu reiten.

»Du hast zu viel Fantasie«, sagte Théo, wenn sie ihm Geschichten wie diese erzählte.

Sie fuhr dennoch damit fort. Die Schnecken nach Burgunder Art würden gewiss von den Frauen verzehrt, die sich die »Emanzipierten« nannten. Sie trugen Hosen und zu einem Bob geschnittenes Haar und ließen sich den Nacken ausrasieren. Mit Zündholzheftchen und Zigaretten, die in langen, schlanken Haltern steckten, jonglierten sie so gekonnt wie die Artisten vom Montmartre mit ihren brennenden Fackeln oder spitzen Messern. Im Übrigen rauchten sie mehr, als dass sie aßen, weswegen die Burgunderschnecken fast sämtlich wieder zurückgingen.

Die *fougasse* mit Spargel und Thymian wiederum diente wohl der Stärkung für die *bals musettes,* wo Künstler mit Gangstern tanzten, wobei sich die Gangster als die wahren Künstler fühlten. Und mit dem Schinken in Madeira schlug sich eine alternde Chansonnière den Magen voll, während sie darüber klagte, dass es in der Bar der Fauves auf dem Montmartre neuerdings eine Musikbox gab und niemand mehr ihrer Sangeskunst bedurfte. Charleston tanzen wie die jungen Dinger, an deren kurzen Kleidern viel zu lange Fransen baumelten, hatte sie wiederum noch nie gekonnt.

»Wenn sie kein Engagement hat, kann sie sich wohl kaum Schinken im Coq d'or leisten«, meinte Théo dazu.

Fanny seufzte. »Das stimmt«, sagte sie, »und ich kann mir auch keinen Schinken leisten. Gar nichts kann ich mir leisten, obwohl ich immerfort schufte.«

»Dein Problem ist, dass du viel zu viel Schlaf brauchst«, sagte Théo, »und darüber das Leben zu wenig genießt.«

Einmal mehr bot er ihr an, das weiße Pulver zu schnupfen, aber sie misstraute dessen Wirkung weiterhin, hatte sie doch den Eindruck, dass es für den Kopf das Gleiche bedeutete wie Branntwein und Feuer für Gérards Flambierpfanne: Er wurde davon nur rußverkrusteter.

Die Lebensgeschichte der Chansonnière schmückte Fanny jedenfalls aus (einst hatte die Frau demnach in Spanien gelebt und auf Windmühlen die Mandoline gespielt), während sie Théo eines Tages nach der Arbeit beim Schminken half, und sie verlor darüber ihre Konzentration, sodass sie ihm zu viele Schönheitsflecken aufmalte.

»Ich sehe ja aus wie ein Dalmatiner«, sagte er lachend.

Vage konnte sie sich erinnern, dass ein solcher Hund einmal seinen Gast begleitet und von einem weißen Teller Wasser getrunken hatte.

»Soll ich sie wieder wegwischen?«, fragte sie.

»Ach was, dann bin ich heute eben ein Dalmatiner.«

Seit der Nacht, da er sie mit zu sich genommen hatte, hatte er häufig wiederholt, dass man sein könne, was immer man wolle, und das dreiste Lachen, das dieser Beteuerung auch jetzt folgte, glich einer glühenden Nadel, die direkt auf den Klumpen Neid in Fannys Herz abzielte. Wie konnte er so mühelos viele Leben nebeneinander führen, während sie sich schon an einem aufrieb?

»Du kannst nicht alles sein«, sagte sie patzig. »Hast du mir nicht letztens erst erzählt, dass sich eine Opernsängerin jüngst bei einer Party als Marianne, die französische Nationalfigur, verkleidet und ihre nackte Brust offen zur Schau gestellt hat? Du würdest niemals als Marianne durchgehen, du hast nun mal keine Brüste.«

Augenblicklich tat es ihr leid, so viel Gift versprüht zu haben. Bekümmert schlüpfte Théo aus dem Morgenmantel, den er beim Schminken getragen hatte, stellte sich nackt vor dem Spiegel und begann, seinen dürren, schlaksigen Leib zu beweinen, wie Fanny es nicht zum ersten Mal erlebte.

Sie zückte rasch ihr Notizbüchlein, zeichnete Théo mit prallen Brüsten und zeigte ihm das Bild. »Du kannst nicht alles sein, aber ich kann alles malen«, tröstete sie ihn, und er vergrub seinen Kopf an ihrem Hals und umfasste ihre Brüste, groß und fest wie Äpfelchen.

Was ihr bei jedem anderen Mann als Zudringlichkeit erschienen wäre, war bei ihm eine willkommene Zärtlichkeit, die sie genoss. Später zeichnete sie noch mehr – keinen nackten Théo mit Brüsten, aber formlose Hängerchen, schlicht und elegant zugleich, die den Körper und seine Rundungen gänzlich verbargen. Und Théo lachte wieder, und sie malte ihm noch ein paar mehr Schönheitsflecken auf.

Während sie als Tellerwäscherin arbeitete, wurde das Coq d'or um einen Wintergarten vergrößert und ein weiterer Tellerwäscher eingestellt, ein Amerikaner namens Orlando, dessen Haut schwarz wie die Nacht war. Fanny hielt die Schwärze für Ruß und glaubte, dass dieser sich im heißen Wasserdampf lösen würde. Als sich herausstellte, dass Orlando schwarz war und blieb, hatte sie bereits mit ihm Freundschaft geschlossen und fürchtete seinen Anblick nicht länger.

Er erzählte ihr, dass er aus einer Stadt namens Chicago stamme, als Chauffeur große Karossen gefahren und darin regelmäßig das Töchterlein eines Anwalts zur Schule gebracht habe.

»Und dann?«, fragte Fanny.

»Ich habe um ihre Hand angehalten, ihr Vater war glücklich, hat mich in der Familie willkommen geheißen und dafür gesorgt, dass ich vor der Hochzeit studieren kann.«

Fanny lauschte mit offenem Mund. »Wirklich?«

Er grinste breit. »Das war nur ein Witz. Ihr Vater hätte uns getötet, wenn er von unserer Liebe erfahren hätte. Und alle anderen weißen Männer der Stadt auch. Also sind wir nach Paris geflohen.«

»Und dann?«

»Dann haben wir in Notre Dame geheiratet, einen Haufen Kinder in die Welt gesetzt und auf der Île Saint-Louis eine große Wohnung im Dachgeschoss eines Hauses bezogen.« Seine Zähne blitzten.

»Wirklich?«, fragte Fanny wieder.

»Sei doch nicht so leichtgläubig! Wir haben uns einen Monat lang ununterbrochen geliebt, danach haben wir einen Monat lang ununterbrochen gestritten. Schließlich hat sie ihrem Vater geschrieben und ihn um Geld für die Heimreise angebettelt, und ich blieb hier.«

Während er sprach, stapelte er Unmengen von Tellern zu einem riesigen Turm. »Wenn nur einer davon zu Bruch geht, flambiere ich dich und nicht die Himbeeren«, warnte Gérard.

»Das ist eine ernsthafte Drohung«, meinte Orlando augenzwinkernd zu Fanny. »Aber du solltest dich von Drohungen niemals einschüchtern lassen. Ich habe das auch nicht getan.«

»Und doch hast du deine Liebste verloren.«

»Den einen glücklichen Monat mit ihr kann mir niemand mehr nehmen.«

Nicht nur mit diesen Worten gab Orlando Fanny den Mut, wieder um ihre Träume zu kämpfen. Überdies führte er sie eines Tages in den Vorratsraum neben der Küche, hinter dem sich ein kleiner Abstellraum verbarg. In der hölzernen Wand von diesem gab es eine Ritze, durch die man in den Gastraum sehen konnte.

Fanny presste ihr Gesicht an die Ritze. Bis jetzt hatte sie

nur leere oder nicht leer gegessene Teller gesehen, nie leibhaftige Gäste des Restaurants. Auch jetzt sah sie zunächst nur Samt und gelbe Seide, keine Menschen.

»Ich habe die beiden schon öfter beobachtet«, sagte Orlando, »sie sind Stammgäste. Meistens bestellen sie Lamm mit Bohnenpüree und Calvadoshuhn.«

Fanny presste ihr Gesicht noch enger an die Ritze und konnte die Gäste nun deutlich erkennen. Die Frau trug ihr dichtes dunkles Haar wie einen Turban um den Kopf gewunden und riesige Ohrringe, deren Geklimper bis in den Abstellraum zu hören waren. Das Lachen, das sie ausstieß, war laut – und sehr dunkel. Dunkel war auch das Kleid, nur die Ärmel waren aus gelber Seide.

Das steht ihr nicht, ging es Fanny durch den Kopf. Es sieht aus, als wollte ein Adler mit den Flügeln eines Zitronenfalters fliegen.

In weiter Ferne hörten sie Gérard schimpfen, aber Orlando blieb ungerührt stehen. »Das ist Alice di Benedetto, eine berühmte italienische Schauspielerin, die offenbar hier in Frankreich einen Film drehen wird. Ihr Begleiter wiederum ist meines Wissens ihr Agent.«

Der Mann saß mit dem Rücken zu ihr, doch auch wenn sie sein Gesicht nicht erkennen konnte – über sein Essverhalten wusste Fanny Bescheid. »Er isst das Lamm immer auf, während sie das Calvadoshuhn fast gänzlich unberührt zurückgehen lässt. Wahrscheinlich achtet sie auf ihre Figur, dabei sollte sie ihr Augenmerk darauf verwenden, wie sie sich richtig kleidet. Was siehst du vor dir, wenn du sie lachen hörst? Gewiss wie ich einen Brunnen aus dunklem Marmor, aus dem silbrig der Strahl einer Fontäne hochschießt.«

»Eigentlich sehe ich gar nichts.«

»Ein Springbrunnen ist nahe immerzu in Bewegung, und

ihre Kleider sollten das nicht minder sein. Der dunkle Stoff aber wirkt wie ein Panzer.«

Gérard schimpfte noch lauter, und Orlando zog sie seufzend zurück in die Küche. Wenig später ging das Calvadoshuhn wie erwartet unberührt zurück, vom Lamm mit Brot war selbst die Soße aufgetunkt worden. Fanny starrte darauf.

»Na?«, neckte Orlando. »Siehst du immer noch einen Springbrunnen vor dir?«

»Nein«, sagte Fanny, und der weiße Teller erinnerte sie an ihr immer noch blankes Leben, von dem all ihre Träume stets aufs Neue abgewaschen wurden. Aber das sollte sich ändern, war ihr doch lieber, der Teller ginge nach einem ausgezeichneten Mahl zu Bruch, anstatt leer zu bleiben. »Ich habe eine Idee.«

Théo schrie auf, als sie ihm von dieser Idee berichtete. Das lag allerdings nicht an der Unverfrorenheit, die es bedürfen würde, sie umzusetzen, sondern daran, dass sie ihm gerade die Augenbrauen zupfte. Bis zum letzten Härchen, so hatte er sie gebeten, sollte sie sie entfernen, auf dass er einen Fingerbreit darüber mit dem Kohlestift neue aufmalen konnte. Sie war erst bei der Hälfte der ersten Braue angelangt, als er erklärte, die Schmerzen nicht länger ertragen zu können.

»Und jetzt willst du so herumlaufen? Mit einer ganzen und einer halben Augenbraue?«, fragte Fanny.

»Und du willst dich Alice di Benedetto als Dienstmädchen andienen?«, gab Théo zurück, musterte sich im Spiegel, zückte dann den Kohlestift. Fanny erwartete, dass er den fehlenden Augenbrauenteil nachzeichnete, stattdessen malte er auf die gerötete Hautstelle etwas, das wie eine Spinne aussah. »Was hältst du davon?«

Fanny zuckte mit den Schultern. »Ich habe herausgefunden, dass Alice di Benedetto in Italien ein großer Filmstar ist. Sie ist mit der Rolle der Esmeralda berühmt geworden, einer *femme fatale,* die gleich drei Männern gleichzeitig den Kopf verdreht. Am Ende sind die Männer alle tot, weil sie sich entweder selbst oder gegenseitig umgebracht haben.«

»Und so einer Frau wagst du nahezukommen?«

»Es ist doch nur ein Film!«

»Wenn der Film so erfolgreich war, was macht sie dann als Italienerin hier in Frankreich?«

»Orlando behauptet, dass die amerikanischen und französischen Filme besser als die italienischen sind. Wer etwas auf sich hält, dreht in Paris, nicht in Mailand oder Turin. Denkst du … denkst du, ich bin verrückt?«

»Ich denke, die Spinne ist scheußlich«, sagte er. »Wisch sie ab und zupf weiter.«

»Aber …«

»Zupf weiter … ahhh! Und ich glaube … ahhhh … dass du alles tun solltest, um Modeschöpferin zu werden … ahhh! Ich wiederum will alles sein, nur nicht nackt.« Die Braue war komplett verschwunden. »Jetzt hör auf«, sagte er mit zittriger Stimme.

»Und was ist mit der anderen?«

»Über die werde ich eine Piratenklappe ziehen.«

Obwohl Théo ihren Plan für gut befand – bei dessen Umsetzung war nicht er, sondern Orlando ihr Komplize. Täglich stahl er sich nun in die Kammer hinter dem Weinkeller, und eines Abends berichtete er, dass Alice di Benedetto und ihr Begleiter einmal mehr das Coq d'Or besuchten, die Schauspielerin wieder in Gelb und Schwarz gekleidet sei, ihr Agent hingegen in Indigoblau. Die eigentliche Sensation aber war, dass sie an diesem Tag statt Lamm und Huhn Schildkrötensuppe und Kalbsfuß in Madeira bestellt hatten.

Die Schildkrötensuppe ließ Fanny an Georg denken, daran, wie sie gerätselt hatten, was Sliwowitz war, und die Wehmut, die sie packte, schnitt schärfer in ihre Seele, als sie erwartet hatte. Ob er immer noch den spitzen Schnurrbart trug, ob der schwarze Anzug noch am dürren Leib schlackerte? Und wer rührte ihm allmorgendlich sein Ei mit Rotwein an?

»Nun gib dir endlich einen Ruck«, riss Orlando sie aus den Gedanken. »Lass uns tun, was wir vereinbart haben.«

Fanny fand ihre Fassung wieder, und wenig später schritt nicht etwa einer der steifen Kellner, nein, sie selbst mit dem Kalbsfuß und der Schildkrötensuppe in den Gastraum, nachdem Orlando es geschafft hatte, Gérard lange genug abzulenken. Er tat es, indem er waghalsig mit Tellern jonglierte, und Fanny hoffte inständig, es würde keiner zu Bruch gehen, Orlando nicht flambiert und erst recht nicht entlassen werden. Im nächsten Augenblick dachte sie allerdings gar nichts mehr, fixierte das Indigoblau und erst recht das Gelb, das sie dieses Mal nicht an einen Zitronenfalter denken ließ, eher an eine Biene. Tatsächlich würde eine solche Alice di Benedetto sicher gern umsurren, denn die Schauspielerin war mit einem durchdringenden Parfüm eingestäubt, das nach Bergamotte, Orange und einem Hauch Vanille roch.

Eben hatte Fanny den Tisch erreicht, zögerte aber noch.

»Na?«, nahm sie Alice di Benedettos Stimme wahr. »Worauf warten Sie?«

Immerhin hatte nur ihr Zaudern Misstrauen erweckt, ihre weiße Küchenschürze und die geröteten Hände hatten es nicht. »Bitte sehr die Dame«, sagte Fanny.

Mit Schwung wollte sie die Schildkrötensuppe vor Alice di Benedetto stellen und dabei etwas auf das schwarze Kleid schütten, doch mit zwei Dingen hatte sie nicht gerechnet:

Zum einen, dass der indigoblaue Mann plötzlich erklärte:

»Die Suppe ist für mich!« Und zum anderen, dass nicht nur sein Anzug indigoblau war, sondern dass seine Augen fast die gleiche Farbe hatten, und dass erst recht seine blonden Locken denen von Georg glichen. Und ob es nun daran lag, dass die Erinnerung an ihren Ehemann stark wie nie war oder mit einem Mal ausgemerzt wurde – ein Gefühl durchzuckte sie, als würde sich einmal der Magen umdrehen und mit ihm nicht nur das Stück Baguette, das sie kurz zuvor gegessen hatte, sondern auch ein Schwarm … ja von was eigentlich? Bienen?

Just als Fanny zu dem Schluss kam, dass Bienen im Magen eigentlich etwas schrecklich Unangenehmes waren, erhob sich Alice di Benedetto und streckte ihre Hände begierig nach dem Teller mit dem Kalbsfuß aus. Und obwohl Fanny davon erst recht verdattert war, setzte sie zumindest einen Teil des Plans um: Sie hielt den Teller fest, Alice zog unverfroren daran, und etwas von der Soße schwappte wenn auch nicht auf Alice' schwarzes Kleid, so doch auf den gelben Ärmel.

»Mon Dieu!«, stieß Fanny aus.

Alice folgte ihrem Blick, lachte tief und dröhnend. »Das ist nicht schlimm.«

Sie brachte den Teller endgültig an sich und ließ sich auf den Stuhl sinken, um sich darüber herzumachen. Fanny griff indes nach ihrem Arm und zog sie wieder hoch.

»Aber natürlich ist es schlimm. Das Kleid ist nahezu ruiniert. Nur wenn wir uns beeilen, kann ich es retten.«

Kurz fürchtete sie, Alice würde sich wehren, weil der Appetit auf den Kalbsfuß größer war als die Sorge um ihre Kleidung, doch am Ende ließ sie sich willig mitziehen, und auch der indigoblaue Mann stieß nicht etwa wütendes Geschimpfe aus, nein, ein Lachen, das heller klang als Alice'.

Wenig später hatte Fanny die Schauspielerin in jenen kleinen Vorraum der Toilette gezogen, vor dessen Spiegel sich die

Damen die Nase pudern und die Lippen nachziehen konnten. Außerdem befand sich eine Chaiselongue hier, und obwohl Fanny nicht wusste, welchem Zweck sie an diesem Ort diente, war sie doch froh, dass Alice bereit war, sich darauf zu setzen. Danach zückte sie die kleine Schere, die sie eingesteckt hatte, und begann, blitzschnell die Nähte der Ärmel aufzutrennen. Den ursprünglichen Plan – den gelben Stoff zu nutzen, um möglichst viel vom dunklen abzudecken und dem Kleid alle Strenge zu nehmen – hatte sie längst aufgegeben und stattdessen entschieden, genau auf diese Strenge zu setzen, wenngleich sie sie etwas milderte, indem sie sich nach den Ärmeln dem Saum widmete, um das Kleid deutlich kürzer zu machen.

»Sie sollten das Kleid einfarbig tragen. Und noch nicht einmal knielang«, erklärte Fanny.

»Noch nicht einmal knielang?«, wiederholte Alice verdutzt.

Sie ließ dennoch reglos alles über sich ergehen, und während Fanny nicht nur ihr Werk, auch Alice' Gesicht erstmals eingehend betrachtete – ihre Haut war von einem dunklen Oliveton, die Augen mandelförmig, das schwarze Haar fiel in Locken bis zu den Schultern –, lachte sie wieder, nicht dunkel und tief wie zuvor, nein, regelrecht hysterisch. Eine Frau, die keinen Bissen auf dem Teller übrig ließ, noch nicht einmal einen Tropfen Soße, konnte wohl auch an Gefühlen nicht sparen und erst recht nicht die Lautstärke drosseln, mit der diese sich äußerten.

Eine Weile war ihr Lachen zu durchdringend, als dass Fanny etwas sagen konnte. Als Alice sich endlich die Tränen aus den Augen wischte, bekräftigte sie: »Ein schlichtes schwarzes Kleid würde Ihnen gut stehen.«

»Wirklich?«, Alice erhob sich kurz, warf einen Blick in den Spiegel, ließ sich dann mit theatralischem Seufzen erneut auf die Chaiselongue sinken. »Ich kann nicht beurteilen, was mir steht. Man riet mir, zwei kontrastierende Farben zu tragen – Schwarz und Weiß oder Schwarz und Rosa oder eben Schwarz und Gelb. Es ist wohl modern. Aber eigentlich habe ich Schwarz nie gemocht.«

»Nun«, gab Fanny zu, »es wäre auch nicht die Farbe, zu der ich Ihnen als Erstes raten würde, und doch entfaltet sie ihren Reiz. Das Spiel mit Gegensätzen jedenfalls passt nicht zu Ihnen. Bei Ihnen gilt: alles oder nichts.«

»Ist nicht das Schwarz das große Nichts?«

»Gerade deshalb ist die, die es trägt, alles, oder?«

Alice' rechte Braue hob sich, und angesichts dessen, dass sie sich unnatürlich weit über dem Auge befand, war es wohl nur eine aufgemalte, die echte musste gezupft worden sein. Wahrscheinlich hatte Alice noch lauter als Théo geschrien, wobei Fanny hoffte, dass sie jetzt nicht schreien, auch nicht lachen, sondern wohlwollend nicken würde, als sie ihr Notizbüchlein aus der Schürzentasche zog.

»Das hier würde Ihnen ebenfalls stehen«, sagte sie, »ein dunkelgrünes Kleid, verbrämt mit dem Pelz des Schneehasen.«

»Ich sehe kein Dunkelgrün, nur grau.«

»Weil ich die Skizze mit dem Bleistift gemalt habe. Ich denke, Sie können es sich trotzdem gut vorstellen. Ich wiederum stelle mir vor, dass eine berühmte Schauspielerin wie Sie ein Dienstmädchen braucht, das hilft, die richtigen Kleider auszuwählen, diese vielleicht etwas abändert oder gar neue entwirft. Ich wäre die geeignete Frau für diese Aufgabe.«

Kein Schreien, kein Lachen, allerdings auch kein Nicken. Alice riss ihr das Notizbüchlein ungestüm aus der Hand, legte ihren Kopf auf die Chaiselonguelehne und hielt das Notizbüchlein beim Blättern über sich, sodass Fanny nicht sehen konnte, auf welcher Seite ihr Blick verharrte.

»Das«, sagte sie schließlich, »das gefällt mir.« Fanny hockte sich neben die Chaiselongue und hielt den Kopf schräg. Auf der Seite, die Alice meinte, war nicht die Skizze eines Kleides zu sehen, nur der nackte Théo, dem sie Brüste gemalt hatte. »Wunderschön«, bemerkte sie leise. »Und zugleich so traurig … Wie gelingt es Ihnen bloß, so gut die Sehnsüchte der Menschen einzufangen?«

Die Sehnsüchte der Menschen hatten Fanny nie sonderlich interessiert, solange die eigenen unerreichbar wie nie waren. Und ihrem Talent, Menschen zeichnen zu können, hatte sie nie Beachtung geschenkt, solange jenes, Kleider zu entwerfen, nicht gewürdigt wurde. Warum auch? Es nutzte ja doch nichts, Théos Züge realistisch eingefangen zu haben, wenn die Zukunft gesichtslos blieb.

»Brauchen Sie denn nun ein Dienstmädchen?«, rief Fanny. Sie konnte die Ungeduld in ihrer Stimme nicht länger bezähmen.

Alice nahm ihr diese Ungeduld nicht übel. Mit einem weiteren theatralischen Seufzen setzte sie sich wieder auf. »Wenn ich mir ein Dienstmädchen leisten könnte, dann würde ich mir jemanden wie Sie aussuchen. Aber ich fürchte, ich bin zu arm.«

»Sie sind eine berühmte Schauspielerin! Sie müssen doch ein Vermögen verdient haben!«

»Das glauben die Menschen nur. Sie glauben ja auch, dass das ein schöner Beruf ist. Dabei gibt es keine grässlichere Arbeit. Sie bringt einem nichts anderes ein als müde Glieder, zum Zerreißen gespannte Nerven und schmerzende Augen, müssen Sie wissen. Die Atelierlampen sind so grell, dass man in ihrem Licht fast blind wird. Ständig herrscht große Hast, surrt die Kamera, brüllt der Regisseur Anweisungen ins Megafon, sodass man fast taub wird. Kameramann, Operateure, Beleuchter, Hilfsregisseur … sie schwatzen oder fluchen oder erzählen dreckige Witze oder kommandieren. Für sie bin ich kein Star, ich bin eine Sklavin. Leider habe ich kein anderes Talent als dieses, und es ist nicht mal sonderlich groß. Zumindest nicht annähernd so groß wie Ihres, Menschen zu zeichnen.«

»Ich will keine Menschen zeichnen, sondern das, was sie tragen!«

»Gut. Obwohl ich ja finde, dass nur der Mensch echt ist, das, was er trägt, hingegen eine Lüge. Aufgrund meiner Erscheinung haben Sie ja auch geglaubt, ich wäre eine reiche Frau, nicht wahr?«

»Aber ein schlichtes schwarzes Kleid ist niemals eine Lüge. Es schnürt weder den Leib ein noch die Seele.«

Alice erhob sich, betrachtete sich wieder im Spiegel, dieses Mal ausdruckslos. »Dann werde ich dieses Kleid für einen Tag tragen, obwohl ich Schwarz eigentlich nicht mag. Nähen Sie gern den Saum um, mein Dienstmädchen können Sie trotzdem nicht sein.«

Jeder Stich, den Fanny wenig später machte, fühlte sich an, als gälte es, das eigene Leichentuch anzufertigen. Fieberhaft überlegte sie, wie sie doch noch ans Ziel kommen könnte, vor dem letzten Stich ertönte indes lautes Geschrei.

In den Augenblicken, die folgten, schien sie, wenn auch nicht in einem Leichentuch, so in einen Kokon eingenäht. Wie aus weiter Ferne nahm sie wahr, dass jemand in den Raum gestürmt kam, Alice um Entschuldigung bat und sie selbst, sobald die Schauspielerin den Raum verlassen hatte, wüst beschimpfte. Es war Gérard, der an Verwünschungen so wenig sparte wie an Weinbrand beim Flambieren und sie schließlich für immer aus dem Restaurant verbannte. Sobald er verstummt war, war es eine Weile still, ehe sich – viel leiser, mitleidiger – Orlandos Stimme vernehmen ließ: »Es tut mir leid.«

Oder war es etwa Théo, der sie vorsichtig am Arm packte, ins Freie zog, dort allein ließ? Sie wusste es nicht, wusste nur, dass sie keinen Schritt zustande brachte. Wie denn auch? Sie steckte ja immer noch in dem Kokon fest, hatte keine Füße, schon gar keine Flügel.

Nur Hände hatte sie noch, Hände, um das Notizbüchlein entgegenzunehmen. Sie hatte es im Restaurant vergessen, doch plötzlich stand der indigoblaue Mann vor ihr und reichte es ihr.

Vor wenigen Augenblicken noch hatten seine Augen und sein Haar sie an Georg erinnert, erst recht taten es nun seine Hände und sein Lächeln. Der Kokon riss – wenngleich das noch nicht bedeutete, dass sie nun endlich gehen oder fliegen konnte. Noch nicht einmal reden konnte sie, den Mann nur anstarren.

»Die Schildkrötensuppe hat scheußlich geschmeckt«, sagte er.

»W … was?«

»Nun, die Suppe, die Sie mir serviert haben …« Richtig, es war Alice, die den Kalbsfuß bestellt hatte. »Sie war scheußlich«, wiederholte der Mann. »Die Zwiebelsuppe, die man in Les Halles, den Markthallen von Paris, bekommt, schmeckt deutlich besser. So wie Sie aussehen, könnten Sie einen großen Teller davon gebrauchen.«

»Aber …«

Er hakte sich bei ihr unter. »Erlauben Sie mir, Sie einzuladen? Noch nicht gleich, ein wenig später. Nach all der Aufregung wird Alice nach dem Kalbsfuß noch nicht satt sein. Wenn Sie hier auf mich warten …«

Er führte sie zu einem Bänkchen in den Schatten einer Linde.

»Das … das kann ich gern tun«, murmelte Fanny.

»Ich hoffe, es war erlaubt, dass ich in Ihrem Notizbüchlein blätterte. Ich muss sagen, Sie sind eine wahre Künstlerin.«

»Ich habe doch nur Kleider gemalt!«

»Na und? Alles kann Kunst sein, das Essen, die Kleidung, die Wohnung, die Liebe. Nun ja, *fast* alles. Der Hass kann niemals Kunst sein, auch nicht der Krieg.«

»Warum eigentlich nicht?«, fragte sie gedankenverloren.

»Weil es im Krieg immer darum geht, Grenzen zu ziehen. Und die Kunst will Grenzen überwinden.«

Eine Weile blieb er noch vor dem Bänkchen stehen, lächelte sie an.

Als sie später auf ihn wartete, nahm sie ihr Notizbüchlein, malte erst Alice in einem indigoblauen Kleid, dann den Mann in einem schwarzen Anzug, und wieder musste sie so intensiv an Georg denken, dass sie am Ende nicht entscheiden konnte, ob sie sein Gesicht gemalt hatte oder das des Fremden.

Er hieß Aristide Goudin, und bevor er für sie Zwiebelsuppe bestellte, zeigte er ihr das nächtliche Paris, zumindest jenen Teil, den er liebte und den sie noch nicht kannte.

Zwiebelsuppe, so erklärte er, genieße man am besten in den frühen Morgenstunden nach einer durchfeierten Nacht, und zum Feiern ginge man am besten ins Bricktop's, wo amerikanischer Jazz gespielt, Pernod getrunken und Zigarren geraucht wurden.

Auf Letzteres verzichtete Aristide. Nicht nur, dass sein Magen schwächer war als der von Alice di Benedetto, auch seine Lunge verkraftete nicht mehr als die dünnen Zigaretten der Marke Prince de Monaco, die er in einer mit zwei Palmen verzierten goldenen Blechschachtel aufbewahrte, mit der seine Hände fortwährend spielten.

Er hatte die erste Zigarette noch nicht zu Ende geraucht,

als Fanny ahnte, dass er der Zigarettenschachtel glich. Er war kein Mann aus Eisen und erst recht nicht aus echtem Gold, und wenn man ihn auffordern würde, aus dem Palmenholz ein Feuer zu machen, würde er wahrscheinlich schon dabei versagen, eine brauchbare Axt zu finden, um einen Ast abzuschlagen. Aber Palmen wuchsen ja in südlichen Gefilden, was brauchte man dort ein Feuer. Auch das, das so oft in Fanny loderte, genährt aus Wut und Ohnmacht, verkam zu einer sanften, wärmenden Glut. Und als in der Nähe zwei Männer zu raufen begannen und Aristide nicht etwa zu ihrer Verteidigung einschritt, sich stattdessen hastig hinter ihrem Rücken versteckte, schob sie das nicht darauf, dass er ein Feigling, sondern ein Schöngeist war. Warum sonst hätte er ihre Entwürfe als große Kunst gewürdigt?

Sie redeten die ganze Nacht. Ihre Antworten wurden zwar einsilbig, als seine Fragen zu tief in ihre Vergangenheit vorzustoßen drohten – weder wollte sie ihm von der Stadt, aus der sie stammte, noch von dem Mann, den sie dort zurückgelassen hatte, erzählen –, doch als sie ihrerseits mehr von ihm wissen wollte, zögerte er nicht, die dunkelsten Winkel seiner Seele oder das, was er dafür hielt, zu zeigen. Wobei er genau betrachtet zunächst, statt sein eigenes Schicksal schonungslos offenzulegen, das seines Vaters beschrieb – ein Mann, der ständig am Leben gelitten und deshalb eines Tages beschlossen hatte, ihm ein Ende zu setzen, indem er sich vom Eiffelturm stürzte.

»Und das hat er getan?«

»Er hat es noch nicht mal zur zweiten Etage geschafft, weil er schreckliches Herzrasen bekam. Keuchend hielt er inne, und als ein Mann ihn fragte, ob er Hilfe bräuchte, erklärte er: ›Geben Sie mir nur einen ordentlichen Stoß, dann falle ich die Stufen hinunter und breche mir vielleicht das Genick.‹

Dass der Mann mit strenger Miene den Kopf schüttelte, hat meinen Vater so empört, dass er augenblicklich einen Infarkt erlitten hat und daran gestorben ist.«

Aristides Lachen klang, als wären Mund und Kehle aus gleichem Blech wie seine Zigarettenschachtel.

»Ist das wahr?«, fragte Fanny skeptisch, die zu oft von Orlando oder Théo aufs Glatteis geführt worden war, um noch eifrige Schritte dorthin zu machen.

Er wiegte den Kopf. »Habe ich nicht gesagt, dass alles im Leben Kunst sein kann, nur nicht der Krieg, und dass Kunst sämtliche Grenzen überwindet? Warum nicht auch die zwischen Lüge und Wahrheit?«

Später erzählte er ihr vom Leben und Sterben seiner Mutter, doch Fanny war bereits zu betrunken, um sich die Geschichte zu merken und nachzufragen, ob er übertrieben hatte oder nicht.

Als sie die Bar verließen, wankte sie, aber er stützte sie – schwacher Magen, schwache Lunge hin oder her, zumindest sein Griff war fest. Das erste Morgenlicht färbte die Stadt mit den vielen düsteren Winkeln, schmutzigen Trottoirs und mit Pferdemist überhäuften Gassen in solch ein durchdringendes Rosarot, als bestünden die Häuser nicht aus Ziegelstein und Schieferdächern, sondern aus dem gleichen Teig, aus dem die zuckersüßen Macarons gemacht wurden.

Die Gegend rund um Les Halles war allerdings kein süßer Ort. An den zahllosen Fisch- und Fleischständen feilschten tagsüber brave Hausfrauen, nachts hingegen tranken Gangster, Huren und Amerikaner im Au Père Tranquille jenen berüchtigten Cognac, der Frauen dazu brachte, sich nackt auszuziehen, und finstere Männer, wie Kastraten zu singen. Zumindest behauptete Aristide das.

»Ich glaube dir kein Wort«, sagte Fanny. Sie waren längst zum vertraulichen Du übergegangen.

»Ja, hörst du das Lied nicht?«

Wer da sang, war kein Gangster mit Kastratenstimme, sondern ein Chansonnier, dessen Lied nicht einmal mehr Cognac retten konnte – egal ob von ihm selbst getrunken oder von seinen Zuhörern. Er gab keinen Ton von sich, der nicht schief klang, der Inhalt seines Liedes war erst recht schräg, ging es doch um eine Meerjungfrau, die ihrem Prinzen folgen wollte, aber von einer Fischfrau ausgenommen wurde wie ein Hecht.

»Warum ausgerechnet wie ein Hecht?«, fragte Fanny. »Weshalb nicht wie ein Goldfisch?«

»Wer isst denn schon gern Goldfische?«, meinte Aristide. »So oder so hätte sie es mit ihrem Fischschwanz unmöglich von der Seine hierher geschafft.«

Sie betraten eine Spelunke, in der das Licht nicht rosig, aber rostig war, und bestellten endlich Zwiebelsuppe, die in einem so großen Tropf serviert wurde, dass man kaum den Inhalt sehen konnte, nur dass der lediglich den Boden bedeckte. Fanny war nicht sicher, ob das, was sie für glitschige Zwiebeln hielt, in Wahrheit nicht Regenwürmer waren, aber sie war so hungrig, dass sie am Ende sogar den Topf bis aufs letzte Tröpfchen auskratzte, um ja nichts zu vergeuden.

»Und jetzt?«, fragte sie.

Die ersten Marktbuden wurden eben geöffnet, irgendwo begannen Fischweiber, ihre Messer zu wetzen.

»Für gewöhnlich ist es jetzt die beste Zeit, um ins Ritz zu fahren und Champagner mit Orangensaft zu trinken.«

Sie konnte unmöglich noch mehr Alkohol zu sich nehmen, wollte aber nicht, dass die Nacht endete, also nickte sie, und Aristide winkte einen Bauern herbei, der bereit war, sie mit seinem Gemüsewagen zum Ritz zu fahren. Fannys Kopf ruhte schwer auf den Karotten und Kohlköpfen. Eine Weile sah sie nur den Himmel, nunmehr von einem schweren Violett, doch ehe die Augenlider schwer wurden, beugte Aristide sich über sie und küsste sie. Er schmeckte nach Zigaretten und Zwiebeln, und irgendwie schmeckte er auch nach Regenbogen, obwohl sie bis jetzt nicht gewusst hatte, dass ein Regenbogen nach irgendetwas schmeckte, und sie es jetzt zwar wusste, aber nicht hätte beschreiben können, wonach.

Als der Wagen hielt, standen sie nicht vor dem Ritz, sondern vor einem mehrstöckigen Wohnhaus mit Stuck verziert, hohen vergitterten Fenstern und einer frisch verputzten Fassade, was bewies, dass hier deutlich reichere Menschen lebten als in Théos Nachbarwohnungen.

»Das ist nicht das Ritz«, stellte sie fest.

»Champagner kannst du hier trotzdem haben«, erklärte er und führte sie in eine Wohnung, die die Kopfschmerzen eher verstärkte, als minderte. Der Anblick von Marmor, Schildpatt und Malachit, alles entweder grünlich oder golden schimmernd, schien sie regelrecht zu erschlagen.

»Scheußlich oder?«, spottete Aristide. »Die Wohnung gehörte einem Russen. Mein Vater hat sie ihm abgekauft, ehe er sich vom Eiffelturm stürzte.«

»Ich dachte, dein Vater hat beim Versuch, das zu tun, einen Herzinfarkt erlitten?«

»Kommt es nicht aufs Gleiche raus? Tot ist tot. Und das bedeutet, dass die Wohnung mir gehört.«

Fanny hielt die Augen geschlossen, bis Aristide eine Champagnerflasche köpfte und ein leises Plopp ertönte. Er schenkte ihr kein Glas ein, sondern führte die Flasche an ihre Lippen. Während sie daraus trank, zog er ihr ein Kohlblatt aus den Haaren, und als er sie danach küsste, ein zweites.

Mit der Champagnerflasche in der Hand ließ er sich auf einem großen Bett im Schlafzimmer nieder und zog sie zu sich. Auch dieser Raum war wahrscheinlich hässlich, aber er wurde von dicken Samtvorhängen verdunkelt, sodass sie kaum etwas sehen konnte, nur fühlen – nämlich dass sie auf Fellen ruhten.

Der Champagner belebte sie. Wieder sprachen sie lange. Sie sprachen über Mode, die die Menschen nicht bloßstellte und dennoch nicht verbarg, die die nackte Seele zeigte, nicht den nackten Körper.

»Alice steht Schwarz nicht«, murmelte sie, »aber es gibt Frauen, die können nichts Besseres tragen als ein kurzes schwarzes Kleid.«

Aristide zog seine Zigarettenschachtel aus der Jackentasche, aber sie war leer. Unruhig spielten seine Hände einmal mehr mit ihr.

»Willst du für mich arbeiten?«, fragte er unwillkürlich.

»Ich bin doch keine Schauspielerin.«

»Was soll ich denn mit einer Schauspielerin anfangen?«

»Orlando meinte, du seist Alice' Agent!«

»Was für ein Unsinn, ich bin ein Freund von ihr. Und ich hoffe, ich darf sie im nächsten Film einkleiden. Das ist schließlich eine große Ehre für einen Modeschöpfer.«

»Du bist ein Modeschöpfer? Und das sagst du erst jetzt?«

Es war zu finster, um in seiner Miene zu lesen. »Genau genommen bin ich noch kein Modeschöpfer, mein Vater war einer, bevor er sich vom Glockenturm von Notre Dame gestürzt hat, und ich werde sein Geschäft übernehmen.«

»Vom Glockenturm von Notre Dame? Du sagtest doch, dass er vom …«

Er brachte sie mit einem Kuss zum Schweigen, schmeckte nun nicht mehr nach Zwiebeln und Regenbogen, sondern nach Champagner, und etwas von dem Champagner floss auf das Fell.

Es prickelte, als sie sich liebten. Und es klebte.

LISBETH

1947

Sie hatte beschlossen, wieder zurück zum Modehaus zu eilen, wo die Modenschau trotz allem stattfand, doch Minute um Minute verharrte Lisbeth an den Gleisen, ohne sich zu rühren. Wieder erklärte Conrad, sie dürfe weinen, aber sie konnte es nicht … musste es nicht … sollte es nicht. Ach, es war egal, warum sie es nicht tat. Sie hatte den richtigen Zeitpunkt verpasst, um um Richard zu weinen, vielleicht hatte sie auch den richtigen Zeitpunkt verpasst weiterzuleben, war nun gezwungen, ewig auf dem Bahnhof zu verharren, in einem Zwischenreich, in dem das Gestern so blass war wie das Morgen und das Jetzt so schwarz.

Nicht ganz schwarz. Ganz deutlich glaubte sie, das weinrote Büchlein vor sich zu sehen, das Richard dabeigehabt hatte, als sie damals Abschied genommen hatten. Das Büchlein mit Rilke-Gedichten.

»Nimm du es«, hatte er gesagt und es ihr in die Hand drücken wollen. »Ich kann ohnehin alle auswendig.«

»Nein«, hatte sie erwidert, das Büchlein nicht nehmen wollen, es schließlich in irgendeine Tasche seiner Uniform gesteckt. »Wo immer du bist, wirst du mir daraus vorlesen. Und wo immer ich bin, werde ich deine Stimme hören.«

Sie hatte die Stimme nie gehört. Nicht früher, nicht jetzt. Kein einziges Rilke-Gedicht konnte sie rezitieren, und als sie den Mund öffnete, brachte sie auch kein Bedauern über das verlorene Rilke-Büchlein hervor.

»Er … er hat keinen schwarzen Anzug getragen«, sagte sie nur.

Conrad hatte sie eine Weile gestützt, sie mittlerweile aber losgelassen. Sie war nicht sicher …. Vielleicht hatte sie sich auch losgerissen, und vielleicht war er insgeheim erleichtert, weil ihre versteinerte Miene ihm Angst machte. Ihre Worte allerdings machten keine Angst, stifteten nur Verwirrung.

»Schwarzer Anzug?«, fragte er.

»Georg König … mein Vater … als er gestorben ist, habe ich ihm den Schlafanzug aus- und den schwarzen Anzug angezogen, den er früher im Modehaus immer getragen hatte. Es war so schwer, obwohl sein Körper eigentlich so leicht war. Er hat sich nie richtig vom ersten großen Krieg erholt, der Anzug hat immer geschlackert.« Mit jedem Wort machte sie einen Schritt, und bis sie geendet hatte, hatten sie den Bahnhof verlassen, den Vorplatz überquert, steuerten nun auf die Kaiserstraße zu. Conrad blieb an ihrer Seite, hielt nur etwas Abstand, als noch mehr Wörter aus ihrem Mund perlten. Wenn sie Richard schon die Tränen schuldig blieb, wollte sie wenigstens über ihn reden, doch sein Name fiel weiterhin nicht, sie sprach immer noch über den Vater. »Ich habe ihm den schwarzen Anzug nicht nur angezogen. Als er ihn endlich anhatte, so friedlich wirkte, als würde er schlafen, habe ich ihn enger genäht, damit er nicht mehr schlackerte, damit er endlich passte.« Welche Unmengen an schwarzem Zwirn sie verschwendet hatte, obwohl er damals schon knapp gewesen war! Aber sie hatte unmöglich daran sparen können. Sie konnte jetzt auch unmöglich an Worten sparen, obwohl es die falschen zu sein schienen, obwohl das, was ihr schon so viel länger auf der Seele lastete als Richards Tod, Conrad nichts anging. »Georg König war gar nicht mein Vater«, brach es aus ihr hervor. Sie blieb kurz stehen, schien jener Satz doch alle Kraft aufgebraucht zu haben. Conrads Hand lag plötzlich auf ihrer Schulter, schwerer als seine ungestellten Fragen. »Mein Vater war Franzose«, fuhr sie fort, »Aristide Goudin hieß er. Zumindest glaube ich, dass er so geheißen hat. Meine Mutter hat nie mit mir über ihn gesprochen. Ich habe seinen Namen nur erfahren, weil Alice ihn einmal erwähnt hat.«

»Wer ist Alice?«

Das Weinen hatte sie sich verkneifen können, nicht das Kichern, das ihr die Kehle hochstieg. Von allen Fragen, die er hätte stellen können, erschien ihr diese am unwichtigsten. Was zählte es, wer Alice war und dass diese noch lange vor Fanny aus ihrem Leben verschwunden war. Was zählte es, wer ihr Vater war, der nicht aus ihrem Leben verschwunden, sondern gar nicht erst in diesem aufgetaucht war. Was zählte es, dass Fanny gemeint hatte, am ehrlichsten sei der Mensch, wenn er nackt sei, und dass die Kleidung, die dem Nacktsein am nächsten komme, ein schlichtes schwarzes Kleid sei.

Dabei hatte Fanny selbst Schwarz nur mit viel Modeschmuck getragen und Alice gar nicht. Wahrscheinlich wusste sie, dass Nacktheit nicht ehrlich war, nur erbärmlich. Ob Richard nackt gewesen war, als man ihn neben das Bahngleis geworfen hatte? Und selbst wenn nicht … Wie lange würde es dauern, bis die zerfledderte Uniform verrottet war so wie der schwarze Anzug ihres Vaters?

»Mein Vater war Aristide Goudin«, wiederholte sie. »Ich weiß nicht, wie man den Namen ausspricht. Ich habe Französisch immer gehasst, wollte es nie lernen. Ich glaube, ich wollte damit meinen leiblichen Vater strafen. Mein Stiefvater, also Georg König, wollte auch nie wieder Französisch sprechen nach dem Krieg, nicht um jemanden zu strafen, um sich selbst zu schützen … Vielleicht ging's mir ja ebenso nur um den Schutz, nicht um die Strafe. Wie auch immer. Meine Mutter hat Georg König verlassen, weil er nicht mehr Französisch sprach … weil er keine französische Mode verkaufen wollte … weil er zu schwach für sie war. Das hat zumindest Alma immer gesagt. Pah! Aristide Goudin war genauso schwach. An seiner Seite vermeinte Fanny, endlich auf den Regenbogen zu klettern. Aber das kann man gar nicht. Wo sollte man sich denn festhalten, wo Tritt finden? Nur ausrutschen kann man auf einem Regenbogen. Keine Ahnung, wann meine Mutter das endlich erkannt hat. Lange Zeit wollte sie nicht sehen, dass Aristide nichts aus eigener Kraft schaffte, dass er alles, was er war, dem Geld seines Vaters verdankte. Nun gut, Georg König hat das Modehaus auch geerbt, aber ob er nun schwach war oder nicht, er hat es gehalten, er hat bis zuletzt darum gekämpft. Wie konnte meine Mutter ihn einfach im Stich lassen? Ich hätte Richard nie im Stich gelassen … selbst wenn er ohne Finger heimgekehrt wäre … selbst wenn man ihn in einer Schubkarre hätte nach Hause rollen müssen … selbst wenn er kein einziges Rilke-Gedicht mehr auswendig gekannt hätte … selbst wenn …«

»Schscht«, machte er.

Sie brach ab, und jetzt kamen die Tränen, und die Tränen waren so schwer, als wären sie mit Staub vermischt. Vielleicht war es ja so, in etlichen Räumen ihrer Seele war so lange nicht mehr gefegt worden. Jedenfalls lag plötzlich nicht mehr Conrads Hand auf ihren Schultern, sondern ihr Gesicht an seiner Brust, und sie zitterte beim Weinen und beim Sprechen, aber hörte doch mit beidem nicht auf.

»Wenn ich ihn nur wiederhätte. Richard war nicht schwach

wie mein echter Vater und nicht schwach wie mein falscher. Richard wusste, was er wollte, woran er glaubte, er hat mich beim Rollschuhlaufen festhalten. Den Flieger hat er mir zwar nicht beigebracht, aber am Ende hat er verhindert, dass ich wieder und wieder auf dem Hintern landete. Er hat mich in der dunkelsten Zeit meines Lebens gerettet … nicht lange nachdem ich etwas Schlimmes geglaubt, etwas Schlimmes gesagt, etwas Schlimmes getan habe. Und das Glauben kann man vielleicht wiedergutmachen, auch das Sagen, aber doch nicht das Tun, oder?«

Sie brach ab, löste ihr Gesicht von Conrads Schulter, gewahrte, dass sie immer noch in der Kaiserstraße standen, sogar schon den Frankfurter Hof erreicht hatten, einst Frankfurts Prachthotel, nun ein Trümmerhaufen. Conrad musste in einem anderen Hotel leben und dort Angst haben, dass das Zimmermädchen ihm ins Zahnputzglas spuckte, weil es ihn für den Feind hielt. Für sie, Lisbeth, war er kein Feind. Aber – das ging ihr langsam auf – er war auch kein Freund.

»Was hast du denn getan?«, fragte er.

Sie wischte sich die Tränen ab, bis ihre Wangen trocken waren, bis die schwarzen Schlieren weggewischt waren. Allerdings, warum sollte sie solche haben, ihre Hände waren nicht schmutzig, sie hatte nur Stoffe abgesteckt, keinen Schubkarren mit einem halben Mann durch Frankfurt gekarrt, erst recht nicht den halben Mann mit seinem schwarzen Gesicht angefasst. Nur Conrad hatte sie berührt, inniger und länger als an dem Tag, als er sie vor einem Sturz auf einem vereisten Holzbrett bewahrt hatte – und sie bereute es.

»Ich muss endlich zurück zum Modehaus«, sagte sie schroff und war nicht sicher, ob ihre Seele sauber wie nie oder schmutzig wie nie war. »Ich muss Kleider verkaufen. Und außerdem habe ich Ihnen versprochen, einen Anzug zu nähen, wenn Sie mir die Genehmigung verschaffen, mein Geschäft wiederzueröffnen. Nun, ich werde das Versprechen noch heute umsetzen und an Ihnen Maß nehmen. Nur schwarz darf der Anzug nicht sein.«

Als sie zurückkamen, war die Modenschau beendet, und die meisten Gäste hatten das Modehaus bereits verlassen. Schließlich hatte es genügt, dreimal *Lili Marleen* zu spielen, um alle Kleider vorzuführen. Genauso schnell war das Knäckebrot aufgegessen worden, nur der Apfelwein oder vielmehr Apfelessig war nahezu unberührt. Auch Eva schien nichts davon getrunken zu haben, denn sie machte kein säuerliches Gesicht, sondern erklärte freudestrahlend, die Modenschau sei ein voller Erfolg gewesen. Sie selbst sei in ein Kleid geschlüpft und habe es vorgeführt, und danach hätten sie fast alle Stücke verkauft oder gegen Essen getauscht.

Nur das, das ich trage, konnte nicht vorgeführt werden, dachte Lisbeth und starrte wie betäubt an sich hinunter. Roter Samt … Sie sollte eigentlich Schwarz tragen … Aber woher Schwarz nehmen? Es gab keine schwarzen Vorhänge, keine schwarzen Tischdecken, und seit Georgs Tod hatten sie auch keinen schwarzen Anzug mehr. Richtig … sie musste Conrad einen Anzug nähen.

»Ich bin sogar mit Klara fertiggeworden, die den Handel mit den Kleidern an sich reißen wollte«, berichtete Eva grinsend, »am Ende habe ich sie einfach fortgeschickt.«

»Wie ist dir das gelungen?«, fragte Lisbeth und dachte: Mein Mann ist tot.

»Ach, ich habe ihr gesagt, dass sie Alma und die Kinder heimbegleiten soll, weil sie sonst nie zurückfindet.«

»Wenn Krähen-Klara unser Heim betritt, dann klaut sie was – entweder die Kuckucksuhr oder gleich Frau Käthe«, sagte Lisbeth und dachte: Mein Mann ist tot. Ich muss es den Kindern sagen.

»Was soll sie denn mit einer Katze anfangen?«, fragte Eva stirnrunzelnd.

»Sie braten?«, schlug Lisbeth vor.

Ich rieche, rieche Katzenfleisch.

Nun, Frau Käthe würde sich wehren, würde Krähen-Klara kratzen. So wie der Schmerz mittlerweile an Lisbeth kratzte. Aber er hatte keine spitzen Krallen, glich der stumpfen Schere, mit der sie mühsam Stoff zuschneiden musste, auch den für Conrads künftigem Anzug.

Während sie mit Eva gesprochen hatte, hatte er die Tische zur Seite geschoben und das Grammofon weggestellt, nun stand er plötzlich ganz dicht hinter ihr.

»Komm mit ins Nähzimmer, damit ich Maß nehmen kann«, sagte Lisbeth und ging ganz selbstverständlich zum Du über.

»Das … das muss nicht jetzt sein.«

»Doch, es muss jetzt sein!«, schrie sie. Ihre Stimme klang rau, verwundet.

Eva blickte sie erstaunt an. »Was ist eigentlich passiert? Warum musstest du vorhin so schnell weg?«

Lisbeth räusperte sich. »Mein Mann ist tot«, sagte sie. »Er ist kurz nach Kriegsende auf dem Weg in ein russisches Gefangenenlager gestorben. Ich werde Conrad einen Anzug nähen.«

Sie sah an Eva vorbei, sodass sie deren Reaktion nicht wahrnahm, schob Conrad ins Nähzimmer, wo ein paar Stoffreste lagen, außerdem Kleider, die nicht mehr fertig geworden waren, weil entweder die Zeit oder der Stoff nicht gereicht hatte oder das, wovon sie behauptete, man könne es als Stoff benutzen, obwohl es eigentlich kein Stoff war. So wie sie glaubte, dass etwas ihr die Kraft gab, der Trauer zu trotzen, obwohl es eigentlich nicht da war.

Lisbeth suchte nach dem Maßband. Natürlich hatten sie kein echtes Maßband, nur ein dickes Stück Garn, das sie mit einem abgebrochenen Lineal abgemessen und nach jeweils fünf Zentimetern einen Knoten gemacht hatten.

»Na los«, schnauzte sie Conrad an. »Zieh dich aus!«

Sein Blick, in dem bis jetzt Mitleid und Verlegenheit und Rücksichtnahme gestanden hatten, weitete sich. »Ganz?«

Das Kichern, das sie ausstieß, klang noch rauer als alle Worte. »Natürlich nicht ganz! Das Letzte, was ich jetzt will, ist, einen nackten Mann zu sehen.«

Und daran zu denken, dass Richard irgendwo liegt – nackt bis auf die Haut, nackt bis auf die Knochen … während Conrad ihre nackten Brüste gesehen und sie sich nicht geschämt, vielmehr dieses Prickeln gefühlt hatte, von etwas rührend, das mehr wollte als nur überleben.

Conrad legte seine Jacke ab. »Wir müssen das wirklich nicht jetzt machen.«

Lisbeth maß mit dem geknoteten Garn den Abstand zwischen Schulter und Hals. »Doch«, bestand sie.

»Aus welchem Stoff willst du eigentlich einen Anzug nähen?«, ließ sich plötzlich Evas Stimme vernehmen.

Diese klang nicht rau, eher schneidend wie eine ganz und gar nicht stumpfe Schere. Und in ihrem Blick standen nicht Mitleid oder Verlegenheit oder Rücksichtnahme, da war Kälte.

»Irgendwie werde ich schon einen beschaffen«, murmelte Lisbeth verstört.

»Solltest du das nicht tun, *bevor* du Maß nimmst, nicht *danach?*«, fragte Eva nahezu verächtlich.

Lisbeth ließ das Maßband sinken. Die Worte, die ihr durch den Kopf gingen – Hast du kein Mitleid, hast du nicht gehört, dass mein Mann tot ist? –, schienen sich in ihrem

Kopf zu verknoten wie das Garn. Unmöglich konnte sie sie hervorbringen.

»Den Stoff kann ich besorgen«, sagte Conrad schnell.

»Ja, natürlich«, erwiderte Eva schrill, »ihr Amis habt ja genug zu essen, genug Stoff und genug Freiheit. Warum habt ihr sie uns bloß nicht schon früher gebracht?«

So klang es, wenn eine Schere auf Blech traf. So klang es, wenn Gefühle auf eine Seele aus Stahl trafen.

Lisbeth starrte sie schweigend an, konnte nicht länger Maß nehmen, konnte aber nicht einfach gehen. Und erst recht konnte sie nicht fragen, warum Eva so kalt und hart war, so grob und zornig.

Diese wusste auch so, was in ihr vorging. »Ihr wundert euch, warum ich kein Mitleid habe, nicht wahr?«, fragte sie. Lisbeth verharrte starr, Conrad aber nickte. »Nun, wenn die Vergangenheit ein schwarzer Tümpel ist und man gerade so den Kopf über dem schlickigen Wasser hält, braucht man beide Hände und Beine zum Strampeln. Man kann nicht noch etwas halten, das einen in die Tiefe zieht.«

»Mitleid ist doch kein Mühlstein«, sagte Conrad.

Evas Blick glitt zu ihm hinüber. »Das können Sie leicht sagen. Für Sie ist es ja auch ein Leichtes, an Stoff zu kommen. Wie viel weniger kostet Sie das Mitleid als unsereins.«

Lisbeth hörte jenen Neid aus Evas Stimme, den sie selbst schon oft gefühlt hatte: Du bist nicht zerstört, du bist noch nicht einmal beschädigt. Wie anmaßend, wie gemein, uns vorzuleben, dass es noch unversehrte Menschen gibt. Jetzt fühlte sie nicht diesen Neid, hatte nur das Bedürfnis, Conrad in Schutz zu nehmen – weil er nichts dafür konnte, was immer Eva widerfahren war.

»Wer um Himmels willen bist du?«, fragte sie.

Evas Blick fuhr zu ihr herüber, umwölkte sich. »Das weißt

du doch längst. Oder vielmehr könntest du es längst wissen. Ich habe alles über mich gesagt, was es zu sagen gibt.«

»Du hast gar nichts gesagt!«

»Hab ich wohl«, beharrte Eva. »Zu Rieke!«

»Rieke weiß, wer du bist?«, fragte Lisbeth verstört.

»Ich habe ihr all die Märchen erzählt«, stieß Eva hervor.

Ihre Seele mochte zwar aus Stahl sein, aber Stahl konnte man schmelzen, vorausgesetzt dass man Feuer hatte, Stahl konnte man auch verformen, vorausgesetzt dass man Amboss und Hammer hatte.

Die Märchen ... Rumpelstilzchen mit der hässlichen Hakennase. Rumpelstilzchen, das nicht so böse war wie man dachte. Und die Geschichte mit der Truhe, die so groß wie ein Raum war ... der Riesin, die herumschlich. *Ich rieche, rieche Menschenfleisch ...*

Lisbeth wusste nicht, wie sie dahinkam, stand nur plötzlich an Evas Schlafstatt. Immer noch deckte sie sich mit nichts weiter als einem altrosafarbenen Vorhang zu. Immer noch befanden sich ihre Halbseligkeiten in leeren Konservendosen, darunter der leuchtend rote Schal.

»Woher ... woher hast du den?«, fragte sie, obwohl diese Frage von allen, die sie hätte stellen können, die am wenigsten drängende war.

Eva beantwortete sie trotzdem. »Eine Frau hat ihn mir geschenkt«, murmelte Eva, »irgendwann Anfang der Dreißigerjahre, ich weiß nicht, wie lange die Machtübernahme damals schon zurücklag. Frankfurt war jedenfalls nicht mehr die Stadt der Juden und Demokraten, sondern die Stadt des deutschen Handwerks. Und ich habe gelernt, welches Handwerk die Frankfurter am besten beherrschten. Den Laden meines Vaters mit Wörtern wie ›Judensau‹ zu beschmieren nämlich, und das mit einer Farbe, die kaum abging. Was hat sich meine Mutter angestrengt. Man hat uns damals auch nicht mehr das Café an der Hauptwache betreten lassen.«

»Du bist Jüdin?«

Eva nickte, und plötzlich stand sie neben ihr, nahm den roten Schal, zerknüllte ihn. Ihr Lächeln wirkte, als hätte man mit einer Scherbe in der weißen Haut einen blutigen Schnitt gezogen.

»Genau genommen bin ich ein Mischling. Mein Vater war jüdisch, meine Mutter nicht. Meine ganze Kindheit über hatte ich von der Verwandtschaft meines Vaters gehört, ich sei eine Protestantin, eine *Goi.* Und dann war ich plötzlich doch Jüdin, und die Verwandtschaft verschwand. Ein Teil von ihnen ist rechtzeitig geflohen, mein Vater hingegen wollte nicht fliehen. Warum auch? Er war ja mit einer Nichtjüdin verheiratet. Meine Mutter wollte natürlich auch nicht fliehen als Arierin. Und ich wollte erst recht nicht fliehen, egal, ob ich nun eine ganze, eine halbe oder gar keine Jüdin war. Ich wollte vor allem eine Tänzerin sein.« Sie hatte den Schal ganz fest zusammengeknüllt. »Mein Vater hat mir immer verboten zu tanzen. Es schicke sich für eine anständige Frau nicht, sagte er immer. Aber jetzt war er ja beschäftigt, die Beleidigungen von seinem Laden abzuwaschen, und ich hatte so viel Zeit, die Straße hinauf- und hinunterzutanzen. Die Frau, die mir den roten Schal schenkte, sah mich dabei, hat ihn mir wohl nur geschenkt, weil er beim Tanzen so schön im Wind flattern würde. Wie ich gelacht habe. Wie ich mir dachte: Jetzt … jetzt ist meine Zeit. Vater ist zu abgelenkt, um mir das Tanzen zu verbieten. Das war er auch noch, als er kein Geschäft mehr hatte, als die Synagoge im Westend brannte, als sie alle jüdischen Männer zusammentrieben. Ein paar liefen davon, mein Vater indes hielt nichts vom Laufen, er hielt ja ebenso nichts vom Tanzen. Ich weiß nicht, wohin genau sie ihn brachten, ich weiß nur, dass meine Mutter weinte und dass ich dachte: Nun bin ich endgültig frei. Nie wieder wird mir jemand sagen, was ich tun darf und was nicht.« Sie schluckte schwer. »Wie dumm ich war. Wie selbstsüchtig. Zwei Jahre, nachdem der Krieg ausgebrochen war, musste selbst ein Mischling wie ich den Davidstern tragen. Er passt nicht zu dem roten Schal, dachte ich, er passt nicht zum Tanzen. Ich dachte immer noch an nichts anderes. Meine Mutter dachte hingegen rechtzeitig über ein Versteck nach, als die Deportationen begannen. Ich lebte erst in ihrer Dachkammer, und nachdem sie starb, lebte ich im Kartoffelkeller ihrer Schwester. Es war so kalt da unten und so feucht. Ich durfte keinen Ton von mir geben, ich durfte nicht tanzen. Ganz ruhig musste ich sitzen und konnte mir nur mehr ausmalen zu tanzen. Irgendwann waren selbst meine Gedanken wie gelähmt, doch dann kam die große Bombennacht, und ich bin ins Freie gelaufen, und das Erste, was ich gemacht habe, war, mich zu drehen. Aber meine Füße waren so steif, ich bin gestolpert, gefallen. Ein Wunder, dass ich in dieser Nacht nicht verbrannt bin. Ich habe nur den Davidstern in die Flammen geworfen, mich selbst habe ich irgendwie gerettet und den roten Schal. Leider nützt er mir nichts. Ich bin nur eine halbe Jüdin, ich bin nur eine halbe Tänzerin. Nichts bin ich ganz, nichts kann ich richtig.«

Sie verstummte, versteckte ihr Gesicht hinter dem roten Schal, und Lisbeth beneidete sie darum, weil sie sich ebenso gern verborgen hätte – die Hilflosigkeit, die sie ob des fremden Leids fühlte, die Hilflosigkeit, die sie ob des eigenen Leids fühlte. Ich kann auch nichts richtig, dachte sie, nicht richtig trauern, nicht richtig trösten. Nur etwas Falsches machen, das konnte ich – damals, nach der Machtergreifung.

Sie hatte niemandem einen roten Schal geschenkt. Sie hatte …

Was zählte schon, was sie getan hatte? Doch nichts in dem Moment, da Conrad plötzlich vor ihr stand, ihr die Flasche Apfelwein in die Hand drückte und sie einen Schluck davon nahm. Er belebte sie, obwohl er wie Essig schmeckte.

»Auch Essig kann den Durst löschen«, murmelte sie, »auch aus etwas Halbem kann man etwas Ganzes machen. In den letzten Monaten hatten wir nie einen ganzen Ballen Stoff, noch nicht mal einen halben. Und deswegen haben wir Dutzende von Flicken zusammengenäht. Das macht doch nichts. Hauptsache, am Ende muss niemand nackt herumlaufen.«

Eva ließ den Schal sinken, hob den Blick. »Keine Kleidung kann verbergen, was ich bin. Vielleicht bin ich ja eine richtige Tänzerin – allerdings eine Totentänzerin, die sich auf den Gräbern ihrer Familie dreht, obwohl es noch nicht einmal Gräber gibt und obwohl mein Vater das Tanzen hasste. Ich habe ihn manchmal auch gehasst, weil er so streng war, und jetzt ist es zu spät, ihn zu lieben. Weil ich mich damals, als sie ihn geholt haben, frei fühlte, werde ich niemals wieder frei sein können. Ich werde mich nie wieder auf einem Fleckchen Erde drehen können, unter dem keine Toten verwesen.«

Lisbeth nahm noch einen Schluck Essig, obwohl ihre Kehle brannte, dachte an Richard, nackt bis auf die Haut, nackt bis auf die Knochen, ein Schal würde nicht ausreichen, ihn zu bedecken, er reichte noch nicht einmal, um Evas nackte Seele zu schützen. Aber vielleicht war es gar nicht schlimm, nackt zu sein – sie hatte sich ja auch nicht geschämt, als Conrad ihre Brüste gesehen hatte. Warum sollte sie sich jetzt schämen?

»Ich … ich habe es so gehasst, ins Theater zu gehen.«

Eva sah sie verwundert an. »Was sagst du da?«, entfuhr es ihr.

»Ja«, bekannte Lisbeth leise, »ich habe es gehasst, ins Theater zu gehen. Ich habe es gehasst, Konzerte zu besuchen, weil ich von klassischer Musik nichts verstehe. Und mit

Rilke-Gedichten konnte ich nie etwas anfangen. Das habe ich Richard nur nie gesagt.« Sie atmete tief durch. »Als er in mein Leben trat, war ich so verloren. Alles war dunkel in mir … Ich habe mich an das festgeklammert, was der Führer sagte, und dann hat Richard mich gehalten, nicht nur beim Rollschuhlaufen. Eigentlich hatte ich Angst vor dem Rollschuhlaufen, aber es war schön, mit ihm Zeit zu verbringen. Und eigentlich war es mir egal, was genau er mir später vorlas, es war schön, seine Stimme zu hören. Als er mich zu den Römerberg-Festspielen mitnahm, wäre ich lieber ins Kino gegangen, doch Richard fand das zu banal. Also traute ich mich nicht, ihm das vorzuschlagen. Bis zum Schluss ahnte er die Wahrheit nicht. Er wollte mir das Bändchen mit den Rilke-Gedichten dalassen, ich wusste indes, ich würde sie ohnehin nicht lesen. Ich habe das letzte Geschenk, das er mir jemals machen wollte, ausgeschlagen. Und jetzt ist es zu spät, Richard ist tot, das Gedichtbändchen ist verloren, und ich bin allein ins Kino gegangen vor der ersten großen Bombennacht und habe mich amüsiert. Seitdem muss ich immer denken, dass die Bomben die Strafe waren. Ich kann nicht aufhören, mich schuldig zu fühlen.«

»Das ist doch Unsinn«, sagte Eva barsch.

»Unsinn ist ebenso, dass dein Vater starb, nur weil du tanzen wolltest. Das eine hat mit dem anderen nichts zu tun. Er hat dich nicht wirklich verstanden, und jetzt ist er tot, und Richard hat mich auch nicht wirklich verstanden, und jetzt ist er tot. Ich kann ihm weder die Wahrheit sagen noch mich bemühen, doch noch Freude am Theater, an Konzerten, an Rilke zu finden. Vielleicht ist das nicht meine Schuld, aber in jedem Fall ist es etwas, das nie wieder heil wird, nie wieder ganz. Etwas, aus dem man nichts Nützliches machen kann wie aus Flicken ein Kleid.«

Lisbeth reichte die Flasche Apfelwein an Eva weiter, und die nahm einen Schluck. Nachdem sie getrunken hatte, ließ sie sich auf den rosafarbenen Vorhang fallen und Lisbeth setzte sich neben sie. Nur Conrad stand, mit dem Maßband – nein, dem verknoteten Stück Garn, das sie als Maßband verwendeten – da. Dann begann auch er zu sprechen.

»Mein Bruder ist tot«, sagte er, hielt kurze inne, berichtigte sich. »Mein Bruder ist gefallen.« Wieder hielt er inne. »Man könnte denken, das macht keinen Unterschied, es kommt doch aufs Gleiche raus. Aber für meinen Vater macht es sogar einen riesigen Unterschied. Dass mein Bruder im Krieg starb, macht ihn zu einem Helden. Er war immer ohne Fehl und Tadel. Er war ein guter Schüler, er ging zur Militärakademie, er hatte sich freiwillig gemeldet. Selbst dass er fiel, ist in den Augen meines Vaters richtiger, als dass ich lebe.«

Lisbeth hob den Blick, sah Trauer, Verzweiflung, auch ein wenig Trotz in Conrads Zügen. Es reichte nicht, um aus seinem Gesicht ein hässliches zu machen. Es reichte nicht, um daraus ein kaputtes zu machen.

Ach was, lag es ihr deshalb auf der Zunge zu sagen, an dir ist immer noch viel zu viel richtig.

Nur ganz sicher war es falsch, an seinem Leid Maß zu nehmen wie an seinen Schultern und Armen. Selbst wenn seines kleiner als ihres und ihres kleiner als Evas wäre – was zählte das schon, wenn es in diesem Augenblick doch nur ums Aussprechen und Zuhören ging, nicht ums Trauern und Trösten.

»Ich war nie ein Held, ich war immer nur Mommys Darling«, fuhr Conrad leise fort. »Ich ging nicht zur Militärakademie, ich wollte noch nicht einmal Anwalt werden. Stattdessen machte ich ein Praktikum bei der *Washington Post* für fünfundzwanzig Dollar die Woche. Wie lächerlich, sagte mein Vater, während meine Mom stolz auf mich war. ›Du kannst alles sein, was du willst‹, sagte sie, die einst selbst die Madeira School in Virginia besucht hatte und dort von der Direktorin eingebläut bekommen hatte, dass Gott eine Frau ist. Nun ja, vielleicht kann ich ein Journalist sein, vielleicht kann Gott eine Frau sein oder jede Frau Gott, aber eins werde ich nie sein können – der Lieblingssohn meines Vaters. In seinen Augen bin ich ein Feigling, der nur die Feder richtig halten kann, nicht das Gewehr. Wenn so ein Mensch im Krieg stirbt, fällt er nicht, er kommt um. Ich kam noch nicht mal um, ich kam wieder nach Hause, ganz anders als Johnny. Und seitdem schweigt mein Vater. Er kann nicht zu mir sagen: ›Warum ist er tot, nicht du?‹ Er kann nicht zu meiner Mutter sagen: ›Warum ist dein Liebling am Leben, nicht meiner?‹ Und meine Mutter schweigt, weil sie seine Trauer nicht mit ihrer Erleichterung beschmutzen will. Sie leben in unserem New Yorker Stadthaus auf zwei Etagen. Bei meinem letzten Besuch ging ich zwischen den Etagen hin und her, schwieg mit dem einen, schwieg mit der anderen. Ich war so erleichtert, als ich endlich nach Europa aufbrechen durfte, obwohl es hier kaum Häuser mit zwei intakten Etagen gibt, in die sich die Menschen verkriechen können. Weil hier das Vergehen, ein Gewehr nicht richtig halten zu können und zu leben, so lächerlich gering ist, gemessen an der Schuld jener, die ihre Gewehre nicht nur richtig gehalten, sondern auch damit gemordet haben. Weil es manchmal erträglicher ist, das Kaputte zu sehen und zu hören, anstatt es bloß hinter dem Unversehrten zu erahnen.«

Er brach unvermittelt ab, drehte sich um.

Ich habe seine Maße nicht aufgeschrieben, ging es Lisbeth auf. Plötzlich war sie sich sicher, dennoch einen Anzug nähen zu können, der ihm passte. Sie kannte seinen Körper, sie kannte seine Seele, und die Seele war – was immer er sagte –

zwar noch glatt, aber immerhin nicht so glatt wie ein nutzloser roter Seidenschal, nicht so glatt wie ein Spiegel, in dem man etwas Schöneres sieht, als es in Wirklichkeit gibt.

»Nun ja«, sagte Eva trocken, »wenn du nach Menschen suchst, die mit ihren Gewehren gemordet haben, bist du hier fehl am Platz. Hier gibt's noch nicht einmal genügend Stoffe, geschweige denn Waffen.«

Alles kann zu Waffen werden, dachte Lisbeth, auch Worte. Aber Worte konnten nicht nur verwunden – sie konnten ebenso heilen. Zumindest ein bisschen.

»Wer ist schon da, wohin er gehört?«, bemerkte Lisbeth. »Und wer macht schon das, was er will? Du nähst, anstatt zu tanzen, Conrad wird Stoff für einen Anzug und vielleicht noch mehr für neue Kleider beschaffen, anstatt zu schreiben, und ich hocke hier und nehme Maß, anstatt nach Hause zu gehen und meinen Kindern zu sagen, dass ihr Vater tot ist und dass er bis zuletzt nicht wusste, was mir Spaß macht. Sei's drum. Gemeinsam machen wir das Modehaus König wieder groß, nicht wahr?«

Conrad ließ das verknotete Garn sinken. »Das machen wir«, sagte er leise, »aber nicht mehr heute.«

»Heute trinken wir nur mehr den Essigwein aus«, sagte Eva und nahm noch einen Schluck, ehe sie Conrad die Flasche reichte.

RIEKE

1972

Das Modehaus König stand vor dem Ruin, aber niemand sprach es aus. Noch nicht einmal Martin und seine überstürzte Abreise, die man eigentlich als Flucht bezeichnen musste, fanden bei meinem ersten Besuch Erwähnung. Das Einzige, das verriet, wie angespannt Walter Heinemann war – schon sein Großvater hatte als Prokurist im Modehaus König gearbeitet –, waren die winzigen Schweißperlen auf seiner Stirn. Regelmäßig zückte er sein Taschentuch und tupfte sie ab, wobei das natürlich auch dem Zweck diente, seine Miene zu verbergen, wenn ich mal wieder eine Frage stellte. Nicht dass ich das sofort tat. Zunächst spielte ich brav das Stück mit: Wir sind zwar mit einem Eisberg kollidiert, aber noch wird Musik und erst ganz am Ende *Näher, mein Gott, zu dir* gespielt.

»Wäre ich Musiker auf der *Titanic* gewesen«, hatte Joachim mal gescherzt, »hätte ich nicht mehr Geige gespielt, sondern Whiskey auf Eis getrunken – das hätte irgendwie Stil gehabt. Und Witz.«

Sich Joachim mit Whiskey auf Eis vorzustellen, war schon an sich ein Witz – ob auf der Titanic oder nicht. Was Härteres als Rotwein trank er nicht. Ich ebenfalls nicht, an diesem Tag begann ich mich dennoch insgeheim nach Whiskey zu sehnen, gerne auch ohne Eis, um deutlich selbstbewusster und nicht mit Mäuschenstimme zu verlangen: »Können Sie mir die Bilanzen zeigen?«

Bis dahin hatten Walter Heinemann und ich so getan, als würde ich dem Modehaus einen reinen Höflichkeitsbesuch abstatten. Erst jetzt kämpfte ich um jene ausdruckslose Miene, mit der ich bereits die vielen Einwände Joachims (Du willst die Geschäftsführung übernehmen? Ja, was denkst du dir überhaupt! Du hast doch keine Ahnung vom Geschäft! Und wer kümmert sich um Marlene? Wie willst du denn das alles schaffen?) abgeblockt hatte. Auf Walter Heinemann übte sie leider nicht die erwünschte Wirkung aus. Während Joachim am Ende unserer Dispute immer erschöpft schwieg, tupfte er sich einmal mehr die Schweißperlen ab, ehe er freundlich fragte: »Wie wär's denn fürs Erste mit einer kleinen Führung?«

»Ich kenne das Modehaus von Kindesbeinen an.«

»Ich kann mich nicht erinnern, dass Sie in letzter Zeit hier gewesen wären. Es hat sich viel geändert.«

Ich nickte zögernd, denn zu früh die Bilanzen zu Gesicht zu bekommen, erschien mir eigentlich als eine größere Herausforderung, als zu spät nach Hause zu kommen. Ich hatte überlegt vorzukochen, aber am Ende war etwas im Einkaufswagen gelandet, das ich noch nie gekauft hatte – ein Fertiggericht. Nun gut, Rinderfilet Wellington bereitete ich regelmäßig mit Tiefkühlblätterteig zu, aber Kartoffelklöße von Pfanni hatte ich noch nie aufgetischt.

»Ich will aber Pasta asciutta«, hatte Marlene erklärt.

»Nicht heute Abend. Außerdem kriegst du bei Helga bestimmt Kuchen.«

Helga Reinhardt – die Patentochter meines Vaters Richard, die einst auf der ersten Modenschau des Modehauses König nach dem Krieg hätte laufen sollen, dann aber zum Bahnhof hatte eilen müssen, um ihren Vater Michael heimzuholen – passte manchmal auf Marlene auf. Sie war unverheiratet und kinderlos. In ihrer Wohnung roch es immer nach Tabak, obwohl sie behauptete, nicht zu rauchen. Sie behauptete des Weiteren, sehr gern auf Marlene aufzupassen, und weil mir keine bessere Lösung eingefallen war, hinterfragte ich das nie. Als ich Joachim erklärt hatte, ein paar Stunden zu brauchen, um mir einen Überblick zu verschaffen, hatte der nämlich entrüstet erklärt: »Ich soll einen Nachmittag frei machen? Ja, wie stellst du dir denn das vor?«

Marlene mochte Helga nicht, weil sie vorzugsweise Geschichten von Kindern erzählte, denen Finger abgeschnitten wurden – und zwar nicht nur der Daumen wie bei Konrad im *Struwwelpeter*, nein, *alle* Finger. Aber sie blieb immer noch lieber bei Helga als einen Nachmittag im Kindergarten, wo ich sie bislang immer gleich nach dem Mittagessen abgeholt hatte. Die Kinder, die länger blieben, mussten dort in einem separaten Raum auf maroden Feldbetten schlafen, und als Joachim Marlene das erste und bislang einzige Mal abgeholt und einen Blick darauf geworfen hatte, hatte er gemeint: »Da haben sie ja noch in Stalingrad weicher gelegen.«

Ich fand zwar nicht, dass man über Stalingrad Witze machen sollte – ebenso wenig wie über den Untergang der *Titanic* –, ich verstand dennoch, dass Marlene stolz auf ihren Status als »Mittagskind« war.

Hoffentlich erzählt Helga ihr heute keine Geschichten von abgeschnittenen Fingern, dachte ich, während ich Walter Heinemann durchs Modehaus folgte. Und hoffentlich raucht sie nicht vor dem Kind Pfeife.

Dass ich so unkonzentriert war, lag im Übrigen nicht nur an der Sorge um Marlene, sondern daran, dass Walter Heinemann einen langen Vortrag über den eigenen Werdegang hielt. Zunächst war er nach seiner Lehre im Textilfach nur für die Herrenabteilung zuständig gewesen, später für den Einkauf. Nach und nach hatte er sämtliche Abteilungen durchlaufen und sich auf diese Weise hochgearbeitet. Dass er mit etwas trotzigem Unterton hinzufügte, ihm würden noch drei Jahre bis zu seiner Pensionierung fehlen, konnte man auf zweifache Weise deuten. Entweder als Hinweis darauf, dass man sein ganzes Leben in diesem Modehaus zu arbeiten hatte, ehe man sich anmaßen durfte, es zu führen, oder als Vorwurf Martin gegenüber, der mit seiner Weltreise doch noch diese drei Jahre hätte warten können.

Ich fragte mich zwar nicht, warum Martin die Flucht aus seinem Leben nicht vertagt hatte, jedoch, was ihn wohl geritten hatte, als er das bis dahin überschaubare Modehaus vor fünf Jahren deutlich vergrößert hatte. Vierhundert zusätzliche Quadratmeter Verkaufsraum waren geschaffen worden, was eine Erweiterung der Straßenfront um fünfzig Meter und eine Vergrößerung des Schaufensterbereichs um hundert Quadratmeter mit sich gebracht hatte.

Walter Heinemann ratterte die Zahlen fachmännisch runter, wischte sich hinterher angesichts dieser Anstrengung aber wieder die Stirn ab. Ich konnte ihm das nicht verdenken, brach mir doch hier in der Damenabteilung im Erdgeschoss selbst der Schweiß aus angesichts der unglaublich vielen Mäntel in Grau und Bleu und einer undefinierbaren Farbe, die mich an die Kartoffelklöße von Pfanni erinnerte. Einen Ozelotpelzkragen hatte keiner dieser Mäntel, nur ein Cape war mit etwas verbrämt, das mich an ein totes Meerschweinchen denken ließ.

Soeben schwatzte eine Verkäuferin einer Kundin dieses Cape auf, die, sobald sie es sich umlegte, dem kleinsten von Schneewittchens Zwergen glich. Trotzdem redete die Verkäuferin mit lauter und deutlicher Stimme weiter auf die Arme ein, ein wenig so, als würde sie mit einem kleinen Kind sprechen, wobei die Erzieherinnen in Marlenes Kindergarten ihren Einschlafbefehl zugegebenermaßen deutlich schnoddriger gaben. Ganz sicher würden sie auf ein zehnfaches »Bitte schön!« und »Danke schön!« verzichten, wenn sie die Kinder aufforderten, ruhig auf den maroden Feldbetten zu liegen. Nur was ihren Blick anbelangte, konnte die Verkäuferin hinsichtlich Stalingrad mithalten. Dieser suggerierte nämlich nichts Geringeres, als dass auf Verweigerung des Capes die Todesstrafe stand.

»Alle unsere Verkäuferinnen haben eine Spezialausbildung erhalten«, erklärte Herr Heinemann, »sie lernen zu überzeugen, nicht zu überreden.«

Na, was für ein Glück, dass ich in einer Position war, in der ich zu nichts überredet werden musste. Allerdings überkam mich schon jetzt die Panik, wenn ich mir vorstellte, dass ich diese Verkäuferin eines Tages dazu überreden müsste, mit Kundschaft anders zu sprechen als mit Minderjährigen oder Debilen. Allein deswegen hätte ich mich auch gern unter einem Cape verkrochen und einen Zwerg gespielt, und dass Walter Heinemann zu einem neuerlichen Vortrag anhob, minderte den Wunsch, mich irgendwo zu verstecken, nicht im Geringsten. Er pries nun nicht mehr die eigenen Erfahrungen, sondern die Vorzüge der neuen Drehständer als Warenträger an. Sie liefen auf Kugellagern, die es in einfacher oder in zweireihiger Ausführung gab, die in jedem Fall aber verchromt, brüniert und somit besonders dauerhaft waren.

Das Wort »brüniert« hatte ich nie gehört. Wahrscheinlich würden Marlenes Erzieherinnen dafür töten, wenn man Gleiches auch von den Feldbetten im Kindergarten behaupten könnte.

»Unsere zahlreichen Spiegel ergeben eine große Raumtiefe, indem sie die Wand- und Vorhangflächen auflockern«, fuhr Heinemann fort. »Und nicht weniger wichtig ist eine richtig dosierte Beleuchtung. Wir haben in allen fünfundzwanzig Probierkabinen Spezialspiegelleuchten von Zeiß-Ikon, die für ein klares, aber nicht zu grelles Licht sorgen.« Ich fragte mich, wie ich wohl unauffällig in eine der Probierkabinen flüchten könnte – die Zeiß-Ikon-Leuchte konnte gern abgeschaltet bleiben. Oder wie ich Herrn Heinemann sein Tüchlein entreißen könnte, weil ich immer stärker schwitzte, wenn auch nicht auf der Stirn, sondern im Nacken. Allerdings brauchte er es selbst, galt es doch nun, den Weg in den ersten Stock zurückzulegen, wo sich die Änderungsschneiderei befand – strikt geteilt diese in Damen- und Herrenabteilung. Heinemann klang sehr stolz, als er mir erklärte, dass die hier angestellten Damen entweder ausgebildete Herren- oder Damenschneiderinnen seien, man es also mit echten Profis zu tun hätte. »Schneiderinnen, die von sich behaupten, beides gleich gut zu beherrschen, kann man schließlich nicht trauen.«

Ich kam nicht umhin, mir vorzustellen, welchen Blick meine Mutter ihm jetzt zugeworfen hätte. Sie hatte einst nicht nur *aus* allem etwas nähen können – ob aus alten Seemannssäcken oder Luftmatratzen –, sondern erst recht *für* alle, ob Männlein, Weiblein oder Zwerglein. Doch Heinemann stellte mir mittlerweile die Schneiderinnen vor, die gerade Nähte auftrennten oder anfertigten. Sie blickten nicht so streng wie die Verkäuferin, verzichteten sowohl auf ein hundertfaches »Bitte schön« und »Danke schön«, ja, begrüßten mich noch nicht mal. Wahrscheinlich war nicht vorgesehen, dass sie den Mund öffneten, und wenn doch, so durften sie allenfalls über die richtige Schulterpolsterung sprechen. Wahrscheinlich war es auch nicht vorgesehen, dass ich den Mund aufmachte, denn bevor ich etwas sagen konnte, führte mich Heinemann ein weiteres Stockwerk höher, wo sich die Dekorationswerkstatt befand. Bevor ein Schaufenster entsprechend dekoriert wurde, wurde die Gesamtwirkung des Entwurfs in einem sogenannten Musterschaufenster erprobt, und soeben wurde in diesem eine Gardine kunstvoll um eine Säule drapiert. Was am Ende aussehen sollte wie versehentlich hingeworfen, war ein streng geplantes Meisterwerk, für das zig Stecknadeln, die natürlich unsichtbar bleiben mussten, benötigt wurden.

»Unsere Mitarbeiter hier stehen unter enormem Zeitdruck«, erklärte Heinemann, »unser Zeitplan sieht vor, dass die Schaufenster innerhalb von acht Tagen neu entworfen, ausprobiert und fertiggestellt werden.«

Während die eine Dekorateurin mit jenem Faltenwurf beschäftigt war, der einen römischen Senator neidvoll hätte erblassen lassen, zog eine andere einer Schaufensterpuppe nicht nur ein Kostüm an, sie drückte ihr obendrein einen Kochlöffel in die Hand.

»Wer kocht denn in einem Pepitakostüm?«, entfuhr es mir. »Oder ist der Kochlöffel nur dazu da, dem Mann auf die Finger zu schlagen?«

Joachim hätte jetzt schallend gelacht, Heinemann sah mich nur befremdet an. »Wir haben die Erfahrung gemacht, dass die Kunden es überaus schätzen, wenn wir in den Schaufenstern möglichst alltägliche Situationen abbilden.«

Und deswegen werden Stoffe um Säulen drapiert, schon klar, dachte ich. Laut sagte ich nur: »Haben Sie schon mal etwas anderes ausprobiert?«

»Warum sollten wir, wenn die Kunden damit zufrieden sind?«

»Und wie merkt man, dass die Kunden zufrieden sind? Die

Umsatzzahlen sind in den letzten Monaten deutlich zurückgegangen.«

Er sah mich vorwurfsvoll an und beneidete die Schaufensterpuppe wohl um den Kochlöffel, mit dem er mir sicher gern auf den vorlauten Mund geschlagen hätte. Ohne diesen musste er sich damit begnügen, mir den Weg ins nächste Stockwerk zu weisen und eine Weile im Treppenhaus zu verharren, um mir die Vorteile der Luftumwälzanlage im Tiefparterre und der Be- und Entlüftungsanlage im Parterre vor Augen zu halten. »Aber die wollen Sie doch nicht sehen, oder?«

»Nein«, erklärte ich, »ich möchte die Verwaltungsräume aufsuchen.«

Der kurze Anflug von Trotz war verflogen, und insgeheim sehnte ich mich nun selbst danach, starr im Schaufenster zu stehen und einen Kochlöffel zu halten, anstatt zu erfahren, wie die Rohrpostanlage, die die Post zwischen Wareneingang, Kasse und Verwaltung beförderte, funktionierte.

Zwischen Lagerverwaltung und Geschäftsführung gab es offenbar keine Rohre, weil sich deren Büros nebeneinander befanden. Das des Lagerverwalters war winzig, das Chefbüro, in dem bis vor Kurzem Martin gesessen und das sich Heinemann nun angeeignet hatte, war hingegen mindestens halb so groß wie die Damenabteilung. In der Mitte des Raumes stand ein breiter Tisch mit mächtigen Metallfüßen, auf dem sich ein Lautsprecher mit zig Knöpfen, ein Telefon mit Drehscheibe, außerdem diverse Aktenordner und Unterlagen befanden.

»Verzeihen Sie die Unordnung, aber meine Sekretärin heiratet«, erklärte Heinemann.

»Das heißt, sie ist mit dem Kopf eher beim Blumenschmuck und Hochzeitsmenü als bei der Arbeit?«, fragte ich.

Wieder traf mich ein befremdeter Blick. »Selbstverständlich hat sie nach der Verlobung sofort gekündigt. Ersatz muss noch gefunden werden, die Aushilfskraft ist leider nicht sehr verlässlich. Dass Frau Behrends uns verlassen hat, ist übrigens gleich doppelt schade. Sie hatte eine tadellose Figur.«

»Und die muss man als Sekretärin haben?«

»Nein, sie hat sich bestens für unsere Modenschauen geeignet. Eigentlich führen unsere Verkäuferinnen ja die neueste Kollektion vor, Frau Behrens ist eingesprungen, wenn ein Engpass bestand. Nun ist das ja leider nicht mehr möglich.«

Ich atmete tief durch, ignorierte, dass er sich zwar bräsig hinter seinen Schreibtisch gesetzt, mir jedoch keinen Stuhl angeboten hatte, und erklärte energisch: »Ich will jetzt die Bilanzen sehen, um mir ein Bild zu machen, wie schlimm die Lage ist.«

Endlich war es ausgesprochen. Aber Herr Heinemann wollte weder keinen Whiskey auf Eis trinken noch *Näher, mein Gott, zu dir* anstimmen, er war offenbar der Meinung, es gäbe genügend Rettungsboote.

»Nun ja, in den letzten Monaten haben wir etwas geschwächelt … der Versandhandel hat uns zugesetzt.«

»Den Versandhandel gibt es seit zwanzig Jahren.«

»Nun ja, wir müssen zudem mit Versandkaufhäusern wie Neckermann konkurrieren …«

»Neckermann hat vor fünfzehn Jahren in Frankfurt eine Filiale eröffnet, oder?«

Er ließ sich schwer zurückfallen, woraufhin der Bürostuhl quietschte. Vielleicht war es die Aufgabe von Frau Behrends gewesen, ihn zu ölen.

»Wollen wir diese Angelegenheit nicht besprechen, wenn Ihr Mann dabei ist?«, fragte er gedehnt.

»Mein Mann arbeitet bei einer Versicherung. Er hat keinerlei Erfahrung, ein Modehaus zu führen.«

»Haben Sie denn Erfahrung?«

»Ich … habe in den letzten Wochen viel Zeit in der Stadtbibliothek verbracht, habe viele Bücher über Betriebswirtschaftslehre gelesen und mir einige Gedanken gemacht. Ich würde gern über diverse Themen sprechen – über Einkauf, Musterung, Preisstellung.« Ich schluckte schwer, hoffte, dass er mir nicht anmerkte, wie oft ich bei der Lektüre an meine Grenzen gestoßen war, mich in die Zeit zurückversetzt gefühlt hatte, da ich an Lateinklausuren verzweifelt war. Trotzdem fuhr ich energisch fort: »Ich denke, um eine Umstrukturierung werden wir nicht herumkommen. Die Änderungsschneiderei erscheint mir beispielsweise unterbesetzt, die Dekorationsabteilung überbesetzt. Ich weiß, ich weiß, bislang galt das Motto: Ein gutes Schaufenster soll einem Bühnenbild gleichen. Aber die Beschäftigung von so vielen Grafikern und Malern kostet viel Geld.«

»Wir haben unlängst das Preisausschreiben vom Verband der Einzelhändler für das beste Schaufenster gewonnen!«

»Das rettet uns nicht vor dem Bankrott.« Heinemanns rechtes Augenlid begann zu zucken. »Was uns stattdessen rettet, weiß ich leider auch noch nicht«, fuhr ich fort. »Ich glaube dennoch, wir sollten in verschiedene Richtungen denken, zum Beispiel die Herrenabteilung schließen und dafür eine Jugendabteilung eröffnen oder im Eingangsbereich kleinere Artikel wie Wäsche, Schals und Handschuhe anbieten. Nicht jede dieser Ideen mag eine gute sein, aber über jede dieser Ideen würde ich mich gern austauschen.« Und ich würde dafür gern sitzen, fügte ich hinzu – leider nur in Gedanken.

Herr Heinemann hingegen wollte keineswegs mehr sitzen. Er stand auf, trat vor den Schreibtisch und baute sich vor mir auf.

»Ihr Bruder ist leider nicht zu erreichen.«

»Das stimmt«, sagte ich und hasste mich für meine piepsende Stimme. »Meine Schwester ist übrigens auch nicht zu erreichen, und meine Mutter hat andere Sorgen. Ich allein trage jetzt die Verantwortung für das Modehaus König.«

Ich war mir nicht sicher, wie ich es schaffte, ruhig stehen zu bleiben und seinem Blick zu trotzen. Ich wollte zum Ende kommen, ohne zu stammeln, doch ich war restlos erschöpft. Als Herr Heinemann mit nicht nur zuckenden Augenlidern, sondern zudem mit zuckendem Mund erklärte, er freue sich auf unsere künftige Zusammenarbeit, er werde die entsprechenden Unterlagen für meinen nächsten Besuch heraussuchen, an diesem Tag hätte ich ja gewiss nicht mehr genügend Zeit, ich sei schließlich Mutter einer Tochter, und als er überdies fragte, wie alt die kleine Marlene denn mittlerweile sei, da konnte ich nicht anders, als zurückzuweichen. Die einzige Entgegnung, die mir einfiel, war: Nein, auf mich warten keine Pflichten, die Kartoffelklöße kochen von ganz allein. Aber ich hatte eine Ahnung, dass ich Walter Heinemann mit einem Werbespruch von Pfanni nicht sonderlich beeindrucken konnte. Dass ich mir plötzlich vorstellte, wie die Kartoffelklöße auf winzigen Beinchen einen Satz auf den Kochtopf zumachten und ins kochende Wasser hüpften, machte die Sache nicht leichter. Marlene würde sich darüber kaputtlachen.

Ach, Marlene, dachte ich, du solltest nicht bei Helga und ihrer Pfeife sein, und ich sollte … eigentlich nicht hier sein.

»Na … na gut«, stammelte ich, »lassen Sie uns bei meinem nächsten Besuch die Details besprechen.«

Bis heute bin ich mir nicht sicher, ob ich das Chefbüro jemals wieder betreten und den Kampf ums Modehaus aufgenommen hätte, wenn ich im Treppenhaus nicht auf Ute Reinhardt gestoßen wäre. Dazu wäre es wiederum nicht gekommen, wenn die Luft nicht so stickig gewesen wäre. Ob es daran lag, dass die Be- und Entlüftungslage zu schlecht oder viel zu gut arbeitete – auf der Höhe der Änderungsschneiderei überkam mich jedenfalls Schwindel, und ich ließ mich auf eine der Stufen fallen.

»Hat dir Heinemann keinen Platz angeboten?«, nahm ich eine Stimme wahr. Ich hob den Blick, sah eine fremde Frau auf mich zukommen. Zumindest ließen die flachen Schuhe, die unförmige Hose und die ungewöhnlich kurzen Haare sie fremd erscheinen. Das Gesicht kam mir hingegen vertraut vor, das Gelächter erst recht. »Glaub mir, das ist typisch für ihn«, erklärte sie. »Vor allem die Frauen lässt er gern stehen. Und spricht sie beharrlich mit ›Fräulein‹ an, obwohl das letztes Jahr offiziell abgeschafft worden ist.«

»Ute!«, rief ich. »Was machst du denn hier?«

Ute war Helgas kleine Schwester. Obwohl man ihren Vater Michael nach seiner Heimkehr aus der russischen Kriegsgefangenschaft mit einer Schubkarre durch Frankfurt hatte schieben müssen und seine Frau Mechthild oft behauptete, er sei danach zu nichts mehr zu gebrauchen gewesen – aus ihrem großen Dutt auf dem Hinterkopf hatten sich nach der Heimkehr stets noch mehr Strähnen gelöst als zuvor –, hatte er es immerhin geschafft, noch ein weiteres Kind zu zeugen. Früher hatte ich manchmal auf Ute aufgepasst, und wenn nicht auch Vera dabei gewesen war und Ute zu allem möglichen Unsinn angestiftet hatte, hatte mir das sogar Spaß gemacht. Einmal hatte ich sogar ein Theaterstück mit ihr und Helga einstudiert, wobei es mir eigentlich darum ging, die Kostüme zu nähen.

»Was ich hier mache?«, fragte sie. »Du weißt schon, dass ich im Modehaus König arbeite?«

Ich schüttelte den Kopf. Mit Helga hatte ich über die Jugendzeit hinaus Kontakt gehalten, und meine Mutter war immer noch flüchtig mit Mechthild befreundet, aber Ute hatte ich komplett aus den Augen verloren.

Sie setzte sich neben mich auf die Stufe. »Ich arbeite seit Kurzem hier als Warenbewirtschafterin.«

Ich blickte sie von der Seite an, und obwohl sie deutlich jünger war als ich, kam ich mir plötzlich viel unerfahrener, hilfloser vor. »Ich hatte keine Ahnung.«

»Wovon? Dass Martin mich eingestellt hat oder was eine Warenbewirtschafterin ist?«

Ich zuckte mit den Schultern. »Ich fürchte, beides trifft zu.«

»Martin hat mich nur eingestellt, weil meine Mutter deine Mutter darum gebeten hat. Er hat mir wohl nicht ernsthaft zugetraut, dass ich in dem, was ich tue, gut bin. Eine Frau, die Betriebswirtschaft studiert hat wie er – und das auch noch als Schnellste ihres Jahrgangs –, war ihm ziemlich suspekt.«

»Ach, mein konservativer Bruder …«

»Immerhin tuckert er jetzt durch Afghanistan«, sagte Ute grinsend. »Ich bin hier für die Planung des Sortimentaufbaus und die Produktauswahl zuständig. All dieses Gedöns halt … Ausgewogenheit des Sortiments, Preisaufbau, Warenaufbau, Stückzahlen, Bestände, Verfügbarkeit. Interessiert dich das überhaupt?«

»Ich fürchte, es muss mich interessieren«, sagte ich.

Ein flüchtiger Blick von Ute genügte, und alles brach aus mir heraus. Dass ich, nachdem Martin Frankfurt fluchtartig verlassen hatte, die Verantwortung an mich gerissen hatte. Dass Joachim damit ganz und gar nicht einverstanden war, jedoch nicht mir Vorwürfe machte, sondern Martin. Dass Heinemann mich wie einen Gast behandelte, den man nach ein, zwei Stunden wieder loswurde. Dass ich Kartoffelklöße von Pfanni gekauft hatte. Und dass Helga auf Marlene aufpasste.

»O Gott.«

»Was von allem findest du am schlimmsten? Dass ich keine Ahnung vom Geschäft habe oder dass ich meine Familie vernachlässige?«

»Fangen wir mit den simplen Sachen an. Warum ist Marlene bei Helga und nicht im Kindergarten?«

Ich öffnete den Mund, um ihr den Zustand der Feldbetten zu beschreiben, ahnte jedoch plötzlich, dass ich Ute damit nicht sonderlich schockieren würde. Bei den Märcheninszenierungen hatte sie damals nie die Prinzessin spielen wollen, noch nicht einmal den Prinzen, dafür immer den Drachen, der am Ende alle auffraß. Wahrscheinlich konnte so ein Drachen mühelos ein Feldbett verdauen.

»Mir ist niemand anderer als Helga eingefallen«, wich ich der Frage aus. »Mutti hat ohnehin schon so viele Sorgen, und Joachim hat nicht freibekommen.«

»Joachim *wollte* nicht freibekommen, oder?«

Ich seufzte. »Ich glaube, ich war verrückt, mir die Verantwortung aufzulasten.«

»Und ich glaube, wir sollten darüber nicht hier im Treppenhaus quatschen. Komm, ich zeige dir meine Lieblingskneipe.«

»Aber ich muss …«

»Du musst zu deinen Kartoffelklößen, ich weiß. Wenn der olle Heinemann dir die Bilanzen und den Geschäftsbericht gezeigt hätte, wärst du allerdings auch noch hier. Jetzt komm schon.«

Während wir das Modehaus in der Neuen Kräme verließen und über den Liebfrauenberg und die Zeil in Richtung Eschenheimer Turm marschierten, stiegen alle möglichen Kindheitserinnerungen auf, so an Utes Vater Michael, der, lange nachdem er und Mechthild sich getrennt hatten, manchmal zu uns nach Hause gekommen war und erklärt hatte, dass er die Kinder abholen wolle. »Mechthild hat sie

mir anvertraut, Mechthild gebe ich sie wieder zurück«, hatte Mutter immer erklärt. Meist hatte Michael sie nur schweigend angestarrt, aber einmal hatte er zu weinen begonnen. Und noch furchterregender war es gewesen, als er seine Hände vors Gesicht geschlagen hatte und deutlich zu sehen gewesen war, dass er kaum mehr Finger hatte. Ute mochte keine Angst vor Drachen haben, vor dem Vater hatte sie sehr wohl welche gehabt. Wenn er traurig wieder abgezogen war, hatte sie sich unter meinem Bett versteckt und sich über Stunden geweigert, wieder hervorzukommen. Damals war ich noch der Meinung gewesen, sie hätte sich nur vor den fehlenden Fingern gegruselt – erst später erfuhr ich von den Besäufnissen, den Prügeleien, den Heulkrämpfen und Drohungen, die mit Mechthilds Scheidung von Michael leider nicht geendet hatten.

Ute war mit ihren Gedanken ganz woanders. »Weißt du eigentlich, dass deine Großmutter Fanny seinerzeit ebenfalls versucht hat, sich mit Heinemann anzulegen? Also nicht mit Walter Heinemann, sondern mit seinem Großvater Gustav. Nur ihre Vornamen unterscheiden sie, borniert und konservativ ist der eine wie der andere.«

Ich konnte mich nicht erinnern, je davon gehört zu haben. »Woher weißt du das?«

»Na, meine Mutter war nicht nur mit deiner Mutter, sondern auch mit Alma befreundet, und natürlich hat sie Fanny gekannt. Zumindest hat sie ihr damals geholfen, Alma aus dem Knast zu holen.«

Das wurde ja immer verrückter. »Alma war im Knast?«, fragte ich fassungslos.

»Sie ist doch 33 oder 34 von der Gestapo verhaftet worden. Knast kann man das eigentlich ja nicht nennen, eher Folterkeller oder so.«

Obwohl ich davon keine Ahnung hatte, fiel mir zumindest wieder ein, dass Mechthild Reinhardt Rechtsanwältin gewesen war, sogar eine Frau Doktor, dass die Nazis ihr nach der Machtergreifung aber die Zulassung entzogen hatten. Nach dem Krieg hatte sie wieder arbeiten wollen, war jedoch an irgendwelchen anderen Schwierigkeiten gescheitert.

»Mutti hat nicht viel über die Vergangenheit gesprochen«, sagte ich leise.

»Und du hast nicht viel gefragt, oder?«

»Nein«, erwiderte ich, aber der herablassende Tonfall ärgerte mich, denn er erinnerte mich an Vera. Allerdings konnte ich schwerlich widersprechen.

Ich hatte keine Ahnung, wer meine Großmutter wirklich war und was Alma alles vor meiner Geburt erlebt hatte. Ich hatte keine Ahnung, wie man ein Modehaus führte. Und eigentlich hatte ich nicht mal eine Ahnung, warum ich das unbedingt wollte, nachdem Martin abgehauen war.

»Deine Großmutter muss eine tolle Frau gewesen sein«, schwärmte Ute. »Alma gegenüber hat sie offenbar behauptet, dass sie ›das kleine Schwarze‹ erfunden hat, nicht etwa Coco Chanel. Die hat sie übrigens kennengelernt – damals in Paris, als sie mit deinem Großvater zusammen war.«

»Georg König lebte in Paris?«, fragte ich erstaunt.

»Nein, ich meine deinen leiblichen Großvater. Lisbeth hat meiner Mutter mal von ihm erzählt. Albert hieß er oder Alexandre. Jedenfalls war es ein Name, bei dessen Klang allein dumme Frauen schwach werden.«

»Ich dachte, du hältst Fanny für eine tolle Frau, nicht für eine dumme«, wandte ich ein und war mir nicht sicher, was ich davon halten sollte, dass Ute mehr über meine Familie wusste als ich selbst.

»Was Männer anbelangt, sind wir doch alle dumm, oder?

Coco Chanel war das ja auch. Nur als Geschäftsfrau und Modeschöpferin war sie äußerst clever und kreativ. Nicht unbedingt sympathisch, aber das muss man ja nicht sein.«

»Und Fanny kannte Coco Chanel persönlich?«

»Meines Wissens sind sie sich mindestens einmal begegnet. Hast du davon wirklich noch nie etwas gehört?«

Ich zuckte die Schultern. »Ist doch nicht so wichtig, was in der Vergangenheit geschehen ist. Ich würde lieber wissen, was ich jetzt tun soll.«

»Ein Bierchen trinken wäre schon mal ein Anfang«, sagte Ute und schubste mich durch eine Tür in eine heruntergekommene Bahnhofstoilette. Zumindest sah die Kneipe wie eine solche aus.

Die Wände waren mit alten Zeitungen beklebt, und zwar sehr alten Zeitungen. Auf mindestens zweien war noch Hakenkreuze zu sehen, die entweder mit Blumen, dem Peace-Zeichen oder einem überdimensionalen Penis übermalt worden waren. An den klapprigen Tischen standen noch klapprigere Stühle – erstaunlicherweise brachen sie nicht unter uns zusammen, als wir uns setzten –, und an der Decke baumelten drei Glühbirnen, von denen nur eine auch einen Lampenschirm hatte. Bei genauer Betrachtung stellte sich der Lampenschirm als Regenschirm heraus. Das hätte meiner Mutter durchaus imponiert – weitaus weniger wäre sie davon angetan gewesen, dass man das Bier hier direkt aus der Flasche trank.

»Prost!« sagte Ute, nachdem sie etlichen Bekannten, die sie traf, zugewinkt hatte. Diese Bekannten waren im Übrigen allesamt Frauen.

»Warum sind hier eigentlich keine Männer?«, fragte ich.

»Die haben Hausverbot«, erklärte Ute, zwinkerte mir zu und nahm einen so großen Schluck, dass der Schaum über ihre Mundwinkel trat. Ich nippte nur am Bier – denn ob im Glas oder in der Flasche, eigentlich schmeckte es mir nicht.

Vage erinnerte ich mich daran, dass Martin mal über Frauenkneipen und Frauenkinos gelästert hatte.

»Wie erträgst du es eigentlich, als Waren … Warendingsbums ausgerechnet im Modehaus König zu arbeiten? Du siehst nicht aus, als würdest du freiwillig Ozelotpelzkragen tragen. Keine Frau hier sieht so aus.«

»Den Ozelot haben wir längst aus dem Programm genommen.«

»Die Kostüme in Bleu aber nicht.«

»So was würdest du doch auch tragen, gib's zu«, sagte Ute und verdrehte die Augen. »Allein, was du heute anhast.«

Ich blickte auf meinen schwarzen Rock und die weiße Buse, womit man – wie ich am Vormittag gedacht hatte – nichts verkehrt machen konnte.

»Wenn meine Großmutter wirklich das kleine Schwarze erfunden hat, habe ich damit dann nicht ins Schwarze getroffen?«, versuchte ich zu scherzen.

Ute ging nicht darauf ein. »Früher warst du immer so schick, hast so viele Klamotten selbst entworfen und genäht. Weißt du eigentlich, dass du immer mein Vorbild warst?«

»Dabei habe ich nie Drachenkostüme getragen«, sagte ich wieder mit einem Augenzwinkern, das Ute geflissentlich übersah.

»Mode hat nichts mit Verkleiden zu tun«, sagte sie ernst. »Das war auch Fanny König zuwider. Sie war offenbar der Meinung, dass Kleider die Wahrheit über einen Menschen sagen sollen, ihm nicht dabei helfen, eine Rolle zu spielen.«

Ich nahm noch einen Schluck vom Bier, konnte mich zwar nicht mit dem bitteren Geschmack anfreunden, hatte aber das Gefühl, dass er den drohenden Kopfschmerz vertrieb.

»Wie wär's, wenn wir nicht über meine Großmutter, sondern über dich sprechen würden?«, schlug ich vor.

»Was genau willst du wissen? Was ich fühle, was ich denke, in welche Richtung ich mich gern entwickeln möchte? Oder das, was stattdessen immer alle fragen: Ist schon ein Ehemann in Sicht? Und wann ist das erste Kind geplant?«

Ich fühlte mich ertappt. »Und?«, fragte ich trotzdem.

»Selbst wenn ich Familie hätte, wäre sie nicht das, worüber ich mich definieren würde«, erwiderte Ute nachdrücklich.

Ich zuckte zusammen, was auf einem wackligen Stuhl wie jenem nicht ratsam war, denn prompt knarrte es.

Die Frau, die uns das Bier gebracht hatte, rief uns über den Tresen zu: »Wollt ihr was zu futtern haben?«

»Ich nicht«, sagte ich schnell, und Gott sei Dank war Ute zu abgelenkt, um über die Kartoffelklöße, die zu Hause auf mich warteten, zu sticheln.

»Nein«, fuhr sie energisch fort, »ich glaube nicht, dass ich jemals einen Mann und Kinder haben will. Da bleibe ich lieber eine von den Zölibatären, wie's so schön heißt. Ist meine Schwester ja übrigens auch, wie du weißt. Kein Wunder, bei unserem Vater … Eine Ehe ist das Allerletzte, was wir wollen. Wer mit einem Psychopathen aufwächst, kann kein normales Männerbild entwickeln.«

»Psychopath? Ich denke, er war vor allem vom Krieg traumatisiert.«

»Das behaupten sie ja alle, die armen, unschuldigen Opfer. Aber du hast eben gesagt, wir sollen nicht über die Vergangenheit reden. Was die nahe Zukunft anbelangt, würde ich den ollen Heinemann rausschmeißen.«

Ich riss die Augen auf. »Rausschmeißen?«

Ute klopfte unruhig mit den Fingern auf die Tischplatte. »Du musst es ja nicht so nennen. Sprich eben vom vorzeitigen

Ruhestand. Solange der rumgeistert, spuckt er dir jedenfalls in die Suppe … Oder sollte ich eher sagen, er spukt, weil er ja ein Geist ist?«

»Eine Suppe und ein Modehaus haben nichts miteinander gemein.«

»Im Grunde schon. Die Mode, die aktuell im Modehaus König verkauft wird, ist so fad wie eine Suppe ohne Salz. Das ist übrigens das Zweite, was du tun musst: ein Profil entwickeln, das das Modehaus unverwechselbar macht. Wenn du mich fragst, ist es die Vergrößerung der Verkaufsfläche, die euch … die uns fast das Genick gebrochen hätte. Martin hat sich eingebildet, dass mit der Größe des Modehauses auch sein Umsatz wächst, aber Masse bieten ja schon der Versandhandel und die großen Warenhäuser, und mit denen können wir nicht mithalten. Wir können hingegen in ihrem Windschatten segeln. Kaufhof, Karstadt, Hertie und Co. haben immerhin dafür gesorgt, dass es in den Großstädten jetzt mehr Parkhäuser gibt. Und wenn die Menschen schon mal zum Einkaufen kommen, gehen sie auch in die kleineren Läden – vorausgesetzt, die haben ein attraktives Angebot. Martin hatte von Mode leider überhaupt keine Ahnung, du dagegen hast das schon. Hattest du früher zumindest.«

»Ich habe die Modeschule nicht abgeschlossen«, bekannte ich kleinlaut.

Wieder verdrehte sie die Augen. »Ich sage ja nicht, dass du die Klamotten selbst entwerfen sollst. Du musst eine gute Geschäftsfrau sein, keine Designerin. Als gute Geschäftsfrau braucht man allerdings gute Ideen. So wie deine Großmutter das kleine Schwarze erfand, musst du dir was ganz Neues ausdenken.«

»Und es ist wirklich wahr, dass Coco Chanel ihr diese Idee geklaut hat?«

»Keine Ahnung. Alma hat das offenbar behauptet. Wie auch immer. Ich werde dir nix klauen, ich werde dir helfen, vorausgesetzt, du meinst es ernst.«

Sie setzte die Bierflasche an den Mund und leerte sie in einem Zug. Danach hob sie die Hand, um eine zweite zu bestellen.

»Ich … ich muss jetzt gehen.«

»Marlene wird's schon noch eine Weile bei Helga aushalten. Wir sind beide gestört, aber nicht so unzurechnungsfähig wie unser Vater.«

»Glaubst du, dass Helga in Marlenes Beisein Pfeife raucht?«

»Die größere Gefahr ist in meinen Augen, dass sie ihr Pralinen mit Birnenlikör gibt. Deine Urgroßtante Alma hat Kinder auch gern mit Alkohol ruhiggestellt.«

Noch eine Geschichte, die ich nicht kannte. Obwohl ich beim Birnenlikör innerlich zusammengezuckt war, ließ ich mir meine Sorge nicht anmerken.

»Na, dann sind Marlene und ich heute Abend ja beide besoffen«, sagte ich leichtfertiger, als mir zumute war.

»Von dem bisschen Bier bist du schon betrunken?«

Ich erhob mich und hätte mir den Kopf beinahe am Regenschirm angestoßen. Bei unserem Theaterstück damals sollte Martin mit einem Regenschirm den Drachen, den Ute spielte, töten. Natürlich war ihm das nicht gelungen.

Ich überlegte, wie es mir gelingen könnte, Heinemann loszuwerden, wie ich Feuer entfachen sollte, weil man dieses spucken – nicht spuken – können musste, um ein Modehaus zu führen.

»Na, dann geh halt«, lästerte Ute. »Komm morgen wieder ins Modehaus, aber direkt in meine Abteilung. Ich bringe dir alles bei, was du wissen musst, oder zumindest einen Teil davon, und danach kommen wir wieder hierher, und dann wirst du dein Bier austrinken.«

Sie zog meine Flasche an sich, setzte sie an den Mund.

Während sie sie leer trank, hätte ich genug Zeit gehabt, um ihr Angebot abzulehnen, zu erklären, dass ich nicht für Martins Mist verantwortlich war und dass es erst recht ein Fehler gewesen war, mich fürs Modehaus verantwortlich zu fühlen. Doch irgendwie war es plötzlich nicht Angst einflößend, und zudem verführerisch, Bier zu trinken, ohne den Rausch zu fürchten, und an den Träumen nicht nur heimlich zu naschen wie Marlene am Puffreis in den Schächtelchen ihres Kaufmannsladens. Wenn man meiner Großmutter Fanny schon die Idee vom kleinen Schwarzen gestohlen hatte, dann durfte ich mir doch nicht das Modehaus nehmen lassen.

Ich nickte. »Jetzt muss ich nur noch überlegen, was ich Marlene morgen eher zumute – Birnenlikör oder Feldbetten.«

FANNY

1921

In der Zeit, in der sie mit Théo zusammengelebt hatte, hatte Fanny nie Kokain geschnupft, und seit sie mit Aristide zusammenlebte, hatte sie nie eine seiner Zigaretten geraucht. Nun zündete sie sich jedoch eine der dünnen *crapulos* an, wie sie die Französinnen liebten.

Théo gab ihr Feuer. Er hatte neben ihr Platz genommen, obwohl viele der anderen Gäste bei seinem Anblick damit gerechnet hätten, er würde gleich die kleine Bühne entlangschreiten, folglich bei der heutigen Modevorführung mitwirken. Zwar war er nicht als russische Gräfin verkleidet, doch in seinem strengen nachtblauen Anzug, den er mit Turban und Federboa kombinierte, bot er einen nicht minder exzentrischen Anblick.

»Bist du heute ein Mann oder eine Frau?«, fragte Fanny leise flüsternd.

»Warum nicht beides?«, gab er zurück. »Siehst du den Mann dort drüben?«

Fanny folgte seinem Blick und musterte einen Fremden mit rotem Samtmantel, der sie an Aristides Morgenmantel erinnerte, nur dass dieser mit Pelz verbrämt war. Grau wie der Pelz war der lange Rauschebart.

»Was ist mit ihm?«

»Er ist eigentlich eine Frau. Eine der Emanzipierten.«

Nicht dass sich Fanny im Paris dieses Jahres noch über viel wunderte, dennoch riss sie die Augen auf. »Und der Bart?«

»Er wurde aus Ziegenhaar gemacht. Es geht das Gerücht um, dass die Ziege bei ihm … bei ihr im Bett schläft. Wobei ich das nicht glaube, sonst würde seine … ihre Freundin aus Eifersucht restlos den Verstand verlieren. Sie droht schon jetzt regelmäßig, sich umzubringen.«

»Ist die Eifersucht denn begründet? Also, ich würde auf eine Ziege nicht eifersüchtig sein.«

»Umso mehr wärst du es auf einen der Gigolos, die einst bei einer Modenschau von Paul Poiret im Privathaus der Rothschilds sämtliche Mannequins verführten.«

Fanny hustete, sie war das Rauchen ja nicht gewöhnt. »Paul Poiret ist doch von gestern. Stell dir vor: Er ist mittlerweile so erfolglos mit seiner Mode, dass er eine Parfümfabrik gegründet hat. Aber damit hat er sich erst recht übernommen und steht nun vor dem Bankrott.«

Von der Bewunderung, mit der Paul Poirets farbenprächtige Entwürfe sie einst erfüllt hatten, war nichts zu hören.

Théo wedelte theatralisch mit der Federboa, die in Fannys Augen Ähnlichkeit mit einer grünen Schlange hatte. Seine Stimme klang denn auch etwas giftig, als er spöttelte: »Und jetzt hoffst du, dass Aristide Goudin die Lücke füllt, die Poiret hinterlassen hat, nicht wahr?«

Fanny nickte, obwohl sie sich insgeheim wünschte, dass nicht Aristide, sondern sie selbst besagte Lücke füllte. Die Voraussetzung dafür war allerdings Aristides Erfolg, und die Voraussetzung für seinen Erfolg war die heutige Modenschau, mit der er zum ersten Mal einer großen Öffentlichkeit seine Entwürfe präsentieren würde.

Die Verkaufsräume von jenem Modehaus, das er wie die Wohnung von seinem Vater geerbt hatte, hatten nach dessen Tod lange leer gestanden. Obwohl Aristide schon vor einiger Zeit angekündigt hatte, bald die Wiedereröffnung feiern zu wollen, hatte er sich zunächst damit begnügt, die Nächte zum Tag zu machen, die Tage zu verschlafen und von seinen Träumen lieber zu sprechen, als sie zu leben. Sein Leben war – genauso wie ihres an seiner Seite – ein buntes: grün, wenn sie im Au Rendez-vous des Mariniers auf der Île Saint-Louis eine Crème de menthe tranken, rot, wenn sie im Les Deux Magots gegenüber St. Germain-des-Près mit einem Aperitif aus Cinzano und Fruchtsaft anstießen, blau, wenn sie im Tuileriengarten lagen, in den Himmel starrten und Champagner tranken.

Wenn Fanny ausreichend betrunken war, zeigte Aristide ihr zu Hause manchmal seine Entwürfe, und sie erklärte stets, wie großartig sie seien. Meist war er von Zweifeln geplagt, und sie musste sie wegküssen, und wenn sie über die Liebe einschlief und erst am nächsten Mittag wieder erwachte, hatte er seine Entwürfe verschwinden lassen, und sie konnte sich nicht mehr richtig daran erinnern. Ich sollte weniger trinken, beschloss sie dann, aber das Leben gefiel ihr grün und rot und blau einfach besser als in jenem Grau, in dem an solchen Tagen der schmerzende Kopf festzustecken schien.

»Schau nur«, riss Théo sie aus den Gedanken und zupfte an ihrem Ärmel. »Alice di Benedetto ist hier.« Als Fanny seinem Blick folgte, sah sie zum ersten Mal die Schauspielerin wieder, die sie mit Aristide zusammengebracht hatte. Dieses Mal trug sie kein schwarzes Kleid, sondern ein leuchtend rotes, weich fallendes. Das Haar war immer noch lockig, aber etwas kürzer. »Sie hat einen sehr erfolgreichen Film gedreht«, flüsterte Théo ihr zu. Fannys Blick verharrte nicht lange auf Alice, zog doch die Frau neben ihr noch mehr Aufmerksamkeit als diese auf sich. Sie hatte kinnlanges Haar und trug ein Wollkleid, das um Schulter und Hüfte Falten warf wie die Togen der alten Römer. Beides war nicht ungewöhnlich, umso mehr jedoch, dass ihr Gesicht braun gebrannt war. »Denk dir, sie geht freiwillig in die Sonne – und das ohne Schirm und Hut«, sagte Théo, dessen eigenes Gesicht von nahezu krankhafter Blässe war. »Sie ist nun mal der Meinung, dass blasse Haut nur Schwindsüchtigen steht, die moderne Frau dagegen gesund, sportlich und eben braun gebrannt sein soll.«

»Das ist Gabrielle Chanel, nicht?«, fragte Fanny aufgeregt.

Mehr als nur einmal war sie schon zu ihrem Laden in der Rue Cambon 31 gegangen, hatte alle ausgestellten Kleidungsstücke gemustert, um sich für jene Stunden inspirieren zu lassen, da sie neue Entwürfe skizzierte. Alles, was dort zu sehen war, faszinierte sie – Twinsets oder Matrosenjacken, wadenlange Faltenröcke, gerade geschnittene Kittelkleider oder cremefarbene Baumwollhemden, jeweils kombiniert mit nur wenig Schmuck, allenfalls einem Tuch oder dem braven weißen Schulmädchenkragen.

Die Lücke, die Paul Poiret hinterlassen hat und in der Aristide seinen Platz finden will, hat eigentlich längst Coco gefüllt, ging es ihr durch den Kopf. Und noch verräterischer war der Gedanke, der folgte: Um wie viel reizvoller wäre es, Chanels Entwürfe nüchtern zu betrachten als Aristides betrunken.

Doch Théo riss sie erneut aus den Gedanken. »Erstaunlich, dass sie sich wie eine alte Römerin kleidet, eigentlich hat sie gerade eine russische Phase. Seit sie Sergei Diaghilevs *Ballets Russes* eingekleidet hat, sieht man sie fast nie mehr ohne Pelzkragen.«

»Vielleicht hat sie eingesehen, dass ein solcher ohne Ziegenbart nicht so gut zur Geltung kommt«, scherzte Fanny.

»Oder ihr ist aufgegangen, dass man unter Pelz schwitzt.« Théo schwitzte auch ohne Pelz, wedelte sich erst mit den Händen frische Luft zu, dann mit seiner Federboa. Beinahe hätte er Fanny die Zigarette aus der Hand geschlagen. »Gib doch acht«, schimpfte sie. »Himmel«, stöhnte er. »Worauf wartet Aristide? Wann beginnt die Vorstellung?«

Das fragte sich Fanny mittlerweile ebenso, tat aber so, als hätte sie seine Worte nicht gehört, und wies mit dem Kinn wieder auf die berühmte Modeschöpferin und die italienische Schauspielerin.

»Vielleicht hat Gabrielle Chanel Alice eingekleidet, weswegen sie nebeneinander sitzen«, überlegte sie.

»Jedenfalls plaudern sie angeregt. Berühmten Schauspielerinnen gegenüber ist Coco ja äußerst charmant. Mit ihren Lieferanten führt sie allerdings ständig Kleinkriege, sie schimpft mit ihnen wie ein Rohrspatz.«

»Du warst nie dabei!«

»Ganz Paris weiß von ihren Allüren. Wobei ich sie nicht mit einem Rohrspatz, eher mit einem gackernden Huhn vergleichen sollte.«

»Das ist gemein.«

»Ist es nicht. Weißt du nicht, dass sie in ihrer Jugend Chansonnière war? Offenbar ist sie nur mit zwei Chansons aufgetreten, und einer hieß: *Qui qu'a vu Coco.* Die Zuschauer haben den Gesang immer mit Hühnergackern begleitet. Cocococococo!« Einige andere Gäste – wenn sie richtig lag, waren es berühmte Modeschöpfer von Paris wie Madeleine Vionnet, Christoph Drecoll und Maggy Rouff oder zumindest deren Mitarbeiter – drehten sich um und musterten Théo missbilligend. »Cocococo …«

»Nun sei doch still«, schimpfte Fanny und boxte ihn in die Seite.

Théo tat, als würde er sich schmerzvoll krümmen. »Was denn, was denn? Ich mach dir einen riesigen Gefallen, indem ich dich ablenke. Du vergehst ja vor Angst, dass Aristide heute restlos scheitern könnte.«

Fanny seufzte, denn das konnte sie nicht leugnen. »Aristide hat wohl auch Angst, am besten, ich sehe nach ihm.«

Sie drückte die Zigarette aus, obwohl sie nur zur Hälfte geraucht war, drängte sich an den anderen Gästen vorbei und fand Aristide wenig später in einer der Umkleidekabinen. Ihr Samtvorhang war von jenem Indigoblau wie sein Anzug an dem Tag, als sie sich kennenlernten – ein sichtbares Dankeschön dafür, dass er sich erst mit ihr an seiner Seite hatte aufraffen können, seine Träume anzupacken und den Modesalon seines Vaters wiederzueröffnen.

Anders als sonst verlieh ihm ihr Anblick an diesem Tag keinen neuen Mut. Sobald sie ihn entdeckt hatte, verkroch er sich im hintersten Winkel der Umkleidekabine.

»Ich … ich weiß nicht, ob ich es schaffe«, stammelte er.

Fanny hockte sich zu ihm. »Du hast es schon längst geschafft. Jetzt musst du nichts weiter tun, als dich von deinen Gästen feiern zu lassen. Den Rest erledigen die Mannequins, die deine Entwürfe vorführen.«

Er stützte den Kopf auf seine Hände. »Ich weiß nicht, ob ich es schaffe«, wiederholte er, als hätte er sie nicht gehört.

Nun, ich will es jedenfalls schaffen, dachte sie mit jener Entschlossenheit, mit der sie ihn immerzu an der Hand mit sich gezerrt hatte, um seinen Träumen nachzujagen, weil ihre eigenen nun mal nur im Windschatten von seinen gedeihen konnten.

Wobei sie den Träumen zunächst nicht nachgejagt, sondern nachgetaumelt war. Erst nach einigen verrückten Monaten hatte sie die Willensstärke aufgebracht, deutlich weniger als er zu trinken und zu feiern, wach zu bleiben, wenn er auf dem Pelz einschlief, und sich an ihre eigenen Entwürfe zu setzen. Jedes Mal war sie dabei von der Sehnsucht gepackt worden, inmitten des vielen Goldes und Schildpatts und Marmors etwas aufs Papier zu bannen, das schlicht war, ehrlich, nackt. Sie hatte rasend schnell gezeichnet, galt es doch nicht nur, blitzartige Ideen festzuhalten, sondern von der Ahnung davonzulaufen, dass zwischen dem, was Aristide stets behauptete, und dem, was er wirklich schaffte, ein großer Abgrund klaffte. Nun, sie wollte gern die Brücke sein, die ihm sicheres Geleit darüber gab und seinen Absturz verhinderte, sie wollte dafür sorgen, dass er den Modesalon des Vaters wiedereröffnete, wo irgendwann – so ihre Hoffnung – nicht nur seine, auch ihre Kleider verkauft werden würden.

Nach einigen Wochen hatte sie ihn so weit gehabt, weniger zu trinken und zu feiern, stattdessen tatsächlich den Modesalon des Vaters neu einzurichten und Schneiderinnen einzustellen. Vor jedem Schritt waren Wochen vergangen, in denen er sich überlegt hatte, ob er sich einen Hund anschaffen sollte, oder ob zu einem Modeschöpfer besser eine schwarze Katze oder ein Papagei passte.

»Wie wär's mit Hund und Katze und Papagei«, hatte Fanny vorgeschlagen und die Ungeduld in ihrer Stimme kaum verbergen können. »Vielleicht frisst die Katze den Papagei und der Hund die Katze, und du muss keine eigene Entscheidung treffen.«

Aristide hatte fast zu weinen begonnen ob dieser Vorstellung und auf ein Haustier verzichtet, aber – als die Angst vor der eigenen Courage ihn wieder mal zu einem Nervenbündel hatten werden lassen – eines Nachts im Moulin Rouge ein Pferd gemimt. Die berühmte Cancan-Tänzerin La Goulue hatte ihn dazu aufgefordert, sich auf alle viere zu begeben, erst einen Sattel über seinen Rücken gelegt, dann ihre legendären Beine darüber geschwungen und solcherart aller Welt bekundet, dass sie zwar zu alt sei zu tanzen, dagegen noch jung genug, Männer zu unterwerfen.

Am Morgen danach hatte Fanny sich ihre Ungeduld, ihren nagenden Zweifel, ihren Überdruss über seine Launen nicht wie sonst wegküssen lassen. Sie hatte ihn beschimpft und geschlagen, sich zurückgesehnt nach den Tagen, als sie noch Tellerwäscherin gewesen war. Mit heißem Wasser hatte sie noch jeden Teller, jedes Glas sauber bekommen, die Wünsche Aristides blieben dagegen wie Pech an ihr kleben.

»Ich werde mich bessern«, hatte er versprochen und war ausnahmsweise mal zwei Schritte nach vorne gegangen und nur einen zurück, nicht umgekehrt wie sonst. Seine Tatkraft hatte sogar ausgereicht, die von ihr angebotene Hilfe bei der Umsetzung seiner Kollektion auszuschlagen. »Wenn ich auch das von dir verlangte«, hatte er erklärt, »dann würdest nicht nur du mich verachten, ich mich selbst ebenso. Den letzten Teil des Weges gehe ich allein, was bedeutet, dass du meine Entwürfe nicht mehr zu sehen bekommst, erst die fertigen Kleider.«

Nach dieser entschlossenen Rede – und weil ihm immer noch La Goulues Ritt in den Knochen saß – hatte er erst mal zwei Nächte und Tage am Stück schlafen müssen.

Fanny hatte in dieser Zeit eigene Entwürfe gezeichnet, radikal wie nie. Auf Fransen, Rüschen, Falten und sogar Farben hatte sie verzichtet. Jeder Strich war wie ein Hieb gewesen, den sie ihm ersparen wollte, die Kleider waren so kurz gewesen, wie ihre Geduld mit ihm lang hatte sein müssen. Und wenn sie auf seine Umarmungen schon nicht hatte verzichten können, so doch auf alles andere, was einengte – Kragen und enge Ärmel und Taillengürtel.

Diese Kleider, darunter eines, das sie als »das kleine Schwarze« bezeichnete, waren ihr Meisterwerk – und wenn Aristide erfolgreich war, würde die ganze Welt sie sehen.

»Nun los«, sagte sie jetzt deshalb forsch, während er in der Umkleidekabine kauerte. »Du hast dich nun so oft überwunden. Das letzte Schrittchen schaffst du auch noch.«

Aristide hob Blick. »Ich fürchte, ich werde dich bitter enttäuschen.«

Sie beugte sich über ihn und küsste ihn auf die Stirn. »Unsinn«, sagte sie. »Selbst wenn die Hyänen da draußen dich zerfleischen, werde ich immer noch deinen Mut bewundern, vor sie zu treten.«

»Du spricht so oft vom Gefressenwerden. Von der Katze, die den Papagei, und vom Hund, den die Katze frisst, von Hyänen, die mich …«

»Schluss jetzt! Niemand wird gefressen! Der Papagei hackt der Katze die Augen aus, und die Katze zerkratzt dem Hund die Schnauze, und du erklärst deinen Mannequins, dass es losgeht. Oder soll ich das tun?«

Aristide erhob sich und atmete tief durch. »Ich muss es allein tun. Geh wieder zurück in den Vorführraum. Und … und hab Dank für alles.«

In der Zwischenzeit hatte sich Théo seine Federboa wie einen Turban um den Kopf gewickelt, was die Frau mit Ziegenbart zu lautstarkem Protest bewog, nahm er ihr doch dadurch die Sicht. Eben drehte sich Théo um, um ihr einige der Schimpfwörter zuzurufen, die Fanny einst von Fleure gelernt hatte, doch es gelang ihr, ihn mit einem strengen Blick ruhig zu stellen. Auch als die Vorführdamen – größtenteils jene Schneiderinnen, die an der Kollektion genäht hatten – die Bühne betraten, starrte sie ihn unverwandt an, auf dass er den Auftritt nicht störte.

Es kam kein weiteres Schimpfwort über Théos Lippen. »Das sieht ja lächerlich aus«, sagte er nur. Fanny dachte kurz, er meinte Aristides Entwürfe, und blickte erschrocken zur Bühne, stellte dann aber fest, das nicht die Kleider lächerlich waren, nur jene Frau, die mit einem Lenkrad in der Hand die Bühne auf- und abschritt, als würde sie ein Auto fahren. »Offenbar will Aristide uns sagen, die Kleidung sei ausreichend praktisch, um damit Auto zu fahren. Ich hoffe nur, er schickt die Frau, die Reitkleidung vorführt, nicht mit einem Steckenpferd über die Bühne.«

Oder auf La Goulue, dachte Fanny, und jene Tränen der Wut, die sie nach der denkwürdigen Nacht im Moulin Rouge vergossen hatte, schossen ihr in die Augen.

»Trou du cul, cochon impuissant, malotru, goujat!«, entfuhr es ihr.

»Na, na«, meinte Théo und musterte nun seinerseits sie.

Fannys Blick war unverwandt auf das Mannequin mit dem Lenkrad gerichtet. Die Frau trug die Haare zu einem Bubikopf geschnitten und ein graues Kleid, das sackartig von den Schultern fiel. Die, die ihr folgte, hatte einen blauen Faltenrock an, dazu beige Seidenstrümpfe und darüber eine Bluse ohne Rüschen, lediglich mit einem V-förmigen Ausschnitt, der den Schwanenhals perfekt in Szene setzte. Die Ärmel waren so eng anliegend wie die Strümpfe. Die dritte schließlich trug das Herzstück der Schau – ein schwarzes Kleid mit Fransen, das nicht einmal den halben Oberschenkel bedeckte, dazu nichts weiter als schwarze Seidenhandschuhe, die bis über die Ellbogen reichten, und eine mehrfach um den Hals gelegte Perlenkette.

Die Frau mit Ziegenbart klatschte begeistert, das Gesicht von Gabrielle Chanel war wie versteinert, Alice di Benedetto war zwar nicht von der Frau im kurzen schwarzen Kleid angetan, doch umso mehr von jener, die folgte und die ein blaues Abendkleid aus Jersey trug, obwohl aus diesem Stoff für gewöhnlich nur Arbeiterkleidung gefertigt wurde.

»*Trou du cul, cochon impuissant, malotru, goujat!*«, wiederholte Fanny, und die Tränen liefen über ihre Wangen.

»Warum weinst du?«, fragte Théo erstaunt. »Mit dieser Kollektion wird Aristide einen rauschenden Erfolg feiern, und um diesen Erfolgt kannst du dich legen wie die Federboa um meinen Hals, um jedes Tröpfchen davon für dich aus ihm herauszupressen.«

Du trägst die Federboa doch nicht um den Hals, sondern um den Kopf, wollte sie einwenden, brachte aber nichts heraus. Ihr Mund war zu trocken. Das sind meine Entwürfe, wollte sie rufen, und auch das blieb ungesagt.

Am Ende konnte sie noch nicht mal den Vorwurf, dass Aristide ihre Entwürfe gestohlen hatte, in die richtigen Worte kleiden, sie sagte bloß: »Er hat sie gefressen.«

Und weil sein Magen ansonsten nicht einmal Zwiebelsuppe vertrug, war sie so dumm gewesen, es nicht kommen zu sehen.

»Er hat sie gefressen … er hat sie gestohlen … er hat sie mir genommen«, wiederholte Fanny, als sie schon längst in eine der Schneiderwerkstätten geflohen war.

Genau genommen war sie nicht dorthin geflohen, Théo hatte sie mit sich gezerrt, bevor sie auf die Bühne stürmen und der Vorführdame das Lenkrad aus der Hand und die Kleidung vom Leib reißen konnte. Sie hatte nicht gewusst, wie viel Kraft in seinem Griff liegen, hatte auch nicht gewusst, wie viel Erbitterung in ihrem Herzen Platz finden konnte.

Théos Blick war mitleidig, seine Stimme nicht. »Ja natürlich hat er deine Entwürfe geklaut. Was dachtest du denn?«, fragte er lapidar und begann, die Taschen seines schwarzen Anzugs nach Zigaretten zu durchsuchen – allerdings vergebens. »Seit Jahren hat er keine ordentlichen Einfälle mehr gehabt, wahrscheinlich hatte er sie noch nie. Warum, denkst du, ist er dir seinerzeit mit deinem Notizbüchlein nachgerannt?«

Sie hörte Théos Worte, sie verstand sie nicht. Aristide hingegen hatte sie damals nur zu gut verstanden, als er sie eine Künstlerin genannt, als er davon gesprochen hatte, dass anders als der Krieg die Kunst Grenzen überwand. Verführerisch hatte das geklungen, berauschend, inspirierend. Sie hatte nur nicht bedacht, dass damit auch die Grenzen von Ernst und Spiel, von Wahrheit und Lüge, von Liebe und Zweck, von Treue und Betrug gemeint waren – und dass diese Grenzen einzureißen nur für ihn mit einem Triumph belohnt wurden, während zwischen ihr und diesem Triumph weiterhin eine Wand zu stehen schien.

»Woher weißt du überhaupt, dass er mir damals mit dem Notizbüchlein nachgelaufen ist?«, fragte sie. »Ich kann mich nicht erinnern, ob ich dir je davon erzählt habe.«

Théo gab die Suche nach den Zigaretten auf, wischte ihr stattdessen die Tränen aus dem Gesicht, um seine unruhigen Hände zu beschäftigen. »Ich selbst habe ihm geraten, es zu tun. Ich habe ihm schon lange vor eurem ersten Treffen erzählt, wie begabt du bist.«

Dieses Mal verstand sie … verstand viel zu schnell und viel zu viel. Irgendetwas in ihr schwoll zu einem Knoten an, und sie ahnte: Wenn sie nicht daran ersticken wollte, musste sie Théo mit der Federboa erwürgen oder einen der indigoblauen Vorhänge von den Umkleidekabinen reißen. Allerdings befanden die sich in dem Raum nebenan, und sie wollte eigentlich nichts Indigoblaues mehr berühren. Es war Aristides Farbe – ihr gehörten Beige, Grau, Dunkelblau und vor allem Schwarz. Und ihr gehörte das Nackte, das Wahre, auch wenn ihr das Herz zu zerbrechen drohte.

»Du kanntest ihn!«, schrie sie. »Du hast ihn auf mich angesetzt.«

Théo nickte. »Und gib es zu, wir hatten alle drei etwas davon. Ich genügend Kokain, er herausragende Entwürfe, du ein bequemes Leben.«

»Ich will kein bequemes Leben führen, ich will eine Modeschöpferin sein!«

»Das bist du doch auch. Hör nur wie die Leute dort draußen applaudieren. Es ist deine Mode, die gefeiert wird. Was zählt es, ob sie nun deinen Namen trägt oder nicht? Was ist schon ein Name? Ich habe Hunderte Namen getragen, und keiner bedeutet mir etwas.«

»Und unsere Freundschaft bedeutet dir wohl ebenso nichts.«

In seinen Augen schimmerten plötzlich Tränen. »Das stimmt nicht! Ich habe mich dir nackt gezeigt«, sagte er, und aus seiner bebenden Stimme hörte sie ein Vertrauen, das echt war, eine Zuneigung, die warm war, und ein Bedauern, das tief ging. Vielleicht würde ihr all das dazu verhelfen, ihm irgendwann zu verzeihen, doch selbst wenn sie das tat – sich ihr nackt zeigen zu können, war für ihn nicht nur annähernd so berauschend wie dieses verdammte Pulver, das Aristide ihm als Dank für seine Kupplerdienste beschafft hatte.

»Weißt du eigentlich, dass ich dich mehr liebte als Aristide?«, fragte sie leise. »Dass du mir näher warst als er?«

»Ich bin kein Mann für dich. Ich weiß doch noch nicht einmal, ob ich überhaupt ein Mann bin.«

»Wärst du eine Frau, ich hätte dich genauso geliebt. Aber nicht als Lügner, nicht als Betrüger, nicht als Süchtiger. Geh!« Er blieb wie erstarrt stehen. »Geh!«, sagte sie wieder. Und weil er sich immer noch nicht rührte, seine Augen nur feuchter wurden, floh sie aus dem Raum, mied nun doch nicht länger das Indigoblau, sondern verkroch sich in einer der Umkleidekabinen.

Eine Weile lauschte sie nur dem eigenen pochenden Herzschlag. Dann waren Schritte zu hören, die zögernd näher kamen. Wahrscheinlich war es Aristide, der nicht nur ihre Entwürfe gestohlen hatte, auch jenen Teil ihrer Seele, der Paris für eine rosarote, zuckersüße Stadt und ihn für ihre Zwillingsseele gehalten hatte. Er hatte angekündigt, sie zu enttäuschen – und er hatte recht behalten. Wobei sie genau betrachtet nicht länger enttäuscht war, noch nicht einmal zornig. So glühend heiß ihre Wut werden konnte, dazu, eine Waffe zu schmieden hatte sie nie getaugt. Am Ende blieb ein formloser, kalter Klumpen übrig, der ihr auf die eigenen Füße fiel, und selbst wenn sie es vielleicht schaffen würde darüberzusteigen – ganz sicher schaffte sie es jetzt nicht, sich Aristide zu stellen, seinen Entschuldigungen zu lauschen, ihn weinen zu sehen. Fest entschlossen, an ihm vorbeizustürmen, riss sie den indigoblauen Vorhang zur Seite, doch wer davorstand, war nicht Aristide, es war eine Frau mit kurzem Haar, römisch anmutendem Kleid und braun gebrannter Haut.

Erst jetzt nahm Fanny auch die Perlenkette wahr, die sie um den Hals trug. So groß wie die Perlen waren, konnten sie unmöglich echt sein. Aber was war schon echt in einer Zeit und in einer Stadt, in der jeder sein Leben nur zu spielen schien, nicht zu leben. Die großen dunklen Augen der Frau waren jedenfalls kein falscher Schmuck. Kurz erlaubten sie einen Blick auf die Seele, die sich an der Liebe oder dem, was Menschen gemeinhin dafür hielten, abgearbeitet hatte, ehe sie zu zwei Schilden wurden, die das Innere verbargen, jeden Angriff abprallen ließen.

Der Spott in ihrer Stimme machte sie erst recht nicht zu einer nahbaren Frau. »Eine grässliche Farbe«, sagte sie und musterte die Vorhänge. »Wenngleich schöner als schwarz. Verstehen Sie mich nicht falsch. Als ich vorhin die Modenschau sah, ging mir auf, dass eine bestimmte Art von Frau ihr Leben lang schwarze Kleider tragen kann, ohne dass ihr etwas fehlt. Aber einmal bin ich auf die unsinnige Idee gekommen, mein Zimmer schwarz verkleiden zu lassen. Wände und Decken wurden schwarz gestrichen, schwarze Teppiche verlegt, sogar die Betttücher waren schwarz.« Sie stieß einen Laut aus, der entfernt jenem Gackern glich, mit dem das Publikum einst ihren Chanson begleitet hatte. »Ich habe es keine einzige Nacht in diesem Zimmer ausgehalten, habe mich gefühlt, als wäre ich lebendig begraben. Schon am nächsten Morgen gab ich den Befehl, alles in Rosatönen auszumalen, und seitdem weiß ich, dass man in Schwarz gehüllt gut leben, jedoch nicht gut schlafen kann.«

Wieder stieß sie den Ton aus, den man mit viel gutem Willen für belustigt halten konnte, der in Wahrheit aber wohl beißend und abfällig war. Dass sie diese Gefühle nicht nur über andere, sondern auch über sich selbst ergoss, machte sie zumindest zu einer gerechten Frau.

Ihr ist gewiss schon oft ein kalter Klumpen aus Ohnmacht und Wut und Existenzangst auf die Füße gefallen, ging es Fanny durch den Kopf. Und sie hat ihn zu formen verstanden – vielleicht nicht zu scharfen Schwertern, hingegen zu falschen Perlen.

»Woher wissen Sie, dass die Entwürfe meine sind?«, fragte sie.

Gabrielle Chanel zuckte mit den Schultern. »Mir ist Ihr Wortwechsel mit Ihrer Freundin … oder vielmehr Ihrem Freund, keine Ahnung, was es besser trifft, nun, jedenfalls habe ich Ihrem Wortwechsel zugehört. Wer gelernt hat, alles eingehend zu betrachten, ist im Lauschen geübt. Wobei ich manchmal weder sehen noch hören möchte, wie selbstsüchtig die Männer sind, weil sie sich alles nehmen, was sie wollen, und wie dumm die Frauen, weil sie alles geben, was sie können.«

Fanny war nicht sicher, ob sie von ihren Entwürfen sprach oder von ihrem Herzen. Und sie war nicht sicher, ob es Gabrielle Chanel für sie einnehmen oder sie abstoßen würde, wenn sie gestand, dass sie Aristide ihr Herz nie geschenkt hatte, ihn letztlich von Anfang an zu benutzen getrachtet hatte wie er sie. Doch der rechte Augenblick für dieses Bekenntnis währte zu kurz, um ihn zu nutzen.

»Sie haben außerordentliches Talent«, fuhr Gabriella Chanel fort, »für einen Augenblick schien es mir, dass Sie mir etwas gestohlen hätten, allerdings etwas, von dem ich gar nicht wusste, dass ich es besitze.« Sie trat dicht an Fanny heran, und prompt stieg ihr ein betörender Geruch in die Nase. Théo hatte ihr einmal erzählt, dass die Essenzen des Parfüms, das Gabrielle Chanel kürzlich auf den Markt gebracht hatte, nicht nur pflanzlicher Herkunft, sondern im Labor synthetisch hergestellt worden waren. Im Unterschied zu herkömmlichen Parfüms, deren Geruch zunächst stark war, sich allerdings bald verflüchtigte, war Chanel N° 5 zwar dezent, verlor aber selbst nach Stunden nicht an Intensität – so wie auch ihre Mode die Botschaft verkündete, dass das Unauffällige, Einfache manchmal eine länger anhaltende Wirkung hatte als das Schrille und Bunte. »Wissen Sie«, fuhr Gabrielle Chanel fort. »Mode zu machen, fühlt sich für mich an, als gälte es einen Berg Müll zu durchwühlen auf der Suche nach dem Ring, der einem vom Finger gerutscht ist. Mit beiden Händen gilt es zu graben, mehr noch, jede einzelne Spitze und Rüsche, jeden einzelnen Puffärmel und Volant abzureißen. Wie erschöpft man ist, wenn man den Ring gefunden hat … Ganz so, als hätte man einen Kampf durchgestanden. Sie hingegen scheinen mir nicht gut im Kämpfen zu sein, Sie sind gut im Rennen. Sie laufen den Rüschen und Volants und Spitzen und Puffärmeln einfach davon, und was nicht von allein abfällt, das reißt, wenn Sie sich in einer Dornenhecke verheddern und sich ungestüm losmachen, nicht wahr?«

Fanny verstand nicht recht, worauf die Modeschöpferin hinauswollte. »Finde ich trotzdem am Ende den Ring?«

Gabrielle Chanel legte den Kopf etwas schief, und noch schiefer geriet ihr Lächeln. »Erwarten Sie bloß nicht, dass ich ihn Ihnen überreichen werde. Als ich Aristides Mode sah, hat mich die nackte Angst gepackt. Es genügt ja nicht, dass wir Frauen uns keinem Mann unterwerfen, dass wir die langen Röcke, die sperrigen Hüte und die engen Schuhe mit den hohen Absätzen ablegen, die uns zu hilflosen Püppchen machen. Es genügt auch nicht, den Nacken zu recken, den Männern in die Augen zu sehen, so groß zu sein wie sie. Nein, besser müssen wir sein, um nur als gut zu gelten, größer, auf dass man uns überragend nennt, genial, um ihnen eine jener Sporen abzuluchsen, die sie sich mit deutlich weniger Mühe und Können verdient haben. Nun, etwas Überragenderes und Besseres als diese Kleidung kann ich nicht entwerfen. Da allerdings Sie dafür die Verantwortung tragen, kann ich mich beruhigt zurücklehnen, weil ich doch jetzt weiß, dass nichts nachkommen wird.«

Als Fanny unerwartet Gabrielle Chanel gegenübergestanden hatte, waren ihre Gedanken kurz in den Traum geflogen, sie könne für sie arbeiten. Jetzt wusste sie, dass die andere sich nur herabgelassen hatte, mit ihr zu sprechen, weil es einer gefährlichen Konkurrenz den Stachel zu ziehen und diesen Stachel in den Staub zu treten galt.

»Warum sind Sie so sicher, dass ich nicht weiterhin für Aristide arbeiten werde?«, fragte Fanny trotzig.

»Wie ich schon sagte, Sie kämpfen nicht, Sie laufen. Wäre es anders, Sie wären auf die Bühne gestürmt und hätten ihn zur Rede gestellt, anstatt sich hier zu verkriechen und zu jammern.«

Fanny hätte sie gern eines Besseren belehrt, aber als sie wieder Schritte hörte, gefolgt von Aristides Stimme, floh sie wieder in eine der Umkleidekabinen. Aus seinen Worten war so deutlich jene Sehnsucht herauszuhören, mit der er sie bestochen und die sie zu teilen vermeint hatte. In Wahrheit war seine Sehnsucht anders als ihre nie darauf gerichtet gewesen, das Große zu erreichen, vielmehr das Kleine zu verbergen.

»Hier findet er Sie doch«, sagte Gabrielle Chanel boshaft und deutete auf eines der Fenster.

Bleib mir fern mit deinem falschen Schmuck, deinem künstlichen Parfüm und deinen unehrlichen Beschwörungen, dachte Fanny zornig, tat dann aber genau das, was die andere wollte. Sie verließ die Umkleidekabine, drängte sich an ihr vorbei, stürzte auf das Fenster zu. Ja, sie floh vor Gabrielle Chanel und Aristide, sie floh vor seinen Entschuldigungen und Ausreden, sie floh vor der Erkenntnis, dass sie an ihrer Lage selbst schuld war, weil sie sich blind gestellt hatte, weil sie es bequem gefunden hatte, blind zu sein, und weil Chanel recht hatte, wenn sie ihr vorwarf, sie sei nicht im Kämpfen gut, nur im Laufen.

Nun ja, genau betrachtet war sie nicht einmal das. Kaum war sie aus dem Fenster geklettert, kaum hatte sie die ersten Schritte getan, stolperte sie über das Kopfsteinpflaster, und als sie mit blutendem Knie auf dem Boden hockte, hatte sie das Gefühl, seit jenem Tag, da sie sich auf dem Römerberg in Frankfurt in gleicher Lage befunden hatte, keinen Schritt weitergekommen zu sein. Tatsächlich schien sich die Geschichte zu wiederholen. Wie einst in Frankfurt war da jemand, der sich über sie beugte, die nackte Haut befühlte, mitleidig auf das Blut starrte.

»Sie sind schon eine kuriose Person«, vernahm sie eine Stimme. »Haben Sie mal wieder ein Kleid befleckt und sind deshalb getürmt?«

Fanny hob den Blick, sah, wie Alice di Benedetto sich vor Lachen ausschüttete. Es klang belustigt, nicht bösartig.

»Können Sie stehen?«, fragte die Schauspielerin nach einer Weile.

»Ich … ich denke schon.«

»Und können Sie auch gehen?«

»Ich denke schon«, wiederholte Fanny. Alice ließ sie los. »Ja, ich kann gehen, ich weiß nur nicht, wohin«, fuhr Fanny kläglich fort.

Alice' Blick glitt über sie. »Haben Sie mir damals nicht angeboten, als Dienstmädchen für mich zu arbeiten?«

»Sie sagten, Sie könnten sich das nicht leisten.«

»Das ist mittlerweile anders, ich habe einen recht erfolgreichen Film gedreht.«

»Und jetzt brauchen Sie jemanden, der Ihnen zur Hand geht?«, fragte Fanny hoffnungsvoll.

»Eigentlich nicht. Ich brauche aber jemanden, der mich amüsiert und unterhält, weil das Filmdrehen so langweilig ist. Ich denke, Sie könnten die Richtige sein.«

»Platz da für die beiden *Signorinas!*«, brüllte der Mann und bahnte sich nicht nur mit grimmigem Gesicht seinen Weg, auch mithilfe des Knüppels, den er aus seinem Gürtel gezogen hatte.

Fanny folgte ihm mit gesenktem Kopf – erst durch den

Waggon, später den Bahnsteig entlang. So viele Menschen drängten sich hier, und einer, der eben der dritten Klasse entstiegen war, spuckte eine große Portion Tabak auf den Boden. Der Mann mit dem Knüppel schwang diesen drohend, Alice schüttelte empört den Kopf – nicht wegen des ausgespuckten Tabaks, wie Fanny verspätet feststellte, wegen der drohenden Geste.

»Das ist auch ein Grund dafür, dass ich nicht gern Schwarz trage«, sagte sie leise zu Fanny. »Weil *sie* sich ebenso in Schwarz kleiden.«

Fanny war nicht sicher, wer *sie* genau waren, nur dass der Mann mit dem Knüppel nicht der Einzige war, der – teilweise mit brachialer Gewalt – am Bahnhof für etwas Ordnung sorgte und die Damen davor schützte, einen Ellbogen in die Rippen zu bekommen. Was immer Alice dagegen einzuwenden hatte, Fanny war dankbar dafür. Es war schwierig genug, aufrecht zu gehen, der Müdigkeit zu trotzen, die sie seit Wochen in ihren Fängen hielt.

Schon in Paris hatte sie die meiste Zeit verschlafen – meist im Boudoir von Alice' Hotelsuite, das größer als Théos Wohnung war. Den Entschluss der Schauspielerin, wieder nach Italien heimzukehren, nachdem ihre Karriere in Frankreich einen entscheidenden Anstoß bekommen hatte und ein italienischer Regisseur, der sie noch vor nicht allzu langer Zeit für zu alt befunden hatte, für einen Film engagierte, hatte Fanny zwar wach, aber gleichgültig vernommen.

Gleichgültig nahm sie nun auch hin, dass der Mann mit dem Knüppel ihnen den Weg bis zu einer Droschke prügelte, und sie ließ sich schwer auf das Rosshaarkissen fallen, das sie die Unebenheiten der Straße nicht ganz so stark spüren ließ. Durchgerüttelt wurden sie trotzdem und das so heftig, dass sie die Augen ausnahmsweise mal lange genug offen hielt, um die Stadt, in der sie künftig leben würde, in Augenschein zu nehmen.

»Gestatten«, sagte Alice, »das ist Mailand.«

Fanny unterdrückte ein Gähnen. Wenn sie nicht gerade im Boudoir geschlafen hatte, hatte sie versucht, Alice so gut wie möglich zu dienen. Sie hatte ihr kühle Lappen auf die Augen gepresst, weil diese ob des grellen Scheinwerferlichts, in dem sie so oft ausharren musste, ständig gerötet waren. Sie hatte gelernt, mit Lockenpapier und Lockenwicklern das dichte dunkle Haar zumindest etwas zu bändigen, hatte Gesichtsmasken aus Wasser und Mandelkleie angerührt, die bogenförmigen Brauen nachgezogen und mit einer Zange die Wimpern hochgebogen, dem Mund mit Lippenstift eine herzförmige Form gegeben. Und bevor sie nach Mailand aufgebrochen waren, hatte sie jedes einzelne Kleid in einem *tessilsacco* verpackt – einer durchsichtigen Hülle, die es vor Falten und Motten bewahrte.

Danach war sie erst mal wieder eingeschlafen, wenig später allerdings von einem lauten Klopfen geweckt worden. Théo war es gelungen, sie ausfindig zu machen – anders als Aristide, der, wie Théo berichtet hatte, nunmehr seit Wochen ununterbrochen auf der Suche nach ihr war.

»Gewiss nicht ununterbrochen«, hatte Fanny gesagt. »Dazwischen braucht er Zeit zu schlafen, zu trinken und auf Cancan-Tänzerinnen zu reiten.«

»Die Cancan-Tänzerin ist seinerzeit auf ihm geritten, nicht umgekehrt.«

»Auch egal. Aristide macht jedenfalls alles nur mit halbem Herzen. Rede mit ihm.«

Sie schien gar kein Herz mehr gehabt zu haben, so kalt wie sie Théo gemustert hatte. »Wenn du ihm sagst, dass ich hier bin, töte ich dich«, war ihr entfahren.

Théo hatte eines von Alice' Kleidern aus dem *tessilsacco* gezogen und es vor sich gehalten. »Das würde mir auch stehen, oder?«

»Wenn du es befleckst, töte ich dich.«

Théo hatte wider Erwarten keine Anstalten gemacht, das Kleid anzuprobieren, und gefragt: »Dass ich bis jetzt noch nicht tot bin, ist aber doch ein Zeichen, dass du mir verziehen hast, nicht wahr?«

Fanny hatte keine Ahnung gehabt, wie Verzeihen funktionierte, ob nun bei Théo, Aristide oder sich selbst. Sie war zu müde gewesen, darüber nachzudenken, hatte sich auf den Boden des Boudoirs gelegt und Théo war neben sie niedergesunken. Wie früher in dem viel zu engen Bett, hatte sie bald den Kopf auf seine Brust gebettet.

»Schau, den habe ich dir mitgebracht«, hatte er gemurmelt und den roten Seidenschal hervorgezogen. »Den hast du damals bei mir vergessen.« Fanny war über den glatten Stoff gefahren. Richtig, sie hatte den Schal seinerzeit nicht mitgenommen, als sie zu Aristide gezogen war, was bedeutete, dass er ganz unbefleckt von seinem Verrat an ihr war. Allerdings war er nicht unbefleckt von ihrem Verrat an Georg. Sie hatte ihn schließlich getragen, als sie Frankfurt und somit ihren Ehemann verlassen hatte. Jetzt würde sie ihn tragen, wenn sie Frankreich verließ. »Er passt sicher gut zu schlichten Kleidern. Ob nun zu schwarzen, grauen oder beigen«, hatte Théo leise hinzugefügt.

Fanny hatte eines von Alice' abgelegten Wollkostümen in Dunkelgrün getragen. »Ich weiß nicht, ob ich jemals wieder Kleider entwerfen werde.«

Théo setzte sich so abrupt auf, dass ihr Kopf beinahe auf den Boden geprallt wäre.

»Bist du verrückt, natürlich wirst du das! Ich bin ein schwacher Mensch, du nicht. Ich verirre mich in meinen Träumen, du hast hingegen die Kraft, es zum Ziel zu schaffen. Versprich mir, dass du eine große Modeschöpferin wirst.«

Fanny hatte seinen Kopf wieder auf seine Brust gebettet, die Augen geschlossen und den roten Schal umklammert. »Wenn ich nur nicht so müde wäre.«

»In Mailand wirst du wieder aufwachen. Das ist doch die Hauptstadt der Mode.«

Nun, jetzt war sie in Mailand und immer noch erschöpft. Wie von einem dünnen grauen Schleier verborgen, sah sie Straßenhändler, die auf Bauchläden ihre Waren feilboten – Kürbiskerne, geröstete Maronen oder Wachsstreichhölzchen –, sah Dienstboten in die Stadtvillen hinter geschlossenen schmiedeeisernen Gittern eilen, sah Damen und Herren durch die Arkaden flanieren, wo sich Auslage an Auslage reihte, sah die vielen Cafés am Domplatz, wo es, wie Alice behauptete, Kaffee aus neumodischen Kaffeeexpressmaschinen zu trinken gab. Überall spielten Musiker, doch die Töne schmerzten in Fannys Ohren. Sie verzichtete dennoch, sie zuzuhalten, schloss nur die Augen.

»Sie werden jetzt nicht wieder einschlafen«, sagte Alice. »Sie haben fast die ganze Zugfahrt über geschlafen.«

Fanny hatte gehofft, Alice würde ihre stete Müdigkeit nicht bemerken, desgleichen, dass Mailand sie mit neuer Lebenskraft erfüllen und dass jene Ahnung, die sie seit Wochen begleitete, nicht zur Gewissheit werden würde.

»Ich … ich glaube, ich bekomme ein Kind«, brach es aus ihr hervor, und sie wusste nicht, vor welcher Reaktion sie sich mehr fürchten sollte, vor Alice' oder der eigenen.

Was, wenn Alice sie aus der Droschke werfen würde? Was, wenn sie selbst nichts anderes als Ärger und Ohnmacht empfinden würde für dieses kleine Wesen in ihr, aber nicht die geringste Freude und Liebe? Im Moment jedenfalls fühlte sie noch gar nichts.

Alice wiederum tat, was sie so oft tat. Sie lachte prustend. »Ein Kind, das ist ja wunderbar! Ich habe mir immer ein Kind gewünscht.«

Fanny öffnete die Augen wieder. Sie hatte geglaubt, Alice mittlerweile gut genug zu kennen, um nicht mehr überrascht zu werden, aber mit dieser Begeisterung hatte sie nicht gerechnet.

»Wenn Sie ein Kind wollen, warum sind Sie dann nicht verheiratet?«, fragte sie.

Alice kniff sie in die Wangen. »Lassen wir das dumme ›Sie‹ endlich bleiben. Bräuchte ich ein devotes Dienstmädchen, hätte ich nicht dich eingestellt. Bräuchte ich hingegen jemanden, der mir ständig erklärt, was ich zu tun habe, würde ich tatsächlich heiraten. Aber mir genügt es, dass mir Regisseure Befehle geben. Wer frei sein will, sollte nicht heiraten, und wer glücklich sein will, sollte keinen Mann lieben. Einzig ein Kind zu lieben tut nicht weh.« Nur eines zu bekommen macht schrecklich müde, dachte Fanny und stützte ihren Kopf ab. Lethargisch lauschte sie den Plänen, die Alice machte. »Ich werde für die Kleine sorgen wie für ein eigenes Kind – und für dich sowieso, mach dir keine Sorgen. Oh, sie wird eine kleine Prinzessin sein. Und sie wird keinen Vater, dafür zwei Mütter haben, das ist ohnehin besser, und auch so werden wir eine richtige Familie sein. Ich denke, Elisabetta wäre ein schöner Name für sie.«

»Wer sagt dir denn, dass es ein Mädchen ist?«, fragte Fanny.

»Es *muss* ein Mädchen sein.«

»Und wer sagt dir, dass mir der Name Elisabetta gefällt?«

»Tut er es etwa nicht?«, fragte Alice erschrocken.

Fanny zuckte mit den Schultern. Théo hatte behauptet,

Namen hätten keine Bedeutung. Und der Name war ja auch nicht wichtig, wenn nur das Kind für sie Bedeutung hatte … Und das hatte es doch, oder? Es war nicht alles nur erschöpft und leer und taub und abgestumpft in ihr?

»Ach, ich wusste es«, rief Alice strahlend, »mit dir an meiner Seite wird mir nie langweilig werden.«

Dabei tauge ich gar nicht zur Unterhaltung. Und ein Kind sollte dafür erst recht nicht taugen müssen. Das dachte sie allerdings nur, sagte es nicht laut. Sie nickte ein, ehe sie das Hotel erreichten, in dem sie bis zum Einzug in Alice' neuer Wohnung leben würden, und noch nicht einmal das laute Geschrei einer Dame, der einer der vielen Taschendiebe den Schmuck entwendet hatte, konnte sie wecken.

LISBETH

1948

In dem Jahr, in dem die Deutsche Mark geboren wurde, starb Alma. Beides geschah kurz hintereinander. Dass am 20. Juni pro Kopf vierzig D-Mark ausgezahlt wurden – zwanzig sollten später folgen – und mit einem Streich alle Geschäfte wieder gefüllt waren, erlebte sie noch.

»Nicht die Geschäfte, die Köpfe sollten voll sein«, nörgelte sie, nachdem sie auf der Zeil gewesen war.

Frieda hingegen erfreute sich am Überfluss. »Fraa Käthe wärd endlisch werrer dick werrn.«

»Frau Käthe hat in letzter Zeit so viele Mäuse gefressen, die ist dick genug«, erwiderte Alma immer noch nörgelnd, obwohl sie Frau Käthe mochte, vor allem, wenn sie auf ihrem Bauch lag, der in letzter Zeit manchmal schmerzte. Als sie sich später ins Bett legte und die Katze ihr rasch folgte, hörte Lisbeth jedenfalls Alma zu ihr sagen: »Du bist zwar ein gefräßiges Ungeheuer, aber eine von uns starken Frauen, die sich durchbringt, komme, was da wolle.«

Es war der letzte Tag, da Alma sich als stark erwies. Danach verließ sie das Haus nicht mehr und konnte Frieda, die wegen des Wassers in den Beinen schon lange ans Haus gefesselt war, nicht länger berichten, was wieder aufgebaut worden war – die Mainbrücken oder das Rathaus – oder was ganz neu errichtet wurde, zum Beispiel eine breite Straße, die den Westen und den Osten der Stadt verband. Noch wichtiger war Frieda natürlich gewesen, dass sie im vergangenen Jahr die vierte fehlende Wand ihrer Wohnung hatten bauen lassen, sodass nicht länger der kalte Wind durch die Ritzen pfiff und sie – um hinein- und hinauszukommen – nicht durch eine Fensterluke steigen mussten, nein, durch eine ordentliche Tür treten konnten.

»Endlisch häwwe mer's werrer lauschisch warm«, sagte Frieda jeden Tag mindestens einmal, während Alma nun plötzlich über Kälte zu klagen begann, selbst wenn Frau Käthe auf ihr schnurrte.

»Soll ich dir Kaffee machen?«, fragte Lisbeth an einem Morgen im August. Seit Kurzem gab es wieder Bohnenkaffee zu kaufen, nachdem sie sich jahrelang mit Kaffeeersatz aus getrockneten Eicheln hatten begnügen müssen. Alma konnte eigentlich nicht genug davon bekommen, doch jetzt verzog sie ihr Gesicht. »Lieber hätte ich eine Tasse mit Beize, dann hätte das Elend ein Ende. Aber jetzt musst du ja keine Stoffe mehr hier färben, nicht? Conrad verhilft dir schließlich dazu, genügend Stoff zu bekommen.«

»Tante Alma!«

»Was denn, was denn? Conrad Wilkes ist in Ordnung. Ich finde zwar, eine Frau kann gut auf eigenen Beinen stehen und braucht keinen Beschützer, aber da er bloß ein liebes Bübchen ist, besteht keine Gefahr, dass du dich zu fest an ihn lehnst.«

Lisbeth runzelte die Stirn, obwohl sie Conrad in Gedanken einst selbst so genannt hatte. Das Jungenhafte, Unzerstörte, Heile an ihm war immer noch das, was sie gleichzeitig anzog und verstörte, sie wusste dennoch, dass hinter den blonden Locken und dem freundlichen Lächeln ein Mensch steckte, auf den man sich verlassen konnte, auch weil er darum kein Aufheben machte. Sie stützte sich wahrlich nicht auf ihn, sie konnte gut auf eigenen Beinen stehen, aber es war angenehm zu wissen, dass da jemand war, bei dem sie sich unterhaken konnte – so wie an jenem Tag, da sie von Richards Tod erfahren und er sie zurück zum Modehaus begleitet hatte.

»Ich ärgere mich nicht, weil du über Conrad lästerst, sondern weil du eine Tasse Beize trinken willst«, sagte sie.

»Pah«, machte Alma. »Das Leben ist zu kurz, um sich zu ärgern, und meines könnte gern noch kürzer sein. Jetzt kommt nur mehr das Sterben, und darauf habe ich überhaupt keine Lust.«

Lisbeth sah sie erschrocken an. »Du kannst nicht sterben«, brach es aus ihr heraus.

»Pah!«, rief Alma. »Ich kann nicht nur, ich *will* sogar, und jemand, der so alt ist wie ich, sollte es auch. Ich habe viel zu viele junge, kraftstrotzende Menschen überlebt. Das ist jetzt eure Zeit, nicht mehr meine. Und da die Kinder nun groß sind und zur Schule gehen, brauchst du mich nicht mehr, um auf sie aufzupassen.«

Lisbeth hatte sich an ihrem Bett niedergelassen, und gemeinsam streichelten sie Frau Käthe. »Martin braucht dich sehr wohl noch«, murmelte sie.

Rieke hatte den Tod des Vaters schnell verwunden. Sie sprach mit gleichem unbekümmertem Tonfall darüber, wie sie feststellte, dass ein Glas Marmelade Schimmel angesetzt hatte, man aber den Schimmel ja abkratzen und die Marmelade darunter essen könnte. Zumindest behauptete Frieda das. Alma hingegen meinte, dass Schimmel im Glas dessen gesamten Inhalt vergifte, und wenn Martin wieder einmal in Tränen ausbrach, weil er keine Marmelade aufs Brot bekam und weil er seinen Vater vermisste, an den er sich besser als

Rieke erinnern konnte, war Alma diejenige, die ihn an sich zog. Und wenn Lisbeth wiederum darüber klagte, dass ein Junge nicht so viel weinen solle, Tränen seien doch nutzlos, erst recht, wenn sie aus den Augen eines Knaben strömten, da fuhr Alma sie jedes Mal an: »In einer Welt, in der Frauen Männer sind, steht es einem Jungen gut, sich dann und wann wie ein Mädchen zu benehmen.«

Lisbeth war anderer Meinung und dennoch froh, dass Martin in Alma eine Fürsprecherin gefunden hatte und zugleich eine Frau, die Wärme und Resolutheit zugleich verkörperte.

»Martin hat Rieke«, sagte Alma jetzt.

»Sie ist jünger als er.«

»Die Knaben in seinem Alter sind halb so alt, wie es auf dem Papier steht, die Mädchen doppelt so alt. Auf Rieke kannst du dich verlassen.«

»Das bezweifle ich nicht, aber ich fürchte, sie kann mir meine Sorgen nicht abnehmen.«

»Worüber machst du dir denn Sorgen? Frankfurt erblüht, es gibt neues Geld und volle Läden. Dem Modehaus König steht eine große Zukunft bevor.«

Lisbeth zuckte mit den Schultern. Sie wollte Alma nicht damit belasten, dass die Nachfrage nach ihren Kleidern deutlich zurückgegangen war, seit in den vielen neuen Kaufhäusern Bekleidung, Wäsche und Schuhe zu Spottpreisen angeboten wurden. Wenn das Modehaus König die neuen Zeiten nicht nur er-, sondern auch überleben sollte, würde es nicht genügen, aus jeglichem Material, das sie in die Hände bekamen, Kleider zusammenzustückeln wie bisher, nein, sie würden etwas Einzigartiges erschaffen müssen, das ihre Ware von der aller anderen Geschäfte unterschied. Allerdings musste sie sich eingestehen, dass sie zwar erfindungsreich war, wenn es darum ging, aus nichts alles zu machen, ihr aber die Ideen ausgingen, sobald sie aus der Fülle das Unverwechselbare hervorbringen sollte.

Sie streichelten Frau Käthe, bis die Katze eingeschlafen war, und Alma setzte sich auf und erklärte, sie werde jetzt doch eine Tasse Kaffee trinken, ob sie nun Lust darauf habe oder nicht.

»Sie wird dir sicher guttun«, sagte Lisbeth eifrig und bereitete ihr den Kaffee zu, ehe sie ins Modehaus aufbrach.

Als sie am Abend zurückkam, war schon der Leichenbestatter da und verhandelte mit Frieda über einen Sarg.

»Ein Leihsarg mit falltürartigem Boden reicht doch, oder?«, fragte er.

Lisbeth hatte selbst das Gefühl, dass der Boden unter ihr nachgab. Wie betäubt vernahm sie Friedas Worte, wonach sie Alma über der Kaffeetasse zusammengesunken vorgefunden hatte. Wie betäubt dachte sie: Hoffentlich hat sie noch einen Schluck nehmen und genießen können. Und nicht mehr ganz so betäubt, ganz nüchtern dachte sie: Hoffentlich ist die Kaffeetasse nicht unter ihrem Gewicht zerbrochen, wir haben so wenige heile.

Laut sagte sie nun: »Alma bekommt einen richtigen Sarg.«

»Des kenne mer uns nedd leiste«, wandte Frieda ein.

»Doch«, bestand Lisbeth. »Alma hat keine ihrer vierzig D-Mark ausgegeben.«

Mit dem Geld konnten sie nicht nur einen Sarg, sondern auch einen Leichenschmaus für all die Freundinnen, die Alma noch aus den Zeiten der Frauenbewegung kannte, bezahlen. Kaum ein Mann war dabei. Mechthild Reinhardt hatte lediglich Helga, jedoch weder Michael noch Fritz mitgebracht.

Lisbeth war insgeheim erleichtert darüber, musste sie doch bei Michaels Anblick immer daran denken, dass Richard anders als er nicht aus dem Krieg zurückgekommen war. Bei Mechthilds Anblick wiederum musste sie daran denken, dass sie kurz nach Michaels Heimkehr schwanger geworden war und zwei Monate zuvor ein kleines Mädchen namens Ute geboren hatte – und das erweckte kaum geringeren Neid. Erst als Mechthild ihr in der Küche half, den Tortenteig aus Mehl, Kaffeesatz und Eipulver mit einer Creme aus Puddingpulver und Milchpulver zu verzieren und Lisbeth nicht entging, wie elend sie aussah – die Kerben um ihren Mund waren tiefer als sonst –, ließ die Eifersucht nach.

»Macht dir die kleine Ute das Leben schwer?«, fragte sie, die sich noch mit Grauen an Martins Koliken im ersten halben Jahr erinnerte.

Mechthild schüttelte den Kopf. »Mit dem Säugling komme ich zurecht. Mit den zwei Großen auch. Aber ich habe ja noch ein viertes Kind im Haus.«

»Michael«, sagte Lisbeth, und es klang weniger wie eine Frage als wie eine Feststellung.

»Er wird nicht mehr«, erwiderte Mechthild.

Lisbeth unterdrückte ein Schaudern ob des harten Urteils, auch wenn sie wusste, dass es wahr war. »Du hast ihn zurückbekommen«, sagte sie nachdrücklich.

»Das klingt, als hätte die Post ein Paket geliefert. Aber selbst wenn so wäre, hätte ich nur eine Pappschachtel gekriegt, keinen Inhalt.« Mechthild schmierte die Creme so energisch auf den Teig, dass sie mit dem Messer tief in diesen schnitt. Sie hatte noch immer ihren Hut auf – alle Erwachsenen trugen aus Ehrerbietung für Alma an diesem Tag einen Hut – und trug die Haare darunter nicht zu einem Dutt hochgesteckt wie die meisten Frauen ihres Alters, sondern zu einem zotteligen Zopf geflochten. »Wenn ich wenigstens wieder arbeiten gehen könnte!«, rief Mechthild.

Lisbeth konnte sich vage erinnern, dass Mechthild einst Rechtswissenschaften studiert und sogar promoviert hatte, nach der Machtergreifung der Nazis allerdings – wie jede Frau – keine Zulassung als Rechtsanwältin bekommen hatte und als Sekretärin hatte arbeiten müssen.

»Bevor Michael zurückkam, hatte ich eine Stelle in der Stadtverwaltung in Aussicht«, berichtete sie jetzt. »Aber wenn er auch sonst nichts kann, mir noch ein Kind zu machen, das schaffte er. Außerdem werfen sie jetzt alle Ärztinnen, Richterinnen und Lehrerinnen, die nach dem Krieg noch so dringend gebraucht wurden, wieder raus. Die müssen ja Platz machen für die werten Herren.«

»Das kann nicht sein …«

»Natürlich kann es das«, fuhr Mechthild ihr über den Mund. »Wenn ein Kriegsheimkehrer zurück auf seinen Posten will, dann kriegt er ihn, selbst wenn dieser mit einer besser qualifizierten Frau besetzt wurde.«

Lisbeth begann um die Torte zu bangen. Obwohl sie nicht mehr hungern mussten – Zutaten verschwenden wollte sie trotzdem nicht. Sie schob Mechthild sachte zur Seite und nahm ihr das Messer aus der Hand, um selbst die Creme zu verstreichen.

Sobald sie nichts mehr zu tun hatte, schwieg Mechthild, doch nun trat Klara Hartmann zu ihnen. Wofür immer diese ihre vierzig D-Mark verwendet hatte – für ordentliche Kleidung, um damit die Vogelscheuchenkluft einzutauschen, jedenfalls nicht. Und für richtige Zigaretten auch nicht. Sie rauchte immer noch den Tabakersatz, den sie seit zwei Jahren aus den Blättern von Ahorn, Brombeeren und Eiche herstellte.

»Das stinkt«, rief Lisbeth ungehalten.

»Ach was!«, blaffte Krähen-Klara. »Wenn du mich rauswirfst, kriegst du die Flasche Speiseöl nicht, die ich aus den Samen meiner Tabakpflanzen gepresst habe.«

Lisbeth vermutete, dass die Samen nicht aufgegangen waren und Krähen-Klara deswegen das merkwürdige Kraut rauchen musste, und sie kam nicht umhin, ihr im Stillen Respekt für das Talent zu zollen, auch aus dem, was schiefgegangen war, noch Nutzen zu schlagen.

»Ich würde dich nie von Almas Leichenschmaus verbannen, aber hör zu rauchen auf.«

Krähen-Klara nahm ungerührt einen weiteren Zug von der Zigarette, ehe sie sich an Mechthild wandte. »An deiner Stelle würde ich mich scheiden lassen. So viele Frauen tun das dieser Tage, und es ist ihnen gleichgültig, dass man sie für ›pathologisch asozial‹ hält.«

Mechthild schwieg.

»Himmel, du kannst dich doch unmöglich scheiden lassen!«, rief Lisbeth empört. »Sei dankbar, dass du noch einen Mann hast, sei dankbar, dass du noch ein Kind bekommen hast!«

Sie selbst hatte sich immer drei Kinder gewünscht. Nein, eigentlich hatte Richard sich drei Kinder gewünscht, aber letztlich kam das aufs Gleiche raus.

»Nun ja, noch besser, als sich scheiden zu lassen, ist, gar nicht erst zu heiraten«, sagte Krähen-Klara. »Wenn du Beamtin bist und dein Künftiger ebenfalls, verlierst du am Hochzeitstag deinen Beruf. Vielleicht auch erst in der Hochzeitsnacht, wer weiß. Die Zulassung zum Studium würdest du gleichfalls verlieren. Wusstet ihr eigentlich, dass unser Eherecht noch aus dem Jahr 1900 stammt und es damals Anatomieprofessoren gab, die ernsthaft behaupteten, das Gehirn von Frauen sei kleiner als das der Männer? Das war übrigens einer der Gründe, aus denen Alma stets Hüte trug.«

Lisbeth wusste das nicht, sie wusste nur, dass sie es nicht länger ertrug, Mechthild über ihr Leben klagen zu hören und Krähen-Klara rauchen zu sehen. Auch Frau Käthe schien sich inmitten des ungewohnten Menschenauflaufs zunehmend unwohl zu fühlen und flüchtete fauchend auf die Kuckucksuhr. Lisbeth konnte es ihr nicht verdenken, und da ihr ein Sprung auf die Kuckucksuhr vorenthalten blieb, wollte sie zumindest eine Weile frische Luft schnappen. Zuerst wollte sie allerdings nach den Kindern sehen.

Rieke hatte Almas Tod schicksalsergeben hingenommen, Martin hingegen geweint. Gottlob waren seine Tränen mittlerweile versiegt, und eben ließ er sich von Eva ein Märchenbuch vorlesen. In Lisbeths Augen war er zwar zu alt für Märchen, aber sie war froh, dass er Eva mochte und diese die Kinder. Seit jenem Tag vor nunmehr über einem Jahr, hatte sie nie wieder darüber gesprochen, dass sie Halbjüdin war und dass sie vom Tanzen träumte. Nur als Eva zum Begräbnis gekommen war – mit ihrem roten Schal, der Alma sicher als das richtige Accessoire dafür erschienen wäre –, hatte sie sie zur Seite genommen und gefragt, ob Mechthild Reinhardt tatsächlich Juristin war und ihr vielleicht Zugang zu den Akten verschaffen würde, die sie über das Schicksal ihres Vaters, ja der ganzen Familie väterlicherseits aufklären könne.

Lisbeth hatte ihr geraten, Mechthild selbst zu fragen, doch Eva schien das – aus welchem Grund auch immer – hinauszuzögern. Wenigstens kam die Torte nun auf den Tisch, und da Helga sich darum kümmerte, dass sie in Stücke geschnitten wurde, konnte Lisbeth unbeachtet nach draußen fliehen.

Obwohl sie mittlerweile Steinstufen hatten und sie nicht mehr über ein Brett balancieren musste, fielen die ersten Schritte nach dem Verlassen des Hauses immer noch vorsichtig aus. Erst beim letzten hob sie den Kopf, sah Conrad nicht weit entfernt vom Haus stehen und sein Gesicht in die Augustsonne halten. Er fand wohl nicht oft Gelegenheit dazu, denn seine Haut war bleich. Kein Wunder. Zu seiner Arbeit bei der Radiostation in Oberursel kamen weitere Pflichten – das Verfassen von Artikeln für die ferne *New York Times* ebenso wie für die hiesige Tageszeitung, die die amerikanische Militärregierung bis vor Kurzem herausgegeben hatte. Außerdem hatten sich die Amis das Ziel gesetzt, all jene deutschen Zeitungsverlage wiederzubeleben, die die Demokratie förderten – und auch dabei hatte er tatkräftig mitgeholfen. Näheres wusste Lisbeth nicht, sie war stets zu beschäftigt, um nachzufragen. Und wenn sie dann und wann einen gemeinsamen Sonntagnachmittag verbrachten, waren meist die Kinder dabei, und Lisbeth wollte in diesen wenigen leichten Stunden nicht über belastende Themen wie Krieg und Demokratie reden.

»Warum kommst du nicht rein?«, fragte sie. »Hast du Angst, dass die Frauen da drin sofort auf den einzigen Mann losgehen würden?«

Er hob den Blick, lächelte, und das Lächeln, jung, unbekümmert, fröhlich, schnitt wie immer an jener Stelle in ihre Seele, wo sich alles Dunkle und alles Lichte trafen. Insgeheim hoffte sie, dass – wenn er sie nur lange genug anlächelte und sie es eines Tages schaffte, sein Lächeln zu erwidern – der Schnitt vielleicht so tief ging, dass das Dunkle abgetrennt und vermodern würde. Noch fühlte es sich aber falsch an, so angelächelt zu werden, und genauso falsch erschien es ihr, sich unbändig zu freuen, Conrad zu sehen. Nicht dass sie es sich verbieten konnte – nur zeigen wollte sie es nicht.

»Ich dachte, du willst nicht, dass drinnen geraucht wird«, sagte er und führte eine Zigarette an den Mund.

»Klara Hartmann tut das doch auch«, sagte sie gedankenverloren und stellte sich neben ihn in das angenehm warme Sonnenlicht.

»Es tut mir leid, dass du deine Tante verloren hast«, sagte er leise.

»Sie … sie war schon alt.«

»Das ändert nichts daran, dass sie dir nahestand und eine riesige Lücke hinterlässt.«

Merkwürdig, dass er das wusste, obwohl sie mit ihm nie über Alma gesprochen hatte. Merkwürdig, dass sie es plötzlich auch selbst wusste, obwohl sie sich in den Tagen seit ihrem Tod immer nur gesagt hatte, sie müsse die Fassung bewahren.

Nun, vor Conrad musste sie das nicht. Rauch stieg ihr in die Nase, sie hustete, und als er ihr auf den Rücken schlug, hustete sie nur noch stärker. Irgendwann wurde aus dem Husten ein Lachen, und irgendwann wurde aus dem Lachen ein Weinen.

Er hörte mit dem Schlagen auf. »Lisbeth?«, fragte er.

Sie hatte ihm nie wieder die Seele geöffnet wie damals ein Jahr zuvor. Sie hatte ihm Anzüge genäht, für die sie keine Maße mehr hatte nehmen müssen, weil sie die Maße im Kopf hatte, hatte ihm hin und wieder Interviews gegeben, hatte mit ihm und den Kindern Ausflüge gemacht, zum Bombentrichter am Sachsenhäuser Ufer, wo er den Kindern schwimmen beizubringen versucht hatte – nur Rieke konnte es nun, Martin nicht –, oder zum Zoo, wo es noch keine Tiere gab, jedoch Akrobaten ihre Kunststücke aufführten und Tanzkapellen spielten.

Jetzt brach aus ihr hervor: »Ich … ich verstehe nicht, warum ich bis jetzt keine einzige Träne um sie vergossen habe.«

»Eben weinst du. Und selbst wenn du es nicht tätest, ich weiß, dass du um sie trauerst wie um eine Mutter.«

Lisbeth wischte sich die Wangen ab. »Alma war nie wie eine Mutter. Ich weiß gar nicht, was eine Mutter ist. Fanny hat sich nie wie eine solche verhalten, und zu Alice di Benedetto habe ich zwar *mamma* gesagt, aber …«

Sie brach ab.

»Alice di Benedetto?«, fragte er.

Sie schüttelte energisch den Kopf. »Lass uns nicht über die Vergangenheit reden, auch nicht über Alma. Weißt du, dass ich zum ersten Mal seit Jahren Torte gebacken habe, weil es sonst nie einen Anlass dafür gab? Menschen wie ich können nur noch den Tod feiern, nicht mehr das Leben.«

»Warum kann man nicht beides gleichzeitig feiern? Den Tod und das Leben?«

Wer so etwas sagte, hatte keine Ahnung vom Tod. Aber wer so etwas nicht glaubte, hatte vielleicht keine Ahnung vom Leben.

»Weißt du eigentlich, dass ich heute Geburtstag habe?«, fragte sie plötzlich.

»Wie alt wirst du?«

»Sechsundzwanzig.«

»Lustig. Die werde ich im Oktober auch.«

Lieber Himmel, sie waren fast gleich alt! Wobei Alma ja gesagt hatte, Mädchen wären stets doppelt so alt wie Jungen, und falls das für Frauen und Männer ebenso galt, war er fast noch ein Kind und sie schon eine alte Frau. Kurz fühlte sie sich auch so, aber nicht nur. Da war noch etwas anderes – nicht die Sehnsucht, wieder jung zu sein, nur die Sehnsucht, sich jung zu fühlen. Sie nahm seine Hand, zog daran.

»Komm«, sagte sie schnell, ehe sie die Entscheidung bereuen konnte. »Lass uns feiern.«

»Deinen Geburtstag oder Almas Begräbnis?«

»Beides«, erklärte sie und zog ihn vom Haus weg.

Etwas verwundert folgte er ihr. »Und das tun wir nicht mit der Torte?«, fragte er.

»Die hat Krähen-Klara doch gewiss schon aufgegessen.«

Die sogenannte »Neschermussig«, die die Amerikaner in die Stadt gebracht hatten, wurde an vielen Orten gespielt, aber wenn man richtig guten Jazz hören wolle, so erklärte Conrad, müsse man in eines der zwei Jazzlokale in der Kleinen Bockenheimer Straße gehen. Da diese erst um neun Uhr öffneten, spazierten sie bis dahin am Main entlang, und zum ersten Mal konnte Lisbeth wieder sehen, wie sich das rötliche Abendlicht auf dem Wasser brach, ohne an die Bombennächte zu denken. Der Krieg war vorbei, das Hungern war vorbei, sie war wieder jung oder immer noch jung oder zum ersten Mal jung. Was zählte das schon? Selbst wenn sie uralt wäre, galt es heute, Almas Tod so zu feiern, wie sie es sich gewünscht hätte, indem ihre Nichte nämlich Tränen lachte, nicht weinte.

»Ich bin der beste Tänzer von New York«, erklärte Conrad, »das werde ich dir heute beweisen.«

»Beweis es mir schon jetzt! Zeig mir, wie man zu Jazzmusik tanzt.«

»Lass dich überraschen. Ohne Musik kann ich nicht tanzen.«

»Aber du könntest mir mehr von New York erzählen«, sagte sie.

»Warum?«

Weil New York eine Stadt ist, die noch keinen Krieg gesehen hat, dachte sie. Und weil ich mir dann vielleicht kurz vormachen könnte, ich hätte noch keinen überlebt.

»Nach allem, was ich gehört habe, können die New Yorker nicht nur tanzen, sondern auch Wolkenkratzer bauen, Hunderte von Metern hohe Kolosse aus Stahl, Glas und Beton, die regelrecht die Wolken streicheln. Es ist gewiss schön, dem Himmel so nah zu sein«, erwiderte sie.

»Oh, in keiner Stadt erscheint einem der Himmel so fern wie in New York. Die Wolkenkratzer werfen ihre Schatten schräg auf die Avenues, und die Querstraßen werden fast überhaupt nie von der Sonne beschienen. Aber richtig dunkel wird es trotzdem nicht, zumindest nicht, seit die Verdunkelungsvorschriften des Krieges aufgehoben worden sind. Allein die Autokarawanen der Pendler, die täglich nach Manhattan fahren, gleichen einer riesigen schillernden Schlange. Und um den Times Square Tower läuft unermüdlich das *motogram* – Buchstabe für Buchstabe werden die Nachrichten des Tages von Tausenden elektrischer Lampen abgespielt.«

Lisbeth konnte sich beim besten Willen nicht vorstellen, wovon Conrad redete. »Ich habe gehört, dass man im fünfzigsten Stockwerk eines Wolkenkratzers ins Kino gehen kann. Stimmt das? Und bist du einmal dort gewesen?«

Er schüttelte den Kopf. »Aber wie wär's, wenn wir hier in Frankfurt mal gemeinsam ins Kino gingen?«

Plötzlich hatte sie das Gefühl, sie könnte es. Obwohl Richard Kinofilme für zu oberflächlich gehalten hatte. Obwohl auf den letzten Film, den sie gesehen hatte, die erste schlimme Bombennacht gefolgt war. Und obwohl Alice di Benedetto, die berühmte Filmschauspielerin, die sie *mamma* genannt hatte, sie letztlich ebenso im Stich gelassen hatte wie Fanny.

»Woran denkst du?«, fragte Conrad leise.

»Ich versuche, mir nur einen Wolkenkratzer vorzustellen«, lenkte sie ab, »erzähl mir mehr von New York.«

»Hm«, überlegte er. »Es gibt so viel zu erzählen. Dass Sekretärinnen die Post durch zweihundertfünfzig Meter lange Schächte fallen lassen, zum Beispiel, und diese mit Eis gekühlt werden, damit sich die Briefe nicht entzünden.«

»Ist nicht wahr!«

»Doch! Und im Keen's Chophouse, einem Restaurant an der West 36th Street, kann man farbige Stereoskopien der angebotenen Speisen begutachten.«

»Ist nicht wahr!«, rief sie wieder.

»Doch! Mir fällt auch keine andere Stadt ein, in der so viele Menschen mit Wasserflugzeugen oder Schnellbooten zur Arbeit fahren. Wo Sicherheitsleute durch Röntgenspiegel schauen. Oder wo man sich vom Photomaton fotografieren lassen kann.«

»Das klingt ja wie Tomate.«

»Eine Tomate kann nur keine Fotos machen wie diese vollautomatischen Maschinen. Und die übrigens in Farbe.«

»Das heißt, man sieht es, wenn einer rot wie eine Tomate ist«, sagte Lisbeth, und dann lachten sie beide und wurden rot. Vielleicht nicht so rot wie eine Tomate, nicht so rot wie das Abendlicht, das sich im Main brach, aber rot genug, als dass ihre Wangen ganz heiß wurden. Und so war es langsam Zeit, zur Bockenheimer Straße aufzubrechen.

Frieda behauptete, »Neschermussig« würde ähnlich klingen wie Kochlöffel und Kochtöpfe in den Händen von Martin und Rieke.

»Das kannst du gar nicht wissen«, hatte Alma dazu immer gesagt, »wir haben schließlich keine heilen Kochlöffel mehr.«

Lisbeth hatte sich aus diesem Streit stets rausgehalten, musste aber, als sie das Jazzlokal betraten, Frieda insgeheim recht geben. Die Töne, die auf sie einprasselten, passten überhaupt nicht zusammen – die vom Klavier nicht zu denen der Gitarre, die vom Kontrabass nicht zu denen von der Trommel, und alle zusammen nicht zu denen des Blasinstruments, das man Saxofon nannte.

»Sie spielen sich nur ein«, erklärte Conrad, »erst um Mitternacht geht es richtig los.«

Das Lokal war anfangs leer, sodass sie die Einrichtung mustern konnte, und die hatte viel mit den Klängen gemein. Auch die Stühle passten nicht zusammen, erst recht nicht die Kissen, von denen etliche von Motten zerfressen waren. Und die Menschen, die sich mit der Zeit darauf niedersinken ließen, hatten erst recht nichts miteinander gemein, denn unter die GIs, die sich hier amüsieren wollten, und die Fräuleins, die zu jung waren, um je an den Endsieg geglaubt zu haben, aber alt genug, sich die Lippen rot anzumalen und mit den Amis zu kokettieren, mischten sich etliche ältere Frankfurter, darunter eine Dame, die anscheinend sämtlichen Schmuck, den sie besaß, angelegt hatte, außerdem eine Girlande, die man ansonsten über den Weihnachtsbaum drapierte. Begeistert begann sie, in einem Rhythmus, den Lisbeth unmöglich aus den Tönen heraushören konnte, zu wippen.

»Sie scheint den Groove und Swing im Blut zu haben«, sagte Conrad lächelnd.

Lisbeth wusste weder vom einen noch vom anderen, was es war. Sie fürchtete, zu schnell zu viel von dem Bier im Blut zu haben, das er ihr eben reichte, lauwarm, fast ohne Schaum und in einem Cognacglas serviert. Trotzdem trank sie es, und ob es nun daran lag, dass ihr hinterher schwindelte, oder schlichtweg, weil es nun richtig losging, wie Conrad eben sagte – irgendwie schienen die Musiker nun mehr mit- als gegeneinander zu spielen. Nicht dass die Töne deswegen besser zusammenpassten. Vergebens versuchte Lisbeth, einer Melodie zu folgen. Aber sie war beeindruckt davon, mit welcher Hingabe der Saxofonist spielte. Sein ganzer Körper krümmte sich, als gälte es nicht nur, sein Instrument zu bespielen, nein, zu diesem zu werden und solcherart alle Grenzen außer Kraft zu setzen.

»Es kann ja gar nicht losgehen«, sagte Lisbeth leise zu Conrad, »diese Musik hat keinen Anfang und kein Ende.«

»Muss denn alles einen Anfang und ein Ende haben? Und kann nicht das Ende manchmal vor dem Anfang kommen?«

Sie war nicht sicher, was er meinte, nur dass die Worte plötzlich ebenso für eine Verheißung standen wie die Musik. Wenn alle Regeln der Harmonie aufgegeben wurden und Frauen sich mit Christbaumschmuck behängten, dann konnte sie sich jünger fühlen, als sie war, oder wenigstens so jung, wie sie war, jedenfalls nicht so alt wie all die, die nach dem großen Ende jedem kleinen Anfang misstrauten.

»Wolltest du nicht tanzen?«, fragte sie Conrad. Conrad nickte, bestellte ein zweites Bier, wohl um sich Mut anzutrinken. Dann erhob er sich, und ihm schien mindestens so schwindlig zu sein wie ihr. Die Bewegungen, die er machte, erinnerten nämlich weniger an einen Tanz, sondern an Frau Käthe, wenn die wie verrückt im Kreis sprang, sobald Rieke wieder mal versuchte, ihr ein selbst gehäkeltes Hütchen über den Stummelschwanz zu ziehen. »Was ist das denn?«, wollte Lisbeth wissen.

»Das bin ich, wenn ich mich aufwärme. Jetzt aber.«

Mit seinem Tanz verhielt es sich wie mit der Musik – er schien keinen Anfang und kein Ende zu haben, erst recht keinen Rhythmus, und er hielt sich an keine Regel. Mittlerweile ließ das Gehüpfe sie weniger an Tante Käthe als an einen Frosch oder ein gackerndes Huhn denken.

Lisbeth musste so laut lachen, dass die alte Dame mit dem Weihnachtsschmuck sie empört ansah. Sie verstummte sofort, woraufhin sich die Dame an Conrad wandte.

»Ich habe den Amerikanern verziehen, dass sie unsere Stadt in Schutt und Asche legten«, erklärte sie, »aber wer sich über Jazz lustig macht, der kriegt's mit mir zu tun.«

Conrad entschuldigte sich mehrmals und beteuerte, sich

keineswegs lustig gemacht zu haben, ehe er sich wieder setzte.

Lisbeth musterte ihn mit hochgezogenen Brauen. »Ich dachte, du wärst der beste Tänzer von New York.«

»Ich habe wohl ein Wort vergessen hinzuzufügen. Ich bin der beste schlechteste Tänzer. Ich hatte noch nie eine Tanzpartnerin, der ich nicht auf die Zehen gestiegen bin.«

Lisbeth trank das Bier aus, obwohl es endgültig warm wie Suppe war. Obwohl es den Schwindel verstärkte, es füllte auf angenehmere Weise den Magen als festes Essen. Nach den Hungerjahren vertrug sie es oft nicht, vermeinte manchmal gar, Steine rumpelten in ihrem Bauch.

»Und wer waren sie?«, fragte sie.

»Wer?«

»Na, deine Tanzpartnerinnen!«

»Eine von ihnen war eine Tochter aus bester Familie, die auf ihrer Schule in Washington einen Eurythmiekurs besucht hat. Es war dieselbe Schule, auf die auch meine Mutter gegangen ist. Die Mädchen lernten nicht nur Eurythmie, sondern zudem, dass Gott eine Frau ist. Zumindest hat das die Direktorin behauptet.«

»Was ist Eurythmie?«

»Tja, meine Tanzpartnerin hat vergeblich versucht, es mir zu erklären, deshalb hat sie es mir mal vorgeführt. Vielleicht schaffe ich es nachzumachen.«

Conrad erhob sich wieder und machte wieder Bewegungen, die die Eleganz ebenso vermissen ließen wie das Bier die Frische. Als nicht nur die Christbaumschmuckfrau, auch andere Gäste drohend die Hände hoben, packte Lisbeth ihn am Arm und zog ihn aus dem Jazzkeller.

»Mindestens so dringend wie einen Tanzlehrer brauchst du frische Luft.«

Auf dem Weg ins Freie stieg er zwei Gästen auf die Zehen und stolperte mehrmals auf der schiefen Treppe, die nach oben führte.

»Jetzt aber«, sagte Conrad wieder und machte Anstalten, auf die Straße zu treten.

Bis vor Kurzem waren kaum Autos gefahren, nun kam eins um die Ecke, und Lisbeths Hand schnellte nach vorne, um Conrad festzuhalten und ihn zurückzuziehen.

»Lass nur! Eigentlich will ich gar nicht wissen, was Eurythmie ist.«

»Nicht?«

»Viel lieber würde wissen, ob du in diese Tanzpartnerin verliebt warst.«

Er lachte. »Gott bewahre, sie war verwöhnt und eingebildet. Ich kann mich nicht mehr an ihr Gesicht erinnern, nur noch daran, dass sie platte Füße hatte.«

»Na, wenn du auf diese gestiegen bist, bist du selbst schuld daran.«

»Möglich. Wobei ich, glaube ich, nicht oft mit ihr getanzt habe. Sie hasste Jazz.«

»Das kann ich ihr nicht verübeln.«

Sie hatte seine Hand nicht losgelassen – und er ihr seine nicht entzogen. Jetzt wurde sein Griff sogar fester, und er zog sie dicht an sich, sah sie mit einem Ernst an, der ihm eigentlich fehlte.

»Hat es dir denn nicht gefallen?«

Sie war nicht sicher, ob Vorwurf oder Enttäuschung aus seiner Stimme klangen. Und wenn schon – er hatte sie weinend gesehen, nackt und mager, er hatte sie verstört gesehen, trauernd und lachend. Er erlebte, wie sie unermüdlich für ihre Kinder kämpfte, aber auch wie sie diese oft vernachlässigte. Er wusste, dass sie auf Fragen manchmal schmallippig reagieren konnte, um ihm dann wieder ganz ungefragt etwas anzuvertrauen, was sie sonst noch niemandem gesagt hatte. Er war mit ihr und den Kindern im Sachsenhäuser Trichter geschwommen und hatte mit ihnen auf einer Wiese im Zoo gelegen, um einem Feuerschlucker zuzusehen. Was hatte sie schon vor ihm zu verbergen?

»Überhaupt nicht«, gab sie unumwunden zu, »ich fand es grässlich.«

Und da zog er sie plötzlich noch dichter an sich, sodass sein Gesicht unmittelbar vor ihrem war, plötzlich gar nicht mehr so glatt, sondern … ergriffen. Ja, sie fand kein anderes Wort dafür, obwohl das eher in einen Gottesdienst passte, nicht auf eine nächtliche Straße vor einem Jazzkeller.

»Danke«, stieß er plötzlich aus.

Er ließ sie los, senkte den Blick, aber ihr blieb nicht verborgen, dass er ganz und gar nicht vorwurfsvoll war, eher erleichtert. Sie war verwirrt. So wie vorhin die Musik keiner Harmonie zu folgen schien, so hatte sie sich nicht dagegen wappnen konnte, dass die heitere Stimmung jäh kippte – wobei das, was folgte, kein schiefer Ton war, nur eben kein seichtes Geplänkel mehr.

»Was … was meinst du?«, fragte sie.

»Danke, dass du mir die Wahrheit sagst«, erwiderte er.

»Warum sollte ich denn in so einer Sache lügen?«

Und plötzlich beugte er sich wieder ganz dicht zu ihr herunter, nahm nicht ihre Hände, nein, legte seine um ihren Kopf. »Deinen Mann Richard hast du doch auch belogen … hast ihm erklärt, gern ins Theater zu gehen, gern Rilke-Gedichte zu hören … Hast ihm verschwiegen, dass du viel lieber einen Kinofilm sehen würdest.«

Gedanken schossen ihr durch den Kopf, die nicht zusammenpassten. Wie kann er nur …? Was will er denn …? Er weiß, wer ich bin, und das ist gut so.

Aber wie sollten diese Gedanken zusammenpassen und eine Einheit bilden, wenn es in ihrem Leben diese Zäsur gab. Da war ihr erstes Leben, in dem sie etwas Bestimmtes hatte sein wollen – erst die fürsorgliche Tochter, dann das tüchtige BDM-Mädel, schließlich mit erst achtzehn Jahren die gute Ehefrau, bald darauf die gute Mutter. Und da war ein zweites Leben, in dem es genügend Mühen kostete, überhaupt noch zu sein, egal wer genau. Konnte auf diese beiden Leben noch ein drittes folgen, in dem es nicht darum ging, wer sie sein sollte oder wer sie sein konnte, vielmehr wer sie sein *wollte?*

Conrads Hände ließen ihren Kopf nicht los, und die Stimmen in ihrem Kopf wurden noch widersprüchlicher.

Wie kannst du dich von einem anderen Mann als Richard so berühren lassen, sagte die eine.

Was tue ich hier, morgen werde ich müde sein und einen schweren Kopf haben. Wie soll mir da eine zündende Geschäftsidee kommen, um das Modehaus in die Zukunft zu führen?, sagte die zweite.

Und dann war da eine dritte Stimme, fremd, aber nicht weniger eindringlich. Ich will, dass er mich küsst. Ich will so jung sein wie er, so schön sein wie er, so glatt sein wie er, so sorglos.

Er redete viel zu viel, um sie zu küssen, von seinen Eltern mittlerweile, denen es auch so schwerfiel, die Wahrheit zuzugeben, die um das Grab seines Bruders ebenso schlichen wie um ehrliche Worte, die sich irgendwann gar nichts mehr zu sagen hatten. Er hatte es nicht länger ertragen, im Schatten der Eltern zu leben, ebenso nicht in den Schatten, die die Wolkenkratzer warfen. Und am allerwenigsten hatte er die schrillen Lichter von New York ertragen, die die Schatten Lügen strafen wollten, die nicht die Wahrheit beleuchteten, nur den blendeten, der sie suchte. Hier in Deutschland gab es diese Lichter nicht. Hier gab es zu wenige heile Wände, die Schatten werfen konnten. Man konnte hier um kein Grab herumschleichen, man stieg ständig darauf, weil die ganze Welt ein Grab war. Gelogen wurde hier zwar auch (Was hat man uns übel mitgespielt … Wie kamen wir bloß in diese Lage? Wir sind doch keine Nazis, sind es nie gewesen …), aber sie, Lisbeth, hätte nie in diesen Chor der Lügen eingestimmt.

Sie verstand nur wenig von dem, was er ihr anvertraute, fand auch, dass die Erkenntnis, Jazz grässlich zu finden, nicht das Gewicht verdiente, das er ihr gab. Eigentlich hatte sie gar kein Gewicht, denn plötzlich dachte sie, dass Jazz vielleicht doch nicht grässlich war, es vielmehr verführerisch schien, einen Ton zu setzen, der nicht zum vorhergehenden passte, etwas zu tun, was den Regeln widersprach, nicht länger zu warten nämlich, bis er sie küsste, sich stattdessen auf die Zehenspitzen zu stellen und es selbst zu tun, zart, sachte. Ihre Hände mochten Schwielen haben, auch ihre Seele, ihre Lippen aber hatten keine. Vom Wahrheitsagen bekam man keine Blasen, die aufplatzten, sich verhärteten, vom Wahrheitsagen wurden die Lippen nur noch feinfühliger.

Dann war der Kuss vorbei und doch nicht vorbei, Anfang und Ende waren ja plötzlich eins. Als sie sich lösen wollte, lagen jedenfalls seine Hände um ihren Nacken. Dieses Mal zog er sie an sich, sie küssten sich hungriger, hitziger, hielten inne, um Atem zu schöpfen, küssten sich wieder, ehe sie eine Weile Hand in Hand gingen – in welche Richtung war Lisbeth gleich –, pressten schließlich erneut die Münder aufeinander, so gierig nunmehr, dass die Zähne schmerzhaft zusammenprallten. Vergeblich suchten sie einen gemeinsamen Rhythmus, aber den brauchten sie ja nicht, um miteinander zu spielen, miteinander zu improvisieren. Die Töne machten keine Angst, nicht die hässlichen, nicht die schönen, nicht die kaputten, nicht die heilen, nicht die zu leisen, nicht die zu lauten.

Als sie sich wieder voneinander lösten, fehlten plötzlich die Töne. Ein Schweigen ragte unversehens zwischen ihnen auf, nicht warm und luftdurchdringend, aus ähnlichem Stoff vielmehr wie der alte Regenschirm, aus dem sie ein Kleid gemacht hatte. Man konnte es tragen, nur wenn man schwitzte, haftete es an der Haut, und wenn es kalt war, schützte es nicht, es schien sich in eine dünne Eisschicht zu verwandeln.

Dieses Schweigen hatte sie nicht kommen gefühlt. Nicht so wie den Kuss, von dem sie plötzlich wusste, dass sie sich seit Jahren darauf hinbewegt hatten. Jetzt hingegen schien Conrad sich von ihr fortzubewegen, auch wenn seine Hand sich nicht aus der ihren löste.

»Was ist?«, frage sie. »Sprich es aus! Findest du das Küssen unangenehm?« Er blieb stehen. Hätte er gesagt: Ja, es war grässlich, ich werde dich nicht wieder küssen, ich schäme mich, eine Deutsche geküsst zu haben, ich wünsche mir ein Mädchen, das lieb und lustig und locker ist wie ich – sie hätte es verkraftet, denn die Wahrheit verband sie, sie trennte sie nicht. Doch da war kein Band, da war ein Knoten. Er hatte sie tief in die Seele blicken lassen, nur auf dem Weg in die Tiefe hatte sie ein Geheimnis übersehen, das nicht im Dunkeln wucherte und nun zwischen ihnen stand. »Sprich es aus!«, rief sie wieder nahezu panisch.

»Lisbeth …«

»Vielleicht findest du nicht das Küssen an sich unangenehm, aber *mich* zu küssen«, sagte sie niedergeschlagen. »Dass wir gleich alt sind, sieht uns niemand an. Du bist der schmucke junge Ami, der seine Zukunft vor sich hat. Ich bin die verbitterte deutsche Witwe mit zwei kleinen Kindern, die alles verloren hat.«

»Du hast viel zurückgewonnen. Und du bist nicht verbittert.«

»Man sieht mir immer noch an, dass ich fast verhungert wäre.«

»Dafür musst du dich nicht schämen.«

»Aber für das, was dazu geführt hat, dass ich fast verhungert, dass mein Haus fast zerbombt worden wäre, dass mein Mann tot ist. Das willst du doch sagen, wenn du …«

»Himmel, Lisbeth!« Er brüllte so laut, wie sie ihn noch nie hatte brüllen hören. »Es geht nicht um die Frage, ob du meiner würdig bist. Es geht um die Frage, ob ich dich verdient habe.« Die Straßenlaterne flackerte, überhaupt war es ungewohnt, dass die Straßen nachts wieder beleuchtet waren. So oder so verdunkelte sich etwas, nämlich sein Gesicht, als er etwas leiser hinzufügte: »Ich habe dir so viel von New York erzählt«, sagte er leise. »Aber eine Sache nicht, obwohl die vielleicht das Wichtigste ist.«

»Was meinst du?«

Er senkte seine Stimme noch mehr, senkte auch den Blick. »Wusstest du, dass Paris und Mailand zwar als Modemetropolen gelten, es dort jedoch viel schwieriger ist, Mode preiswert zu kaufen?«

»Worauf willst du hinaus?«

»Nur in New York kann man Entwürfe berühmter Designer von der Stange kaufen.«

»Ja und?«

»Und anders als Paris und Mailand hat New York nicht mit den Folgen des Krieges zu kämpfen. Wenn du mich fragst, wird es die neue Modehauptstadt werden.«

»Warum sagst du mir das alles? Ich will nicht mit dir über das Geschäft reden, nicht über Mode.«

Er hob den Blick wieder, ließ aber weiterhin die Schultern

hängen, von etwas belastet, das sie an ihm nie wahrgenommen hatte. Er stand doch für das Leichte. Warum fiel es ihm plötzlich so schwer weiterzureden? Und warum ihr so schwer, ihm zuzuhören?

»Alles, was ich eben sagte, sind nicht meine Überlegungen. Das sind die Überlegungen deiner … deiner Mutter.«

Mutter.

Dieses Wort war immer zu groß gewesen und hatte zu viel verheißen, um es mit dem auszufüllen, was von ihren Müttern zu erwarten stand, von Fanny, ihrer leiblichen, von Alice, die ihre *mamma* hatte sein wollen, von all denen, die ihr dann und wann einen Hauch von Wärme geschenkt hatten, ob Alma oder Frieda oder sogar Krähen-Klara.

Zugleich war das Wort zu klein für die Enttäuschung, die seit dem Tag in ihrem Herzen wucherte, als Fanny gegangen war. Die nun sogar noch wuchs, als sie Conrad anstarrte, in ihrem Kopf langsam ankam, was ihre Ohren längst vernommen hatten.

»Ich habe dir so viel von New York erzählt«, sagte er, »nur nicht, dass Fanny König dort lebt. Dass sie meine Eltern kennt. Dass sie mich, ehe ich nach Deutschland ging, darum gebeten hat, nach dir zu sehen und ihr zu berichten, wie es dir geht, wie du lebst, was du denkst.«

Verrat.

Das Wort war zu groß, um es mit dem auszufüllen, was er getan hatte – es war ja nichts weiter, als damals zu ihrem Haus zu kommen, sie aufzufangen, als sie gestürzt war, ihr den Rat zu geben, Salz zu streuen. Nichts weiter, als nach ihrer Verhaftung einzuschreiten, als mit ihr in Kontakt zu bleiben, ihr damals am Bahnhof beizustehen. Und zugleich war das Wort zu klein, um ausreichend zu benennen, was er getan hatte – viel mehr nämlich, als sich nur in ihr Leben zu schleichen, ihr vorzugaukeln, er hätte mit ihrer Vergangenheit nichts zu tun, sei nicht beschmutzt vom Staub, der über allem lag, nicht beschmutzt von dem, was sie getan hatte, nachdem Fanny sie einst im Stich gelassen hatte, was sie seitdem als Geheimnis mit sich herumtrug, was sie noch nie jemandem erzählt hatte … nie jemandem erzählen wollte. Sie hatte seine Nähe gesucht, weil ihm der Krieg nicht anzusehen gewesen war, und umso härter traf es sie, dass sie bei ihm trotzdem keinen Frieden finden würde, dass er plötzlich Teil ihres kaputten Lebens, ihrer kaputten Familie war. Und aus diesem Kaputten konnte sie nichts machen, vor diesem Kaputten konnte sie einfach nur davonlaufen.

»Warte, Lisbeth! Lass mich doch erklären …«

Sie hielt nicht inne, konnte plötzlich verstehen, warum Fanny erst vor Georg geflohen war, später vor Aristide und Alice, am Ende sogar vor ihr. Sie hatte sie verachtet, hatte sie insgeheim als schwach und feige und flatterhaft beschimpft. Jetzt fühlte sie selbst, wie befreiend es sein konnte, einfach zu laufen. Wobei Freiheit ein zu großes Wort war, weil sie ja nur zu ihrer kleinen Wohnung zurücklief, wo Alma eine riesige Lücke hinterließ, und zugleich ein zu schwaches Wort, um ihr Hoffnung zu geben. Hoffnung, dass sie, wenn sie nur schnell genug rannte, vergaß, was Fanny getan hatte … was Conrad … und was sie.

RIEKE

1973

Manchmal stellte auch ich mir vor, einfach davonzulaufen. Wobei das noch einer meiner unspektakuläreren Tagträume war. Mit deutlich mehr Fantasie malte ich mir dann und wann aus, wie ich Berge von Akten zerriss und sie in die Belüftungsanlage warf, sodass die Papierfetzchen wie Konfetti über die Damenabteilung regneten. Nicht dass ich mir sicher sein konnte, ob das auch wirklich so funktionieren würde. Ich hatte nie richtig verstanden, wie die Belüftungsanlage arbeitete. Andere Dinge hingegen lernte ich zu durchschauen, und deshalb floh ich nicht, gewöhnte mich stattdessen an das Gefühl der steten Überforderung, so wie sich die Angestellten des Modehauses an meinen Anblick hinter dem mächtigen Schreibtisch, wo früher Herr Heinemann gethront hatte, gewöhnen mussten.

Diesen in Frührente zu schicken, war in dem knappen Jahr, da ich das Modehaus mittlerweile führte, die erste Aufgabe gewesen. Die Herren- und Dekorationsabteilung aufzulösen und die leeren Flächen zu vermieten die zweite. Und die Hausbank von einem neuen Kredit zu überzeugen die dritte.

Damit waren die größten Herausforderungen bewältigt, hatte ich mir gesagt – um allerdings bald festzustellen, dass nur das Feuer gelöscht, das halb verbrannte Haus aber noch lange nicht wieder aufgebaut war.

Was ich außerdem manchmal gern aufgebaut hätte, wäre eine Mauer aus diversen Aktenordnern, vor allem aus den vielen Büchern auf meinem Schreibtisch gewesen, um zu verhindern, dass eine weitere Hiobsbotschaft (Die Quartalszahlen sind schon wieder hinter den Erwartungen zurückgeblieben … In der Nebenstraße hat eine Damenboutique eröffnet … Unser wichtigster Lieferant ist in Konkurs gegangen …) auf mich einprasselte. Die Bücher widmeten sich übrigens solch ansprechenden Themen wie Umsatz- und Beförderungssteuer, Einkommens- und Körperschafts- sowie Gewerbe- und Vermögenssteuer, ganz abgesehen von Zivilrecht und Gewerberecht, Arbeitsrecht und Wettbewerbsrecht. Wenn ich mich zu lange in eins vertiefte, hatte ich immer das Gefühl, das Buch wäre mir auf den Kopf geknallt. Immerhin war *Ausführlicher und sachgerechter Kommentar zum neuen Textilkennzeichnungsgesetz* zu dünn, um mich zu erschlagen. Das Büchlein diente vielmehr dazu, mir zwischendurch frische Luft zuzuwedeln, wenn ich über die Einführung ins *Rechnungswesen unter besonderer Berücksichtigung von Buchführung, Kostenrahmen, Warenkalkulation* ins Schwitzen gekommen war. Noch gar nicht erst erwähnt habe ich, dass ich bei den *100 Übungsaufgaben zur Buchführung* von Dr. Reinhold Hardt in steigenden Schwierigkeitsstufen noch nicht mal zur zehnten gekommen war.

An einem Nachmittag schlug ich mich gerade mal mit der achten herum, kam aber nicht weiter und entschied schließlich, lieber Frau Bause, der neuen Sekretärin, einen Brief zu diktieren. Unter dem Schreibtisch befand sich ein Knopf, der im Sekretariat eine Klingel schrillen ließ, aber wie so oft zögerte ich, darauf zu drücken, erschien es mir doch zu unpersönlich.

»Frau Bause?«, rief ich stattdessen schwach. Keine Antwort.

Ich verließ mein Büro, fand das Sekretariat verwaist vor – die Schreibmaschine war wie immer am Feierabend mit einer grauen Abdeckung versehen. Verspätet fiel mir ein, dass ich Frau Bause etwas früher freigegeben hatte, nachdem die Erzieherin des Kinderladens ihren kleinen Sohn gestern vor der Tür angebunden hatte, weil sie zu spät gekommen war.

»Wie einen Hund!«, hatte Frau Bause empört ausgerufen.

Die Vorstellung, dass jemand so mit Marlene widerfahren könnte, hatte mir den kalten Schweiß ausbrechen lassen – ganz ohne Rechnungswesen.

»Hat er geweint?«

»Nein, er hat gebellt und mir erklärt, er sei ein kleiner Pekinese. Das ist so ein Modehund … hässlich, wenn Sie mich fragen. Wie kann man so etwas nur machen?«

»Sich einen Pekinesen anschaffen?«, hatte ich gefragt und sofort gewusst, dass dieser Scherz so missglückt war wie all jene, die Joachim in letzter Zeit machte, wenn ihm zwischendurch mal die Flüche auf Martin ausgingen.

Um diese Entgleisung wiedergutzumachen, hatte ich Frau Bause versprochen, dass sie heute rechtzeitig gehen dürfe. Ob ich es allerdings als Zeichen von Vertrauen, auf das ich stolz sein konnte, oder von Respektlosigkeit, gegen die ich dringend etwas unternehmen müsste, werten sollte, dass sie sich nicht einmal bei mir abgemeldet hatte, wusste ich nicht so recht. Ich war auch unschlüssig, ob ich mich wieder an meine Übungsaufgabe machen sollte.

»Warum beschäftigst du dich überhaupt mit solchem Kram?«, fragte mich Joachim regelmäßig, wenn ich mich am Wochenende zu Hause mit den Übungen herumschlug. »Dafür hast du doch Angestellte.«

Diese Angestellten hofften allerdings, dass ich Ahnung

von dem hatte, was sie leisteten. Dass ich vor allem Ahnung hatte, wie es nun, da der Bankrott abgewendet oder zumindest aufgeschoben war, weitergehen würde. Dass ich endlich die zündende Geschäftsidee hatte, die das Modehaus wieder florieren lassen würde, anstatt nur eine Krise nach der anderen auszusitzen.

Was das Sitzen anbelangte, so entschied ich mich jetzt, darauf zu verzichten und wieder einmal die Chefetage zu verlassen, um die einzelnen Abteilungen zu besuchen, wie ich es mir zur Gewohnheit gemacht hatte. Es fiel mir immer noch nicht leicht, dabei die selbstbewusste Miene einer Geschäftsführerin aufzusetzen, aber eine noch größere Überwindung, als meine Autorität auszuspielen, hätte es mich gekostet, frühzeitig nach Hause zu gehen. Joachims Mutter passte heute auf Marlene auf.

Bis letzten Monat war es ihm gelungen, ihr zu verschweigen, dass ich meist erst nach ihm nach Hause kam und wir uns zur Vorzeigefamilie für die Werbung »Heute bleibt die Küche kalt, wir gehen in den Wienerwald« gewandelt hatten. Mittlerweile hatte er allerdings zugeben müssen, dass es durchaus eine Hilfe war, wenn sie uns einmal in der Woche unterstützte. Immerhin konnte er letzte Woche vor ihr verheimlichen, dass er sich an einer Tiefkühlpizza von Iglo versucht hatte und dass das, was herausgekommen war, eine schwarze, steinharte Scheibe gewesen war, die man zum Frisbeespielen in Jesolo hätte benutzen können. Dort zumindest hatten wir eine Woche Sommerurlaub gemacht, nicht zuletzt, weil es beim ADAC Benzingutscheine gab. Joachim hatte jeden Tag geklagt, warum wir nicht zwei Wochen bleiben könnten. Bei seiner Mutter hingegen hatte er sich nicht beklagt, er hatte nur schnell den Abfallsack mit der verbrannten Tiefkühlpizza hinaus zur Mülltonne getragen, bevor sie kam. Wahrscheinlich schämte er sich weniger dafür, dass sie ihm angebrannt war, als dafür, dass ich sie überhaupt gekauft hatte.

Ihm war ja so vieles peinlich, auch dass sein Kollege beim Besuch letzten Sonntag – es gab keine Pizza, sondern Kasseler – gefragt hatte: »Wie? Deine Frau muss arbeiten? Verdienst du nicht genug?« Darauf waren langwierige Diskussionen gefolgt, wie er bei ihrem gemeinsamen Chef in der Versicherung eine Gehaltserhöhung ertrotzen könnte. Am besten, so der Vorschlag, der in Gelächter unterging, sollte Joachim zehn Kilo abnehmen, um zu zeigen, dass niemand mehr für ihn kochte.

Ich knallte das Dessert – eine Schüssel Paradiescreme – auf den Tisch. »Davon nimmt man eher zehn Kilo zu als ab«, erklärte ich und ärgerte mich noch, als der Kollege längst gegangen war.

Joachim wurde daraufhin ganz kleinlaut und übernahm es ausnahmsweise abzutrocknen. »Du musst das schon verstehen«, sagte er. »Er kann nun mal nicht nachvollziehen, in welche Notlage du geraten bist. Dass dir gar nichts übrig blieb, als für Martin einzuspringen. Dass du ein Riesenopfer bringst.« Dann folgte die klassische Martin-Beschimpfungsorgie, die mit dem Wunsch endete, mein Bruder möge irgendwo in Afghanistan in einen Sandsturm geraten. Wobei Martin in selbigem nicht ersticken sollte – dazu war Joachim dann doch zu gutmütig. Die schlimmste Fantasie war, dass ob des heißen Sandes einer der Autoreifen aufplatzen würde – natürlich in der Nähe einer rettenden Oase, damit er nicht verdurstete.

Ich war mir nicht sicher, ob es in Afghanistan Sandstürme und Oasen gab. Manchmal erschien mir jedenfalls das Büro wie eine Oase, in die ich fliehen konnte, wenn Joachim Martin der Verantwortungslosigkeit bezichtigte und mich für meine Selbstlosigkeit rühmte. Manchmal erschien mir wiederum mein Zuhause als Oase, wenn diverse Mitarbeiter mit Problemen vorstellig wurden, so wie jetzt, da Herr Maier, der Leiter der Damenabteilung, auf mich zuschoss, kaum dass ich diese betreten hatte.

»Die Etikettiermaschinen funktionieren schon wieder mal nicht richtig«, beschwerte er sich und klang so vorwurfsvoll, als hätte ich sie persönlich an mich genommen und beim heimlichen Spiel ruiniert.

Dabei hatte ich vor einigen Monaten nicht einmal gewusst, dass es so etwas wie Etikettiermaschinen gab. Vor einigen Monaten hätte ich in solch einer Situation wohl auch schuldbewusst den Kopf eingezogen und mich rasch nach einem Kleid umgesehen, dessen Ton dem von Sack und Asche am nächsten kam. Mittlerweile hatte ich aber gelernt, zornigen Blicken standzuhalten.

»Fragen Sie doch Ralf, der kann Ihnen bestimmt helfen.«

Ralf war ein Lehrling, der sich in technischen Dingen als äußerst bewandert erwiesen hatte. Erst kürzlich hatte er Frau Bauses Schreibmaschine repariert, nachdem das Farbband gerissen war.

Herrn Maier schien der Verdacht, dass sein Lehrling irgendetwas besser konnte als er, sichtlich zuzusetzen. Seine Miene blieb mürrisch, als er bemerkte: »Und außerdem sind die schon vor Langem bestellten Transportkarren noch nicht geliefert worden.«

Wieder gelang es mir, meine erste Regung zu unterdrücken – mich nämlich höchstpersönlich als Ersatz für die Transportkarren anzubieten und eigenhändig Zwanzig-Kilo-Pakete zu schleppen.

»Frau Bause wird gleich morgen bei der Firma anrufen und nachhaken«, erklärte ich.

»Warum nicht heute?«

Weil Frau Bause ihren Sohn vom Kindergarten abholt, wollte ich sagen, biss mir aber auf die Lippen.

»Frau Bause ist mit etwas anderem beschäftigt.«

Herr Maier gab sich damit zufrieden und rauschte ab, während ich mich fragte, warum ich Frau Bause gedeckt hatte, und ob wirklich sie oder nicht vielmehr mich selbst. War es nicht ihr gutes Recht, ihr Kind pünktlich abholen zu wollen? Und war es nicht mein gutes Recht, ihr freizugeben, wann immer mir der Sinn danach stand?

Ich entfloh dieser Frage ebenso wie der Damenabteilung und begab mich in die Warenbewirtschaftung, meine liebste Abteilung, weil Ute hier arbeitete und ich mich von allen Mitarbeitern am meisten auf sie verlassen konnte. Ute selbst wiederum verließ sich am liebsten auf Lore Schanze, obwohl die, wie ich fand, eine äußerst unangenehme Stimme hatte. »Das ist ja das Tolle an ihr«, hatte Ute mir bei Gelegenheit einmal erklärt, »wenn sie beim Lieferanten oder im Zentrallager wegen Verspätungen nachhakt, traut sich keiner, in Verzug zu geraten.«

Diese Stimme war heute allerdings nicht zu vernehmen, und ihr Schreibtisch war so verwaist wie der von Frau Bause. War sie etwa auch heimgegangen? Machte hier mittlerweile jeder, was er wollte, weil er keine Konsequenzen mehr fürchtete?

Nun, zumindest Ute war noch da. Beladen mit einem Berg Unterlagen kam sie um die Ecke.

»Gut, dass du da bist, hier ist die Hölle los.«

Einer ihrer Zettel segelte zu Boden. Ich bückte mich, erwartete, darauf irgendwelche Zahlen rund um Kapazitäten- und Mengenplanung, Bestände und Lieferzeiten, Preisaufbau und Budgetstanden zu finden, da das alles in Utes Zuständigkeitsbereich fiel, mein Blick blieb hingegen beim Wort »Kündigung« hängen.

»Was ist denn das?«

»Lore Schanzes Mann hat gekündigt.«

Ich starrte verständnislos auf den Brief. »Und warum schickt er dieses Schreiben dann an uns? Er arbeitet doch nicht hier.«

Ute verdrehte die Augen. »Versteht du nicht? Er hat nicht *seine* Stellung gekündigt, sondern *ihre!*«

»Und das darf er?«, entfuhr es mir fassungslos.

»Hast du dich schon mal mit unserem Familienrecht beschäftigt?«

Mir genügt im Moment das Steuerrecht, hätte ich beinahe entgegnet. Aber ich ahnte, dass das bei Ute nicht gut ankommen würde, erst recht nicht, dass mich dieses Steuerrecht manchmal zu überfordern drohte.

»Wenn ein Mann den Eindruck hat, dass das Familienleben unter der Berufstätigkeit der Frau leidet, kann er jederzeit in ihrem Namen kündigen«, erklärte Ute. »Was mich wieder mal daran erinnert, wie gut es ist, keinen Typen an der Seite zu haben.«

Bevor sie das übliche Lob auf ein männerloses Leben anstimmen konnte, murmelte ich immer noch verdattert, dass ich mich gleich morgen um die Stellenausschreibung kümmern würde.

Ute legte den Zettelberg auf ihrem Schreibtisch ab und zog mir den Kündigungsbrief aus der Hand. »Vielleicht ist es auch eine Chance, dass Lore weg ist. Letztlich hatte sie keine Ahnung von jugendlicher Mode. Genau darauf sollten wir stärker setzen.«

Als ich die Geschäftsführung übernommen hatte, hatte ich begierig jeden Ratschlag von Ute aufgenommen. Auch jetzt nickte ich – aber eher nachdenklich als begeistert. Zwar überlegte ich schon seit Längerem, anstelle der Änderungsschneiderei eine Jugendabteilung zu eröffnen, in der Jeans und Miniröcke angeboten wurden, dennoch wurde ich das Gefühl nicht los, dass das zu wenig war, um dem Modehaus eine neue Ausrichtung zu geben.

»Hast du nicht gesagt, dass Jugendliche keine sonderlich finanzstarke Käufergruppe sind?«, gab ich zurück.

»Zumindest ist es eine Käufergruppe, die nicht sehr viel vom Versandhandel hält – unserem schlimmsten Konkurrenten.«

»Na ja«, wiegelte ich ab, »seit einiger Zeit stagniert der doch. Warum wären Quelle und Neckermann sonst in die Touristikbranche eingestiegen?«

Obwohl sie mir von Anfang an in den Ohren gelegen hatte, dass ich meine Hausaufgaben machen müsste, wie sie es nannte, schien sie über den unerwarteten Widerspruch irritiert.

»Ich fürchte lediglich, die Ölkrise hat nicht nur Auswirkungen auf den Versandhandel, sondern auch auf uns«, sagte sie spitz.

Ich seufzte. »Also sind noch mehr Einsparungen notwendig.«

»Aber nicht dass du wieder bei deinem eigenen Gehalt ansetzt wie beim letzten Mal«, stichelte sie. »Es ist schlimm genug, dass die Frauen im Verkauf durchschnittlich dreißig Prozent weniger verdienen als die Männer im Lager. Du musst nicht die gleiche Diskrepanz zwischen deinem und Martins einstigem Gehalt schaffen.«

Einen kurzen Augenblick hatte ich mich nicht im Griff. »Silke hat ja nichts verdient«, rutschte es mir heraus, »während Joachim …«

Ute bekam prompt Oberwasser. »Was hat dein Gehalt damit zu tun, wie viel dein werter Gatte verdient?« Ich rieb die Schläfen, um die sich ankündigenden Kopfschmerzen noch eine Weile in Schach zu halten, und fragte mich, was besser war: Wieder mal einem Vortrag über die Geschlechtergerechtigkeit zu lauschen oder mich nach den Umsätzen in dieser Woche zu erkundigen. Ute schien ohnehin weder auf das eine noch das andere Wert zu legen. »Wollen wir nicht Schluss machen und ein Bierchen trinken gehen?«

Es war nicht bei einem Besuch in ihrer Frauenkneipe geblieben, seit sie mich das erste Mal hingeschleppt hatte, obwohl ich mich mit Bier bis jetzt nicht hatte anfreunden können.

»Heute nicht«, sagte ich, und um nicht noch mehr in die Defensive zu geraten, fügte ich hinzu: »Ich will noch ins Lager, um nachzusehen, ob sie dort alte Transportkarren haben. Man könnte sie benutzen, bis die neuen kommen.«

»Hältst du das für deine Aufgabe?«, fragte sie mit hochgezogenen Brauen.

»Hast du mir nicht gesagt, dass alles, wirklich alles in meinen Verantwortungsbereich fällt?« Ute wusste ausnahmsweise mal nichts zu sagen. »Und hinterher mache ich mich auf den Heimweg. Joachims Mutter passt auf Marlene auf, und sie will immer pünktlich gehen.«

»Joachim kann doch auch mal früher Schluss machen«, wandte Ute ein.

Das hörte ich nicht zum ersten Mal von ihr. »Joachim unterstützt mich sehr«, erwiderte ich schriller als beabsichtigt.

»Ist ja schon gut. Es ist dein Leben. Vergiss nur nicht, dich um die Stellenausschreibung zu kümmern.«

Ich nickte gedankenverloren. Dinge wie diese bekam ich mittlerweile hin, ich wusste genau, in welchen Zeitungen man Stellenausschreibungen veröffentlichen musste, um gute

Bewerber zu finden. Blieb die ungleich gewichtigere Frage nach der Neuausrichtung unseres Modehauses.

»Ich denke auch mal über die Sache mit der Jugendabteilung nach«, erklärte ich.

»Ganz gleich, zu welchem Schluss du kommst – es muss sich bald etwas ändern, sonst sieht's mit dem Modehaus düster aus.« Sie machte eine kurze Pause. »Ich glaube, deine Mutter hatte damals nach der Währungsreform ein ähnliches Problem. Es gab plötzlich so viel Konkurrenz, und sie hatte keine Idee, wie sie das Modehaus König unverwechselbar machen könnte.«

Nicht zum ersten Mal schien sie mehr über meine Familiengeschichte zu wissen als ich, obwohl sie damals noch ein Kleinkind gewesen war. Natürlich war es nicht so, dass ich gar nichts wusste. Nun, da sie es erwähnte, konnte ich mich noch gut daran erinnern, wie geistesabwesend meine Mutter damals oft gewesen war. Und nicht nur das. Einmal war ich nachts aufgewacht und hatte gehört, wie sie sich geräuschvoll die Nase putzte. Bis heute weiß ich nicht, ob sie zuvor geweint hatte, und wenn ja, warum. Wegen Sorgen um das Geschäft?

Ich beschloss, mich von diesen nicht erdrücken zu lassen.

»Irgendwie wird es schon weitergehen«, murmelte ich, und wie so vieles andere, das ich mir im letzten Jahr antrainiert hatte, fiel es mir gar nicht mal so schwer, Ute zuversichtlich zuzulächeln.

Als ich nach Hause kam, spielte Marlene mit den Nachbarzwillingen draußen im Hof. Mit dem Nummernschilderaten hatten sie in Ermangelung von Autos, die hier parkten, gerade wieder aufhören müssen, stattdessen widmeten sie sich den Salamander-Heften aus dem Schuhgeschäft.

Marlene winkte mir zu, beachtete mich aber sonst nicht

weiter, und ich widerstand dem Drang, sie an mich zu drücken, nachdem ich sie den ganzen Tag nicht gesehen hatte.

Sie ist fünf, bald flügge, und es gibt keinen Grund, sich Sorgen zu machen, weil sie im Hof spielt, sagte ich mir. Das halb verfallene Nachbarhaus stand nicht mehr leer, es war vor einigen Monaten von einer Gruppe junger Leute besetzt worden, doch abgesehen davon, dass sie die Baracke bunt angemalt hatten, waren sie bislang nicht weiter aufgefallen.

Als ich die Wohnung betrat, stellte ich erleichtert fest, dass meine Schwiegermutter tatsächlich nicht mehr da war. Es war zwar noch nicht einmal sieben, aber wahrscheinlich hatte die Panik sie erfasst, nicht mehr rechtzeitig zum Tagesschau-Gong um acht Uhr vor dem Fernseher zu sitzen – nach diesem waren schließlich alle Uhren in ihrem Haus gestellt. Vielleicht lag ihr aber auch weniger an der Tagesschau als an der Hitparade, die heute lief, obwohl sie mindestens fünf Jahre gebraucht hatte, sich damit abzufinden, dass diese die Schlagerbörse mit Hanns Werres abgelöst hatte.

Trotzdem war es meiner Schwiegermutter zu verdanken, dass das Frühstücksgeschirr verschwunden war, das ich am Morgen mit schlechtem Gewissen in der Spüle hatte stehen lassen, war doch die Zeit knapp geworden, mich und Marlene fertig zu machen. Ich vermutete, dass die Tassen nicht dort standen, wo sie hingehörten, und tatsächlich fand ich sie im Schrank über den Töpfen, nicht bei den Tellern. Die Marmeladenschüsselchen wiederum standen ein weiteres Fach darüber, was mich ziemlich verwunderte, weil selbst ich mich auf die Zehenspitzen stellen musste, um sie herauszunehmen, und Dorothea kleiner war als ich.

Ich stand noch auf den Zehenspitzen, als mich plötzlich Arme von hinten umfassten, an sich zogen, mir ein Kuss auf den Nacken gehaucht wurde.

»Joachim!« Wie seine schwarzen Finger verrieten, hatte er am Auto herumgeschraubt. Er küsste mich wieder. »Pass auf«, sagte ich und versuchte, mich vor den schwarzen Fingern in Sicherheit zu bringen.

»Auf deinem dunklen Kostüm würde man Ölspuren doch ohnehin nicht erkennen.« Ich trug dieses Kostüm fast jeden Tag, weil ich nicht genügend Zeit hatte, über eine Alternative nachzudenken. Zwar redete ich mir ein, dass es perfekt zu einer Geschäftsführerin passte, aber die Wahrheit war, dass ich es mir mal für eine Beerdigung gekauft hatte. Ich wandte mich wieder den Marmeladenschüsselchen zu. »Ich habe heute noch vor der Arbeit die Küche aufgeräumt«, erklärte Joachim nicht ohne Stolz, während er sich die Hände wusch.

»Die Tassen gehören aber nicht über die Töpfe«, sagte ich.

Er verdrehte die Augen. »Jetzt helfe ich dir, und du gibst mir eins hinter die Löffel.«

»Na ja«, sagte ich und rang mir ein Lächeln ab, das verbergen sollte, wie müde ich nach dem langen Tag war und wie ratlos, weil ich das Gefühl hatte, immer noch keinen Schritt weitergekommen zu sein. »Die Löffel liegen ja im richtigen Fach.«

»Apropos Löffel«, erwiderte er ebenfalls lächelnd, trat wieder zu mir, um mich dieses Mal nicht auf dem Nacken zu küssen, sondern auf dem Ohrläppchen.

Kurz überliefen mich jene prickelnden Schauer, an die ich mich fast so wenig erinnern konnte wie an die Tage, als ich noch in aller Ruhe das Frühstücksgeschirr abgewaschen und eingeräumt hatte.

»Warte«, sagte ich, als er mich aus der Küche ziehen wollte. Ich wollte mich nur losmachen, um das Regal zu schließen, doch dabei fiel mein Blick auf etwas, das hinter den Marmeladenschälchen lag – zwei fast schon dunkelbraune Bananen.

Die hatte ich vor einiger Zeit gekauft, um Marlene eine Mixmilch zu machen, das aber vergessen.

»Was machen die denn hier?«

Joachim ließ mich nicht los. »Das ist doch nicht so wichtig …«

»Ich will aber wissen, warum die Bananen nicht mehr im Obstkorb liegen!«

Es dauerte eine Weile, bis ich die Worte, hervorgebracht hatte, weil er nicht aufhörte, mich zu küssen. Das tat er erst, als ich ihn energisch wegdrückte.

»Meine Güte!«, rief er entnervt. »Ich habe die Bananen heute Morgen eben da reingelegt.« Plötzlich überliefen mich keine Schauder mehr, plötzlich wurde mir kalt. »Was ist denn mit dir los?«, rief Joachim noch entnervter. Sein Gesicht war rot, auf der Stirn nahm ich Spuren von Motoröl wahr.

»Du hast heute Morgen das Frühstücksgeschirr nicht abgewaschen, um mir zu helfen«, stellte ich ruhig, aber eisig fest. »Du wolltest schlichtweg nicht, dass deine Mutter es sieht.«

»Herrgott, Rieke, was …«

»Und die Bananen hast du auch vor deiner Mutter versteckt, damit sie nicht auf die Idee kommt, ich würde leichtfertig Obst verderben lassen. Dass ich die Leitung des Modehauses übernommen habe, konntest du ihr leider nicht auf Dauer verschweigen, dafür willst du jetzt wenigstens vertuschen, dass mich das zu einer schlechten Hausfrau macht.«

Meine Stimme klang nicht länger kalt. Etwas in mir brodelte.

»Du tust ja so, als hätte ich ein Verbrechen begangen«, murmelte Joachim. Sein rechtes Augenlid zuckte – ob vor Verlegenheit oder Ärger, wusste ich nicht.

Nein, du hast kein Verbrechen begangen, dachte ich, aber einen Verrat. Das Wort kam mir ganz selbstverständlich in den Sinn, obwohl es viel zu mächtig, viel zu zerstörerisch für diesen Anlass schien. Ich konnte mich zwar zurückhalten, es ihm ins Gesicht zu schleudern, der Stachel blieb dennoch.

»Weißt du, in all den letzten Monaten dachte ich, dass du hinter mir stehst. Stattdessen stehst du zwischen mir und deiner Mutter.«

»Das kommt doch aufs Gleiche raus! Ich helfe dir, ich unterstütze dich, Himmel, du kennst meine Mutter, du weißt, wie geizig sie ist. Und wem nützt es, wenn sie sich mal wieder über dich aufregt?«

»Mal wieder?«, fragte ich schneidend. »Und warum sollte sie sich eigentlich nur über mich aufregen? Du hast sicher auch mitbekommen, dass die Bananen immer brauner werden. Oder hast du es etwa gar nicht bemerkt? Immerhin weißt du nicht einmal, wo unser Frühstücksgeschirr aufbewahrt wird!«

Und das ist noch nicht einmal deine Schuld, fügte ich in Gedanken hinzu, weil ich ja all die Jahre das Frühstücksgeschirr herausgestellt habe.

»Meine Mutter wirst du nun mal nicht umerziehen können. Die erwartet, dass du Hemden bügelst, nicht Hemden verkaufst.«

»Dabei gibt es im Modehaus nicht einmal mehr eine Herrenabteilung, in der man Hemden kaufen kann«, sagte ich, »das habe ich dir übrigens schon vor Monaten erzählt. Aber das ist jetzt nicht so wichtig. Wichtig ist: Kann man dich umerziehen?«

»Sag mal, was soll denn das alles? Ich verteidige dich gegenüber meiner Mutter, ich verteidige dich gegenüber meinen Kollegen. Was glaubst du, was ich für Blicke zugeworfen bekomme, wenn ich erzähle, dass meine Frau wieder arbeitet und das auch noch ganztags? Ich ärgere mich wie du, dass

Martin einfach abgehauen ist, dir die ganze Verantwortung aufgelastet hat. Und natürlich weiß ich, welches Opfer du bringst. Ich hoffe inständig, dass dein Bruder endlich wieder zur Vernunft kommt und …«

»Und Ozelotpelze ins Modehaus hängt wie früher?«, rief ich schrill. »Das würde ich nie und nimmer zulassen.« Plötzlich stand etwas in Joachims Blick, das mehr als Unverständnis, Verwirrung war, mehr sogar als Entsetzen, Ablehnung. Es war Ekel, als würde ich die braunen Bananen mitsamt der Schale zerdrücken und das Innere hervorquellen. In Wahrheit wollte ich aber alle Schalen abziehen, alle Schutzhäute ablegen. »Du verstehst es nicht«, sagte ich leise.

»Was?«

»Meine Mutter wollte die Leitung des Modehauses nie in Martins Händen wissen. Sie hat nur nichts dagegen eingewendet, weil sie so viel um die Ohren hatte … es ja immer noch hat. So wie sie ja damals nach dem Krieg immer zu viel zu tun und zu wenig Zeit für uns hatte. Mir hat das nicht geschadet, Martin dagegen schon … Martin war ein sehr sensibles Kind.«

»Herrgott, Rieke, Martin hätte sich bloß zusammenreißen müssen und …«

»Das Modehaus König ist ein Familienunternehmen. Man führt es nicht, weil man es *muss,* man führt es, weil man es *will.* Martin hat sich für Mode nie interessiert, und deshalb hat er die erste Möglichkeit genutzt abzuhauen – so wie Fanny damals geflohen ist, weil sie zwar nicht der Mode, aber ihrer Ehe überdrüssig war. Ich wiederum …«

»Ich verstehe überhaupt nichts mehr«, fiel Joachim mir empört ins Wort.

Er wusste wahrscheinlich nicht mal, dass meine Großmutter Fanny hieß, geschweige denn, wie sie gelebt hatte. Und er wusste erst recht nicht, dass mir in diesem Augenblick ganz nüchtern durch den Kopf ging: Die Bananen sind schlecht, man kann sie nicht mehr essen.

Und vielleicht traf das Gleiche auf meine Ehe zu, die kaum merklich braune Flecken bekommen hatte und um die ich mich viel zu lange nicht gekümmert hatte, in der falschen Hoffnung, sie würde auch morgen noch haltbar sein.

Ich wandte mich ab, fühlte plötzlich Tränen in meine Augen treten. »Ich war es, die sich von klein auf für Mode interessiert hat. Mutti hat das nur nicht mitbekommen. Sie hat mich immer wie ihre Sammlung Jazzplatten behandelt.«

»Deine Mutter hört Jazz?«

»Nein, eben nicht. Sie hat eine ganze Schallplattensammlung, aber sie spielt nie eine Platte ab, sie hat sie sogar versteckt. Und mit meinen Talenten und Interessen ist sie genauso umgegangen … nein, bin ich genauso umgegangen.«

»Wenn du gesagt hättest, dass du gern Jazz hörst …«

»Himmel, es geht hier doch nicht um Jazz!«

»Warum redest du dann davon?«

»Weil eine Jazzplatte, die sich niemand anhört, sinnlos ist. Und weil eine Leidenschaft für Mode, die nicht gefördert wird, auch sinnlos ist. Aber jetzt … jetzt ist es Zeit.«

Joachim starte mich an. »Um die Schallplatten abzuspielen?«

Ich war nicht sicher, ob er mich absichtlich missverstand. Meine nächsten Worte waren jedenfalls eindeutig. »Ich opfere mich nicht für Martin«, sagte ich, »ich liebe, was ich tue.« Das Geräusch, das er ausstieß, hatte nur entfernt Ähnlichkeit mit einem Lachen. Es klang eher wie das Quietschen jener Schrauben, mit denen er eben noch gearbeitet hatte. Und so wie seine Hände schwarze Flecken auf meiner Kleidung hinterlassen hatten, hinterließ das Geräusch schwarze Flecken auf meiner Seele. Mein Kostüm war zwar schon schwarz, da sah man die Flecken nicht, meine Seele dagegen … Nun, meine Seele hatte gar keine Farbe, sie war ein weites, fremdes Land, an dessen Grenzen ich mit gesenktem Kopf entlanggeschlichen war, anstatt wirklich zu erforschen, wer ich war und was ich wollte. Letztlich überraschten meine Worte mich so sehr wie ihn, und doch wiederholte ich: »Ja, ich liebe, was ich tue.«

Wieder das Lachen. »Das hast du bis jetzt allerdings gekonnt verborgen. Seit fast einem Jahr höre ich dich klagen, dass deine Arbeit ein ständiger Kampf ist, dass das Modehaus kurz vor dem Ruin steht, dass du gerade noch den Kopf über Wasser hältst, dass du dich mit so vielen Dingen beschäftigen musst, die dich nicht interessieren, Betriebswirtschaft, Buchhaltung, was weiß ich. Und jetzt willst du mir erklären, dass du all das gern machst?«

Das Problem war, dass ich es eben nicht erklären konnte, nicht ihm, nicht mir, dass ich eine Weile nur hilflos schweigen konnte, während mir der süße Geruch überreifer Bananen in die Nase stieg.

»Es ist … meins«, murmelte ich schließlich. »Das heißt, ich will, dass es meins wird. Ich will alles lernen, was notwendig ist, um ein Modehaus zu führen, ich habe ja schon viel gelernt. Ich bin nicht mehr so unsicher im Umgang mit den Mitarbeitern. Ich muss nicht mehr nur so tun, als ob ich Ahnung hätte, wenn sie mit ihren Problemen zu mir kommen – mir fallen oft wirklich konkrete Lösungen ein. Und mir wird auch einfallen, mit welchem Konzept ich das Modehaus in die Zukunft führen werde. Ich … ich werde es ganz neu ausrichten. Und ich werde Erfolg haben.«

Er schien nur den ersten Satz gehört zu haben. »Und Marlene und ich sind nicht deins?«

»Natürlich seid ihr das!« Ich suchte seinen Blick. »Ich habe mir immer eine Familie gewünscht, aber … aber eben nicht nur.«

»Und das fällt dir jetzt ein?«

»Wir haben uns so früh kennengelernt. Klar, wir haben mit dem Heiraten ein bisschen gewartet, weil du erst eine Ausbildung fertig machen wolltest. Und mit dem Kinderkriegen auch, weil du erst eine bestimmte Gehaltsklasse erreichen wolltest. Aber uns war immer klar, dass wir zusammenbleiben.«

»Und das bereust du jetzt?«

»Nein, das tue ich nicht.« Ich atmete tief durch, obwohl ich den süßen Bananengeruch kaum ertrug. Wie waren wir bloß an diesen Punkt des Gesprächs gekommen, so schnell … auch so grundlos. Es war doch nur darum gegangen, dass Joachim das Frühstücksgeschirr ins falsche Regal geräumt und die braunen Bananen vor seiner Mutter versteckt hatte. Und dennoch gab es plötzlich kein Zurück mehr, so wie diese Bananen endgültig ihre Haltbarkeit überschritten hatten und nie wieder frisch sein würden.

»Joachim, ich liebe dich. Immer habe ich dich geliebt. Weißt du, was meine Mutter damals gesagt hat, als ich ihr von der Tanzschule erzählte und dass du mir ständig auf die Füße steigst? ›Das sind die Guten‹, hat sie gesagt.«

»Die Männer, die einem auf die Füße steigen?«

»Nein, die Männer, die einen zum Lachen bringen. Der Mann, der Mutti zum Lachen brachte, war Conrad Wilkes, er hat …«

Joachim hob abwehrend die Hände. »Mir genügt es, für heute zu wissen, dass deine Mutter Jazzplatten besitzt und sie nicht hört. Du musst nicht auch noch von fremden Männern erzählen. Das hat doch nichts mit uns zu tun.«

Dessen war ich mir nicht so sicher. Meine Mutter hatte ja

mehr gesagt, als dass Männer, die einen zum Lachen brachten, die Guten waren. Sie hatte zudem gesagt – wenn auch nicht offen, nur zwischen den Zeilen –, dass Liebe nicht wehtun sollte. Und ich hatte mich an diesen Rat gehalten, hatte mir nie wegen eines Mannes die Augen ausgeweint, weil Joachim mich nie enttäuscht oder mit einer anderen geflirtet oder mich gar sitzen gelassen hat. Nur jetzt … jetzt tat es weh, ihm anzuvertrauen, was in mir vorging.

»Dass es oft so schwer ist … dass ich mich oft überfordert fühle … dass ich Angst vor dem Ruin habe … das … das habe ich alles ein bisschen übertrieben, weil ich dachte, ich müsste aller Welt beweisen, dass ich Martins Opfer bin und Mitleid verdiene. Eigentlich will ich kein Mitleid, schon gar nicht deins. Ich will dein Verständnis. Und ich will nicht, dass du dich dazu herablässt, mir im Haushalt ein bisschen zu helfen. Ich will, dass du einen Beitrag leistest, weil es schließlich auch dein Haushalt ist.«

Joachim lauschte mit versteinerter Miene, nicht einmal sein Lid zuckte noch. »Bist du fertig?«, fragte er dann kühl.

»Jetzt sei doch nicht sauer, nur weil ich ehrlich zu dir bin.«

»Woher willst du wissen, ob ich sauer bin? All die Jahre ist mir Trottel ja anscheinend entgangen, was du fühlst und denkst. Woher nimmst du den Anspruch, es umgekehrt so viel besser zu machen?«

Ich zuckte hilflos mit den Schultern. Weil mir wieder nichts zu sagen einfiel, machte ich einen Schritt auf Joachim zu, wollte ihn umarmen, ihn küssen. Er wich zurück.

»Achtung«, sagte er schroff, »besser, du kommst mir nicht zu nahe. Ich habe noch Motoröl an den Händen.«

Auf meinem schwarzen Kostüm sieht man das doch nicht, dachte ich, aber bevor ich das sagen konnte, hatte er die Küche bereits verlassen.

FANNY

1925

Sieht sie mir ähnlich?«, fragte Alice.
Die Kleine verzog ihr Gesicht. »Ich hab Angst.«

»Ach, Elisabetta«, rief Alice, »vor mir musst du doch keine Angst haben.«

»Aber das bist nicht du.«

Alice zog das Mädchen an sich – mit jener besitzergreifenden Inbrunst, die sich nicht darum scherte, ob Elisabettas Kleid zerknittert wurde, und die Fanny selbst völlig fremd war. Sie wusste nicht, ob es an Elisabettas feinem blondem Haar lag, das sie immer an Aristide oder Georg denken ließ, nie an die eigenen dichten Locken, jedenfalls war ihr das Kind von Anfang an wie eine Puppe erschienen, und zwar nicht vom Kaliber eines Schreckgespenstes, das ein Auge verloren hatte und immer noch robust wirkte, sondern einer äußerst zerbrechlichen.

Nicht zerbrechlich, aber leicht zum Schmelzen zu bringen war die Wachspuppe, die nach Alice' Vorbild geformt worden war und die diese soeben mit Elisabetta an der Hand umschritt. Dass ein Mailänder Kaufhaus diese in Auftrag gegeben hatte, um mit ihrer Hilfe Kleidung anzupreisen, war eine noch größere Auszeichnung, als bloß eine der *Publicity Post-*

cards gedruckt zu bekommen – das schafften auch Schauspielerinnen, die nur Nebenrollen ergatterten. Modell für eine Wachspuppe zu sein, die die Frauen der Mittelschicht dazu bewegen sollte, die berühmte Schauspielerin hinsichtlich Kleidung und Haltung zu imitieren, kam nur Stars vom Rang einer Francesca Bertini, Lyda Borelli oder Pina Menichelli zu.

Hingerissen betrachtete Alice ihr Alter Ego in Wachs. »Wir sind schon ein verrückter Haufen«, sagte sie, wie sie es oft sagte, wenn sie Elisabetta wieder einmal so viele Süßigkeiten in den Mund schob, dass diese ihr Kleid mit Schokoladenflecken beschmierte, oder wie sie einst – Elisabetta war damals fast noch ein Säugling gewesen – auf die Idee kam, dass es jetzt genug mit den Windeln sei und die Kleine wie eine Prinzessin aussehen müsse. Dass Elisabetta die Kleider einer solchen Prinzessin regelmäßig einnässte, machte Alice nichts aus – wofür sonst, so erklärte sie stets, verdiene ich so viel Geld? »Ja, wir sind ein verrückter Haufen«, wiederholte sie. »Die Leute mögen denken, ich habe ein Kind zu viel und einen Mann zu wenig, dabei habe ich es gerade richtig getroffen. Und die Leute halten es für widersinnig, dass es mit meiner Karriere just in dem Moment bergauf ging, als die italienische Filmindustrie noch tiefer in den Abgrund taumelte. Aber auch hier gilt, dass man aus Ruinen Häuser bauen kann, vorausgesetzt, man steht nicht schluchzend davor und trauert der einstigen Pracht nach.«

In den letzten Jahren hatte Alice in zwei großen Filmen mitgewirkt, hatte einmal eine Zigeunerin gespielt, die all ihre Liebsten verfluchte, sobald sie ihr untreu wurden, und das andere Mal eine Renaissancegräfin, die mit Gift tötete, allerdings keine untreuen Liebhaber, sondern gottlose Päpste. So oder so war mit starker Schminke und großen Ohrgehängen ihr exotisch anmutendes Aussehen verstärkt worden, lediglich das schrille, lebenshungrige Lachen, das sie im wirklichen Leben so oft ausstieß, war in seiner Wirkung gemindert, denn im Stummfilm konnte man nur sehen, wie sie den Mund aufriss, es aber nicht hören.

»Den Frauen die Stimme nehmen, das haben Männer gern«, spottete sie des Öfteren, brachte trotzdem nicht den Ehrgeiz auf, in einem der *talkies,* den Filmen mit Ton, mitzuwirken – nicht nur, weil diese in Italien noch kaum gedreht wurden, sondern auch weil sie es gewohnt war, allein auf ausladende Gesten zu setzen. Die nächste Generation an Schauspielerinnen würde eine neue Art der Darstellung erlernen – Alice reichte der Ruhm, den sie hier und heute einfuhr, und die Wachspupe war für diesen ein sichtbares Zeichen.

Elisabetta hatte sich mittlerweile an deren Anblick gewöhnt, doch was sie etwas verzagt stimmte, war das weiße Cape, mit Hermelinpelz verbrämt und Straußenfedern verziert, das die Puppe trug.

»Ist das ein toter Hase?«, fragte sie mit Blick auf den Pelz und zog den rechten Mundwinkel herunter, ein untrügliches Zeichen dafür, dass sie gleich zu weinen beginnen würde – mit vielen Tränen und kaum einem Ton. Selbst Alice wusste dieses Zeichen mittlerweile einzuschätzen. Zwar war sie ansonsten für Lebensregungen, die nicht mit Gelächter und Gebrüll einhergingen, blind und taub, seinerzeit hatte sie auch nie einschätzen können, wann Elisabetta wieder in die Hose machen würde, noch nicht einmal, wenn die schon ihre Knie zusammenkniff und wie eine Ente watschelte. Doch wenn Elisabetta zu weinen drohte, griff sie schnell in den Beutel, in dem sich *confetti be*fanden, die typischen italienischen Bonbons, die nach jeder Hochzeitsfeier an die Gäste verteilt wurden – in Zucker getauchte Mandeln, Pistazien, Zimtspäne und Korianderkörner. Und auch jetzt zog sie eine Handvoll heraus und warf sie ungeachtet des weißen Capes in die Luft, um hinterher gemeinsam mit Elisabetta auf dem Boden zu robben und sie einzusammeln.

Wie immer protestierte Fanny zu spät dagegen und musste mit der üblichen Mischung aus Hilflosigkeit, Befremden und Neid dem Treiben zusehen – mit all jenen Gefühlen also, die sie schon an jenem Tag überkommen hatten, als sie Elisabetta geboren hatte und Alice das blutige Bündel Mensch nicht nur an sich gedrückt, nein, gemeinsam mit ihm die riesige Marmorbadewanne bestiegen hatte. Bis heute badeten sie regelmäßig miteinander, und hinterher tranken sie heiße Schokolade, die außer mit einer Prise Zimt und Muskat mit einem Löffel Mandellikör verfeinert wurde, einem Mittel, das in Alice' Augen vorzüglich durch die schwere Zeit des Zahnens geholfen hatte.

»Ich habe das früher auch bekommen, und es hat mir nicht geschadet«, hatte sie einmal erklärt, als Fanny gegen den Mandellikör protestiert hatte. Fanny war sich dessen nicht so sicher, sie wusste nur, dass ihr die Rolle der strengen Gouvernante nicht stand. Was sie als Mutter am besten gekonnt hätte, war wohl zu toben, zu verwöhnen und es mit den Regeln nicht allzu genau zu nehmen. Doch da diese Rolle schon von Alice besetzt war, blieb ihr nichts anderes übrig, als den Mund zu halten und sich zurückzuziehen.

Das tat sie heute ebenso, wenn auch nicht nur aus dem Grund, dass ihr das auf dem Boden kriechende Kind und erst recht die auf dem Boden kriechende Frau peinlich waren, sondern weil es nicht nur Alice' neue Wachspuppe gewesen war, die sie heute bewogen hatte, in das Mailänder Modehaus zu kommen. Rasch verließ sie den Umkleidebereich, dann die Abteilung, in der Spitzenware aller Art, Schals und Schärpen und seidene Halstücher angeboten wurden, um in den zweiten Stock hochzusteigen. Fast alle Modehäuser in Mailand waren merkstöckig wie das von Giovanni Rosa im Palazzolo Milanese gegründete. Er war es übrigens gewesen, der die Wachsfigur in Auftrag gegeben und dabei so oft betont hatte, dass er sich echtes Haar wünschte und Glasaugen, die möglichst menschlich wirkten, dass Alice schließlich gespottet hatte: »Ich möchte nicht wissen, was Giovanni nachts mit den Wachsfiguren treibt.«

Nun, Fanny interessierte sich nicht dafür, wie Giovanni seine Nächte verbrachte. Auch was er tagsüber machte, war ihr gleich. Doch dass sie ihn aufgeregt hatte herumschleichen sehen, war die Bestätigung dafür, dass sich ihre Hoffnung erfüllt hatte: An diesem Tag betrat nicht nur edle Kundschaft das Haus, auch jener Modeschöpfer mit Namen Simone Castana, der für Giovanni arbeitete und Alice' Wachsfigur eingekleidet hatte – und genau den wollte sie treffen. Schon mehrmals war Fanny Zeugin davon geworden, wie Castana in der Schneiderwerkstatt im zweiten Stock an einem seiner Modelle arbeitete, mit so viel heiligem Ernst, als wäre er der Bischof von Mailand höchstselbst, der die Hostie in den Leib Christi verwandelte – nur dass hier auf Weihrauch und lateinische Choräle verzichtet wurde. Niemand durfte sich bewegen, wenn er aus zwei, manchmal sogar drei Metern Entfernung sein Werk betrachtete, während eine Schneiderin mit Nadeln im Mund wie einst Fannys Mutter Hilde auf Knien davor herumrutschte, um seine Befehle auszuführen. Irgendwann war es dann der Änderungen genug, und Simone Castana hob die Hand, um das Ergebnis zu betrachten. Er brauchte stets eine Weile, bis er zum Urteil kam, ob es ihm gefiel oder nicht, und so lange hielt nicht nur er selbst den Atem an, er erwartete auch von seiner Umgebung, dass sie schier erstickte.

An diesem Tag war allerdings noch niemand erstickt, zumindest nicht, weil jemand die Luft anhielt – allenfalls aus Ärger. Schon aus weiter Ferne vernahm Fanny Simone Castana laut fluchen, doch die vielen italienischen Schimpfwörter, die sie mittlerweile genauso gut beherrschte wie einst die französischen, galten nicht dem Kleid, das er entworfen hatte, wie Fanny beim Näherkommen feststellte, vielmehr der Frau, die es probehalber tragen sollte. Deren ungeheures Vergehen war es, am Bauch schrecklich kitzlig zu sein. Als die Schneiderin die Taille absteckte, stieß sie ein nervöses Kichern aus, das Castanas Flüche nur übertönen, nicht aber zum Verstummen bringen konnten. Fanny wusste nicht, ob Castanas Wutanfall dem Plan, den sie ausgeheckt hatte, zugutekam oder nicht. Während sein Gesicht puterrot anlief und er über sein Geschrei heiser wurde, ging sie jedenfalls so waghalsig aufs Ganze wie an jenem Tag, da sie Alice' Kleid mit Absicht befleckt hatte.

Ohne Zögern trat sie zwischen Castana und das kichernde Modell samt Schneiderin und erntete jenen fassungslosen Blick, mit dem wohl auch der Erzbischof sie bedacht hätte, wenn sie sich in den Altarraum vorgewagt hätte. Castanas Stimme hatte allerdings alle Kraft verbraucht, und ehe er sie fortscheuchen konnte, begann Fanny auf- und abzuschreiten – mit einem selbst entworfenen, selbst genähten Kleid, das für den Anlass eines Modehausbesuchs viel zu elegant war, das aber Alice nicht weiter aufgefallen war, weil sie schließlich auch Elisabetta immer in viel zu feine Prinzessinnengewänder steckte. Es war aus violetter Seide, hatte einen schlichten Schnitt, jedoch einen raffinierten Halsschnitt, an dem ein Stück Stoff befestigt war, das man sich entweder über die Schulter werfen oder als eine Art Kapuze über den Kopf ziehen konnte. Fanny führte es Castana mit sorgfältig vor dem Spiegel einstudierten Gesten vor, und irgendwann verstummte das Modell, fielen der Schneiderin die Nadeln aus dem Mund und runzelte Simone Castana die Stirn – was bei ihm, vor allem wenn zeitgleich das Geschrei ausblieb, ein Zeichen des Wohlgefallens war.

Dreimal war Fanny mittlerweile dicht vor Castana auf und ab gegangen. Als sie sicher sein konnte, seine volle Aufmerksamkeit zu haben, trat sie ein Stück in einen schmalen Gang zurück, in dem die Büsten römischer Kaiser standen. Vielleicht waren es auch die Büsten griechischer Götter, jedenfalls fiel das Licht schräg durch ein Fenster und brachte das Kleid zum Schimmern.

»Welche Eleganz!«, rief Simone Castana hingerissen.

Fanny beherrschte sich, um ihre Gefühle nicht zu zeigen, sich lediglich mit ausdrucksloser Stimme vorzustellen. »Ich bin Francesca Re.« Sie hatte lange überlegt, welchen italienischen Namen sie sich als Modeschöpferin zulegen sollte, und war am Ende zum Entschluss gekommen, den eigenen zu übersetzen. »Und ich bin verantwortlich für Alice di Benedettos Garderobe«, fügte sie hinzu.

Eine Lüge war das nicht, wenn sie ihm auch die ganze Wahrheit vorenthielt – dass ihre Pflichten nämlich hauptsächlich darin bestanden, Perlen und Federn anzunähen, Kleider zu bürsten, zu bügeln und sicher zu transportieren, nicht aber, diese für Alice zu entwerfen. Aber es war nun mal unerlässlich, Alice' Namen ins Spiel zu bringen, hatte sie Simone Castana doch mehr als einmal Giovanni Rosa gegenüber sagen hören, dass Mode und Film eins seien. Er hatte seinen Durchbruch erst erlebt, als eine von ihm ausgestattete Schauspielerin nicht nur für ein italienisches Modemagazin, nein, sogar für die *Times* fotografiert worden war, und seitdem wurden auf seinen Wunsch hin ganze Drehbücher umgeschrieben, damit eine entscheidende Szene – ob der erste Kuss der Hauptdarstellerin oder ihr Tod – in einem Modehaus stattfanden, wo seine Entwürfe zu sehen waren.

Fanny trat zum letzten der römischen Kaiser, kam dann wieder zu Castana zurück mit jenem schwingenden Gang, der dafür sorgen sollte, dass sich der Stoff sacht bewegte. Diesen Gang hatte sie am längsten geübt, während Alice und Elisabetta nämlich mal wieder ein Bad in der Marmorwanne genommen hatten, bis ihrer beider Hände schrumpelig gewesen waren.

»Sie arbeiten für Alice di Benedetto?«, fragte Castana, um noch einmal ergriffen hinzuzufügen: »Welche Eleganz!«

»Ich habe das Kleid für sie entworfen«, erklärte Fanny. »Bis jetzt waren alle meine Kleider exklusiv für sie bestimmt.«

Simone Castana wedelte mit der Hand – nicht um sie selbst wegzuschicken, wie sie kurz befürchtete, nur um die Schneiderin und das Modell zu verscheuchen. Dann drehte er drei seiner weiten Runden um Fanny, um sie eingehend zu betrachten. Trotz der Entfernung schien er jede einzelne Naht überprüfen zu können, und nun war sie es, die unwillkürlich den Atem anhielt, hoffte, er möge keinen Fehler finden.

»Ich habe selten ein Talent wie Ihres gesehen«, sagte er.

Er stand mittlerweile hinter ihr, und sie kämpfte darum, sich ganz langsam, hoheitsvoll umzudrehen und dabei zugleich die Kapuze gekonnt von ihrem Haar zu ziehen.

»Die Art, wie Sie sprechen, mutet allerdings etwas fremd an«, fuhr Castana fort. »Woher stammen Sie?«

In Frankreich war sie als *Allemande* oft auf Verachtung gestoßen. Hier in Italien hasste man die Deutschen zwar nicht mit gleicher Inbrunst, aber sie hielt es dennoch für besser, sich mit ihrer Mode von anderen zu unterschieden, nicht mit ihrer Herkunft.

»Ich stamme aus Sizilien«, sagte sie schnell.

»Sizilien?«, fragte er gedehnt. »Ihr Akzent klingt ganz anders.«

»Nun, mein Vater stammte aus Südtirol«, erwiderte sie rasch.

Sie hatte Angst, dass Castana die Lüge nicht so einfach schlucken würde, doch der war in Gedanken gottlob schon bei etwas anderem. »Nun ja, Sizilien passt eigentlich ganz gut. Genau so stelle ich mir ein Mädchen vor, das Orangen pflückt.«

Fanny war irritiert. Kein Kleid war unpraktischer als dieses, um Orangen zu pflücken. Und sie wollte, dass er in ihr eine Göttin sah, zumindest die erwachsene Frau, die sie war, kein Mädchen und erst recht keins vom Lande.

»Ich habe noch nie Orangen gepflückt«, erklärte sie. »Wie erwähnt, stehe ich in Alice di Benedettos Diensten, doch ich dachte mir, wenn meine Entwürfe einem breiten Publikum nahegebrachte werden könnten, dann …«

»Wenn Sie in den Diensten Alice di Benedettos stehen, sind Sie sicher viel beschäftigt«, fiel er ihr ins Wort.

»Oh, ich habe durchaus Zeit, weitere Entwürfe …«

»Sind Sie morgen Nachmittag verfügbar?«, unterbrach er sie wieder. »Ich bräuchte dringend eine Frau wie Sie.«

»Wie … wie kann ich Ihnen behilflich sein?«, fragte Fanny verwirrt und hoffte inständig, dass er sie bitten würde, ihm noch mehr ihrer Entwürfe zu zeigen.

Doch während von den Verkaufsräumen im Erdgeschoss Alice' und Elisabettas Lachen herauftönte – Alice' war ganz laut, Elisabettas ganz leise –, erklärte er nur: »Ich plane eine Revolution. Und ein Orangenmädchen wie Sie könnte mir dabei von großer Hilfe sein.«

In der folgenden Nacht konnte Fanny kaum schlafen. Auch sonst fand sie nur selten Ruhe, denn immer um Mitternacht begann Elisabetta in ihrem Bettchen zu wimmern, und Fanny holte sie zu sich ins Bett, obwohl die Kleine gar nicht richtig wach wurde. In diesen Augenblicken gehörte sie ganz ihr, doch sonderlich viele Augenblicke waren es nie, denn irgendwann lange vor dem Morgengrauen kam stets Alice und erklärte, dass sie sich zu ihnen ins Bett legen wolle.

»Ist es für Elisabetta nicht schön, in der Nacht ihre Mutti und *mamma* bei sich zu haben?«, schwärmte sie.

Fanny fand es nicht schön, sie fand es eng, aber das sagte sie nie. Sie war auch nie sicher, ob Alice die Egoistin war, weil sie sich immer in ihr Bett drängte, oder sie selbst, weil sie immer irgendwann daraus floh. Nun, in dieser Nacht war es egal, ob sie ein Bett für sich allein hatte oder nicht.

Welche Eleganz, hatte Castana geschwärmt – und das war zweifellos ein großartiges Kompliment. Allerdings war es ihm viel zu schnell, viel zu leicht von den Lippen gekommen, und alles, was in Fannys Leben schnell und leicht passiert war, hatte am Ende in einer Katastrophe gemündet. Was, wenn Castana sie um ihre Entwürfe betrügen würde wie Aristide und sie einmal mehr mit leeren Händen dastünde?

Am nächsten Tag ging jedenfalls nichts leicht und schnell. Zur verabredeten Zeit ließ Simone Castana sich nicht blicken, er fuhr erst eine halbe Stunde später mit einem Fiat Ardita vor Alice' Wohnung vor, und als Fanny nach seiner geplanten Revolution fragte, sagte er nichts dazu, sondern bemerkte lediglich, dass er erst seit Kurzem ein Auto besitze. Seiner Fahrweise war das deutlich anzumerken. Ein Wunder, dass er nicht eine der Pappeln rammte, die die breiten Alleen der Stadt säumten und einen herben Geruch versprühten, oder gar das Bronzepferd auf dem Domplatz, auf dem stolz Viktor Emanuel II. ritt. Fanny war dennoch erleichtert, den italienischen König zu sehen, bedeutete das doch, dass es nicht mehr weit bis Castanas Atelier war, das gleich in der Nähe von Giovanni Rosas Modehaus lag.

Mailands Zentrum war allerdings nicht das Ziel ihrer Fahrt. Bald ließen sie es hinter sich, fuhren an Avenuen entlang, an Gärten mit Zedern und Platanen, Kirchen und großen Palästen. Immerhin schien nicht länger ihr Leben bedroht, eher das einer Katze, die über die Straße lief. Castana bremste so abrupt, dass Fanny fast in die Windschutzscheibe gekracht wäre, und danach war sie eine Weile zu geschockt, um noch mehr Fragen zu stellen. Auch als sie am Ziel ankamen – der Fiera Campionaria, dem hiesigen Messegelände –, waren zwar ihre Hände schweißnass, der Mund aber so trocken, dass sie nichts hervorbringen konnte.

Sie trug kein Kleid, sondern eine weite dunkelblaue Hose mit einem Jackett, und beides war so zerknittert, dass sie es erst einmal glatt streichen musste. Als sie den Blick hob, war Simone, der sich von der Fahrt im *Fiat* keineswegs erholen musste, schon zwölf Schritte vorausgegangen.

»Husch, husch, Orangenmädchen!«, rief er ungeduldig.

In ähnlichem Tonfall hatte er zuvor mit der Katze geschimpft, die er beinahe zusammengefahren hätte. Fanny war nicht sicher, was sie davon halten sollte, dass er sich nicht ihren Namen gemerkt hatte, sie folgte ihm trotzdem zu einem kreisrunden Gebäude, dessen Wände aus rotem Ziegelstein noch unverputzt waren, das aber bereits eine prächtige Glaskuppel besaß.

»Die Revolution wird genau hier stattfinden«, erklärte Simone Castana. »Dieser Pavillon wurde schon vor zwei Jahren eingeweiht, damals war er noch ein provisorisches Holzgebäude. Da die erste große Schau so erfolgreich war, beschloss man, daraus etwas Bleibendes zu machen. Nun kommen Sie schon … treten Sie ein in den Palazzo della Moda.«

Das Gebäude war leer, doch mit lebhafter Gestik beschwor Simone Castana vor ihrem inneren Auge eine illustre Gästeschar. Der reiche Seidenhändler aus Como fehlte ebenso wenig wie der Mailänder Adlige, der amerikanische Geschäftsmann ebenso wenig wie der britische Botschafter aus der Ewigen Stadt. Sie alle würden nebst ihren Gattinnen auf den roten Samtstühlen Platz nehmen, die hier schon aufgereiht standen, mit Blick auf eine Bühne, die mit der Mailänder Oper konkurrieren konnte. Nicht dass Fanny die Scala jemals betreten hätte, beeindruckt war sie gleichwohl.

Castana hatte sich auf einen der Samtstühle gesetzt, war aber wieder aufgesprungen und winkte sie mit sich. »Nun kommen Sie, hier ist Ihr Platz«, rief er und wies auf die Bühne.

Als Fanny hochkletterte, war sie froh, Hosen zu tragen.

»Auf dieser riesigen Bühne wird also Mode präsentiert?«, fragte sie skeptisch.

Sie war bislang nur auf Modenschauen gewesen, die in einem Modehaus stattgefunden hatten. Manchmal, das wusste sie, wurden auch in Privathäusern Modelle vorgeführt, Palazzi und prächtige Villen darunter, doch nirgendwo gab es so viel Raum elegant zu durchschreiten wie auf dieser Bühne.

»Oh, hier wird nicht nur Mode präsentiert«, erklärte Castana, »hier wird Italien präsentiert, ein geeintes Italien nämlich! Genauso wie unser Land zusammenwachsen muss, dürfen die großen Modehäuser nicht länger konkurrieren, denn wenn sie sich gegenseitig den Triumph nicht gönnen, tragen die Franzosen den Sieg davon. Gottlob gibt es nun den Sindacato dell'alta moda italiana, der die fähigsten Modehäuser dieses Landes vereint. Ferrario, Medaglia, Mordo, Sandro Radice, Ventura …«

»Und Ihr Haus«, fiel Fanny ihm ins Wort.

»Und meines«, bestätigte er stolz. Er kletterte nun auch auf die Bühne, kam dicht vor ihr zu stehen, hob plötzlich den Zeigefinger. »Was kann man mit einem Finger allein schon anderes tun, als sich den Seidenschal aus dem Gesicht zu streichen, wenn der Wind ihn dorthin weht? Schon um eine Nadel zu halten, bedarf es eines zweiten Fingers. Wenn es aber die italienische Mode zu revolutionieren gilt, dann brauchen wir die ganze Hand, und diese Hand muss sich zur Faust ballen und so laut auf den Tisch donnern, dass es selbst in Paris zu hören ist. Wir sind stolz, bekundet der Donnerhall, wir verstecken uns nicht vor euch, wir machen keine kleinen Modenschauen in kleinen Modesalons, bei denen bloß ein Dutzend Mannequins die Mode vorführen. Nein, unsere Mode wird von zweihundert Mannequins vorgeführt, und das zwei ganze Stunden lang.« Eine Faust und Mode waren nichts, was für Fanny zusammengehörte, aber Castana ließ nun ohnehin die Hand sinken, schritt hektisch auf und ab. »Die erste Modenschau, die hier stattfand, war kurzfristig festgesetzt worden und entsprechend improvisiert. Am Anfang schickten überdies nur die französischen Modehäuser ihre Frauen, um sich zu präsentieren. Doch in diesem Jahr werden italienische Frauen zeigen, dass man sich nicht in Paris einkleiden muss, um schön zu sein. Und die Modeschöpfer werden nicht nur Italienisch sprechen, sie werden ihrer Mode italienische Namen geben. Vorbei die Zeiten, in denen man ein Modehaus von Villa D'Este in Ville D'Orléans umbenennen musste oder von Casa Primavera in Maison Printemps, um Kundschaft zu gewinnen. Nein, Italiens Modeindustrie versteckt sich nicht länger, sie wird diese Bühne – die größte Modebühne, die es jemals gab – gleich einem Heer erobern.«

Eine Erinnerung durchzuckte Fanny – an Aristides Worte

nämlich, wonach alles Kunst sein konnte, nur nicht der Krieg, denn der Krieg zog Grenzen, wohingegen die Kunst diese überwinden würde. Ob Simone Castana das ebenfalls so sah, war dennoch ihre geringste Sorge.

»So eine große Modenschau macht sicher viel Arbeit, oder?«, fragte sie. »Die Kollektionen müssen entworfen, die richtige Auswahl muss getroffen werden, und dann erst die Anprobe! Dafür … dafür brauchen Sie mich, oder?«

Er fuhr zu ihr herum, musterte sie, als müsste er sich erst wieder mühsam daran erinnern, dass sie da war. »Ach, wissen Sie, wir brauchen keine Mode aus Frankreich, und wir brauchen auch keine französischen Modelle, die so dürr sind, dass sie krank wirken. Und erst recht brauchen wir keine Amerikanerinnen, die als groß und schlank und sportlich gelten, aber in Wahrheit wie Pferde gehen. Nein, nein, Kreationen, in denen Italiens Herz schlägt, sollen von jemandem gezeigt werden, in dessen Adern italienisches Blut fließt. Wer sonst kann schreiten wie eine Vestalin?« Fanny war nicht sicher, was genau eine Vestalin war, sie vermutete, eine römische Kaiserin oder eine römische Göttin. Sie jedenfalls war weder Römerin noch Italienerin, und doch nickte Simone Castana ihr nun zu: »Nun los, Orangenmädchen! Schreiten Sie! Schreiten Sie mit dieser Eleganz, die ihresgleichen sucht! Die Bühne gehört Ihnen!«

Fanny blieb steif stehen, ihre Gedanken hingegen bewegten sich rasend schnell. Für Simone Castana waren eine römische Göttin oder Kaiserin und ein Mädchen, das Orangen pflückte, offenbar eins – nicht aber eine Frau, die elegante Kleider entwarf, und eine Frau, die diese vorführte. Ihm kam es nur auf Zweites an. Nur das hatte er am Tag zuvor gelobt.

»Lieber Himmel«, entfuhr es ihr, und eine Wut packte sie, die sie schon lange nicht mehr gespürt hatte. Meist kehrte sie ihre Gefühle in einen toten Winkel, wo schon ihre Scheu vor dem eigenen Kind und die Nachgiebigkeit, mit der sie zuließ, dass Alice es an sich riss, wucherten und jede Gemütsregung bleich und leise wurde. Wäre sie jetzt im Kaufhaus von Giovanni Rosa, sie hätte wohl eine der Büsten vom Sockel gestoßen. Hier gab es allerdings nichts zu zerstören, hier gab es nur glatte, unverputzte Wände, und sie musste sich begnügen zu schreien: »Mode vorführen können Hunderte von Mädchen! Mode machen nur wenige!«

Castana schüttelte den Kopf. »Das ist ein Irrtum«, erwiderte er. »Schön sein allein reicht nicht, auch auf Wandelbarkeit kommt es an, muss doch Abendgarderobe ebenso vorgeführt werden wie Sportbekleidung. Und am wichtigsten ist die natürliche Grazie. Nicht alle Mädchen sind geeignet, auf diese elegante, selbstbewusste Art zu gehen wie Sie. Viele werden allerdings an Ihrem Vorbild wachsen. Nun sagen Sie schon zu. Lassen Sie uns die italienische Mode und gleichsam Italien wieder groß machen.«

Ich bin keine Italienerin, wollte sie einwenden, aber sie biss sich rechtzeitig auf die Lippen. So schnell wie der Ärger sie gepackt hatte, ließ er sie los, und stattdessen stellte sie sich vor, wie sie über die Bühne schritt, als würde die traumhafte Mode, die sie vorführte, ihr gehören. Und auch wenn sie sie nach der Schau wieder würde ausziehen müssen – ein wenig Geld könnte sie trotzdem verdienen, und das allein durch Schönsein und Schöngehen, nicht indem sie Alice' Kleider bügeln und von Schokoladenflecken reinigen musste. Anstatt den Irrtum aufzuklären, nickte sie nur, begann zu schreiten, und Simone Castana lächelte zufrieden.

»Vielleicht können Sie Alice di Benedetto überreden, bei der nächsten großen Modenschau in der ersten Reihe Platz zu nehmen«, sagte er.

Die Einsicht, dass noch mehr als die vermeintliche Herkunft und das elegante Schreiten ihre Bekanntschaft mit der berühmten Schauspielerin ihn bewogen hatte, sie hierher einzuladen, zeugte schon nicht mehr den lodernden Ärger, nur noch Unbehagen. Ein weiteres Mal schritt Fanny die Bühne ab, reckte ihr Kinn, streckte den Rücken durch. Was zählte es, ob sie diese Chance Alice verdankte oder nicht. Was sie daraus machte – darauf kam es an. Und das sollte, so entschied sie, nichts Halbherziges, Zögerliches sein. Als Mutter mochte sie im Schatten stehen und von dort aus Alice und Elisabetta betrachten. Aber als Mannequin würde das Scheinwerferlicht auf sie fallen – auf sie ganz allein.

Fanny war nicht nur bei der großen Modenschau im neuen Palazzo della Moda dabei, sie wurde – auf Fürsprache von Simone Castana hin – in den kommenden Monaten auch für eine Modeparty im Hotel Continental engagiert und für Schauen in einigen Privatvillen. Die leisen Zweifel, ob sie damit nicht ihr wahres Talent vergeudete, schwanden, das Selbstbewusstsein wuchs. Ob sie auf großen oder kleinen Bühnen lief – den langsamen Gang beherrschte sie immer perfekt, desgleichen, den exakten Abstand zur Frau vor ihr zu halten und sich am Ende elegant und voller Anmut zu drehen.

»Eigentlich ist eine Bühne nicht der richtige Ort, um Mode vorführen«, erklärte eines Tages Isidora Colonna, eine junge Modejournalistin, der Fanny nun schon bei mehreren Auftritten begegnet war.

»Wo sonst soll man denn Mode vorführen?«, fragte Alessandra Bianchi, die wie Fanny als Mannequin arbeitete, obwohl sie eigentlich Schauspielerin hatte werden wollen.

Alessandra und Fanny lagen auf dem Rücken und stützten die Füße – wie so oft, wenn sie mehrere Stunden am

Stück auf den Beinen gewesen waren – gegen die Wände, damit die Schwellung zurückging und sie hinterher wieder in ihre Schuhe passten. Isidora hingegen saß auf einem Stuhl, ein Notizbüchlein auf dem Schoß, in dem sie während der Vorführung blitzschnell Skizzen der dargebotenen Kleider gemacht und mit Bemerkungen versehen hatte.

»Ich finde, die Mannequins sollten dem Publikum viel näher kommen. Eine Bühne steht für eine andere Welt, Mode sollte dem Leben entspringen. Ich denke an einen langen Steg, der direkt durch das Publikum führt.«

»Ich sehe das anders«, widersprach Fanny, »Mode soll doch nicht einfach Teil des Alltag sein, vielmehr für einen Traum stehen, der seinen Reiz nicht zuletzt daraus zieht, dass er unerreichbar erscheint.«

Wehmut überkam sie, weil sie den eigenen Traum immer noch nicht lebte und sich die Hoffnung, ihm näherzukommen, nicht erfüllt hatte. Ein wenig fühlte sie sich wie ein Bettler, dem, wenn er vor der *latteria* am Domplatz die *crostata al limone* in fremde Münder verschwinden sah, der Magen noch unerbittlicher knurrte, als wenn er in taubenverschissenen Ecken sein Nachtlager aufschlug.

Allerdings, so sagte sie sich schnell, gab es ein übleres Geschick, als den ganzen Tag schöne Kleidung zu tragen und mit Isidora und Alessandra zu tratschen, nicht länger über Bühnen und Stege nun, sondern über die Tochter von Viktor Emanuel III., die gerüchteweise gegen Anorexie behandelt wurde.

»Sie hat wirklich Pech«, sagte Isidora. »So lange hat sie den zierlichen Französinnen nachgeeifert, und jetzt sind diese ganz aus der Mode gekommen. Es ist plötzlich wichtig, gesund und stark zu sein, um aus den Trümmern der Antike ein neues Italien zu bauen und für dieses notfalls in den Krieg zu ziehen.«

Fanny mochte es nicht, wenn von Mode und Krieg in einem Satz gesprochen wurde. Das erstarkende Selbstbewusstsein der italienischen Modeschöpfer irritierte sie nicht zuletzt, weil es an ihrem Geheimnis rührte, nicht aus Sizilien, sondern aus Deutschland zu stammen. Auf Alessandra war dennoch Verlass. Schwere Themen ödeten sie an, ging es ihr doch ähnlich wie der Tochter des Königs darum, leicht zu sein.

»Welche Diät sie wohl gemacht hat?«, sinnierte sie, die sie stets darum rang, zwar an den richtigen Stellen ihre Rundungen zu behalten, zugleich aber kein Gramm zuzunehmen.

»Vielleicht hat sie Tabak gekaut«, schlug Isidora vor. »Zumindest habe ich gehört, dass das ein Mannequin tat, um den Hunger zu mindern.«

»Hm«, machte Alessandra missmutig, »davon bekommt man allerdings gelbe Zähne.«

»Vielleicht hat sie aber auch einen Bandwurm geschluckt«, sagte Isidora.

»Wie ekelhaft!«, rief Fanny, nahm sich trotzdem fest vor, diese Geschichte Elisabetta zu erzählen, die sich zwar nicht für rabiate Möglichkeiten, Gewicht zu verlieren, interessieren würde, umso mehr jedoch für in Menschendärmen wohnende Bandwürmer.

»Dann halte ich persönlich es lieber wie bisher und esse morgens und abends nur Grapefruits«, erklärte Alessandra und erhob sich, um zu prüfen, ob sie wieder in die Schuhe passte.

Fanny erzählte Elisabetta weder von Bandwürmern noch von Grapefruits, denn in den nächsten Tagen folgten nicht nur weitere Modenschauen, sie wurde zudem für die Modezeitschrift *La Donna* fotografiert – und zwar nicht einfach nur im

Hinterzimmer eines Modemachers, wie es üblich war, nein, sie wurde außergewöhnlich in Szene gesetzt, indem sie Botticellis Venus gleich aus einer Muschel stieg, nur dass sie nicht nackt war, sondern ein blau schimmerndes Ballkleid trug. Außerdem bedurfte Simone Castana Fannys Dienste, nachdem er erfahren hatte, dass ein französischer Modeschöpfer seine Entwürfe nicht einfach nur zeichnen, nein, sie entwickeln würde, indem er den Stoff am Körper eines Models drapierte. Castana ließ sich natürlich nicht dazu herab, selbst Hand anzulegen, gab vielmehr einer Schneiderin Anweisungen, und es dauerte so lange, bis er mit dem Ergebnis zufrieden war, dass Fanny spät wie nie nach Hause kam.

Elisabetta schlief längst, und zwar mittlerweile von Beginn der Nacht an in Alice' Bett. Fanny wusste nicht mehr, wann genau Alice das beschlossen hatte, nur dass es zu spät war, dagegen zu protestieren. Also begnügte sie sich damit, verwundert zu fragen, warum Elisabetta zwei Söckchen an den Händen trug.

»Ach, das ist ein neues Spiel«, sagte Alice. »Elisabetta hat mit den Söckchen zwei kleine Hündchen gespielt – und ich mit meinen Schlangen, die sie auffressen wollten. Natürlich ist ihnen das nie gelungen, du kannst dir nicht vorstellen, wie sie gelacht hat.«

Fanny konnte das tatsächlich nicht. Elisabetta war nicht einfach nur ein leises Kind, sie war ein regelrecht lautloses, und sie wurde das Gefühl nicht los, dass Alice dem Mädchen jede heftige Lebensäußerung ebenso wegnahm wie ihr das Mutterglück. Allerdings musste sie sich eingestehen, dass sie auch schon vorschnell aufgegeben hatte. Sie hatte sich nicht mal daran gestört, dass Alice sich während der Schwangerschaft mehr auf ihr Kind gefreut hatte als sie selbst. Sie hatte ihr – viel dienstbeflissener als sie ihr jemals das Gesicht schminkte oder die Haare kämmte – die Mutterrolle überlassen. Sie war nie auf die Idee gekommen, sich Söckchen über die Hände zu stülpen und damit Hündchen und Schlange zu spielen. Und sie war an diesem Abend erst nach Hause gekommen, als Elisabetta längst schlief.

Als Alice fragte, warum es denn so spät geworden sei, entschuldigte oder rechtfertigte sie sich nicht, sie erwiderte lediglich trotzig: »Ich weiß, ich weiß, ich vernachlässige meine Dienste als Zofe. Wenn du willst, rühre ich dir gern jetzt noch eine Gesichtsmaske an.«

Alice' Miene, ansonsten so leicht zu deuten, war so undurchschaubar, als trüge sie eine solche Maske schon. »Ich habe lange Zeit ohne Dienstmädchen gelebt, ich schaffe es auch derzeit, und wenn nicht, kann ich ein neues einstellen. Aber Elisabetta braucht nicht nur ihre *mamma,* ebenso ihre Mutti.«

Dass sie recht hatte, machte ihre Worte nicht zu einer geringeren Heuchelei.

»Dir ist es doch am liebsten, wenn du sie ganz allein für dich hast«, fuhr Fanny auf. »Warum sonst hast du sie in dein Bett geholt?«

»Ich tat es, weil deines leer und kalt war.«

»Nein, du tatest es, weil sie zwar *mamma* und Mutti haben, dich dagegen mehr lieben soll als mich.«

Alice' Miene blieb wider Erwarten undurchdringlich, und sie verzichtete sogar auf die erwartete melodramatische Geste, die zeigen sollte, dass ihr das Herz brach.

»Es ist nicht meine Schuld, dass du sie kaum noch siehst«, stellte sie ruhig fest.

Und wieder hatte sie recht, und wieder erschien es Fanny gleichwohl als Heuchelei, und sie ging zum Gegenangriff über, so kindisch sie sich selbst dabei auch vorkam.

»Neidest du es mir etwa, dass sie Fotos von mir machen, nicht von dir?«, rief sie. »Früher wurden für *La Donna, Lidel* oder *Sovrana* ausschließlich Filmschauspielerinnen fotografiert, während man heutzutage diesen die Mannequins vorzieht!«

»Na und?«, entgegnete Alice nicht minder heftig. »Fotos zu machen, ist fast so anstrengend, wie Filme zu drehen. Gott behüte.« Sie stöhnte theatralisch. »Schon Letzteres würde ich längst nicht mehr machen, wenn ich das Geld nicht bräuchte – Geld, mit dem ich für dich und Elisabetta sorge.«

»Ich verdiene nun mein eigenes«, bestand Fanny, »ich will nicht länger deine Sklavin sein.«

»Meine Sklavin?« Das übliche tiefe und dröhnende Lachen löste sich aus Alice' Kehle, nur klang es bitterer als sonst. »Wann habe ich dich je wie eine Sklavin behandelt? Wie eine Schwester bist du für mich, und Elisabetta ist mein Kind. Und selbst wenn du meine Sklavin wärst. Sag, ist es wirklich besser, in *ihren* Ketten zu liegen als in meinen?«

Fanny wusste nicht, worauf sie hinauswollte. »Was meinst du damit?«

Alice hob die Brauen, wirkte mit einem Mal angewidert. »Ich meine damit, dass ich dich das nächste Mal wohl besser mit *›Eja, eja, alalà‹* begrüßen sollte.«

Fanny hörte diese Worte nicht zum ersten Mal, und natürlich wusste sie, wer sich mit diesen Wort begrüßte und wieder verabschiedete – jene Männer, die häufig im Publikum saßen und nicht schlichte Hosen, Halsbinde und Gehrock trugen, sondern schwarze Hemden, gleichfalls schwarze, knielange weite Hosen, glänzende Stiefel, breite Ledergürtel und eine Kappe mit Troddeln.

E per Benito Mussolini
E per la nostra Patria bella
Eja eja alalà. Eja eja alalà.

»Die Faschisten wollen die italienische Industrie stärken«, gab Fanny jene Worte wieder, die sie Simona Castana schon mehrmals hatte sagen hören. »Und die Modeindustrie gehört nun mal dazu. Mir soll's recht sein, aber das heißt noch lange nicht, dass ich eine von ihnen bin.«

Alice kniff die Augen zusammen. »Und doch trägst du ihre Kleidung.«

Fanny blickte an sich hinunter. Sie trug ein Kleid aus weißer Seide, das mit Gold eingefasst war – eines der wenigen, das sie nach einer Schau hatte behalten dürfen.

»Nichts an diesem Kleid ist schwarz.«

»Alles daran soll dennoch an das römische Imperium erinnern, das Mussolini wieder auferstehen lassen will«, sagte Alice schrill, »und ganz unauffällig ist auch das M seines Namens in den Stoff eingewebt. Das ist Kleidung, die die Frau nicht Frau sein lässt, sondern sie zur Göttin erhebt. So wie der Mann ja nicht einfach nur Mann sein darf, sondern ein Held sein muss.«

»Und was ist daran falsch?«

»Nun, der Mensch, der nicht länger Individuum ist, kann nicht mehr zwischen Falsch und Richtig unterscheiden, nicht bestimmen, welches Leben er führen will und welches nicht. Seine Kleidung ist nicht länger Ausdruck der eigenen Persönlichkeit, sie ist Ausdruck der Ideologie.«

Himmel, konnte man sich noch komplizierter ausdrücken?

»Ich bin zu müde für dieses Geschwätz«, erklärte sie, wollte an Alice vorbeigehen, doch die hielt sie fest. »Mussolini will die Ruinen des antiken Rom von späteren Überbauungen befreien und mit faschistischen Neubauten ummanteln. Und genau das hat er mit den Italienern vor. Mit Hammer und Meißel soll alles abgehauen werden, das nicht dem Ziel dient, Italien groß zu machen, und hinterher wird der Mensch in ein Korsett gezwängt und an Marionettenfäden aufgehängt. Dass alle schön und stark und Helden und Götter sind, bedeutet nichts anderes, als dass sie austauschbar sind.«

»Meine Güte!«, rief Fanny und trachtete vergebens danach, Alice' Hand abzuschütteln. »Was hat das alles mit dir zu tun?«

»Wie ich hast du doch immer Freiheit gesucht. Als Modeschöpferin ist diese unerlässlich. Du willst deine Flügel ausbreiten und fliegen, nicht eine Uniform anziehen und im Gleichmarsch marschieren …«

»Wann hast du mich denn als Modeschöpferin jemals gefördert? Mag sein, dass der *duce* erwartet, dass die Italienerinnen Kinder gebären. Aber der wichtigste Dienst, den ich *dir* jemals erwiesen habe, war doch auch, dass ich Elisabetta bekam und sie dir überließ.«

Wütend starrte sie Alice an, und nicht minder wütend erwiderte diese den Blick. Fanny war nicht sicher, wohin ihr Streit noch geführt hätte, wäre in diesem Augenblick nicht Elisabetta aufgewacht und hätte nach ihrer *mamma* gerufen. Vielleicht hatte sie schon eine Weile gelauscht, denn ihr Gesicht war tränennass. Alice hastete an ihr Bett, und bis Fanny ihr gefolgt war, hatte Alice sie getröstet, indem sie ein Bellen ausstieß.

»Nicht du spielst das Hündchen, sondern ich«, bestand Elisabetta.

»Dann bin ich eben die Schlange und fresse nicht nur das Hündchen, nein, auch dich mit Haut und Haar«, sagte Alice, stieg zu der Kleinen ins Bett und umarmte sie so fest, als wollte sie sie sich tatsächlich einverleiben.

Elisabetta lachte auf ihre lautlose Weise. Fanny blieb steif am Bettrand stehen.

»Nun komm schon«, sagte Alice, »leg dich zu uns.« Sie hielt die Decke hoch, und als Fanny darunterschlüpfte, dachte sie nicht daran, dass ihr weiß-goldenes Kleid mit dem eingewebten M zerknittern würde.

Alice legte beide Arme um sie. »Lass uns nicht länger streiten. Wir drei müssen zusammenhalten.«

LISBETH

1949

Lisbeth umschritt die alte Schneiderpuppe, die sie in Almas Nachlass gefunden hatte. Offenbar hatte sie einst deren Schwester Hilde – Lisbeths Großmutter – gehört. Die Puppe war mit Kokosfasern gestopft gewesen, doch während des Krieges oder danach hatte jemand sie aufgeschlitzt und die Kokosfasern herausgenommen. Lisbeth war sehr erfindungsreich, aber sie hatte keine Idee, welchen Nutzen Kokosfasern haben könnten. Jedenfalls hatte sie die Puppe wieder mit Stoffresten gestopft – mittlerweile gab es so viel Stoff zu kaufen, dass sie nicht mehr sparen mussten – und hoffte, von ihr genügend Inspiration für künftige Entwürfe zu erhalten.

Immer noch waren für das Modehaus keine blühenden Zeiten angebrochen, denn dass die kargen Jahre dank der Währungsreform endgültig der Vergangenheit angehörten, bedeutete, dass viel zu viele Blümchen ihren Kopf in die Sonne reckten und aufeinander Schatten warfen. Jeden Tag eröffneten neue Geschäfte, in vielen von ihnen wurde Kleidung angeboten, und mehr als je zuvor galt es, nicht aus dem Knappen das Wenige zu schaffen, sondern aus der Fülle das Besondere herauszuholen.

Nun, vielleicht war es der falsche Ansatz, darüber nachzudenken, wie sie ihr Geschäft zum Blühen bringen konnte. Vielleicht sollte sie stattdessen alles daransetzen, ihre Kundinnen wieder zum Blühen zu bringen, Frauen, die eifrig Rouge auf die Wangen gaben und die Haare in Wellen legten, die aber immer noch schrecklich mager waren.

Sie nahm einen Stoffballen, wickelte ihn um die Schneiderpuppe, musste sich regelrecht zwingen, fast einen ganzen Ballen an einem einzigen Kleid zu verschwenden, sodass der Rock sehr weit fiel und erst zwanzig Zentimeter über dem Boden endete.

»Wie findest du es?«, fragte Lisbeth und drehte sich zu Mechthild um, die sie häufig im Modehaus besuchte, weil sie jede Gelegenheit nutzte, der eigenen Wohnung oder vielmehr dem eigenen Mann zu entfliehen. Ihre jüngste Tochter Ute wiederum nutzte jede Gelegenheit, Unsinn zu machen. Eben hatte sie das Nadelkissen erbeutet und machte Anstalten, die Nadeln in den Mund zu stecken. So wie meine Großmutter Hilde es immer gemacht hat, dachte Lisbeth. Zumindest hatte Alma ihr das erzählt, desgleichen, dass Hilde Seidel Corsetière gewesen war und einen eigenen Miedersalon geführt hatte. Mechthild wusste nichts von Hilde, aber der Anblick des Kleides ließ auch sie an Mieder denken.

»Das letzte Mal wurden so schmale Taillen während des ersten großen Krieges getragen, als die Kriegskrinolinen modern waren«, sagte sie missbilligend. »Willst du den Frauen jetzt wieder Mieder aufzwingen? Und ausgerechnet geblümte Kleider?« Es bedurfte viel Fantasie, um in den roten Punkten auf dem blauen Stoff, Blumen zu erkennen. Doch ehe Lisbeth etwas einwenden konnte, fuhr Mechthild fort: »Ich finde ja, dass Frauen mittlerweile lange genug in beengten Wohnungen haben leben müssen. Verschon sie mit engen Kleidern!«

»Der Rock ist überhaupt nicht eng, im Gegenteil. So weit wie er fällt, gleicht er einer erblühenden Rose.«

Mechthild stieß ein freudloses Kichern aus. Vor einer Weile hatte sie sich ihr Haar kinnlang schneiden lassen, dennoch fielen ihr wie zu Duttzeiten einzelne Strähnen ins hagere Gesicht. »Mit solch einem Kleid ziehst du den Frauen jedenfalls sämtliche Stacheln.«

»Na und? Das heißt noch lange nicht, dass sie verwelken. Das Kleid ist wunderschön. Und die Frauen wollen sich endlich wieder wunderschön fühlen.«

»Wunderschön weiblich, meinst du, damit sie wieder lernen, wo ihr Platz ist. Ein weiter Rock lässt sie schließlich vergessen, dass sie einen Unterleib haben, eine schmale Taille verlernen, den Duft der Freiheit einzusaugen. Dafür werden die Brüste betont, um wahlweise die Gier der Männer herauszufordern oder den Hunger der Säuglinge zu stillen.«

Lisbeth konnte sich nicht daran erinnern, ob Mechthild Ute gestillt hatte. Das Kind war jedenfalls gut genährt, obwohl es jetzt begann, das Nadelkissen in den Mund zu stopfen. Sie nahm es ihr schnell weg – zu dem Preis, dass sie den Stoff wieder von der Schneiderpuppe nehmen musste.

»Vielleicht kann sie mit Rieke spielen«, sagte sie gereizt, »sie ist mit Eva im Verkaufsraum.« Nicht dass Utes Anwesenheit sonderlich verkaufsfördernd sein würde, allerdings kamen in letzter Zeit ohnehin viel zu wenige Kundinnen. Sie brauchten eine gute Idee, um mehr anzulocken. Lisbeth begann erneut, den Stoff um die Schneiderpuppe zu drapieren. »So ein Blumenkleid ist immer noch besser als die Vorkriegsmode. Damals wurden die Schultern der Frauen so stark betont, dass sie wie Boxer aussahen.«

»Wenn sie ihre Fäuste bloß genutzt hätten …«

»Mein Gott, wir haben alle genug von Gewalt und Zerstörung. Genug von rauen, kratzigen Stoffen. Satin, Taft, Samt, das sind die Materialien, in die sich Frauen kleiden wollen!«

»Solange du auf Rüschen und Volants verzichtest, bitte schön. Deine Mutter Fanny hat Firlefanz ja regelrecht gehasst.«

Lisbeth zuckte unmerklich zusammen, steckte den Stoff energisch fest. Manchmal vergaß sie, dass Mechthild Reinhardt nicht nur über viele Umwege mit Richard verwandt war, sondern auch Alma und Fanny gekannt hatte. Was sie hingegen nie vergaß, was vielmehr jeden Augenblick ihres Lebens an ihr nagte, war die Tatsache, dass Conrad von Fanny beauftragt worden war, nach ihr zu sehen.

Sie fühlte sich von beiden verraten, denn auch wenn Fanny aus Sorge gehandelt hatte – ihre Mutter hatte kein Recht, sich diese Sorgen zu machen, nicht nach allem, was sie damals in Mailand getan hatte, nicht nach allem, was später in Frankfurt geschehen war.

Conrad wiederum hatte nach dem Jazzkonzert, dem Kuss und der Enthüllung, warum er einst bei ihr aufgetaucht war, mehrmals mit ihr zu reden versucht, aber weder sein Lächeln und seine Erklärungsversuche noch seine Bitte um Vergebung hatten ihre Verbitterung aufwiegen können. Das, was ihre Beziehung so besonders gemacht hatte, war beschmutzt und würde es bleiben. Er hatte sie nackt gesehen wie nie – doch was zählte das, wenn Fanny noch lange bevor sie, Lisbeth, ihm ihr Innerstes ausgeschüttet hatte, bereits so vieles über sie erzählt hatte. Es war, als hätte er bereits eine jener obszönen Nacktfotografien von ihr gesehen, die dieser Tage in Form von Spielkarten kursierten, ehe sie freiwillig die Hüllen hatte fallen lassen. Und ob sie nun die Pikdame oder der Herzbube war – die erste Karte hatte Fanny ausgespielt, nicht sie, Lisbeth, und in einem Kartenhaus konnte man nicht wohnen, fiel es doch beim ersten Lufthauch in sich zusammen.

»Lass mich einfach in Ruhe«, hatte sie Conrad angeherrscht und mit diesen Worten eigentlich Fanny gemeint.

Er gehorchte ihr und tauchte nicht mehr auf, und das ärgerte sie erst recht, denn es erinnerte sie schmerzlich daran, dass auch Fanny damals kampflos aufgegeben hatte. Warum ließ Conrad sich schon von einem abweisenden Wort in die Flucht schlagen wie ihre Mutter? Und warum war sie so dumm, von ihm mehr zu erwarten, dem hübschen Jüngling, der mit grauem Anzug über graue Ruinen stapfte, ohne schmutzig zu werden?

Zumindest war Conrad nicht zurück nach New York gegangen, obwohl sie das insgeheim befürchtet hatte. Dass sie ihn einmal im Radio gehört hatte, hatte vielmehr bewiesen, dass er weiterhin für den Sender in Oberursel arbeitete. Als seine Stimme erklungen war, hatte sie sich nicht von ihm oder Fanny verraten gefühlt, nur von sich selbst, weil ihr Herz einen freudigen Satz gemacht und weil sie nicht daran gedacht hatte, dass er ihr nachspioniert hatte, nur, wie sie von ihm geküsst worden war.

Beim Gedanken daran kniff Lisbeth schnell die Lippen zusammen und steckte den Stoff noch enger an der Taille fest. Zumindest wollte sie das, merkte dann aber, dass jemand daran zog, und zwar die kleine Ute.

»Hast du sie nicht zu Rieke gebracht?«, fragte Lisbeth Mechthild ungehalten. Mechthild sah ihre Tochter nur schweigend an. Sie behandelte sie meist so, als ginge sie sie nichts an. »Ich kann so nicht arbeiten«, sagte Lisbeth.

»Ich auch nicht«, erklärte Mechthild verbittert, »es gibt ohnehin kaum Beamtenstellen für Frauen, und mit einem kleinen Kind an der Backe kriege ich erst recht keine. Wenn Michael wenigstens auf Ute aufpassen könnte …«

Es war nicht zum ersten Mal, dass sie diese Klagelitanei

anstimmte, und es war nicht zum ersten Mal, dass Lisbeth sie gern daran erinnert hätte, wie froh sie über die Rückkehr ihres Mannes sein könnte. Aber angesichts dessen, dass sie Conrad geküsst hatte und ihn insgeheim mehr vermisste als Richard, hätte sie das zur Heuchlerin gemacht. Also ließ sie sich auf keine Diskussion ein.

»Nun bring sie doch zu Rieke!«, forderte sie Mechthild auf, und tatsächlich nahm diese ihre Tochter auf den Arm, ging in den Verkaufsraum, kam aber schon kurze Zeit später zurück – mit Ute.

»Rieke ist nicht da«, sagte Mechthild.

Lisbeth runzelte die Stirn. Rieke kam jeden Tag nach der Schule ins Modehaus, manchmal mit Martin.

»Und Eva?«, fragte Lisbeth.

»Eva ist auch nicht da.«

Das war nun noch erstaunlicher. Abgesehen davon, dass Eva nicht einfach den Laden verlassen würde, ohne ihr Bescheid zu sagen, ging sie überhaupt kaum je ins Freie. Einmal hatte sie lapidar dazu gesagt, dass sie es nach den vielen Jahren im Kartoffelkeller nun mal besser in engen Räumen aushielt. Lisbeth vermutete dagegen, dass sie ihre Freiheit nicht auskosten wollte, vielmehr sich bestrafen, diese jemals angestrebt zu haben. Nicht dass sie sie darauf ansprach. Seit dem Tag, da sie von Richards Tod erfahren hatte, hatten sie nie wieder schonungslos offen ihr Innerstes voreinander ausgebreitet. Es zählte nur, dass sie sich auf Eva verlassen konnte.

»Eva … Eva würde doch nie einfach so verschwinden!«

Mechthild zuckte mit den Schultern. »Vielleicht hat es mit den Dokumenten zu tun, die ich ihr gegeben habe.«

»Mit welchen Dokumenten?«, fragte Lisbeth verständnislos und hielt beharrlich den Stoff fest, an dem Ute wieder zog, sobald ihre Mutter sie runterließ.

»Bei Almas Beerdigung hat Eva mich darauf angesprochen«, erklärte Mechthild. »Sie wollte wissen, ob ich ihr helfen könnte, mehr über ihre Familie herauszufinden. Ob wirklich alle tot sind … wo sie gestorben sind und wie … Als ob man mittlerweile nicht genug darüber weiß oder zumindest wissen *könnte,* wenn man denn wollte …«

Wenn Lisbeth ehrlich war, hatte sie dieses Wissen nie vertiefen wollen. Ihr Griff lockerte sich etwas, und Ute zog den Stoff endgültig von der Schneiderpuppe. Und als Lisbeth ihn ihr wieder wegnehmen wollte, fuhr Mechthild fort.

»Leider konnte ich ihr nicht wirklich weiterhelfen und etwas über den Verbleib der Familie herausfinden. Aber zumindest ist aus den Unterlagen ersichtlich, was aus dem Geschäft von Schlomo Gold geworden ist.«

Lisbeth erstarrte. »Schlomo Gold?«, fragte sie.

»So hieß Evas Vater. Er hat einen Kleiderladen besessen, der '33 komplett zerstört worden ist. In den Unterlagen steht, er sei nach einem Blitzeinschlag ausgebrannt. So ein Blödsinn! Wenn es ein Blitz war, hatte er die gleiche Form wie das SS-Zeichen gehabt, obwohl damals noch nicht die SS, sondern die SA …«

»Schlomo Gold …«, sagte Lisbeth fast tonlos. Der Mund war ihr so trocken geworden, dass sie den Namen nur formen konnte.

»Später hatte er einen weiteren Laden in der Hasengasse«, fuhr Mechthild fort. »Nicht für lange natürlich. Welcher Frankfurter Jude wurde nicht enteignet?«

»Schlomo Gold …«, sagte Lisbeth ein drittes Mal. Sie kannte den Namen, obwohl sie ihn nie aus Evas Mund vernommen hatte. Noch nicht mal ihren Nachnamen hatte diese jemals erwähnt, doch selbst wenn sie sich als Eva Gold vorgestellt hätte – Lisbeth hätte sich nichts dabei gedacht. Es gab so viele Juden, die Gold hießen. Es gab so viele Juden, die Kleiderläden führten. Aber es gab nur einen Laden in der Hasengasse. »Mein Gott«, stieß sie aus und stützte sich plötzlich schwer auf die Schneiderpuppe.

Ute lachte triumphierend, begann, den Stoff um sich zu wickeln.

»Was hast du denn?«, fragte Mechthild. »Du weißt schon, dass Eva Halbjüdin ist, oder?« Lisbeth nickte. »Und dir ist auch nicht entgangen, dass sie die Juden deportiert haben.« Zynismus triefte durch ihre Stimme, Lisbeth nickte wieder. »Und dass sie vorher enteignet wurden, hörst du doch ebenfalls nicht zum ersten Mal.«

»Was … was genau steht darüber in den Dokumenten, die du Eva gegeben hast?«, fragte Lisbeth mit bebender Stimme.

»Ehrlich gesagt habe ich sie nur überflogen.«

»Aber Eva hat sie gelesen, gründlich gelesen … Und jetzt kennt sie die Wahrheit … und jetzt ist sie mit den Kindern auf und davon.« Mit jedem Wort klang ihre Stimme atemloser, schriller.

»Wahrheit?«, fragte Mechthild verständnislos. »Himmel, Lisbeth, warum läufst du denn jetzt *auch* noch weg? Wohin willst du denn?«

So genau wusste sie das nicht, als sie vom Nähzimmer erneut in den Verkaufsraum stürmte. Eva musste abrupt aufgebrochen sein, ein Kleid, das sie wohl eben hatte aufhängen wollen, lag zusammengeknüllt auf dem Boden. Das war nicht Evas Art, sie ging immer achtsam mit den Kleidern um … achtsam mit den Kindern. Ganz selbstverständlich hatte Lisbeth ihr das eine wie das andere anvertraut … Sie hatte ja nicht wissen können, dass Eva Schlomo Golds Tochter war, so wie Eva nicht hatte wissen können, was sie selbst Schlomo Gold angetan hatte. Zumindest bis zum heutigen Tag. Sie musste es aus den Unterlagen erfahren und mit den Kindern den Laden verlassen haben, und die Kinder hatten nicht protestiert, weil sie Eva vertrauten.

Mechthild kam ihr nachgeeilt. »Lisbeth, nun sag doch, was …«

»Ich … ich muss die Kinder suchen … Ich muss Eva suchen … Ich muss ihr alles erklären, auch wenn es nichts zu erklären gibt. Bleib im Laden, falls Kundschaft kommt …«

Die Zeit, sie anzuweisen, Ute den Stoff wieder wegzunehmen, ehe diese ihn befleckte oder zerriss, nahm sie sich schon nicht mehr, sie stürmte ins Freie.

Sie kannte das Hotel in der Nähe der Schäfergasse, in dem Conrad lebte, nur von außen. Es war ein schlichtes Gebäude, lediglich zwei Stockwerke hoch, das von den Blessuren des Krieges verschont geblieben war. Als sie ihn einmal mit den Kindern abgeholt hatte, um mit ihm in den Zoo zu gehen, hatte Rieke sein Zimmer sehen wollen, doch Lisbeth hatte gemeint, das gehöre sich nicht.

Als ob es schlimm wäre, wenn eine Frau mit zwei Kindern das Zimmer eines Freundes betrat. Jetzt erschien es ihr ja auch nicht als schlimm, dass sie sein Zimmer betrat, und das sogar ohne die Kinder, die sie nun schon seit Stunden vergebens suchte. Ob Conrad noch ein Freund war, wusste sie nicht, aber er war der Einzige, von dem sie sich Hilfe erhoffte.

Eine junge Frau – vielleicht die, die sich beharrlich weigerte, sein Zimmer aufzuräumen – nannte ihr nach einigem Zögern und mit hochgezogenen Brauen seine Zimmernummer, und nun stand sie vor der Tür, klopfte energisch daran. Die Angst, dass er womöglich gar nicht da war, merzte jegliches andere Gefühl aus, sowohl die Verlegenheit, weil sie seiner Hilfe bedurfte, als auch die Hoffnungslosigkeit, weil diese Hilfe vielleicht nicht genügte.

Und dann wurde die Tür geöffnet, sie brach in Tränen aus, und er zog sie in den Raum, der so winzig war, dass es keine andere Sitzmöglichkeit außer dem Bett gab. Sie sank darauf nieder, stützte schwer den Kopf auf die Arme, fühlte erst jetzt, wie die Beine vom vielen Laufen schmerzten. Als sie sich die Tränen abwischte, konnte sie Conrad richtig mustern, und bei seinem Anblick stieg erstaunlicherweise keine neue Verbitterung hoch, nur Erleichterung … Dankbarkeit ebenso – dafür, dass er ihr immer geholfen hatte. Am Tag, als sie von Richards Tod erfahren hatte. Schon vorher, wenn er den Kindern Carepakete gebracht hatte. Später, als er sich Unternehmungen ausgedacht hatte, um sie dann und wann aus dem grauen Alltag zu reißen. Vielleicht hatte er es *auch*, aber ganz sicher nicht *nur* gemacht, weil Fanny ihn darum gebeten hatte.

Was für sie an Wichtigkeit verlor, lag ihm anscheinend immer noch auf dem Herzen. »Es … es tut mir leid, was geschehen ist«, stieß er nämlich im nächsten Moment aus. »Ursprünglich sollte ich nur herausfinden, ob du noch lebst. Das war der Grund, warum ich damals vor deinem Haus gestanden habe. Ich sollte nicht mit dir reden, lediglich die Nachbarn nach dir fragen, nach dir und deinem Mann und ob du Kinder hast. Es dauerte eine Weile, bis der Brief, in dem ich Fanny all das schrieb, sie erreichte, und ebenso lange, bis ich wieder Antwort bekam. Sie wollte, dass ich mich um dich kümmere, jedoch nicht, dass du erfährst, dass sie dahintersteckt, und deswegen habe ich mich eingemischt, als ich zufällig von deiner Verhaftung erfuhr. Aber dass ich damals erklärt habe, ich wolle dich interviewen, war nicht nur ein Vorwand – ich war wirklich interessiert an dir, an deinem

Leben. Und später habe ich bewundert, wie du dein Leben meisterst … wie schonungslos ehrlich du sein kannst.«

Während er sprach, hatte sie den Blick wieder gesenkt. Erst jetzt fiel ihr auf, wie akkurat er sein Bett, auf dem sie saß, gemacht hatte. Weder Leintuch noch Decke warfen eine Falte. Gut, das Glatte war ja seine Spezialität.

Kurz überkam sie das Bedürfnis, das Bett zu verwüsten, stattdessen brach nur aus ihr hervor: »Schonungslos ehrlich, von wegen! An jenem Nachmittag im Modehaus habe ich dir und Eva bei Weitem nicht alles anvertraut.«

Er kniete sich vor sie. »Es tut mir leid«, sagte er wieder »es tut mir leid, dass ich nicht schon früher gesagt habe, dass Fanny …«

»Ach was«, wischte sie seine Entschuldigung fort. »Du hast mir weitaus weniger verheimlicht als ich Eva.«

Erst jetzt schien ihm aufzugehen, dass sie nicht wegen Fanny hier war. »Was …«, begann er. Sie sagte ihm alles – nicht nur, dass sie die Kinder seit Stunden suchte, weil Eva mit ihnen einfach verschwunden war, ebenso dass Eva allen Grund hatte, sie zu hassen, da sie doch an diesem Nachmittag die Wahrheit herausgefunden hatte. Was, wenn sie sich rächen würde, wenn sie ihr das Teuerste zu nehmen gedachte, weil sie sie umgekehrt schließlich auch dessen beraubt hatte.

»Wovon um Himmels willen redest du?«

Lisbeth hatte sich unwillkürlich die Finger auf den Mund gepresst, als gälte es immer noch, das Geheimnis dahinter einzusperren, doch als Conrad keine weiteren Fragen mehr stellte, sie nur anblickte, sprudelte es aus ihr heraus: »Ich … ich bin schuld daran, dass Schlomo Gold sein Geschäft verloren hat. Ich bin eines Tages zu ihm in den Laden gegangen, habe mich als Kundin ausgegeben, habe zwei, drei Kleider probiert. Und habe mich hinterher bei der Polizei darüber beschwert, dass er mir in die Umkleidekabine gefolgt ist und mich nackt betrachtet hat. Nichts davon war wahr, aber …«

Aber es war ja in jenen Jahren so leicht gewesen zu lügen. So leicht, jemandem zu schaden. So leicht, jemanden enteignen zu lassen, wenn er denn ein Jude war. Und so leicht, unliebsame Konkurrenz auszuschalten.

Zumindest vermutete Conrad, dass das ihr Motiv gewesen war. »Du wolltest deinem Vater damit helfen, oder?«

»Das auch«, sagte Lisbeth erstickt. »Es hatte dennoch mehr mit meiner Mutter zu tun. Ihr wollte ich schaden, ihr heimzahlen, dass sie …«

»Kannte deine Mutter denn Schlomo Gold?«

»Nicht wirklich, aber darum ging es nicht, es ging darum, dass … Ach, was zählt meine Mutter, die Kinder sind fort, Eva hat sie, ich muss sie suchen, und …«

Wieder sah Conrad ihr fest in die Augen. »Was immer du Schlomo Gold angetan hast und warum«, sagte er, »ganz sicher hast du Eva nicht das Teuerste genommen. Das war für sie nämlich das Tanzen, und das hat ihr erst der Vater verboten, und später haben die Nazis es ihr unmöglich gemacht. Dass es für sie zu spät war, wieder von vorne zu beginnen, hat nichts mit dir zu tun.«

»Zu spät«, echote sie, »es ist auch zu spät, freiwillig zu bekennen, dass ich es war, die Schlomo Gold denunziert hat, die dafür gesorgt hat, dass das Modehaus König einen Konkurrenten weniger und dafür mehr Laderäume bekommt … Ach, ich wusste doch nicht, dass er ihr Vater ist!«

Conrad hockte immer noch vor ihr. In seiner Miene las sie nicht die geringste Spur von Verachtung. Hätte er sie gezeigt, sie hätte sich voller Trotz gesagt, dass sie ihm nicht zustünde. Nun dachte sie, dass es ihr nicht zustand, von ihm Hilfe zu erwarten … Verständnis. Ob er sie nun aber verstand oder nicht, er zog sie an sich, und da er ja nur hockte, verlor er darüber das Gleichgewicht, und plötzlich lag er auf dem Boden, und sie neben ihm, und ihr Blick fiel auf die vielen Staubflocken unter seinem Bett. Sie musste niesen, sie musste kichern, so sauber Conrad auch war, so glatt sein Bett, in Frankfurt wurde man den Staub einfach nicht los. Aus dem Kichern wurde ein Weinen.

»Wo soll ich sie nur suchen?«

Er stand auf, zog sie hoch, rieb sich erst danach die schmerzende Schulter.

»Eva würde den Kindern nichts antun, das weißt du.«

»Auf dieser Welt gibt es nicht so viel, das man sicher wissen kann. Ich habe ja auch nicht geahnt, dass Fanny dich geschickt hat.«

»Sie hat mich nicht geschickt, das war die *New Yorks Times,* sie hat lediglich …«

»Das zählt jetzt nicht. Wir müssen Eva und die Kinder finden.«

Er nickte. »Und ich habe eine Idee, wo sie sein könnten.«

»Wo?«

Als er es ihr sagte, kam sie sich dumm vor, nicht selbst auf den Gedanken gekommen zu sein. Selbstverständlich war Eva dort. Und selbstverständlich war es ebenso, dass Conrad ihre Hand nahm, nicht losließ, während sie schweigend den Weg zur Hasengasse zurücklegten, wo sich einst der Laden von Almas Mann befunden hatte, später ihre Druckerpresse, wieder eine Weile später die Geschäfte wechselnder Pächter. Schließlich hatte sie diesen Laden an Schlomo Gold verkauft, doch der hatte ihn wegen Lisbeths Lüge nicht lange behalten dürfen. Und so hatte sich zuletzt ein Lager, das zum Modehaus König gehört hatte, hier befunden.

Ein Haufen Schutt und Asche war davon übrig geblieben,

zumindest hatte Lisbeth vor einem solchen gestanden, als sie das letzte Mal daran vorbeigekommen war. Nun fand sie einen Bretterverschlag vor, dessen einziger Sinn zu sein schien, die Wände der Häuser rechts und links zu stützen. In dem einen war ein Schuhmacher untergekommen, im anderen wurden Haushaltswaren verkauft. Kundschaft ging ein und aus, nur Eva stand ganz steif vor dem Bretterverschlag, den roten Schal um den Hals, die Kinder rechts und links an der Hand.

»Können wir jetzt endlich heimgehen?«, fragte Martin.

Rieke schien geduldiger, doch als sie Lisbeth sah, machte sie sich von Eva los und lief auf sie zu. »Mutti! Eva hat uns eine lange Geschichte erzählt …«

Lisbeth ließ Conrads Hand los, zog die Tochter an sich, vergrub ihr Gesicht in ihrem braunen Haar. Sie war immer überzeugt gewesen, dass es Richards Farbe hatte, in Wahrheit hatte es wohl die von Fanny.

»Und worum geht in dieser Geschichte?«, fragte sie. »Um Rumpelstilzchen oder Riesen? Und warum seid ihr seit Stunden verschwunden?«

Eva löste ihren Blick vom Bretterverschlag, schien aus einem Traum zu erwachen, lange, dunkel wie die Zeit im Kartoffelkeller.

»Stunden?«, fragte sie verständnislos.

»Ich muss aufs Klo«, jammerte Martin und presste die Beine zusammen. Ehe Lisbeth sich rühren konnte, ging Conrad auf ihn zu. »Komm mit, wir suchen ein Fleckchen, wo du dein Geschäft erledigen kannst.«

Rieke nahm ihre Hand, zog sie zu Eva. »Eva hat uns gezeigt, wo sie früher gewohnt hat«, sagte sie.

Eva nickte mechanisch. »Ich war mit ihnen bei dem Haus, in dem ich aufgewachsen bin … auch bei dem Haus, in dem ich mich versteckt habe … beim ersten Laden, den mein

Vater je besessen hat. Bei diesem Laden hier, den er später von deiner Tante Alma billig bekommen hat, ehe die Nazis ihn enteignet haben.«

Lisbeth fragte sich, in welche Geschichten sie diese Worte gekleidet hatte, welche Märchenfiguren darin aufgetaucht waren, wie viele böse Feen.

»Du weißt es«, sagte Lisbeth leise. »die Unterlagen, die Mechthild dir gegeben hat …«

Eva hatte bis jetzt an ihr vorbeigestarrt, nun suchte sie ihren Blick. »Mechthild hat nichts über den Verbleib meines Vaters herausgefunden. Alles andere wusste ich schon … konnte ich mir denken. Warum glaubst du, habe ich nach dem Krieg Zuflucht im Modehaus König gesucht? Warum habe ich den heilen Vorhang vom Fenster genommen und als Decke benutzt? Warum bin ich nicht einfach wieder gegangen, als du das Modehaus neu eröffnet hast? Weil es das Mindeste war, was mir zustand.«

»Aber warum bist du dann vorhin einfach mit den Kindern verschwunden?«

In Evas Blick stand jener Ausdruck wie damals, als Lisbeth von Richards Tod erfahren hatte: Das, was übrig blieb, wenn man sich Mitleid abgewöhnt hatte, wenn man den Verlust dieses Mitleids aber zugleich betrauert.

»Dachtest du, ich hätte die Kinder mitgenommen, um dir einen Schrecken einzujagen, mich gar zu rächen?« So ungläubig wie Eva klang, so lächerlich kam es Lisbeth vor, dass sie genau das vermutet hatte. Eva wandte sich wieder ab. »Mechthild hat nicht viel erfahren, in den Unterlagen befanden sich allerdings alte Geschäftsbriefe, sogar ein Bild von meinem Vater. Das gab mir den Mut, die wichtigsten Orte seines Lebens aufzusuchen, wenn auch nicht genügend Mut, es ganz allein zu tun. Ich wusste ja nicht, was ich fühlen würde – Wut auf ihn oder Wut auf mich, Liebe oder Hass, Trauer oder Gleichgültigkeit.«

»Und was hast du gefühlt?«

Eva zuckte mit den Schultern. »Von allem etwas. Von allem zu viel und zu wenig. Nichts, was leichter zu ertragen wäre, wenn man darüber spricht. Also lass uns heimkehren.«

Eva wandte sich zu gehen, zumal eben Conrad mit Martin zurückkam, doch Lisbeth stellte sich ihr in den Weg. »All die Jahre hast du gewusst, dass dein Vater enteignet wurde, weil …«

»Ach Lisbeth, jetzt sei nicht so naiv! Wenn nicht dein Vater Georg König auf Lagerräume spekuliert und uns denunziert hätte, hätte es eben ein anderer getan. Die jüdischen Kaufhäuser der Stadt waren jahrelang Schikanen ausgesetzt. Erst wurden so lächerliche Vorschriften erlassen, wonach sie ihren Kunden keine Erfrischungen mehr anbieten durften. Dann mussten sie ein Viertel ihres Vermögens abgeben. Und schließlich wurden sämtliche Betriebe arisiert, wie es so schön hieß. Mein Vater hatte nie die Chance, sein Geschäft zu behalten … sein Leben. Und ich hatte nie die Chance, Tänzerin zu werden. Denkst du wirklich, ich gebe dir die Schuld an dem, was Georg König getan hat? Oder mache gar deine Kinder dafür verantwortlich?«

»Es … es lag nicht an meinem Stiefvater, dass ihr enteignet wurdet, ich habe …«

Conrad trat unvermittelt vor. »Es war ein langer Tag«, unterbrach er sie mit einer Schärfe in der Stimme, die ihr nicht erlaubte, auch nur ein Wort hinzuzufügen. »Die Kinder sind müde, sie wollen nach Hause.«

»Ich bringe sie gern heim«, sagte Eva. »Du hast bestimmt noch im Modehaus zu tun. Es tut mir leid, dass ich dich von der Arbeit abgehalten habe, ich weiß doch, dass du dringend nach einer neuen Geschäftsidee suchst.«

Eva wartete ihre Zustimmung nicht ab, nahm Rieke an der einen, Martin an der anderen Hand, und da die Kinder gewohnt waren, an anderer Frauen Hände heimzugehen, weil ihre Mutter so beschäftigt war, folgten sie Eva, ohne zu zögern.

Lisbeth blickte den dreien nach, bis sie am Ende der Hasengasse verschwunden waren, starrte dann eine Weile den Bretterverschlag an, dessen braunes Holz in der Dämmerung grau wirkte.

»Lisbeth …«, riss Conrad sie aus den Gedanken.

Schweigend gingen sie zurück zum Modehaus. Sie wusste nicht, warum sie Eva nicht widersprochen hatte – unmöglich würde sie sich an diesem Nachmittag noch auf Kleider konzentrieren können. Und sie wusste auch nicht mehr, warum sie auf Conrad so wütend gewesen war, nur weil er anfangs in Fannys Auftrag gehandelt und ihr das lange Zeit verschwiegen hatte. Sie war einfach nur froh, dass er bei ihr war.

»Warum … warum hast du verhindert, dass ich Eva die Wahrheit gesagt habe? Warst du nicht gerade von meiner schonungslosen Offenheit am meisten beeindruckt?«

Sie hatten das Nähzimmer betreten. Lisbeth stand am Zuschneidetisch, nahm unwillkürlich das Maßband in die Hand, das dort lag, ein echtes Maßband, nicht mehr nur ein verknotetes Stück Garn.

»Und was soll Eva mit deiner schonungslosen Ehrlichkeit anfangen?«, fragte Conrad. »Was hilft es ihr, wenn sie die Wahrheit kennt? Du bist ihre Freundin, und das ist gut so.«

»Seit wann sind Lügen etwas Gutes?«

»Ich sage nicht, dass Lügen etwas Gutes sind, aber manchmal kann Schweigen das sein. Mode soll keine Verkleidung sein, den Menschen aber auch nicht entblößen – und ich denke, ebenso verhält es sich mit der Wahrheit. Wobei ich nicht sagen will, dass man sie immer und allen verschweigen sollte. Zumindest ist es der sehnlichste Wunsch deiner Mutter, sich mit dir auszusprechen.«

Als er zu ihr trat, setzte sie sich auf die Tischplatte, blickte zu ihm hoch. »Du meinst, ich soll ihr schreiben? Sie bitten, nach Deutschland zu kommen?«

»Warum fährst du nicht nach New York? Ich bin befördert worden, werde bald einen neuen Posten antreten, heimkehren. Ich … ich will nicht länger vor meiner Mutter fliehen, die mich mehr als Johnny liebte, nicht vor meinem Vater, der mich weniger als Johnny liebte. Ich habe von dir gelernt, dass man manchmal anpacken, die Trümmer beiseiteschaffen, im Schutt wühlen muss, bis man etwas Nützliches entdeckt, um daraus neue Kleider zu machen – ein neues Leben, um Liebe zu finden.«

»Aber das, was ich für meine Mutter empfinde, ist keine Liebe«, sagte sie heiser.

»Du muss ja auch nicht nach New York gehen, weil du deine Mutter liebst. Du könntest nach New York gehen, weil du *mich* liebst.«

Und plötzlich zog er sie an sich, legte seine Hände um ihren Nacken, küsste sie. Und der Kuss war wie damals nach dem Jazzkonzert so berauschend und erfüllend, gebend und fordernd zugleich, gierig und zärtlich.

Ich habe das Lieben doch über den Krieg und das Hungern verlernt, wollte Lisbeth sagen, aber sie ahnte, dass das eine Lüge war – weil sie eine bestimmte Art der Liebe ja erst danach, nicht davor erlernt hatte. Was sie für Richard gefühlt hatte, war tiefer Respekt und tiefe Dankbarkeit gewesen, weil er ihr Halt geboten und etwas in ihr heil gemacht hatte, nachdem sie sich ins Unrecht gesetzt hatte. Conrad hingegen machte sie jung, ließ sie nicht nur eine dunkle Zeit vergessen, die hinter ihr lag, sondern nährte die Hoffnung, dass die Zeit, die noch kam, licht sein würde, leicht.

Mode dürfe keine Verkleidung sein, hatte er gesagt, den Menschen aber auch nicht entblößen. Ihre Liebe hingegen erzwang zwar erst recht nicht, eine Rolle zu spielen, aber nackt wollte sie sie beide durchaus haben. Plötzlich zog Conrad an ihrer Kleidung und sie an seiner und das so ungestüm, dass der Stoff riss. Was machte das schon aus? Sie konnte ihm jederzeit einen neuen Anzug nähen, hatte seine Maße im Kopf, hatte sie im Herzen. Und was brauchten sie heilen Stoff, um ihre Körper zu bedecken, wenn ihre Küsse es taten. Was brauchten sie warmen Stoff, um Leib und Seele zu wärmen, wenn ihre Leidenschaft es tat.

RIEKE

1973

Die Bluse, die die Frau im Katalog trug – zu Sonnenblumen im Haar übrigens –, weckte Erinnerungen an den Jutesack, aus dem meine Mutter mir damals ein Leibchen genäht hatte. Obwohl es kratzte, hatte ich es gern getragen, vielleicht, weil es eines der wenigen Kleidungsstücke war, die sie für mich genäht hatte. Die meisten waren für den Verkauf bestimmt gewesen, und das gelbe Röckchen, das ich rund um das Jahr 1949 besaß, hatte nicht sie, sondern Eva angefertigt. Gänseblümchen hatte sie mich genannt, obwohl ich eigentlich lieber eine Rose hatte sein wollen. Aber roter Stoff war damals nun mal rar gewesen. Ich beschloss, Eva wieder einmal zu schreiben, vorerst galt es jedoch, den Katalog zu studieren. Ob die Bluse der Frau auf dem Foto kratzte, war unwahrscheinlich, denn sie lächelte breit.

»Na«, traf mich Utes Stimme, »spionierst du die Konkurrenz aus?«

Ich nickte zögernd.

Seit dem Streit mit Joachim waren einige Wochen vergangen, und ich drehte mich in allen Lebensbereichen im Kreis. Joachim war höflich, aber unnahbar. Die erste Nacht hatte er auf dem Sofa verbracht, war von Rückenschmerzen jedoch wieder ins Ehebett zurückgetrieben worden. Dort lag er allerdings am äußersten Bettrand, und ich war oft in Versuchung, ihm einen Stoß zu versetzen, damit er hinausfiel und bemerkte, wie lächerlich er sich machte. Ich tat es nie, weil ihn zu stoßen bedeutet hätte, ihn zu berühren, und dass sich das falsch anfühlte, war wiederum nicht lächerlich, nur traurig. Wir sprachen lediglich über das Notwendigste, nicht über die Vorstellungen, die wir von unserem Leben hatten. Meine bekundete ich nur, indem ich keine Bananen mehr kaufte. Was wiederum das Modehaus anbelangte, so zehrte ich immer noch von der Vermietung eines Teils unserer Verkaufsfläche und dem Kredit, zu dem uns diese verholfen hatte. Leider fehlte mir weiterhin die zündende Idee, wogegen ich die Kostüme in Bleu austauschen und womit ich unser Haus unverwechselbar machen könnte.

Dass mir die Sonnenblumenfrau in der verwaschenen Bluse weiterhelfen würde, bezweifelte ich, dennoch hielt ich Ute die Zeitschrift vor die Nase.

»Sollten wir so etwas mal probieren?«

Ute warf nur einen kurzen Blick darauf, ehe sie sich auf den Stuhl, der dem Schreibtisch gegenüberstand, setzte. Es war eine meiner ersten Maßnahmen gewesen, diesen dort hinstellen zu lassen, damit keiner vor mir stehen musste wie das Schulkind vor dem strengen Lehrer. Ute begnügte sich allerdings nicht nur damit, Platz zu nehmen, sie legte wie so oft ihre Füße auf den Tisch. Wie immer störte mich das, wie immer sagte ich es nicht.

»Ökokleidung?«, fragte sie gedehnt.

»Warum nicht? Die Frankfurter gelten als umweltbewusst. Immer mehr verzichten aufs Auto.«

»Aber weil sie wegen des Ölschocks müssen, nicht weil sie es wollen.«

»Diese eine Bürgerinitiative will jedenfalls, dass die Zeil autofrei wird.«

»Solche Leute gehen ihre Klamotten im Secondhandladen kaufen.«

Ich seufzte, wusste ich doch selbst, dass Secondhandläden wie Pilze aus dem Boden schossen – eine gefährliche weitere Konkurrenz neben dem Versandhandel und den Großkaufhäusern. Darüber wollte ich nur jetzt nicht auch noch nachdenken – schlimm genug, dass Ute eben erklärte: »Es gibt übrigens ein Problem. Kerstin Maier hat gekündigt.« Kerstin Knopp war eine der Verkäuferinnen und ausnahmsweise nicht so streng wie jene, die ihre Ausbildung in der gleichen englischen Eliteschule abgeschlossen zu haben schienen wie die Gouvernanten von den Windsor-Prinzen. Wobei diese Gouvernanten wahrscheinlich nachsichtiger waren, sonst hätte irgend so ein Frauenblatt nicht unlängst genörgelt, dass Prince Charles von einer Affäre in die nächste stolperte, anstatt endlich zu heiraten, und das – Skandal –, obwohl er doch schon fünfundzwanzig Jahre alt war. Nun, ich war in diesem Alter schon zwei Jahre verheiratet gewesen, was bedeutete, dass wir im kommenden Jahr unseren zehnten Hochzeitstag hatten – den ersten, den wir vielleicht nicht gemeinsam feiern würden … »Hey, hörst du überhaupt zu?«, fragte Ute bestimmt.

Ich zuckte zusammen. »Klar, Kerstin Maier hat gekündigt.«

»Weil sie schwanger ist.«

»Na, dann gehört sie immerhin zu den Frauen, die nicht gleich kündigen, sobald sie heiraten, oder bei der der Mann für sie kündigt, das ist ja schon mal was.«

Ute verdrehte die Augen. »Es ist ein Skandal, dass es hierzulande keinen bezahlten Mutterschaftsurlaub gibt. Das wäre ein Anfang. Wobei das allein nichts an der Meinung ändern würde, dass es für Mutterwirken keinen vollwertigen Ersatz gibt.«

»Sagt das Kerstin Maiers Mann?«

»Nein, Franz-Josef Wuermeling.«

Joachim nannte diesen Politiker gern »Wurm«. »Der ist doch längst nicht mehr Familienminister«, murmelte ich.

»Aber es gilt immer noch das Prinzip, dass die Frau nur berechtigt ist, erwerbstätig zu sein, wenn dies mit ihren Pflichten für Ehe und Familie vereinbar ist.«

»Tja …«, sagte ich nur. Während Ute sich nun endgültig in Rage redete, musste ich an meine eigene Familie denken, die sich erst kürzlich ganz unerwartet vergrößert hatte. Auf einer von Martins seltenen Ansichtskarten, die er mir entweder aus Indien oder Bhutan geschrieben hatte – dass ich die beiden Länder nicht auseinanderhalten konnte, hatte Ute übrigens furchtbar aufgeregt – hatte er mir mitgeteilt, dass Silke ein Baby bekommen habe. Als ich Joachim davon berichtete, hatte er ausnahmsweise mal länger mit mir geredet, als sich auf einen Satz wie »Reichst du mir bitte die Kaffeekanne?« zu beschränken.

»Nicht zu fassen, dass der VW-Bus immer noch fährt«, hatte er gerufen.

»Vom VW-Bus hat er nichts geschrieben. Vielleicht reiten sie ja mittlerweile auf Elefanten.« Ich selbst konnte kaum fassen, dass Silke ein Baby bekommen hatte und dieses – wie Martin mir auch mitgeteilt hatte – rund um die Uhr stillte. Wenn ich mir das vorzustellen versuchte, musste ich, so gemein das auch war, unweigerlich an ein Echsenbaby denken. Gut möglich natürlich, dass Silke längst nicht mehr einem leblosen Reptil glich, sondern braun gebrannt war, einen Sari trug und sich einen roten Punkt auf die Stirn gemalt hatte, während ich nun die Gefühlskalte war, die einmal mehr länger als notwendig im Büro saß und den Zeitpunkt hinauszögerte heimzugehen.

»Also«, unterbrach ich Utes Ausführungen zu den Rechten der Frau, »was denkst du nun zum Thema Ökomode?«

»Ich denke, dass wir ein paar Stücke ins Programm nehmen können, dass es aber ansonsten zu sehr Nischenprodukt ist.«

Wieder hörte ich mich seufzen. Welcher Stil fand schon in einem größeren Raum als nur einer Nische Platz? In früheren Zeiten war stets ein Kleidungsstil dominant gewesen – die locker fallenden Garçon-Kleider in den Zwanzigerjahren, die schmale Taille und die breiten Schultern, die an eine Uniform denken ließen, in den Dreißigerjahren, der Blumenkelchstil mit den weiten Röcken, mit dem Christian Dior berühmt geworden war, in den Vierzigern, obwohl Ute behauptete, dass meine Mutter ähnliche Kleider schon vor ihm oder, ohne ihn zu kennen, zeitgleich entworfen hatte. Ich konnte das nicht beurteilen, denn wenig später hatte Lisbeth überhaupt nichts mehr entworfen. Jedenfalls folgten auf die Blumenkelchkleider die Petticoats – noch in meiner Tanzschulzeit hatte ein Mädchen dem anderen geglichen. Jetzt aber waren zig Trends gleichzeitig angesagt und keiner stark genug, sich in der Gesellschaft durchzusetzen. Und obwohl Ute es guthieß, dass Mode keine Grenzen mehr kannte, sich die Abendmode von der Tagesmode so wenig unterscheiden ließ wie für mich Indien von Bhutan, die Röcke kurz sein durften wie nie und Jeans nicht mehr verpönt, hätte ich gern zumindest eine deutliche Grenze zwischen mir und der Konkurrenz gezogen.

Ich erhob mich. »Lass uns in der Kneipe weiterreden.«

»Wie? Du willst nicht heim zu deinem Göttergatten?«

Ich hatte ihr meinen Streit mit Joachim verschwiegen, war aber wohl oft genug bedrückt, sodass sie etwas ahnte.

»Meine Schwiegermutter ist heute wieder mal da, um auf

Marlene aufzupassen. Soll er sich doch mit ihr einen gemütlichen Abend machen.«

Die üblichen Belehrungen fielen aus, Ute musterte mich nur mit hochgezogenen Brauen, ehe sie lobend feststellte: »Du machst dich, Rieke.« Immer noch nahm sie ihre Beine nicht vom Tisch.

»Worauf wartest du?«

»Wir können gern gehen, aber nicht in die Kneipe. Ich finde, mittlerweile hast du dir verdient, was ganz anderes kennenzulernen.«

»Nämlich?«

»Wir gehen zu meiner Frauengruppe.«

So mancher wollt so manches haben,
Was es für manchen gar nicht gab:
Er wollt sich schlau ein Schlupfloch graben
Und grub sich nur ein frühes Grab.

Das war der Text, den die Frau auf der Bühne rezitierte. Eigentlich war es keine echte Bühne. Da standen nur ein paar Tische, die nebeneinandergeschoben worden waren, unterschiedlich groß und unterschiedlich schief und somit jenen gleichend, auf denen nach dem Krieg die erste Schau im Modehaus König stattgefunden hatte. Eine Modenschau gab es hier allerdings nicht zu sehen, stattdessen ein Theaterstück, genauer gesagt Bertolt Brechts *Mutter Courage.*

Ich hatte den Inhalt des Stücks nicht mehr so genau im Kopf, war nur überzeugt, dass meiner Mutter dieser Titel auch zugestanden hätte, vielleicht sogar Alma, obwohl die nie ein Kind geboren hatte. Die Frau, die den Text vortrug, schien – anders als Alma – zumindest ganz genau zu wissen, wie sich das Gebären anfühlte. Während sie den Text rezitierte, stöhnte und wand sie sich, als würde sie in den Wehen liegen, was ich relativ schnell zu deuten wusste, aber ich brauchte deutlich länger, um zu kapieren, dass der rote Samt im Hintergrund – meine Mutter hätte nach dem Krieg für solchen getötet – eine überdimensionale Gebärmutter darstellte.

»Die Frau gebiert kein Kind, sondern quasi sich selbst«, lieferte mir Ute begeistert die Interpretation. »Und zugleich wird die Gebärmutter zu einem Grab«, fuhr sie fort, »sowohl dem eigenen, als auch dem ihrer potenziellen Kinder. Sie schaufelt es selbst, weil sie ein Recht darauf hat, sich und ihre Kinder zu töten.«

»Aha«, entfuhr mir. Ich begann langsam, mich nach lauwarmem Bier zu sehnen.

»Komm mit! In der Theatergruppe sind sie ja beschäftigt.« Ute zog mich an weiteren Räumen vorbei. In einem saßen Frauen mit nacktem Oberkörper und berührten ihre Brüste.

»Geht es hier darum, sich selbst und seine potenziellen Kinder zu stillen und um das Recht, sowohl sich selbst als auch besagte Kinder mit Muttermilch zu vergiften?«, fragte ich.

Ute musterte mich tadelnd. »Hier geht es um Krebsvorsorge. Nichts, worüber man sich lustig machen sollte.«

Die Frauen im nächsten Raum trugen blaue Handwerksmonturen, vor sich einen Motor, den sie gerade auseinander- oder zusammenbauten, so genau konnte ich das nicht erkennen.

»Ein Kfz-Reparaturkurs«, erklärte Ute.

»Joachim würde das gefallen.«

»Hier sind wir ganz unter uns, also ohne Männer.« Sie warf mir einen eindeutigen Blick zu.

»Echt jetzt?«, fragte ich unschuldig. »Das ist mir noch gar nicht aufgefallen. Ich dachte, unter den nackten Brüsten hätte ich mindestens eine männliche entdeckt.«

»Wir kämpfen hier für jemanden wie dich, und du lachst darüber?«, blaffte Ute mich an.

Eigentlich war mir nicht zum Lachen zumute. Eigentlich hatte ich das Gefühl, dass ich, egal wo ich mich gerade aufhielt – ob im Kreis meiner Familie, im Modehaus König oder hier in diesem heruntergekommenen Haus in der Nähe des Eschenheimer Turms, das die Frauengruppe besetzt hatte –, fehl am Platz war oder bestenfalls Zuschauerin. Wäre mein Leben ein Kleid, würde ich mich in der Umkleidekabine gerade verzweifelt bemühen, es zuzubekommen, von grellem Licht beschienen und stickiger Luft umgeben. Und während ich bestürzt auf die vielen Falten guckte, die das Kleid am Po warf, rief von draußen eine nur vordergründig freundliche Verkäuferin: »Es steht Ihnen hervorragend!«

Ich wusste, das war eine Lüge, aber ich wusste auch, es war nicht mehr viel Zeit, das passende Kleid zu finden.

»Na komm schon«, sagte Ute und zog mich in einen weiteren Raum, wo Frauen in einem Sesselkreis saßen und ausgewählte politische Texte diskutierten, gerade offenbar Simone de Beauvoirs *Das andere Geschlecht* und Kate Milletts *Sexus und Herrschaft.* Ich musste unweigerlich an die Frauen denken, die in Veras Garage geraucht und über vaginale Orgasmen diskutiert hatten, und fand, dass sie deutlich mehr Stil und Esprit gehabt hatten als ihre deutschen Gesinnungsschwestern, die alles daranzusetzen schienen, jeden Anflug von Exzentrik mit ausgewaschenen Latzhosen auszubremsen.

Die Stimme derer, die eben einen Textauszug vorlas, klang ein wenig so, als würde auch hier ein Motor zusammengebaut werden und sich eine Schraube allzu beharrlich gegen den Schraubenzieher wehren.

Ute sah das wohl anders, sie machte ein ergriffenes Gesicht. »Das ist Brigitte, sie stammt aus dem Frankfurter Weiberrat«, raunte sie mir zu. »Davor war sie schon in der Studentenbewegung aktiv, aber du weißt ja: Die meisten Studenten haben ihre Kolleginnen nur Kaffee kochen, Flugblätter abtippen und die Kinder während der öffentlichen Aktionen betreuen lassen. Auf Versammlungen kamen sie kaum zu Wort und wurden nur milde belächelt. Die Frauen mussten sich auf die eigenen Füße stellen. Brigitte war damals beim Tomatenwerfen dabei.«

»Tomatenwerfen?«, fragte ich verständnislos.

»Hach, du kriegst auch gar nix mit. In welcher Höhle hast du dich bloß in den letzten Jahren verkrochen?«

»Vielleicht in einer Gebärmutter?«, schlug ich vor.

Ute verdrehte die Augen, erklärte dann aber, dass die Tomaten auf einen männlichen Kommilitonen geworfen worden waren, um mehr Mitspracherecht bei der Studentenbewegung einzufordern. Danach schwieg sie, und wir lauschten der Forderung, uns von allen autoritären Strukturen zu befreien und eine antiautoritäre Erziehung und liberale Einstellung zur Sexualität durchzusetzen.

Irgendwann wurde das selbst Ute zu langweilig, und sie begann, vom ersten großen Frauenfest zu schwärmen, das sie gemeinsam mit Brigitte organisiert hatte. »Damit Frauen endlich lernen, dass man keine Männer braucht, um ausgelassen zu sein«, flüsterte sie mir zu. »Und dass wir uns endlich mal bewegen können, ohne uns ständig zu überlegen, wie wir wohl gerade auf Männer wirken. Noch mehr Spaß hat es natürlich gemacht, gegen die Miss-Wahlen zu protestieren.«

»Habt ihr die Missys auch mit Tomaten beworfen?«

Wieder traf mich ihr gnadenloser Blick. »Du sitzt auf einem ganz schön hohen Ross, während wir uns einen krummen Buckel machen und den Weg pflastern, auf dem du mal reiten wirst.«

»Ich dachte, das Ziel wäre, Spaß zu haben, nicht zu buckeln.«

»Tatsache ist, dass das, was Männern Spaß macht, für uns meist bitterer Ernst ist.«

Wenn Joachim scherzt, ist nichts bitter, dachte ich, und sehnte mich nach seinem feinen Spott, mit dem es ihm so mühelos gelang, eine angespannte Stimmung aufzulockern. Ja, was ich am meisten vermisste, war nicht, mit ihm zu reden, es war, mit ihm zu lachen.

Ute schenkte mir nicht länger Aufmerksamkeit, denn eben begann eine wüste Diskussion. Eine orthodoxe Marxistin – zumindest Ute bezeichnete sie so – erklärte den Kampf zwischen Mann und Frau für sinnlos, wenn er nicht zugleich ein Klassenkampf sei. Eine andere, die Ute als radikale Feministin titulierte, meinte hingegen, sie lehne grundsätzlich alle Männer ab, egal ob Kapitalisten oder nicht. Die dritte, die sich einmischte, erschien mir am vernünftigsten – vielleicht ein Grund, warum sie von Ute mit keiner speziellen Bezeichnung bedacht wurde. Jedenfalls sagte sie, dass man weder Männer noch Besitz an sich ablehnen solle, es vielmehr um Gerechtigkeit bei der Verteilung gehe.

»Bei der Verteilung von Besitz oder von Männern?«, kam ich nicht umhin, laut zu sagen, was mir nicht nur einen erneuten missfälligen Blick von Ute einbrachte, auch eine Reihe anderer Frauen straften mich mit Verachtung.

Die Marxistin nutzte die Gelegenheit für einen Kurzvortrag: »Die klassenmäßige Aufteilung der Familie mit dem Mann als Bourgeois und der Frau als Proletarierin, Herr und Knecht, impliziert die objektive Funktion der Männer als Klassenfeind. Jeder Mann ist zugleich Ausbeuter einer Familie oder familienähnlichen Gruppe, wobei die Unterdrückung im Privatleben keine private, sondern eine politisch-ökonomisch bedingte ist.«

Bis ich diese Worte in meinem Kopf halbwegs übersetzt hatte, war das Thema längst durch. Mittlerweile ging es um den Paragrafen 218, und während ich zunächst dachte, dass die Frauen sich hier einträchtig für dessen Abschaffung und somit der Straffreiheit von Abtreibung einsetzen würden, weigerte sich die Sitznachbarin der Marxistin, an einer geplanten Demonstration teilzunehmen.

»Das ist ja doch nur eine kleinbürgerliche Aktion«, kritisierte sie.

Die radikale Feministin fiel sofort über sie her, erklärte den Paragrafen 218 zur Projektionsfläche, quasi einer Bühne, auf der die traditionellen und brüchig gewordenen Rollen von Mann und Frau und ein aus vielen Ursachen schwelender Geschlechterkonflikt zur Sprache komme.

»Himmel, das versteht ja kein Mensch«, rutschte es mir heraus.

Eigentlich hatte ich erwartet, gegen unerbittliche Blicke immun zu sein, doch als erneut alle in meine Richtung starrten und mich von oben bis unten musterten – mein obligatorischer schwarzer Rock und die weiße Bluse waren wahrscheinlich an sich schon eine Zumutung –, rutschte ich unruhig auf meinem Sessel hin und her.

Immerhin kam mir die Pragmatikerin zu Hilfe. »Kannst du deine Kritik vielleicht etwas konkretisieren?«, fragte sie.

Ich öffnete den Mund, Ute hingegen kam mir zuvor. »Natürlich kann sie das nicht. Wie denn auch? Sie hat keine Ahnung davon, was Feminismus überhaupt ist, nämlich mehr als eine politische Überzeugung, sondern eine neue Lebensform, die wir uns Schritt für Schritt erkämpfen müssen.«

Ich fühlte, dass ich rot anlief. Na, wenn ihr jetzt eine Tomate braucht, könnt ihr mich gern auf männliche Kommilitonen werfen, dachte ich. Doch wieder bekam ich von unerwarteter Seite Hilfe, dieses Mal von der Marxistin.

»Gerade deswegen haben wir nichts Fertiges zu bieten, was wiederum bedeutet, dass jede Stellungnahme erlaubt ist.«

»Und dabei gilt es, das Prinzip der Zärtlichkeit unter Schwestern einzuhalten«, ergänzte die Pragmatikerin. »Also, was hast du uns zu sagen?«

Ute hatte offenbar nicht sehr viel für Zärtlichkeit übrig, sie verdrehte einmal mehr die Augen. Leider blieb ihr Widerspruch darauf beschränkt. Anstatt sich einzumischen oder mich aus diesem Raum zu bringen, wartete sie wie die anderen auf meine Antwort. Ich zuckte hilflos mit den Schultern.

»Ich verstehe nicht so viel von Politik.«

»Könntest du Politik für uns definieren?«, fragte eine weitere Frau.

Ihre Sitznachbarin sekundierte. »Ein Mensch per se kann gar nicht unpolitisch sein. Und außerdem sind wir alle der Meinung, dass das Private politisch ist. Schon indem du uns von deinem Leben erzählst, machst du eine politische Aussage.«

Meine Lust, von meinem Leben zu erzählen, hielt sich in Grenzen, vielleicht auch, weil mein Leben eher ausgefransten Flicken glich, keinem Stoffballen, aus dem sich etliches nähen ließ. Ein bisschen Ehefrau, ein bisschen Mutter, ein bisschen Geschäftsführerin, ein bisschen Rieke, die mit Humor und Trotz auf angespannte Situationen reagierte.

»Es ist wirklich wichtig, dass wir offen miteinander reden«, schaltete sich eine weitere Frau ein. »Hier geht es nicht nur um Theorie. Hier geht es darum, die eigenen Ängste zu reflektieren, um diese nicht nur als individuell, sondern als kollektiv zu begreifen. Ich spreche vor allem die neu eingetretenen Mitglieder an. Erzähl uns, was du fühlst, dann werden wir unsere Erfahrungen teilen, sie schließlich analysieren und abstrahieren.«

Wieder ruhten alle Blicke auf mir, und dass sie nicht strafend waren, eher anteilnehmend, machte es mir noch schwerer, ein Wort hervorzubringen. Nie und nimmer konnte ich sagen, was ich fühlte.

»Gibt es dafür eigentlich ein Protokoll?«, versuchte ich zu scherzen und wusste zugleich, dass niemand das hier lustig fand, nicht mal ich. Vielleicht hätte Joachim sich amüsiert, aber mit dem hatte ich schon lange nicht mehr gemeinsam Witze gerissen – und daran zu denken, machte mich traurig, ließ jedes nervöse Kichern ersterben.

»Du kannst hier wirklich alles sagen«, hörte ich eine Stimme dicht an meinem Ohr. »Warum du dich so unwohl fühlst. Worunter du leidest. Erst wenn wir das gemeinsam erarbeiten, können wir überlegen, wo sich neue Maßstäbe setzen lassen.«

Mir fiel kein Scherz ein, mir fiel eigentlich überhaupt nichts ein. Ich bekam hektische Flecken, meine Nasenspitze fühlte sich plötzlich ganz taub an. Gott sei Dank war auf die Marxistin Verlass.

»Bevor das in eine große Therapiesitzung ausartet, wollen wir uns schon wieder dem revolutionären Prozess zuwenden, oder?«, fragte sie spitz.

»Die Seele zu öffnen ist das Revolutionärste überhaupt«, erklärte eine Frau, der ich zutraute, die Rolle der Mutter Courage perfekt zu spielen.

»Das kann sich aber nur leisten, wer keine existenziellen Sorgen hat«, widersprach die Marxistin.

»Eine Therapie zu machen darf kein Privileg der Reichen sein.«

»Schön wär's.«

Das Wortgefecht gewann an Schärfe, und das gab mir die Gelegenheit, rasch aufzustehen und zu nuscheln, dass ich aufs Klo müsse.

Ich hastete den Gang entlang, von dessen Wänden violette Farbe blätterte. Die Frauen, die gerade noch ihre nackten Brüste betastet hatten, sprachen nun über das Tabuthema Inkontinenz. Das richtige Stichwort, dachte ich, ehe ich mich im Klo einschloss. Die Wände waren noch maroder als im Gang, die Klobrille zersprungen. Wahrscheinlich störte sich niemand daran, weil die Frauen lustvoll im Stehen pinkelten. Mein Blick fiel auf den Spiegel, der so blind war, dass ich nur Schemen erkennen konnte. Ich zog meine Hose runter, hockte mich über das Klo.

»Rieke? Wo bist du?«

Es war Ute, die nach mir rief, während ich vergebens den Spülknopf suchte.

»Warum läufst du eigentlich immer weg?«

Es gab keinen Spülknopf, nur einen Strick, an dem man ziehen konnte. Gut möglich auch, dass der Spiegel abfiel, wenn man ihn betätigte. Ich tat es trotzdem, und ein dünnes bräunliches Rinnsal floss ins Klo.

»Du bist wie deine Mutter Lisbeth«, schimpfte Ute. »Sobald es ans Eingemachte geht, verschließt du dich wie eine Auster.«

»Mit oder ohne Perle«, murmelte ich, war aber nicht sicher, ob Ute mich hörte.

Ich drehte die Wasserleitung auf. Fünf Tropfen, immerhin.

»Deine Großmutter Fanny ist auch immer abgehauen, wenn es schwierig wurde.«

Ich streifte die nassen Hände am Rock ab, öffnete die Tür. Eigentlich hatte ich ja die Neigung, vor Ute zurückzuweichen, hätte ich das hier gemacht, wäre ich jedoch auf der zersprungenen Klobrille gelandet. Also ging ich mit hochgerecktem

Kinn so entschieden auf sie zu, dass ausnahmsweise sie es war, die einen Schritt zur Seite machte.

»Wie meine Großmutter und meine Mutter gelebt haben, ist, wenn überhaupt, meine Sache, nicht deine.«

»Es ist auch deine Sache, wie du selbst lebst«, sagte Ute eingeschnappt. »Man kann trotzdem auf Ratschläge hören. Und ich gebe dir den Ratschlag, endlich Verantwortung zu übernehmen, endlich zu entscheiden, was du aus deinem Leben machen willst.«

»Nein«, sagte ich energischer, als mir zumute war, »ich muss mich gar nicht entscheiden. Ich muss auch kein Urteil über meine Großmutter und meine Mutter fällen. Die eine hat Erfolg gesucht, die andere Liebe. Aber ich … ich will beides haben. Und ich will weder eine Latzhose tragen noch ein Kostüm in Bleu mit Ozelotkragen. Ich will etwas, das dazwischen liegt.«

Utes Blick glitt über meinen Körper. »Etwa dein weißes Blüschen?«

»Warum nicht? Es ist schlicht – genauso wie mein schwarzer Rock. Klar, ein bisschen schicker könnte ich mich schon kleiden, bei dem Leben, das ich führe, eins mit Beruf und Familie nämlich, ist es allerdings wichtig, dass Kleidung nicht nur gut aussieht, sondern praktisch ist.«

»Weißt du, wonach das klingt? Nach einem Kompromiss. Und mit Kompromissen macht man keine Revolution.«

»Ich will doch die Mode nicht revolutionieren, das haben die Generationen vor uns getan. Jetzt geht es darum, aus der Fülle der Möglichkeiten die auszuwählen, die den Frauen das Leben erleichtert. Und vielleicht ist genau das die größte Revolution von allen – die Mitte zwischen den Extremen zu suchen. Die Mitte zwischen Latzhose und Ozelotpelz. Die Mitte zwischen politischen Texten, für die man ein Fremdwörterlexikon braucht, und Intimitäten, die man gänzlich Fremden anvertraut. Die Mitte zwischen Mohrenkopftorte und braunen Bananen. Die Mitte zwischen Bankrott und dem großen Durchbruch. Du bist vielleicht anders, aber mir genügt die Mitte. Und für diese Mitte will ich Mode anbieten.«

Ute sah mich skeptisch an. »Und wie soll die genau aussehen?«

Es lag mir auf der Zunge zuzugeben, dass ich keine Ahnung hatte. Das wäre jedoch gelogen gewesen. Ein Teil von mir hatte ja immer schon mehr als die anderen gewusst – er hatte gewusst, dass ich Martin die alleinige Leitung des Modehauses missgönnte, dass ich arbeiten gehen wollte, dass ich es trotz aller Widrigkeiten genoss. Und jetzt wusste er, was zu tun war.

»Ich habe eine Idee«, murmelte ich, »ich habe eine Idee, wofür das Modehaus König künftig stehen wird.«

»Nämlich?«, fragte sie gedehnt und klang noch skeptischer.

»Das sage ich dir nicht«, erklärte ich scharf, »du bist die Warenbewirtschafterin, ich die Geschäftsführerin. Du wirst früh genug erfahren, was ich plane.«

Sie verdrehte die Augen. Als sie mir nachblickte, hatte ich allerdings das Gefühl, dass eine gewisse Anerkennung in ihrem Blick stand.

FANNY

1929

Elisabetta packte akribisch den Koffer. Fanny hatte keine Ahnung, wo sie sich abgeguckt hatte, wie man die Säume von Kleidern so akkurat aufeinanderlegte, jedenfalls entstand nicht auch nur die kleinste Falte. Alice hätte eine solche nicht gestört, aber Elisabetta legte neuerdings Wert darauf, dass ihre Prinzessinnenkleider nicht zerknitterten und fleckig wurden, selbst ihre Zöpfe waren am Abend noch so fest geflochten wie morgens. Nun gut, sie hatte es mit dem feinen blonden Haar, das Fanny stärker an Georg als an Aristide erinnerte, leichter als ihre Mutter mit ihren schwer zu bändigenden Locken – gleichwohl war Fanny von Elisabettas Ordnungssinn befremdet. So wie Alice ihr oft all die Mutterliebe wegzunehmen schien, weil sie sie so lautstark für sich selbst beanspruchte, schien sie der Kleinen jeglichen Hang zum Chaos zu rauben, doch die beiden Bestohlenen taten sich nicht zusammen, sie wurden merkwürdig einsilbig, wenn Alice nicht anwesend war.

Fanny setzte dreimal an, bis sie endlich die Frage stellte, warum Elisabetta einen Koffer packte. Gerade erst eine Woche zuvor waren sie von Bellagio am Comer See heimgekehrt, wo Alice sich nicht damit begnügt hatte, die Promenaden entlangzuflanieren, dann und wann mit einer Gondel über den See zu schippern oder mit der Eisenbahn am Ufer entlang nach Lecco zu fahren. Nein, sie hatte sich eingebildet, wie eine hiesige Fischersfrau ein paar *agoni* – winzige Heringe – über der Glut eines Lagerfeuers zu braten. Fast alle waren schwarz geworden, was Alice nicht davon abgehalten hatte, sie trotzdem in den Mund zu stopfen. Elisabetta hingegen hatte unauffällig – und ohne ihr Kleid zu beflecken – so lange an der Haut gekratzt, bis nur mehr Gräten übrig gewesen waren, und diese, nicht minder unauffällig, in den See fallen lassen.

»Dieses Mal fahren wir nicht nach Bellagio«, gab Elisabetta knapp zurück.

Erst jetzt gewahrte Fanny, wie groß der Koffer war und dass Winter- wie Sommerkleidung hineingelegt wurde.

»Wohin denn dann?«, fragte Fanny verwirrt.

Elisabetta hob kurz den Kopf. »*Mamma* hat gesagt, dass wir künftig in einem Porzellanpalast leben werden.« So etwas konnte nur Alice einfallen. Oder vielleicht hätte auch Fannys lang verstorbene Großmutter Elise so etwas gesagt – die im Übrigen der Grund gewesen war, aus dem die Kleine wie von Alice gewünscht Elisabetta genannt worden war. Fanny wusste allerdings nicht, ob Elise das Märchen von dem Myrtenfräulein überhaupt gekannt hatte. Die Myrtenprinzessin war eigentlich ein Myrtenbäumchen, das ein Königspaar zu seinem Kind auserkoren hatte, nachdem ihm keines aus Fleisch und Blut geschenkt worden war. Doch dann verliebte sich ein Prinz in das Bäumchen, und der wollte es unbedingt entwurzeln und in einem Topf in seinen Porzellanpalast bringen. In Elisabettas Augen war das offenbar keine schlechte Idee. »Alice meint, dass das Myrtenfräulein überall leben kann«, sagte sie jetzt, »und ich auch.«

»Aber endet das Märchen nicht so, dass das Myrtenfräulein

von den neun Prinzessinnen, die ebenfalls im Porzellanpalast leben, zerhackt wird, weil diese ihr die Liebe des Prinzen neiden?«

»Damit endet das Märchen doch nicht«, erwiderte Elisabetta grimmig, »aus dem zerhackten Holz zieht der Prinz ein neues Bäumchen.«

»Ich verstehe«, sagte Fanny und verstand eigentlich nichts, nur dass Elisabetta in Mailand ihre Wurzeln hatte, und sie nicht zulassen würde, dass sie verpflanzt wurde oder gar zerhackt.

Sie ließ Elisabetta weiterpacken und betrat Alice' Gemach, wo diese ihrem neuen Dienstmädchen gerade Anweisungen gab. »Die hohen Stiefel kommen zuunterst und dann erst kommt der Schuhanzieher, und außerdem … Ach, Fanny! Gut, dass du da bist! Dann kannst du auch zu packen beginnen.«

Mit einem knappen Nicken schickte Fanny das Mädchen weg, und es verschwand prompt, allerdings nicht ohne Fanny vorher den Schuhanzieher für die hohen Stiefel in die Hand zu drücken. Die kam sich lächerlich damit vor. Und zudem dumm, weil sie erst jetzt von Alice' Plänen erfuhr.

»Ich … ich habe ein Angebot bekommen«, erklärte die Schauspielerin freudestrahlend. »Von Paramount. Wir … wir reisen nach Hollywood!«

Fanny sog scharf den Atem ein. Der Porzellanpalast befand sich also in Amerika. Sie wusste, dass die meisten der großen amerikanischen Filmstudios, nicht nur Paramount, auch 20th Century Fox und Warner Bros. Agenturen in Italien hatten, und diese wiederum die Aufgabe, die amerikanischen Filmstars im Land bekannt zu machen. Neu war ihr allerdings, dass sie auch italienische Filmstars anwarben, nach Amerika zu kommen.

»Hollywood …«, setzte sie verstört an.

Alice nickte begeistert. »Du kannst dir gar nicht vorstellen, wie viel die Filmstars dort verdienen! Bis zu sechzigtausend Dollar für einen einzigen Film!«

»Du ... du verdienst auch hier nicht schlecht.«

»Aber die Amerikaner sind in technischer Hinsicht viel weiter. Kein einziger *film parlato* von uns kann sich mit einem von ihnen messen.«

»*Film parlato*? Du wolltest doch immer nur in Stummfilmen spielen.«

»Ob sie nun Stummfilme produzieren oder nicht – die italienische Filmindustrie kriselt.«

»Das tut sie schon seit Jahren!«

»Und jetzt betrifft es mich. Kannst du dieses dumme Ding endlich weglegen?«

Fanny brauchte eine Weile, um zu begreifen, dass Alice den Schuhanzieher meinte, und legte ihn auf eine Kommode. Was sie immer noch nicht begriff, nicht begreifen wollte, war, dass es Alice nach Amerika zog. Diese trat soeben zum ovalen Spiegel, winkte sie zu sich.

»Schau mich an.«

»Aber ...«

»Nun, schau mich an!« Fanny starrte in den Spiegel, sah darin, was sie immer sah, wenn sie Alice musterte – eine schöne Frau mit lockigem Haar, das noch schwerer zu bändigen war als ihres, die großen Augen, das etwas zu grelle Make-up, das immer etwas verwischt war. »Siehst du das?«, fragte Alice und deutete auf ihre Wangen.

Fanny starrte eine Weile auf das Spiegelbild, dann direkt in Alice' Gesicht. »Falls du Angst vor Falten hast, nein, ich sehe keine. Und selbst wenn du welche hättest und befürchtest, dass du bald zu alt bist zum Filmedrehen, so gilt das doch für Amerika oder Frankreich genauso wie für Italien.«

»Falten, pah«, rief Alice dröhnend. »Das Problem ist nicht mein Alter, das Problem ist … *das* hier.«

Immer noch deutete sie auf ihre Wangen, und wenn Fanny noch den Schuhanzieher in der Hand gehalten hätte, hätte sie Alice wahrscheinlich vor Ungeduld geschlagen.

»Was zum Teufel meinst du?«

»Ich meine damit, dass meine Haut dank der vielen Mandelmasken, die du mir aufgetragen hast, zwar immer noch glatt ist und wahrscheinlich noch eine Weile glatt bleibt, aber niemals hell wird.«

Darauf wollte sie also hinaus, auf den olivfarbenen Hautton.

»Ja und?«, gab Fanny zurück. »Hast du mir nicht immer gesagt, dass du genau deshalb in der Rolle der Exotin besetzt wirst? Weil du dunkle Augen hast, dunkles Haar und eben keine blasse Haut?«

Alice starrte auf das Spiegelbild, schien jedoch etwas anderes zu sehen als nur sich selbst. »Du hüpfst von einer Bühne zur nächsten, aber was auf der Welt passiert, das weißt du nicht. Du trägst fremde Kleider, eigene Gedanken machst du dir nicht.«

»Worüber soll ich mir denn deiner Meinung nach Gedanken machen?«

»Wie wär's mit den Wahlen?«

Fanny war nicht entgangen, dass solche kürzlich stattgefunden hatten. Auch Isidora, die Modejournalistin sprach ständig darüber. Schon in den Jahren zuvor hatte sie sich darüber beklagt, dass sämtliche nichtfaschistischen Zeitungen nicht mehr verlegt werden durften, und sie behauptete, dass mit den Wahlen Italien endgültig zur Diktatur geworden war.

Fanny wusste nicht so recht, was eine Diktatur war, sie hatte dennoch nie nachgefragt.

»Na und?«, rief sie jetzt. »Der Papst selbst hat gesagt, Mussolini sei der Mann, den die Vorsehung uns gesandt hätte. Und selbst wenn du der Meinung zu sein scheinst, dass er stattdessen geradewegs aus der Hölle kommt – was hat das mit deiner Hautfarbe zu tun? Oder damit, dass du plötzlich nach Amerika willst?«

»Seit Monaten wird von den Mannequins vor jeder Schau der römische Gruß verlangt. Und du willst mir erklären, du hättest keine Ahnung von Politik? Seit Monaten führst du nicht mehr nur Kleidung vor, die einer antiken Göttin gut stehen würde, sondern Uniformen, mit denen die Menschen für den faschistischen Staat arbeiten können. Und du tust so, als ginge dich das alles nichts an?« Alice brüllte nun.

»Die Faschisten haben beschlossen, die italienischen Modeunternehmen zu fördern, und tatsächlich blühen diese auf«, hielt Fanny dagegen. »Ich nehme an, wenn die Faschisten beschließen, die Filmindustrie zu fördern, wird auch diese aufblühen. Kann es sein, dass du nur neidisch bist?«

»Kann es sein, dass du nur dumm bist? Die Faschisten bestimmen schon jetzt, wer auf der Leinwand zu sehen ist, und zwar Italienerinnen mit blasser Haut, nicht solche, die wie Abkömmlinge von Arabern und Afrikanern, folglich minderwertigen Rassen aussehen. Je fremdländischer eine Schauspielerin früher war, desto besser. Heute soll sie die durchschnittliche Italienerin repräsentieren, und das war ich nie und werde es nie sein.«

Fanny trat voller Unbehagen von einem Fuß auf den anderen. »Und was hat das mit mir zu tun?«

Alice trat so dicht an sie heran, dass sie ihren heißen Atem fühlen konnte. »Warum wohl hat man dir kürzlich geraten, dir einen Bubikopf schneiden zu lassen? Doch nur, damit man deine Locken nicht mehr so deutlich sieht.« Fannys

Hand fuhr unwillkürlich zu ihrem Haar. Tatsächlich trug sie es so kurz wie nie, und tatsächlich hatte ihr Simone Castana dazu geraten, aber das hatte ja wohl nichts mit Politik zu tun. »Wenn ich meine Karriere fortführen will, muss ich nach Amerika gehen«, sagte Alice, »und selbst wenn ich dort scheitere, muss ich wenigstens die dummen Schwarzhemden nicht länger ertragen.«

Sie trat an Fanny vorbei und tat, was sie nie getan hatte: Sie packte ihre Sachen selbst weiter ein, allerdings ohne diese sorgfältig zusammenzufalten wie Elisabetta.

»*Deine* Karriere ist hier am Ende, nicht *meine!*«, rief Fanny trotzig.

»Von welcher Karriere sprichst du?«, erwiderte Alice und stopfte ein Kleid in den Koffer. »Du bist keine Modeschöpferin, du bist ein Mannequin. Und für Mannequins gilt das Gleiche wie für Soldaten im Krieg. Wenn der eine fällt, kommt der nächste. Sie sind allesamt ersetzbar.«

»Simone Castana hat gesagt, dass es kaum Frauen gibt, die so wandelbar sind wie ich, die so elegant laufen können …«

»Im Gleichschritt marschieren lernt man schnell. Und wandelbar muss die Frau künftig nicht mehr sein. Heute die elegante Verführerin, morgen die selbstbewusste Tennisspielerin? Von wegen! Dem Mann den Schweiß abwischen und nicht aufmucken, das ist das Einzige, was von uns Frauen noch gefordert wird. Jetzt fang endlich zu packen an. Vielleicht bekommst auch du in Amerika eine neue Chance. Ich habe gehört, dass dort Mode entworfen wird, die ausschließlich im Film getragen wird, nicht im Alltag. Ich könnte dafür sorgen …«

»Darauf verlasse ich mich nicht«, fiel Fanny ihr schroff ins Wort. »Du hast dich nie um meine Träume gekümmert.«

Alice hielt inne, blickte hoch. »Hast du denn in den letzten Jahren für deine Träume gekämpft?«

Dass eine ehrliche Antwort darauf nur ein Nein sein konnte, machte Fanny nicht weniger wütend. »Dir ist egal, ob ich mit dir komme. Mein Kind willst du, nicht mich. Aber das schwöre ich dir: Elisabetta wird nur nach Amerika gehen, wenn ich es so entscheide, nicht, weil du es über meinen Kopf hinweg beschließt. Eine *mamma* und eine Mutti hat Elisabetta hier im Schlafzimmer und im Badezimmer und in der Marmorwanne, nicht vor dem Gesetz. Elisabetta ist nicht deine *principessa.* Sie heißt König, also ist sie eine Königin.«

Alice' rechtes Lid zuckte. »So heißt dein Mann. Und der ist nicht Elisabettas Vater.«

Erneut konnte Fanny das nicht abstreiten, und so blickte sie stumm zu, wie Alice weitere Kleider in den Koffer stopfte und – sobald sie damit fertig war – diese wieder herausriss und aufs Neue zu packen begann, nur um ihre Hände beschäftigt zu halten.

Unwillkürlich fragte Fanny sich, ob sie es mit ihrem eigenen Leben nicht genauso hielt, ob sie die Schatztruhe ihrer Träume mit nutzlosen Dingen vollstopfte, Hauptsache, sie blieb nicht leer. Das, an das sie sich klammerte, war jedenfalls ganz sicher kein Traum … war Produkt eines Zufalls … eines Missverständnisses … eigentlich der Lüge, dass sie aus Sizilien stammte. Diese Lüge, nicht beharrliches Streben hatte sie auf die Bühne der Mannequins geführt, und sie hatte sich auf dieser Bühne eingerichtet wie eine, die im Schloss den Ballsaal sucht, am Ende zwar nur im schmucklosen Turmzimmer landet, doch sich mit Blick auf den Garten, in dem immerhin Zypressen, Myrten und Magnolien wuchsen, sagte, dass dieser Ort besser war als eine Küche, in der sie abwaschen musste.

»Es stimmt«, sagte sie, allerdings so leise, dass Alice sie nicht hörte, »ich heiße König nur nach meinem Mann. Den Namen Francesca Re habe ich mir selbst gegeben. Ich wollte ihn allerdings als Modeschöpferin tragen, nicht als Mannequin.«

Sie drehte sich um, ging in ihr Zimmer und begann zu packen. Und als Alice ihr später folgte, dachte diese, sie hätte endlich nachgegeben, und lächelte zufrieden.

»Du hast rasend schnell Französisch gelernt und später Italienisch. Ich bin sicher, bald kannst du fließend Englisch sprechen.«

Danach ließ sie sich ein Vollbad ein. Fanny konnte Elisabetta davon abhalten, mit ihr zu baden, indem sie sie bat, ihr zu zeigen, wie man die Kleidung so akkurat wie sie zusammenfaltete. Das Mädchen tat es bereitwillig, danach nahm Fanny es an die eine Hand, den vollen Koffer, in den sie auch ihre eigenen Sachen gepackt hatte, in die andere und zog sie mit sich.

»Wohin gehen wir denn?«, fragte Elisabetta erstaunt.

»Wir müssen noch ein Märchenbuch kaufen für die lange Reise.«

»Ich habe doch schon ein Buch mit der Geschichte vom Myrtenfräulein.«

Und ich werde verhindern, dass du wie dieses entwurzelt wirst, dachte Fanny, und sagte laut: »Aber das Märchen vom Aschenputtel kennst du noch nicht. Dem armen Mädchen ist die Mutter gestorben, und es hat eine schrecklich böse Stiefmutter bekommen.«

»Was ist eine Stiefmutter?«

»Das musst du nicht wissen, du hast ja eine Mutter.«

»Sogar zwei Mütter«, sagte Elisabetta ernsthaft.

»Sogar zwei«, sagte Fanny und war überzeugt, dass das so bleiben würde.

Alice würde am Ende nachgeben, lieber ihre Karriere in Amerika opfern als Elisabetta, sie würde sich abfinden, dass es künftig Fanny war, die ihre Familie ernährte … und der die Bühne gehörte.

Sie fanden bei Alessandra, dem Mannequin, das morgens und abends nur Grapefruits aß, und Isidora, der Modejournalistin, Unterschlupf. Die beiden teilten sich eine Wohnung, die direkt über einem Bordell lag, und um dieses zu meiden, galt es, die Kirche zwei Häuser weiter zu betreten, über den Glockenturm auf eine Dachterrasse zu klettern und über diese ins Wohnzimmer zu steigen. Fanny schlief mit Elisabetta auf einer alten Chaiselongue. Der Stoff war von Motten zerfressen, und um sich nützlich zu machen, versprach Fanny, sie neu zu beziehen und mit dem alten Stoff, dessen Löcher sie stopfen würde, ein Kleid für Alessandra zu nähen.

Damit hatte sie in den ersten Tagen erst mal genug zu tun, um sich abzulenken. Außerdem musste sie fortwährend Elisabetta trösten, die zwar nur einmal nach Alice fragte, aber stündlich, wann sie das neue Märchenbuch bekommen würde. Fanny wich der Frage aus, erzählte selbst die Geschichte von Aschenputtel, in der Variante ihrer Großmutter Elise nämlich, doch immer wenn sie zu der Stelle kam, an der dem Prinzen die Ferse abgehackt wurde, weil er so blind gewesen war, Aschenputtel nicht zu erkennen, begann Elisabetta, auf die ihr eigene Art zu weinen – tonlos, dafür mit vielen Tränen. Und als die Tränen versiegten, tat sie das, was sie als Kind so oft gemacht hatte, nachdem Alice auf Schafwollwindeln verzichtet und ihr Prinzessinnenkleider angezogen hatte: Sie machte in die Hose. Elisabetta hatte nur die eine, die sie am Leib trug, in ihrem Köfferchen hatten sich nur Kleider befunden, also nähte Fanny ihr eine zweite Unterhose aus dem alten Brokatstoff der Chaiselongue, während sie die nasse zum Trocknen auf der Dachterrasse aufhängte.

Elisabetta klagte, dass der Stoff zu rau sei, Alessandra meinte, der Pfarrer der benachbarten Kirche habe ihnen verboten, auf der Dachterrasse Wäsche aufzuhängen.

»Du musst es irgendwie ertragen«, fuhr Fanny Elisabetta an, und als das Kind wieder zu weinen begann, taten ihr die barschen Worte schrecklich leid.

Alessandra taten sie beide leid, und sie bot an, mit dem Pfarrer ein Gläschen Limoncello zu trinken, um ihn zu besänftigen. Isidora wiederum versprach, Alice gegenüber den Mund zu halten, falls diese nach Fannys und Elisabettas Aufenthaltsort fragen sollte – Fanny hatte der Modejournalistin von ihrem Streit berichtet. Wobei Alice, wie es aussah, gar keine Nachforschungen anstellte.

»Sie setzt wohl darauf, dass du reumütig zu ihr zurückkehrst, sobald du festgestellt hast, dass sie recht hatte«, erklärte Isidora.

»Dass sie recht hatte?«, rief Fanny empört. »Nun, vielleicht, was das Ende *ihrer* Karriere anbelangt, nicht meiner.«

Isidora zog nur die rechte Braue hoch, wie sie es so oft tat.

»Der Consorzio Industriale will einen neuen Modepalast in Mailand gründen«, sagte Fanny. »Und im Grand Hotel Excelsior am Lido von Venedig soll demnächst eine große Modenschau stattfinden. Mannequins, gute Mannequins, sind gefragt wie nie zuvor.«

»Du weißt aber schon, dass der Consorzio Industriale ausschließlich von den Faschisten finanziert wird? Und vielleicht hast du gehört, dass diese kürzlich alle Fotografen, die keine Italiener sind, von Modenschauen ausgeschlossen haben. Als wiederum jüngst ein Badeanzug vorgeführt werden sollte, einer aus den modernen synthetischen Stoffen und sogar mit Reißverschluss, da …«

»Du willst mir jetzt nicht sagen, dass die Faschisten etwas

gegen so praktische Erfindungen wie den Reißverschluss einzuwenden haben.«

»Nein, aber gegen Badeanzüge. Das sei eine zu frivole Kleidung für die italienische Frau.«

»Ach«, mischte Alessandra sich ein, »ich glaube, in Frankreich kann man zurzeit deutlich mehr Spaß haben. Du sprichst doch Französisch, oder? Bringst du es mir bei?«

Fanny verdrehte die Augen, brachte dann widerwillig über die Lippen: »*Fils de pute.*«

»Was heißt das?«

»Das sagst du zu einem Mann, wenn du ihn liebst.«

»Nein«, schaltete sich Isidora ein, »das sagst du einem Mann, nachdem er dich betrogen hat. Am besten du wirfst auch Grapefruitschalen auf ihn. Und übrigens hat sich Elisabetta wieder in die Hose gemacht.«

»*Putain de merde!*«, entfuhr es Fanny.

Die Unterhose, die sie draußen aufgehängt hatte, war noch nicht trocken, also wickelte sie die Tochter in ein Leintuch und setzte sie damit auf den Steinboden, falls sie auch dieses einnässte.

Elisabetta weinte lautlos, und danach verlangte sie nicht nach dem neuen Märchenbuch, sagte nur wieder und wieder: »Ich will zu *mamma.* Ich will zu *mamma.*«

»Später«, sagte Fanny ratlos, »später.«

Kurze Zeit nur, so redete sie sich ein, müssten sie noch ausharren. Dann würde Alice schon begreifen, dass sie sich Fanny unterzuordnen hatte, nicht diese ihr.

Zwei Wochen vergingen, ohne dass Isidora und Alessandra mit der Neuigkeit heimkehrten, dass Alice fieberhaft nach ihr suchen ließ. Fanny wollte nun nicht länger vermeiden, dass diese von ihrem Aufenthaltsort erfuhr, bat stattdessen Alessandra und Isidora zu verbreiten, wo sie wohnte. Aber eine weitere Woche verging, ohne dass Alice wie erwartet mit tränenüberströmtem Gesicht und um Versöhnung bettelnd bei ihr auftauchte. Fanny konnte sich nicht aufraffen, ihrerseits zu ihr zu gehen, fand jedoch, dass es Zeit war, Simone Castana aufzusuchen, während Isidora auf Elisabetta aufpasste, und zu fragen, ob sie auf der großen Modenschau in Venedig für ihn laufen solle.

In seiner Werkstatt herrschte die übliche Geschäftigkeit, aber nicht etwa groß gewachsene Frauen wurden mit prächtigen Kleidern ausgestattet, nur junge Mädchen mit weißen Blusen, schwarzen Krawatten und knielangen Röcken. Castana, so erfuhr sie von einer der Schneiderinnen, hatte einen Großauftrag erhalten: die Einkleidung der Piccola italiana, der faschistischen Jugend, der sich auch Mädchen von acht bis vierzehn Jahren anschließen konnten.

Der Mensch, der nicht länger Individuum ist, kann nicht mehr zwischen Falsch und Richtig unterscheiden, nicht bestimmen, welches Leben er führen will und welches nicht. Seine Kleidung ist nicht länger Ausdruck der eigenen Persönlichkeit, sie ist Ausdruck der Ideologie, gingen ihr Alice' Worte durch den Kopf.

Fanny verdrängte diese ebenso wie das Unbehagen, das an ihr hochkroch. »Es werden doch sicher auch noch Frauen über vierzehn Jahre von Castana eingekleidet werden«, sagte sie spöttisch.

Die Schneiderin wies mit dem Kinn auf das Atelier nebenan, wo Castana aus der üblichen Distanz von zwei Metern Anweisungen gab. Er arbeitete tatsächlich an einem Entwurf für eine erwachsene Frau, und diese trug ein silbrig schimmerndes und an etlichen Stellen mit Metall verstärktes Kleid, darüber ein hüftlanges schwarzes Cape.

Schwarz sollte man nur tragen, wenn es die Figur betont,

nicht verbirgt, fuhr es Fanny durch den Kopf, aber diesen Gedanken schüttelte sie ebenso ab, sie räusperte sich. Obwohl Castana den Blick nicht von dem silbernen Kleid ließ, hatte er sie offenbar erkannt.

»Francesca Re, welch ein Wunder! Es hieß schon, der Erdboden hätte Sie verschluckt.«

»Ich bin schwer verdaulich, auch für den Erdboden«, erklärte Fanny und hoffte, dass ihre Stimme nicht allzu gepresst klang, vielmehr jenes Selbstbewusstsein daraus zu vernehmen war, das sie als Mannequin stets an den Tag gelegt hatte. »Jedenfalls bin ich wieder hier und kann gern modeln.« Und meinetwegen sogar ein schwarzes Cape tragen, fügte sie widerwillig in Gedanken hinzu. Castana drehte sich immer noch nicht zu ihr um, gab nur die Anweisung, den Saum des Capes etwa höher zu stecken. Es ist immer noch zu lang, dachte Fanny. Laut sagte sie nur: »Ich habe gehört, dass am Lido eine große Schau stattfinden wird.« Castana hob nur die Hand, woraufhin eine Schneiderin mit einem Gürtel herbeigeeilt kam. »Und im Hotel Excelsior auch«, fügte Fanny hinzu.

»Hm«, machte Castana und betrachtete prüfend den Gürtel. Er war viel zu breit für das silbrige Kleid, aber vielleicht war das so gewollt.

»Wann kann ich denn …«, setzte Fanny an.

Wieder hob Castana die Hand, dieses Mal unmissverständlich eine Geste, die sie zum Schweigen bringen sollte. »Ich habe keinen Augenblick geglaubt, dass der Erdboden Sie verschluckt hat«, sagte er. »Ich habe eher damit gerechnet, dass Sie in Ihre Heimat zurückgekehrt sind.«

Nun drehte er sich doch nach ihr um. Sie kannte viele seiner Gesichtsausdrücke, den enthusiastischen, wenn er die Größe Italiens und seiner Mode beschwor, den ungeduldigen, wenn er aus Distanz Anweisungen an Schneiderinnen gab, den nervösen, wenn vor einer Modenschau Hektik ausbrach. Jetzt war seine Miene ausdruckslos.

»In … in meine Heimat?«, stammelte sie, und das Unbehagen wuchs, legte sich schwer auf ihre Schultern, als trüge sie das schwarze Cape, nicht das Model. »Was soll ich denn auf Sizilien?«

Ein Lächeln umspielte plötzlich Castanas Lippen, säuerlich wie die Orangen, von denen er bei ihrer ersten Begegnung gesprochen hatte. »Was Sie auf Sizilien sollen, weiß ich nicht, zumal Sie ja nicht von dort, aber aus Deutschland stammen. In Deutschland wiederum können Sie vielleicht dem *buffone* erklären, wie man ein Land regiert.«

»B-b-buffone?«, fragte Fanny verständnislos. Sie wusste nur, dass damit ein Clown gemeint war.

»Dieser Signor Hitler gibt sich, wie es heißt, alle Mühe, unseren *duce* zu imitieren«, sagte Castana und lachte maliziös. »Dabei stellt er sich allerdings so ungeschickt an, als stolperte eine Kuh einem grazilen Mannequin hinterher.«

Fanny hatte keine Ahnung, wer dieser Signor Hitler war. Jedenfalls war er kein Italiener, so wie sie keine Italienerin war. Und Castana wusste das.

»Alice di Benedetto war so freundlich, mich darauf aufmerksam zu machen, dass Sie nicht aus Sizilien stammen und auch keinen Südtiroler Vater haben«, fuhr Castana prompt fort. »Aber auf all den großen Modenschauen laufen nun einmal nur noch Italienerinnen. Desgleichen wie nur noch italienische Fotografen Fotos schießen.«

Damit war die Sache für ihn erledigt, er wandte sich wieder dem Model zu, befahl ihm, das Cape zu öffnen, es wieder zu schließen. Das Silber und das Schwarz zerliefen vor Fannys Blick.

Ich heiße König nur nach meinem Mann, hatte sie damals

im Streit zu Alice gesagt. Den Namen Francesca Re habe ich mir selbst geben.

Und Alice hatte Francesca Re zerstört. Hatte damit nicht nur ihre Macht bewiesen, vielmehr das, was sie Fanny fortwährend hatte sagen wollen – dass die Faschisten längst zu viel Macht hatten, dass von ihnen nichts Gutes zu erwarten war, weder für Fanny noch für sie.

Plötzlich vermeinte Fanny, dass sie nicht nur ein schweres Cape trug, auch einen breiten Gürtel, jedoch nicht um die Taille, sondern um den Hals, und er wurde enger und enger gezogen.

Was sie da schier ersticken ließ, war nicht einmal so sehr die Einsicht, dass sie nicht wieder als Mannequin arbeiten konnte, zumindest nicht in Italien, vielmehr dass ihre Freundschaft mit Alice oder was immer es war, was sie verbunden hatte, zu Ende war. Alice rechnete wohl damit, dass sie zu ihr zurückgelaufen käme mit eingezogenem Kopf und kleinlauten Entschuldigungen. Im Zurücklaufen war Fanny allerdings nie gut gewesen, nur im Davonlaufen.

Zunächst rannte sie zwar lediglich aus Castanas Atelier, doch als sie in ihrem derzeitigen Zuhause über den Kirchturm und die Terrasse in die Wohnung gelangte und sie Alessandra mit zwei Nachrichten erwartete – dass Elisabetta dieses Mal die Chaiselongue eingenässt und damit endgültig ruiniert hatte und dass ein Bote von Alice di Benedetto zwei Schiffsbilletts nach Amerika gebracht habe –, da dachte sie nur: nie und nimmer.

»Sie hat übrigens auch Fahrkarten für die Bahnfahrt dazugelegt«, fuhr Alessandra fort, »Elisabetta und du, ihr müsst ja irgendwie nach Genua kommen, von wo das Schiff nach Amerika ablegt.«

Schiff … Schiff … Amerika … Amerika … Genua …

Genua …, echote es in Fannys Kopf. Eine Erinnerung regte sich, an jenen Silvesterabend nämlich, als sie den roten Schal in der Truhe ihrer Mutter Hilde gefunden hatte und vom Schicksal ihrer Cousine Martha die Rede gewesen war, die in Amerika das Glück gesucht hatte, aber in einem Bordell in Genua gestrandet war.

Großartig, dachte Fanny, ich bin zumindest nicht *in,* sondern *über* einem Bordell gestrandet.

»Wann werdet ihr aufbrechen?«, fragte Alessandra, und auch wenn sie die Ungeduld in der Stimme zu drosseln versuchte, war die Botschaft doch offensichtlich. Nachdem die Chaiselongue ruiniert war, konnten sie nicht länger bleiben.

»Bald«, murmelte Fanny, obwohl sie keine Ahnung hatte, wohin sie außer nach Genua oder Amerika reisen könnte, »bald.«

Obwohl sie nass war, ließ Fanny sich aufseufzend auf die Chaiselongue fallen. Freiheit und Liebe hatte ihre Cousine Martha gesucht und nichts davon bekommen. Und sie selbst, die es weder als Modeschöpferin noch als Mannequin zu etwas gebracht hatte, konnte sich die Freiheit ebenfalls nicht länger leisten. Was wiederum die Liebe anbelangte, hatte sie gedacht, sie habe ihr nach der Enttäuschung mit Aristide abgeschworen. Nun ging ihr auf, dass sie auf eigentümliche Art auch Alice geliebt hatte, zumindest ausreichend, um das, was diese getan hatte, als Verrat zu empfinden und in Tränen auszubrechen.

»Warum weinst du denn?«, fragte Alessandra. »Sie hat dir nicht nur Fahrkarten zukommen lassen, zudem Geld, damit du dich mit genügend Proviant ausstatten kannst. Ich würde ja frische Unterhosen für Elisabetta kaufen. Und Windeln.«

»Sie ist doch schon fast sieben Jahre alt!«, rief Fanny unter Schluchzern.

Alessandra zuckte mit den Schultern. »Alice lässt dir übrigens ausrichten, dass sie dir verziehen hat.« Ich verzeihe ihr nicht, dachte Fanny. Weil sie mich nicht nur verraten, auch betrogen hat. Ohne Mann kann man glücklich werden, hat sie gesagt und verhält sich nun selbst wie ein Mann, unter dessen Fuchtel ich stehen soll, womöglich untergeben gebeugt. Wobei Georg nie gewollt hatte, dass sie sich beugte. Dass sie für ihn da war, hatte er sich gewünscht – nichts weiter. »Na los!«, sagte Alessandra. »Nimm das Geld und kauf Elisabetta was zum Anziehen. Ich frage mich ja nur, wie ich die Chaiselongue hier wegschaffen soll. Über die Dachterrasse wird man sie kaum schleppen können, erst recht nicht durch den Glockenturm.«

»Schenk sie doch dem Bordell, dann können betrunkene Freier darauf schlafen«, murmelte Fanny.

»Oder wir werfen sie aus dem Fenster.«

Fanny musste an Cousine Martha denken, die aus dem Fenster gesprungen war und sich beide Beine gebrochen hatte, ein ähnliches Schicksal erleidend wie das Myrtenfräulein, dem man die Wurzeln zerhackt hatte. Nun, zumindest ihre eigenen Beine waren noch heil, sie konnte gehen, und vielleicht konnte sie irgendwann auch wieder Wurzeln schlagen.

Sie schälte Elisabetta aus der feuchten Kleidung. »Es wird alles gut«, murmelte sie.

»Ich will zu *mamma*«, klagte die Kleine, formte aber die Worte nur. Ihre Stimme war kaum zu hören.

»Eine *mamma* kann ich dir nicht bieten, nur eine Oma. Und eine verrückte Tante.«

Elisabetta versteifte sich, doch als Fanny ihr eine ihrer eigenen Unterhosen anzog, sie rechts und links verknotete, um sie enger zu machen, und erklärte, dass das wie ein Schmetterling aussehen würde, umspielte die Anwandlung eines Lächelns Elisabettas Lippen.

In dem einstigen Geschäft ihrer Mutter Hilde wurden keine Mieder und Korsetts mehr verkauft, nur Stollwerk-Schokolade und indischer Tee, und das nicht von Hilde, dafür von einer fremden Frau, die etwas schnippisch erklärte, sie habe den Laden schon vor fünf Jahren übernommen, Hilde Seidel sei verzogen, wenig später offenbar verstorben, was ginge sie das an.

»Ich hab Hunger«, sagte Elisabetta auf Italienisch und starrte sehnsüchtig auf die Schokolade.

Sie konnte nur ein paar Brocken Deutsch, weil Fanny viel zu selten in ihrer Muttersprache mit ihr geredet hatte.

»Ich schenke dir ein Stück, wenn ihr sofort den Laden verlasst«, erklärte die Frau, obwohl sie sicherlich nicht des Italienischen mächtig war und somit nur aus Elisabettas Blick schloss.

Mit der Schokolade in der einen Hand und einem feuchten Wischtuch in der anderen trat sie auf Fanny und Elisabetta zu. Die Kleine hatte wieder einmal in die Hose gemacht.

Fanny vergaß, sich dafür zu entschuldigen, als sie hinausgeschoben wurde, Elisabetta vergaß, sich für die Schokolade zu bedanken, während sie sie in den Mund stopfte.

Mutter ist tot, ging es Fanny durch den Kopf, und dieser Gedanke war so fremd – wahrscheinlich, weil sie all die Jahre überhaupt keinen Gedanken an Hilde verschwendet hatte. Auch Alma hatte sie viel zu selten geschrieben, und wenn die ihr – noch seltener – geantwortet hatte, war es um Hutmode oder Frauenrechte oder der immer starreren Front zwischen Sozialistinnen und Kommunistinnen gegangen, nie um Hilde.

»Wir gehen zu Tante Alma«, erklärte Fanny und versuchte, entschlossen zu klingen.

Sie zog Elisabetta mit schokoladenverschmiertem Mund und nasser Hose mit sich, aber jeder weitere Schritt fiel zögerlicher als der vorangegangene aus. Wenn Alma nicht über Hüte oder Politik geschrieben hatte, hatte sie sich über die ledigen Mütter beklagt, die immer noch bei ihr zur Untermiete wohnten, und sie ahnte, dass Alma Elisabetta nur ungern auf dem Kohlensack in ihrem Schlafzimmer sitzen haben wollte – vorausgesetzt ein solcher ersetzte immer noch den Stuhl.

Fanny ersetzte kurz entschlossen ein Ziel durch ein anderes. Statt auf Almas Wohnung in der Nähe der Katharinenkirche, steuerte sie auf ein Gebäude in der Nähe des Kornmarktes zu.

»Wohnt hier Tante Alma?«, fragte Elisabetta, als sie vor dem mehrstöckigen Haus mit der prächtigen Stuckfassade stehen blieben.

»Nein«, sagte Fanny.

»Wer wohnt dann hier?«

Sie zuckte mit den Schultern. »Ein Herr König«, sagte sie schließlich.

»Wirklich? Trägt er eine echte Krone?«

»Das nicht«, sagte Fanny, »aber er ist ein sehr netter Mann.«

Sie hatte keine Ahnung, ob das noch stimmte. Sie wusste erst recht nicht, ob er zu ihr nett sein würde. Sie wusste nur – zumindest hatte Alma das einmal erwähnt –, dass es keine Frau in seinem Leben gab.

Als nicht er, sondern eine rundliche Frau mit ziemlich dicken Beinen ihnen öffnete, glaubte Fanny im ersten Augenblick zwar, Alma hätte sich geirrt, doch dann machte sie die andere ob der gestärkten weißen Schürze und des noch steiferen Häubchens auf dem grauen Haar als Haushälterin aus.

»Woas fär ein süßes klaanes Schneggschen!«, rief die Frau,

als ihr Blick auf Elisabetta fiel. Den braun verschmierten Mund ignorierte sie augenscheinlich, vom blonden, feinen Haar, den noch feineren Zügen und den weit aufgerissenen blauen Augen schien sie dagegen hingerissen. Fanny blieb abwartend vor der Schwelle stehen, Elisabetta trat unwillkürlich darüber. »Du zidderst joh«, stellte die Haushälterin fest, während sie den Kopf der Kleinen tätschelte.

Fanny rechnete damit, dass Elisabetta zurückweichen würde, doch ihre Tochter ließ die Frau gewähren. Sie rechnete auch damit, dass die Haushälterin sie sofort hinauswerfen würde, als sie ihren Namen nannte.

»Fanny … ich bin Fanny König«, stellte sie sich vor.

Ihr wurde indes gestattet, ebenfalls über die Schwelle zu treten, wenn auch mit einem Blick, der von Stirnrunzeln begleitet wurde.

»Du zidderst joh«, wiederholte die Frau, nun wieder an Elisabetta gerichtet.

»Sie … sie versteht kaum Deutsch«, sagte Fanny schnell.

Die Haushälterin hörte nicht auf, der Kleinen den Kopf zu tätscheln. »Äwwer wie du haast, koannschde mer doch soache«, meinte sie.

Noch ehe Fanny den Mund öffnen konnte, öffnete das Mädchen den seinen und erklärte mit festerer Stimme, als sie ihm zugetraut hätte: »Elisabetta.«

»Wos fär en langer Noame fär souen korzes Ding«, sagte die Haushälterin und schien darüber deutlich empörter, als über die Tatsache, dass zwei Fremde unangekündigt vor der Wohnungstür standen und sich unter Elisabetta wieder einmal eine Lache bildete. Fanny wäre vor Scham am liebsten geflohen, aber da erschien hinter der breiten Haushälterin eine schmale Gestalt. »Se behauptet, dasse Fanny Keenisch is«, erklärte die Haushälterin, klang nun nicht länger empört, eher hilflos.

»Das stimmt ja auch«, sagte Georg.

Er hatte offenbar keine Mühe, sie zu erkennen, obwohl sie die Haare viel kürzer trug und man ihrem Gesicht die knapp zehn Jahre ansah, die seit ihrer letzten Begegnung vergangen waren. Ihr fiel es hingegen deutlich schwerer, in dem schmalen Mann den Georg von einst wiederzufinden. Der spitze Bart fehlte, das Gesicht war etwas runder. Attraktiver wirkte er darum nicht, eher nackter und schutzlos wie in den Nächten, da er schlecht geträumt und sich wimmernd an sie geklammert hatte. Sie hatte es nicht vermocht, ihn aus dem Morast seiner Erinnerungen, dem Schlamm der Schützengräben zu ziehen, hatte sich nicht vorstellen können, was er an Schlimmem erlebt hatte.

Jetzt dagegen konnte sie erahnen, was er fühlte – vor allem Verlegenheit, hinter der sich bissige Emotionen duckten.

»Georg«, sagte sie, und auch wenn sie sich schon all ihre Niederlagen eingestanden hatte – erst als sie seinen Namen aussprach, kam die Einsicht, dass sie niemals ihre Träume leben würde.

Sie öffnete erneut den Mund, brachte aber wieder nur seinen Namen hervor. Die Jahre, die vergangen waren, waren so viel Zeit. Die Wörter, die sie sagen könnte, um sie zu überbrücken, würden immer zu wenig sein. Noch nicht einmal eine Brücke über die Schützengräben hatte sie ihm je sein können.

Vielleicht hätten sie ewig hilflos voreinander gestanden, wenn die Haushälterin nicht resolut erklärt hätte: »Irgendebbes misse mer mim arme Schneggschen mache. Nass ist's, dürr ist's, miid ist's. Unn oan zu lange Name hot's aa.«

Sie legte ihre Hände auf die Schultern der Kleinen, schob sie auf Georg zu. Zunächst rührte er sich nicht, als die beiden unmittelbar vor ihm standen, sank er jedoch auf die Knie. Sein rechtes Bein zuckte unentwegt, seine linke Hand ebenso, nur sein Blick war unverwandt auf das Kind gerichtet, und es lag etwas von jener Freundlichkeit, jener Offenheit darin, mit der er sie, Fanny, damals so mühelos von einer heißen Schokolade hatte überzeugen können.

»Magst du Lisbeth heißen?«, fragte er.

»Sie versteht kaum Deutsch«, sagte Fanny wieder, trat etwas näher zu ihm, aber nicht so nah wie Elisabetta.

Georg achtete nicht auf sie, Elisabetta hingegen nickte.

»Unn willschde warme Supp häwwe unn hinnerher en Froangforter Kroanz?«, fragte die Haushälterin.

Fanny schwieg, Elisabetta nickte wieder.

»Frieda kann dir sicher auch eine Tasse heiße Schokolade machen«, sagte Georg. Während die Haushälterin Elisabetta mit sich zog, erhob er sich. »Und deine Mutter kann ebenfalls eine heiße Schokolade haben«, fügte er hinzu, obwohl das Mädchen ihn schon nicht mehr hören konnte und selbst wenn, ihn ja doch nicht verstanden hätte. Sein rechtes Knie und die linke Hand zitterten immer noch, nur seine Stimme nicht, als er sich an Fanny wandte: »Dein Koffer steht noch vor der Tür. Bring ihn herein.« Sie gehorchte schweigend, stellte den Koffer in der Diele ab. »Zieh doch deinen Mantel aus«, forderte er sie danach auf.

Auch das tat sie schweigend, zog nicht nur den Mantel aus, legte ihren roten Seidenschal ebenso ab. Er hatte rohe Eier bedeckt, als sie seinerzeit Frankfurt verlassen hatte, er hatte bis eben ihre Schultern bedeckt, als sie zurückgekehrt war. Beides schien ihr als ähnlich zerbrechlich.

»Meine Mutter ist tot«, murmelte sie.

»Ich weiß. Ich habe ihr Begräbnis organisiert.«

Jedes Wort war eine Waffe. Doch die matte Stimme verriet, dass er nicht gewillt oder nicht fähig war, diese Waffen gegen sie zu richten. Außerdem wandte er sich nun ab, ließ sie einfach im Flur stehen mit dem vollen Koffer und dem leeren Herzen.

Es war die Haushälterin Frieda, die später entschied, in welchem der drei Schlafzimmer das Bett frisch für sie beide bezogen werden sollte. Sie war es auch, die Elisabetta badete und ihr später das Matrosenkleidchen, das Georg aus einem Kaufhaus hatte bringen lassen, anzog. Obwohl das Mädchen so dünn war, hatte sie Mühe, es zu schließen.

»Es ist am Hals viel zu eng«, sagte Fanny und wollte eingreifen.

»Lo porto«, sagte Elisabetta und das erstaunlich laut. Ich trage es.

Frieda steckte ihr einen Schmetterlingskamm ins Haar. Auf ihrem zarten Kopf wirkte er riesig.

»Er ist viel zu groß«, sagte Fanny.

»Lo porto«, erklärte Elisabetta wieder. Ich trage ihn.

»Aber Elisabetta …«

»Mi chiamo Lisbeth«, sagte sie.

Es waren die letzten italienischen Wörter, die sie sagte. In den Monaten, die folgten, redete sie gar nichts und dann nur mehr Deutsch.

LISBETH

1949

Sie lagen auf dem Zuschneidetisch, was nach einer Weile unbequem wurde. Evas Schlafstatt wollten sie nicht zu nahe kommen, also breitete Lisbeth Stoffe auf dem Boden aus und nickte Conrad zu, damit er sich darauf setzte.

»Und wenn sie zerknittern und fleckig werden?«, fragte er. Sie zuckte mit den Schultern. »Soll in deinen Augen nicht alles einen Nutzen haben? Und hat es einen, einfach so dazusitzen und zu reden?«

Sie zuckte wieder mit den Schultern, schüttelte die Verlegenheit ab, die kurz aufgekommen war, als sie etwas steif voreinander standen, jeder wieder mühsam zurückfinden musste in seine Kleidung und – was noch schwerer war – in den eigenen Leib, die eigene Seele, das eigene Leben, nachdem beides eben erst zu einem verschmolzen war. Doch so, wie sie jetzt keine Scham, kein Befremden zuließ, so auch nicht die nüchterne Berechnung, dass alles, was nicht warm und satt machte, überflüssig war.

Es war schön, Stoff zu verschwenden, um darauf zu sitzen. Es war schön, einen Zug von der Zigarette zu nehmen, die Conrad rauchte. Danach sprachen sie nicht über ihr Leben und nicht über seines, sondern über Fanny.

»Wo in New York lebt sie eigentlich?«

Als Conrad Lisbeth damals von der Stadt, die niemals schläft, berichtet hatte, war sie ihr wie ein einziges großes Wunderland erschienen. Für Fanny aber war es eine Qual, dort zu leben. Sie konnte nicht schlafen, weil die Lichter nie erloschen, weil Erinnerungen und Einsamkeit noch greller in die Seele schnitten.

Conrad berichtete von keinem Mann an ihrer Seite, nur dass sie zu Beginn ihres Lebens in New York in einer heruntergekommen Mietskaserne an der Lower East Side gelebt hatte, sich später, als sie Erfolg gehabt hatte, unter den Deutschen in Yorkville niedergelassen hatte in einer Wohnung mit eigener Toilette und fließendem Wasser, und dass sie sich am Ende sogar ein winziges Apartment in Manhattan hatte leisten können.

Ein winziges Apartment, in dem nur eine Person Platz findet, dachte Lisbeth, und ihre Ahnung bestätigte sich. Fanny mochte Affären gehabt haben, hatte aber nie wieder geheiratet, keine Kinder mehr bekommen.

Sie versuchte, sich Fannys Wohnung in New York vorzustellen, doch das Einzige, was ihr plötzlich ganz deutlich in den Sinn kam, war die Wohnung, in der Georg König mit Frieda, die damals noch seine, nicht Lisbeths Haushälterin und Vertraute gewesen war, gelebt hatte und in der eines Tages Fanny, die geflohene Ehefrau, mit einem nassen, schokoladenverschmierten Kind aufgetaucht war, das Elisabetta hieß.

»Ich … ich hielt ihn immer für großzügig«, sagte sie unwillkürlich, starrte auf die Rauchkringel, die in die Höhe stiegen.

»Wovon redest du?«, fragte Conrad, in Gedanken noch in Manhattan.

»Von meinem Vater … meinem Stiefvater. Georg König.

Ja, ich hielt ihn für großzügig, weil er nicht nur Mutter wieder aufnahm, sondern ihre Tochter ebenso bei sich willkommen hieß.«

»Aber das war er doch auch, oder nicht?«, fragte Conrad, der sie abwesend betrachtete.

Ihr Blick löste sich von den Rauchkringeln, fiel auf die Schneiderpuppe, an der sie am Vormittag das Blumenkleid festgesteckt hatte. »Das Kleid, das ich heute entworfen habe, ist gleichfalls vermeintlich großzügig geschnitten. Um die Taille sitzt es – da hatte Mechthild recht – dagegen sehr eng. Beim Sitzen müsste man den Bauch einziehen, und man könnte nicht tief atmen.«

Sie hatte keine Ahnung, wie viel Conrad von Fanny über Georg König erfahren hatte, jedenfalls fragte er: »Hat dein Stiefvater dich nicht geliebt?«

»Doch … schon«, gab sie zögerlich zu. »Wir waren uns sofort sehr nah. Ich war ein stilles, zurückhaltendes Kind und nach der Ankunft in Frankfurt gezeichnet vom Verlust – dem Verlust von Alice, dem Verlust meiner vertrauten Welt. Auf Fanny konnte ich mich nicht wirklich stützen. Wenn ich an meine ersten Lebensjahre zurückdenke, sehe ich sie immer in wunderschönen Kleidern vor mir, zugleich unendlich weit von mir entfernt. Ich kann mich nicht erinnern, dass ich jemals auf ihrem Schoß gesessen habe. Auf Georgs auch nicht, dazu war ich ja schon zu groß. Er hat mir allerdings stundenlang Geschichten vorgelesen in seinem dunklen Anzug und manchmal mit zitternden Händen. Fanny hat das nie ertragen, ich schon. Ich war gern mit ihm zusammen, und er war gern mit mir zusammen. Vielleicht weil ich mich dann stärker fühlen konnte als er und er sich stärker fühlen konnte als ich. Oder weil wir uns beide gestatteten, schwach zu sein.«

Conrad zog an der Zigarette. »Ich kann mir nicht vorstellen, dass du jemals schwach gewesen bist.«

»Ich konnte das immer gut verbergen, Georg ja ebenso. Seinen Trotz, seine geheime Wut zeigte er niemandem. Aber ich denke, warum er uns … warum er vor allem mich so bereitwillig aufgenommen hat, diente dem Ziel, meine Mutter zu bestrafen. Er wollte ihr Tag für Tag vorhalten, welches Unrecht sie ihm einst angetan hatte, als sie ihn im Stich ließ, wie angewiesen sie jetzt auf seinen Großmut war. Vom ersten Tag an, da sie ihre Ehe wieder aufnahmen, als hätte es die fast zehnjährige Unterbrechung nie gegeben, gab es dieses Ungleichgewicht. Er sonnte sich im Licht des Wohltäters, des Vergebenden und sah nicht oder viel zu spät, dass Fanny keine Frau war, die gern im Schatten stand. Am Anfang biss sie die Zähne zusammen, weil sie keine andere Wahl hatte, aber keiner Ehe bekommt es gut, wenn einer die Zähne zusammenbeißen muss.«

»Dann kann man sich schließlich nicht küssen«, sagte Conrad und hauchte einen Kuss auf Lisbeths Schläfe.

Schauder liefen über ihren Rücken, sie seufzte wohlig, doch sie klang traurig, als sie hinzufügte: »Ich habe nie gesehen, dass sie sich geküsst, dass sie sich umarmt haben, obwohl sie nun wieder das Bett teilten, obwohl Fanny sicher dankbar war für die Sicherheit, die er ihr bot. Vielleicht habe ich deshalb später von Richard nie anderes erwartet als diese Sicherheit und nicht unbedingt Zärtlichkeit, Verständnis.«

Conrad hatte sich vorgebeugt, um sie ein weiteres Mal zu küssen, wich nun aber zurück, als wäre es anmaßend, sich zwischen sie und die Erinnerungen an Richard zu schieben.

Lisbeth entschied, das Thema zu wechseln. »Fanny ist in den Dreißigerjahren nicht zuletzt nach Amerika aufgebrochen, weil Alice sie eingeladen hat. Diese hat, soweit ich weiß, in Hollywood zwar keine große Karriere gemacht, dennoch manche Nebenrolle bekommen – vorzugsweise als *mamma* von italienischen Gangstern, die in fast sämtlichen Komödien vorkamen. Aber ich habe keine Ahnung, ob Fanny wirklich bei ihr Unterschlupf gefunden hat und warum es sie am Ende nach New York verschlagen hat.«

Sie legte ihren Kopf an seine Schulter, während er erzählte, was er wusste – dass Fanny nämlich gar nicht erst bis nach Hollywood gekommen, sondern in New York geblieben war. Warum genau sie sich dafür entschieden hatte, erwähnte er nicht. Lisbeth konnte sich die Antwort denken – Alice hatte sie sicher nur eingeladen, weil sie Fannys kleines Mädchen bei sich haben wollte und Fanny ohne dieses keinen Wert hatte. Jedenfalls war sie fest entschlossen gewesen, in der Neuen Welt nicht zu scheitern, sich vielmehr eine Existenz aufzubauen, und sie hatte damit als Mitarbeiterin in einem großen New Yorker Kaufhaus begonnen, das vor allem Kopien von Kleidern, die die Hollywoodstars trugen, verkaufte. Damals war in New York, wie Conrad schon einmal erwähnt hatte, weniger Haute Couture als vielmehr massengefertigte Mode von der Stange verkauft worden.

»Fanny ist doch noch Designerin geworden?«, fragte Lisbeth.

»Nein, aber dieses Kaufhaus – es war das Macy's, das Charles James gegründet hat – zählte Mrs. Vreeland und Mrs. Condé Nast zu seinen Kundinnen.«

»Ich fürchte, diese Namen habe ich noch nie gehört.«

»Die eine war Chefredakteurin von *Harper's Bazaar*, die andere die Gattin des *Vogue*-Herausgebers.«

»Und für eine dieser Zeitschriften hat sie gearbeitet?«

»Nein, aber für diese Zeitschriften wurden immer mehr Modefotos gemacht, weswegen man immer mehr professionelle

Mannequins gesucht hat. So entstanden viele Vermittlungsfirmen für Fotomodelle. Und da Fanny Erfahrungen in diesem Feld hatte, gründete sie selbst eine Agentur. Sie wurde zwar nicht so groß und berühmt wie die von Eileen Ford, aber …«

»… aber sie kann sich eine winzige Wohnung in Manhattan leisten«, schloss Lisbeth. Obwohl sie nicht wusste, in welchem Stockwerk ihre Mutter lebte, sah sie sie ganz oben auf einem Wolkenkratzer stehen. Sie versuchte, ihr zuzuwinken, doch es gab ja nicht nur einen Ozean zwischen ihnen, auch Wolken … und einen Regenbogen, dessen Farben längst verblasst waren. »Warum hat sie dich geschickt, warum ist sie nicht selbst gekommen?« Lisbeths Stimme wurde plötzlich brüchig. Sie wartete nicht ab, was Conrad sagen würde, gab sich selbst die Antwort. »Eigentlich weiß ich es ja. Bei unserem letzten Gespräch … unserem Streit hat sie gesagt, dass ich den ersten Schritt tun müsse. Nur … warum sollte ich das? Und warum ausgerechnet jetzt?«

Er zog sie an sich. »Und wenn du nicht nach New York kommst, um deiner Mutter nachzulaufen, sondern um mit mir zu leben? Wenn du dort ein neues Leben beginnst und so mit dem alten Leben abschließen kannst?«

Seine Worte beschworen ein deutliches Bild. Sie stand auf einem Wolkenkratzer, erblickte zwar keinen Regenbogen, aber einen klaren blauen Himmel.

Wie soll man denn in einer Stadt, die niemals schläft, träumen lernen?, dachte sie. Dann sagte sie sich allerdings, dass sie das Träumen ja nicht mehr erlernen musste. Sie hatte damit schon in einer Stadt begonnen, die stets zu schlafen schien, weil sie nur knapp der Vernichtung entronnen war.

»Und das Modehaus?«, fragte sie und deutete wieder auf die Schneiderpuppe. »Ich habe doch jetzt endlich eine Idee, wie die neue Mode aussehen könnte.«

»Und warum bringst du diese neue Mode nicht in die Neue Welt?«

Ihre Worte waren schneller als ihre Gedanken. »Und das Modehaus könnte ich Eva überlassen. Als Wiedergutmachung für das, was ich getan habe.«

Alles schien so gut zusammenzupassen, alles war so leicht zu kitten – als wäre das Leben nicht tausendfach zersprungen, wie sie so oft gedacht hatte, nur in wenige Scherben, deren Ränder zwar spitz und scharf waren, sich aber mühelos aneinanderfügten. Nur etwas Klebstoff war notwendig, damit das neue Gefäß auch hielt, doch den bekam sie von Conrad. Er war nicht zu heil für ihre Welt, wie sie ihm immer unterstellt hatte, er war schlicht derjenige, der ihre Welt heil machen konnte.

Sie küssten sich wieder, ehe sie sich noch einmal auf den Stoffresten liebten.

Der Himmel war rot, als Lisbeth nach Hause ging, und wie damals, als sie mit Conrad am Mainufer entlangspaziert war, weckte diese Farbe keine Erinnerungen an Bombennächte, verhieß nur Wärme und Schönheit. Obwohl es Abend war, herrschte noch Leben auf der Straße, vor allem rund um jene Geschäfte, die kürzlich auf der Zeil, der Kaiserstraße und der Neuen Kräme eröffnet worden waren. Zum ersten Mal konnte Lisbeth sich darüber freuen, anstatt sich vor der Konkurrenz zu fürchten. Und zum ersten Mal konnte sie Ruinen und Bretterverschläge, die es immer noch gab, ignorieren und ihren Blick auf das lenken, was aufgebaut worden war wie das Goethe-Haus oder die Paulskirche.

Ein noch deutlicheres Zeichen dafür, dass sie den Krieg hinter sich gelassen hatten, waren die Brennnesseln, die vor dem Haus wuchsen. Bei ihrem Anblick musste sie lächeln –

wie schon zwei Tage zuvor, als Martin hineingefallen war und schrecklich gejammert hatte.

»Sei doch froh, dass wieder welche wachsen«, hatte sie gesagt. »Es gab so lange keine Brennnesseln, so lange keinen Löwenzahn.«

»Warum nicht?«

»Die Leute waren derart hungrig, dass sie jeden Halm ausgerissen haben, um Brennnessel- und Löwenzahnsuppe zu kochen. Ich habe die Brennnesseln außerdem zum Färben gebraucht. Jetzt ist das nicht mehr notwendig.«

Martin war davon wenig beeindruckt gewesen, hatte regelrecht beleidigt auf die Brennnesseln gestarrt. Lisbeth dagegen sank auf die Knie, strich vorsichtig über eine Staude. Und selbst wenn es brannte – es war jener erträgliche Schmerz, der das Heilen begleitete, nicht das Sichverletzen.

Sie wollte gerade aufstehen, als Frau Käthe ihr entgegengeschossen kam. Schon das allein erstaunte Lisbeth – das Tier ging schon seit Monaten nicht mehr auf Mäusejagd, sondern hockte lieber auf Friedas Schoß. Noch verwunderlicher aber war, dass sie Lisbeths Lockrufen nicht folgte, um sich streicheln zu lassen, sondern weiterlief und sich unter einem Bretterverschlag verkroch.

»Dann bleib eben dort, du dummes Tier«, schimpfte sie.

Als sie die Wohnung betrat – wie immer voller Erleichterung, durch eine Tür treten zu können, nicht durchs Fenster klettern zu müssen –, wäre sie fast über Martin gestolpert, der mit schreckgeweiteten Augen davorsaß.

»Sag bloß, du hast Frau Käthe einen Streich gespielt!«, sagte Lisbeth streng. »Wenn sie dich gekratzt hat, hast du es sicher verdient.«

Während Rieke früher unermüdlich versucht hatte, ein Hütchen für den Stummelschwanz zu nähen oder zu häkeln, damit Frau Käthe hübscher aussah, kam Martin nur auf so dumme Ideen wie eine leere Corned-Beef-Dose an den Schwanz der Katze zu binden, und obwohl Lisbeth ihm das streng verboten hatte, war sie nicht sicher, ob er das nicht wieder ausprobiert hatte.

Martin gab keine Antwort, schien sie gar nicht wahrzunehmen, starrte stur in eine Richtung, und als Lisbeth seinem Blick folgte, sah sie einen Koffer dort stehen.

»Wolltest du die Katze etwa in den Koffer sperren?«, fragte sie und klang ungehalten, obwohl sie plötzlich ahnte, dass Martin keine Zurechtweisung verdiente. Sie ahnte ja plötzlich auch, dass das ein fremder Koffer war.

»Martin kann nichts dafür, dass Frau Käthe sich erschrocken hat«, rief Rieke und lachte, wie sie so oft lachte. Vielleicht, weil sie fröhlich war, vielleicht, weil man von ihr erwartete, dass sie vergnügt war und keine Probleme machte.

Ein fremder Koffer ist doch kein Problem, kroch ein Gedanke durch Lisbeths Hirn. Warum sollte Frau Käthe Angst davor haben, warum Martin, warum sie?

Wobei sie keine Angst vor dem Koffer hatte, mehr vor dem, was sie erwartete, als sie den Blick langsam vom Koffer löste, ihn auf den Küchentisch richtete. Am Küchentisch saß ein Mann, eine noch unberührte Tasse Kaffee vor sich.

»Woas du fär ein Gligg hoaschd, Mädsche«, sagte Frieda.

Ihre Stimme klang jung und kräftig wie an dem Tag, als sie noch als Haushälterin für Georg König gearbeitet, der kleinen Elisabetta die nasse Unterhose vom Leib gezogen, sie gewaschen und ihr dann ein Matrosenkleidchen angezogen hatte. Außerdem hatte sie sie mit Frankfurter Kranz gefüttert. Ganz genau konnte sie sich daran erinnern, wie sie sich an diesem Tag gefühlt hatte, verwirrt und verloren und zugleich erleichtert, dass es wieder jemanden gab, der sich ihrer annahm, ihr eine Ahnung von Wärme schenkte.

Warum wurde es jetzt nicht warm in ihr? Warum starrte sie den Mann an, ihren Mann, Richard, und fühlte sich noch viel verwirrter, viel verlorener als damals?

RIEKE

1973

Es war spätabends, und ich saß immer noch im Büro, wohin ich nach der Auseinandersetzung mit Ute aufgebrochen war. Abgesehen von der Putzfrau, die in den Verkaufsräumen staubsaugte, war das Gebäude wie ausgestorben, doch ich ließ mich weder von der Stille lähmen noch von der Müdigkeit abhalten, um unaufhörlich zu blättern – nicht in Büchern über Rechnungswesen, Buchhaltung oder Steuerrecht, auch in keinem Versandhauskatalog – ich blätterte in den französischen Modezeitschriften, die Vera mir dann und wann schickte und in denen sie entweder als Reh oder Astronautin oder Beduinenfrau abgebildet war. Was man sich in diesen Heften überdies anschauen konnte, war Mode von Yves Saint Laurent, und die interessierte mich heute, nachdem mir dieser geniale Einfall gekommen war, ganz besonders. Als ich mit den französischen Blättern durch war, wandte ich mich deutschen Modezeitschriften zu, betrachtete vor allem die Damen- und Mädchenbekleidung von Sonia Rykiel, die vor einigen Jahren eine gleichnamige Modemarke gegründet hatte. Und schließlich – mein Notizblock war schon randvoll geschrieben – sah ich mir amerikanische Modezeitschriften an, die ich von Ute bekommen hatte. »Das Label Anne Klein macht tolle Mode«, hatte Ute gesagt, »vor allem eine Designerin dort – Donna Karan.«

Ob sie es jemals zur eigenen Marke schaffen würde, wusste ich nicht. Als Inspiration taugten ihre Entwürfe allemal und auch dazu, Erinnerungen zu wecken, waren doch etliche Mannequins an diversen Schauplätzen in New York fotografiert worden. Nicht dass ich jemals selbst dort gewesen war. Aber meine Mutter hatte manchmal von der Stadt gesprochen, die niemals schlief und die eine Stadt der Mode war – nicht für die Haute Couture wie sie in Paris und Mailand entworfen wurde, nein, für die Mode von der Stange.

Unwillkürlich seufzte ich.

Nicht nur auf Conrad, den Lisbeth anders als die Stadt so gut wie nie erwähnt hat, hat sie verzichten müssen, weil Vater aus dem Krieg heimkehrte, dachte ich, auch auf die Pläne, in New York neu anzufangen, vielleicht ein eigenes Modegeschäft zu gründen, alltagstaugliche, preiswerte Mode zu verkaufen. Ob sie Erfolg gehabt hätte – keine Ahnung. Ich wusste nur, dass ich selbst nicht länger einen schwarzen Rock und eine weiße Bluse tragen wollte, adrett, brav, hervorragend für ein Begräbnis geeignet und irgendwie der Ehe meiner Eltern gleichend. Nur weil man damit nichts falsch machen konnte, hieß das noch nicht, dass es wie angegossen saß. Und nur dass meine Mutter dankbar war, dass mein Vater zurückkehrte, hieß nicht, dass sie an seiner Seite wirklich glücklich wurde.

Wieder seufzte ich, konnte mich nicht länger auf die Zeitschriften konzentrieren, auf die Pläne, die ich machte, um dem Modehaus König einen Weg in die Zukunft zu weisen. Ich fragte mich eher, wie ich es ertragen sollte, in unsere Wohnung zurückzukehren, in der ich mich wie eine Besucherin fühlte und Joachim sich wie ein Fremder verhielt. Fühlte sich unsere Ehe auch so an, als müsste ich ein altes, abgetragenes

Kleid anziehen, das mir eigentlich nicht mehr stand? Oder reichte es, dieses Kleid ein wenig abzuändern, den Saum umzunähen oder es enger zu machen oder einfach nur neue Accessoires dazu zu tragen?

Nun, noch kehrte ich nicht heim, noch blieb ich sitzen, und ehe ich mich dazu durchrang, aufzustehen und das Licht auszumachen, vernahm ich plötzlich Schritte. Ich zuckte zusammen, rechnete mit der Putzfrau oder einem Ladendieb – wobei Erstere die Räume oben schon sauber gemacht hatte und Letztere die untere Abteilung leer räumen würde. Und doch kam jemand auf die Tür des Chefbüros zu. Es war nicht Ute, wie ich kurz dachte. Es war Joachim.

Eine Weile standen wir schweigend voreinander. Ich hatte mich erhoben, war aber nicht hinter dem Tisch hervorgetreten, dessen riesige Füße mächtig wie nie erschienen. Joachim wiederum war auf den Tisch zugegangen, hatte jedoch etwa einen Meter davor innegehalten. Unwillkürlich musste ich mich an mein Gespräch mit Walter Heinemann erinnern und dass er mir nicht einmal einen Stuhl angeboten hatte, um mir ohne Worte zu bedeuten, dass dies sein Reich sei und ich nur der Gast. Ich hatte mich über ihn geärgert, jetzt konnte ich es ihm nachfühlen.

Es ist mein Reich, und du bist nur der Gast.

Vor allem war Joachim ein ziemlich empörter Ehemann. »Was machst du hier?«, fuhr er mich an.

»Das Gleiche könnte ich dich fragen. Und wo ist überhaupt Marlene?«

»Ich habe sie zu Frau Berger gebracht.«

Frau Berger war unsere Nachbarin und die Mutter der Zwillinge.

»So spät am Abend?«, entfuhr es mir.

»Ich … ich wollte nach dir sehen. Ich habe mir Sorgen gemacht.«

»Ich arbeite hier.«

»Und warum so spät noch? Es ist bald Mitternacht vorbei, du wirst keine U-Bahn mehr bekommen.«

Ich blickte unauffällig zur Uhr, wollte aber nicht gestehen, dass ich die Zeit völlig vergessen hatte. »Das ist mein Problem, nicht deins, oder?«

»Vielleicht ist es überhaupt kein Problem«, sagte er mit jenem bissigen Unterton, mit dem er ansonsten seine Witze schärfte, der nun allerdings frei von jeglichem Humor war, nur vor Vorwurf, Unverständnis, Frustration triefte. »Vielleicht hast du es ja darauf angelegt, die U-Bahn zu verpassen, damit du hier schlafen musst und mir entgehen kannst.«

Nahezu misstrauisch glitt sein Blick über den Schreibtisch, vielleicht ärgerte er sich nicht nur darüber, mich hier anzutreffen, sondern auch darüber, dass er so viel größer war als seiner.

»Hier schlafen?«, fragte ich. »Wo soll ich denn hier schlafen? Soll ich einen Wintermantel nehmen und ihn in einer der Umkleidekabinen ausbreiten?«

»Ach so«, sagte er zynisch. »Dass es hier kein Sofa gibt, hält dich davon ab. Aber dass du mir aus dem Weg gehst, das leugnest du nicht.«

»*Ich* gehe dir aus dem Weg? Wer redet denn nur mehr das Nötigste, wer macht mir ständig Vorwürfe?«

»Wenn ich nur das Nötigste rede, kann ich dir ja wohl kaum Vorwürfe machen.«

Ich seufzte, so kamen wir nicht weiter. Was sollte ich sagen, das nicht wie eine Verteidigung klang, sondern wie eine Erklärung? Wie die richtigen Worte finden, wo doch meine ganze Familie im Schweigen geübter schien als im Reden, vor allem meine Mutter?

»Ich bin nicht hier, um dir aus dem Weg gehen«, sagte ich etwas gemäßigter. »Ich bin hier, weil ich eine neue Geschäftsidee habe, und weil ich …«

Es war zu spät zum Reden, er hatte mir gar nicht zugehört. »Nun, du muss nicht hier schlafen, wenn du mir aus dem Weg gehen willst«, fiel Joachim mir ins Wort. »Du kannst unsere Wohnung für dich haben. Ich ziehe aus.«

Und wieder Schweigen, kein großes, erhabenes, ein mickriges, giftiges. In ihm echote kein großer Verzicht wie im Schweigen meiner Mutter, nur der stumme Vorwurf: Du verstehst mich nicht.

»Bist du verrückt geworden?«, entfuhr es mir.

Er schüttelte den Kopf. »Du bist verrückt geworden, du machst plötzlich auf Geschäftsfrau, alles dreht sich nur mehr ums Modehaus König.«

»Bei Martin ist das auch so gewesen. Ihn hast du allerdings erst für verrückt gehalten, als er sich eine alte Karre gekauft und von seinen Pflichten davongestohlen hat.«

»Das ist doch etwas ganz anderes.«

»Warum? Weil er ein Mann ist?«

»Komm mir jetzt bitte nicht mit diesem Emanzengeschwafel.« Es erfüllte mich mit nicht wenig Schadenfreude, ihn mir bei der Frauengruppe vorzustellen – wie die Mechanikerinnen ihm mit der Zange zu Leib rückten, wie er in der überdimensionalen Gebärmutter erstickte oder wie ihm die Radikalfeministin und die Marxistin einen Vortrag halten würden. Während die beiden ihn wohl kein einziges Mal zu Wort hätten kommen lassen, zögerte ich zu lange mit einer Entgegnung, sodass er hinzufügte: »Du bist nicht mehr die Frau, die ich geheiratet habe.«

»Jetzt werd nicht melodramatisch! Menschen ändern sich nun mal. Tut mir leid, dass meine Arbeit nicht nur Opfer, sondern auch Vergnügen ist.«

»Das Problem geht viel tiefer.«

»Ach ja?«

»Ich dachte immer, du kommst nach deiner Mutter, stattdessen bist du … bist du wie deine Großmutter.« Die Empörung raubte mir die Stimme. Lisbeth und Fanny – sie waren doch Teil meiner Geschichte. Und obwohl oder gerade weil ich selten über sie gesprochen hatte, noch nicht mal häufig über sie nachgedacht, stand es ihm nicht zu, aus dieser Geschichte eine Spitze zu formen und diese auf mich zu richten. Trotzdem maßte er sich an fortzufahren: »Deine Mutter hat mir mal erzählt, dass Fanny König nur an sich dachte. Sie hat ihren Mann im Stich gelassen, er musste Lisbeth ganz allein großziehen.«

Ich fand meine Stimme wieder. Nein, eigentlich war es nicht meine Stimme, denn diese klang für gewöhnlich nicht so schrill. »So wie du Armer ganz allein Marlene aufziehst, nicht?«, giftete ich. Kränkung durchzuckte seine Miene und etwas anderes: Befremden, nahezu Entsetzen. Da erst ging mir auf, dass ich Joachim angeschrien hatte, so wie ich es noch nie getan hatte. Unsere Liebe war nie laut gewesen. Wie war es möglich, dass die Wut so viel durchdringender war? Ich kam hinter dem Schreibtisch hervor, aber obwohl ich nun unmittelbar vor ihm stand, wurde ich das Gefühl nicht los, dass zwischen uns die Frontlinie verlief. »Meine Großmutter hat vielleicht alles falsch gemacht, weil sie nicht um ihre Ehe gekämpft hat, weder ganz am Anfang noch später. Und meine Mutter hat vielleicht zu viel richtig gemacht, weil sie an ihrer Ehe festgehalten hat. Lass uns beide doch ein bisschen was richtig und ein bisschen was falsch machen, dann … dann kann vielleicht alles gut werden.«

»Das ist nicht so einfach«, murmelte er, und erst jetzt fiel mir auf, wie müde er wirkte. »Ich wollte immer eine große

Familie haben, nur ein bisschen schwanger kann man nicht sein, und du willst ja auch kein zweites Kind, oder?«

Ich war plötzlich ebenso müde, zu müde, um die Fassade aufrechtzuerhalten. »Das stimmt«, gab ich zu. »Ich kann es mir nicht vorstellen, zumindest zurzeit nicht.«

Eine Weile starrten wir uns nur an. Das Ticken der Uhr klang in dem Schweigen wie ein Dröhnen. Banale Gedanken schossen mir durch den Kopf. Wie ist er eigentlich hierhergekommen, wenn keine U-Bahn mehr fährt? Und falls er das Auto genommen hat, wo hat er dann wohl einen Parkplatz gefunden? Und erwartet er, dass wir gemeinsam heimfahren, obwohl er vorhat, künftig eigene Wege zu gehen? Mitten in der Nacht wird er doch nicht ausziehen, oder?

Plötzlich fühlte ich mich untröstlich, und plötzlich ertrug ich das Schweigen nicht länger. Ich lief auf Joachim zu, presste mich an ihn, küsste ihn, und obwohl dieser Kuss kaum Geräusche machte, war er dennoch laut. Was ich für meinen Mann fühlte, war keine leise Liebe, es war eine, die wehtat, obwohl oder weil sie mit lauter Wut verbunden war. Genau das hatte ich immer vermeiden wollen – den Kampf, den Konflikt, das Sichreiben und das Miteinanderringen. Jetzt bekam ich eine Ahnung, wie viel Leidenschaft all das, vor allem die Angst, ihn zu verlieren, schenken konnte.

Vielleicht war das ja unser letzter Kuss und gerade deshalb war er sehnsüchtig wie nie, gierig wie nie, schien kein Ende zu nehmen. Irgendwann waren wir doch außer Atem, zumindest ich. Bei Joachim reichte der Atem noch, um hervorzupressen: »Wir brauchen einfach ein bisschen Abstand.«

Nein, wir brauchen keinen Abstand, schrie es in mir, wir brauchen Nähe, eine größere, als wir je empfunden haben. Ich brauche deine Unterstützung, mehr als je zuvor. Ich will dich an meiner Seite haben, wenn ich meine Pläne umsetze. Aber nichts davon brachte ich hervor.

Als er ging, sank ich auf den Stuhl, fühlte Tränen hochsteigen, die Yves Saint Laurents Hosenanzüge und Donna Karans Entwürfe verschwimmen ließen. Ich legte das Gesicht auf meine Arme, war plötzlich überzeugt, noch am kommenden Morgen hier zu sitzen, unfähig, mich zu rühren. Allerdings würde mich dann wohl Ute entdecken, zufrieden feststellen: Wusste ich es doch, auf Männer kann man sich nicht verlassen. Und diese Genugtuung gönnte ich ihr nicht, wahrscheinlich, weil es keine echte Genugtuung war, nur Enttäuschung.

Ich erhob mich unsicher. Von Ute konnte ich keinen Rat erhoffen, aber vielleicht von meiner Mutter. Ich hätte ihr längst anvertrauen sollen, was mich belastete. Zwar hatte sie seit dem Schlaganfall meines Vaters genug um die Ohren, doch wie es sich anfühlte, um die Zukunft des Modehauses zu kämpfen, wusste sie. Und wie sehr Liebe schmerzen konnte, auch.

FANNY

1933

Der Brief war mit der Geschäftspost gekommen, unterschied sich aber deutlich von dieser, nicht nur aufgrund des fleckigen gelben Kuverts, auch wegen seiner bunten Briefmarken. Und er war dick, sehr dick.

Fanny saß am Schreibtisch, als sie ihn musterte – nicht jenem Schreibtisch im Büro des Modehauses, sondern dem in ihrer Wohnung am Kornmarkt, denn Georg arbeitete regelmäßig von dort aus. Weil er Zeit mit seiner Familie verbringen wollte, behauptete er, doch das war eine Lüge.

Im Grunde wollte er nur mehr Zeit mit seiner Tochter verbringen. Dass Lisbeth seine Tochter war, war genau betrachtet nicht die Wahrheit, das zählte allerdings nicht. Nicht für Lisbeth, nicht für ihn. Fanny wiederum glaubte, sich einmal mehr in einem toten Winkel wiederzufinden, in dem niemand sie sah, sie dennoch zuschauen musste – einst, wie Alice das Kind mit Süßigkeiten vollgestopft hatte, später, wie Georg auf stille, zurückhaltende, immer freundliche Art um Lisbeths Zuneigung geworben hatte. Sie wusste, sie sollte Dankbarkeit und Erleichterung fühlen, weil ihr Kind geliebt wurde, aber noch stärker waren Scham und Hader, weil nicht sie es war, die diese Liebe schenkte, weil Alice ihr das Kind in dem Augenblick geraubt hatte, als sie es Elisabetta und Georg, als er es Lisbeth genannt hatte. Und sie hatte es zugelassen, anstatt ihre Tochter mit beiden Händen festzuhalten, denn sie hatte ja stets mindestens eine freie Hand gebraucht, um Entwürfe zu machen, zu nähen, sich später für eine Modenschau zu schminken oder – wie es seit ihrer Rückkehr nach Frankfurt der Fall war – die Geschäftspost zu erledigen.

Zunächst hatte sie sich gesagt, dass sie sich auf diese Weise dafür erkenntlich zeigen wollte, dass Georg sie und Lisbeth aufgenommen hatte. Mittlerweile gestand sie sich allerdings ein, dass sie die Geschäftsführung im Modehaus vor allem deshalb an sich gerissen hatte, weil sie zwar dem Traum abgeschworen hatte, eine große Modedesignerin zu werden, nicht jedoch der Hoffnung, den Stil des Modehaus Königs und somit auch der Frankfurterinnen mitbestimmen zu können. So recht gelungen war ihr das nicht – sie war schon bei solch nebensächlichen Anliegen gescheitert, wie eine Skihose für Frauen ins Sortiment aufzunehmen, denn Georg lehnte das schlichtweg ab.

»Ich weiß«, hatte Fanny ärgerlich gesagt, als sie ihm das vorgeschlagen hatte, »du hältst das für zu frivol. Anständige Frauen tragen selbst auf der Skipiste einen Rock.«

»Daran liegt es nicht, aber in Frankfurt gibt es nun mal zu wenige hohe Berge. In München ist Bedarf für so etwas, hier nicht.«

Dass sie ihm hatte zustimmen müssen, hatte sie erst recht verärgert. Deutlich länger hatte sie mit ihm über die Kleider gestritten, die seit nunmehr drei Jahren wieder verstärkt gekauft wurden. Sie betonten den Busen, die Taille und die Hüfte.

»Und wann kommt das Korsett zurück?«, hatte sie gelästert.

»Die Frauen haben es eben satt, wie kleine Mädchen in Hängerchen herumzulaufen.«

»Elisabetta … Lisbeth hat nie Hängerchen getragen, immer Prinzessinnenkleider. Nein, nicht Frauen haben diese Art von Kleidern satt. Männer haben Angst, dass Frauen, die sich nicht wie Frauen kleiden, womöglich mehr als Männer können.«

»Du magst ja mehr von der Mode verstehen, die man in Paris und Mailand trägt. Aber was sich die Frankfurterinnen wünschen, das weiß ich besser.«

Irgendwann hatte sie nicht länger dagegen gekämpft, dass es im Modehaus König nun auch Blusen mit fülligen Keulenärmeln zu kaufen gab, nicht nur aus Unmengen Stoff gemacht, zudem mit kleinen Polstern gefüttert, die die Schultern noch breiter erscheinen ließen. Und dass die Glockenröcke, die man dazu trug, nicht nur das Knie, sondern den halben Unterschenkel bedeckten. Doch sie hatte sich nicht aus dem Geschäft zurückgezogen, immerhin durchgesetzt, dass die Winterkleidung schon im Sommer bezahlt werden musste – mit Schecks oder bar, wenn sie dann bestellt wurde. Sie hatte mit Lieferanten um bessere Preise und Rabatte gefeilscht, neue, moderne Wandspiegel einbauen und die Beleuchtung erneuern lassen, hatte Reklameplakate an Litfaßsäulen geklebt und Werbeanzeigen in den großen Frankfurter Zeitungen veröffentlicht. Und dass die Bilanzen besser ausgefallen waren als in den Jahren zuvor, hatte sie zwar nicht mit gleicher Glückseligkeit erfüllt wie die Kleiderskizzen, die sie früher angefertigt hatte, jedoch mit einer gewissen Befriedigung, waren ihr all die Wohltaten, die Georg ihr und ihrer Tochter zukommen ließ, doch nicht länger als Almosen erschienen, vielmehr als gerechter Lohn. Sich selbst und ihren hochtrabenden Träumen von einst war sie eine Menge schuldig geblieben – nicht ihm dagegen, und damit hatte sie leben können, zumindest bis zu dem Tag, da sie den dicken Brief im gelben, mit bunten Briefmarken beklebten Kuvert in den Händen gehalten hatte.

Anstatt ihn sofort zu öffnen, hatte sie ihn unter der übrigen Geschäftspost versteckt, und dort war er den ganzen Tag lang liegen geblieben.

Weil ich keine Eile habe, ihn zu öffnen, hatte sie sich am folgenden Morgen gesagt.

Weil ich zu viel Angst habe, ihn zu öffnen, hatte sie sich spät am Abend gesagt, als sie neben Georg gelegen hatte, ihn hatte atmen hören, ohne selbst Schlaf zu finden.

Sie lebten wieder wie Mann und Frau, als ob ihnen kein knappes Jahrzehnt fehlte. Nur ein einziges Mal hatte sie den Fehler gemacht, die Haushälterin Frieda zu fragen, wie es ihm in dieser Zeit ergangen war, denn Frieda hatte sie angeschaut wie den schmutzigen Dielenboden, den sie regelmäßig putzte und wachste. »Er is sain Pflischte nachgoange«, hatte sie entgegnet, wohl weniger, um ihn zu rühmen, als sie, Fanny, die es anders gehalten hatte, zu tadeln.

Georg hatte wie sie im Schlaf leise zu wimmern begonnen. Und wie so oft war Fanny aus dem Bett gestiegen. Manchmal legte sie sich zu Lisbeth, in dieser Nacht aber war sie ins Arbeitszimmer geflohen, zum Schreibtisch getreten, hatte das Kuvert hervorgezogen und es aufgerissen.

Der Brief war kurz, die Zeitung darin dick. Alle Artikel waren auf Englisch verfasst, und sie verstand kaum ein Wort. Die Namen von Schauspielerinnen sagten ihr nichts, die der große Produktionsgesellschaften – Metro-Goldwyn-Mayer, Paramount Pictures oder Warner Bros. – kaum mehr. Aber die Bilder sprachen eine eigene Sprache. Die Bilder von Frauen, die nicht einfach nur Menschen, die Göttinnen waren und die jede ihnen zugewiesene Rolle bis zur Perfektion beherrschten, die des ätherischen Wesens mit Unschuldsblick, die der *femme fatale* mit schläfrigem Augenaufschlag, die der exzentrischen Diva, die jeden mit ihren Launen zum Wahnsinn trieb. In Italien mochte Mode und Politik verschmolzen sein, in Hollywood, wo die Frauen ihre Rollen nicht nur darstellten, sondern lebten, taten es Mode und Film.

Jeder Couturier, der etwas auf sich hält, hat einen eigenen Star, schrieb Alice, und auch, dass in Los Angeles mehr Designer und Schneider für Hollywood arbeiteten als für Modehäuser. Sie selbst sei zu alt, um einer der ganz großen Stars zu werden, aber es gebe genügend Nebenrollen für sie, sie wohne jetzt in einem Haus am Pacific Drive. Und sie und Elisabetta seien jederzeit in diesem Haus willkommen, schloss sie.

Keine Wut sprach aus den Zeilen, kein »Wie konntest du nur!«, allerdings auch kein Flehen, kein »Bitte verzeih mir, dass ich deine Karriere zerstört habe.«

Gegen beides hatte Fanny sich gewappnet, nicht jedoch gegen die Sehnsucht, die Alice' Worte entfachten, die Sehnsucht nach einer Welt, in der Skihosen für Frauen nicht als frivol galten. Wobei es in Los Angeles ihres Wissens gleichfalls keine Berge gab, in denen man Skilaufen konnte, nur das Meer, das funkelnde tiefblaue, unendliche weite Meer, das Fanny nie mit eigenen Augen gesehen hatte und von dem sie dennoch plötzlich wusste: Es würde sie frei atmen lassen, die steife Lisbeth auftauen, selbst Georg könnte das Meer erlösen. Die Wassermassen würden die schlammigen Schützengräben in seiner Seele fluten, und sie bräuchte keine Brücke mehr, um darüber zu gelangen, sie könnte ja schwimmen.

Allerdings konnte sie gar nicht schwimmen und Lisbeth auch nicht. Ob Georg es wiederum konnte, wusste sie nicht. Sie wusste nur, dass er niemals Frankfurt verlassen, das Modehaus schließen, mit ihr nach Amerika gehen und in Alice' Haus am Pacific Drive leben würde. Und sie würde kein zweites Mal einfach gehen können, ihn im Stich lassen, ihn und das Modehaus. Die erste Flucht hatte sie damit gerechtfertigt, dass er es damals kaum geschafft hatte, den Schlafanzug abzulegen und in seinen schwarzen Anzug zu schlüpfen. Doch jetzt war er der Mann, der Lisbeth das nasse Kleidchen vom Körper gezogen hatte.

Fanny nahm die Zeitschriften, nahm den Brief, steckte beides in ein Kuvert und versuchte, es zu schließen. Es klebte nicht mehr. Sie benetzte es mit Spucke, es funktionierte nicht, sie benetzte es mit Tränen, es klappte immer noch nicht. Am Ende drückte sie es mit beiden Händen nieder, legte den Kopf darauf, schlief schluchzend darüber ein und erwachte erst, als ein neuer Tag graute und Georg sie weckte.

»Fanny!«, rief er. »Fanny!«

Sie fuhr auf, bedeckte rasch das Kuvert mit ihren Händen, damit er die bunten Marken nicht sah. Doch Georg hatte das Kuvert gar nicht bemerkt, sein Blick war nicht auf sie, er war auf die Frau gerichtet, die ihm ins Arbeitszimmer gefolgt war. Eigentlich war es weniger eine Frau als eine Vogelscheuche mit spitzem schwarzem Hut und fleckiger, zerrissener Kleidung.

Klara Hartmann. Almas Freundin, die irgendwann mit einem Franzosen verheiratet gewesen war, mit ihm im damals noch besetzten Höchst gelebt und Fanny zur Fahrt nach Paris verholfen hatte. Seitdem hatte sie sie nicht mehr gesehen. Klara musste von ihrer Tante erfahren haben, dass sie wieder zurück in Frankfurt war.

»Alma!«, stieß Klara nun deren Namen aus. »Sie haben Alma verhaftet.«

Er war nur ein *buffone,* ein Clown, oder? Es war alles nur ein Spuk. Die Schilder neben dem Apfelweinlokal – HIER VERKEHRT DER NATIONALSOZIALIST! – würden bald wieder verschwinden. Zumindest hatte sie das gehofft seit den Tagen im März, obwohl sie insgeheim geahnt hatte, dass das Braun in Deutschland eine so alles verschluckende Farbe wie das Schwarz in Italien war. Dieses Mal, so hatte sie sich zu sagen versucht, bin ich wenigstens nicht selbst betroffen.

Niemand würde sie von der Bühne der Mannequins scheuchen, weil sie ohnehin schon lange auf keiner Bühne mehr gestanden hatte. Und dass die Kleidung, die im Modehaus König angeboten wurde, altmodisch war, und die Frauen, die hier eingekleidet wurden, wie die Frauen vor dem Krieg aussahen, sich so bewegen, wahrscheinlich auch wie diese denken und fühlen sollten, hatte nichts mit Politik zu tun. Der Grund war eher, dass Georg sich nach seiner Jugend sehnte, der einzigen Zeit in seinem Leben, da er noch blonde Locken, goldene Träume und ein verschmitztes Lächeln gehabt hatte.

Er selbst hatte den Schlüssel der Wohnungstür zweimal im Schloss gedreht, als es – nachdem Anfang Januar SA-Männer die Hakenkreuzflagge auf dem Römer gehisst hatten – zu Ausschreitungen gekommen war. Alma hingegen hatte stolz erzählt, eine Gruppe Sozialistinnen habe sie mit Eiern beworfen. Georg war beides suspekt, die Fahnen wie die Eier. Er aß schon lang keine rohen Eier mehr, um sich zu stärken.

Gestärkt war jedenfalls die Partei – Eier hin oder her – Ende des Januar, als Signor Hitler, den der *duce* Clown nannte, zum Reichskanzler gewählt worden war, als sich die Braunhemden zu einem Fackelzug versammelt hatten, als es in der Markthalle zu Rangeleien mit den Kommunisten gekommen war und diese unterlegen gewesen waren. Selbst Alma hatte sich an jenem Abend in ihre Wohnung geflüchtet – ob auch sie diese zweimal abgeschlossen hatte, wusste Fanny nicht. Eigentlich wusste sie wenig von Alma. Als sie damals nach Frankfurt zurückgekehrt war, hatte sie ihr kaum unter die Augen treten wollen, in ihrer Miene nicht lesen wollen, was sie sich selbst nur verschämt eingestanden hatte: Sie war krachend von jenem Baum gefallen, auf den sie von allen Frauen ihrer Familie am höchsten geklettert war. Und wer den prallen Apfel um eine Handbreit verfehlte, dem kroch fortan der Wurm in der Seele.

Wenn bei Alma allerdings auf etwas Verlass war, so, dass sie die Hälfte aller Gespräche mit politischen Reden ausfüllte und die andere Hälfte dazu nutzte, sich über ihre Untermieterinnen und deren Kinder zu beklagen, und als Fanny sie irgendwann doch mit Lisbeth besucht hatte, war der Lärm, den die Kleinen machten, tatsächlich ein größeres Ärgernis für sie gewesen als Fannys Scheitern. Dass Lisbeth wiederum wohltuend still war – etwas, das Alma bei einer erwachsenen Frau nie geduldet hätte –, nahm sie für das Mädchen ein.

»Warum ... warum haben sie Alma verhaftet?«, fragte Fanny Klara Hartmann jetzt.

»Falsche Frage«, knurrte diese. »Die richtige Frage lautet: Warum haben sie sie erst jetzt verhaftet? Und warum nicht auch mich?«

»Und wie lautet die Antwort?«, schaltete Georg sich ein, der Klara Hartmann mit jenem Befremden ansah, das er gerade noch unterdrücken konnte, wenn sein Blick auf Fanny fiel. Ein hilfloses »Ich verstehe euch Frauen nicht« stand in diesem Blick – und auch ein wenig Verachtung.

»Ich habe mich in einem leeren Kohlensack versteckt. Weshalb bin ich wohl so schwarz?«, gab Klara zurück.

Ihr Gesicht war tatsächlich voller schwarzer Schlieren, wobei diese Fanny nicht weiter verwunderten. Klara hatte immer schon für alle Welt sichtbar nach der Überzeugung gelebt, dass eine Frau erst richtig frei war, wenn sie weder Angst vor schmutziger Kleidung noch vor einer schmutzigen Seele hatte. »Nun«, fuhr Klara Hartmann fort, »ich werde mir jetzt ein besseres Versteck suchen. Keine Angst, eure Hilfe brauche ich dabei nicht. Ich wollte euch nur von Alma berichten.«

Sie wandte sich schon zum Gehen, als Fanny aufsprang, sich ihr den Weg stellte, sie packte. »Was ... was soll ich denn jetzt tun?«

»Kämpfen oder fliehen, mehr Möglichkeiten gibt es nicht.«

Als Klara Hartmann gegangen war, tat Fanny keines von beiden. Sie sank am Esszimmertisch nieder, wo Frieda bereits fürs Frühstück gedeckt hatte. Georg bekam Bohnenkaffee, Lisbeth heiße Schokolade, den Tee für Fanny vergaß Frieda meist, aber das war ihr in diesem Augenblick egal.

Nicht nur vor der Frage, warum sie Alma erst jetzt verhaftet hatten, konnte sie sich noch länger drücken. Auch vor der Frage: Warum habe ich mich bis jetzt so blind gestellt? Sie hatte doch auch von den Gerüchten gehört, dass schon im Februar viele Juden und Sozialdemokraten, die an der Universität und in der Verwaltung arbeiteten, entlassen worden waren, darunter sogar der Frankfurter Polizeipräsident. Dass man Oberbürgermeister Ludwig Landmann, der Frankfurt als Vorposten der Demokratie bezeichnete, offen bedrohte. Dass schon vor den Neuwahlen im März die gegnerische Presse verboten worden war, und nach den Wahlen die Braunhemden nicht nur am Römer, sondern auch am Hauptbahnhof, am Schauspielhaus und an der Hauptpost auf der Zeil ihre Fahnen gehisst hatten. Mehr als einmal hatte Alma sich beklagt, dass der Bund Deutscher Frauenvereine aufgelöst worden und somit die Frauenbewegung beendet worden war. Die Frauenrechtlerinnen wurden sämtlich als kommunistisch oder jüdisch denunziert. »Wobei das keine Beleidigung ist«, hatte Alma erklärt und bis zuletzt gemeinsam mit dem Jüdischen Frauenbund Führungen durch Synagogen organisiert, um dem Antisemitismus entgegenzuwirken. Zur letzten Führung war niemand mehr gekommen.

Ein leises Klirren riss Fanny aus den Gedanken. Georg rührte gedankenverloren in seiner Kaffeetasse. »Warum kann sie nicht einfach den Mund halten?«, murmelte er. Erst jetzt begann Fanny, sich nach der eigenen Tasse umzusehen – nicht um daraus zu trinken, um sich an irgendetwas festklammern zu können. »Ich meine, es wird sicher wieder besser werden«, fügte Georg nur wenig lauter hinzu, »aber im Moment sollte man auf Provokationen verzichten.«

Fanny umklammerte die Tischplatte. »Es wird nicht besser«, sagte sie ebenso leise und wusste jetzt, wie Alice sich gefühlt haben musste, als diese sie vor den Faschisten gewarnt hatte, sie jedoch überzeugt gewesen war, man könne ihre Kleidung tragen, ohne seine Seele zu verkaufen. Georg wiederum wollte nur Kleidung verkaufen – seine Seele lag ohnehin längst unter Schlamm vergraben. Für das Geschäft ist es nicht das Schlechteste, sagte er immer. »Natürlich«, fuhr Fanny fort, und ihre Stimme gewann an Schärfe. »Menschen wie dir nützt es ja, wenn jüdische Geschäfte boykottiert werden. Darunter gibt es ja auch viele Modehäuser.«

Er zuckte mit den Schultern. »Ich war nie für den Boykott.«

»Aber als am 1. April ihre Geschäfte mit ›Drecksjud‹ oder ›Saujud‹ beschmiert wurden, hast du nichts dagegen getan.«

Er legte den Löffel ab, hob den Blick. »Du etwa?«, fragte er gedehnt.

Fanny stand auf, ohne die Tischplatte loszulassen. »Ich habe die Faschisten schon einmal unterschätzt und gedacht,

Mode hätte nichts mit Politik zu tun. Diesen Fehler werde ich nicht wieder machen.«

Erst als sie vom Frühstückstisch zurücktrat, fiel ihr Blick auf Lisbeth. Sie saß mit gebeugtem Rücken am Tisch, die Spitzen ihrer Zöpfe hingen beinahe in der heißen Schokolade.

»Was willst du denn tun?«, fragte Georg, der ebenfalls mit gekrümmtem Rücken dahockte, nur dass er keine Zöpfe hatte, noch nicht einmal mehr seinen spitzen Bart.

»Ich werde herausfinden, wohin sie Alma verschleppt haben. Ich werde für ihre Freilassung kämpfen.«

Nun kam Georg auf die Beine. »Ja, bist du verrückt geworden?«

»Es muss doch noch Gesetze geben – und Menschen, die sich daran halten.«

»Nicht im Restaurant Zur Post«, platzte es aus Georg heraus. Offenbar unbeabsichtigt, denn sofort biss er sich auf die Zunge. Unter Fannys fragendem Blick setzte er dennoch kleinlaut hinzu: »Ich habe Gerüchte gehört … dass die SA Juden gern in das Braune Haus verschleppt. Das ist das Naziquartier in Fechenheim. Es befindet sich im Hinterhaus des Restaurants Zur Post.«

Warum wusste selbst Georg das und sie nicht?

»Du denkst, Alma ist dort?«

Nun kaute er auf den Lippen. »Ich weiß es nicht. Ich glaube, die Kommunistinnen und Sozialistinnen hat man in verschiedene Lager gebracht – in die Klingerschule oder ins alte Bockenheimer Krankenhaus. Keine Ahnung, was dort genau geschieht. Fest steht nur, dass man dort leicht hinein-, aber nur schwer wieder herauskommt. Deine Tante ist eine sture Frau. Sie wusste, was ihr drohte, dennoch konnte sie ihren Mund einfach nicht halten.«

Fanny konnte das auch nicht. Wieder fuhr ihr Blick zu Lisbeth, dem Mädchen, das den Mund immer halten konnte, das niemals laut wurde, nur still weinte, das allerdings jetzt seine Schokolade nicht trank. Damals im Café auf dem Liebfrauenberg hatte sie selbst ihre Schokolade auch nicht mehr trinken können. Georg hatte sie daraufhin getrunken – nicht weil es ihm geschmeckt, sondern weil er den strengen Ober gefürchtet hatte und nichts hatte verschwenden wollen. Plötzlich empfand Fanny Verachtung ihm gegenüber, eine Verachtung, die lauter war als das übliche Hadern mit seinen Schwächen.

»Du dagegen bist richtig gut im Schweigen, oder?«, fragte sie verbittert. »Du hast doch noch nie etwas getan. Du lässt nur mit dir geschehen. Lässt dich vom Kaiser im Krieg verheizen, bleibst danach im Bett liegen, lässt dir erst von deiner Frau rohe Eier verquirlen und unternimmst später nichts, als sie dich verlässt. Du suchst sie nicht, aber du lässt dich wiederfinden, lässt dich zum Vater machen, ohne je willentlich entschieden zu haben, einer zu sein. Deine vermeintliche Großzügigkeit ist nichts als Bequemlichkeit und Feigheit.«

Je länger sie redete, desto offensichtlicher wurde, dass sie den Nagel zwar auf den Kopf traf, er jedoch trotzdem schief aus der Wand ragen würde, man kein Bild daran hängen konnte, weder ein schönes noch ein hässliches. Dass der Nagel vielmehr herausfallen und ein dunkles Loch bleiben würde, das keinen Nutzen hatte. Und sie selbst war ebenso ein schiefer Nagel. Auch an ihr konnte man nichts aufhängen, das nur ein wenig Gewicht hatte. Denn die Schwäche, die sie Georg vorwarf – dass er mit sich geschehen ließ, anstatt sein Schicksal selbst in die Hand zu nehmen –, war nur ein Abglanz ihres eigenen Versagens, sich das Leben aufzubauen, das sie sich immer erträumt hatte.

Gleichwohl ließ sie den Hammer nicht sinken. »Wenn du nur etwas Rückgrat hättest, du hättest mich nicht einfach zurückgenommen. Du hättest nicht zugelassen, dass ich einen Großteil deiner Arbeit übernehme. Du hättest dich nicht von Lisbeth Vati nennen lassen.«

Lisbeth hatte sich mittlerweile noch mehr vorgebeugt, die streng geflochtenen Zöpfe hingen endgültig in der heißen Schokolade. Als ihr Name fiel, richtete sie sich jedoch auf. Es tropfte von den Zöpfen, und auf dem weißen Tischtuch breiteten sich bräunliche Flecken aus. Frieda würde sie dafür gewiss nicht rügen. Sie beanstandete nie, was Lisbeth tat, bedachte nur Fanny manchmal mit diesem seltsamen Lächeln um den Mund, das nicht darüber hinwegtäuschen konnte, dass der Blick giftig war.

An Georg war nichts giftig, an ihm wackelte nichts, noch nicht einmal sein rechtes Bein wie sonst. »Alles kannst du mir vorwerfen, aber dass ich das Mädchen liebhabe, das ist keine Schwäche.«

Sie konnte das nicht leugnen. Eigentlich war es seine größte Stärke, die sie ihm sogar neidete. Sie selbst ließ schließlich nicht nur zu, dass fremde Menschen ihr Kind zu ihrem machten, in gewisser Weise verkaufte sie es ihnen, so wie sie einst in Paris Almas Schmuck verkauft hatte, um ihr Hotelzimmer im Hotel Napoléon Bonaparte bezahlen zu können.

Rasch wechselte sie das Thema. »Ich gehe Alma suchen, und ich werde sie heimbringen«, erklärte sie entschlossen.

Georg stimmte nicht zu, widersprach jedoch auch nicht. Er ließ sie gehen, und das Gehen fühlte sich wie eine Flucht an. Ihre Ehe wiederum fühlte sich einmal mehr wie das graue, schlammige Land an, in dem Menschen in Schützengräben hockten. Sie wussten, sie würden erobertes Land vielleicht halten können, gewiss aber kein neues gewinnen.

In den nächsten drei Tagen ging Fanny immer wieder ins Gauhaus der NSDAP in der Gutleutstraße, doch niemand verriet ihr dort etwas von Almas Verbleib. Am vierten Tag betrat sie das Gauhaus nicht allein. Mechthild Brunner, eine Mitstreiterin von Alma, war bei ihr, weil man ihren Verlobten Michael Reinhardt verhaftet hatte, als die SA die Gewerkschaftshäuser in der Wilhelm-Leuschner-Straße und in der Allerheiligenstraße gestürmt hatte.

»Dabei war er nur meinetwegen dort, Michael interessiert sich nicht sonderlich für Politik«, sagte Mechthild und fuhr sich nervös über den strengen Dutt, zu dem sie ihr Haar aufgesteckt hatte, sodass sich ein paar Strähnen lösten. Eigentlich war Mechthild Brunner eine Frau Dr. Brunner. Sie hatte im Jahr zuvor ihr Doktorandenstudium abgeschlossen, wollte danach habilitieren. Das war für Frauen mittlerweile verboten. Irgendwann, so war ihr Plan, wollte sie als Rechtsanwältin arbeiten, Frauen wurden jedoch nicht mehr zugelassen. Sekretärin hatte sie werden können – bei einem Richter, der sich rechtzeitig ein Parteibuch zugelegt hatte. Tieftraurig fügte sie hinzu: »Michael und ich wollten im Sommer heiraten.«

»Es gibt Hoffnung, dass zumindest das noch möglich ist«, versuchte Fanny, sie zu trösten.

Mechthilds Blick blieb traurig, vielleicht, weil sie diese Hoffnung nicht teilte, vielleicht, weil es ihr kein Trost war, den Mann zu bekommen, niemals aber den angestrebten Beruf.

Immerhin trat sie im Gauhaus nicht nur selbstbewusst auf, konnte obendrein mit dem Namen des Richters, für den sie arbeitete, Eindruck machen. Jedenfalls wurde Fanny erstmals nicht nur mit einem abfälligen Lächeln bedacht, als sie Almas Namen nannte.

»Wir werden schauen, was wir tun können, Fräulein Brunner.«

»Fräulein Doktor«, berichtigte Mechthild.

Nun wurde doch noch gelächelt, nicht verächtlich, aber überlegen. »Wie Sie wünschen, Fräulein Brunner.«

Mechthild berichtigte den Mann kein zweites Mal.

Am nächsten Tag stand Alma vor Fannys Tür – oder das, was die Nazis von ihr übrig gelassen hatten. Obwohl sie nur wenige Tage in ihrer Gefangenschaft verbracht hatte, hatte sie deutlich an Gewicht verloren, außerdem Haare und Zähne. Nichts war so schlimm wie der leere Blick, in dem Fanny vergeblich die Gewissheit suchte, dass man als Frau alles durfte und jeglichem Verbot ein selbstbewusstes »Geht *doch!*« entgegenschmettern sollte.

»Gütiger Gott«, rief Georg und wich zurück. Fanny konnte ihm das Entsetzen nicht verdenken, trat dennoch energisch auf Alma zu und stützte sie, ehe sie fallen konnte. »Es ist gut, dass du dich um sie kümmerst«, sagte Georg, als er sich mit Grausen abwandte. »Und natürlich kann Alma fürs Erste hierbleiben. Aber pass auf, dass Lisbeth sie nicht sieht. Sie ist noch so jung. Einen solchen Anblick sollte man ihr nicht zumuten.«

LISBETH

1949

Richard. Ihr Mann. Er lebte also doch. Oder vielmehr lebte er gerade noch. Warum ertrug sie seinen Anblick kaum? Warum verrann die Zeit nicht, tropfte langsam wie aus einem verstopften Hahn? Wenn man ein Gefäß darunter hielt, musste man ewig warten, bis es voll war, stets befürchtend, dass die Quelle versiegte. Nun, die Zeit versiegte nicht, obwohl Lisbeth so starr auf Richard blickte, als wäre die Sekunde, in der sie ihn gesehen und erkannt hatte, ein Gefängnis und sie gezwungen, ewig so zu verharren.

Irgendwann kam Frau Käthe zurück, machte einen Buckel, als sie Richard sah, floh aber nicht wieder vor ihm. Sie umstrich Lisbeths Beine, darauf vertrauend, dass sie sie vor dem Fremden notfalls beschützen würde, und zum Schnurren kam Friedas Stimme. Vielleicht hatte sie die ganze Zeit über gesprochen und Lisbeth sie nur nicht gehört. Nachdem sie noch einmal beteuerte, wie glücklich Lisbeth sich schätzen dürfte – »Des hädd isch nie geglaabt, dass dein Moann zurickkummt!« –, begann sie jedenfalls, Fragen an Richard zu stellen, und irgendwann kamen auch Antworten. Lisbeth hörte sie, verstand sie dennoch nicht, zumindest nicht solange sie aus seinem Mund krochen. Erst als Frieda seine Antworten wiederholte – sie kommentierte grundsätzlich jede Lebensregung –, drangen sie in ihren Geist.

»Michael … Michael …«, hörte sich Lisbeth plötzlich stammeln, »Michael sagte, du seist tot.«

Wäre ihre Stimme nicht so heiser gewesen, sie hätte wohl vorwurfsvoll geklungen. Wie konnte Michael nur behaupten, dass du tot bist? Wie kannst du behaupten, dass du lebst? Allerdings war das doch keine Zumutung, durfte es keine sein! Sie sollte sich … musste sich glücklich schätzen, wie Frieda sagte.

Lisbeth versuchte, einen Schritt auf Richard zuzumachen, schaffte es nicht. Noch nicht einmal seinen Blick zu erwidern vermochte sie, lediglich feststellen, dass seine Brauen immer noch dicht waren, jedoch keine Haare auf seinem Kopf mehr wuchsen, dieser von Narben übersät war, frischen Kratzern, schwärenden Stellen. Ihr Blick glitt tiefer, nahm die Hände wahr, er hatte schöne, feine Hände gehabt. Nun gut, es waren noch alle Finger dran, aber diese waren schwielig, verkrümmt, es schienen nicht seine Finger zu sein … So wie die Beine, auf denen sie stand, nicht ihre waren. Als sie es schaffte, einen Schritt zu tun, gaben sie einfach nach. Sie sank auf die Knie, und um vor den Kindern nicht den Anschein zu geben, sie wäre zusammengebrochen, streichelte sie Frau Käthe.

»Geht raus!«, sagte sie leise, und als die Kinder sich nicht rührten, befahl sie: »Rieke, geh mit Martin raus!«

Rieke widersetzte sich nicht, nahm Martin an die Hand, zog ihn ins Freie. Richard widersetzte sich auch nicht.

Als sie gegangen waren, bemerkte er schwach: »Ich habe sie doch so lange nicht gesehen.«

Es waren seine ersten Worte, die sie verstand, ohne dass Frieda sie wiederholen musste.

»Michael«, setzte sie wieder an, »Michael hat gesagt, dass

sie deinen Leichnam aus dem Waggon geholt hätten, bevor ihr das Lager erreicht habt …«

Richards Hände lagen ruhig auf seinen Knien, aber die Knie zitterten. Nur Lumpen bedeckten sie, am Unterschenkel klaffte ein großer Riss. Ich muss den Riss nähen, dachte Lisbeth und streichelte weiter Frau Käthe.

Richard erzählte. Seine Worte kamen so langsam, dass sie wieder an einen tropfenden Wasserhahn denken musste, mit dem man kaum ein Glas voll bekam. Ihr Geist hingegen musste viel zu schnell viel zu viel erfassen.

Dass Richard noch gelebt hatte, als man ihn aus dem Waggon gezerrt hatte. Dass die Russen es bemerkt hätten und ihn wieder zurück auf den Zug geworfen hätten, allerdings in einen anderen Wagen. Dass er in ein anderes Lager als Michael gekommen war oder vielleicht doch in dasselbe, nur in eine andere Baracke. Und dass das eigentlich kaum einen Unterschied gemacht hatte, denn es hatte in jeder Baracke so viele Wanzen gegeben. Um sich gegen sie zu schützen, hatten die Männer sich ihre Unterhosen über den Kopf gezogen, nur Sehschlitze für die Augen gelassen. Solcherart hatte ein Mann dem anderen geglichen … nein, eine Kreatur, die sich blutig gekratzt hatte, der anderen.

Davon stammten also die Narben am kahlen Kopf. Lisbeths Blick verfing sich in Richards braunen Augen. Den Richard von früher erkannte sie nicht, aber einen Menschen, der mehr war als eine Kreatur, die sich blutig kratzte.

Und er trägt keine Unterhose mehr auf dem Kopf, dachte sie. Rieke würde diese Vorstellung wohl lustig finden. Liesbeth fand es traurig, durfte dennoch nicht traurig sein. Sie hatte ihren Mann zurückbekommen, die Trauer um ihn war vergebens gewesen, sinnlos, nutzlos.

Und nutzlos war auch die Scheu vor ihm. Sie erhob sich,

trat auf ihn zu, schaffte es endlich. Er erhob sich ebenso, trat auf sie zu, schaffte es nicht. Schon musste er sich schwer auf die Lehne des Stuhls stützen, und sie musste ihn stützen, damit der Stuhl nicht nachgab.

Ich halte dich, dachte sie. Ich halte dich, so wie du mich damals beim Rollschuhlaufen gehalten hast. Nur den Flieger kann ich dir nicht beibringen, den habe ich selbst nie beherrscht. Aber fliegen musst du ja gar nicht. Es genügt, wenn du stehst.

Selbst das konnte er nicht lange.

»Setz dich wieder!«, sagte sie leise, drückte ihn auf den Stuhl. Und er setzte sich, krümmte sich, schien zu schrumpfen, fuhr fort zu sprechen, schneller jetzt. Von dem Moor, in dem sie hatten schuften müssen, Erlen und Birken fällen, Wurzelstöcke ausroden, später Wasser in die Küche schleppen. In der Küche war Roggenmehlsuppe gekocht worden, die manchmal sehr dünn war und in der immer das Salz fehlte.

»Ich dachte mir Wörterbücher aus, um den Geist wach zu halten«, murmelte er.

Bis zu welchem Buchstaben er wohl gekommen war?

Alma hatte einmal erzählt, dass Fanny nur bis zum F gekommen war, als sie seinerzeit Französisch gelernt hatte.

Sie, die Englisch lernen wollte, hatte nicht einmal das B erreicht. Conrad konnte ja Deutsch.

Conrad.

Ein zu großer Name für einen viel zu engen Raum. Sie verscheuchte ihn, oder vielleicht verscheuchten ihn Richards Worte, die den Raum so ganz und gar ausfüllten. Am Lagerzaun waren Radiolautsprecher montiert gewesen, ununterbrochen liefen sowjetische Sendungen. Er hatte versucht, sich russische Wörter zu merken, es war ihm nicht gelungen. Am Ende hatte er auf Deutsch ein Schuldbekenntnis abgelegt, alle möglichen Verbrechen gestanden, um nicht einen Schlag mit der Handkante auf den Nacken zu bekommen oder in den Eiskarzer gesteckt zu werden. Die Russen hatten schließlich für jedes Schuldbekenntnis eine Prämie bekommen.

»Ich habe ihnen Geschichten erzählt, das glaubst du nicht.«

Ob er dafür viel Fantasie gebraucht hatte oder gar keine, wusste Lisbeth nicht. Sie ahnte nur, dass diese Geschichten wie das ausgedachte Wörterbuch den Geist lebendig gehalten hatten, der hinter den stumpfen braunen Augen flackerte. Richard hob seine Hand, wollte damit offenbar ihr Haar berühren, schaffte es nicht einmal bis zu ihrem Gesicht, ehe die Hand wieder zurück auf das Knie fiel.

»Jetz is 's äwwer genunk mid de düschdere Geschischte«, mischte Frieda sich ein. »Jetz isst du erschd mol Ochsenschwanzsupp.«

Dabei hat er noch nicht einmal den Kaffee getrunken, dachte Lisbeth, sagte aber nichts, sah nur wie betäubt zu, wie Frieda, der es schwerfiel aufzustehen, mühelos zum Herd trat, Suppe in den Teller schöpfte, damit zum Tisch zurückkehrte, ohne etwas zu verschütten. Richard verschüttete hingegen sehr viel, als er den Löffel zum Mund führte. Es kam kaum etwas bei den Lippen an, und das wenige lief wieder heraus. Er zog ein Taschentuch aus der Jacke, die voller Risse war wie die Hose. Das Taschentuch war wiederum nur ein dreckiger Lumpen.

Ich muss die Jacke nähen, dachte Lisbeth, aber tat nichts.

Ich muss ihn füttern, dachte sie, aber tat nichts.

Der nächste Löffel wurde zum Mund geführte, die nächsten Tropfen Suppe versickerten im Taschentusch. Er hörte dennoch nicht zu essen auf … oder vielmehr zu versuchen zu essen, und die Zeit tropfte wieder, anstatt zu verrinnen, und irgendwann war der Suppenteller halb leer. Oder halb voll.

Lisbeth war nicht sicher, was es besser traf, sie wusste ja auch nicht, ob die erbärmliche Hülle, in der das, was von Richard geblieben war, steckte, halb leer oder halb voll war.

Die Kinder kamen wieder hinein, Martin richtete den Blick starr auf den Boden, Rieke beäugte den Vater anfänglich misstrauisch, dann neugierig. Für sie war er offenbar eine halb volle, keine halb leere Hülle. Sie hatte sich früher so vor Kriegsheimkehrern gefürchtet, ihr Vater machte ihr keine Angst. Martin wiederum versuchte so zu tun, als hätte er auch keine Angst, aber seine Mundwinkel zuckten verräterisch.

»Sei ein groußer Buu«, sagte Frieda streng.

Lisbeth war es, als würde sie insgeheim hinzufügen: Sei e gude Fraa. Natürlich sagte Frieda das nicht laut. Sie hatte allen Grund anzunehmen, dass Lisbeth eine gute Ehefrau war, sie war ja nie etwas anderes gewesen, sie hatte ja nie etwas anderes sein wollen.

Endlich setzte sie sich an den Tisch, nahm Richard den Löffel ab, fütterte ihn, um den Teller ganz leer zu machen und ihn wieder ganz voll. Und auch wenn das wohl nicht gelingen würde, schob sie den Löffel so energisch in seinen Mund, dass er hart gegen die Zähne stieß.

Er hatte also noch alle Zähne, genau wie er noch alle Finger hatte, das war ein Anfang. Und es lief nicht mehr so viel heraus, nur ein dünner Tropfen rann ihm über das Kinn, und den wischte sie ab – nicht mit seinem zerrissenen Taschentuch, mit ihrem eigenen heilen.

Nachdem er fertig gegessen hatte, packte sie ihn am Arm, zog ihn hoch, führte ihn zum Bett. Und als er im Bett lag, deckte sie ihn zu. Er begann wieder zu beben, woraufhin sie eine zweite Decke über ihn legte. Ob er zu zittern aufhörte, wusste sie nicht, zumindest sah man es jetzt nicht mehr. Danach trat sie zum Koffer, mit dem Richard heimgekehrt war, fand neue Dinge darin, die er offenbar vom Roten Kreuz bekommen hatte, einen Rasierapparat, frische Unterhosen, und neben den neuen Sachen fand sie etwas altes, ein Büchlein mit einem roten Einband, der grau geworden war. Die Seiten waren wiederum gelb, aber die Schrift immer noch zu lesen. Sie las bereits daraus vor, ehe ihr aufging, dass die Rilke-Gedichte den Krieg überlebt hatten, vielleicht ein Beweis dafür, dass auch Richards Liebe für Poesie, für Konzerte, fürs Theater überlebt hatte.

Tiere aus Stille drangen aus dem klaren
gelösten Wald von Lager und Genist;
und da ergab sich, dass sie nicht aus List
und nicht aus Angst in sich so leise waren,
sondern aus Hören. Brüllen, Schrei, Geröhr
schien klein in ihren Herzen.

Sie hatte gedacht, Richard würde schlafen. Aber er schlief nicht, er hörte zu, hörte die leisen Töne hinter Brüllen, Schrei, Geröhr.

»Schön«, murmelte er. »So schön.«

»Ja«, sagte Lisbeth, die nie etwas mit Rilke hatte anfangen können, nichts mit Poesie und Oper und Konzerten, noch nicht einmal mit Jazz, wo ein Ton nicht zum anderen passte. »Ja«, sagte sie, denn nur diese Worte passten zu denen von Richard. »Ja, das ist schön.«

Und sie las weiter, und Richard lauschte weiter, und sie fragte sich, wann er endlich einschlafen würde, und sie fragte sich, wann er wieder würde aufstehen können. Ihr Vater … ihr Stiefvater Georg hatte sich nach dem Krieg so lange nicht aus dem Bett erheben können, und Fanny hatte ihm keine Gedichte vorgelesen, sie war vor ihm geflohen. Weil sie jung und selbstsüchtig gewesen war … oder weil sie jung gewesen war und hatte leben wollen … lieben wollen. Aber wen hatte Fanny denn schon geliebt, so wie sie selbst Conrad liebte?

Conrad.

Dieses Mal konnte sie den Namen nicht so leicht verscheuchen, Conrad hatte sie schließlich gehalten, als sie von Richards Tod erfahren hatte. Doch da Richards Tod eine Lüge gewesen war, zählte wohl auch das Halten nicht mehr und nicht die Liebe. Richard hatte sie als Erster gehalten, damals, in der dunklen Zeit, als sie sich einsam und schuldig gefühlt hatte, hatte sie als Erster geliebt, als Erster von einer gemeinsamen Zukunft gesprochen. Was zählte es, dass die Gefühle, die sie für ihn hegte, weniger berauschend waren als die für Conrad.

Sie las weiter, und plötzlich war kein »Schön« mehr zu hören, nur ein Wimmern. Richard schien ins Bodenlose zu fallen. Schnell legte sie sich zu ihm ins Bett, umarmte ihn, wie ihre Mutter wohl niemals Georg umarmt hatte, wenn er von den Schützengräben geträumt hatte.

»Schsch«, machte sie, »ich bin doch hier. Ich bleibe bei dir.«

RIEKE

1973

Meine Eltern lebten schon lange nicht mehr in Frankfurts Altstadt. Obwohl Frieda ein Jahr nachdem Vater aus dem Krieg zurückgekommen war, gestorben war, hatte Mutter immer erklärt, sie hätten zu wenig Platz. Allerdings musste sie noch viele Jahre warten, bis das Modehaus genügend Gewinn abwarf, um sich ein grünes Reihenhäuschen in der Eisenbahnersiedlung zu kaufen, gleich in der Nähe der Nidda und des Niedwalds. Ich habe nie recht verstanden, warum mein Vater den Wald liebte, war er doch eher ein Geistes- als ein Naturmensch und hatte in russischer Gefangenschaft zudem so viele Bäume roden müssen. Aber vielleicht wurde es nicht nur meiner Mutter inmitten von Mauern, die aus Ruinen aufgebaut worden waren, zu eng, und er konnte im Wald freier atmen.

Mittlerweile war er allerdings schon seit Jahren nicht mehr im Wald gewesen. Und mittlerweile traf ich ihn auch nicht mehr bei einem anderen lieb gewonnenen Ritual an, wenn ich ihn besuchte. Früher hatte er seinen Opel Rekord immer hingebungsvoll gepflegt, obwohl er und meine Mutter nur selten längere Fahrten unternahmen – zum Einkaufen in die Innenstadt, weil die Wurst im Kaufhaus Hansa billiger war als beim Metzger, oder später, nachdem die Zeil für Autos gesperrt worden war, ins nahe Main-Taunus-Zentrum, dem ersten großen Einkaufszentrum der BRD, wo es zwar keine billige Wurst gab, aber viel Konkurrenz zu beobachten.

Mein Vater war zu seinem Opel Rekord jedenfalls immer zärtlicher als zu uns Kindern gewesen – wenn überhaupt, hatte er allenfalls mal Veras Wange gestreichelt –, und auch zärtlicher als zu meiner Mutter, die manchmal aus dem Fenster zusah, wenn er sein Auto polierte. Als ich sie das erste Mal dabei beobachtete, hatte ich noch den Verdacht, sie würde den Opel um seine fürsorgliche Behandlung beneiden. Später erkannte ich, dass es ihr wohl lieber war, wenigstens dem Auto wurde eine liebevolle Behandlung zuteil als niemandem. Sie wusste ja, dass Vaters Distanz nicht daher rührte, dass er kalt und herzlos war, sondern daher, dass sie ihn nach der Heimkehr lange Jahre wie ein rohes Ei behandelt hatte, er sich irgendwann selbst für eins gehalten und die zerbrechliche Schale mit einer zunehmend dicken Mauer zu schützen begonnen hatte.

Seit mein Vater vor einigen Jahren einen Schlaganfall erlitten hatte und mehr oder weniger ans Bett gefesselt war, pflegte Mutter ihn wieder so, wie sie ihn nach dem Krieg gepflegt hatte. Sie fütterte ihn, sie wischte ihm den Mund ab, sie sah ihm selten in die Augen, legte sich zwar hin und wieder zu ihm ins Bett, aber umschlang ihn nur mit den Armen, mit Hüfte und Bauch hielt sie Abstand.

Am Morgen nach dem Streit mit Joachim beobachtete ich sie, wie sie ein Stück Omelett zu seinem Mund führte.

Eine unruhige Nacht lag hinter mir. Am liebsten wäre ich schon am Abend zuvor direkt vom Modehaus hierher geflohen, aber ich musste Marlene von Frau Berger, unserer Nachbarin, bei der sie über Nacht geblieben war, abholen. Ich wagte mich nicht ins Schlafzimmer – ob aus Angst, dass Joachim da war, oder aus Angst, dass er nicht da war, konnte ich nicht recht sagen. Jedenfalls hatte ich im Wohnzimmer geschlafen, den Wecker auf halb sechs gestellt – Joachim stand immer um sechs auf –, nach dem Aufstehen schnell eine Tasche mit dem Nötigsten gepackt und mir das Gesicht gewaschen, ehe ich mit der schlaftrunkenen Marlene an einer Hand und der Tasche in der anderen zum nächsten Taxistand gehastet war.

»Fahren wir so früh in den Kindergarten?«, hatte Marlene gefragt, als wir auf die Rückbank des Taxis sanken. Als ich ihr antwortete: »Nein, zu Oma«, war sie schon wieder eingeschlafen.

Mutter hatte den Häkelvorhang vor dem Küchenfenster zur Seite geschoben, als das Taxi vorfuhr – das gleiche Fenster, aus dem sie früher Vater beobachtet hatte, wenn er den Opel Rekord polierte. Aber so wie sie damals nie gefragt hatte, warum er stundenlang hingebungsvoll ein Auto pflegte, das sie nur selten brauchten, hatte sie nicht nachgefragt, warum ich Geld für ein Taxi ausgab. Sie hatte mich noch nicht einmal mit der Frage bedrängt, warum ich gekommen war.

Erst als sie Vater fütterte und ich auf der Türschwelle zum Schlafzimmer verharrte, in der Hand die Tasse mit Kaffee, den Mutter mit wortlos aufgebrüht, mir aber nicht eingeschenkt hatte, sagte sie: »Wie siehst du denn aus?«

Ich fühlte meine Haare strähnig am Gesicht haften, die Augen waren verquollen, weil ich zu wenig geschlafen und außerdem geweint hatte, das allerdings zu wenig, sodass das Elend immer noch irgendwo zwischen Hals und Brust hockte und sich auch mit großen Schlucken heißen Kaffees nicht runterspülen ließ.

»Marlene ist mit Frau Winkler rausgegangen«, murmelte ich, »sie sind mit dem Hund unterwegs.«

Frau Winkler lebte im grünen Reihenhäuschen nebenan

und lud Marlene nicht nur regelmäßig zu gemeinsamen Spaziergängen ein, wenn sie bei ihren Großeltern war, sondern auch zum Spielen. Sie hatte eine Vorliebe für Glasfrösche aller Art, die das ganze Grundstück übersäten, und Marlene fühlte sich in ihrem Zaubergarten deutlich wohler als bei meiner Mutter, dessen Rasen immer akkurat geschnitten war und in dem sie nie Blumen gepflanzt, nur einen Zwetschgenbaum gesetzt hatte, dessen Zwetschgen nicht größer als Kirschen waren. Leider waren sie noch nicht mal so süß wie Kirschen, sodass man sie weder frisch vom Baum essen noch für einen Kuchen verwenden konnte. Nur Marmelade ließ sich daraus machen, wenn man Unmengen Zucker hinzufügte, damit sie halbwegs schmeckte. Jedes Mal wenn ich von dieser Marmelade kostete, kam ich nicht umhin, sie mit der Ehe meiner Eltern zu vergleichen. Nicht dass meine Mutter auch diese mit Süßem überschüttet hatte, um das Saure genießbar zu machen. Aber hier wie dort konnte sie nicht ernten, was sie eigentlich angepflanzt hatte, was allerdings nicht bedeutete, dass der Wille fehlte, am Ende doch etwas Verwertbares daraus zu machen. Es musste nicht gut schmecken, Hauptsache, es landete nicht auf dem Kompost.

»Wahrscheinlich nimmt Frau Winkler Marlene mit zum Selzerbrunnen im Wald«, murmelte meine Mutter. »Sie behauptet, dass sie jeden Tag ein Glas mit dem schwefelhaltigen Wasser von dort trinkt. Viele Nieder machen das. Und die, die es machen, werden alle mindestens neunzig.«

Ich war nicht sicher, ob aus ihrer Stimme leiser Spott herauszuhören war.

»Vater hat früher auch das Schwefelwasser getrunken, aber neunzig wird er nie und nimmer.«

Lisbeth seufzte, verzichtete zumindest auf jene Worte, die ihr damals nach dem Schlaganfall herausgerutscht waren. »Er ist doch noch nicht einmal sechzig. Das ist kein Alter, um zu sterben, und erst recht kein Alter, um siech darniederzuliegen.«

Die nächste Gabel Omelett wanderte in seinen Mund, mein Vater machte an diesem Morgen immerhin Kaubewegungen. Zuvor hatte er mich angesehen und gelächelt, wobei ich mir nie sicher war, ob sein Lächeln in Wahrheit nicht nur das Zucken seiner Mundwinkel war. Eigentlich hatte ich in seiner Miene schon nicht lesen können, als er noch gesund gewesen war.

»Marlene kann ihn später mit einem Toffifee füttern«, sagte Mutter.

»Was ist denn ein Toffifee?«

»So ein neumodischer Süßkram aus Karamell, Nougat, Haselnuss. Für mich ist das nichts.«

Wenn du nichts Süßes magst, warum schüttest du dann immer so viel Zucker zu den missratenen Pflaumen?, dachte ich.

Aussprechen tat ich es nicht. Ich war ja froh, dass Marlene und ihr Großvater es zu genießen schienen, wenn sie ihn fütterte. Auch ich hatte das als Kind gern getan, als er noch viel Zeit im Bett verbracht hatte. Es waren die wenigen Momente gewesen, da er wirklich mein Vater gewesen war, kein Fremder. Martin hingegen hatte sich nie in die Nähe des Bettes gewagt, in den Wochen nach seiner Heimkehr nur dann und wann Frau Käthe am Stummelschwanz gezogen. Einmal hatte ich ihn deswegen geschlagen, und ich glaube, dass ich darüber erschrockener war als er, ist der Grund, aus dem ich Vera, die drei Jahre nach Vaters Heimkehr geboren worden war, nie eine Ohrfeige gegeben hatte, obwohl es mich manchmal durchaus gejuckt hätte.

Während meine Mutter meinen Vater fütterte, glitt mein Blick durch den Raum. Früher war das ihr gemeinsames

Schlafzimmer gewesen, mittlerweile hatte meine Mutter das Gästezimmer im Dachgeschoss bezogen. Dort befanden sich auch ihre Jazzplatten, die sie in der Zeit, als mein Vater noch gesund war, auf dem Dachboden versteckt hatte. Gespielt wurden sie so oder so nicht. In Vaters Krankenzimmer gab es keine Jazzplatten, jedoch Unmengen an Büchern – den obligatorischen Brockhaus von A bis Z, außerdem Klassiker wie Schiller und Goethe und seine geliebten Lyrikbände. Manchmal las Mutter mit ihrer monotonen Stimme, die einst schon nicht getaugt hatte, Märchengestalten zum Leben zu erwecken, daraus vor. Als Kind war ich jedenfalls regelmäßig dabei eingeschlafen, aber vielleicht war das ja der Zweck gewesen, den sie verfolgt hatte.

Mein Vater schloss soeben die Augen, ohne dass vorgelesen wurde und obwohl er kaum etwas vom Omelett gegessen hatte. Meine Mutter blickte seufzend auf den leeren Teller, überlegte wohl, ob sie ihn später aufwärmen oder das Omelett mir oder Marlene schmackhaft machen konnte. Wahrscheinlich würde sie den Teller am Ende selbst leer essen, um nichts zu verschwenden, im Stehen und mit hastigen Bissen. Sie wäre längst verhungert, wenn sie es zustande gebracht hätte, Reste einfach wegzuwerfen, so aber war sie zur minimalen Nahrungsaufnahme gezwungen.

Sie blieb sitzen, betrachtete meinen schlafenden Vater, während ich immer noch mit der Kaffeetasse in der Hand an der Türschwelle verharrte.

»Er wird nicht mehr«, sagte sie plötzlich mit jener nüchternen Stimme, die mir vertraut war, jedoch mit einer Schonungslosigkeit, die mich befremdete. In den letzten Jahren hatte sie immer wieder behauptet, er würde sich bald erholen, jetzt fügte sie hinzu: »Eigentlich ist er noch viel zu jung für so etwas. Aber unsere Generation war ja nie wirklich jung.«

Ihr Mundwinkel zuckte wie zuvor seiner gezuckt hatte, doch ein größeres Eingeständnis, dass sie sich nämlich oft restlos überfordert und ausgelaugt fühlte, war von ihr nicht zu bekommen. Ich hatte sie seit Vaters Schlaganfall nie weinen sehen, nur einmal beobachtet, wie sie Margeriten ausriss, die im sonst so gepflegten grünen Rasen wuchsen. Sie war mit einer Wut vorgegangen, die die Margeriten in meinen Augen nicht verdient hatten.

»Es sind doch schöne Blumen«, hatte ich gesagt.

»Ja, aber sie stinken«, hatte sie erwidert, und die Margeriten waren auf dem Kompost gelandet.

»Er wird nicht mehr«, wiederholte sie jetzt.

Mir lag es auf der Zunge zu widersprechen, zu erklären, dass sie nur etwas Geduld haben müsse, dass Vater irgendwann nicht nur einige Schritte und auch das nur alle paar Tage schaffen würde, sondern wieder gehen könnte, zumindest bis zum Selzerbrunnen, wo er schwefelhaltiges Wasser trinken und neunzig werden würde. Dann kam mir der Gedanke, dass sie vielleicht gar nicht darauf hoffte, er würde neunzig. Ob sie das jemals offen eingestehen würde, bezweifelte ich, hatte aber plötzlich Mut zur Ehrlichkeit.

»Ich … ich fürchte, meine Ehe wird auch nicht mehr«, murmelte ich. Meine Mutter blickte hoch, und ich erzählte ihr alles. Von den braunen Bananen, die Joachim versteckt hatte. Von dem ersten Streit, den das ausgelöst hatte. Von dem zweiten am Abend zuvor. Wahrscheinlich würde er in diesem Augenblick ausziehen, oder nein, noch nicht in diesem Augenblick, er würde ja verlässlich zur Arbeit gehen wie immer, und am Abend, am Abend würde er wohl schon weg sein, wenn ich heimkam. Ich wusste nicht, ob ich mich davor fürchten sollte oder erleichtert sein, wenn ich die leere Wohnung vorfand. So oder so würde ich sie kaum ertragen.

»Immerhin«, erklärte ich beklommen, weil sie beharrlich schwieg, »immerhin kenne ich Dr. Rechenberger ja schon.«

»Wer ist Dr. Rechenberger?«, fragte meine Mutter ruhig.

»Ein Rechtsanwalt, der auf Scheidungen spezialisiert ist. Im Sekretariat hängt noch Konrad Adenauer.«

Alles, was ich über meine Ehe erzählt hatte, hatte meine Mutter nicht in das geringste Erstaunen versetzt. Aber die Erwähnung von Konrad Adenauer, die bei ihr wohl ebenso unweigerlich zur Vorstellung führte, dass Adenauer im Sekretariat eines Scheidungsanwalts an einem Strick baumelte, veranlasste sie dazu, die rechte Braue etwas hochzuziehen. Sie bohrte jedoch nicht nach, sagte auch sonst nichts, kein Wort der Aufmunterung, kein Wort des Trostes. Sie war gut darin, eine Sache emotionslos zu betrachten. Gut darin, aus knappem Stoff oder etwas, das man als Stoff verwenden konnte, Kleider zu machen. Diese Kleider waren nie schön gewesen, lediglich tragbar. Und ihre Ratschläge mussten keine Liebe und Wärme beweisen, nur hilfreich sein.

»Bereust du es, die Verantwortung für das Modehaus übernommen zu haben?«, fragte sie leise.

»Ich … ich hatte ja gar keine andere Wahl, nachdem Martin …«, begann ich und brach ab, weil ich auf all die ehrlichen Worte keine Lüge folgen lassen wollte. Die Wahrheit aussprechen konnte ich allerdings auch nicht. Dass ich gern arbeitete, obwohl vieles so schwer war. Dass ich nicht darauf verzichten wollte, obwohl ich manchmal versucht war, alles hinzuschmeißen. Dass ich eine großartige Idee hatte, um unser Modehaus in die Zukunft zu führen, aber dass mich der Streit mit Joachim lähmte.

Am Ende musste ich nichts sagen, denn meine Mutter erahnte, was in meinem Kopf vorging.

»Das habe ich mir damals nach dem Krieg auch gesagt –

dass ich ja keine Wahl hätte, als das Modehaus allein zu führen. Natürlich haben wir immer die Wahl. Ich hätte genauso gut die Hände in den Schoß legen und verhungern können. Allerdings sind wir nun mal keine Frauen, die die Hände in den Schoß legen und verhungern – und das ist etwas, worauf wir stolz sein könnten. Tante Alma ist zumindest immer stolz gewesen – auf dich wäre sie es jetzt ebenso.«

»Die viele Arbeit damals …«, murmelte ich. »Du hast nächtelang genäht, oft bei schwachem Licht, weil es keine ordentlichen Glühbirnen gab. Und immer ist es kalt gewesen, deine Hände waren ständig rot. Hast du das nur gemacht, weil du es musstest, oder auch ein wenig, weil du es … liebtest?«

Sie sah mich verwirrt an so wie an dem Tag, als ich erklärt hatte, die Margeriten seien doch eigentlich schön, sie müsse sie nicht ausreißen.

Offenbar hatte sie sich noch nie darüber Gedanken gemacht, und auch jetzt fragte sie nur: »Liebst du Joachim noch?«

Ich zuckte zusammen. Ich hatte mit ihr nie über meine Gefühle zu Joachim gesprochen. Als sie ihn noch während unserer Tanzschulzeit kennengelernt hatte, hatte sie nur einmal bemerkt, er sei ein lieber Junge, der mich zum Lachen bringe. In andere Worte hatte sie die Zustimmung zu unserer Beziehung nie gekleidet. Ich wusste wiederum nicht, in welche Worte ich meine widerstreitenden Gefühle kleiden sollte.

»Ihn zu lieben ist nicht das Problem«, platzte es aus mir heraus. »Aber ihn zu lieben bedeutet zugleich, mich gegen das Modehaus zu entscheiden.« Ich machte eine kurze Pause, warf einen Blick auf Vater, aber der schlief. »So wie Vati zu lieben damals für dich bedeutet hat, dich gegen Conrad zu entscheiden«, fügte ich leise hinzu.

Der Name kam so selbstverständlich über meine Lippen,

als hätte ich ihn nicht seit Jahrzehnten zurückgehalten. Und das, was in der Miene meiner Mutter aufleuchtete, war so frisch, so unversehrt von all den Falten und Altersflecken und farblosen Haaren, als hätte sie nicht seit Jahrzehnten jeden Gedanken an ihn verdrängt. Sehr langlebig waren ihre Gefühle nicht, schon wurde der Blick wieder hart.

»Ich habe damals keine Entscheidung getroffen. Als dein Vater zurückkam, war es für mich selbstverständlich, bei ihm zu bleiben. Ich habe keinen Augenblick lang gezögert.«

»Mag ja sein«, sagte ich, »du kannst mir jedoch nicht einreden, dass du nicht manchmal an Conrad gedacht hast. Dir nicht überlegt, wie dein Leben an seiner Seite verlaufen wäre.«

Meine Mutter erhob sich abrupt, hielt den halb leeren Teller mit dem Omelett ähnlich weit von sich wie ich die Kaffeetasse. Als wäre er eine Waffe. Oder ein Schutzschild.

»Natürlich habe ich mir manchmal Gedanken darüber gemacht. Aber … aber ich habe ihnen nie Gewicht gegeben. Was hätte es denn für einen Sinn gehabt zu hadern? Welchen Nutzen? Ich hätte mir mein Leben nur unnötig schwer gemacht. Es kam, wie es kam. Du hingegen musst dir genau überlegen, was du willst, musst es jetzt tun, und ich fürchte, ich kann dir dabei nicht helfen.«

Sie nahm mir resolut die Kaffeetasse aus der Hand, um sie und den Rest des Omeletts nach unten zu tragen, und ich gab vorschnell den Kampf um die Tasse auf, auch den Kampf, das aus ihr hervorzulocken, was ich kurz gewittert hatte – Schmerz, Mitleid, vielleicht Hader. Aber selbst wenn sie mir solche Gefühle entgegengebracht hätte – eine Entscheidung musste ich tatsächlich allein treffen.

Anstatt ihr zu folgen, trat ich über die Schwelle des Schlafzimmers. Wenn meine Mutter dabei war, fühlte ich mich am Krankenbett meines Vaters beklommen. War ich allein mit ihm, erinnerte ich mich an die Zeit, da ich ihn gefüttert hatte. Und auch wenn ich das jetzt meiner Mutter überließ – oder Marlene, die ihm so gern Süßigkeiten gab –, tat ich ihm einen anderen Gefallen. Ich griff zum Buch auf dem Nachtkästchen, schlug es auf, las ihm vor.

Tiere aus Stille drangen aus dem klaren
gelösten Wald von Lager und Genist;
und da ergab sich, dass sie nicht aus List
und nicht aus Angst in sich so leise waren,
sondern aus Hören. Brüllen, Schrei, Geröhr
schien klein in ihren Herzen.

Ich wusste, es war sein Lieblingsgedicht von Rilke, wenn ich auch nicht sicher war, warum. Ich hatte es nie richtig verstanden, konnte nur erahnen, dass er zwischen diesen Zeilen eine Verheißung herauslas, die Verheißung, dass Stille – anders als das bedrückende Schweigen, das so oft zwischen ihm und seiner Frau stand – Frieden verhieß.

Ich wiederholte die Zeilen, danach folgte jene friedvolle Stille, kein bedrückendes Schweigen, und in diese Stille hinein erklangen plötzlich Worte, so erstaunlich klare, wie sie seit Ewigkeiten nicht mehr über die Lippen meines Vaters gekommen waren.

»Wenn du deine Arbeit liebst, dann mach deine Arbeit weiter. Wenn du deinen Mann liebst, dann führe deine Ehe weiter. Aber bring keine Opfer. Deine Mutter hat schon genug gebracht.«

Die Stimme war schon verklungen, als ich den Blick von den Zeilen löste. Vaters Mund war noch geöffnet, die Augen bereits geschlossen, als würde er schlafen. Doch ich war sicher, dass er nicht schlief, genauso wenig wie er zuvor geschlafen hatte, als Conrads Name gefallen war. Kurz war es mir peinlich, ihn so leichtfertig ausgesprochen zu haben, ich fühlte allerdings deutlich, dass hinter der halb gelähmten, halb verzerrten Miene kein Vorwurf lauerte, nur gleicher Schmerz, gleiches Mitleid, wie ich an meiner Mutter wahrgenommen hatte.

»Vati …«

Sein Mund machte schmatzende Geräusche, weitere Worte brachte er nicht mehr hervor. Dennoch echoten die, die er gesagt hatte, wieder und wieder. *Aber bring keine Opfer. Deine Mutter hat schon genug gebracht.*

Ich blieb steif an seinem Bett sitzen, überlegte kurz, über sein Gesicht zu streicheln, doch keine Geste konnte mehr Nähe erzeugen als seine Worte. Also las ich ein weiteres Mal das Rilke-Gedicht vor, legte das kleine Buch, als er regelmäßig, nur leise rasselnd atmete, aufs Nachtkästchen und erhob mich, um nach unten zu gehen. Schon nach einem Schritt erstarrte ich. Vor der offenen Schlafzimmertür stand meine Mutter, immer noch den Teller mit dem Omelett in der einen Hand, die Kaffeetasse in der anderen. Ihr Gesicht war tränenüberströmt, der Blick wirkte nicht nüchtern wie sonst, nein, ihre Augen schienen nässende Wunden zu sein.

Ich hatte sie nicht weinen sehen seit … damals. Und nicht mit so rauer Stimme reden hören seit … damals.

»Mein Gott«, stieß sie aus, »ich … ich hatte ja keine Ahnung, dass er es wusste … Oh, er hätte doch nicht wissen dürfen, wie schwer es mir fiel, dass …«

Sie brach ab, weil ihre Stimme zitterte. Die Hände taten das nun plötzlich ebenso, und rasch nahm ich ihr das Geschirr ab.

Gemeinsam gingen wird nach unten. Ich schüttete den kalten Kaffee in die Spüle und warf das kalte Omelett in den Mülleimer, und in all der Zeit weinte sie, weinte, wie sie damals um

Conrad geweint hatte, um meinen Vater, den sie zwar nicht verloren hatte, aber auch nicht gewonnen. Und sie weinte um das, was sie hätten sein können, wenn sie das Schweigen gebrochen hätten, wenn sie offen geredet hätten – er über die Jahre in Russland, sie über die Jahre in Deutschland.

Ich umarmte sie, ließ sie weinen, bis meine Schulter nass war. Nie war sie mir so zerbrechlich erschienen, nie hatte ich mich selbst im Vergleich zu ihr so stark gefühlt.

Als sie sich losmachte, schnell ein Taschentuch hervorkramte, sich laut schnäuzte, erklärte ich: »Marlene kann doch heute bei euch bleiben und die nächsten Tage auch?«

Meine Mutter nickte. »Du wirst mit Joachim klären, wie es weitergeht.«

»Nein«, sagte ich. »Ich werde im Modehaus klären, wie ich meine Geschäftsidee am besten umsetzen kann.«

Bevor ich ins Modehaus fuhr, ging ich noch einmal in Richtung Waldspielplatz und Selzerbrunnen, um Marlene zu erklären, dass sie bei den Großeltern bleiben und ich sie später abholen würde. Ob wir die Nacht wirklich zu Hause verbringen würden, wusste ich noch nicht. Den Tag über würde ich mich jedenfalls darauf konzentrieren, wie das Modehaus zu retten war – nicht meine Ehe.

Ich hatte erst wenige Schritte zurückgelegt, als ich etwas in den Augenwinkeln wahrnahm, das mich innehalten ließ. Rot. Ein durchdringendes Rot. Eine Farbe, die nicht hierher passte, nicht in eine Siedlung, deren Häuser fast alle grün waren, erst recht nicht in die Nähe des Gartens meiner Mutter, in dem keine farbenprächtigen Blumen wuchsen.

Und doch war da dieses Rot … das Rot von jenem Seidenschal, der einst Fanny König gehört und den Vera mir in Paris stolz als deren Geschenk präsentiert hatte.

»Wenn man so lange weg ist, vergisst man ganz, wie spießig es hier ist«, ertönte die Stimme meiner Schwester.

Unter dem roten Schal trug sie ein knappes gelbes Lederkleid, das förmlich an ihrer Haut festzukleben schien, und dazu ebenfalls gelbe Stiefel mit Plateauabsätzen. Ich fragte mich, wie man damit gehen konnte, ohne sich ein Bein zu brechen, und erst recht, wie man in diesem engen Kleid atmete. Und vor allem fragte ich mich, warum Vera – derart leicht bekleidet an diesem tristen Vormittag – nicht zitterte und sie nichts dazu drängte, im warmen Elternhaus Zuflucht zu suchen. Sie schien schon eine geraume Weile hier zu stehen, darauf zu starren, sie machte noch nicht mal Anstalten, auf mich zuzugehen und mich zu umarmen. Ich hingegen tat es ganz selbstverständlich, wenngleich ich sie bald wieder losließ, um ihre Klamotten aus nächster Nähe zu betrachten. Ob sie wohl von einem Modeshooting stammten? Und wenn ja, welche Rolle hatte Vera dort eingenommen? Vielleicht die einer Schlüsselblume?

»Was machst du hier?«, fragte ich.

»Das wollte ich gerade dich fragen. Mein erster Weg hat mich zu dir geführt, ich habe Sturm geläutet, aber es war niemand da.«

Vera war zwar augenscheinlich nicht kalt, sie wirkte nur ziemlich müde. So dunkle Ringe unter ihren Augen hatte ich noch nie gesehen – wobei das auch nur verwischte Wimperntusche sein konnte.

»Kommst du direkt aus Paris?«

»Eigentlich aus New York.«

»Aus New York?«

Seit meinem Paris-Besuch hatte sie mir regelmäßig irgendwelche Zeitschriften geschickt, in denen sie als »Vero Reine« zu sehen war, begleitet von flüchtigen Notizen über ihre neuesten Erfolge. Ich konnte mich nicht erinnern, dass einige dieser Zeitschriften aus Amerika stammten. Gut möglich, dass ich zu beschäftigt gewesen war, um sie genauer in Augenschein zu nehmen.

»Was um Himmels willen hast du denn in New York getrieben?«

»Na, was wohl?«, gab sie schnippisch zurück. »Ich habe die Chance bekommen, bei Eileen Ford unter Vertrag zu kommen.«

»Ist das eine Automarke?«

»Quatsch. Eileen Ford ist eine der mächtigsten Model-Agentinnen New Yorks.«

»Hat sie dich etwa nicht genommen?«, fragte ich nicht ohne Schadenfreude.

Sie wich meiner Frage ebenso aus, wie sie einer innigen Umarmung ausgewichen war, gab stattdessen einen Schwall von Wörtern von sich, die alle ziemlich theatralisch klangen. »Das Model-Leben in New York ist extrem stressig. Ich meine, Mannequin in Paris zu sein, ist schon kein Zuckerschlecken, aber New York, das ist noch mal was anderes. Stell dir vor, man muss die Outfits selbst von den Geschäften abholen und hinterher, nach Test-Shootings, erst zur Reinigung bringen, dann wieder zurück zur Boutique. Allein dafür ist man stundenlang unterwegs. Und dazu kommt noch der Weg zur Agentur, wo man sich die Termine für den nächsten Tag abholt.«

Erst jetzt sah ich das Köfferchen, das sie mit sich trug. Es war winzig, was bedeutete, dass keine grüne Reiseschreibmaschine darin Platz gefunden hatte. Entweder stand sie noch in der Garage in Paris – oder Vera hatte sie einer ihrer feministischen Freundinnen geschenkt.

»Und keiner sieht großzügig darüber hinweg, wenn man mal wieder zu spät kommt«, fuhr sie fort. »Man muss auf die

Minute pünktlich sein. Die Franzosen sind da viel gelassener. Aber für Franzosen zählt ja auch die *joie de vivre,* bei den Amis ist nur *money, money, money* angesagt.«

Sie zitterte nun doch ein wenig, und ich überlegte, ihr meine warme Jacke um die Schultern zu legen. Allerdings hatte ich keine Lust, ebenfalls zu frieren. Selbst schuld, wenn du mit einem gelben Lederkleidchen herumläufst, dachte ich.

»Hat dich Eileen Ford nun unter Vertrag genommen oder nicht?«

Wieder wich sie der Frage aus. »Und wir Mädchen mussten uns immer selbst schminken. Das heißt, bei diesen elend langen Wegen muss man noch unzählige Tuben und Döschen mit sich rumschleppen und künstliche Wimpern.«

Vage erinnerte ich mich, dass sie mich damals in Paris auch von künstlichen Wimpern überzeugen wollte und ich am nächsten Tag die Augen kaum aufbekommen hatte.

»Du Arme«, sagte ich mitleidslos.

»Und nachdem man sich geschminkt hat, kommt der Fotograf und überprüft das Ergebnis. Sogar hinter den Ohren schaut er nach.«

»Sollen dahin etwa die künstlichen Wimpern geklebt werden?«

Vera ignorierte meinen Einwurf. »Manchmal muss man sich komplett abschminken und alles wieder neu machen.«

»Du Arme«, wiederholte ich.

Erstmals blieb ihr Blick länger an mir hängen, und sie schien mich erstmals als Schwester zu betrachten, nicht als Klagemauer. »Mach dich nur lustig!«

»Es tut mir leid, dass es mit deiner Model-Karriere nicht geklappt hat«, heuchelte ich.

»Was heißt nicht geklappt! Ich galt als durchaus begabt. Begabter als die anderen Europäerinnen. Weißt du, in Amerika sind nur definitive Bewegungen angesagt, kein Firlefanz wie in Frankreich.«

Ich war nicht sicher, was mit definitiven Bewegungen gemeint war und was mit Firlefanz. Tatsache war, dass man in einem so engen Lederkleid und auf so hohen Plateauabsätzen keine unnötigen Bewegungen machen konnte, ob man wollte oder nicht.

»Ich bin mehrmals für Modeaufnahmen gebucht worden, für sechzig Dollar die Stunde.«

»Und das war dir zu wenig?«

»Nein, das Essen war mir zu wenig. Eileen Ford hat erklärt, ich müsse mindestens fünf Kilo abnehmen. Ich solle nur noch hart gekochte Eier essen, hat sie gemeint. Das habe ich nicht lange durchgestanden. Ich habe davon nur Blähungen bekommen und …«

»Eigentlich muss ich das nicht so genau wissen.« Es zählte, dass sie genug von der Model-Karriere hatte und zurück nach Hause gekommen war, wobei ich mir nicht sicher war, ob es eine gute Idee war, wenn Vera nach diesem Abenteuer und in diesen Klamotten bei unseren Eltern aufkreuzte. Besser, ich nahm sie erst mal mit mir, wobei ich ja nicht nach Hause, sondern ins Modehaus wollte, und ich ihr schwerlich ein Kostüm in Bleu zum Umziehen anbieten konnte. Allerdings konnte Vera mir vielleicht helfen, wenn es darum ging, meine Idee umzusetzen – denn dazu gehörte auch, eine Modenschau zu organisieren. »Wie bitte?«, entfuhr es mir plötzlich.

So in Gedanken hatte ich kaum weiter zugehört, während sie unaufhörlich weitergeredet hatte, doch mittlerweile war nicht länger von hart gekochten Eiern und schlimmen Blähungen die Rede, sondern von … Fanny. Zumindest glaubte ich, diesen Namen gehört zu haben.

»Warum denkst du wohl, dass ich hier?«, rief Vera. »Eigentlich wollte ich sofort wieder zurück nach Paris, vielleicht studiere ich doch noch. Jedenfalls bin ich ja nicht nur nach New York gegangen, um mich bei Eileen Ford vorzustellen, sondern weil Fanny mich eingeladen hat. Sie hatte früher auch eine Model-Agentur. Wusstest du das? Und …«

»Und warum bist du jetzt nach Frankfurt gekommen?«

»Na, weil Fanny nicht allein fahren wollte.«

»Sie ist hier?«

»In einem Hotel genauer gesagt. Ich dachte ja, sie würde sich mindestens im Frankfurter Hof einquartieren. Ich meine, wenn man schon eine eigene Agentur hatte, sollte man ja wohl erwarten, dass …«

»Vera!«

»Ja, ja, ich weiß, für Mode hast du dich noch nie sonderlich interessiert.«

»Ich habe mich noch nie sonderlich für Mannequins interessiert!«

»Fanny ist jedenfalls hier. Sie hat mir auch den Flug nach Europa spendiert. Aber ich dachte, ich kann nicht einfach so mit ihr hier aufkreuzen. Ich muss Mutti darauf vorbereiten, oder?«

Vera hielt inne und wirkte etwas ratlos. Selbst wenn sie mit allem, was sie sagte und wie sie es sagte, den Anschein geben wollte, eine hemmungslos Egoistin zu sein, für die sämtliche Familienangelegenheiten eine Zumutung waren, ahnte ich, dass die Wahrheit eine andere war, es ihr nämlich ein echtes Anliegen war, Fanny herzubringen.

Kurz entschlossen zog ich sie vom Haus weg. »Ich glaube, Mutti hat sich heute genügend mit der Vergangenheit beschäftigt, wir sollten ihr erst mal eine Pause gönnen. Du im gelben Lederkleid und Fanny in einem Frankfurter Hotel wären eindeutig zu viel für sie.«

»Was hast du denn gegen mein Kleid? Hast du überhaupt eine Ahnung, wie viel es gekostet hat?«

»Ich will es gar nicht wissen. Aber ich glaube, wir sollten uns gründlich überlegen, wie wir Mutti und Fanny zusammenbringen. Hat Fanny dir eigentlich erzählt, warum sie sie damals in Frankfurt zurückgelassen hat?«

Vera zuckte mit den Schultern. »Tja, wenn stimmt, was sie sagt, und ich wüsste keinen Grund, aus dem sie lügen sollte, hat es mit Tante Alma zu tun und deren Verhaftung und vor allem damit, dass unsere liebe Mutter vor dem Krieg nichts Besseres zu tun hatte, als …«

»Stopp!«, fiel ich ihr ins Wort, weil ich fand, dass sich nicht nur unsere Mutter, sondern auch ich mich an diesem Morgen genug mit der Vergangenheit beschäftigt hatte. »Das hier ist nicht der richtige Ort, um mir das alles zu erzählen.«

»Wohin sollen wir denn gehen?«

»Du kommst mit ins Modehaus König. Dort erzählst du mir alles von Fanny und Mutti, und wir überlegen gemeinsam, wie wir sie zusammenbringen. Und du hilfst mir, eine Modenschau zu organisieren.«

»Was hat denn das mit Fanny König zu tun?«

»Nichts. Es hat dagegen viel damit zu tun, dass ich das Modehaus König leite.« Ich war mir sicher, dass ich Vera davon geschrieben hatte, doch jetzt sah sie mich so entgeistert an, als hätte ich ihr vorgeschlagen, unsere Kleidung zu tauschen. »Du weißt es nicht?«, fragte ich. »Aber dass Martin Frankfurt verlassen hast, weißt du schon, oder?«

Wieder zuckte sie mit den Schultern. »Ja, der tourt durch Aserbaidschan.«

»Nein, durch Afghanistan. Wobei er, glaube ich, nicht mehr dort ist, sondern mittlerweile in Indien und …«

»Hast du nicht gerade gesagt, dass wir nicht hier weiterquatschen sollen? Ich bräuchte eigentlich auch dringend ein Glas Champagner.«

»Jetzt am Vormittag?«, rief ich entsetzt. Vera hob provozierend ihre Augenbrauen, und erst jetzt sah ich, dass sich eine künstliche Wimper dorthin verirrt hatte. Ich machte sie nicht darauf aufmerksam, ich hakte mich bei ihr ein, zog sie mit mir, und trotz Plateausohlen kam sie schneller voran als erwartet. »Na ja«, sagte ich grinsend, »Champagner habe ich nicht zu bieten, aber bevor wir in die Stadt fahren, gehen wir noch zum Selzerbrunnen. Vielleicht ist ein Schluck Schwefelwasser genau das Richtige für dich.«

FANNY

1934

»Ich weiß nicht, was du tun willst, ich weiß auch nicht, was du tun sollst, aber es gibt etwas, das du tun kannst – nämlich gehen.«

Das waren Almas Worte. Und dann gab sie Fanny das Geld aus dem Verkauf des Ladens ihres verstorbenen Mannes. Sie hatte ihn für eine deutlich geringere Summe verkauft, als er wert war. Hätte sie ihn weiterhin verpachtet, hätte sie sich überdies ein lebenslanges Einkommen gesichert. Doch Alma verzichtete gern darauf – für Schlomo Gold, den sie aus der Zeit kannte, als sie Führungen durch Synagogen angeboten hatte. Sie überließ ihm den Laden zu einem Spottpreis, weil sein eigenes Geschäft von den Nazis verwüstet worden war. Und für Fanny und Lisbeth, die sich damit die Fahrt nach Amerika würden leisten können.

Erst erklärte Fanny, dass sie das Geld keinesfalls annehmen werde. Später bestand sie darauf, dass sie doch nicht schon wieder davonlaufen könnte – sie hatte das in ihrem Leben zu oft gemacht.

»Aber niemals hat es einen so guten Grund wie jetzt gegeben«, sagte Alma, und ihre Stimme klang, wie sie nie geklungen hatte: verzagt, hoffnungslos, von Erlebnissen gezeichnet, die sie ihrer Nichte verschwiegen hatte, die sie für den Rest ihrer Tage jedem verschweigen würde.

»Warum willst *du* dann hier in Frankfurt bleiben?«, fragte Fanny.

»Weil ich nicht mehr jung bin und zu viel gekämpft habe.«

»Ich bin auch nicht mehr ganz jung, und ich habe mein Leben lang viel zu wenig gekämpft.«

»Aber zerstört bist du nicht. Und in diesen Tagen ist das das Einzige, was zählt.«

»Du bist doch auch nicht zerstört«, sagte Fanny und tat etwas, das sie in jenem Jahr, das seit Almas Verhaftung und Freilassung vergangen war, nie getan hatte, weil Alma so dünnhäutig war, dass sie ein Streicheln wie Schläge empfand: Sie umarmte sie, wiederholte, dass Alma nicht zerstört sei, glaubte allerdings nicht daran, weil sie jetzt nicht nur sah, vielmehr fühlte, wie dürr sie geworden war. Alma aß kaum etwas, weil ihr etliche Zähne fehlten, und wenn sie doch etwas zu sich nahm, übergab sie sich später oft, weil etwas Warmes in dem ständig kalten Körper keinen Platz zu finden schien. Sie ließ sich zwar nicht nehmen, weiterhin Hüte zu tragen, aber sie waren nicht mehr mit Stoffblumen verziert, und sie zog sie so tief ins Gesicht, das nicht nur faltiger war als früher, auch vernarbter, als gälte es, sich zu verstecken.

»Nun denn«, sagte Alma und machte sich von ihr los, »vielleicht bin ich nicht vollends zerstört, du wirst dennoch nicht leugnen können, dass ich nicht mehr die Alte bin. Du wiederum magst nicht mehr die Jüngste sein, dafür ist Lisbeth jung, blutjung sogar. In Amerika lernt sie bestimmt, sich die Zöpfe weniger stramm zu flechten und endlich den Mund aufzumachen.«

»Ich dachte, du bist froh, wenn Kinder keinen Ton von sich geben.«

»Aber dein Mädchen ist kein Kind mehr. Es ist zwölf Jahre alt und hat bereits den Blick einer erwachsenen Frau. Jetzt braucht es nur noch eine Stimme.«

Tatsächlich hatte Lisbeth in jener Zeit, da in Frankfurt entgegen allen Hoffnungen die Freiheit langsam erstickt war, einen ordentlichen Schub gemacht. Nicht nur dass sie in die Höhe geschossen und ihr Körper schlaksiger geworden war – in ihrem Blick stand eine Abgeklärtheit, die sie in jenen verzagten Tagen, da sie sich ständig in die Hose gemacht hatte, hatte missen lassen. In den Nächten wimmerte sie auch nicht mehr – zumindest vermutete Fanny das, denn Lisbeth bestand darauf, allein zu schlafen, so wie sie jeden Tag akkurat ihr Bett machte.

Als Fanny ihr kurz nach dem Gespräch mit Alma erklärte, dass sie packen müssten, begann sie, zu Fannys Erleichterung, nicht minder akkurat ihre Kleidung zu falten. Es ist keine Flucht, wenn man mit so sorgsam zusammengepackten Sachen geht, dachte Fanny. Und es war kein Verrat, wenn sie ohne Abschiedsworte ging, zumindest nicht, wenn der Mann, dem sie das antat, seit einem Jahr erklärte, sie hätte besser geschwiegen, und damit sowohl ihren Einsatz für Alma als auch die bitteren Vorwürfe, die sie ihm gemacht hatte, meinte.

Ja, Georg hatte es verdient, dass sie ihn wieder verließ – zumindest mehr als er Lisbeth verdiente.

»Danke«, sagte Fanny, als ihr Koffer fertig gepackt war. Zögerlich fügte sie hinzu »Kannst du dich noch an Alice erinnern? Deine *mamma?*«

Ein Ruck ging durch ihre Tochter, der umso auffälliger war, weil sonst jede Geste so verhalten ausfiel. Danach stand sie eine Weile starr, bewegte schließlich den Kopf – ob es ein Nicken oder Schütteln war, ließ sich nicht erkennen.

»Pack jetzt deine Sachen«, sagte Fanny, war ihr doch nicht entgangen, dass Lisbeth ausschließlich Fannys Koffer gepackt hatte.

Lisbeth tat nichts dergleichen. »Woher hast du eigentlich das Geld für die Reise?«, fragte sie.

»Von Tante Alma. Sie hat ihren Laden in der Hasengasse an Schlomo Gold verkauft. Aber das ist jetzt nicht so wichtig. Wichtiger ist, dass du endlich auch deine Sachen packst!«

Wieder ging ein Ruck durch Lisbeths Körper, dieses Mal gefolgt von einem Aufblitzen in ihren Augen. Und dieses Mal war es eindeutig, dass sie den Kopf energisch schüttelte.

»Was … was soll das heißen?«, fragte Fanny verwirrt.

»Du denkst doch nicht ernsthaft, dass ich mitkomme?« Lisbeth drehte sich um, ging zum Schrank, holte Fannys roten Seidenschal, der ganz hinten lag und zerknüllt war, heraus, stopfte auch ihn in den Koffer, als einziges Stück nicht sorgfältig gefaltet. »Ich fürchte nur, Alice wird dich nicht mit offenen Armen empfangen. Diese würde sie nur für mich ausbreiten.«

In den Worten lag eine Rohheit, eine Kälte, die Fanny den Atem raubte. »Also … also kannst du dich an sie erinnern«, sagte sie, brachte danach kein weiteres Wort hervor.

Der Schmerz, der irgendwo zwischen Magen und Brust zu einem Ungeheuer wuchs, ließ sich nur bezwingen, indem sie kaum atmete. Lisbeth scherte sich nicht um diesen Schmerz, gleichfalls nicht um den Schmerz von Alice, den Fanny seinerzeit aus Rache oder Selbstsucht oder Ratlosigkeit verursacht hatte, indem sie ihr die Tochter weggenommen hatte.

Mit verschränkten Armen starrte diese sie verächtlich an. »Alice kann mir gestohlen bleiben. Sie ist wie du, sie denkt nur an sich. Wäre es anders, hätte sie um mich gekämpft.«

»Aber Lisbeth …«

»Ihr seid schreckliche Frauen, so oberflächlich. Und vor allem wisst ihr nicht, wo euer Platz ist.«

»Wo … wo sollte denn unser Platz sein?«

»Der Mann ist der Organisator des Lebens, die Frau ist seine Hilfe.« Jedes Wort war wie ein Hieb – und zwar mit scharfer Klinge.

»Wer sagt das?«, presste Fanny hervor. »Georg?«

Lisbeth verdrehte die Augen. »Natürlich nicht. Joseph Goebbels sagt das, und er hat recht.«

Das ist nicht sie, die so spricht, dachte Fanny verzweifelt. Sie ist wie ein Bauer, der, um seinen Grund und Boden zu bewachen, seinen Feinden die Mistgabel entgegenhält. Doch das bedeutet nicht, dass er sich die Mistgabel danach ins Bett legt. Er rammt sie wieder in den Misthaufen, sobald sie ihren Zweck erfüllt hat, und lässt die Gockel darum herum staken.

Dann erkannte sie, dass Lisbeth keine Waffe trug, sie war selbst die Waffe, wie sie da vor ihr stand. Kein Haar tanzte aus Reih und Glied. Keine Falte war im Rock und in der weißen Bluse. Der gestärkte Kragen war zu eng, aber ihr machte das nichts aus. Wahrscheinlich hätte sie sogar eines von Hildes Korsetts getragen.

»Du weißt ja nicht, was du sagst«, stieß Fanny aus.

»Ich weiß, dass dem Mann die große Welt gehört und der Frau die kleine. Sein Schlachtfeld sind die Grenzen unseres Landes, die die Sicherheit unserer Nation garantieren, das der Frau das Wochenbett, das die Zukunft der Nation sichert.«

Immer noch versuchte Fanny, sich verzweifelt einzureden, dass das, was der Mund da sagte, der Kopf unmöglich glauben konnte und – was noch wichtiger war – das Herz unmöglich fühlen.

»Das kommt doch nicht aus deinem Mund! Wer hat das gesagt? Frieda? Ich sorge dafür, dass sie sofort entlassen wird, wenn sie diesen Unsinn …«

»Du hast hier gar nichts mehr zu sagen. Du gehst«, sagte Lisbeth eisig. »Von Vater musst du dich gar nicht erst verabschieden. Ich werde ihm alles erklären. Ohne dich ist er ja doch viel besser dran.«

»Das ist nicht wahr! Er hat mir viel zu verdanken! Ich habe in den letzten Jahren das Modehaus fast ganz allein geführt!«

»Umso schmählicher, dass du ihn jetzt wieder im Stich lässt. Aber es ist gut so. Ich werde ihm an deiner statt mit dem Geschäft helfen.«

»Ich dachte, der Platz der Frauen sei am Herd oder an der Wiege, nicht in einem Modehaus«, erwiderte Fanny schrill, war kurz froh, Sprünge in Lisbeths ausdruckslose Maske zu hauen, dahinter einen Menschen schimmern zu sehen, dessen Seele nicht von den Parolen durchdrungen war, die der Mund so leichtfertig nachplapperte. Doch als Lisbeth erwiderte, dass es sie nichts anginge, wie sie künftig zu leben gedächte, wurde ihr das Herz schwer.

Ihr Kind … wo war ihr Kind? Das Kind, das nie ganz das ihre gewesen war, das sie immer hatte teilen müssen. Wie dumm indes, auf Rivalen wie die chaotische, verrückte Alice oder den vorsichtigen, schwächlichen Georg eifersüchtig zu sein. Was zählte es, dass beide sich an ihrem Kind festgehalten hatten? Schlimmer war, dass Lisbeth sich nun noch energischer an etwas klammerte, dass man ihre Finger nicht würde zurückbiegen können, ohne etwas zerbrechen zu lassen – in Lisbeth, in ihr selbst.

Fanny fürchtete sich vor der Verachtung, die die Tochter für sie empfand, und sie fürchtete sich noch mehr vor der Verachtung, die in ihr hochstieg, als sie schrill rief: »Du hast keine Ahnung, wie man ein Modehaus führt. Du wirst scheitern!«

»So wie du immer nur gescheitert bist.«

»Nicht in den letzten Jahren. Ich habe …«

»Gar nichts hast du zustande gebracht, zumindest nicht aus eigenen Kräften.«

»Schäm dich, so mit mir zu reden!«

»Warum denn? Was daran ist eine Lüge?«

Fanny atmete schwer. Lisbeths Blick war eiskalt. Was nutzte es, auf diesem Eis im Kreis zu laufen? Wenn es brach, würde sie ja doch nur in noch kälterem schwärzerem Wasser untergehen.

»Mag sein, dass ich keine gute Ehefrau bin«, gestand sie, »mag sein, dass ich keine gute Mutter bin. Aber deswegen darfst du den Nazis keinen Glauben schenken. Sie haben deine Tante Alma gefoltert.«

»Pah!«, machte Lisbeth. »Was hat die denn schon geleistet, außer zu brüllen, was ihr der Jude ins Ohr geflüstert hat? Einem solchen obendrein auch noch ihren Laden zu verkaufen?«

»Und was hast du denn schon groß geleistet, außer in deine Hose zu pissen?«

Fanny presste ihre Lippen zusammen. So etwas konnte sie doch nicht sagen … durfte es nicht sagen. Schlimm genug, dass das Mädchen, das vor ihr stand, nicht mehr die leise Elisabetta war. Noch schlimmer wäre es, wenn es auch die alte Fanny nicht mehr gäbe, die, bei all den Schwächen, die man ihr zu Recht vorhalten konnte, nie bösartig gewesen war, nie mit Absicht verletzt hatte. Sie wollte keinen Krieg führen. Nicht gegen Georg, der sich dann in seinem Schützengraben verschanzte. Erst recht nicht gegen Lisbeth, die sich nirgendwo verschanzte, sondern das Feuer eröffnete.

Wobei da kein Feuer im Blick ihrer Tochter stand, nur Leere, als sie ruhig erklärte: »Ich bin noch jung, du nicht. Der Wert der menschlichen Arbeit richtet sich nicht danach, ob er dem Einzelnen nützt, eher ob er dem ganzen Volk dient. Du hast nichts aus dem eigenen Leben gemacht, und was noch schlimmer ist: Du hast nie irgendetwas für dein Land getan. Auch dieses ist ohne dich besser dran.«

Das konnte Fanny nicht leugnen, und mit dieser Erkenntnis brach der Widerstand gegen das Wissen, dass Lisbeth gut und gern auf sie verzichten konnte. Was konnte sie ihr bieten, außer sie erneut durch die Welt zu zerren, wie sie es schon einmal getan hatte? War es nicht der größte Gefallen, den sie ihr tun konnte, der größte Liebesbeweis, augenblicklich den Kampf zu beenden, zu kapitulieren, zu hoffen, dass sie an den Reparationszahlungen nicht zugrunde ging, noch Kraft für den Neuanfang hatte?

»Ich gehe«, hörte sie sich plötzlich sagen, »aber es ist das letzte Mal, dass ich gehe. Danach werde ich nur mehr warten. Ich werde auf dich warten.«

Lisbeth sagte nichts, wandte sich nur ab, um den Koffer zu verschließen. »Nicht!«, rief Fanny, hielt ihre Hand fest.

Lisbeth entzog sich ihr rüde, verschränkte die Arme vor der Brust.

»Behalt du den Schal … trag ihn«, sagte Fanny nahezu flehentlich, zog den glatten, seidigen Stoff aus dem Koffer, hielt ihn Lisbeth vors Gesicht.

Die Arme blieben verschränkt. »Geh einfach«, sagte Lisbeth, ohne sich zu rühren, und obwohl es Fannys erste Regung war, ihr den Schal einfach umzulegen, scheute sie sich am Ende, weil sie Angst hatte, Lisbeth würde ihn ihr genauso vor die Füße werfen wie all die Verachtung, all den Hass, all die Enttäuschung, lautlos gewachsen und trotzdem so mächtig.

Fanny drückte den Schal an ihre Brust, blickte Lisbeth ein letztes Mal fest in die Augen, las darin die trotzige Gewissheit: Ich werde eine bessere Deutsche sein als du … eine bessere Mutter … eine bessere Ehefrau.

»Leb wohl«, sagte Fanny, ehe sie sich nach ihrem Koffer bückte. »Leb wohl.«

Mit dem Koffer in der Hand, irrte Fanny durch die Straßen. Sie fror erbärmlich, wickelte sich den roten Schal um den Hals, den Schal, den Lisbeth nicht wollte und sie selbst nicht verdiente. Er stand schließlich für ihre Träume, doch ihr waren diese Träume ebenso entglitten wie die Tochter. Sie sollte, sie durfte den Schal nicht tragen.

Ihr zielloses Laufen hatte sie in die Hasengasse geführt – zu dem Geschäft, das Alma zu einem Spottpreis Schlomo Gold verkauft hatte, weil die Nazis ihm den eigenen Laden kurz zuvor zertrümmert hatten, und zu dem Mädchen, das auf der Straße vor diesem Laden tanzte. Es erinnerte sie an Lisbeth, weil es ebenso schlaksig war. Allerdings hatte es dunkleres Haar, lebendigere Augen, und es lächelte. Und wie es erst tanzte! So leichtfüßig, so leidenschaftlich, so wunderschön! Es hörte gar nicht, dass die Mutter mehrmals den Kopf aus dem Fenster streckte, ihm zurief: »Hör endlich zu tanzen auf, Eva!«

Fanny verstand die Mutter. Wie konnte man auch tanzen in dieser Welt? Und sie verstand sie zugleich nicht. Wie sollte man denn nicht tanzen, wenn das doch das Einzige war, das einem blieb?

»Schau nur«, sagte sie unvermittelt zu dem Mädchen, »ich schenke dir etwas.« Die kleine Eva fuhr herum, betrachtete das, was Fanny ihr vors Gesicht hielt, mit Misstrauen, mit etwas Angst auch und schließlich mit Verwirrung. Sie schien nicht gewohnt, etwas zu bekommen, das sie nicht lautstark gefordert hatte. »Wirklich. Du kannst ihn haben, den Schal.«

»Warum?«, fragte das Mädchen.

»Er passt so gut zu deinen Haaren.«

»Zu deinen auch.«

Fanny griff sich in die Locken. Seit einem Jahr hatte sie sie nicht schneiden lassen.

»Mag sein, aber ich trete eine lange Reise an, da will ich so wenig Gepäck wie möglich bei mir haben.«

Noch machte sie keine Anstalten, diese Reise zu beginnen. Kraftlos ließ sie sich auf die Treppe, die zum Laden führte, sinken, und Eva setzte sich zu ihr, wenngleich sie weiterhin keine Anstalten machte, den Schal zu nehmen.

»Wohin wird dich die Reise führen?«, fragte Eva.

»Kennst du das Märchen von den zertanzten Schuhen? Es spielt in einem unterirdischen Schloss, in dem die zwölf Töchter des Königs jeden Tag mit elf verwunschenen Prinzen tanzen.«

»Zwölf Königstöchter und elf Prinzen? Das bedeutet doch, dass es eine Prinzessin zu viel gibt.«

»Oder einen Prinzen zu wenig. Irgendjemand und irgendetwas wird immer fehlen. Gut möglich natürlich, dass die zwölfte Prinzessin gar keinen Prinzen braucht, weil sie sich auch so als Königin fühlt.«

Das Mädchen nickte, und plötzlich zupfte ein zaghaftes Lächeln an ihren Lippen. »Tanzen kann man ja allein.«

»Richtig«, sagte Fanny, »und ich bin eine Königin, obwohl ich nicht länger einen König an meiner Seite habe.«

Und keine Prinzessin.

»Ist das wahr?«, fragte das Mädchen zweifelnd.

»Nun ja«, gestand Fanny ein, »genau genommen heiße ich nur Fanny König, das ist alles. Und genau genommen werde ich nicht in einem unterirdischen Palast leben, sondern in einem fernen Land. Aber ich werde um meinen Traum kämpfen, so wie du um den deinen kämpfen solltest.« Endlich nahm Eva den Schal, der Schal flatterte im Wind. Mehr zu sich selbst als zu ihr sagte Fanny leise: »Mein Traum ist es nicht länger, eine große Modeschöpferin zu sein. Mein Traum ist es, dass meine Tochter Lisbeth und ich eines Tages wieder zusammenfinden. Dass sie mich nicht mehr verachtet. Dass sie stolz auf mich ist. Ich will ihr beweisen, dass eine Frau keinem Führer nachlaufen muss, um stark und selbstbewusst zu sein. Und das bedeutet, dass ich es schaffen muss, mir ein neues Leben aufzubauen. Ich weiß noch nicht, welches. Ich weiß noch nicht, wie. Ich weiß nur, dass ich mich nie wieder treiben lassen, mich nie wieder auf jemand anderen als mich selbst verlassen werde, dass ich mein Leben allein in die Hand nehmen werde.«

Eva hörte schon längst nicht mehr zu. Sie hatte sich erhoben, wieder selbstvergessen zu tanzen begonnen, summte eine Melodie, die Fanny noch nie gehört hatte, ließ den roten Schal im Wind wehen. Federleicht waren ihre Schritte, und ganz kurz waren es auch Fannys, als sie sich erhob, als sie fortging. Sie spürte das Gewicht ihres Koffers und die Last auf ihrem Herzen erst wieder, als der rote Schal nicht länger zu sehen und Evas Melodie nicht länger zu hören war.

LISBETH

1949 – 1950

Am letzten Tag des Jahres 1949 wurde in Frankfurt Silvester gefeiert, aber nicht bei ihr zu Hause, wo Richard bald schlafen gegangen war, und nicht im Modehaus, wohin sie selbst geflohen war, um die Tradition ihrer Vorfahrinnen aufrechtzuerhalten, die am Silvesterabend stets genäht hatten. Wobei ihre Urgroßmutter Elise nicht genäht, sondern Schnaps getrunken und ihre Großtante Alma auch nicht genäht, sondern sich in der Brandmalerei geübt hatte. Was wiederum ihre Mutter Fanny zu Silvester gemacht hatte, wusste Lisbeth nicht mehr. Es war ja so lange her, dass sie sie das letzte Mal gesehen hatte, und der böse Streit vor Fannys überstürztem Aufbruch nach Amerika hatte nicht nur die Zeit danach vergiftet, ebenso alle Erinnerungen an die Zeit davor.

»Ich habe ihr Unrecht getan«, murmelte Lisbeth. Entgegen ihren Plänen nähte sie nicht, sie saß mit Eva im Verkaufsraum.

»Man kann es drehen und wenden, wie man will – sie hat dich im Stich gelassen«, sagte Eva, doch durch ihre Stimme klang kein Urteil, weder über sie noch über Fanny.

»Mag sein. Aber dass sie Vater ein zweites Mal verlassen hat, war auch seine Schuld. Er war so blind. Und stumm war er. Er hat nie mit mir über sie gesprochen, hat sich in den

Wochen, nachdem sie ihn verlassen hat, vollkommen von der Welt abgeschottet. Beinahe wäre er bankrottgegangen, weil er sich nicht länger um das Geschäft gekümmert und zuvor ja das meiste meine Mutter erledigt hat. Nun, ich habe versucht, diese Lücke zu füllen, habe so schnell wie möglich so viel wie möglich über die Führung eines Modehauses gelernt. Und habe schließlich …«

Sie brach ab, fügte schlicht hinzu: »Ich war es.«

»Was?«, fragte Eva, ohne sie anzusehen.

Lisbeth gestand, was sie schon Conrad gegenüber zugegeben hatte, erzählte von ihrem Besuch in Schlomo Golds Geschäft, von der gemeinen Lüge, die sie hinterher verbreitet hatte, dass sie ihren Vater überzeugt hatte, das Geschäft nach Golds Enteignung zu kaufen und als Lager zu nutzen. »Ich wusste, dass Alma das Geschäft ihres Mannes zu einem Spottpreis an Schlomo Gold verkauft hat, dass Fanny sich nur dank dieses Geldes die Fahrkarte nach Amerika finanzieren konnte. Und obwohl ich ihr damals sagte, dass sie ruhig gehen könne, dass niemand sie hier brauche, war ich schrecklich wütend auf meine Mutter. Ich war auch wütend auf Tante Alma, sogar auf Schlomo Gold. Obwohl er es nicht verdiente, habe ich dafür gesorgt, dass ein unliebsamer Konkurrent ausgeschaltet wurde, und ich habe es nicht für meinen Vater getan, obwohl ich mir das einzureden versuchte, nicht, um das Modehaus zu retten. Ich habe es getan, um es Fanny heimzuzahlen.« Und sie hatte keine Genugtuung gefühlt, hatte sich nur leer gefühlt. Ihr heutiges Bekenntnis aber sollte kein leeres bleiben. »Das Modehaus König … es steht dir zu. Ich weiß, dein großer Traum war es immer, Tänzerin zu werden, nicht, Kleider zu entwerfen und zu verkaufen. Diesen Traum kann ich dir natürlich nicht erfüllen, ich kann nur versuchen, ein wenig von meinem Unrecht wiedergutzumachen. Ja, übernimm du das Modehaus, führ du es in die neue Zeit.«

Eva hatte eine Flasche Sekt organisiert, aber bislang nicht geöffnet, schien sie doch keine Lust zu haben, das neue Jahr, das zugleich ein neues Jahrzehnt war, zu feiern. Auch jetzt tat sie das nicht, sagte stattdessen etwas, womit Lisbeth am wenigstens gerechnet hätte. Es waren kein Vorwurf, keine Worte der Vergebung, noch nicht einmal ein Dank.

»Willst du wirklich diese Kleider verkaufen?« Eva musterte die Stücke, die Lisbeth in den letzten Monaten entworfen und genäht hatte, die nun sorgfältig gebügelt und bereit für den Verkauf an Kleiderbügeln hingen – ein geblümtes Kleid, ein gepunktetes, eines mit dunkelgrünem Rock und beigem Oberteil, das den Ansatz der Schultern zeigte. Sie musterte sie so, wie Klara Hartmann und Mechthild Reinhardt sie gemustert hatten: etwas abfällig, etwas verächtlich, allerdings nicht sehr lange. Mechthild war abgelenkt gewesen, weil sie die Scheidung eingereicht hatte. Krähen-Klara wiederum hatte sich bei ihrem letzten Besuch im Modehaus für immer von Lisbeth verabschiedet. Sie habe lange genug in Frankfurt gelebt und werde jetzt wieder nach Frankreich gehen, hatte sie behauptet. Lisbeth traute dem nicht. Gut möglich, dass sie sich alt und krank fühlte und nicht wollte, dass man ihr beim Sterben zusah, sondern das vielmehr ganz allein hinter sich zu bringen gedachte, so wie sie ja auch immer ganz allein überlebt hatte. »Die Kleider erinnern mich an die Kriegskrinolinen, die man im Großen Krieg getragen hat«, murmelte Eva.

Obwohl Mechthild das Gleiche behauptet hatte, schüttelte Lisbeth den Kopf. »Jetzt übertreibst du aber. Damit sie schön fallen, braucht man eine Wespentaille und am besten einen Unterrock, das gebe ich ja zu, hingegen kein Korsett.«

»Und diese steifen Unterröcke …«

»Sie geben den Kleidern doch erst die richtige Form.«

»Und warum müssen sie so lang sein?«

»Weil Frauen wieder wie Frauen aussehen wollen.«

»Nein, weil Frauen wieder wie Frauen leben sollen. Daheim beim Kind und am Herd, während der Mann das Geld verdient.«

»Ich habe dir gerade das Modehaus geschenkt.«

»Ich werde dieses Geschenk nicht annehmen.«

Eva schüttelte den Kopf, als Lisbeth zur Gegenrede ansetzte, sagte nichts mehr, zog endlich am Verschluss der Sektflasche, aber es ertönte kein erlösendes Plopp. Eva zog noch fester, und Lisbeth bereitete sich insgeheim darauf vor, dass der Sekt sich nicht nur gleich über die Kleider, die wie riesige Blütenkelche aussahen, ergießen würde, auch über noch etwas, das sie seit Kurzem verkauften: Nylon- und Perlonstrumpfhosen, die der Strumpffabrikant Hans Thierfelder mit alten Cottonmaschinen aus den USA herstellen ließ. In einer der Modezeitschriften war erst kürzlich zu einem Wettbewerb aufgerufen worden: *Wer wird Deutschlands Beinkönigin?*

Lisbeth war nicht sicher, was sie davon halten sollte, aber wenn Alma einst ihr und später Rieke eingeredet hatte, dass sie Königinnen wären, hatte das in ihren Augen ganz sicher nichts mit schönen Beinen zu tun gehabt.

Der Verschluss löste sich, ohne dass der Sekt sich über die Kleider ergoss. Eva führte die Flasche zum Mund, trank daraus so wie damals aus der Flasche mit Apfelessig.

Als sie sie wieder senkte und an Lisbeth weiterreichte, fragte sie: »Wie geht es dir?«

Lisbeth trank einen Schluck, hatte das Gefühl, Gaumen und Kehle würden gekitzelt werden. »Er … er versucht, sich zusammenzureißen«, sagte sie leise. »Er würde uns nie etwas Böses antun – so wie Michael, der Mechthild und die Kinder häufig geschlagen hat. Er ballt nur die Hände ständig zu Fäusten, wenn auch versteckt in den Hosentaschen. Er zuckt beim leisesten Geräusch zusammen. Und er schläft schlecht.« Sie nahm den nächsten Schluck. »Martin hat Angst vor ihm. Aber vor wem fürchtet sich der Junge denn nicht? Rieke nutzt den Koffer, den Richard vom Roten Kreuz bekommen hat, als Puppenkoffer.«

Wieder nahm sie einen Schluck, ehe Eva ihr die Flasche aus der Hand entwendete. »Ich habe eigentlich gefragt, wie es dir geht, nicht Richard.«

Ohne Flasche fühlten sich die Hände so leer an. Unwillkürlich begann Lisbeth, den Saum des Kleides zu zerknüllen. »Wie soll es mir schon gehen? Ich habe Glück, viel mehr Glück als ich eigentlich verdient habe. So viele Frauen werden ihr Leben lang allein bleiben müssen, weil ihre Männer nicht zurückkamen und weil es viel zu wenige zum Heiraten gibt. Meine Familie hingegen hat den Krieg heil überstanden. Alle sind gesund, alle haben nun wieder genug zu essen ... Warum, zum Teufel, willst du das Modehaus nicht übernehmen? Warum, zum Teufel, wirfst du mir nicht vor, was ich damals getan habe?«

Eva warf ihr einen Blick zu, verzog ihren Mund zu dem Scherbenlächeln, wie Lisbeth es nannte, weil die Lippen inmitten des blassen Gesichts wie ein blutiger Riss erschienen. »Du glaubst doch nicht, dass mein Vater in Ruhe sein Geschäft hätte weiterführen und friedlich in Frankfurt hätte leben können, wenn es dich nicht gegeben hätte. Mach dich nicht lächerlich. Und mach dein Vergehen nicht größer, als es war. Gewiss, du wolltest deine Mutter treffen und hast den Falschen erwischt. Aber wenn man von allen Seiten Prügel einfährt, dann spürt man die sanfte Backpfeife eines jungen Mädchens kaum. Ich mache dir keine Vorwürfe wegen dem, was du getan hast. Ich mache dir auch keine Vorwürfe wegen dem, was du nun tun wirst. Oh, ich weiß es ganz genau. Da ich mir das Modehaus nicht einfach aufdrücken lasse, wirst du die Geschäftsführung brav an Richard abgeben. Hab ich recht? Von irgendetwas muss er ja leben, und es ist der Mann, der die Familie ernähren muss, nicht die Frau.« Ihre Stimme triefte vor Spott. »Ich weiß zwar nicht, ob und was Richard von Mode versteht, aber ich denke, auch er wird lange, weite Röcke verkaufen, und du wirst seine beste Kundin sein. Nur das ist allein deine Sache, nicht meine. Ich bleibe nicht hier. Ich … ich gehe nach Amerika.«

Lisbeth hatte nicht erwartet, dass ein Name, schon gar nicht der eines Landes, so viel auslösen könnte. Deutlich stiegen Bilder vor ihr auf, obwohl sie nichts davon je mit eigenen Augen gesehen hatte – von Hochhäusern, die Wolken kitzelten, von Apparaten, die ohne menschliches Zutun Fotografien machten, von Briefschächten, die mit Eis gekühlt waren, damit die Briefe nicht Feuer fingen. Auch in ihr brannte plötzlich etwas, ihre Wangen wurden ganz hieß.

»Mit Conrad?«, presste sie hervor.

Dieser Name beschwor keine Bilder, nur Empfindungen herauf. Sein Lachen in ihrem Ohr. Seine Lippen auf ihren. Sein Körper, der alles nahm und alles gab.

Eva sah sie mitleidig an, doch das war erträglich. Das Mitleid ging ja nicht in die Tiefe, blieb flach und farblos. »Er hat mir angeboten, ihn zu begleiten, er wird mir beim Neuanfang helfen. Schon morgen werden wir Frankfurt verlassen.«

Nicht dass diese Neuigkeit überraschend kam. Warum sollte er denn bleiben wollen, nachdem sie ihn nach Richards Heimkehr aus ihrem Leben verbannt hatte? Nachdem sie ihm in jenem letzten Gespräch, das sie geführt hatten, nicht in die Augen hatte schauen können. Nachdem sie ihm erklärt hatte, keine verwitwete Frau mehr zu sein, eine verheiratete. In ihren Augen war damit alles gesagt – für ihn viel zu wenig. Er hatte ihren Blick gesucht und ihre Hand nehmen wollen, und wenn sie beides auch hatte verhindern können – für seine erstickten Worte war sie nicht taub gewesen.

»Wir lieben uns doch.«

Und mit jener Kälte, die ihr heute fehlte, hatte sie erwidert: »Wenn du mich liebst, dann mutest du mir nicht zu, dich länger zu sehen.«

Sie wusste: Wenn sie ihn zu dem machte, was er in den Augen seines Vaters war – eine Zumutung, weil er schlichtweg noch lebte –, würde sie ihn in die Flucht schlagen können.

Ihre Worte hatten ihn tief getroffen. Sie hatte es gesehen, als er von ihr fortgegangen war. Erst danach hatte sie nämlich doch noch den Blick gehoben, ihm nachgesehen, jedes Detail aufgesogen, um es in ihrem Gedächtnis zu vergraben, so tief, dass nichts davon hervorschauen konnte. Das musste es auch nicht, sie wusste trotzdem, dass es da war, dass sie jederzeit einen Anzug für ihn nähen könnte, dass sie seine Maße für immer in ihrem Kopf, ihrem Herzen tragen würde.

Jetzt blickte sie Eva an, fragte sich, was sie sich noch nie gefragt hatte – ob Conrad in den Tiefen ihrer Seele ebenso Platz finden könnte oder sie in seinen. Sie kannten sich nicht nur seit Jahren, sie hatten schon vor vielen Jahren ihr Innerstes voreinander ausgeschüttet, vielleicht waren sie einander ähnlicher als sie selbst und Conrad. Denn während Conrad kein Held war und Eva keine Tänzerin, rührte ihr eigenes Leid nicht davon, dass sie etwas nicht sein konnte, sondern davon, dass sie in diesem Moment zu viel war. Eine Mutter, eine Ehefrau.

Dass das eine Last war, wollte sie allerdings nicht eingestehen, schon gar nicht Eva. »Das ist gut«, log sie dreist, »für euch beide.«

Eva zuckte mit den Schultern. »In der Stadt, die niemals schläft, wird man wohl nicht von seinen Träumen verfolgt – weder den schönen Träumen, die man vom Leben hatte, noch den Albträumen, zu denen dieses Leben geworden ist.« Evas letzte Worte gingen im Glockengeläut unter, mit denen sich das neue Jahr ankündigte. Bis es verklungen war, war Eva ins Nähzimmer gegangen, das so lange ihr einziges Zuhause gewesen war, und mit dem roten Schal wiedergekehrt. »Die Frau, die mir damals den roten Schal schenkte, weil ich so schön tanzte, war deine Mutter. Ich denke, wenn ich in New York bin, werde ich ihn ihr zurückgeben.«

Lisbeth starrte auf den Schal, das Licht war zu schwach, als dass das Rot hätte leuchten können. Ihr Gedächtnis war auch schwach, denn erst jetzt überkam sie eine vage Ahnung, dass Eva recht haben könnte, sie diesen Schal tatsächlich mehr als einmal an Fanny gesehen und ihn ihr damals, während des bösen Streits, in den Koffer gesteckt hatte.

»Du … du willst sie treffen?«

»Soll ich ihr etwas von dir ausrichten?«

Ganz glatt lag der Schal in Evas Händen, doch als Lisbeth darauf starrte, schien sich etwas in ihr zu verknoten. Auch Conrad hatte sie dazu gedrängt, sich mit Fanny auszusprechen, und an Conrads Seite hätte sie das geschafft. Aber es gab keine Zukunft mit Conrad, keine Zukunft in New York. Warum sollte Fanny dann eine Zukunft mit ihr, Lisbeth, haben?

»Fanny konnte nicht wissen, was geschehen würde«, sagte sie leise. »Wenn sie Conrad nicht gebeten hätte, nach mir zu sehen, hätte ich ihn nie kennen- und lieben gelernt. Und wenn sie Georg König nicht verlassen hätte, hätte ich mir nicht geschworen, so etwas meinem Mann niemals anzutun.«

Ihre Stimme drang in jenen krächzenden Bereich vor, wo sie gleich brechen würde und mit ihr jener Damm, der die

Tränen zurückhielt. Dabei war es doch nutzlos zu weinen. Und erst recht war es nutzlos, ihrer Mutter die Schuld für ihr Elend zuzuweisen. Für vieles mochte sie die Verantwortung tragen – dass sie ihren leiblichen Vater nie kennengelernt hatte, dass Alice aus ihrem Leben verschwunden war, dass Georg sie, bei aller ehrlichen Zuneigung, letztlich benutzt hatte, um sich über Fanny erhaben zu fühlen –, aber nicht dafür, dass ihr das Herz gebrochen war, weil sie Conrad verloren hatte. Allerdings hatte Fanny nicht verdient, mehr zu bekommen als das, was Lisbeth nun Eva ankündigte. Dass sie der Mutter demnächst einmal schreiben, ihr Bilder von den Kindern schicken werde.

Danach stand sie hastig auf, ließ Eva mit der halb vollen Sektflasche und dem roten Schal stehen, ließ auch die Blütenkelchkleider und Nylonstrümpfe zurück. Sie hastete durch Frankfurt, an Menschen vorbei, die das neue Jahrzehnt feierten, und mehr noch als dieses, dass die Zeit vorbei war, da sie bei Dunkelheit in ihren Ruinen und Baracken hatten verschwinden müssen. Ein wenig konnten sie sich heute vormachen, dass Frankfurt wie New York nicht schlief, dass es keine Grenzen gab für ihre Träume – selbst wenn das bedeutete, dass das auch für die Albträume galt.

Lisbeth wurde von beiden verfolgt – und von beiden erwartet, als sie nach Hause kam. Er stand an jener Stelle, an der er damals gestanden hatte, als er sie ausfindig gemacht, sein Geheimnis jedoch nicht verraten, sich lediglich als hilfsbereiter Fremder erwiesen hatte, der sie vor einem Sturz bewahren wollte.

»Conrad …«, sagte sie rau.

Er trug einen Mantel über dem grauen Anzug, einen sehr dunklen Mantel. Du solltest kein Schwarz tragen, das steht dir nicht, dachte sie, sagte es aber nicht laut.

Auch er sagte lange nichts, ehe er hervorbrachte: »Ich wollte dir nur ein gutes Neues Jahr wünschen«. Er machte eine kurze Pause und fügte zögernd hinzu: »Und mich verabschieden.«

Immer noch kamen ihr keine Tränen. Sie trat auf ihn zu, las in seiner Miene ihren Schmerz und die Angst, den Schmerz noch zu vergrößern. Doch selbst wenn das geschah, vielleicht war es notwendig, um die Erinnerungen noch tiefer in ihrem Herzen einzuschließen. Selbst wenn sie sie später zuschüttete, würde sie fortan das sein, was auch Eva war – eine Totentänzerin. Aber vielleicht würde sie den Tanz dann und wann als schön empfinden.

Sie umschlang seinen Nacken, zog ihn an sich, fühlte seine Haarlocke die eigene Stirn kitzeln. Sie küsste ihn und weinte jetzt doch und hörte weder auf zu küssen noch zu weinen, obwohl die Tränen ihnen in den Mund liefen und sie irgendwann glaubte, keine Luft mehr zu bekommen. Sie wusste nicht, ob sie an den Tränen ersticken würde oder am Kuss. Gern wollte sie beides riskieren.

Schließlich wich er zurück. Der letzte Blick, den sie auf ihn warf, war verschwommen. Noch nicht einmal die Stufen zum Haus sah sie richtig. Sie stolperte, er fing sie auf, und dann gab er ihr noch einen Kuss, aber nur mehr sanft auf die Stirn. Es war kein Kuss, an dem man erstickte.

»Leb wohl«, sagte sie. »Leb wohl.«

Als sie hineinging, flossen noch mehr Tränen. Sie wischte sie ab, kam aber nicht damit nach. Sei's drum, es war finster, Richard schlief, Frieda schlief, Martin schlief, selbst Frau Käthe schlief. Als Lisbeth sich an den Küchentisch setzte, schluchzte und zitterte, legte sich plötzlich eine Hand auf ihren Rücken.

»Mutti?«

Hinter dem Tränenschleier konnte Lisbeth Rieke kaum

sehen, aber sie ahnte, dass Rieke ihrerseits sie und Conrad gesehen hatte. Kurz fühlte sie keinen Schrecken deswegen, nur Erleichterung, dass jemand wusste, was sie da tief in ihrer Seele vergrub, dass ihr jemand helfen würde, wieder und wieder frische Erde darauf zu schaufeln und vielleicht sogar zu ermöglichten, dass auf dieser Erde irgendwann etwas wuchs.

Sie wischte die Tränen ab. Ihre Schultern zuckten noch, doch es kamen keine neuen. »Was du gesehen hast … und dass ich weinte«, murmelte sie mit erstickter Stimme, »das muss ein Geheimnis bleiben, *unser* Geheimnis. Versprich mir, dass du mit niemandem darüber redest.«

RIEKE

1973

Am Tag der Modenschau, mit der ich ein neues Kapitel unseres Hauses einleiten wollte, drohte alles schiefzugehen. Bis dahin hatte ich gedacht, dass die größte Herausforderung darin bestünde, Vera verrückte Ideen auszureden. So schlug sie allen Ernstes vor, dass die Schau in einer leer stehenden Fabrik oder einem Flugzeughangar stattfinden sollte, und nachdem ich beides ablehnt hatte, hatte sie entschlossen gerufen: »Dann eben in einem Autohaus!«

»Was hat denn ein Autohaus mit Mode zu tun?«

Sie hatte mit den Schultern gezuckt, es selbst nicht so genau gewusst. »Es wäre jedenfalls cool.«

Am Ende war ich beim ursprünglichen Plan geblieben, die Modenschau in den Verkaufsräumen stattfinden zu lassen, was sie allerdings nicht davon abhielt, noch mehr Vorschläge zu machen.

»In Ordnung«, hatte sie nachgegeben. »Aber dann lass es uns wenigstens um Mitternacht ansetzen.«

»Nein«, hatte ich hartnäckig erwidert, »sie muss vor 18.15 Uhr beendet sein. Eine Modenschau fällt nämlich unter das Ladenschlussgesetz, da sie als geschäftlicher Verkehr mit Kunden angesehen werden muss.«

Vera verdrehte entnervt die Augen. »Solche Wörter wie Ladenschlussgesetz findest du unwiderstehlich, stimmt's?«

Immerhin: Obwohl ich all ihre Ideen abgebügelt hatte, war sie weiterhin bereit, mir bei der Organisation zu helfen, und bewies ein gutes Gespür, die richtigen Mannequins auszuwählen und mit diesen die Schau einzustudieren. Was hingegen die Mannequins tragen würden, fiel in meinen Verantwortungsbereich, und deswegen konnte ich niemand anderem als mir selbst die Schuld für das geben, was ich beim Auspacken der Kleidungsstücke, die die Mädchen tragen sollten, feststellte: Sie waren zu groß, viel zu groß. Ich hatte bei unserem Lieferanten schon vor Wochen bestellt, doch erst gegen Mittag war die Ware geliefert worden. Und nun war keine Zeit mehr, das Dilemma abzuwenden. Die Verkaufsräume wurden gerade dekoriert, ein kleiner Laufsteg war bereits aufgebaut worden.

»Was soll ich denn jetzt tun?«, rief ich entsetzt.

Vera trat näher. »Vielleicht den Mädchen eine Runde Rippchen mit Kraut spendieren, damit sie die Kleider ausfüllen?«, schlug sie vor.

Ich warf ihr einen finsteren Blick zu, wobei sich der prompt in einen verzweifelten verwandelte, als ich wieder die Kleidung betrachtete. »Ich bin mir sicher, ich habe sie in Größe 36 bestellt. 42 ist viel zu groß. Die Mädchen werden unmöglich darin aussehen. Ich fürchte, ich muss die Modenschau abblasen.«

Vera wirkte kein bisschen erschüttert. »Du kannst ja sagen, es gab Feueralarm«, meinte sie lapidar. »Oder du kannst dein geliebtes Ladenschlussgesetz ins Spiel bringen. Vielleicht verbietet auch einer der Paragrafen eine Modenschau in den Verkaufsräumen.«

»Das ist nicht lustig«, sagte ich streng.

»Aber eine Katastrophe ist es auch nicht«, ertönte da eine Stimme. Ich fuhr herum, sah unsere Großmutter Fanny auf uns zukommen. Richtig, sie war schon vor einer Weile im Modehaus erschienen, hatte abgewinkt, als ich ihr etwas zu trinken anbieten wollte – »Kümmere dich gar nicht um mich!« –, und in der letzten Reihe Platz genommen. »Die Kleider haben wir doch blitzschnell enger genäht oder notfalls mit Stecknadeln abgesteckt. Wie viel Zeit bleibt uns?«

Ich blickte auf die Uhr. »Nur noch zwei Stunden.«

»Das schaffen wir«, erklärte sie, und ehe ich den Kopf schütteln konnte, fügte sie energisch hinzu: »Die Schau abzusagen kommt gar nicht infrage. Du machst es nicht wie dein Großvater Aristide Goudin. Damals in den Zwanzigern hat er auch eine Modenschau organisiert und hätte kurz vorher am liebsten einen Rückzieher gemacht. In diesem Fall wäre das allerdings besser gewesen, immerhin hat er mir meine Entwürfe geklaut. Aber du hast keinen Grund, in Panik zu geraten.«

Dass sie in den Zwanzigerjahren schon erwachsen gewesen, folglich mittlerweile fast achtzig war, sah man Fanny König nicht an. Sie war eine kleine, zierliche Frau, die zwar stets einen Gehstock dabeihatte – ein antiquiert anmutendes Exemplar mit Wolfskopf –, sich darauf aber kaum stützte, ihn lediglich als Accessoire benutzte. Auf den alten Fotos, die mir Vera unter die Nase gehalten hatte, hatte sie braune Locken gehabt, doch diese waren mittlerweile weiß geworden, hatten allerdings einen violetten Schimmer. Ich fragte sie nicht, ob sie dabei nachgeholfen hatte, jedenfalls gab ihr diese Tönung jenen Hauch von Exzentrik, den ihre Kleidung missen ließ. Bislang hatte ich sie nie in etwas anderem als schwarzen Kleidern gesehen, wobei sie diese gekonnt mit Modeschmuck oder Schals kombinierte. Der rote Schal, den Eva Fanny einst in New York zurückgegeben und den Fanny zwanzig Jahre später Vera nach Paris geschickt hatte, war allerdings nie dabei, den trug nur Vera, auch an diesem Tag.

Am beeindruckendsten waren Fanny Königs Augen. Sie waren groß, wach, machten sie jung, schienen nie still zu stehen, sondern voller Neugier alles in sich aufzusaugen, jetzt eben die zu großen Kleider.

»Na, wo ist das Nähzeug?«, fragte sie. »Am besten ziehen die Mannequins die Kleider gleich an, dann können wir sie genau anpassen.«

»Dafür, dass das richtige Mädchen die richtigen Klamotten trägt, sorge ich«, sagte Vera. »Aber dass ich beim Nähen helfe, könnt ihr vergessen. Dafür bin ich komplett unbegabt.«

»Zu zweit kriegen wir das nie hin!«, rief ich verzweifelt. »Fast zwanzig Outfits müssen enger gemacht werden.«

So resolut sie eben noch geklungen hatte – so ratlos zuckte Fanny jetzt ihre Schultern, und Vera tat es ihr gleich. Ich seufzte. Wie hatte mir dieser Fehler passieren können? Wie war es möglich, dass ich auf der Zielgeraden scheiterte?

Dann ertönte wieder unvermittelt eine Stimme. »Ich kann helfen.«

Ich konnte kaum glauben, sie hier zu sehen. Doch es war tatsächlich unsere Mutter, die eben das Modehaus betrat.

Seit ihrer Ankunft in Frankfurt wohnte Fanny im Hotel. Vera hatte sie mir noch am Tag nach ihrer Rückkehr vorgestellt, und ich war von Anfang an von der Frau fasziniert, die so viele spannende Dinge von ihrem langen Leben und vor allem von New York erzählen konnte. Es fiel mir jedoch schwer, von ihr als meiner Großmutter zu denken oder – was nahezu unmöglich war – von ihr als Lisbeths Mutter. Nicht zuletzt deshalb schlich ich beharrlich um die Frage herum, wann und bei welcher Gelegenheit Fanny ihrer Tochter wiederbegegnen würde. Vera hatte hingegen nicht so viel Scheu vor dem heißen Brei, sie wollte eines Tages unumwunden wissen, wann wir Mutter erzählen sollten, dass Fanny in Frankfurt war, und wann wir sie zu ihr bringen sollten. Und plötzlich hatte etwas in Fannys Augen gestanden, das sie nicht länger jung und neugierig wirken ließen, eher alt und resigniert. Ich erinnerte mich noch zu genau an das Gespräch.

»Ihr könnt gern erzählen, dass ich hier bin«, sagte sie leise, »aber ich werde mich Lisbeth nicht aufdrängen. Bei unserer letzten Begegnung habe ich versprochen, auf sie zu warten, und dabei bleibe ich – nicht obwohl, sondern gerade weil sie nie erkennen ließ, dass ihr an einem Wiedersehen liegt. Ich bin nach Frankfurt gekommen, um meine Enkeltöchter kennenzulernen. Lisbeth muss mir nicht gegenübertreten, wenn sie es nicht will.«

Ich hatte es nicht eilig herauszufinden, was Mutter davon dachte. Aber einmal mehr war auf Vera Verlass. Zwei Tage später kam sie – unangekündigt – zum Abendbrot nach Nied, und während unsere Mutter dieses zubereitete, sagte sie ohne Vorbereitung: »Fanny König ist in Frankfurt.«

Es klang merkwürdig, nur was sollte sie sonst sagen. Deine Mutter ist in Frankfurt? Unsere Großmutter ist in Frankfurt? Die Einzige, die noch denselben Namen trägt wie das Modehaus, obwohl sie es nie geführt hat, ist in Frankfurt?

Mutter reagierte zunächst nicht. Sie war eben dabei, Radieschen zu schneiden, griff nun seelenruhig nach dem Salzstreuer und erklärte Marlene, dass das Salz ihnen die Schärfe nehme. Die Worte, die sie danach unvermittelt sagte, sollten wiederum Veras Mitteilung den Sensationswert nehmen.

»In den Fünfzigern habe ich ihr ein paarmal geschrieben«, erklärte sie kühl. »Als Vera zur Welt kam zum Beispiel. Aber das ist seltener geworden, hörte irgendwann wieder auf. Wenn ich sie nach Frankfurt eingeladen hätte, wäre sie wahrscheinlich gekommen, aber …«

Sie brach ab. Aber das hast du nicht getan, dachte ich still, und Fanny hat es respektiert.

»Sie … sie würde dich sicher gern sehen«, sagte ich leise.

Unsere Mutter schnitt die Radieschen zu hauchdünnen Scheiben, streute wieder Salz darauf, so viel, dass sie zwar nicht scharf, doch trotzdem ungenießbar sein würden.

»Es geht nicht«, brach es plötzlich aus ihr hervor. »Ich will nicht, dass sie nach Nied kommt.«

»Wer kommt auch schon freiwillig nach Nied?«, warf Vera spöttisch ein. »Das ist doch am Arsch der Welt.«

»Vera!«, rief ich mahnend, ehe ich mich an Lisbeth wandte. »Ihr könnt euch an einem neutralen Ort wiedersehen, zum Beispiel im Modehaus. Du hast ja eh vor, zur Modenschau zu kommen, oder? Frau Winkler kann auf Marlene aufpassen und ein Auge auf Vater haben, und Fanny wird es sich sicher nicht entgehen lassen …«

Unsere Mutter schüttelte heftig den Kopf, nahm gedankenlos das Messer, begann, die Radieschen noch kleiner zu schneiden. Irgendwann würde nichts mehr von ihnen übrig bleiben, während da immer noch viel zu viel … ja, von was eigentlich war? Von Wut auf die Mutter, weil diese oft so selbstsüchtig gehandelt hatte? Von Unbehagen, weil sie selbst sich nicht immer richtig verhalten hatte? Von Scheu, weil sie keine Ahnung hatte, wie sie Fanny gegenübertreten sollte? Oder von Hader, weil Lisbeth nur ihretwegen Conrad kennengelernt hatte … und wieder verloren?

Endlich legte unsere Mutter das Messer zur Seite. »Ich bin froh, dass ihr Mädchen sie kennengelernt habt«, sagte sie etwas gemäßigter. »Und ich finde, sie sollte unbedingt bei der

Modenschau dabei sein, das hat sie verdient. Für mich war die Mode ein Mittel zum Überleben, für sie war es eine Leidenschaft. Aber ich … ich kann nicht kommen.« Sie machte eine Pause, wiederholte nahezu kleinlaut: »Es geht nicht.«

Vera öffnete erneut den Mund, und ich rammte ihr den Ellbogen in die Seite, als Zeichen dafür, dass es keinen Sinn ergab zu widersprechen. Damit der leise Zweifel, der aus Mutters Stimme sprach, wuchs, mussten wir sie damit allein lassen, und deswegen erwähnte ich Fanny in der Woche danach nicht wieder. Mutter fragte nur dann und wann, wie die Vorbereitungen liefen, und ich vertraute ihr an, dass ich womöglich zu sehr aufs Tempo drückte, dass ich befürchtete, die bestellten Kollektionen würden nicht rechtzeitig eintreffen.

Heute nun waren zwar alle Kleider gekommen, aber etliche viel zu groß. Und unsere Mutter war auch gekommen, schien sich jedoch klein zu machen.

Obwohl sie ihr Angebot, uns zu helfen, wiederholte, trat sie nicht näher, blieb schüchtern am Eingang stehen. Natürlich hatte sie wieder mal darauf verzichtet, sich schick zu machen. Sie trug eines ihrer grauen Kostüme und flache Schuhe dazu, die einstmals langen blonden Haare waren längst einer praktischen Kurzhaarfrisur gewichen. Man musste sie schon eingehend betrachten, um zu dem Schluss zu kommen, dass sie früher eine überaus hübsche Frau gewesen war, und wer sie und Fanny – nun zum ersten Mal seit Jahrzehnten unter einem Dach – gesehen hätte, wäre nicht auf die Idee gekommen, dass sie Mutter und Tochter waren. Und doch war an beiden, obwohl die eine schon etwas gebrechlich war und die andere müde und abgearbeitet wirkte, die gleiche Stärke zu wittern – weniger von Selbstbewusstsein als von Trotz getragen, dennoch verkündend: Was immer auch kommt, das Leben geht weiter, vielleicht kann ich nicht das Beste daraus machen, aber irgendetwas schon. Und wenn Kleider zu weit sind, dann muss man sie eben enger nähen.

Nun, noch machte niemand Anstalten zu nähen.

Vera starrte unsere Mutter eine Weile mit offenem Mund an, ehe sie das Offensichtliche konstatierte: »Du bist doch gekommen.«

Fanny, die eben noch eines der zu großen Kleider in der Hand gehalten hatte, ließ dieses einfach fallen, schwankte kurz, stützte sich auf ihren Stock, der erstmals kein exzentrisches Accessoire, vielmehr eine notwendige Stütze war. Selbst dann zitterten ihre Beine noch, und das war es wohl, was unsere Mutter bewog, unvermittelt näher zu treten. Anstatt Fanny zu stützen, blieb sie aber drei Schritte vor ihr stehen. Waren ihre Augen zunächst beharrlich auf mich gerichtet, musterte sie nun ihre Mutter voller Scheu.

»Elisabetta«, brach es aus dieser heraus.

Lisbeths Lippen wurden schmal, kurz erwartete ich, dass sie abweisend erklären würde, dies sei nicht ihr Name. Doch dann brachte sie ein knappes »Mutter ...« hervor, musterte Fanny genauer, nicht mehr ganz so scheu und ratlos. Fannys dunkle Augen füllten sich mit Tränen, und was nun die beiden Frauen einander so ähnlich sehen ließ, war nicht ihre Stärke, es war Bedauern, mehr noch ... Trauer.

»Vierzig Jahre«, presste Fanny hervor.

»Ja«, gab unsere Mutter zurück, »ja.«

Ich wusste, was gemeint war – dass vierzig Jahre viel zu viel waren, um jemals das Versäumte aufzuholen. Ich wusste nur nicht, was auf diese Worte folgen sollte. Würde meine Mutter endlich die letzte Distanz überbrücken und Fanny umarmen? Würde Fanny das zulassen oder zurückweichen?

»Klar, jetzt wäre eine große Aussprache fällig«, mischte sich Vera allerdings unvermittelt ein, »aber könnt ihr die bitte auf später verschieben? Wie gesagt … Ich bin ganz schlecht im Nähen. Ihr müsst das ohne mich hinbekommen, und deswegen fangt ihr jetzt besser sofort an.«

Kurz schien es, als hätten die beiden sie nicht gehört, dann ging durch beide gleichzeitig ein Ruck. Unsere Mutter bückte sich nach dem Kleid, das Fanny hatte fallen lassen, drückte es ihr in die Hand, kam ihr dabei nah wie nie. Danach wandte sie sich mit nahezu ausdrucksloser Miene an mich, nur die Mundwinkel zuckten.

»Wo ist das Nähzeug?«

Mein Mund war trocken geworden. »Warum bist du doch noch gekommen?«

Aus dem Zucken der Mundwinkel wurde ein wehmütiges Lächeln. Anstatt mir eine Antwort zu geben, wiederholte sie allerdings nur: »Wo ist das Nähzeug?«

Richtig, jetzt war nicht der Zeitpunkt für große Aussprachen. Stecknadeln, Nadeln, Zwirn … Wo genau wurde das noch mal aufbewahrt? Geistesabwesend stolperte ich ins Lager, das wir kurzfristig in den sogenannten Backstagebereich (zumindest Vera nannte ihn so) umbenannt hatten. Da war kein Nähzeug, da waren die Schminktische, noch mehr Kleider, da waren kalt gestellte Sektflaschen und Tabletts mit Kanapees, die nach der Schau serviert werden sollten. Auf einem Tablett lagen Käseschnittchen mit kleinen Gürkchen, das Zellophanpapier hatte sich gelöst, doch eben steckte es jemand wieder fest.

»Die Gurken trocknen sonst aus.«

Auf einmal ahnte ich, warum unsere Mutter ihre Meinung geändert hatte. »Joachim«, murmelte ich.

Er machte sich weiter am Tablett zu schaffen, obwohl die Käsebrötchen längst wieder mit dem Zellophanpapier bedeckt waren.

»Ich habe deiner Mutter ins Gewissen geredet, sie davon überzeugt, dass sie sich die Schau nicht entgehen lassen darf, nur weil sie vor der Begegnung mit Fanny Angst hat.«

»Ich verstehe. Und daraufhin hat sie dir ins Gewissen geredet und dich davon überzeugt, dass du dir die Schau nicht entgehen lassen darfst, nur weil du vor der Begegnung mit mir Angst hast.«

Joachim drehte sich langsam um, hielt meinem Blick stand. »Ich hatte keine Angst. Ich wusste nur nicht, ob du mich dabeihaben willst.«

Aber natürlich will ich, lag es mir auf der Zunge zu sagen, brachte jedoch nichts hervor … Noch nicht.

»N … Nähzeug«, stammelte ich nur. »Wir brauchen Nähzeug. Hilf mir bitte, es zu suchen.«

Joachim hatte seine Drohung wahr gemacht und war einige Wochen zuvor ausgezogen, und weil ich die leere Wohnung nicht ertragen konnte, wohnte ich seitdem im Haus meiner Eltern. Anstatt den Kindergarten zu besuchen, wurde Marlene tagsüber von Frau Winkler beaufsichtigt, und wir schliefen in Veras einstigem Jugendzimmer, während meine Schwester gern mein Angebot angenommen hatte, unterdessen in unserer Wohnung unterzukommen. Diese weckte bei ihr schließlich keine traurigen Erinnerungen, den roten Sitzsack fand sie sogar schick.

In den letzten Wochen hatte Joachim Marlene zweimal abgeholt, um mit ihr wegzufahren – einmal in den Opel-Zoo, das andere Mal zu seiner Schwester, die in Marburg lebte. Beide Male hatte meine Mutter unsere Tochter an der Haustür übergeben, während ich durch das Küchenfenster geblickt hatte – so wie Lisbeth früher unserem Vater heimlich zugesehen hatte, wenn er wieder mal hingebungsvoll seinen Opel

Rekord pflegte. Dass Joachim Marlene jedes Mal ihren Mantel zugeknöpft und ihr den Schal ein zusätzliches Mal um den Hals gewickelt hatte, hatte mich gerührt. Doch die Rührung war nicht groß genug gewesen, um das Fenster zu öffnen und ihm wenigstens einen Abschiedsgruß nachzurufen.

»Ich frage mich nur, wie er sich vor seiner Schwester herausredet, wenn er mit Marlene allein kommt«, hatte ich später zu meiner Mutter gesagt, »er würde nie und nimmer offen zugeben, dass er ausgezogen ist.«

Von der Verbitterung, die diese Worte tränkte, fühlte ich nichts mehr, als ich mit dem Nähzeug zu den beiden Frauen zurückkehrte, nur eine große Scheu, mich Joachim zu stellen. Nicht zuletzt deshalb machte ich mich eifrig an die Arbeit, doch kaum war das erste Kleidungsstück geändert, traf mich ein strenger Blick meiner Mutter.

»Nun lass den Armen nicht länger allein im Lager herumstehen! Eine Viertelstunde kommen wir auch ohne dich klar.« Ich sah sie hilflos an, und obwohl sie nichts mehr sagte, stand in ihrem Blick nur allzu deutlich die Botschaft: Wenn selbst ich mich überwunden habe, kannst du das auch. Und um mir zu beweisen, wie vermeintlich mühelos sie über ihren Schatten springen konnte, wandte sie sich sogar an Fanny und forderte sie unvermittelt auf: »Erzähl mir von New York.«

»Au ja!«, rief Vera, die immerhin bereit war mitzuhelfen, indem sie einfädelte. »Es interessiert mich total, wie's in den Fünfzigern dort war.«

Als ich zurück ins Lager kam, stand Joachim immer noch vor den Käsebrötchen.

»Heute ist also dein großer Tag«, sagte er nach kurzem Schweigen. Ich nickte. »Bist du aufgeregt?« Ich nickte wieder. »Vera hat mir von euren Vorbereitungen erzählt.«

Endlich fand ich meine Sprache wieder. »Du hast nicht nur

mit Mutti, auch mit Vera über die Modenschau gesprochen?«, rief ich überrascht.

»Als ich kürzlich in unserer Wohnung war, habe ich sie dort angetroffen. Wie deine Mutter hat auch sie mich eingeladen zu kommen.«

Kein Vorwurf war aus seiner Stimme zu hören. Warum hast *du* mich nicht eingeladen? Warum wusste ich nicht, dass Vera bei uns wohnt? Nur leise Enttäuschung darüber klang heraus, dass er mich und Marlene nicht zu Hause vorgefunden hatte.

»Seltsam«, sagte ich beklommen, »ich kann mir nicht vorstellen, dass Vera etwas an unserer Versöhnung liegt. Schließlich hält sie die Ehe für ein Auslaufmodell. Und außerdem müsste sie dann ja wieder in Nied wohnen.«

Er trat einen Schritt näher. »Liegt dir denn an einer Versöhnung?« Ich zuckte kaum merklich zusammen, und ihm schien aufzugehen, dass er sich zu schnell, zu weit auf brüchiges Terrain vorgewagt hatte. »Ich habe ja eigentlich erwartet, dass Vera höchstpersönlich als Reh oder Astronaut über den Laufsteg marschiert«, fügte er wohl rasch spöttisch hinzu, ein vorsichtiges Lächeln auf den Lippen. »Aber das scheint nicht geplant zu sein.«

»Wenn sie mitlaufen würde, dann eher mit einem Lenkrad in der Hand.«

»Einem Lenkrad?«

»Sie wollte doch tatsächlich, dass die Modenschau in einem Autohaus stattfindet. Und hielt es obendrein für eine gute Idee, dass eines der Mädchen mit einem Lenkrad über den Laufsteg schreitet – Fanny hat erzählt, dass ein Mannequin das mal in den Zwanzigern so gemacht hat. Vera wollte sich das Lenkrad übrigens von dir ausleihen. Sie dachte wohl, wer Kfz-Versicherungen verkauft, hat als Trophäe ein Lenkrad in seinem Büro hängen.«

»Dabei besitze ich nur einen ausgestopften Rehkopf«, sagte Joachim grinsend, und ich konnte nicht anders, als ebenfalls loszuprusten, obwohl ich mir sofort wieder auf die Lippen biss. »Na ja«, fuhr er fort. »Sie hätte eher Martin um das Lenkrad bitten müssen. In der Karre, mit der er unterwegs ist, hat sich das Lenkrad sicher schon mehrmals aus der Halterung gelöst.«

»Zumindest habe ich noch nicht gehört, dass unter ihm der Sitz nachgegeben hat, obwohl du davon überzeugt warst.«

»Tja, es scheint, dass ich mich geirrt habe«, sagte er, senkte nun doch den Blick.

Ich räusperte mich, machte nun auch einen vorsichtigen Schritt auf ihn zu, beschloss endlich, dort zu kratzen, wo es am meisten wehtat. »Stimmt, du hast nicht erwartet, dass er mit dieser alten Karre durch die Wüste kommt. So wie du nicht erwartest, dass unsere Ehe es aushält, wenn ich so viel arbeite.«

»Ich würde dich nie mit einem alten Auto vergleichen, und unsere Ehe ebenfalls nicht.«

»Aber dass wir uns ein bisschen in der Wüste verfahren haben, trifft schon zu, oder?«

»Ein bisschen?«, fragte er, hob den Blick, lächelte wieder vorsichtig.

»Oder gleich in der Antarktis. Hast du nicht mal eine Fototapete mit Eisbergen und Pinguinen darauf vorgeschlagen? Statt des Gardasees?«

Er grinste. »Weißt du eigentlich, dass Pinguine einander treu sind?« Ich schüttelte den Kopf. »Nachdem das Weibchen die Eier gelegt hat, geht es fischen. Der Pinguinmann brütet sie aus. Er verhungert dabei fast.«

Es lag mir auf der Zunge »Der Arme!« zu sagen, aber was immer da zwischen uns wuchs, war noch nicht robust genug, die Sprünge, die leiser Spott schlug, auszuhalten. Wenn sie auch nur hauchdünn waren.

»Ich fürchte, dass ich, falls du mir anbietest, das Ei auszubrüten, während ich fischen gehe, noch nicht mal mit einem Goldfisch zurückkomme«, sagte ich.

»Und ich fürchte, ich bin nicht gut im Eierbrüten. Ich könnte allenfalls ein Spiegelei braten, dann und wann.« Lieber Himmel, wenn wir nicht bald aufhörten, erreichten unsere Wortspiele unterirdisches Niveau. Aber damit war es ohnehin vorbei, denn plötzlich atmete Joachim tief durch und erklärte: »Ich vermisse dich, ich vermisse euch ... Ich will, dass wir wieder gemeinsam in unserer Wohnung leben.«

»Und dann?«, fragte ich.

»Dann schmeißen wir erst mal Vera raus, würde ich sagen. Wir sind uns doch zumindest in einer Sache einer Meinung – dass sie nicht dauerhaft bei uns wohnen kann und wir ihr das sagen müssen.«

»Das ist zu wenig.«

»Es ihr einfach zu sagen?«, fragte er mit einem Augenzwinkern. »Denkst du, wir müssen die Polizei rufen wie bei den Hausbesetzern im Westend?«

»Ich glaube nicht, dass Vera vorhat, noch viel länger in Frankfurt zu bleiben. Wahrscheinlich geht sie bald wieder zurück nach Paris, gut möglich, dass sie endlich zu studieren beginnt. Aber es ist zu wenig, dass wir nur in dieser Sache einer Meinung sind.«

Joachim machte einen weiteren Schritt auf mich zu. »Mir fällt noch was anderes ein. Wir gucken gern gemeinsam den *Tatort.*«

»Das ist immer noch zu wenig.«

»Und wir haben uns seit Ewigkeiten nicht mehr mit Lambrusco-Bowle betrunken.«

Nun konnte ich nicht anders, als sein Lächeln zu erwidern. »Richtig betrunken waren wir nie.«

»Sollen wir es nachholen?«

Sollten wir eine Ehe, die immer so leise war, laut machen? Aber vielleicht mussten wir gar nicht laut sein, gar nicht schreien, um vom jeweils anderen gehört zu werden.

Ich wandte mich ab, trat zu den Kleiderständern. »Ich werde meine Arbeit nicht aufgeben«, sagte ich, »und ich kann nicht versprechen, dass wir jemals ein zweites Kind haben werden. Sollten wir nicht darin einer Meinung sein?«

Lautlos trat er hinter mich, und plötzlich fühlte ich seine Lippen an der empfindlichen Stelle hinter meinem Ohr. Ich liebte das. Ich liebte ihn.

»Rieke …«, sagte er heiser.

Ich zuckte zurück, ehe er mich noch einmal küssen konnte. »Ich meine es ernst. Ich will nicht wie meine Großmutter sein, die einer Karriere nachjagte und dafür ihren Mann im Stich ließ. Aber ich will auch nicht wie meine Mutter sein, die jahrelang das Modehaus geführt, es dann jedoch stillschweigend meinem Vater übergeben hat, kaum dass er zurück war. Ich glaube noch nicht einmal, dass Vati das selbst wollte. Er kannte das Modegeschäft zwar, mein Großvater war ja einer der Lieferanten vom Modehaus König, ich denke dennoch, in Wahrheit hat er davon geträumt, Literatur zu studieren. Nicht dass er das je offen gesagt hat. Mutti hat ja auch nie offen gesagt, was sie sich insgeheim wünschte. Wir dürfen nicht ihrer aller Fehler machen, wir müssen immer ehrlich sein.«

»Und siehst du? Darin sind wir uns einer Meinung. Wir verschweigen uns künftig nichts mehr, halten nichts geheim. Ist das nicht ein Anfang?«

Ich war mir immer noch nicht sicher, ob das genug war. Allerdings konnte ich mir ja auch nicht sicher sein, ob dieser erste Schritt, den ich heute unternehmen würde, das Modehaus in die Zukunft führte und ob meine Idee für eine Neuausrichtung wirklich so erfolgversprechend war, wie ich erhoffte. Warum mich an diesem Nachmittag nicht damit begnügen, dass Joachim und ich ebenfalls einen solchen ersten hoffnungsvollen Schritt machten, nicht mehr und nicht weniger?

Ich sah ihn lange an, nickte schließlich, weil keine Worte mehr notwendig waren. »Aber jetzt muss ich den anderen helfen, die Kleider enger zu nähen.«

»Kann ich mich irgendwie einbringen?«

Ich konnte mir Joachim unmöglich mit Nadel und Faden vorstellen. »Du?«, rutschte es mir heraus.

»Unlängst habe ich einen Knopf an meinem Anzug angenäht.«

»Hat es geklappt?«

»Nein«, gab er grinsend zu, »aber ich versuche es gern noch mal.«

Gerade noch rechtzeitig wurden wir fertig, ehe etwa eine halbe Stunde vor der Schau die ersten Gäste eintrafen – diverse Geschäftspartner und einige Journalisten, außerdem Stammkundinnen und, was mich besonders freute, jede Menge junge Frauen, von denen ich mir sicher war, dass sie das Modehaus bis jetzt nicht oft betreten hatten. Ich war damit beschäftigt, sie alle zu begrüßen, und hatte darüber gar keine Zeit, nervös zu werden. Mein Herzschlag begann erst zu flattern, als Vera mich in den provisorischen Backstagebereich zog, wo die fertig angekleideten und geschminkten Mannequins tuschelnd auf ihren Auftritt warteten.

»Was hast du denn mit dem vor?«, fragte ich und deutete auf Fannys Spazierstock, den Vera in den Händen hielt.

»Ich habe ihn mir von Granny geliehen. Ich brauche ihn als Drohung, damit die Mädchen nicht stolpern.«

»Vera!«

»Na gut, eigentlich habe ich ihn mir nicht geliehen, ich habe ihn einfach genommen, und Fanny hat es gar nicht bemerkt. Stell dir vor, mittlerweile unterhalten sie und Mutti sich nicht nur über New York, sondern über Paris, und das gar nicht mal mehr so holprig wie am Anfang. Mutti war noch nie in Paris. Ich glaube, ich muss sie unbedingt mal einladen.«

»Vera!«

»Ein paar Tage lang könntest du dich doch um Vati kümmern, nicht?«

»Vera!«

»Oder denkst du, ich sollte das tun, und du fährst mit Mutti nach Paris?«

Ich packte sie am Arm. »Darüber reden wir später, es geht gleich los.«

»Ach so, sag mir das doch gleich.«

Vera warf den Mannequins noch einmal strenge Blicke zu, ehe sie sich am Plattenspieler zu schaffen machte und die Klänge von Jazzmusik das Modehaus erfüllten. Mit klopfendem Herzen trat ich auf den Laufsteg, der Lichtstrahl, den der eigens engagierte Beleuchtungstechniker auf mich richtete, war etwas zu grell. Dennoch konnte ich Lisbeth und Fanny in der ersten Reihe und Joachim ganz hinten sehen, und sie nickten mir aufmunternd zu, ehe ich mit der kurzen Rede begann, die ich vorbereitet hatte.

»Ich freue mich, dass Sie heute alle hierhergekommen sind. Bevor wir mit unserer neuesten Kollektion die Zukunft des Modehauses König einläuten, will ich einen Blick in die Vergangenheit werfen. Sie wissen wahrscheinlich, dass unser Haus seit fast hundert Jahren besteht, dass man meine Familie zu Recht als Modedynastie bezeichnen könnte. Meine Großmutter, meine Mutter und ich – wir alle haben zeitweilig die Geschäftsführung des Modehauses übernommen, und ich denke, was wir gemein haben, ist, dass wir erfindungsreich und mutig sind, wenn auch auf unterschiedliche Weise. Meine Großmutter hat in Paris kurze schwarze Kleider entworfen, weil sie die Frauen von unnötigen Rüschen und Volants befreien wollte. Meine Mutter wiederum hat nach dem Krieg aus alten Bademänteln und Regenschirmen Kleider genäht, weil damals alles knapp war, vor allem Stoff. Ich hingegen führe das Haus in einer Zeit, da wir vermeintlich frei sind und aus der Fülle wählen können, doch das heißt nicht, dass nicht auch ich neue Wege beschreiten will. Besser gesagt: nicht neue, sondern andere. Denn wenn alles schon einmal da gewesen ist, kann man nichts Neues mehr erfinden. Allerdings kann man das Alte neu kombinieren – und genau das ist mein Ziel. Ich möchte Dinge auf ungewohnte Weise zusammenführen, vor allem solche, von denen man denkt, dass sie nicht zusammengehören. Im Leben einer Frau scheinen Familie und Beruf sich auszuschließen. In der Mode schicke und bequeme Kleider. Ich aber frage mich: Warum kann man nicht beides vereinbaren? Und hat nicht gerade eine Frau, die Ersteres versucht, besonders das Recht auf Letzteres? Ja, das ist die Mode, für die unser Haus von nun an stehen wird – Mode für die berufstätige Ehefrau und Mutter, die für alle Lebenslagen und Herausforderungen gerüstet sein sollte.«

Ich trat zur Seite, die Musik wurde etwas lauter, die Mannequins eroberten den Laufsteg – in dunklen Anzügen, die den Smokings von Yves Saint Laurent glichen und die wie bei diesem nicht für Männer, nein, für Frauen gedacht waren. Denn warum sollten Frauen, die Männerberufen nachgingen, nicht auch Männerkleidung tragen? Warum galt überhaupt alles außerhalb von Kostümen und Petticoats, die man mit hochhackigen Pumps trug, als Männerkleidung? Warum war es für Frauen zwar normal, Hosen in der Freizeit zu tragen, nicht aber während der Arbeit? Hosenanzüge standen Frauen mindestens ebenso gut, und sie mussten nicht unbedingt schwarz oder grau sein, sie konnten alle Farben haben, wie jetzt gezeigt wurde, selbst Knallfarben – Gelb, Grün, Orange. Sie konnten aus sämtlichen Stoffen genäht und diese unterschiedlichen Stoffe konnten frei kombiniert werden. Denn wer überzeugt davon war, dass Hausfrauenpflichten und Karriere irgendwie zusammenpassten, trug auch gehäkelte Anzüge, den dunklen Bleistiftrock mit der Strickjacke, den Blazer zum Wollkleid, das Kostümoberteil zur Jeans.

Mein Blick war zunächst starr auf die Mannequins gerichtet, erst nach einer Weile wagte ich, die Reaktionen im Publikum zu beobachten. Lisbeth und Fanny schienen beide stolz und wehmütig zugleich zu sein, Joachim nickte mir zu, und plötzlich sah ich nicht weit von ihm Ute stehen. In den letzten Wochen war sie sehr zurückhaltend mir gegenüber gewesen. Auch sie lächelte, und mit gutem Willen konnte man es sogar als wohlwollend bezeichnen.

Ich atmete etwas freier, als ich gleiches Lächeln auf immer mehr Gesichtern wahrnahm. Am Ende wurde das Licht noch heller, sodass ich niemanden mehr sah. Umso lauter vernahm ich den Applaus, als die Schau zu Ende ging. Obwohl ich die Einzige war, die auf dem Laufsteg stand und sich nun verbeugte, hatte ich das Gefühl, dass der Applaus nicht mir allein, sondern allen »Königinnen« galt.

»Geschafft«, rief Vera und fiel mir um den Hals. »wir haben's geschafft … Oder na ja … genau genommen hast *du* es geschafft.«

Wir standen im provisorischen Backstagebereich, und nachdem sie mich wieder losließ, war ich es, die sie umarmte.

»Ich hätt's nicht ohne deine Hilfe hingekriegt.«

»Und nicht ohne die von Mutti und Fanny.«

»Wie auch immer – ob die Neuausrichtung des Modehauses ein Erfolg werden wird, steht noch in den Sternen.«

Vera gab mir einen Klaps auf die Schultern. »Jetzt unk mal nicht rum. Morgen kannst du wieder Geschäftsfrau sein, jetzt wird gefeiert.« Sie bückte sich, schwenkte eine Sektflasche. »Du brauchst ganz dringend einen Schluck, damit du endlich etwas locker wirst.«

Tatsächlich hatte die Anspannung noch nicht nachgelassen. »Und wo ist ein Glas?«, fragte ich.

»Warum brauchst du denn ein Glas, wir trinken einfach aus der Flasche!«

Ich sah sie augenrollend an, brach dann aber in Gelächter aus. Bevor sie die Flasche öffnete, zog Vera den roten Schal von ihrem Hals und legte ihn mir um.

»Den trägst jetzt du«, erklärte sie.

»Fanny hat ihn doch dir geschenkt.«

»Na und?«, sagte sie. »Rot hat mir noch nie so gut gestanden.« Sie zwinkerte mir zu. »Aber da du die Kleidung, die künftig hier verkauft wird, ja wohl auch selbst tragen musst, kannst du dich gleich schon mal an ein bisschen mehr Farbe gewöhnen.«

Dies, liebe Judy, war also die Geschichte meiner Großmutter, meiner Mutter und auch meine.
Sie mussten viel Geduld haben, bis ich zum Ende kam, wobei vieles an dem Tag, da ich die Geschichte nun abbreche, noch ganz am Anfang stand. Meine Mutter Lisbeth und Ihr Vater Conrad wiederum mussten sogar noch mehr Geduld haben, um nun wieder am Anfang zu stehen, obwohl der wegen ihres Alters zugleich ein Ende war. Aber vielleicht ist es auch Unsinn, von einem Anfang und einem Ende zu reden. Bei einem Kleid weiß man ja ebenso nicht, welche Naht als erste und welche als letzte angefertigt wurde.
Auf die Geschichte, die Sie mir zu erzählen haben werden, bin ich jedenfalls schon sehr gespannt. Sie schrieben mir ja bereits, dass Conrad sein Leben lang Journalist geblieben ist, Ihre Mutter Eva wenn auch keine Tänzerin, wie sie es sich immer erträumte, so doch Lehrerin geworden ist, und dass die beiden in Amerika zusammenfanden und eine lange, glückliche Ehe führten. Ich kann mir das gut vorstellen, die beiden hatten ja so viel gemein – mehr als nur Erinnerungen an die Zeit in Frankfurt. Eva konnte nicht aufhören, sich schuldig zu fühlen, am Leben zu sein, wenn sie an den toten Vater

dachte, Conrad ging es ebenso, wenn er dem noch lebenden vor Augen trat und an seinen gefallenen Bruder dachte. Sie wussten alles voneinander, was es zu wissen gab, und da ich von kaum etwas mehr überzeugt bin, als dass eine gute Ehe auf Ehrlichkeit baut, nicht auf Geheimnissen, denke ich, dass selbst Evas Wissen um Conrads Liebe zu meiner Mutter keine Last war, sondern das Band zwischen ihnen stärkte.

Aber wie gesagt, Sie müssen mir Genaueres erzählen, wenn wir uns treffen. An dieser Stelle will ich noch einmal auf uns »Königinnen« zurückkommen.

Die Mode spielt nicht für alle von uns eine große Rolle. Ich leite das Modehaus König zwar bis heute, obwohl es langsam Zeit wird, Verantwortung abzugeben, und meine Schwester Vera ist Modejournalistin geworden. Marlene hingegen ist völlig aus der Art geschlagen. Sie arbeitet als Tierärztin und kann wahrscheinlich perfekt erklären, was ein Ozelot ist. Bis vor Kurzem dachte ich, dass meine Enkeltochter Lilly ganz nach ihr käme, denn für Kleidung hat sie sich nie sonderlich interessiert, als ich jedoch kürzlich mit meiner Mutter über unsere geplante Reise nach Amerika sprach, hat sie sich plötzlich lautstark eingemischt.

Aber der Reihe nach. Conrad und Lisbeth stehen ja seit nunmehr drei Jahren im Briefkontakt, nachdem er ihr damals vom Tod Ihrer Mutter Eva berichtet hat. Doch wenn Sie, liebe Judy, meine Mutter nicht nach New York eingeladen hätten, wäre sie wohl nicht auf die Idee gekommen, dass diese Briefe zu einem Wiedersehen führen würden. Sie hat überraschend schnell einer Reise zugestimmt – wenn auch unter der Bedingung, dass ich sie begleite. Demnach scheint ihre Furcht größer zu sein als ihre Vorfreude.

»Du hast doch immer davon geträumt, Conrad irgendwann wiederzusehen«, erklärte ich kürzlich, als sich die ganze

Familie in Frankfurt-Nied zum Kaffeetrinken einfand. Seit vier Jahren leben Joachim und ich in dem grünen Reihenhäuschen der Eisenbahnersiedlung und meine Mutter in einer Seniorenwohnung in Eschborn.
»Natürlich«, sagte sie, aber es klang nicht begeistert, eher aufgewühlt und nachdenklich.
»Bereust du es, dass wir Judy Wilkes' Einladung angenommen haben?«, fragte ich. »Hätte sie irgendwelche Vorbehalte, weil nicht ihre Mutter Eva, sondern du Conrads erste große Liebe gewesen bist, dann …«
Meine Mutter brachte mich mit einer knappen Geste zum Schweigen.
»Das ist es nicht«, murmelte sie.
»Ich verstehe nicht, aus welchem Grund du nicht schon viel früher nach New York gereist bist«, sagte ich. »Großmutter hat dich so oft eingeladen, aber um dich zu sehen, musste sie immer nach Frankfurt kommen.«
Einmal im Jahr hat Fanny die Reise angetreten, ehe sie – etwa sieben Jahre nach der Modenschau – recht unerwartet gestorben ist. »Das passt zu ihr«, hat meine Mutter gemeint, die sich ihre Trauer nicht anmerken lassen wollte. »Sich schnell aus dem Staub zu machen, war eines ihrer größten Talente.« Richtig nah sind sich die beiden nicht mehr gekommen – den besten Draht hatte eindeutig Vera zu Fanny –, dennoch stand nichts mehr zwischen ihnen. Und bis zu diesem Nachmittag war ich eigentlich überzeugt, dass auch nichts mehr zwischen Lisbeth und Conrad stehen würde – mein Vater Richard ist ja lange vor Eva, nämlich schon 1982 gestorben.
Und doch sagte sie wieder: »Das ist es nicht, aber …«
»Denkst du, dass du zu alt bist?«, fragte ich.
Ich muss zugeben, das hätte ich verstanden. Ihr Vater Conrad und meine Mutter gehen ja auf die achtzig zu. Sie haben

wahrscheinlich nicht mehr viel mit den Menschen, die sie vor einem halben Jahrhundert gewesen sind, gemein. Und manchmal sind Träume ja auch nur schön, wenn man sie träumt, nicht, wenn man sie lebt.

Doch meine Mutter schüttelte den Kopf, und ehe sie noch etwas sagen konnte, trat Lilly auf uns zu. »Schau, den hab ich gefunden, kann ich ihn behalten?«

Meine Enkelin ist acht Jahre alt und ein aufgewecktes Mädchen. Sie verbringt jede zweite Woche einen Nachmittag bei uns, das ist ihr »Großelterntag«. Obwohl ich der Meinung bin, dass es eigentlich »Opatag« heißen müsste, hängt sie doch an Joachim deutlich mehr als an mir. Er ist schließlich seit Kurzem in Rente und hat mehr Zeit, um mit ihr zum Selzerbrunnen zu gehen und dort das Schwefelwasser zu trinken, das die Nieder gerüchteweise steinalt macht.

Nun aber zeigte Lilly nicht ihm, sondern uns, was sie im Kleiderschrank entdeckt hatte – den roten Seidenschal, den Fanny einst Vera geschenkt hat und diese nach meiner ersten großen Modenschau mir. Ich habe ihn kaum je zu tragen gewagt, denn er war nicht einfach nur ein Accessoire, vielmehr ein wertvolles Erinnerungsstück.

»Der Schal meiner Mutter«, murmelte Lisbeth und strich darüber. Es war das einzige Mal, dass ich sie von Fanny als ihrer Mutter habe sprechen hören.

»Also«, fragte Lilly, »kann ich ihn haben?«

»Lilly«, erwiderte ich streng, »du darfst doch nicht einfach die Kleiderschränke durchwühlen und …«

»Ja, du kannst ihn haben«, sagte Lisbeth energisch, »nur nicht sofort. Ich brauche ihn noch.«

Ihre Miene hatte sich plötzlich aufgehellt. Sie nahm den Schal, wickelte ihn sich um den Hals. »Wenn wir nach Amerika fliegen, brauche ich schließlich etwas Ordentliches *anzuziehen«, sagte sie. »Bis jetzt hatte ich keine Idee, wie ich Conrad gegenübertreten soll. Schwarz hat mir nie so gut gestanden wie Fanny, Grau war immer seine Farbe, und plötzlich mit den farbenprächtigen Kostümen anzufangen, die es im Modehaus König zu kaufen gibt … Ach, ich weiß nicht. Aber dieser rote Schal zu meinem dunkelblauen Strickkleid, das würde gehen, oder? Weißt du eigentlich, dass ich ihn nie getragen habe?«*

Ich lachte schallend auf. »Sag bloß, du hast Angst vor dem Wiedersehen mit Conrad, weil du nicht das richtige Outfit dafür hast und nicht, weil du dich zu alt fühlst!«

Meine Mutter senkte verlegen den Blick. »Ich habe ihm damals einen überaus eleganten Anzug genäht, ich habe seine Maße immer noch im Kopf. Da will ich schon etwas Besonderes tragen, wenn ich ihn wiedersehe.«

»Und etwas Besonderes ist der rote Schal auf jeden Fall«, sagte ich.

Lilly war enttäuscht. »Aber wenn ihr zurückkommt aus Amerika, kann ich ihn haben, ja?«

Sie sehen also, liebe Judy, dass weder einer baldigen Reise etwas im Wege steht, noch meine Enkeltochter aus unserer Art geschlagen ist. Ich weiß nicht, was genau sie im Leben suchen und finden wird – Liebe, Freiheit, Glück, Karriere, vielleicht von allem etwas. Dennoch denke ich, es wird ihr immer wichtig sein, dabei die richtige Kleidung zu tragen.

Es grüßt Sie ganz herzlich, liebe Judy, eine der »Königinnen«